TERRY GOODKIND

Der Tempel der vier Winde

Buch

Der gefährliche, fanatische Imperiale Orden hat eine tödliche Seuche entfesselt. Um das Land zu retten, müssen Richard Cypher und seine geliebte Kahlan Amnell den legendären Tempel der vier Winde finden. Doch das Heiligtum wurde vor über 3000 Jahren ins Nichts verbannt. Als Richard und seine Gefährtin den versteckten Ort nach langer Suche erreichen, wird ihnen ein schmerzliches Opfer abverlangt. Und selbst wenn sie sich den Forderungen unterwerfen, ist völlig ungewiß, ob sie jemals zurückkehren werden ...

Autor

Mit dem »Schwert der Wahrheit« legt Terry Goodkind eine Fantasy-Saga vor, die mit Witz und Spannung, Phantasie und Wirklichkeitsnähe neue Maßstäbe in diesem Genre setzt. Gleich der erste Roman »Das erste Gesetz der Magie« erzielte einen enormen Erfolg bei Lesern und Kritikern. Piers Anthony schrieb dazu: »Eine phänomenale Fantasy, die alles Dagewesene mit Leichtigkeit in den Schatten stellt, und für Terry Goodkind der Beginn einer großen Karriere.« Tatsächlich sind alle folgenden Bände seines Zyklus vom »Schwert der Wahrheit« international äußerst erfolgreich. Terry Goodkind lebt in einem Haus in den Wäldern von Neuengland und schreibt an der Fortsetzung seines Erfolgs-Epos.

Von Terry Goodkind bereits erschienen:

Das Schwert der Wahrheit: 1. Das erste Gesetz der Magie. Roman (24614), 2. Der Schatten des Magiers. Roman (24658), 3. Die Schwestern des Lichts. Roman (24659), 4. Der Palast der Propheten. Roman (24660), 5. Die Günstlinge der Unterwelt. Roman (24661), 6. Die Dämonen des Gestern. Roman (24662), 7. Die Nächte des roten Mondes. Roman (24773), 8. Der Tempel der vier Winde. Roman (24774), 9. Die Burg der Zauberer. Roman (35247), 10. Die Seele des Feuers. Roman (35260), 11. Schwester der Finsternis. Roman (24777), 12. Der Palast des Kaisers. Roman (24778), 13. Die Säulen der Schöpfung. Roman (24275)

Außerdem ist erschienen:

Das Verhängnis der Schuld. Die Vorgeschichte von »Das Schwert der Wahrheit«. Roman (24230)

Weitere Bände sind in Vorbereitung.

TERRY
GOODKIND

Der Tempel der vier Winde

Roman

Aus dem Amerikanischen
von Caspar Holz

BLANVALET

Die amerikanische Originalausgabe erschien 1997
unter dem Titel »Temple of the Winds« (Chapters 37–70)
bei Tor Books, New York.

Umwelthinweis:
Alle bedruckten Materialien dieses Taschenbuches
sind chlorfrei und umweltschonend.

Blanvalet Taschenbücher erscheinen im Goldmann Verlag,
einem Unternehmen der Verlagsgruppe Random House GmbH.

4. Auflage
Deutsche Erstveröffentlichung 10/98

Published in agreement with Baror International, Inc.,
Bedford Hills, New York, USA,
in association with Scovil Chichak Galen Literary Agency.
Umschlaggestaltung: Design Team München
Umschlagmotiv: AKG, Berlin
Satz: deutsch-türkischer fotosatz, Berlin
Druck: GGP Media GmbH, Pößneck
Titelnummer: 24774
Redaktion: Andreas Helweg
V. B. · Herstellung: Peter Papenbrok
Printed in Germany
ISBN 3-442-24774-8
www.blanvalet-verlag.de

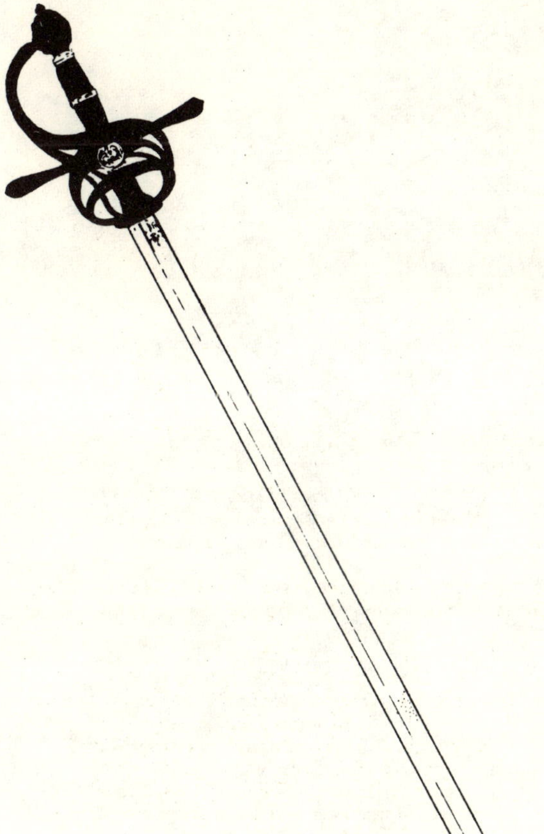

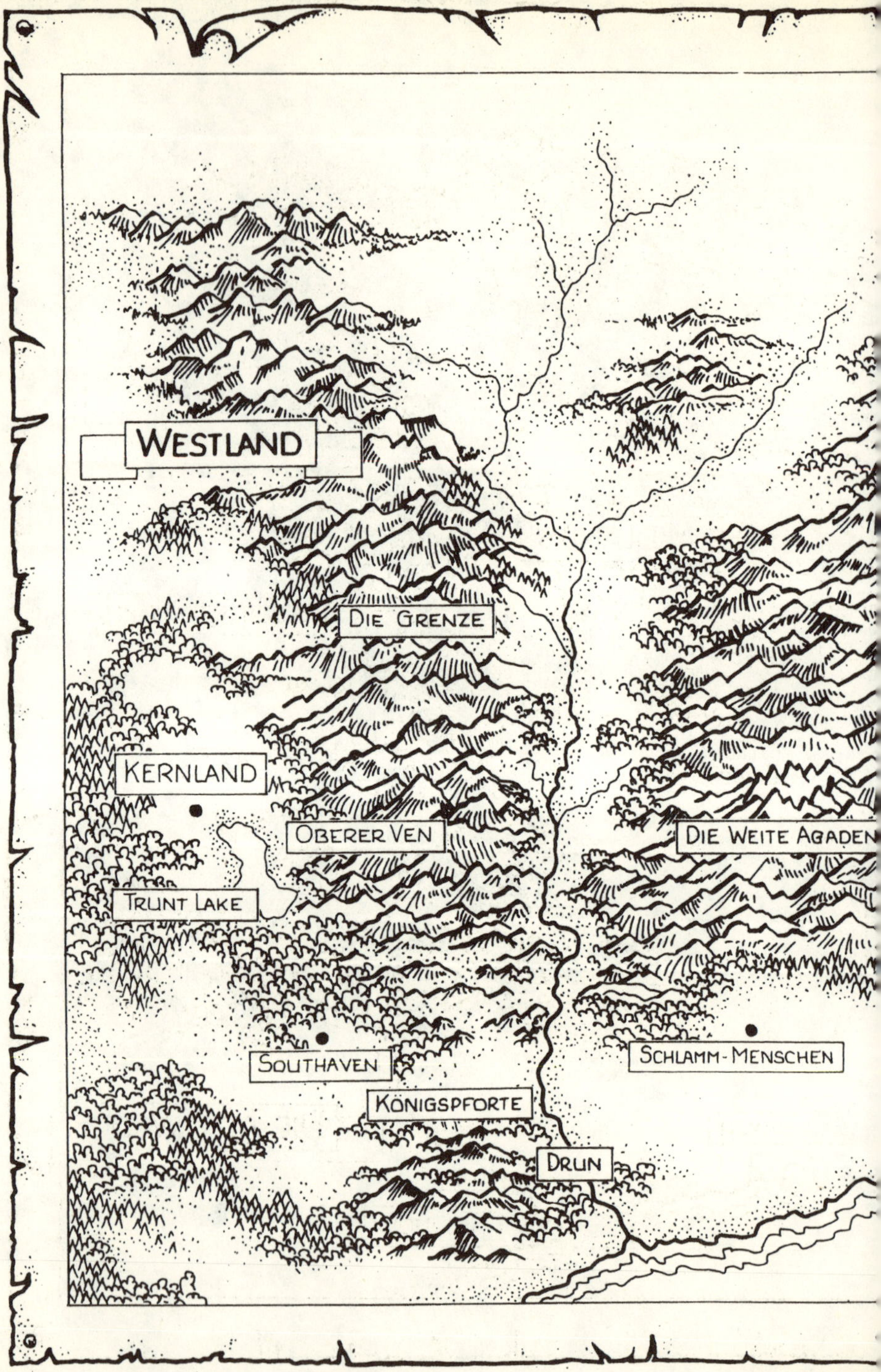
WESTLAND
DIE GRENZE
KERNLAND
OBERER VEN
DIE WEITE AGADEN
TRUNT LAKE
SOUTHAVEN
SCHLAMM-MENSCHEN
KÖNIGSPFORTE
DRUN

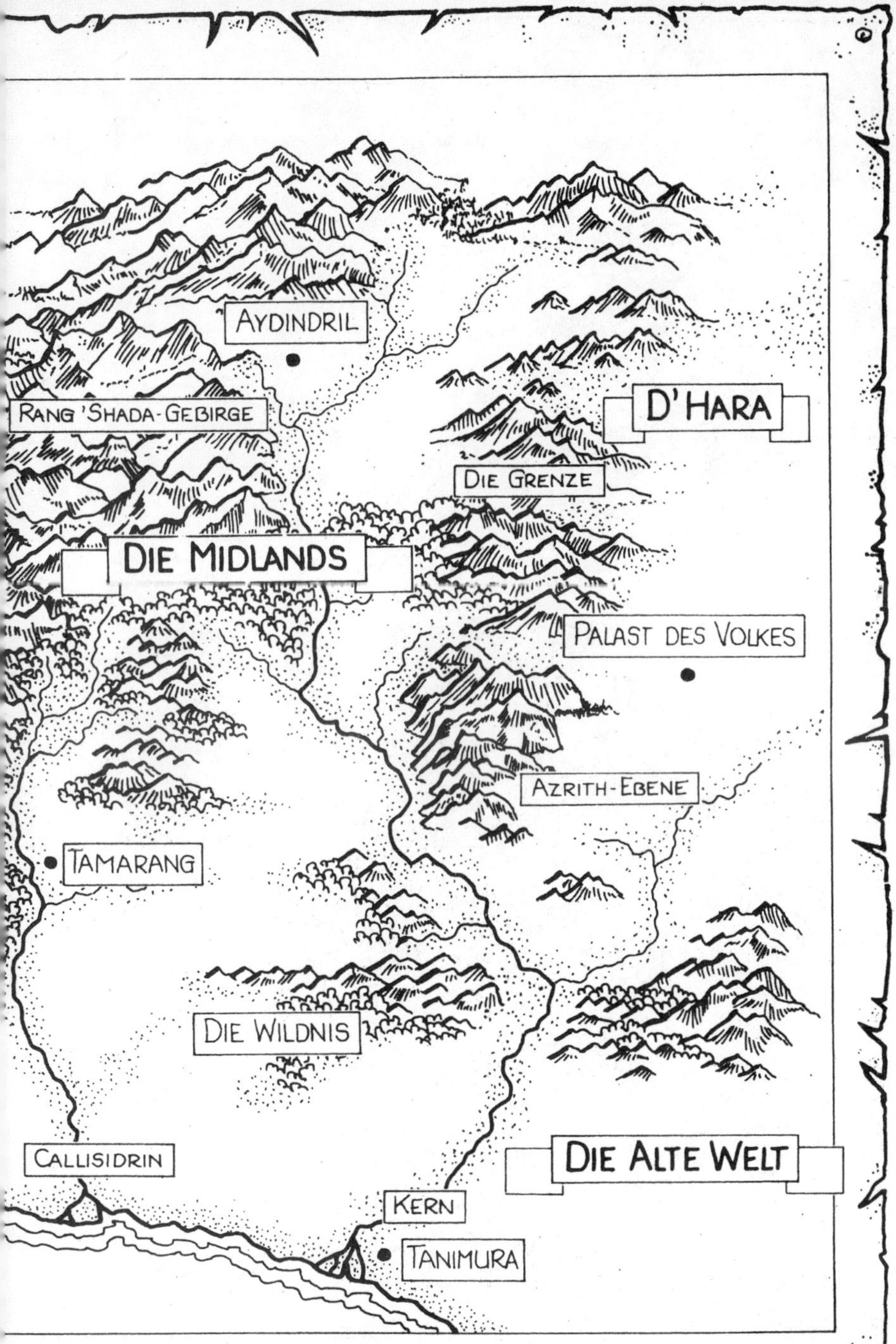
AYDINDRIL
RANG 'SHADA-GEBIRGE
D'HARA
DIE GRENZE
DIE MIDLANDS
PALAST DES VOLKES
AZRITH-EBENE
TAMARANG
DIE WILDNIS
CALLISIDRIN
DIE ALTE WELT
KERN
TANIMURA

1. Kapitel

Endlich gelang es Kahlan, Nancy und ihre Helferin fortzuschicken, indem sie ihnen erklärte, sie sei erschöpft und wolle nichts weiter als zu Bett gehen. Das Angebot, ein Bad zu nehmen, sich das Haar bürsten, sich massieren oder sich etwas zu essen bringen zu lassen, schlug sie ab, mit ihrem Kleid ließ sie sich jedoch von Nancy helfen, um bei der Frau keinen Verdacht zu erregen.

Endlich alleine, rieb sich Kahlan in der Kühle die nackten Arme. Sie betastete ihre Wunde unter dem Verband. Die war gut verheilt und schmerzte kaum noch. Dazu hatte Drefan seinen Teil beigetragen, und wahrscheinlich hatten auch Nadines Umschläge etwas genutzt.

Kahlan streifte einen Morgenrock über und ging zu dem Schreibtisch neben einem der Kamine. Dort war es angenehm warm, aber nur von einer Seite. Einer Schublade entnahm sie Papier und Feder. Während sie den silbernen Deckel des Tintenfasses abnahm, versuchte sie ihre Gedanken und das, was sie schreiben würde, zu ordnen.

> Richard, mein Liebster,
> ich habe etwas Wichtiges zu erledigen, und ich muß es alleine tun. Es ist mir ernst damit. Nicht nur aus Achtung vor Dir, sondern auch, weil Du der Sucher bist, begrüße ich, was Du tust, obwohl ich es mir gelegentlich anders gewünscht hätte. Ich bin mir darüber im klaren, daß ich Dir manchmal erlauben muß, das zu tun, was Du tun mußt. Ich bin die Mutter Konfessor, deshalb solltest Du verstehen, daß auch

ich manchmal tun muß, was ich tun muß. Dies ist so ein Fall. Ich flehe Dich an, wenn Du mich liebst, dann respektiere meine Wünsche, misch Dich nicht ein, und laß mich tun, was ich zu tun habe.
Cara habe ich getäuscht, was ich sehr bedaure. Sie weiß nicht, was ich vorhabe und daß ich fortgehe. Ich würde äußerst ungehalten sein, solltest Du sie dafür zur Rechenschaft ziehen.
Wann ich zurückkehre, weiß ich nicht. Vermutlich werde ich ein paar Tage abwesend sein. Ich tue dies, um unsere Situation zu verbessern. Hab bitte Verständnis, und sei nicht zu böse auf mich – mir bleibt keine andere Wahl.
Unterzeichnet, die Mutter Konfessor, Deine Königin, auf ewig Deine Liebe in dieser Welt und der danach – Kahlan.

Kahlan faltete den Brief zusammen und schrieb Richards Namen darauf. Dann öffnete sie ihn und las ihn noch einmal durch, um sich zu vergewissern, daß sie nichts verraten hatte, was er nicht erfahren sollte. Die Formulierung ›um unsere Situation zu verbessern‹ gefiel ihr. Das war so vage und konnte alles mögliche bedeuten. Sie hoffte, nicht zu schroff darauf bestanden zu haben, er dürfe sich nicht einmischen.

Schließlich zog sie eine Kerze heran und erhitzte das Ende eines Siegelwachsstiftes, den sie der Schublade entnommen hatte. Sie beobachtete, wie das Wachs auf den Brief tröpfelte und eine rote Pfütze bildete, dann drückte sie das Siegel der Mutter Konfessor – den Doppelblitz – in das warme Wachs. Sie küßte den Brief, blies die Kerze aus und lehnte den Brief dagegen, so daß man ihn unmöglich übersehen konnte.

Früher war ihr nie recht klar gewesen, warum das Siegel der Mutter Konfessor ein Doppelblitz war, jetzt aber wußte sie es. Er stand für das Symbol des Con Dar – des Blutrausches –, eines Bestandteils der Magie eines Konfessors aus grauer Vorzeit. Einer Magie, die so selten heraufbeschworen wurde, daß sie ihr völlig unbekannt gewesen war. Kahlans Mutter war gestorben, bevor sie ihr hatte beibringen können, wie man den Con Dar im Notfall einsetzte.

Gleich nachdem sie Richard begegnet war und sich in ihn verliebt hatte, hatte sie den Con Dar instinktiv heraufbeschworen. Unter dem Einfluß dieser Magie hatte sie sich zur Warnung, sich ihr nicht in den Weg zu stellen, einen Blitz auf jede Wange gemalt. Mit einem Konfessor im Blutrausch war eine vernünftige Auseinandersetzung nicht möglich.

Der Blutrausch war die subtraktive Seite der Magie eines Konfessors, die zur Rache heraufbeschworen wurde. Kahlan hatte darauf zurückgegriffen, als sie der Überzeugung war, Darken Rahl habe Richard umgebracht. Er konnte nur zugunsten eines anderen Menschen entfesselt und ausschließlich dazu eingesetzt werden, diesen Menschen zu beschützen. Sich selber konnte sie damit nicht verteidigen.

Wie ihre Konfessorenkraft, die sie stets tief in ihrem Innern gespürt hatte, war inzwischen auch der Con Dar gleich unterhalb der Oberfläche allzeit gegenwärtig: eine drohende Gewitterwolke über dem Horizont. Als sie ihn brauchte, um Richard zu beschützen, hatte sie augenblicklich gespürt, wie er sie durchfuhr: ein bläulicher Blitz, der alles zerstörte, was sich ihm in den Weg stellte.

Ohne die Subtraktive Magie in Verbindung mit der verbreiteten Additiven konnte niemand in der Sliph reisen. Sowohl die Schwestern der Finsternis als auch jene Zauberer, die zu Günstlingen des Hüters geworden waren, waren in der Lage, diese Form der Magie anzuwenden.

Kahlan betrat ihr Schlafgemach. Sie streifte den Morgenrock ab und warf ihn aufs Bett. Sie zog die unterste Schublade ihrer reich verzierten Kommode auf und wühlte in ihren Sachen nach dem Gegenstand, den sie benötigte.

Drinnen lagen die Kleider, die sie früher auf ihren Reisen getragen hatte und die für ihr Vorhaben besser geeignet waren als das weiße Kleid der Mutter Konfessor. Sie stieg in ihre grüne lange Hose. Dann nahm sie ein festes Hemd heraus, zog es über und knöpfte es mit zitternden Fingern zu. Sie stopfte das Hemd in die Hose und schloß den breiten Gürtel. Die Hüfttasche ließ sie zurück.

Ganz hinten aus der Schublade holte Kahlan einen in ein Rechteck aus weißem Stoff gewickelten Gegenstand hervor. Sie legte ihn auf den Boden, beugte sich über ihn und schlug die Ecken des Tuches zurück.

Obwohl sie wußte, was es war und wie es aussah, konnte sie nichts dagegen machen: Sie fröstelte, als sie es jetzt wiedersah.

Auf dem Tuch lag das Knochenmesser, das Chandalen ihr vermacht hatte. Es handelte sich um eine aus dem Armknochen seines Großvaters hergestellte Waffe.

Das Messer hatte ihr bereits einmal das Leben gerettet. Sie hatte Prindin damit getötet, einen Mann, der ihr Freund gewesen war, sich später aber dem Hüter zugewandt hatte.

Zumindest glaubte sie, ihn getötet zu haben. Sie erinnerte sich nicht mehr genau, was an jenem Tag geschehen war. Damals hatte sie unter dem Einfluß eines Giftes gestanden, das Prindin ihr verabreicht hatte. Sie war nicht vollkommen sicher, ob nicht vielleicht doch die Seele von Chandalens Großvater sie gerettet hatte. Prindin hatte sich auf sie geworfen, und plötzlich, so schien es, hatte sie das Messer einfach in der Hand. Sie wußte noch genau, wie sein Blut am Messer herabgelaufen und ihr über das Handgelenk getropft war.

Tiefschwarze Rabenfedern breiteten sich fächerförmig von der runden Knochenverdickung am oberen Ende aus. Raben standen bei den Schlammenschen für mächtige Seelenmagie. Man brachte sie mit Tod in Verbindung.

Chandalens Großvater hatte die Seelen um Hilfe ersucht, um seinen Stamm davor zu bewahren, von einem anderen Stamm der Wildnis, den Jocopo, hingemetzelt zu werden, dem die kriegerische

Gier nach Blut den Verstand geraubt hatte. Niemand kannte den Grund, die Folge war jedoch ein Blutbad gewesen.

Er hatte eine Versammlung einberufen und die Seelen um Hilfe gebeten. Damals war sein Stamm friedfertig und nicht in der Lage gewesen, sich zu verteidigen. Die Seelen hatten Chandalens Großvater gezeigt, wie man die Jocopo töten konnte, wodurch sein eigener Stamm zu den Schlammenschen geworden war. Die Schlammenschen verteidigten sich und entledigten sich der Bedrohung.

Die Jocopo gab es nicht mehr.

Chandalens Großvater hatte seinem Sohn beigebracht, wie man Beschützer seines Stammes wurde, und Chandalens Vater wiederum hatte dieses Wissen an Chandalen weitergegeben. Kahlan kannte nur wenige Männer, die diese Aufgabe so gut erfüllten wie Chandalen. In einer Schlacht mit der Armee der Imperialen Ordnung hatte er wie die Verkörperung des Todes gewütet. Sie selbst allerdings nicht minder.

Chandalen trug das aus den Knochen seines Großvaters sowie ein aus denen seines Vaters hergestelltes Seelenmesser stets bei sich. Das aus den Knochen seines Großvaters hatte er Kahlan vermacht, damit es sie beschütze. Und so war es auch gekommen. Vielleicht würde sich das wiederholen.

Kahlan nahm das Knochenmesser voller Ehrfurcht in die Hand.

»Großvater von Chandalen, du hast mir bereits einmal geholfen. Bitte beschütze mich jetzt abermals.« Sie küßte das geschliffene Messer.

Wenn Kahlan Shota schon gegenübertreten mußte, dann wenigstens nicht unbewaffnet. Eine bessere Waffe konnte sie sich nicht vorstellen.

Sie knotete das Band aus gewebter Präriebaumwolle um ihren Arm und schob das Messer hindurch. Es lag, verdeckt von den schwarzen Zierfedern, fest auf ihrem Oberarm. Aufgrund der Befestigungsart ließ sich die Waffe verblüffend schnell ziehen. Kahlan wollte eine Frau aufsuchen, vor der sie sich fürchtete, und mit dem Knochenmesser war ihr dabei entschieden wohler zumute.

Einer anderen Schublade entnahm Kahlan einen leichten hellbraunen Umhang. Wegen der Schneestürme des Frühlings hätte sie gerne einen schwereren eingepackt, es war jedoch damit zu rechnen, daß sie ihnen nicht lange ausgesetzt sein würde. In Agaden würde es nicht so kalt sein wie in Aydindril.

Sie hoffte, die helle Farbe werde es ihr erleichtern, sich unbemerkt an den Posten oben bei der Burg vorbeizuschleichen, zudem ließ sich das Messer in dem leichten Umhang schneller ziehen.

War es töricht zu glauben, sie könne das Messer schneller ziehen, als Shota einen Bann aussprach, überlegte sie, und war eine solche Waffe gegen eine Hexe überhaupt von Nutzen? Sie warf den Umhang über die Schultern. Das Messer war alles, was sie hatte.

Außer ihrer Konfessorenkraft. Vor der hatte Shota Respekt: Gegen die Berührung durch einen Konfessor war niemand gefeit. Gelang es Kahlan, die Hexe zu berühren, wäre es deren Ende. Allerdings besaß Shota Magie, die bislang verhindert hatte, daß Kahlan ihr nahe genug kam, um von ihrer Kraft Gebrauch zu machen.

Damit der blaue Blitz des Con Dar seine Wirkung entfalten konnte, brauchte Kahlan sie allerdings nicht zu berühren. Sie seufzte. Zu ihrer eigenen Verteidigung ließ sich der Con Dar nicht heraufbeschwören. Kahlan hatte Richard mit dem Blitz beschützt, als der Screeling ihn angegriffen hatte und als die Schwestern der Finsternis ihn abgeholt hatten.

Sie spürte, wie eine Woge der Erkenntnis durch ihre Gedanken flutete. Richard liebte sie und wollte sie heiraten, um immer bei ihr sein zu können. Shota hatte ihm diesen Wunsch verwehrt und Nadine geschickt, damit diese ihn heiratete. Davon wollte er nichts wissen.

Nadine war einfach über die Tatsache hinweggegangen, daß Richard Kahlan liebte, hatte ihn gequält und verletzt. Er wollte nicht mit ihr zusammensein und duldete ihre Anwesenheit nur, weil Shota etwas im Schilde führte und er Angst hatte, sie aus den Augen zu lassen. Auf keinen Fall aber wollte er gezwungen sein, sie zu heiraten.

Shota stand im Begriff, Richard Unheil zuzufügen.

Die Hexe stellte eine Gefahr für ihn dar. Kahlan konnte den Con Dar heraufbeschwören, um ihn zu schützen. Sie hatte es schon einmal getan, als die Schwestern Richard gegen seinen Willen gefangenzunehmen drohten. Kahlan konnte den blauen Blitz benutzen, um Shota in ihre Schranken zu weisen. Dieser Art von Magie hatte die Hexe nichts entgegenzusetzen.

Kahlan wußte, wie Magie funktionierte. Diese Magie stammte aus ihrem Innern. Wie jene aus Richards Schwert war sie mit dem subjektiven Empfinden verbunden. Fühlte Kahlan sich berechtigt, sie zu Richards Verteidigung einzusetzen, dann tat der Con Dar, was sie von ihm verlangte. Sie wußte, Richard wollte nicht, daß Shota ihn benutzte, ihn beherrschte, ihm vorschrieb, wie er sein Leben zu leben hatte.

Kahlans Vorgehen war daher gerechtfertigt: Shota stand im Begriff, Richard Unheil zuzufügen. Der Con Dar würde gegen sie wirken.

Sie hielt inne, ließ sich auf die Fersen sinken und bat die Guten Seelen mit einem Gebet um Unterweisung. Die Vorstellung, sie handele aus Rache oder mache sich auf den Weg, um jemanden zu töten, war ihr unangenehm. Sie wollte nicht denken, daß sie die Absicht hatte, Shota umzubringen. Sie fragte sich, ob sie etwas zu rechtfertigen versuchte, das sich nicht rechtfertigen ließ.

Nein, sie brach nicht in der Absicht auf, Shota umzubringen. Sie wollte lediglich dieser Geschichte mit Nadine auf den Grund gehen und herausfinden, was die Hexe über die Tempel der Winde wußte.

Doch wenn es nicht anders ging, dann wollte sie sich wehren. Mehr noch, sie hatte die Absicht, Richard vor Shota zu beschützen – vor ihren Plänen, seine Zukunft zu ruinieren. Kahlan war es leid, das Ziel ihres unberechenbaren Zorns zu sein. Sollte Shota versuchen, sie zu töten oder Richard dieses Unheil aufzuzwingen, dann würde Kahlan der Bedrohung ein Ende setzen.

Bereits jetzt vermißte sie Richard. Sie hatten so lange dafür gekämpft zusammenzusein, und jetzt verließ sie ihn. Wäre die Situation umgekehrt, wäre sie dann ebenso verständnisvoll, wie sie dies jetzt von ihm erwartete?

In Gedanken noch bei Richard, zog sie die oberste Schublade auf, in der ihr wertvollster Besitz lag. Ehrfürchtig nahm sie das blaue Hochzeitskleid hervor. Davon abgesehen war die Schublade leer. Sie strich mit den Daumen über den feinen Stoff. Als die Tränen Kahlan überwältigten, drückte sie das Kleid an ihren Busen.

Behutsam legte sie das Kleid wieder an seinen Platz zurück, bevor Tränen darauf tropften. Eine ganze Weile stand sie da, eine Hand auf dem Kleid.

Sie schob die Lade zu. Sie hatte eine Aufgabe zu erledigen. Sie war die Mutter Konfessor, ob ihr das gefiel oder nicht. Shota lebte in den Midlands und gehörte daher zu ihren Untertanen.

Sie wollte nicht sterben, ohne Richard wiederzusehen, aber sie ertrug es nicht mehr, daß Shota sich in ihr Leben einmischte und ihre Zukunft verpfuschte. Die Hexe hatte eine andere Frau geschickt, die Richard heiraten sollte. Kahlan hatte nicht die Absicht, dieser Einmischung tatenlos zuzusehen.

Ihr Entschluß festigte sich. Sie griff hinten in den Kleiderschrank und nahm ein verknotetes Seil von einem hölzernen Haken. Es hing dort für den Fall, daß es brannte und die Mutter Konfessor sich über den Balkon retten mußte.

Der heulende Wind und der Schnee trafen sie wie ein Schock, als sie die Glastüren öffnete. Kahlan kniff gegen den Sturm die Augen zusammen und zog die Türen hinter sich zu. Sie streifte die Kapuze über und stopfte ihr Haar darunter. Es wäre nicht gut, wenn die Leute die Mutter Konfessor erkannten – falls in einer solchen Nacht überhaupt jemand unterwegs war. Sie wußte allerdings, daß die Posten oben bei der Burg der Zauberer draußen sein würden.

Rasch befestigte sie das Seil an einem der vasenförmigen Baluster und warf den Rest der schweren Rolle über das Geländer. In der Dunkelheit konnte sie nicht erkennen, ob es bis zum Boden reichte. Sie mußte darauf vertrauen, daß, wer immer das Seil in Kahlans Kleiderschrank gehängt hatte, überprüft hatte, ob es lang genug war.

Kahlan schwang ein Bein über das steinerne Geländer, ergriff das Seil mit beiden Händen und machte sich an den Abstieg.

Kahlan hatte sich entschieden, zu Fuß zu gehen. Sehr weit war es nicht, und wenn sie ein Pferd nähme, müßte sie es an der Burg zurücklassen, wo es gefunden werden könnte und sie verraten würde. Oder aber sie müßte es laufenlassen, bevor sie dort ankam, was nur den Befürchtungen Nahrung gäbe, ihr könnte etwas zugestoßen sein. Zu Pferd wäre es auch schwieriger, an den Posten oben bei der Burg vorbeizukommen. Die Guten Seelen hatten ihr einen Frühlingsschneesturm geschickt. Das mindeste, was sie tun konnte, war, ihn zu nutzen.

Während sie durch den schweren, nassen Schnee stapfte, begann sie sich zu fragen, ob es klug gewesen war, zu Fuß aufzubrechen. Sie bekräftigte sich in ihrem Entschluß. Wenn sie bereits jetzt anfing, ihre Entscheidungen in Zweifel zu ziehen, dann stand es ihr nicht zu, die Sache zu Ende zu führen.

Die meisten Läden waren geschlossen. Die wenigen Menschen, denen sie begegnete, waren selbst zu sehr damit beschäftigt voranzukommen, um eine gedrungene Gestalt zu beachten, die sich durch den Wind kämpfte. In der Dunkelheit ließe sich nicht einmal unterscheiden, ob sie Mann war oder Frau. Bald würde sie die Stadt hinter sich haben und befände sich auf der menschenleeren Straße, die zur Burg führte.

Den ganzen Weg hinauf überlegte sie, wie sie am besten an den Wachen vorbeikommen sollte. Es waren d'Haranische Soldaten. Die durfte man nicht unterschätzen. Wenn sie erkannt wurde, wäre dies äußerst unvorteilhaft. Man würde es berichten.

Der einfachste Weg, an Posten vorbeizugelangen, war, sie zu töten. Aber das konnte sie unmöglich tun. Das waren jetzt ihre eigenen Leute, die für ihre Sache und gegen die Imperiale Ordnung kämpften. Sie zu töten stand außer Frage.

Sie mit einem Schlag über den Schädel außer Gefecht zu setzen, wäre ebenfalls nicht gut. Nach ihrer Erfahrung erzielte ein Schlag über den Kopf selten das gewünschte Ergebnis. Manchmal war das Opfer nicht bewußtlos und schrie aus Leibeskräften, bevor man irgend etwas unternehmen konnte, schlug Alarm und rief Wachen herbei, die auf Leben und Tod gegen jeden Eindringling vorgingen.

Außerdem hatte sie bereits Männer nach einem Schlag über den Schädel qualvoll sterben sehen. Das wollte sie nicht riskieren. Man schlug jemanden nur dann auf den Kopf, wenn man seinen Tod einkalkulierte, denn der würde aller Wahrscheinlichkeit nach auch eintreten.

Vermutlich hatten Marlin und die Schwester die Wachen mit Hilfe von Magie unbemerkt passiert. Sie besaß jedoch keine, die dazu imstande gewesen wäre. Kahlans Magie würde ihren Verstand zerstören.

Bliebe ein Täuschungsmanöver, oder sie mußte sich hineinschleichen. D'Haranische Wachposten waren in jeder Art von Täuschungsmanövern ausgebildet und kannten wahrscheinlich mehr Tricks, als sie sich vorstellen konnte.

Damit blieb ihr nur noch das Hereinschleichen.

Sie war nicht sicher, wo sie sich befand, aber sie wußte, daß sie sich ihrem Ziel näherte. Der Wind kam von links, also hielt sie sich tief geduckt auf der rechten Straßenseite, wo sie den Wind im Rücken hatte. Sobald sie nahe genug war, würde sie auf allen vieren kriechen müssen.

Wenn sie sich auf die Erde legte, den Umhang über sich breitete und eine Weile wartete, würde der Schnee sie bedecken und unsichtbar machen. Dann mußte sie langsam weiterkriechen und, sobald sie einen Soldaten erblickte, einfach still liegenbleiben, bis er vorüber war. Sie wünschte, sie hätte daran gedacht, Handschuhe mitzunehmen.

Sie beschloß, sich nicht näher heranzuwagen, und wechselte hinüber auf die rechte Straßenseite. Die Brücke würde der schwierigste Teil werden. Dort würde sie wie in einem Trichter in einen verhältnismäßig schmalen Engpaß geraten, wo sie den Soldaten nicht mehr ausweichen konnte. Allerdings fürchteten sich die Soldaten vor der Magie der Burg der Zauberer und standen vermutlich nicht unmittelbar vor der Brücke. Beim letzten Mal hatten sie zwanzig, dreißig Fuß von ihr entfernt gestanden, und in der Dunkelheit und in diesem Schnee war die Sicht alles andere als prächtig.

Allmählich wurde sie zuversichtlicher, was ihre Chance anbetraf, ungesehen durchzukommen. Der Schnee würde ihr ausreichend Deckung bieten.

Kahlan erstarrte mitten in der Bewegung, als eine Schwertklinge vor ihrem Gesicht auftauchte. Ein schneller Blick ergab, daß sich auf ihrer anderen Seite ebenfalls eine Klinge befand. Ein weiterer Soldat drückte ihr einen Spieß von hinten in den Nacken.

Soviel zum Thema heimliches Hineinschleichen.

»Wer da?« erschallte vor ihr eine barsche Stimme.

Kahlan mußte sich etwas Neues einfallen lassen, und das schnell. Rasch entschied sie sich für ein kleines Stückchen Wahrheit, gemischt mit der Angst der Soldaten vor Magie.

»Ihr habt mich fast zu Tode erschreckt, Kommandant. Ich bin es, die Mutter Konfessor.«

»Zeigt Euch.«

Kahlan streifte ihre Kapuze zurück. »Ich dachte, ich käme unerkannt an Euch vorbei. Aber offenbar sind d'Haranische Posten besser als ihr Ruf.«

Die Männer senkten die Waffen. Kahlan war überaus erleichtert, als sie merkte, wie ihr der Spieß aus dem Nacken genommen wurde. Mit der Waffe hätte der Posten sie im Zweifelsfall getötet.

»Mutter Konfessor! Ihr habt uns wirklich einen Schrecken eingejagt. Was wollt Ihr heute nacht denn schon wieder hier oben? Und obendrein noch zu Fuß.«

Kahlan fügte sich seufzend in ihr Schicksal. »Ruft alle Eure Männer zusammen, dann werde ich es Euch erklären.«

Der Kommandant deutete mit dem Kopf nach hinten. »Hier entlang. Wir haben eine kleine Hütte. Damit Ihr aus dem Wind herauskommt.«

Sie ließ sich auf die andere Straßenseite führen, wo eine einfache dreiwandige Konstruktion stand, die ein wenig Schutz vor Wind und nassem Wetter bieten sollte. Sie war nicht groß genug für sie und alle sechs Soldaten. Die Soldaten bestanden darauf, sie solle sich auf den trockensten Platz ganz hinten stellen.

Sie war hin- und hergerissen zwischen der Zufriedenheit darüber, daß selbst bei einem Schneesturm niemand an den d'Haranischen Posten vorbeikam, und dem Wunsch, es wäre ihr gelungen. Das hätte alles sehr vereinfacht. Jetzt würde sie sich herausreden müssen.

»Hört alle zu«, begann sie. »Ich habe nicht viel Zeit, da ich in einer wichtigen Mission unterwegs bin. Aus diesem Grund bin ich auf Euer Vertrauen angewiesen. Euer aller Vertrauen. Habt Ihr alle von der Pest gehört?«

Die Männer bestätigten mit einem Brummen, sie wüßten Bescheid, und traten verlegen aufs andere Bein.

»Richard, Lord Rahl, versucht eine Möglichkeit zu finden, sie aufzuhalten. Wir wissen nicht, ob es eine Möglichkeit gibt, aber er wird unermüdlich danach suchen, das wißt Ihr. Er würde alles tun, um sein Volk zu retten.«

Die Männer nickten erneut. »Was hat das mit –«

»Ich bin in Eile. Zur Zeit schläft Lord Rahl. Die Suche nach einem Mittel gegen die Pest hat ihn erschöpft. Nach einem Mittel der Magie.«

Die Männer richteten sich ein wenig auf. Der Kommandant rieb sich das Kinn. »Wir wissen, daß Lord Rahl uns nicht im Stich lassen würde. Er hat mich vor ein paar Tagen geheilt.«

Kahlan blickte in die Augen, die ihr entgegenstarrten. »Nun, was wäre, wenn Lord Rahl selbst an der Pest erkranken würde? Bevor er eine Lösung findet? Was würde dann passieren? Dann wären wir alle tot.«

Die Angst stand ihnen deutlich ins Gesicht geschrieben. Für D'Haraner war der Verlust eines Lord Rahl eine verhängnisvolle Sache. Er brachte ihrer aller Zukunft in Gefahr.

»Wie kann man ihn dagegen schützen?« fragte der Kommandant.

»Das hängt ganz von Euch Männern ab, hier und heute nacht.«

»Was vermögen wir zu tun?«

»Lord Rahl liebt mich. Ihr alle wißt, wie besorgt er um mich ist. Die ganze Zeit über läßt er mich von diesen Mord-Sith beschatten. Wachen begleiten mich auf Schritt und Tritt, wohin ich auch gehe. Er würde nicht zulassen, daß ich auch nur auf eine Entfernung von Meilen in die Nähe einer Gefahr gerate. Stets ist er zur Stelle, bevor das Unheil auch nur einen flüchtigen Blick auf mich erhaschen kann.

Ebensowenig möchte ich, daß ihm etwas zustößt. Was wäre, wenn er an der Pest erkrankt? Dann verlieren wir alle ihn.

Ich habe vielleicht einen Weg gefunden, ihm zu helfen, die Seuche aufzuhalten, bevor sie uns alle befallen kann – und bevor er sich ansteckt, was irgendwann ganz sicher geschehen wird.«

Ihnen stockte der Atem. »Wie können wir helfen?« fragte der Kommandant.

»Was ich tue, hat etwas mit Magie zu tun – mit sehr gefährlicher Magie. Wenn ich Erfolg habe, kann ich Lord Rahl vielleicht vor der Pest bewahren. Uns alle. Aber wie gesagt, es ist gefährlich.

Ich muß mit Hilfe von Magie für ein paar Tage fort, um festzustellen, ob ich Lord Rahl helfen kann, die Seuche aufzuhalten. Als Soldaten wißt Ihr, wie streng er mich bewacht. Er würde mich niemals gehen lassen. Eher würde er sterben, als zulassen, daß ich mich einer Gefahr aussetze. In dieser Hinsicht kann man mit ihm nicht vernünftig reden.

Aus diesem Grund habe ich die Mord-Sith und meine anderen Bewacher getäuscht. Niemand weiß, wohin ich gehe. Erfährt Richard von meinem Plan, wird er mir folgen und sich der gleichen Gefahr aussetzen wie ich. Welchen Sinn hätte das? Wenn ich getötet werde, wird er ebenfalls getötet werden. Habe ich Erfolg, besteht kein Grund, daß er mir folgt.

Ich wollte nicht, daß jemand erfährt, wohin ich heute nacht aufbreche. Ihr, Männer, seid jedoch zu gute Wachen. Jetzt liegt es bei Euch. Ich riskiere mein Leben, um Lord Rahl zu beschützen. Wollt Ihr ihn ebenfalls beschützen, dann müßt Ihr Verschwiegenheit geloben. Selbst wenn er Euch in die Augen blickt, müßt Ihr ihm erklären, Ihr hättet mich nicht gesehen und niemand sei hier heraufgekommen.«

Die Männer scharrten mit den Füßen, räusperten sich und sahen einander an.

Die Finger des Wachhauptmanns spielten nervös am Heft seines Schwertes. »Wenn Lord Rahl uns in die Augen blickt und uns eine Frage stellt, dürfen wir ihn nicht anlügen, Mutter Konfessor.«

Kahlan beugte sich näher an den Mann heran. »Dann könnt Ihr ihn ebensogut auf der Stelle erschlagen. Denn das käme auf dasselbe heraus. Wollt Ihr Lord Rahls Leben gefährden? Wollt Ihr für seinen Tod verantwortlich sein?«

»Selbstverständlich nicht! Wir alle würden unser Leben für ihn geben!«

»Ich bin ebenfalls bereit, mein Leben für ihn zu opfern. Wenn er dahinterkommt, was ich tue oder wohin ich heute nacht gegangen bin, wird er mir folgen. Helfen kann er mir nicht, aber er könnte dabei das Leben verlieren.«

Kahlan zog ihren Arm unter ihrem Umhang hervor und zeigte nacheinander auf das Gesicht jedes einzelnen Mannes. »Ihr seid dafür verantwortlich, wenn Lord Rahls Leben in Gefahr gerät. Es ist Eure Schuld, wenn er sinnlos ein Risiko eingeht. Womöglich tötet Ihr ihn so.«

Der Kommandant blickte jedem seiner Männer in die Augen. Er rieb sich das Gesicht und überlegte. Schließlich ergriff er das Wort.

»Was verlangt Ihr von uns? Sollen wir auf unser Leben schwören?«

»Nein«, erwiderte Kahlan. »Schwört auf Lord Rahls Leben.«

Die Männer sanken, dem Beispiel des Kommandanten folgend, auf ein Knie.

»Wir schwören einen Eid auf das Leben von Lord Rahl, niemandem zu verraten, daß wir Euch heute nacht gesehen haben, des weiteren schwören wir, daß außer Euch und den beiden Mord-Sith früher am Tag niemand die Burg betreten hat.« Er sah sich nach seinen Männern um. »Schwört es.«

Nachdem alle den Schwur geleistet hatten, erhoben die Männer sich. Der Kommandant legte Kahlan väterlich die Hand auf die Schulter.

»Ich kenne mich mit Magie nicht aus, Mutter Konfessor, das ist die Sache von Lord Rahl, und ich weiß auch nicht, was Ihr heute nacht vorhabt, aber Euch möchten wir ebensowenig verlieren wie ihn. Lord Rahl braucht Euch. Was immer Ihr vorhabt, gebt auf Euch acht!«

»Vielen Dank, Kommandant. Ich denke, Eure Männer sind die größte Gefahr, der ich heute nacht begegnen werde. Morgen wird sich das ändern.«

»Findet Ihr den Tod, dann entbindet uns das von unserem Eid. Wenn Ihr sterbt, müssen wir Lord Rahl mitteilen, was wir wissen. Man wird uns hinrichten, sollte es dazu kommen.«

»Nein, Kommandant. Lord Rahl würde nichts dergleichen tun. Deswegen müssen wir unsere Pflicht tun und ihn beschützen. Denn ohne ihn wird die Imperiale Ordnung über uns herfallen. Diese Menschen haben keinen Respekt vor dem Leben – sie waren es, die diese Pest geschickt haben. Und zwar zuerst Kindern.«

Kahlan mußte schlucken, als sie in das silberne Gesicht der Sliph blickte.

»Ja, ich bin bereit. Was soll ich tun?«

Eine glänzende metallische Hand hob sich aus dem Becken und berührte den oberen Rand der Mauer. »Komm zu mir«, sagte die Stimme, die im Raum widerhallte. »Du brauchst nichts zu tun. Das übernehme ich.«

Kahlan kletterte auf die Mauer. »Und du kannst mich ganz sicher nach Agaden bringen?«

»Ja. Ich war schon einmal dort. Es wird dir gefallen.«

Kahlan wußte nicht so recht, ob es ihr gefallen würde. »Wie lange wird es dauern?«

Die Sliph schien die Stirn zu runzeln. Kahlan sah ihr Spiegelbild in ihrer glänzenden Oberfläche.

»Von hier bis dort. So lange. Ich war schon einmal dort.«

Kahlan seufzte. Die Sliph schien nicht zu begreifen, daß sie dreitausend Jahre geschlafen hatte. Was bedeutete für sie ein Tag mehr oder weniger?

»Du wirst Richard doch nicht verraten, wohin du mich gebracht hast, oder? Ich möchte nicht, daß er es erfährt.«

Das silberne Gesicht verzog sich zu einem schlauen Lächeln. »Keiner, der mich kennt, will, daß andere etwas erfahren. Ich verrate nichts. Sei unbesorgt, niemand wird wissen, was wir zusammen tun. Niemand wird von deinem Vergnügen Kenntnis erhalten.«

Kahlans Gesicht nahm einen verwirrten Ausdruck an. Der flüssige Silberarm legte sich um sie. Der warme, wellenartige Griff hielt sie umklammert.

»Vergiß nicht: du mußt mich atmen«, erklärte die Sliph. »Hab keine Angst. Ich werde dich am Leben erhalten, wenn du mich atmest. Sobald wir das Ziel erreichen, mußt du mich ausatmen und die Luft einatmen. Davor wirst du ebensoviel Angst haben wie davor, mich einzuatmen, aber du mußt es tun, sonst stirbst du.«

Kahlan nickte und holte tief Luft, während sie von einem Bein aufs andere trat. »Ich erinnere mich.« Sie konnte nicht anders, der Gedanke, ohne Atem zu sein, machte ihr angst. »Also gut, ich bin bereit.«

Ohne ein weiteres Wort hob der silberne Arm sie sachte von der Mauer und stürzte mit ihr hinab in die quecksilbrige Gischt.

Kahlans Lungen brannten. Sie hatte die Augen fest geschlossen. Zwar hatte sie es schon einmal getan und wußte, ihr blieb keine andere Wahl, trotzdem erfüllte sie entsetzliche Angst, dieses flüssige Silber in sich einzusaugen. Beim letzten Mal hatte Richard sie begleitet. Diesmal war sie alleine, und Panik überkam sie.

Sie mußte an Shota denken, die Nadine geschickt hatte, damit sie Richard heiratete.

Kahlan ließ die Luft aus ihren Lungen entweichen. Sie nahm einen tiefen Atemzug und sog die seidige Substanz der Sliph in sich hinein.

Es gab weder heiß noch kalt. Sie öffnete die Augen und erblickte Hell und Dunkel in einer einzigen, geisterhaften Vision. Sie spürte Bewegung in dieser schwerelosen Leere, gleichzeitig schnell und langsam, wie ein Stürzen und ein Treiben. Ihre Lungen füllten sich mit der süßen Gegenwart der Sliph. Es war, als nähme sie die Sliph in ihrer Seele auf. Zeit war bedeutungslos.

Es war die pure Wonne.

2. Kapitel

Inmitten des warmen Farbenwirbels hörte Zedd, wie Ann seinen Namen rief. Ihr Einwand schien von ganz weit her zu kommen, dabei stand sie nur ein kurzes Stück entfernt. Im Fluß der Kraft auf seinem Zaubererfelsen hätte er ebensogut einer anderen Welt entstammen können.

In mancherlei Hinsicht war es auch so.

Ihre Stimme ertönte erneut, störend, beharrlich, drängend. Zedd ignorierte sie so gut wie völlig, während er seinen Arm in das rauchige Licht hob. Die Gestalten vor ihm deuteten behutsam darauf hin, daß ihre Daseinsform die von Seelen war. Er war fast fertig.

Plötzlich begann die Wand aus Kraft in sich zusammenzusinken. Die Ärmel seines Gewandes rutschten herab, während Zedd seine gekrümmten Hände höher in den Himmel reckte und mit aller Gewalt versuchte, mehr Macht in das Feld aus Magie zu zwingen, es zu stabilisieren. Wie von Sinnen zog er einen Eimer aus dem Brunnen hoch, nur um festzustellen, daß er leer war.

Farbige Funken knisterten. Der kreisende Lichtwirbel bildete sich zurück zu einem trüben bunten Glänzen. Mit wachsender Geschwindigkeit fiel er, kraftlos erlahmend, in sich zusammen.

Zedd war sprachlos.

Mit einem dumpfen Schlag, der den Erdboden erzittern ließ, erlosch die gesamte mühevoll erzeugte Verwerfung in der Welt des Seins.

Zedds Arme kreisten wie Windmühlen, als Ann seinen Kragen packte und ihn vom Zaubererfelsen herunterzog. Rückwärts torkelnd warf er sie beide zu Boden.

Seiner beseelenden Magie beraubt, fiel auch der Fels in sich zusammen. Zedd hatte nichts dazu beigetragen. Sein Zaubererfelsen war aus eigenen Stücken in seinen leblosen Zustand zurückgekehrt. Jetzt war er endgültig verwirrt.

»Verdammt, Frau! Was hat das zu bedeuten!«

»Wage nicht, mich anzufluchen, widerborstiger alter Mann. Ich weiß nicht, wieso ich mir überhaupt die Mühe mache, deine alte, faltige Haut zu retten.«

»Wieso hast du dich eingemischt? Ich war fast fertig!«

»Ich habe mich nicht eingemischt«, knurrte sie.

»Aber wenn du es nicht warst« – Zedd warf einen verstohlenen Blick hinüber zu den dunklen Hügeln. »Soll das etwa heißen ...?«

»Plötzlich hatte ich die Verbindung zu meinem Han verloren. Ich wollte dich warnen, nicht stören.«

»Oh«, meinte Zedd kleinlaut. »Das ist etwas völlig anderes.« Er hob seinen Zaubererfelsen vom Boden auf. »Warum hast du das nicht gleich gesagt?« Er ließ den Felsen in eine Innentasche gleiten.

Ann suchte die Dunkelheit ab. »Konntest du irgend etwas herausfinden, bevor du die Verbindung verloren hast?«

»Ich hatte die Verbindung noch gar nicht aufgenommen.«

Sie sah ihn an. »Du hattest ... was soll das heißen, du hattest die Verbindung noch gar nicht aufgenommen? Was hast du denn die ganze Zeit gemacht?«

»Ich habe es versucht«, sagte er und griff nach der Decke. »Irgend etwas war nicht so, wie es sein sollte. Ich konnte nicht hindurchgreifen. Hol deine Sachen. Wir sollten von hier verschwinden.«

Ann nahm eine Satteltasche vom Boden auf und ging daran, ihre Sachen hineinzustopfen. »Zedd«, meinte sie besorgt, »wir hatten uns darauf verlassen. Jetzt, wo du versagt hast –«

»Ich habe nicht versagt«, fauchte er zurück. »Auf keinen Fall war es mein Fehler, daß es nicht funktioniert hat.«

Sie schlug seine Hände fort, als er sie zu ihrem Pferd bugsieren wollte. »Wieso hat es nicht funktioniert?«

»Wegen der roten Monde.«

Sie drehte sich um und starrte ihn an. »Du meinst …«

»Ich mache das nicht oft, und schon gar nicht leichtfertig. In meinem ganzen Leben habe ich nur einige wenige Male Verbindung mit der Welt der Seelen aufgenommen. Als mein Vater mir den Felsen schenkte, warnte er mich, man dürfe ihn nur im äußersten Notfall benutzen. Während einer solchen Kontaktaufnahme besteht die Gefahr, die falschen Seelen durchzulassen, oder schlimmer, den Schleier zu zerreißen. Wenn ich früher Schwierigkeiten hatte, die Verbindung herzustellen, lag das an einer solchen Nichtübereinstimmung. Die roten Monde stellen so etwas wie eine Warnung vor einer Nichtübereinstimmung dar.«

»Bald werden wir gar nichts mehr versuchen können.« Sie befreite ihren Arm mit einem Ruck aus seinem Griff. »Was ist in dich gefahren?«

Zedd brummte. »Was hast du damit gemeint, du könntest dein Han nicht berühren?«

Ann strich über die Flanke ihres Pferdes und gab ihm damit zu verstehen, daß sie gleich neben seinem Hinterteil stand. Das Pferd scharrte mit einem Vorderhuf und wieherte.

»Während du auf dem Felsen standest, habe ich Spürnetze ausgeworfen, um zu überprüfen, ob jemand in der Nähe ist. Schließlich befinden wir uns in der Wildnis, und du hast mit all dem Licht einen ziemlichen Wirbel veranstaltet. Dann wollte ich mein Han berühren, aber plötzlich war mir, als fiele ich auf mein Gesicht.«

Zedd ließ seine Hand vorschnellen und warf ein einfaches Netz aus, um einen faustgroßen Stein umzudrehen, der vor seinen Füßen lag. Nichts geschah. Der Versuch glich dem Gefühl, sich anzulehnen, nur um zu spät festzustellen, daß dort nichts Halt bot. Als falle man auf die Nase.

Zedd entnahm einer seiner Innentaschen eine Prise Tarnpulver. Er schleuderte es in die Richtung, aus der sie gekommen waren. Der leichte Wind wehte es davon. Es glitzerte nicht.

»Wir stecken in ernsthaften Schwierigkeiten«, flüsterte er.

Sie drängte sich an ihn. »Würde es dir etwas ausmachen, dich ein wenig klarer auszudrücken?«

»Laß die Pferde stehen.« Er ergriff abermals ihren Arm. »Komm.«

Diesmal protestierte sie nicht, und so führte er sie im Laufschritt davon. »Was ist denn, Zedd?« fragte sie leise.

»Wir befinden uns in der Wildnis.« Er blieb stehen, reckte die Nase in die Luft und schnupperte. »Ich tippe auf Nangtong.« Er deutete im schwachen Mondlicht nach vorne. »Dort unten, in der Schlucht. Wir dürfen um nichts in der Welt gesehen werden. Vielleicht müssen wir uns trennen und in verschiedene Richtungen fliehen.«

Zedd hielt ihren Arm und stützte sie, als sie auf dem taufeuchten Gras und dem nassen Schlamm der steilen Böschung ausrutschte.

»Wer sind die Nangtong?«

Zedd war zuerst unten. Er legte ihr die Hände auf die breiten Hüften und half ihr herunter. Ihre Beine waren kurz, und sie hatte nicht die gleiche Schrittlänge wie er. Da er keine Magie zur Hilfe nahm, hätte ihr Gewicht ihn fast umgeworfen. Mit einer Hand bekam sie das ineinander verschlungene Geflecht eines Klettenstrauchs zu fassen und fand wieder Halt.

»Die Nangtong«, erklärte Zedd leise, »sind ein Stamm aus der Wildnis. Sie haben ihre ganz eigene Magie. Genaugenommen können sie im Gegensatz zu uns mit ihrer Magie nichts Bestimmtes bewirken, statt dessen rauben sie damit der Magie anderer einfach deren Kraft. Etwa vergleichbar dem Regen, der auf ein Lagerfeuer fällt.

Das ist das Problem mit der Wildnis. Dort lebt eine Reihe von Stämmen, die dafür sorgen können, daß die seltsamsten Dinge schiefgehen, wenn man seine Magie einsetzt. Darüber hinaus existieren hier Geschöpfe und Orte, die auf ganz unerwartete Weise Schwierigkeiten bereiten. Am besten macht man einen großen Bogen um die Wildnis.

Deshalb beunruhigte es mich so, als Verna uns erklärte – nachdem Nathan gemeint hatte, wir müßten den Schatz der Jocopo suchen –, diese hätten damals in der Wildnis gelebt. Ebensogut hätte Nathan von uns verlangen können, in ein lichterloh brennendes Feuer zu greifen und eine glühende Kohle herauszuholen. In der Wildnis lauern überall Gefahren: die Nangtong sind nur eine davon.«

»Und wie kommst du darauf, die Nangtong seien der Stamm, der die Schwierigkeiten mit unserer Magie verursacht?«

»Bei den meisten Stämmen aus der Wildnis, die diese Fähigkeit haben, entziehen sie der Magie die Kraft. Mein Tarnstaub hätte jedoch trotzdem funktioniert. Aber das ist nicht der Fall. Ich kenne außer den Nangtong niemanden, der dazu imstande wäre.«

Ann breitete die Arme aus, um ihr Gleichgewicht zu halten und nicht auszurutschen, während sie hinter ihm über einen umgestürzten Baumstamm kletterte. Der Mond verschwand hinter Wolken. Zedd freute sich, daß es wieder dunkel wurde, denn dadurch konnte man leichter ungesehen bleiben, auch wenn man nicht sah, wohin man trat. Allerdings wären sie in beiden Fällen tot, ob sie nun stürzten und sich das Genick brachen oder von vergifteten Pfeilen oder Speerspitzen durchbohrt wurden.

»Vielleicht können wir ihnen irgendwie zu verstehen geben, daß wir nichts Böses im Schilde führen«, schlug Ann leise von hinten vor. Sie schnappte nach seinem Gewand, um ihm in der Dunkelheit folgen zu können, während er hastig über die flache Uferböschung kletterte. »Ständig prahlst du und verlangst, ich solle dir das Reden überlassen, man möchte meinen, du hättest eine magische, honigsüße Zunge, wenn man dich so reden hört. Wieso erklärst du diesen Nangtong nicht einfach, wir seien auf der Suche nach den Jocopo und wüßten ihre Hilfe sehr zu schätzen? Viele Menschen, die im ersten Moment schwierig wirken, erweisen sich als ganz vernünftig, sobald man mit ihnen spricht.«

Er drehte seinen Kopf nach hinten, damit er seine Stimme gesenkt halten und sie ihn trotzdem verstehen konnte.

»Schon richtig, bloß spreche ich ihre Sprache nicht, daher kann ich sie schlecht für uns gewinnen.«

»Wenn diese Leute so gefährlich sind und du das wußtest, wieso warst du dann so töricht, uns mitten unter sie zu führen?«

»Hab ich nicht. Ich habe einen weiten Bogen um ihr Gebiet geschlagen.«

»Das sagst du. Es hat ganz den Anschein, als hättest du uns in die Irre geführt.«

»Nein, die Nangtong sind Halbnomaden. Sie haben kein fest umrissenes Stammland, bleiben aber in ihren Heimatgebieten. Und die habe ich umgangen. Wahrscheinlich handelt es sich um eine Jagdgesellschaft für die Seelen.«

»Eine was?«

Zedd blieb stehen, ging tief in die Hocke und betrachtete das Gelände. Im schwachen Licht war niemand zu erkennen, und nur vage konnte er den schwachen Geruch von fremdem Schweiß ausmachen. Gut möglich, daß der Wind ihn über Meilen herangetragen hatte.

»Eine Jagdgesellschaft für die Seelen«, wiederholte er, seinen Mund ganz dicht an ihr Ohr bringend. »Das ist eine lange Geschichte, aber es läuft darauf hinaus, daß sie der Welt der Seelen Opfer darbringen.

Sie glauben, eine frisch von ihnen gegangene Seele gibt ihre Ehrerbietung und ihre Bitten an die Ahnenseelen weiter und stimmt sie auf diese Weise günstig. Diese Jagdgesellschaften jagen Lebewesen, die man opfern kann.«

»Auch Menschen?«

»Das passiert gelegentlich. Vorausgesetzt, sie kommen damit ungeschoren davon. Sobald sie auf Widerstand stoßen, sind sie nicht gerade tapfer – sie laufen lieber weg, als sich zu schlagen – aber Schwache oder Wehrlose greifen sie sich gerne.«

»Im Namen der Schöpfung, was sind diese Midlands bloß für ein Ort, wo man Menschen so etwas durchgehen läßt? Ich habe euch für zivilisierter gehalten. Ich dachte, ihr hättet diesen Bund, der dafür sorgt, daß alle in den Midlands um das Gemeinwohl bemüht sind.«

»Die Konfessoren kommen hierher und versuchen dafür zu sorgen, daß die Nangtong keine Menschen töten, leider ist die Gegend etwas abgelegen. Sobald ein Konfessor erscheint, geben sich die Nangtong unterwürfig. Seine Magie gehört zu den wenigen, auf die die Kraft der Nangtong keinen Einfluß hat. Gut möglich, daß die Kraft eines Konfessors sich deswegen nicht beeinflussen läßt, weil sie ein Element des Subtraktiven enthält.«

»Warum laßt ihr Narren diesen Leuten ihren Willen, wenn ihr wißt, zu was sie fähig sind?«

Zedd sah sie im Dunkeln verärgert an. »Der Bund der Midlands wurde teilweise deswegen gegründet, weil man Menschen mit Magie, die von mächtigeren Ländern überrannt wurden, schützen wollte.«

»Sie besitzen keine Magie. Du hast selbst gesagt, sie können mit ihrer Magie nichts bewirken.«

»Sie heben Magie auf und nehmen ihr die Kraft. Demnach besitzen sie Magie. Menschen ohne Magie wären dazu nicht fähig. Das ist die Art dieser Menschen, sich zu verteidigen. Gewissermaßen sind das die Zähne, mit denen sie sich gegen die Besitzer mächtiger Magie wehren, die sie unterjochen oder ausrotten wollen.

Wir lassen den Menschen und Geschöpfen mit Magie ihren Frieden. Sie haben alle die gleiche Daseinsberechtigung wie wir. Wir versuchen jedoch dafür zu sorgen, daß sie keine Unschuldigen töten. Möglicherweise sind uns nicht alle Formen der Magie recht, aber wir halten nicht viel davon, Geschöpfe des Schöpfers auszumerzen, nur um eine Welt nach den Ideen dessen zu erschaffen, der die meiste Macht besitzt.«

Sie schwieg, also fuhr er fort. »Es gibt Geschöpfe, die gefährlich werden können, wie zum Beispiel der Gar, trotzdem ziehen wir nicht los und töten alle Gars. Statt dessen lassen wir sie in Frieden, lassen ihnen ihr eigenes Leben, wie vom Schöpfer beabsichtigt. Es steht uns nicht zu, die Weisheit der Schöpfung in Frage zu stellen.

Die Nangtong reagieren sehr zurückhaltend, sobald sie auf Widerstand stoßen, wenn sie jedoch glauben, die Oberhand behalten zu können, werden sie zur tödlichen Gefahr. Sie sind so etwas wie Aasfresser – wie Geier, Wölfe oder Bären. Diese Geschöpfe auszumerzen wäre nicht gerecht. Sie haben ihren Platz in der Welt.«

Sie brachte ihr Gesicht ganz nahe an seines heran, um ihrer Ungehaltenheit Ausdruck verleihen zu können, ohne loszubrüllen. »Und welche Rolle spielen die Nangtong?«

»Ich bin nicht der Schöpfer, Ann. Ich diskutiere auch nicht mit ihm über seine Entscheidungen bei der Schöpfung von Lebensformen und Magie. Dennoch besitze ich genügend Ehrfurcht, um einzuräumen, daß er vielleicht einen Grund hatte und es mir nicht zusteht, darüber zu urteilen, ob er sich geirrt hat oder nicht. Das wäre äußerst anmaßend.

In den Midlands gestehen wir allen Lebensformen ihre Daseinsberechtigung zu, und wenn sie gefährlich sind, halten wir uns einfach von ihnen fern. Ausgerechnet du mit deinen dogmatischen Lehren über deine Version des Schöpfers solltest in der Lage sein, dich mit dieser Sichtweise anzufreunden.«

Anns Worte, obwohl geflüstert, wurden hitzig. »Es ist unsere Pflicht, Heiden wie diesen den Respekt vor den anderen Geschöpfen des Schöpfers beizubringen.«

»Erzähl das dem Wolf oder dem Bären.«

Ihr Knurren hätte gleichermaßen vom einen wie vom anderen der beiden Raubtiere stammen können.

»Die Aufgabe von Magierinnen und Zauberern ist es, Hüter der Magie zu sein, sie zu beschützen, so wie ein Elternteil sein Kind beschützt«, dozierte Zedd. »Die Entscheidung, welches eine Daseinsberechtigung hat, welches des Lebens würdig ist, steht uns nicht zu.

Im Gegensatz dazu hält Jagang die Magie insgesamt für gefährlich und glaubt, man sollte uns zum Wohl aller vernichten. Du scheinst es mit dem Kaiser zu halten.«

»Schlägst du etwa nicht nach einer Biene, wenn sie dich sticht?«

»Ich habe nicht gesagt, daß wir uns nicht verteidigen sollen.«

»Wieso habt ihr euch dann nicht verteidigt und diese Bedrohungen ausgeschaltet? Im Krieg mit Darken Rahls Vater, Panis Rahl, wurdest du von deinem eigenen Volk der Wind des Todes genannt. Damals wußtest du noch, wie man eine Bedrohung ausmerzt.«

»Ich habe getan, was ich tun mußte, um Unschuldige zu beschützen, die ansonsten abgeschlachtet worden wären – die bereits abgeschlachtet wurden. Gegen Jagang werde ich dasselbe tun, falls es notwendig wird. Die Nangtong rechtfertigen nicht, daß man sie ausrottet. Sie wollen niemanden durch Mord, Folter und Versklavung beherrschen. Aus ihren Vorstellungen ergibt sich nur dann ein Unheil, wenn wir so unvorsichtig sind, uns ungebeten einzumischen.«

»Sie sind gefährlich. Ihr hättet niemals zulassen dürfen, daß die Gefährdung durch sie weiterbesteht.«

Er hob belehrend den Zeigefinger. »Und warum hast du Nathan nicht getötet, um die Bedrohung, die er darstellt, zu beseitigen?«

»Willst du Nathan etwa mit Leuten auf die gleiche Stufe stellen, die ihren heidnischen Vorstellungen Menschen opfern? Eins kann ich dir sagen, wenn ich den Kerl noch einmal in die Finger bekomme, dann bringe ich ihn auf den rechten Weg!«

»Gut. Allerdings ist jetzt nicht der richtige Zeitpunkt, um über Theologie zu diskutieren.« Zedd strich sein welliges Haar nach hinten. »Solltest du den Nangtong deine Glaubensgrundsätze nicht näherbringen wollen, schlage ich vor, daß wir uns an meine halten und uns aus ihren Jagdgründen entfernen.«

Ann seufzte. »Vielleicht hast du in dem einen oder anderen Punkt nicht ganz unrecht. Wenigstens hattet ihr gute Absichten.«

Mit einer scheuchenden Bewegung gab sie ihm zu verstehen, er solle endlich weitergehen. Zedd folgte der gewundenen Schlucht und versuchte, nicht in den träge dahinfließenden Wasserlauf zu treten, der sich durch sie hindurchschlängelte.

Die Schlucht führte nach Südwesten. Er wußte, daß sie sie von der Heimat der Nangtong wegführte. Außerdem hoffte er, sie werde ihnen auf ihrer Flucht Deckung geben. Die Nangtong besaßen Speere und Pfeile.

Als der Mond durch die Wolken brach, streckte Zedd eine Hand aus, damit Ann stehenblieb, und hockte sich hin, um kurz, solange es genügend Licht gab, die Umgebung abzusuchen. Bis auf die acht bis zehn Fuß hohen Uferböschungen und die beinahe kahlen Hügel dahinter erkannte er wenig. Auf den fernen Bergen standen vereinzelte Baumgruppen.

Weiter vorne in dem flachen Tal verschwand der Bach in einem Dickicht. Zedd drehte sich zu Ann um und teilte ihr mit, die beste Chance hätten sie, wenn sie sich im Gestrüpp zwischen den Bäumen versteckten. Die Nangtong würden dort wahrscheinlich eine Falle vermuten und sich von einer solchen Stelle fernhalten.

Der Mond war immer noch zu sehen. Hinten konnte er ihr perfektes Spurenpaar im Matsch erkennen. Er hatte bisher nicht an ihre Spuren gedacht und zeigte sie ihr nun. Mit dem Daumen gab sie ihm zu verstehen, daß sie die schlammige Wasserrinne verlassen sollten.

Zwei dünne Schreie in der Ferne zerrissen die Stille.

»Die Pferde«, zischte er.

Die Schreie brachen unvermittelt ab. Man hatte den Tieren die Kehle durchgeschnitten.

»Verdammt! Das waren gute Pferde. Hast du etwas, um dich zu verteidigen?«

Ann ließ ihr Handgelenk vorschnellen und brachte einen Dacra zum Vorschein. »Das hier. Seine Magie wird nicht funktionieren, aber erdolchen kann ich sie damit trotzdem noch. Und was hast du?«

Zedd lächelte schicksalsergeben. »Meine honigsüße Zunge.«

»Vielleicht sollten wir uns trennen, bevor mich deine Waffe das Leben kostet.«

Zedd zuckte die Achseln. »Ich werde dir keinen Vorwurf machen, wenn du dich alleine durchschlagen willst. Wir haben eine wichtige Aufgabe zu erledigen. Vielleicht wäre es besser, wenn wir uns trennen, damit wenigstens einer von uns durchkommt.«

Sie lächelte. »Du möchtest doch bloß den ganzen Spaß für dich allein haben. Wir kommen schon durch. Immerhin sind wir ein gutes Stück von den Pferden entfernt. Bleiben wir zusammen.«

Zedd drückte ihre Schulter. »Vielleicht opfern sie ja nur Jungfrauen.«

»Aber ich will nicht alleine sterben.«

Der Zauberer lachte leise in sich hinein, während er weiterging und vorn nach einer Stelle suchte, wo er sie nach oben und aus der kleinen Schlucht hinausführen konnte. Schließlich entdeckte er einen Einschnitt in der Uferböschung. Die Wurzeln des knorrigen Gestrüpps hingen herab wie Haare und boten genug Halt. Der Mond verschwand hinter einer mächtigen Wolke. In der undurchdringlichen Finsternis kletterten sie langsam hinauf und ertasteten sich den Weg blind mit den Händen.

Zedd hörte ein paar Käfer summen und in der Ferne den klagenden Ruf eines Kojoten. Davon abgesehen war die Nacht ruhig und still. Mit ein wenig Glück waren die Nangtong damit beschäftigt, Zedds und Anns Sachen bei den Pferden zu durchstöbern.

Zedd erreichte den oberen Rand, drehte sich um und half Ann herauf. »Bleib auf Händen und Knien. Wir werden robben oder wenigstens geduckt weitergehen.«

Ann gab leise ihre Zustimmung kund. Dann marschierten sie los, fort von dem kleinen Wasserlauf. Hell und leuchtend kam der Mond hinter einer Wolke hervor.

Unmittelbar vor ihnen standen die Nangtong in einem Halbkreis und verstellten ihnen den Weg.

Es mochten vielleicht zwanzig sein. Zedd vermutete weitere in der Nähe. Die Jagdtrupps der Nangtong waren gewöhnlich größer.

Klein und fast nackt, waren sie mit nichts weiter als einem Riemen mit einer Art Tasche daran bekleidet, in der ihre Männlichkeit steckte. Um den Hals trugen sie Halsketten aus menschlichen Fingerknochen. Die Köpfe waren kahlgeschoren. Sie besaßen sehnige Arme und Beine und vorstehende Bäuche.

Die Nangtong waren am ganzen Körper mit weißer Asche beschmiert. Der Bereich um die Augen war schwarz bemalt, was ihnen das Aussehen lebender Totenköpfe verlieh.

Zedd und Ann sahen zu den Speeren hinauf, deren mit Zacken versehene Stahlspitzen im Mondlicht blitzten. Einer der Männer rief schnatternd einen Befehl. Zedd konnte die Worte nicht verstehen, hatte jedoch eine recht klare Vorstellung davon, was gemeint war.

»Laß den Dacra stecken«, flüsterte er Ann zu. »Es sind zu viele. Sie würden uns auf der Stelle umbringen. Wir haben nur eine Chance, wenn wir am Leben bleiben und uns etwas einfallen lassen.«

Er beobachtete, wie sie die Waffe zurück in den Ärmel schob.

Zedd schaute grinsend zu der Wand aus grimmigen Gesichtern hoch. »Weiß einer von euch vielleicht, wo wir die Jocopo finden können?«

Ein Speer stieß nach ihm und bedeutete ihm aufzustehen. Er und Ann gehorchten widerstrebend. Die Männer, die Zedd nicht einmal bis zur Schulter reichten, jedoch ungefähr so groß wie Ann waren, scharten sich um sie und schnatterten plötzlich alle auf einmal los. Männer schubsten und knufften sie.

Man riß ihnen die Arme nach hinten und band ihnen die Handgelenke fest zusammen.

»Erinnere mich bei Gelegenheit noch einmal daran«, meinte Ann zu ihm, »wie klug es war, diesen Heiden ihre rückständigen Bräuche zu lassen.«

»Na ja, ein Konfessor erzählte mir einmal, sie seien recht gute

Köche. Vielleicht bekommen wir eine neuartige Köstlichkeit vorgesetzt.«

Ann strauchelte, als sie weitergestoßen wurde, fing sich aber wieder. »Ich bin zu alt«, murmelte sie, den Blick in den Himmel gerichtet, »um mich mit einem Verrückten herumzutreiben.«

Eine Stunde forschen Marsches brachte sie zum Dorf der Nangtong. Plumpe, runde Zelte, vielleicht dreißig an der Zahl, bildeten ihr mobiles Dorf. Die niedrigen Zelte kauerten sich dicht an den Erdboden, um dem Wind so wenig Angriffsfläche wie möglich zu bieten. Einfriedungen aus hohen Stockzäunen beherbergten ein buntes Gemisch von Tieren.

Schwatzende Menschen, von Kopf bis Fuß in schmuckloses Tuch gehüllt, damit ihre Identität vor den Opfern verborgen blieb, die im Begriff standen, ihre Gebete in die Welt der Seelen hinüberzutragen, kamen aus ihren Hütten und wollten sehen, wie Zedd und Ann hinter vorgehaltenen Speerspitzen durch das Dorf getrieben wurden. Ihre Häscher, beschmiert mit weißer Asche, die Augen schwarz bemalt, waren als Tote verkleidete Jäger, damit niemand Gefahr lief, als einer der Lebenden erkannt zu werden.

Vor einem Pferch wurde Zedd zurückgerissen, damit er stehenblieb, während die Männer die Seilschlaufe am Gatter lösten. Das Tor schwang im Mondlicht auf. Offenbar war ihnen das gesamte Nangtongdorf gefolgt. Die Menschen johlten und brüllten, als die beiden Gefangenen durch das Gatter getrieben wurden. Wahrscheinlich wollten sie den beiden Seelen, die im Begriff standen, im Namen der Nangtong mit deren Vorfahren zu sprechen, irgendwelche Botschaften mit auf den Weg geben.

Zedd und Ann, die Handgelenke noch immer hinter dem Rücken gefesselt, wurden in den Pferch gestoßen und stürzten zu Boden. Sie landeten im Matsch. Grunzende Schatten sprangen davon. Schweine! Dem Untergrund nach, den sie zu einem morastigen Sumpf aufgewühlt hatten, stand das Dorf seit wenigstens einigen Monaten an dieser Stelle.

Die Seelenjäger, fast fünfzig Mann, wie Zedd schätzte, gingen auseinander. Eingekreist von fröhlichen Kindern und stoischen Frauen, machten sich ein paar zu ihren Zelten auf. Andere umstellten den Pferch, um Wache zu halten. Die meisten der Anwesenden riefen den Gefangenen etwas zu und gaben ihnen Botschaften an die Vorfahren mit.

»Warum tut ihr das?« fragte Zedd einen der Bewacher. Er deutete mit einem Nicken auf Ann. »Warum?« Er zuckte die Achseln.

Einer der Bewacher schien zu verstehen. Er machte eine schneidende Bewegung über seine Kehle, dann deutete er imaginäres Blut an, das aus der vorgetäuschten Wunde rann. Er zeigte mit seinem Speer auf den Mond.

»Blutmond?« fragte Ann kaum hörbar.

»Roter Mond«, hauchte Zedd, als er begriff. »Nach dem, was ich zuletzt gehört habe, haben die Konfessoren den Nangtong das Versprechen abgenommen, keine Menschenopfer mehr darzubringen. Ich war nie sicher, ob sie ihr Versprechen halten würden. Wie auch immer, die Menschen haben sich von ihnen ferngehalten.

Der rote Mond muß ihnen angst und sie glauben gemacht haben, die Welt der Seelen sei erzürnt. Wahrscheinlich sollen wir deshalb auch geopfert werden: um die erzürnten Seelen zu besänftigen.«

Ann wand sich unbehaglich neben ihm im Schlamm. Sie warf ihm einen mörderischen Blick zu.

»Ich bete nur, daß Nathan sich in einer Lage befindet, die noch schlimmer als die unsere ist.«

»Was meintest du doch gleich«, fragte Zedd zerstreut, »über das Herumtreiben mit einem Verrückten?«

3. Kapitel

Was meint Ihr?« fragte Clarissa.

Sie drehte sich erst ein wenig in die eine, dann in die andere Richtung und versuchte eine möglichst natürliche Pose einzunehmen, dabei kam sie sich alles andere als natürlich vor. Sie wußte nicht recht, was sie mit den Händen anfangen sollte, also verschränkte sie sie hinter ihrem Rücken.

Nathan fläzte sich in einem Sessel, wie sie ihn prächtiger noch nicht gesehen hatte. Sitz und Rückenlehne, beides gepolstert, waren mit einem hellbraunen und goldengestreiften Stoff bezogen. Sein linkes Bein hing bequem über einer der reich verzierten Armlehnen, während sein Ellenbogen lässig auf der anderen lag. Sein Kinn ruhte nachdenklich in seiner Hand. Die fein gearbeitete Silberscheide seines Schwertes hing herab, so daß deren Spitze vor dem Sessel den Boden berührte.

Nathan lächelte das ihm eigene Lächeln, welches verriet, daß er sich aufrichtig freute.

»Meine Liebe, ich finde, Ihr seht wunderbar aus.«

»Bestimmt? Das sagt Ihr nicht einfach so? Es gefällt Euch wirklich? Ich wirke nicht ... albern darin?«

Er lachte vergnügt in sich hinein. »Nein, albern ganz bestimmt nicht. Hinreißend vielleicht.«

»Aber ich komme mir ... ich weiß nicht ... vermessen vor. Ich habe noch nie so elegante Kleider gesehen, geschweige denn anprobiert.«

Er zuckte die Achseln. »Dann wird es allmählich Zeit.«

Der Damenschneider, ein dürrer, gepflegter Mann, dessen kahle, weite Schädeldecke nur eine einzige lange graue Locke zierte, kehrte durch die mit einem Vorhang verhängte Tür zurück. Er packte die beiden Enden des um seinen Hals geschlungenen Maßbandes und zog es nervös hin und her.

»Die Dame findet das Kleid annehmbar?«

Clarissa erinnerte sich, wie sie sich Nathans Anweisungen entsprechend zu benehmen hatte. Sie strich den schweren, blauen Samt an ihren Hüften glatt.

»Es sitzt nicht ganz perfekt –«

Die Zunge des Damenschneiders schnellte zwischen seinen Lippen hervor. »Nun ja, meine Dame, hätte ich gewußt, daß Ihr mein Geschäft beehrt, oder hättet Ihr Eure Maße vorab geschickt, dann hätte ich gewiß die nötigen Änderungen vorgenommen.« Er warf einen Blick zu Nathan hinüber. Seine Zunge zuckte abermals hervor. »Seid versichert, meine Dame, ich bin in der Lage, das auch jetzt jederzeit zu tun.«

Der Mann verbeugte sich vor Nathan. »Was meint Ihr, mein Herr? Immer vorausgesetzt, es würde Euren Wünschen entsprechend geändert, meine ich.«

Nathan verschränkte die Arme und betrachtete Clarissa wie ein Bildhauer sein unfertiges Werk. Er kniff die Augen zusammen und überlegte, rollte seine Zunge in der Wange und gab kehlige Laute von sich, als könne er sich nicht recht entscheiden. Der Schneider spielte nervös mit den Enden des Maßbandes.

»Wie die Dame bereits sagte, um die Hüfte sitzt es ein wenig salopp.«

»Seid unbesorgt, mein Herr.« Der Damenschneider war im Nu hinter ihr und zupfte beherzt am Stoff herum. »Seht Ihr, hier? Ich brauche nur ein, zwei Abnäher zu machen. Die verehrte Dame ist mit einer vortrefflichen Figur gesegnet. Ich habe es hier selten mit Damen von so elegantem Körperbau zu tun, trotzdem kann ich das Kleid in wenigen Stunden ändern lassen. Es wäre mir die größte Ehre, die Arbeit noch heute abend zu erledigen und es Euch liefern zu lassen in das – in das – wo logiert Ihr doch gleich, mein Herr?«

Nathan machte eine wegwerfende Handbewegung. »Ich werde noch eine angemessene Unterkunft suchen müssen. Gibt es ein Haus, das Ihr guten Gewissens empfehlen könnt?«

Der Damenschneider verneigte sich erneut. »Haus Wildrose wäre das eleganteste Gasthaus in Taniumura, mein Herr. Wenn Ihr wollt, schicke ich rasch meinen Gehilfen hinüber und lasse die entsprechenden Vorbereitungen für Euch und … die Dame treffen.«

Nathan richtete sich im Sessel auf und fischte eine Goldmünze aus seiner Tasche. Er schnippte dem Mann die Münze zu, gefolgt von einer zweiten und schließlich einer dritten.

»Ja, danke, das wäre sehr freundlich von Euch.« Er runzelte nachdenklich die Stirn, dann warf er dem Mann eine vierte zu. »Es ist schon spät, aber ich bin sicher, Ihr könnt sie überreden, den Gastraum bis zu unserem Eintreffen geöffnet zu lassen. Wir waren den ganzen Tag unterwegs und könnten eine anständige Mahlzeit gebrauchen.« Er drohte dem Mann mit dem Zeigefinger. »Die besten Zimmer, wohlgemerkt. Ich werde nicht zulassen, daß man mich in irgendeinem engen Stall unterbringt!«

»Ich versichere Euch, mein Herr, die Wildrose hat kein einziges Zimmer, das man auch nur im entferntesten als Stall bezeichnen könnte, nicht einmal ein Herr wie Ihr. Und wie lange wünscht Ihr dort zu verweilen – nur damit mein Gehilfe es ausrichten kann?«

Nathan strich über die Rüschen an seiner Hemdbrust. »Bis Kaiser Jagang nach mir verlangt, natürlich.«

»Selbstverständlich, mein Herr. Und möchtet Ihr das Kleid, mein Herr?«

Nathan hakte einen Daumen in die kleine Tasche an der Vorderseite seiner grünen Weste und ließ seine Hand herabhängen. »Für den Alltag wird es genügen müssen. Was hättet Ihr an ein wenig eleganteren Modellen?«

Der Damenschneider verneigte sich lächelnd. »Erlaubt, daß ich Euch einige andere zur Ansicht bringe. Die werte Dame kann dann diejenigen anprobieren, die Euch zusagen.«

»Ja«, erwiderte Nathan. »Ja, das wäre wohl das beste. Ich verfüge über beträchtliche Erfahrung und einen ausgeprägten Geschmack. Ich bin Besseres gewöhnt. Bringt etwas, das mir Bewunderung entlockt.«

»Selbstverständlich, mein Herr.« Er verbeugte sich zweimal und eilte davon.

Nachdem der Mann verschwunden war, schmunzelte Clarissa verwundert. »Nathan! Das ist das eleganteste Kleid, das ich je zu Gesicht bekommen habe, und Ihr verlangt, daß er uns noch etwas Besseres zeigt?«

Nathan sah sie mit gespieltem Erstaunen an. »Nichts ist zu gut für die Konkubine des Kaisers, die Frau, die das Kind des Herrschers in sich trägt.«

Ihr Herz schlug schneller, als der Prophet zum wiederholten Male davon sprach. Wenn sie in seine himmelblauen Augen blickte, glaubte sie dort manchmal etwas Eigentümliches zu erkennen, das bei ihr ein leichtes, unbestimmtes Gefühl auslöste, wenngleich nur für einen Augenblick, daß Nathan weit mehr als wahnsinnig war. Brachte er dann aber das ihm eigene heitere Lächeln auf seine Lippen, schmolz sie angesichts seiner Zuversicht dahin.

Er war wagemutiger als jeder andere Mann, dem sie begegnet war. Seine Tapferkeit hatte sie vor den Rohlingen in Renwold gerettet. Seitdem hatte seine Dreistigkeit ihnen aus Situationen herausgeholfen, die ihr mehr als nur hoffnungslos erschienen waren.

Diese Verwegenheit, die alle Kühnheit so weit übertraf, mußte einen Funken Wahnsinn enthalten.

»Ich vertraue Euch, Nathan. Und ich tue alles, was Ihr von mir verlangt. Aber würdet Ihr mir bitte verraten, ob dies ein Lügenmärchen ist, mit dem wir hier bestehen wollen, oder ob Ihr wirklich eine derart schaurige Zukunft für mich seht?«

Nathan nahm sein Bein herunter und richtete sich zu seiner vollen, alles überragenden Größe auf. Er nahm eine ihrer Hände und legte sie auf sein Herz, als sei sie eine äußerst zarte Blüte. Sein langes silbergraues Haar fiel über seine Schulter nach vorn, während er ganz nah vor ihr stand und ihr in die Augen sah.

»Es ist nur eine Geschichte, um meine Ziele zu erreichen, Clarissa. Sie spiegelt in keiner Weise wider, was ich für die Zukunft sehe. Ich will Euch nicht anlügen und Euch erzählen, uns stünden keine Gefahren bevor, doch seid vorerst unbesorgt und genießt das Leben. Wir müssen eine Weile warten, und ich wollte Euch die Zeit so angenehm wie möglich vertreiben.

Es steht Euch frei, zu tun, was Ihr tun müßt. Ich vertraue auf Euer Wort. Ich wollte Euch in der Zwischenzeit nur eine Gefälligkeit erweisen.«

»Aber sollten wir uns nicht dort verstecken, wo die Menschen uns nicht kennen? Irgendwo, wo uns niemand sieht?«

»So verstecken sich Verbrecher oder unerfahrene Ausreißer. Aus diesem Grund werden sie auch gefaßt. So etwas macht die Menschen mißtrauisch. Wer jemanden verfolgt, sieht in allen dunklen Löchern nach und kommt überhaupt nicht auf die Idee, im Licht zu suchen. Solange wir uns verborgen halten müssen, ist die Öffentlichkeit das beste Versteck.

Die Geschichte ist zu absurd, und niemand wird sie glauben. Kein Mensch käme je auf den Gedanken, jemand besäße die Kühnheit, sich eine solche Geschichte auszudenken, deswegen wird niemand an ihr zweifeln.

Außerdem verstecken wir uns genaugenommen gar nicht. Niemand verfolgt uns. Wir wollen nur kein Mißtrauen erregen. Genau das täten wir aber, wenn wir uns versteckten.«

Sie schüttelte den Kopf. »Ihr seid unglaublich, Nathan.«

Clarissa betrachtete die Taille des wunderschönen Kleides, zumindest, was sie davon unter ihrem offenherzigen Busen erkennen konnte, der so hoch geschnürt war, daß ihre Brüste fast herausfielen. Sie zupfte an den Stützen, die unter ihrem Busen gegen ihre Rippen drückten. Noch nie hatte sie so seltsame und unbequeme Unterkleider getragen. Wozu sie alle dienen sollten, davon hatte sie keine Ahnung. Sie strich den seidenen Rock des Kleides glatt.

»Steht es mir gut? Ganz ehrlich? Sagt mir die Wahrheit, Nathan. Ich bin nur eine einfache, unscheinbare Frau. Wirkt es an einer unscheinbaren Frau nicht albern?«

Nathan runzelte die Stirn. »Unscheinbar? Glaubt Ihr das wirklich?«

»Natürlich. So dumm bin ich nicht. Ich weiß, daß ich nicht –«

Nathan winkte ihr, sie solle schweigen. »Vielleicht solltet Ihr Euch selbst ein Bild machen.«

Er zog das Tuch vom Standspiegel. Sie befanden sich in einem Vorführzimmer für Herren. Als er sie in Fragen der Etikette und der Schicklichkeit unterrichtet hatte, hatte er ihr erklärt, die Spiegel an einem solchen Ort würden selten benutzt, und sie dürfe in keinen hineinschauen, es sei denn, man bat sie darum. In einem so exklusiven Geschäft zählte der Blick in den Augen des Herrn, nicht der in den Spiegel.

Nathan faßte sie sachte am Ellenbogen und geleitete sie vor den Spiegel. »Vergeßt die Vorstellung, die Ihr selbst von Euch habt, und betrachtet, was andere vor sich haben, wenn sie Euch anschauen.«

Clarissas Finger spielten nervös mit dem gerafften Zierat an ihrer Hüfte. Sie nickte Nathan zu, fürchtete aber, in den Spiegel zu schauen und von jenem Anblick enttäuscht zu werden, den sie nur zu gut kannte. Er drängte sie erneut. Innerlich vor Verlegenheit ein ganz klein wenig zusammenzuckend, drehte sie sich um und betrachtete staunend ihr Konterfei.

Bei dem Anblick, der sich ihr bot, fiel ihr die Kinnlade herunter.

Clarissa erkannte sich nicht wieder. So jung sah sie doch gar nicht aus. Eine Frau – kein junges, launisches Fräulein, sondern eine Frau in voller Blüte, eine elegante Frau von Rang – blickte ihr entgegen.

»Nathan«, hauchte sie, »mein Haar ... so lang war mein Haar doch gar nicht. Wie hat die Frau, die es heute nachmittag frisiert hat, es länger machen können?«

»Oh, nun, das hat sie gar nicht. Ich habe dafür ein wenig Magie benutzt. Ich dachte, es sähe so besser aus. Ihr habt hoffentlich nichts dagegen?«

»Nein«, antwortete sie leise. »Es ist wunderschön.«

Man hatte ihr weiches braunes Haar zu Löckchen gedreht und zarte violette Bänder hineingeflochten. Sie wiegte den Kopf hin und her. Die Löckchen hüpften auf und ab und schwangen von einer Seite zur anderen. Clarissa hatte einmal eine Dame von hohem Rang in Renwold gesehen, die ihr Haar so wie sie getragen hatte. Sie hatte noch nie so schönes Haar gesehen. Und jetzt hatte Clarissa die gleiche Pracht auf dem Kopf.

Sie bestaunte sich im Spiegel. Ihre Gestalt war so ... wohlgestalt. All diese harten, engsitzenden Dinger unter ihrem Kleid hatten ihren Körper irgendwie umgeformt. Clarissa errötete, als sie bemerkte, wie ihr Busen sich nach oben drückte, fast unbedeckt, so daß er für aller Augen sichtbar war.

Natürlich war ihr immer klar gewesen, daß Frauen wie Manda Perlin nicht wirklich so gebaut waren, wie es schien. Ohne die Kleider waren deren Körperformen nicht viel anders als die jeder anderen Frau, nur hatte Clarissa nie gewußt, wieviel davon auf das Konto der Kleider ging, die diese attraktiven Damen trugen.

Im Spiegel, in diesem Kleid, das Haar auf diese Weise frisiert und mit der Schminke im Gesicht, war sie jeder einzelnen von ihnen ebenbürtig. Älter vielleicht, doch dieses Alter schien das, was sie vor sich hatte, nur noch zu unterstreichen, und verlieh ihm keineswegs etwas Verbrauchtes, Unansehnliches, wie sie immer geglaubt hatte.

Und dann entdeckte sie den Ring in ihrer Lippe.

Er war aus Gold, nicht aus Silber.

»Nathan«, fragte sie leise, »was ist mit dem Ring passiert?«

»Oh, richtig, der Ring. Nun, es wäre unklug, Euch mit einem Silberring in der Lippe als angebliche Konkubine des Kaisers auszugeben und seinen kleinen Kaisererben austragen zu lassen. Jeder weiß, daß der Kaiser nur Frauen mit einem Goldring in sein Bett befiehlt.

Außerdem seid Ihr fälschlicherweise mit einem Silberring markiert worden. Diese Männer waren einfach völlig blind.« Er machte eine großartige Handbewegung. »Ich habe selbstverständlich einen Blick für so etwas.« Er machte eine einladende Geste Richtung Spiegel. »Seht selbst. Diese Frau ist zu schön, um etwas anderes als einen Goldring zu tragen.«

Der Frau, die ihr aus dem Spiegel entgegenstarrte, kamen die Tränen. Clarissa wischte sich mit dem Finger vorsichtig über den unteren Rand des Lids. Sie fürchtete, die Schminke zu verwischen, die die Frau ihr aufgetragen hatte, während ihr Locken gedreht wurden.

»Ich weiß nicht, was ich sagen soll, Nathan. Ihr habt etwas Magisches bewirkt. Ihr habt eine einfache Frau in etwas ...«

»... Wunderschönes verwandelt«, beendete er den Satz.

»Aber warum?«

Sein Gesicht nahm einen seltsamen Ausdruck an. »Seid Ihr so schwer von Begriff? Ich konnte es mir schließlich nicht erlauben, daß Ihr schlicht wirkt.« Er deutete mit einer schwungvollen Bewegung auf sich selbst. »Niemand würde glauben, ein so gutaussehender Mann wie ich würde sich mit einer weniger schönen Frau zeigen.«

Clarissa schmunzelte. Sie fand ihn gar nicht mehr so alt wie zu Anfang, als sie ihn kennengelernt hatte. Eigentlich machte er einen eleganten Eindruck. Elegant und vornehm.

»Danke, Nathan, daß Ihr an mich glaubt, und das in mehr als einer Hinsicht.«

»Mit Glauben hat das nichts zu tun, sondern mit dem Blick für das, was andere nicht bemerken. Jetzt werden sie es erkennen.«

Sie sah kurz zu dem Vorhang hinüber, hinter dem der Damenschneider verschwunden war. »Aber das ist alles so teuer. Das Kleid alleine würde mich fast einen Jahresverdienst kosten. Und all die anderen Sachen: die Speisen, Kutschen, Hüte, die Schuhe, die Frauen, die mein Haar und mein Gesicht zurechtgemacht haben. Das ist alles so teuer. Ihr werft mit dem Geld um Euch wie ein Prinz auf einer Urlaubsreise. Wie könnt Ihr Euch das nur leisten?«

Das schlaue Lächeln kehrte auf sein Gesicht zurück. »Im ... Geldmachen bin ich gut. Ich kann gar nicht so viel ausgeben, wie ich mache. Zerbrecht Euch deswegen nicht den Kopf, das alles bedeutet mir nicht viel.«

»Oh.« Sie sah noch einmal in den Spiegel. »Natürlich.«

Er räusperte sich. »Was ich damit sagen will, ist, Ihr seid wichtiger als unbedeutende Gold- oder Geldangelegenheiten. Der Mensch ist bedeutender als derartige Überlegungen. Und wenn es meine letzte Kupfermünze wäre, ich würde sie nicht mit weniger Begeisterung oder größerem Bedacht ausgeben.«

Als der Damenschneider schließlich mit einer Auswahl phantastischer Kleider zurückkehrte, wählte Nathan eine Anzahl von ihnen aus, die sie anprobieren sollte. Clarissa ging mit ihnen ins Ankleidezimmer und probierte jedes einzelne mit der Hilfe der Frau des Schneiders an. Sie glaubte nicht, daß sie in der Lage gewesen wäre, auch nur eines von ihnen alleine zu binden, zu schnüren und zu knöpfen.

Nathan bedachte jedes Kleid, mit dem sie herauskam, mit einem Lächeln und erklärte dem Schneider, er werde es kaufen. Eine Stunde später hatte Nathan ein halbes Dutzend Kleider ausgewählt und dem Mann eine Handvoll Goldmünzen in die Hand gedrückt. Solange sie lebte, hatte sie sich keinen Ort vorstellen können, an dem ein solcher Reichtum herrschte, daß Kleider bereits fertig genäht waren. Dies war ein weiterer Anhaltspunkt dafür, wie sehr sich ihr Leben durch Nathan verändert hatte. Nur die sehr Reichen oder die Angehörigen des Königshauses kauften Kleider auf diese Art.

»Ich werde die nötigen Änderungen vornehmen, mein Herr, und Euch die Kleider ins Haus Wildrose schicken lassen.« Sein Blick zuckte hinüber zu Clarissa. »Vielleicht wünschen der Herr, daß ich einige von ihnen etwas weiter lasse, damit sie sich der werten Dame anpassen, wenn sie das Kind unseres Kaisers trägt?«

Nathan machte eine wegwerfende Handbewegung. »Nein, nein. Ich mag es, wenn sie so gut aussieht wie irgend möglich. Ich werde eine Näherin beauftragen, sie weiter zu machen, sollte dies erforderlich werden, oder einfach andere kaufen, die ihr passen, wenn es soweit ist.«

Plötzlich war es Clarissa peinlich, daß dieser Damenschneider zu glauben schien, sie sei nicht nur eine Mätresse des Kaisers, sondern auch Nathans. Der Ring durch ihre Lippe, wenngleich er aus Gold war, kennzeichnete sie als Sklavin. Kind oder nicht, Goldring oder nicht, eine Sklavin bedeutete dem Kaiser wenig.

Nathan erklärte jedem dreist, er sei Kaiser Jagangs Generalbevollmächtigter, woraufhin sich alle unablässig verbeugten und ein Bein ausrissen. Clarissa war nichts weiter als ein Besitz, den der vertraute Generalbevollmächtigte des Kaisers mit diesem teilte.

Die Seitenblicke des Schneiders taten endlich ihre Wirkung. In seinen Augen war sie eine Hure. Vielleicht eine in eleganten Kleidern und vielleicht nicht aus eigenem Entschluß, aber nichtsdestotrotz eine Hure. Eine Frau, die Spaß daran hatte, mit eleganten Kleidern ausstaffiert und von einem wichtigen Mann im elegantesten Gasthaus der Stadt ausgehalten zu werden.

Allein die Tatsache, daß Nathan nicht so dachte, verhinderte, daß sie gedemütigt aus dem Geschäft herausrannte.

Clarissa ermahnte sich. Dies war eine Maskerade, die Nathan sich für sie ausgedacht hatte, damit sie in Sicherheit waren. Sie hinderte Soldaten, denen sie an jeder Wegbiegung begegneten, daran, sie in ein Zelt hineinzuzerren. Mißbilligende Blicke auszuhalten, das war in ihren Augen wirklich eine geringe Gegenleistung für das, was Nathan für sie getan, für den Respekt, den er ihr entgegengebracht hatte. Was Nathan dachte, zählte.

Außerdem war sie mißbilligende Blicke gewöhnt – Blicke, die bestenfalls mitleidig und schlimmstenfalls tadelnd waren. Niemand hatte sie je wohlwollend angesehen. Sollten diese Leute doch denken, was sie wollten. Sie wußte, daß sie etwas Lohnendes tat, und zwar für einen verdienstvollen Mann.

Clarissa schritt erhobenen Hauptes zur Tür.

Der Damenschneider verbeugte sich abermals, als sie auf die dunkle Straße hinaustraten und zur wartenden Kutsche hinübergingen. »Ich danke Euch, Lord Rahl. Vielen Dank, daß Ihr mir erlaubt habt, dem Kaiser auf meine bescheidene Art zu dienen. Die Kleider werden noch vor morgen früh geliefert, mein Wort darauf.«

Nathan entließ den Mann mit einem beiläufigen Wink.

Im schummrigen Speisesaal des eleganten Haus Wildrose saß Clarissa Nathan an einem kleinen Tisch gegenüber. Jetzt fielen ihr die verstohlenen Blicke auf, die ihr das Personal zuwarf. Sie setzte sich aufrechter hin, zog die Schultern zurück und lud sie trotzig dazu ein, sich ihren Busen gut anzusehen. Im schummrigen Kerzenlicht und bei all der Schminke würden sie nicht bemerken, wie sie dabei rot wurde.

Der Wein wärmte sie, und der Entenbraten stillte ihren nagenden Hunger. Ständig wurden neue Speisen aufgetragen. Geflügel, Schweine- und Rindfleisch, dazu Bratensäfte und Soßen und eine Vielzahl von Beilagen. Hier und da knabberte sie ein bißchen, wollte jedoch nicht als Vielfraß gelten und war nichtsdestotrotz nach einer Weile satt.

Nathan aß mit Hingabe, aber nicht übermäßig. Er genoß die unterschiedlichen Gerichte, wollte jedes probieren. Das Personal umschwärmte ihn, schnitt Fleisch auf, goß Soßen darüber und schob Teller und Platten hin und her, als wäre er alleine hilflos. Er bestärkte sie, bestellte Dinge, schickte andere fort und erweckte alles in allem den Eindruck, sie hätten es mit einem bedeutenden Mann zu tun.

Vermutlich war er das auch. Er war der Generalbevollmächtigte des Kaisers, ein Mann, dem man nicht in die Quere kam. Alle waren um die vollste Zufriedenheit des Lord Rahl bemüht. Wenn es dazu erforderlich war, sich ebenfalls um Clarissas Wohlergehen zu kümmern, dann nahm man das in Kauf.

Clarissa war erleichtert, als man sie schließlich zu ihren Zimmern führte und Nathan die Tür hinter ihnen schloß. Sie sackte innerlich zusammen. Endlich fiel die Last der Verantwortung, sich wie eine elegante Dame oder eine Hure aufzuführen, von ihr ab. Sie wußte nicht genau, wie sie die Rolle anlegen sollte. Auf jeden Fall war sie froh, den Blicken entkommen zu sein, die ihr ständig folgten.

Nathan lief mit großen Schritten in den beiden Zimmern auf und ab, betrachtete die Wände mit den aufgemalten Goldleisten, die zur Decke hin abgerundet waren. Dicke Teppiche in satten Farben bedeckten nahezu jeden Zoll des Fußbodens. Überall standen Sofas und Sessel. In einem Zimmer gab es mehrere Tische, einen zum Essen, einen anderen mit schräger Fläche zum Schreiben. Auf dem Schreibtisch lagen ordentlich gestapeltes Papier, silberne Federhalter und goldbeschichtete Tintenfässer mit den unterschiedlichsten Tintensorten.

Im anderen Zimmer stand das Bett. So etwas hatte Clarissa nie zuvor gesehen. Vier kunstvoll gedrechselte Pfosten stützten einen Baldachin aus Spitze und schwerem rotem Stoff mit einem großzügigen Goldmuster. Die Tagesdecke zeigte dasselbe Muster. Das Bett war riesig. Es fiel ihr schwer, sich vorzustellen, wozu es so groß sein mußte.

»Nun«, meinte Nathan, als er wieder in das Schlafzimmer geschlendert kam, »ich denke, das sollte wohl genügen.«

Clarissa kicherte. »Nathan, selbst ein König wäre hocherfreut, in einem solchen Zimmer zu schlafen.«

Nathans Gesicht bekam einen gelangweilten Ausdruck. »Mag sein. Aber ich bin mehr als ein König. Ich bin ein Prophet.«

Ihr Lächeln verschwand, und plötzlich wurde sie ernst. »Ja. Ihr seid wirklich mehr als ein König.«

Nathan machte eine Runde durch das Zimmer und löschte die

meisten des Dutzends Lampen. Die neben dem Bett und die auf dem Kleiderständer ließ er brennen.

Er drehte sich halb herum und zeigte in das andere Zimmer. »Ich werde dort auf dem Sofa schlafen. Ihr könnt das Bett nehmen.«

»Ich werde mich auf das Sofa legen. Ich würde mich in einem solchen Bett nicht wohl fühlen. Ich bin eine einfache Frau und soviel Luxus nicht gewöhnt. Ihr schon.«

Nathan legte ihr die Hand an die Wange. »Gewöhnt Euch daran. Nehmt das Bett. Der Gedanke, eine so bezaubernde Dame müsse auf einem Sofa schlafen, würde mir Unbehagen bereiten. Ich bin ein Mann von Welt, mir macht das nichts aus.« Er verneigte sich großartig von der Tür aus. »Schlaft gut, meine Liebe.« Die Tür bereits halb geschlossen, hielt er inne. »Ich möchte mich für die Blicke entschuldigen, die Ihr zu ertragen hattet, Clarissa, und für das, was die Leute aufgrund meiner Geschichte von Euch gedacht haben mögen.«

Er war wirklich ein feiner Herr.

»Ihr braucht Euch nicht zu entschuldigen. Eigentlich hat es Spaß gemacht, so zu tun als ob – als wäre ich eine Schauspielerin auf einer Bühne.«

Er hatte dieses Funkeln in den Augen, und er lachte und warf sich sein Cape über die Schultern. »Nicht wahr, es hat wirklich Spaß gemacht, all diese Leute in dem Glauben zu lassen, wir seien eigentlich jemand ganz anderes?«

»Vielen Dank für alles, Nathan. Ihr habt mir heute das Gefühl gegeben, hübsch zu sein.«

»Ihr seid hübsch.«

Sie lächelte. »Das waren nur die Kleider.«

»Wahre Schönheit kommt von innen.« Er zwinkerte. »Schlaft gut, Clarissa. Ich habe einen Schutzschild vor der Tür angebracht, damit niemand hereinkommen kann. Fühlt Euch wie zu Hause, hier seid Ihr sicher.« Leise schloß er die Tür.

Ein warmes Glühen vom Wein auf den Wangen, schlenderte Clarissa gemächlich durchs Zimmer und betrachtete die elegante Einrichtung. Sie strich mit den Fingern über die silbernen Einlegearbeiten auf den kleinen Tischchen neben dem Bett. Sie berührte das geschliffene Glas der Lampen. Sie fuhr mit der Hand über die kunstvoll gewobenen Bettdecken, als sie sie zurückschlug.

Nachdem die Schnüre des Korsetts gelockert waren, konnte sie endlich wieder durchatmen. Sie ließ das Oberteil ihres Kleides von den Schultern gleiten. Die noch immer von unten drückenden Stifte hielten das Kleid über ihrem Busen fest. Sie hockte auf der Bettkante und versuchte, an die Knöpfe an ihrem Rücken heranzukommen. Einige von ihnen saßen zu weit oben. Verzweifelt in sich zusammensinkend, beschloß sie, ihre neuen Schuhe auszuziehen, die aus geschmeidigem, angerauhtem Leder geschustert waren. Sie rollte ihre Strümpfe herunter und bewegte, froh, sie befreit zu haben, ihre Zehen.

Clarissa dachte an zu Hause. Sie mußte an ihr gemütliches Bett denken, klein, wie es war. Sie vermißte ihr Zuhause, nicht weil sie dort glücklich gewesen war, sondern einfach, weil es ihr Zuhause war und sie nichts anderes kannte. So prunkvoll hier auch alles sein mochte, auf sie wirkte es kalt. Kalt und beängstigend. Sie befand sich an einem Ort, der ihr fremd war, und nach Hause konnte sie nicht mehr zurück.

Plötzlich fühlte sich Clarissa sehr einsam. Wenn sie mit Nathan zusammen war, gab ihr sein Selbstvertrauen Trost. Er wußte stets, wohin er ging, was er wollte und was er sagen mußte. Er schien nie von Zweifeln geplagt. Clarissa war voll davon, jetzt, da sie im Schlafzimmer alleine war.

Es war seltsam, aber sie vermißte Nathan mehr als ihr Zuhause, dabei befand er sich im Nachbarzimmer. Fast war Nathan jetzt ihr Zuhause.

Der Teppich fühlte sich unter ihren nackten Füßen gut an, als sie zur Tür hinüberging. Leise klopfte sie gegen die weiße Holztäfelung in der goldenen Umrandung. Sie wartete einen Augenblick, dann klopfte sie ein zweites Mal.

»Nathan?« rief sie leise.

Sie klopfte erneut und rief wieder seinen Namen. Da noch immer keine Antwort kam, öffnete sie die Tür einen Spalt breit und spähte hinein. Nur eine einzige Kerze zerriß das stille Dunkel.

Nathan befand sich wieder in einem seiner Trancezustände. Er saß in einem Sessel und starrte ins Leere. Clarissa blieb eine Weile in der Tür stehen und sah zu, wie er gleichmäßig atmete.

Als sie ihn das erste Mal steif und starren Blicks entdeckt hatte, war ihr angst und bange geworden. Er hatte sie jedoch damit beruhigt, er mache dies schon sein ganzes Leben lang. Damals, beim ersten Mal, war er nicht böse geworden, als sie ihn, im Glauben, etwas stimme nicht mit ihm, gerüttelt hatte.

Nathan würde nie böse auf sie sein. Er behandelte sie immer mit Respekt und Freundlichkeit – zwei Dinge, nach denen sie sich stets gesehnt, die sie aber von ihrer Familie nie bekommen hatte. Und dann traf sie einen Fremden, der diese Gefühle bedenkenlos verschenkte.

Clarissa rief ein drittes Mal seinen Namen. Nathan kniff die Augen zusammen und schaute zu ihr hoch.

»Alles in Ordnung?« fragte er.

»Ja. Hoffentlich störe ich Euch nicht in Euren Gedanken?«

Nathan tat ihre Besorgnis mit einer Handbewegung ab. »Nein, nein.«

»Ich dachte, vielleicht könntet Ihr mir helfen … mein Kleid auszuziehen? Ich komme nicht an die Knöpfe an meinem Rücken heran, außerdem hänge ich offenbar fest. Ich wollte mich nicht angezogen hinlegen und das Kleid ruinieren.«

Nathan folgte ihr ins Schlafzimmer. Sie hatte die Lampe auf dem Toilettentisch gelöscht, um nicht in Verlegenheit zu geraten. Nur die Lampe am Bett ließ ihn erkennen, was er tat.

Clarissa hielt ihr Haar mit beiden Händen zur Seite, während seine kräftigen Finger sich an den Knöpfen nach unten vorarbeiteten. Es war ein gutes Gefühl, ihn so nahe bei sich zu wissen.

»Nathan?« fragte sie leise, als er beim letzten Knopf auf ihrer Hüfte angelangt war.

Zur Antwort gab er einen fragenden Laut von sich. Sie hatte Angst, er könne fragen, was das klopfende Geräusch sei, und sie müsse antworten, es sei ihr Herz.

Clarissa drehte sich um. Dabei mußte sie das Kleid, jetzt, da es aufgeknöpft war, über ihrem Busen festhalten.

»Nathan«, sagte sie, nahm allen Mut zusammen und blickte ihm in die wundervollen Augen, »ich fühle mich allein, Nathan.«

Er runzelte die Stirn und legte ihr sachte eine seiner großen Hände auf die nackte Schulter. »Das braucht Ihr nicht, meine Liebe. Ich bin gleich nebenan.«

»Ich weiß. Aber ich meinte es anders. Ich bin allein, weil ich vermisse ... ich weiß nicht, wie ich es ausdrücken soll. Wenn ich allein bin, fange ich an, darüber nachzudenken, was ich tun muß, um den Menschen zu helfen, von denen Ihr gesprochen habt, und dann kommen mir alle möglichen beängstigenden Dinge in den Sinn. Und bevor ich es merke, bricht mir vor Entsetzen der Schweiß aus.«

»Es ist oft quälender, über etwas zu grübeln, als es tatsächlich zu tun. Denkt einfach nicht daran. Versucht, das große Bett und das prachtvolle Zimmer nach Möglichkeit zu genießen. Wer weiß, eines Tages müssen wir vielleicht im Straßengraben schlafen.«

Sie nickte und mußte seinem Blick ausweichen, um nicht den Mut zu verlieren.

»Ich weiß, ich bin eine unscheinbare Frau, Nathan, dennoch gebt Ihr mir das Gefühl, etwas Besonderes zu sein. Kein Mann hat mir je das Gefühl gegeben, ich sei hübsch ... begehrenswert.«

»Nun, wie ich bereits sagte –«

Sie legte ihm die Finger auf die Lippen, um ihn zum Schweigen zu bringen. »Wirklich, Nathan ...« Sie sah in seine wundervollen Augen. Währenddessen schluckte sie und überdachte abermals, was sie sagen wollte. »Nathan, ich fürchte, Ihr seid ein viel zu fescher

Mann, als daß ich widerstehen könnte. Wollt Ihr die Nacht mit mir zusammen in diesem großen Bett verbringen?«

Als sie die Hand fortnahm, spielte ein Lächeln um seine Mundwinkel. »Fesch?«

Sie nickte. »Sehr fesch.« Sie spürte das Wippen ihrer Locken.

Er legte ihr die Arme um die Hüften. Das ließ ihr Herz noch schneller schlagen.

»Ihr seid mir nichts schuldig, Clarissa. Ich habe Euch vor den Dingen, die in Renwold geschahen, gerettet, doch im Gegenzug habt Ihr mir versprochen zu helfen. Darüber hinaus seid Ihr mir nichts schuldig.«

»Ich weiß. Das ist es nicht –«

Sie wußte, sie drückte sich nicht klar genug aus.

Also stellte sie sich auf die Zehenspitzen, schlang ihm die Arme um den Hals und preßte ihre Lippen auf seine. Er zog sie fest an seinen Körper. Sie überließ sich ganz seinen Armen und Lippen.

Er wich zurück. »Ich bin alt, Clarissa. Ihr seid eine junge Frau. Ihr wollt sicher keinen Mann, der so alt ist wie ich.«

Wie lange hatte sie gelitten, weil sie dachte, sie sei zu alt, um jemanden abzukriegen? Wie oft hatte sie sich verloren gefühlt, weil sie zu alt war? Und jetzt erzählte ihr dieser Mann, dieser wunderbare, lebenssprühende, gutaussehende Mann, sie sei zu jung.

»Nathan, ich möchte auf das Bett geworfen werden, dieses elegante, teure Kleid vom Leib gerissen bekommen, und dann möchte ich, daß Ihr mit mir macht, was immer Ihr wollt, bis ich die Seelen singen höre.«

Er sah sie an. Im Zimmer herrschte absolute Stille. Schließlich schob er ihr einen Arm hinter die Beine und holte sie von den Füßen. Er trug sie zum Bett hinüber, doch statt sie darauf zu werfen, wie sie vorgeschlagen hatte, setzte er sie behutsam darauf ab.

Sein Gewicht versank im Bett, als er sich neben ihr niederließ. Er strich ihr mit den Fingern über die Stirn. Sie sahen sich in die Augen. Er küßte sie zärtlich.

Da ihr Kleid ganz aufgebunden und aufgeknöpft war, ließ es sich leicht über ihre Hüfte streifen. Sie fuhr ihm mit den Fingern durch sein langes silbergraues Haar, während sie ihm dabei zusah, wie er liebevoll ihre Brüste küßte. Seine Lippen fühlten sich warm an auf ihrer Haut. Aus irgendeinem Grund fand sie dies überraschend und erstaunlich. Ein leises Stöhnen entwich ihrer Kehle, als sie spürte, wie ihre Brustwarzen auf so männlich leidenschaftliche Weise geküßt wurden.

Nathan lebte vielleicht schon lange, aber in ihren Augen war er kein alter Mann. Er war fesch, er war draufgängerisch und einfühlsam, und er sorgte dafür, daß sie sich wunderbar fühlte. Sie ertappte sich dabei, wie ihr der Atem stockte, als sie ihn ohne seine Kleider sah.

Kein Mann hatte sie je mit so zielstrebiger Zärtlichkeit berührt, und die Unbeirrbarkeit dieser Berührung ließ ihre Leidenschaft noch heftiger aufglühen.

Seine Küsse wanderten an ihr herab, und bei jedem keuchte sie und hielt in süßem, erstauntem Verlangen den Atem an.

Als er schließlich seinen Platz auf ihr einnahm, gab sie sich ganz und gar und ohne jede Scham ihrer Begierde hin. Sie fühlte sich sicher und geborgen, nicht nur im Himmelbett, sondern auch in seiner feurigen Umarmung. Und dann, als sich ihr Körper unter ihrem erlösenden Schrei anspannte, hörte sie endlich den Gesang der Seelen.

4. Kapitel

Kahlan schoß geräuschlos dahin wie ein Habicht im Sturzflug, gleichzeitig schien sie, ruhig schwebend wie ein Adler im Aufwind, in der Luft zu stehen. Licht und Dunkel, heiß und kalt, Zeit und Entfernung waren bedeutungslos, und doch bedeuteten sie alles. Es war eine überraschende Verwirrung der Empfindungen, die jedesmal noch durch die süße Gegenwart der Sliph gesteigert wurde, sobald Kahlan das lebende Quecksilber in ihre Lungen und in ihre Seele sog.

Es war die reine Wonne.

Mit einer plötzlichen Explosion von Sinneseindrücken war es vorbei.

Unvermittelt brach Licht in ihr Gesichtsfeld ein. Der Lärm von Vögeln, Gezänk und das Gesumme der Insekten klangen ihr schmerzhaft in den Ohren. Mit Lianen behangene Bäume, Felsen, die mit Flechten überwuchert und in einem Gewirr aus Wurzeln und Ranken festgehalten wurden, Schwaden eines dunklen, feuchten Nebels schienen von allen Seiten auf sie einzustürmen. Die überwältigende Gegenwart all dessen machte ihr angst.

Atme, forderte die Sliph sie auf.

Der Gedanke versetzte sie in Schrecken. *Nein.*

Die Stimme der Sliph brannte sich in Kahlans Verstand. *Atme.*

Kahlan wollte nicht aus dem friedlichen Schoß der Sliph in diese grelle, laute Welt gestoßen werden.

Dann mußte sie an Richard denken und an die Frau, die ihn bedrohte: Shota.

Kahlan stieß die Sliph aus ihren Lungen. Das flüssige Silber strömte aus ihr heraus, und doch wurde sie nicht naß. Keuchend sog sie die eigenartig scharfe Luft in sich hinein. Sie hielt sich die Ohren zu und schloß die Augen, als die Sliph sie auf dem Mauerrand absetzte.

»Wir sind dort, wohin du reisen wolltest«, verkündete die Sliph.

Widerstrebend öffnete sie die Augen und ließ die Hände sinken. Die Welt des Lebendigen beruhigte sich langsam und glich sich dem Bild an, das Kahlan von ihr hatte. Die stützende Hand der Sliph auf ihrer Hüfte löste sich.

»Danke, Sliph. Es war mir ... eine Freude.«

Das flüssige Gesicht lächelte. »Es freut mich, daß es dir gefallen hat.«

»Es wird hoffentlich nicht lange dauern. Anschließend müssen wir wieder zurückreisen.«

»Ich werde bereit sein, wenn du noch einmal reisen möchtest«, sagte die Sliph, deren Stimme in das Dämmerlicht hinaushallte. »Wenn ich wach bin, bin ich jederzeit bereit zu reisen.«

Kahlan schwang ihre Beine von der Steinmauer des Brunnens herunter. Man konnte Teile eines alten Gebäudes erkennen, das jedoch größtenteils verfallen und im feuchten Unterholz des Waldes versunken war. Hier sah sie die Überreste einer Mauer, dort eine halbe Säule, auf dem Boden einige Pflastersteine, alles von Ranken, Wurzeln und Laub überwuchert.

Kahlan wußte nicht genau, wo sie sich befand, doch mußte es der düstere Wald sein, der das Zuhause der Hexe umgab. Kahlan erinnerte sich, wie sie durch diesen gefährlichen, geheimnisvollen Wald gelaufen war, nachdem Shota sie gefangengenommen und nach Agaden gebracht hatte, um Richard dorthin zu locken.

Schroffe Gipfel, einer Dornenkrone gleich, boten den nebeldurchzogenen Bäumen hoch oben auf dem weiten Grat des Rang'Shada-Gebirges Schutz. Die düsteren und vielerlei Gefahren bergenden Wälder wiederum schützten Shotas abgelegenes Heim. Sie hielten die Menschen davon ab, nach Agaden zu kommen und die Hexe zu behelligen.

Laute Schreie, Schnalzlaute und Rufe hallten durch die stehende, stinkende Luft. Kahlan rieb sich die Arme, obwohl die Luft feuchtwarm war. Das Frösteln kam von innen.

Manchmal konnte sie durch die seltenen, kleinen Lücken im Blätterdach das rosafarbene Glühen des Himmels sehen. Sicher dämmerte es gerade. Sie wußte, der heller werdende Himmel würde keine Abwechslung in das Dämmerlicht dieser Wälder bringen. Selbst an einem sonnigen Tag war es an diesem ungastlichen Ort bedrückend finster.

Mit vorsichtigen Schritten, den Blick auf den Waldboden gerichtet, trat Kahlan auf die hängenden Ranken und die treibenden Nebelschwaden zu, in denen sich Geschöpfe zu verbergen schienen, die lange Folgen zischender Schnalzlaute und spöttischer Rufe von sich gaben. Auf den ausgedehnten, stillen Wasserflächen, die unter der dichten Vegetation lauerten, erblickte sie so manches Auge, das gerade eben die Wasseroberfläche durchbrach.

Kahlan ging vorsichtig ein Stück weiter, dann hielt sie inne. Sie spürte, daß sie in dem richtungslosen Wald die Orientierung verloren hatte. Es war unmöglich, Norden und Süden, Osten und Westen auseinanderzuhalten. Dieser Wald sah in alle Richtungen gleich aus.

Auch wurde ihr klar, daß sie nicht einmal wußte, ob Shota überhaupt zu Hause war. Das letzte Mal waren sie und Richard ihr im Dorf der Schlammenschen begegnet. Shota war von einem mit dem Hüter im Bunde stehenden Zauberer aus ihrem Heim vertrieben worden. Vielleicht war Shota gar nicht da.

Nein, Nadine hatte sie aufgesucht. Shota war zu Hause. Kahlan ging einen Schritt weiter.

Etwas packte sie am Knöchel und riß ihr die Beine unter dem Körper weg. Sie landete mit einem harten, dumpfen Schlag auf dem Rücken.

»Hübsches Weibchen.«

Kahlan schnappte keuchend nach Luft.

»Samuel! Runter von mir!«

Kräftige Finger schlossen sich um ihre linke Brust. Blutleere Lippen verzogen sich zu einem boshaften Grinsen. »Vielleicht frißt Samuel hübsches Weibchen.«

Kahlan drückte die Spitze des Knochenmessers in die Hautfalten hinten an Samuels Hals. Sie packte einen seiner langen Finger und bog ihn nach hinten, bis er einen schrillen Schrei ausstieß und ihre Brust losließ.

Sie stieß mit dem Messer nach seiner Kehle. »Vielleicht verfüttere ich dich an die Viecher im Wasser dort drüben. Was meinst du? Soll ich dir die Kehle aufschlitzen? Oder steigst du freiwillig von mir runter?«

Der haarlose, fleckig-graue Kopf wich zurück. Gelbe Augen, die im trüben Licht wie Zwillingslampen wirkten, funkelten haßerfüllt auf sie herab. Vorsichtig wälzte er sich zur Seite, um sie aufstehen zu lassen. Kahlan hielt das Knochenmesser auf ihn gerichtet.

Auf seiner wächsernen Haut klebten totes Laub und kleine Holzstückchen aus dem Wald. Mit seinen langen Armen zeigte er in den trüben Nebel.

»Die Herrin will dich sehen.«

»Woher weiß sie, daß ich hier bin?«

Das groteske Gesicht teilte sich zu einem fauchenden Grinsen. »Die Herrin weiß alles. Folge Samuel.« Er machte rasch ein paar geduckte Schritte und blieb dann stehen, um sich umzuschauen. »Wenn die Herrin mit dir fertig ist, wird Samuel dich fressen.«

»Könnte sein, daß ich eine Überraschung für Shota habe. Diesmal hat sie einen Fehler gemacht. Wenn ich mit ihr fertig bin, hast du vielleicht gar keine Herrin mehr.«

Die gedrungene Gestalt musterte sie mit starrem Blick, zog die blutleeren Lippen zurück und fauchte.

»Deine Herrin wartet. Also los.«

Schließlich setzte die stämmige, haarlose, langarmige Gestalt ihren Weg durch das Dickicht fort. Samuel schlich um gefährliche

Stellen herum, die Kahlan überhaupt nicht bemerkt hatte, und deutete widerwillig auf Dinge, die sie umgehen sollte. Ranken, denen er auswich, griffen im Vorübergehen nach ihr, doch sie war zu weit entfernt, als daß sie sie hätten packen können. Wurzeln, um die Samuel einen Bogen machte, wanden sich knorrig in die Höhe und versuchten nach ihr zu greifen.

Ab und an sah der kleine Kerl, der nur mit einer von Riemen gehaltenen Hose bekleidet war, über die Schulter, um sich zu vergewissern, ob sie auch folgte. Ein paarmal stieß er während seines hüpfenden Ganges sein seltsam gurgelndes Lachen aus.

Nach einer Weile stießen sie auf einen schmalen Pfad, und kurz darauf wurde das Licht, das durch das dichte Astgewirr über ihren Köpfen drang, heller. Kahlan folgte dem widerwärtigen Geschöpf, bis sie schließlich den Rand des finsteren Waldes und einen steilen felsigen Abgrund erreichten.

Weit unten lag das grüne Tal, in dem die Hexe lebte. Es handelte sich um einen der schönsten Flecken der Midlands, doch das half Kahlan kaum gegen das mulmige Gefühl im Bauch. Ringsherum ragten die kahlen Gipfel der Berge fast senkrecht in die Höhe. Die ausschlagenden Bäume im friedlich daliegenden Tal wiegten sich sanft in der frühmorgendlichen Brise.

Der Abstieg über die senkrechten Felswände schien unmöglich, doch da sie schon einmal hiergewesen war, wußte Kahlan, daß es in den Fels gehauene Stufen gab. Samuel führte sie durch ein schwer begehbares, sumpfiges Gelände voller Gestrüpp, dicht beieinanderstehender Bäume und farnüberwucherter Findlinge zu einer Stelle, die sie ohne seine Führung wohl kaum gefunden hätte. Ein hinter Felsen, Bäumen, Farnen und Ranken verborgener Pfad führte zu dem steilen Abgrund und den Stufen, die in der Felswand nach unten führten.

Samuel zeigte in die Ferne, hinunter ins Tal. »Die Herrin.«

»Ich weiß. Mach schon.«

Kahlan folgte Samuel nach unten. Teils war es ein schmaler Pfad, der größte Teil des Weges hinunter bestand jedoch aus Tausenden von Stufen, die man in die zerklüftete Felswand geschlagen hatte. Sie wanden sich und führten in engen Serpentinen abwärts, manchmal spiralförmig unter den oberen hindurch.

Tief unten, weit entfernt in der Mitte des Tales, erhob sich inmitten zweier Flußläufe, erhabener Bäume und leicht welliger Felder Shotas eleganter Palast. Bunte Fähnchen flatterten oben auf den Türmen und Zinnen, als wollten sie ein Fest ankündigen. Kahlan konnte die fernen Wimpel im Wind knallen hören. Doch hatte sie kein Auge für diese Pracht. Für sie war es der Mittelpunkt eines Spinnennetzes. Ein Ort, an dem Gefahr lauerte. Eine Gefahr für Richard.

Samuel sprang vor ihr die Stufen hinab, glücklich, in die Obhut seiner Herrin zurückzukehren, und spielte zweifellos mit dem Gedanken, Kahlan in einem Eintopf zu kochen, sobald seine Herrin mit ihr fertig wäre.

Kahlan achtete kaum auf die haßerfüllten Blicke aus seinen großen gelben Augen. Auch sie hatte sich in eine Welt des Abscheus zurückgezogen.

Shota wollte Richard Unheil zufügen. Dieser Gedanke ging Kahlan beständig durch den Kopf. Das war der Schlüssel. Shota wollte Richards Glück verhindern. Shota wollte Richard leiden sehen.

Kahlan spürte, wie eine wütende Kraft in ihrem Innern brodelte, bereit zu tun, was immer sie verlangte, um die Gefahr für Richard zu beseitigen. Endlich hatte Kahlan einen Weg gefunden, Shota zu besiegen. Gegen Subtraktive Magie besaß Shota keinen Schild. Sie würde jede Magie, mit der sie sich umgab, durchdringen.

Kahlan hatte den Weg in das Zentrum ihrer Kraft gefunden, den Zugang durch das Labyrinth aus Schutzvorrichtungen, das über ihrer Magie lag. Diese Seite ihrer Magie war durch Regeln geschützt, die ihre Anwendung steuerten. Wie in der Burg der Zauberer, die von Schilden aller Art geschützt wurde, gab es einen Weg, der durch sie hindurchführte. Sie hatte den Weg durch die Burg gefunden, und mit Hilfe ihres gesunden Menschenverstandes hatte sie die Rechtfertigung gefunden, die sich einen Weg durch den Irrgarten aus Prinzipien bahnte, die den Einsatz dieser Magie untersagten.

Sie hatte deren uralte Kraft angezapft, ihre zerstörerische Kraft.

Kahlan spürte, wie sie durch ihren Körper in die Arme strömte. Blaues Licht zuckte in knotigen Windungen um ihre geballten Fäuste.

Fast hätte sie sich in einem Trancezustand der Entschlossenheit verloren.

Zum ersten Mal hatte Kahlan vor der Hexe keine Angst. Wenn Shota nicht schwor, Richard in Frieden zu lassen, ihn sein eigenes Leben leben zu lassen, würde sie zu Staub zerfallen, noch bevor der Tag zu Ende war.

Unten am Fuß der Felswand folgte Kahlan Samuel, der über die Straße sprang, die zwischen den mit vereinzelten Bäumen bestandenen Hügeln und grünen Feldern hindurchführte. Ringsum ragten schneebedeckte Gipfel durch die vereinzelten Wolken in die Höhe. Das Blau des Himmels wurde noch tiefer, als die Sonne über diesen Gipfeln aufging.

Kahlan war überzeugt, genügend lodernde Kraft in ihrem Innern zu haben, um diese Gipfel dem Erdboden gleichzumachen. Ein falsches Wort, eine falsche Bewegung von der Hexe – mit der sie sich als Bedrohung für Richard erwies –, und es wäre mit ihr vorbei.

Die Straße führte eine leichte Anhöhe hinauf, von wo aus Kahlan die Türme des Palastes durch die Bäume schimmern sah. Samuel warf einen Blick nach hinten, um zu prüfen, ob sie ihm noch immer folgte, Kahlan jedoch war auf seine Führung nicht angewiesen. Sie wußte, daß Shota in dem kleinen Wäldchen unten wartete.

Die Hexe war der allerletzte Mensch, den Kahlan je hatte wiedersehen wollen, doch wenn sich das schon nicht vermeiden ließ, dann sollte das Treffen diesmal wenigstens zu ihren Bedingungen ablaufen.

Samuel blieb stehen und deutete mit seinem langen Finger nach vorn. Seine gelben Augen sahen sich wütend nach Kahlan um. »Die Herrin will dich.«

Kahlan drohte ihm. Fäden blauen Lichts umzuckten den erhobenen Finger knisternd.

»Wenn du mir in die Quere kommst oder dich einmischst, stirbst du.«

Sein Blick wanderte von ihrem Finger zurück zu ihren Augen. Er zog die blutleeren Lippen zurück und fauchte, dann sprang er davon, unter die Bäume.

Gehüllt in einen Kokon aus brodelnder Magie, stieg Kahlan weiter den Hang hinunter zu der wartenden Hexe. Der Wind war frühlingshaft warm, es war ein strahlend heller und heiterer Tag. Kahlan verspürte keine Heiterkeit.

Im Schutz der hohen Ahornbäume, der Eschen und Eichen stand ein weiß gedeckter Tisch mit Speisen und Getränken. Dahinter, auf drei quadratischen weißen Marmorplatten, sah Kahlan einen wuchtigen, mit vergoldeten Schnitzereien aus Ranken sowie Schlangen und anderen Tieren verzierten Thron.

Shota saß da wie eine Königin, ein Bein beiläufig über das andere geschlagen, während sie mit alterslosen Mandelaugen verfolgte, wie Kahlan näher kam. Ihre Arme lagen auf den hohen, weit auseinanderstehenden Lehnen des Sessels. Die Hände ruhten in arroganter Manier auf goldenen Monsterköpfen. Die Monsterköpfe rieben sich an ihren Händen, als hofften sie darauf, liebkost zu werden. Ein schwerer, mit rotem Brokat behangener und mit goldenen Quasten geschmückter Baldachin schützte die Besitzerin vor der Morgensonne, und doch glänzte ihr üppiges kastanienbraunes Haar hell.

Nicht weit davon entfernt blieb Kahlan unter dem unerschütterlichen, durchdringenden Blick der Hexe stehen. Der blaue Blitz schrie danach, freigesetzt zu werden.

Shota klickte mit den lackierten Fingernägeln aneinander. Ein selbstzufriedenes Grinsen spielte über ihre vollen roten Lippen.

»Sieh an, sieh an«, meinte Shota mit ihrer samtweichen Stimme. »Die jugendliche Meuchelmörderin ist endlich eingetroffen.«

»Ich bin keine Meuchelmörderin«, erwiderte Kahlan. »Und ich bin auch kein Kind. Aber Eure Spielchen bin ich leid.«

Shotas Lächeln erlosch. Sie stützte die Hände auf die Lehnen des Sessels und erhob sich. Der Spitzensaum ihres schleierdünnen, tief ausgeschnittenen, bunt schillernden Kleides wogte in der sanften Brise. Ohne den Blick von Kahlan abzuwenden, stieg sie die drei weißen Marmorstufen hinunter.

»Ihr seid spät dran.« Shota deutete mit ausgestreckter Hand auf den Tisch. »Der Tee wird kalt.«

Kahlan zuckte zusammen, als ein Blitz aus heiterem Himmel herabfuhr und in die Teekanne einschlug. Erstaunlicherweise zersprang sie nicht.

Shota sah kurz hinunter auf Kahlans Hände, dann schaute sie ihr wieder in die Augen. »Na bitte. Ich denke, jetzt ist er wieder heiß. Wollt Ihr Euch nicht setzen? Wir werden zusammen Tee trinken und uns ... ein wenig unterhalten.«

Kahlan wußte, daß Shota das drohende blaue Licht bemerkt hatte, und zahlte ihr das selbstzufriedene Lächeln mit gleicher Münze heim. Die Hexe zog einen Stuhl heran und setzte sich. Sie machte abermals eine einladende Handbewegung.

»Nehmt bitte Platz. Ich könnte mir denken, daß Ihr einiges mit mir besprechen wollt.«

Kahlan ließ sich auf den Stuhl gleiten, während Shota, mit ihrer anderen Hand den weißen Kannendeckel haltend, Tee einschenkte. Dampf stieg aus den Tassen. Der Tee war tatsächlich heiß. Shota nahm den goldverzierten Servierteller vom Tisch und bot Kahlan geröstetes Weißbrot an. Vorsichtig nahm Kahlan eine der knusprig goldenen Scheiben vom Teller. Shota schob eine Schale mit Honigbutter über den Tisch.

»Tja«, meinte Shota, »wenn das kein unerfreulicher Anlaß ist.«

Shota nahm ein silbernes Messer zur Hand und bestrich das Brot mit Honigbutter. Sie trank einen Schluck Tee.

»Eßt nur, mein Kind. Einen Mord begeht man am besten mit vollem Magen.«

»Ich bin nicht gekommen, um Euch zu ermorden.«

Shotas schlaues Lächeln kehrte zurück. »Nein, vermutlich ist es Euch gelungen, eine Rechtfertigung dafür zu finden. Vergeltung, ja? Oder vielleicht Selbstschutz. Strafe? Sühne? Gerechtigkeit?« Das aalglatte Lächeln wurde breiter. Sie zog eine Braue hoch. »Schlechte Manieren?«

»Ihr habt Nadine geschickt, damit sie Richard heiratet.«

»Ach, Eifersucht also.« Shota lehnte sich zurück und nippte an ihrem Tee. »Ein edles Motiv, wäre es berechtigt. Euch ist hoffentlich klar, daß Eifersucht ein grausamer Ratgeber sein kann.«

Kahlan biß von dem knusprigen Brot ab. »Richard liebt mich, und ich liebe ihn. Wir sind verlobt und wollen heiraten.«

»Ja, das weiß ich. Für jemanden, der behauptet, ihn zu lieben, hätte ich Euch für einsichtiger gehalten.«

»Für einsichtiger?«

»Natürlich. Wenn man jemanden liebt, dann möchte man, daß er glücklich ist. Man will für ihn das Beste.«

»Ich mache Richard glücklich. Er will mich. Ich bin das Beste für ihn.«

»Tja, wir können nicht immer kriegen, was wir wollen, meint Ihr nicht auch?«

Kahlan leckte Honigbutter von ihrem Finger. »Verratet mir nur eins, warum wollt Ihr Unheil über uns bringen?«

Shota wirkte ehrlich überrascht. »Unheil über Euch bringen? Glaubt Ihr das tatsächlich? Ihr glaubt, ich täte das aus Gehässigkeit?«

»Warum sonst solltet Ihr unablässig versuchen, uns zu trennen oder uns zu schaden?«

Shota biß übertrieben vorsichtig ein Stück von ihrem Brot ab. Sie kaute lange. »Ist die Pest bereits ausgebrochen?«

Die Tasse machte auf halbem Weg zu Kahlans Lippen halt. »Woher wißt Ihr davon?«

»Ich bin eine Hexe. Ich sehe den Fluß der Ereignisse. Ich will Euch eine Frage stellen. Angenommen, Ihr besucht ein kleines Kind, das an der Pest erkrankt ist, und die Mutter des Kindes fragt Euch, ob sich das Kind wieder erholen wird, und Ihr sagt ihr die Wahrheit. Wärt Ihr dann schuld am Tod des Kindes, weil Ihr ihn vorhergesagt hättet?«

»Natürlich nicht.«

»Aha. Dann werde also nur ich nach anderen Maßstäben beurteilt.«

»Ich beurteile Euch nicht. Ich will nur, daß Ihr aufhört, Euch in Richards und mein Leben einzumischen.«

»Dem Überbringer einer schlechten Nachricht wird oft die Schuld an der Katastrophe zur Last gelegt.«

»Shota, bei unserer letzten Begegnung habt Ihr gesagt, sollten wir dem Hüter Einhalt gebieten, wärt Ihr uns etwas schuldig. Ihr habt mich gebeten, Richard zu helfen. Wir haben dem Hüter Einhalt geboten. Es hat uns einen hohen Preis gekostet, trotzdem haben wir es getan. Ihr seid uns etwas schuldig.«

»Ja, ich weiß«, meinte Shota leise. »Deswegen habe ich auch Nadine geschickt.«

Kahlan spürte, wie das Tosen der Kraft in ihrem Innern heftiger wurde. »Das scheint mir eine seltsame Art zu sein, jemandem seine Wertschätzung zu beweisen – eine Person zu schicken, um auf diese Weise dessen Leben zu ruinieren.«

»Nein, mein Kind«, antwortete Shota sanft. »Ihr seid blind für die Wahrheit.«

Kahlan mußte Richard helfen und aus Shota so viel herauslocken, wie möglich war, doch falls es nicht anders ging, würde sie ihren Verlobten und sich verteidigen. Bis dahin würde sie diese weitschweifige Unterhaltung über sich ergehen lassen, wenn sie dazu beitrug, die benötigten Antworten zu bekommen. Und sie benötigten Antworten.

»Was wollt Ihr damit sagen?« Shota nippte an ihrem Tee. »Habt Ihr Richard schon beigewohnt?«

Die Frage erwischte Kahlan in einem unbedachten Augenblick, sie erholte sich jedoch schnell. Beiläufig zuckte sie mit einer Schulter. »Ja, um ehrlich zu sein, das habe ich.«

Shota sah von ihrem Tee auf. »Das ist gelogen.«

Erfreut über den haßerfüllten Unterton in Shotas Stimme, zog Kahlan eine Braue hoch. »Es ist die Wahrheit. Die Nachricht gefällt Euch nicht, also nehmt Ihr sie dem Überbringer übel?«

Shota kniff die Augen zusammen. Ihr Blick heftete sich auf Kahlan, als nähme sie mit einem Pfeil Maß und spannte ihren Bogen.

»Wo, Mutter Konfessor? Wo habt Ihr ihm beigewohnt?«

»Wo? Was macht das für einen Unterschied? Habt Ihr die Hexerei jetzt an den Nagel gehängt, und interessiert Ihr Euch nur noch für Tratsch? Ich habe bei ihm geschlafen … auf besagte Weise, und das ist die Wahrheit, ob sie Euch nun gefällt oder nicht. Ich bin keine Jungfrau mehr. Ich war mit Richard zusammen, das allein zählt.«

Shotas Augen funkelten gefährlich. »Wo?« wiederholte sie.

Ihr Ton war so bedrohlich, daß Kahlan vergaß, daß sie vor der Hexe keine Angst zu haben brauchte.

»An einem Ort zwischen den Welten«, antwortete Kahlan, der es plötzlich peinlich war, über die Einzelheiten zu sprechen. »Die Guten Seelen … haben uns dorthin gebracht«, stammelte sie. »Die Guten Seelen … wollten, daß wir uns vereinen.«

»Verstehe.« Shotas Blick wurde kalt. Ihr dünnes Lächeln kehrte zurück. »Ich fürchte, das zählt nicht.«

»Zählt nicht! Was im Namen alles Guten soll das heißen? Ich war mit ihm zusammen. Das allein zählt. Ihr seid nur verärgert, weil es die Wahrheit ist.«

»Die Wahrheit? Ihr wart nicht in dieser Welt mit ihm vereint, mein Kind. Dies ist die Welt, in der wir leben. Ihr wart mit ihm nicht hier zusammen, wo es zählt. In dieser Welt seid Ihr noch immer Jungfrau.«

»Das ist absurd.«

Shota zuckte die Achseln. »Ihr könnt darüber denken, wie Ihr wollt. Mir genügt, daß Ihr noch nicht mit ihm zusammen wart.«

Kahlan verschränkte trotzig die Arme. »Diese Welt oder eine andere, das ist völlig egal. Ich war mit ihm vereint.«

Shotas glatte Stirn kräuselte sich vor mühsam unterdrückter Heiterkeit. »Und wenn Ihr mit ihm an diesem Ort zwischen den Welten zusammen wart, wo die Guten Seelen Euch hingeführt haben, wieso dann nicht auch in dieser Welt? Schließlich seid Ihr hier doch keine Jungfrau mehr, wie Ihr behauptet.«

Kahlan senkte verlegen den Blick. »Na ja, ich ... wir ... hielten es für das beste zu warten, bis wir getraut sind, das ist alles.«

Shotas leise triumphierendes Lachen wehte in der Morgenluft davon. »Seht Ihr? Ihr wißt, daß ich die Wahrheit spreche.« Sie hielt die Teetasse zwischen den Fingerspitzen beider Hände und nippte daran, und nach jedem Schluck entfuhr ihr ein weiteres irres Kichern.

Kahlan kochte vor Wut, denn sie hatte das Gefühl, das Wortgefecht verloren zu haben. Sie versuchte, sich einen Anschein von Selbstsicherheit zu geben, indem sie sich zurücklehnte und ihrerseits einen Schluck Tee trank.

»Wenn Ihr Euch mit pedantischen Haarspaltereien täuschen wollt, nur zu. Ich weiß, was wir getan haben«, entgegnete Kahlan. »Ich wüßte ohnehin nicht, was Euch das angeht.«

Shota hob den Kopf. »Ihr wißt sehr wohl, was mich das angeht, Mutter Konfessor. Jeder Konfessor bringt einen Konfessor zur Welt. Wenn Ihr sein Kind bekommt, wird es ein Junge sein. Ich habe Euch beiden erklärt, daß Ihr das nicht vergessen dürft, bevor Ihr Euch vereint. Die Lust trübt die Gedanken an die möglichen Folgen.

Von Eurer Seite aus würde der Junge ein Konfessor werden. Von

Richards Seite würde er die Gabe mitbekommen. Eine so gefährliche Mischung gab es noch nie.«

Kahlan versuchte ihr Entsetzen über die Weissagung hinter einem geduldigen, vernünftigen Ton zu verbergen, der ebenso ihr selbst galt wie Shota.

»Ihr seid eine Hexe mit großen Fähigkeiten, Shota, und zugegeben, vielleicht wißt Ihr, ob es ein Junge wird, aber Ihr könnt unmöglich wissen, daß er werden würde wie die meisten männlichen Konfessoren, die in der Vergangenheit geboren wurden. Nicht alle waren so. Ihr habt praktisch selbst zugegeben, nicht zu wissen, ob es so kommen wird. Ihr seid nicht der Schöpfer. Ihr könnt unmöglich wissen, was er zu tun beschließt – wenn er überhaupt beschließt, uns ein Kind zu schenken.«

»In diesem Punkt brauche ich die Zukunft gar nicht zu kennen. Fast alle männlichen Konfessoren waren gewissenlose Bestien. Meine Mutter lebte in jenen düsteren Zeiten, die durch einen männlichen Konfessor heraufbeschworen wurden. Ihr würdet die Welt nicht nur mit einem männlichen Konfessor strafen, sondern noch dazu mit einem, der die Gabe besitzt. Welch verheerende Umwälzung das zur Folge hätte, könnt Ihr Euch überhaupt nicht vorstellen.

Aus eben diesem Grund dürfen Konfessoren ihre Gefährten nicht lieben. Bringen sie ein männliches Kind zur Welt, müssen sie ihren Gatten bitten, das Kind zu töten. Ihr liebt Richard. Das würdet Ihr niemals von ihm verlangen. Ich habe Euch gewarnt. Ich habe die Kraft zu tun, was Ihr niemals könntet. Zudem habe ich Euch auch erklärt, daß ich das nicht persönlich meine.«

»Ihr redet über die ferne Zukunft, als habe sie sich bereits ereignet. So ist das aber nicht«, meinte Kahlan. »Die Geschehnisse entwickeln sich nicht immer so, wie Ihr behauptet. Allein Richard habt Ihr zu verdanken, daß Ihr überhaupt noch lebt. Ihr habt gesagt, gelänge es Richard und mir, den Schleier zu schließen und dadurch Euch und alle anderen vor dem Hüter zu bewahren, dann wärt Ihr uns beiden ewig dankbar.«

»Das bin ich auch.«

Kahlan beugte sich vor. »Ihr wollt Eure Dankbarkeit beweisen, indem Ihr droht, mein Kind zu töten, sollte ich eins bekommen, und versucht, mich gar umzubringen, wenn ich Euch um Hilfe bitte?«

Shotas Brauen zuckten. »Ich habe nicht versucht, Euch umzubringen.«

»Ihr schickt Samuel dort hinauf, damit er mich überfällt, und dann habt Ihr die Frechheit, mich dafür zurechtzuweisen, daß ich bereit bin, mich zu verteidigen? Dieses kleine Ungeheuer hat mich zu Boden geworfen und ist über mich hergefallen. Hätte ich keine Waffe gehabt, wer weiß, was er mir angetan hätte. Ist das Eure Dankbarkeit? Er sagte, wenn Ihr mit mir fertig seid, würdet Ihr ihm erlauben, mich zu verspeisen. Und ich soll an Euren guten Willen glauben? Ihr wagt es, mir Dankbarkeit vorzugaukeln?«

Shotas Blick wanderte zu den Bäumen hinüber. »Samuel!« Sie setzte ihre Teetasse ab. »Samuel! Komm sofort her!«

Die gedrungene Gestalt hüpfte durch das Gras zwischen den Bäumen herbei, wobei er die Knöchel seiner Finger zu Hilfe nahm. Er rannte zu Shota und rieb seinen Kopf an ihren Beinen.

»Herrin«, schnurrte er.

»Samuel, was habe ich dir über die Mutter Konfessor erzählt?«

»Die Herrin hat Samuel gesagt, er soll zu ihr gehen.«

Sie sah Kahlan in die Augen. »Und was habe ich dir noch aufgetragen?«

»Er soll sie herbringen.«

»Samuel«, sagte sie mit bebender Stimme.

»Die Herrin hat gesagt, er soll ihr nichts tun.«

»Du bist über mich hergefallen!« warf Kahlan ein. »Du hast mich zu Boden gerissen und dich auf mich geworfen! Du hast gesagt, du würdest mich fressen, wenn deine Herrin mit mir fertig wäre.«

»Ist das wahr, Samuel?«

»Samuel hat der hübschen Lady nichts getan«, brummte Samuel.

»Stimmt das, was sie sagt? Hast du sie angegriffen?«

Samuel fauchte Kahlan an. Shota verpaßte ihm mit der Faust eine Kopfnuß. Er wich erschrocken zurück und klammerte sich an ihr Bein.

»Was habe ich dir aufgetragen, Samuel? Wie lauteten meine Anweisungen?«

»Samuel muß die Mutter Konfessor hierherbringen. Samuel darf die Mutter Konfessor nicht anfassen. Samuel darf der Mutter Konfessor nichts tun. Samuel darf der Mutter Konfessor nicht drohen.«

Shota trommelte mit den Fingern auf den Tisch. »Und, hast du mir gehorcht, Samuel?«

Samuel versteckte seinen Kopf unter dem Saum ihres Kleides.

»Samuel, beantworte sofort meine Frage. Stimmt das, was die Mutter Konfessor sagt?«

»Ja, Herrin«, erwiderte Samuel kläglich.

»Ich bin sehr enttäuscht von dir, Samuel.«

»Tut Samuel leid.«

»Wir unterhalten uns später weiter. Laß uns jetzt allein.«

Der Gehilfe der Hexe entfernte sich hüpfend unter die Bäume. Shota drehte sich um und sah Kahlan in die Augen.

»Ich habe ihm erklärt, er darf Euch weder etwas antun noch Euch bedrohen. Ich kann verstehen, warum Ihr Euch erregt, die Fassung verliert und denkt, ich wollte Euch etwas Böses. Bitte nehmt meine Entschuldigung an.« Sie schenkte Kahlan Tee nach. »Seht Ihr? Ich habe nicht die Absicht, Euch Leid zuzufügen.«

Kahlan nahm einen Schluck aus ihrer vollen Tasse. »Samuel ist das geringste Übel. Ich weiß, Ihr wollt Unheil über mich und Richard bringen, aber ich fürchte mich nicht mehr vor Euch. Ihr könnt mir nichts mehr anhaben.«

Shotas selbstgefälliges Lächeln kehrte zurück. »Wirklich nicht?«

»Ich schlage vor, Ihr versucht erst gar nicht, Eure Kraft gegen mich einzusetzen.«

»Meine Kraft? Alles, was ich tue, alles, was jeder tut, macht er mit seiner Kraft. Wenn ich atme, benutze ich meine Kraft.«

»Ich rede davon, mir Schaden zuzufügen. Wenn ihr wagt, es zu versuchen, werdet Ihr den Versuch nicht überleben.«

»Mein Kind, ich habe nicht die Absicht, so etwas zu tun, auch wenn Ihr das denkt.«

»Eine mutige Bemerkung, jetzt, wo Ihr wißt, daß Ihr dazu nicht mehr in der Lage seid.«

»Ach, wirklich? Habt Ihr je daran gedacht, daß der Tee vergiftet sein könnte?«

Ihr Lächeln wurde breiter, als Kahlan sich versteifte. »Ihr habt…?«

»Natürlich nicht. Ich sagte doch schon, das liegt nicht in meiner Absicht. Wenn mir danach gewesen wäre, hätte ich alles mögliche tun können. Ich hätte einfach eine Viper hinter Eure Ferse setzen können. Vipern mögen es nicht, wenn man sich hastig bewegt.«

Wenn Kahlan eins haßte, dann waren es Schlangen, und das wußte Shota.

Sie entspannte sich und atmete aus. »Aber ich sollte denken, dort könnte eine sein.«

»Ich sollt erkennen, daß man Selbstvertrauen auch überbewerten kann. Vielleicht freut es Euch zu erfahren, daß ich Euch schon immer aus allen möglichen Gründen für überaus gefährlich gehalten habe. Daß Ihr einen Weg gefunden habt, die andere Seite Eurer Magie anzuzapfen, hat für mich keine große Bedeutung.

Was mir angst macht, sind ganz andere Dinge. Euer Schoß macht mir angst. Und Eure überhebliche Selbstgewißheit.«

Kahlan wäre vor Wut fast aufgesprungen, doch dann mußte sie plötzlich an die sterbenden Kinder in Aydindril denken. Wie viele von ihnen waren dem Tod nahe, bangten zitternd um ihr Leben, während Kahlan halsstarrig mit Shota über Fehler und Schuldzuweisungen debattierte. Shota wußte von der Pest und den Winden, die Jagd auf Richard machten. Was bedeutete Kahlans Stolz im Vergleich dazu?

Sie mußte auch an eine Passage aus der Prophezeiung denken: … *keine Klinge, sei sie aus Stahl oder aus Zauberei geschmiedet, kann diesem Feind etwas anhaben.*

Aus ziemlich dem gleichen Grund wäre es ebenso zwecklos, mit Shota die Klingen zu kreuzen. Es hätte keinen Sinn, und schlimmer noch, es brächte keine Lösung.

Kahlan mußte einsehen, daß sie der Rache wegen gekommen war. Dabei wäre es eigentlich ihre Pflicht gewesen, sich um die leidenden und sterbenden Menschen zu kümmern. Wen, von ihrem Stolz abgesehen, würde es weiterbringen, wenn sie sich mit Shota anlegte? Sie stellte sich und ihre Unsicherheit aus Eigensinn über das Leben Unschuldiger. Sie war selbstsüchtig.

»Nadine ist der Grund, weshalb ich wehen Herzens hergekommen bin, Shota. Ich wollte, daß Ihr Richard und mich in Frieden laßt. Ihr wollt uns nichts Böses, sagt Ihr, und es sei Eure Absicht zu helfen. Auch ich will den Menschen helfen, die verzweifelt sind und im Sterben liegen. Warum einigen wir uns nicht darauf, für den Augenblick wenigstens, einander zu glauben?«

Shota sah sie über ihre Teetasse hinweg an. »Welch brillanter Einfall.«

Kahlan versuchte, ihre inneren Ängste, ihren inneren Zorn zu beschwichtigen. Am liebsten wäre sie aus Wut über Nadines Benehmen auf Shota losgegangen. Was aber, wenn es gar nicht Shotas Fehler war? Wenn Nadine aus eigenem Antrieb handelte, genau wie Samuel? Was, wenn die Hexe die Wahrheit sagte, wenn sie tatsächlich kein Unheil hatte anrichten wollen?

Falls das stimmte, dann war Kahlans Drang, auf ihr Gegenüber loszugehen, auf bedauernswerte Weise ein Irrtum.

Kahlan gestand sich ein, daß Shota recht gehabt hatte. Sie hatte nur deswegen einen Grund gesucht, sich zu rächen, weil sie auf ihre todbringende Kraft zurückgreifen wollte. Sie hatte nicht zuhören wollen.

Sie legte die Hände auf den Tisch. Shota nippte an ihrem Tee und beobachtete, wie das bläuliche Glühen um Kahlans Hände schwächer wurde und schließlich ganz erlosch. Kahlan wußte nicht, ob sie davon würde Gebrauch machen können, falls Shota jetzt über sie herfiele, sah aber ein, daß es keine Rolle spielte.

Ein Versagen bei ihrer eigentlichen Pflicht war ein zu hoher Preis für ihren Stolz.

Kahlan spürte, dies war die einzig echte Chance, ihre Zukunft, Richard und die unschuldigen Menschen in Aydindril zu retten. Richard sagte immer, man müsse an die Lösung denken, nicht an das Problem.

»Shota«, sagte Kahlan leise, »ich habe von Euch immer nur das Schlechteste gedacht. Angst war nur zum Teil der Grund dafür. Ihr hattet recht, mein Motiv war Eifersucht. Ich bitte Euch, verzeiht mir meinen Starrsinn und meine Überheblichkeit.

Ich weiß, Ihr habt früher schon versucht, Menschen zu helfen. Bitte, helft jetzt mir. Ich brauche Antworten. Menschenleben hängen davon ab. Bitte sprecht mit mir. Ich werde versuchen, mir ganz offen anzuhören, was Ihr zu sagen habt, denn ich weiß, Ihr seid weder der Bote noch die Ursache.«

Shota setzte ihre Teetasse ab. »Glückwunsch, Mutter Konfessor. Ihr habt Euch soeben das Recht erworben, mir Fragen zu stellen. Habt den Mut, die Antworten zu vernehmen, dann werden sie Euch eine Hilfe sein.«

»Ich werde mein Bestes tun, das schwöre ich«, antwortete Kahlan.

5. Kapitel

Shota schenkte Tee nach. »Was wollt Ihr wissen?«

Kahlan nahm ihre Tasse. »Wißt Ihr etwas über den Tempel der Winde?«

»Nein.«

Kahlan stutzte, die Tasse in der Hand. »Nadine habt Ihr jedenfalls erzählt, die Winde machten Jagd auf Richard.«

»Das ist richtig.«

Shota machte eine vage Handbewegung. »Ich weiß nicht, wie ich einer Frau, die keine Hexe ist, erklären soll, wie ich den Strom der Zeit wahrnehme, das Vorbeiziehen zukünftigter Ereignisse. Man könnte es ein wenig mit Erinnerung vergleichen. Wenn man an ein Ereignis oder eine Person aus der Vergangenheit denkt, dann erinnert man sich daran. Manchmal erinnert man sich lebhaft an zurückliegende Ereignisse. Dann wieder gar nicht.

Meine Fähigkeit funktioniert ebenso, nur kann ich dasselbe mit der Zukunft machen. Für mich besteht zwischen Vergangenheit, Gegenwart und Zukunft kein großer Unterschied. Ich treibe auf einem Fluß aus Zeit und blicke sowohl stromauf- als auch stromabwärts. Ich kann ebenso einfach in die Zukunft blicken, wie Ihr Euch an vergangene Ereignisse erinnert.«

»Zuzeiten jedoch kann ich mich an bestimmte Dinge gar nicht erinnern«, wandte Kahlan ein.

»Ebenso ergeht es mir. Ich kann mich nicht erinnern, was aus dem Vogel wurde, den meine Mutter immer rief, als ich noch ganz klein war. Ich weiß noch, wie er auf ihrem Finger saß, während sie ihm leise, zärtliche Worte zuflüsterte. Ist er gestorben oder fortgeflogen?

Andere Ereignisse, wie der Tod eines geliebten Menschen, sind mir dagegen sehr lebhaft in Erinnerung geblieben. So sehe ich genau das Kleid vor mir, das meine Mutter am Tag ihres Todes trug. Noch heute könnte ich Euch die Länge des losen Fadens an ihrem Ärmel angeben.«

»Verstehe.« Kahlan starrte in ihren Tee. »Ich kann mich auch sehr gut an den Tag erinnern, an dem meine Mutter starb. An jede schreckliche Einzelheit, und dabei würde ich das alles gerne vergessen.«

Shota stützte ihre Ellenbogen auf den Tisch und schlang ihre Finger ineinander. »So geht es mir mit der Zukunft. Nicht immer kann ich die erfreulichen Ereignisse in der Zukunft sehen, die ich sehen möchte, und manchmal kann ich nicht verhindern, daß ich Dinge erblicke, die mir zuwider sind. Einige Ereignisse habe ich ganz deutlich vor Augen, andere dagegen, ganz gleich, wie sehr ich sie mir klarer wünsche, bleiben nebelhafte Schatten.«

»Wie verhält es sich mit den Winden, die Jagd auf Richard machen?«

Shota schüttelte geistesabwesend den Kopf. »Das war beunruhigend. Es war, als werde mir die Erinnerung eines anderen aufgezwungen. So als benutzte mich jemand, um eine Nachricht weiterzugeben.«

»War es eine Nachricht oder eher eine Warnung?«

Shota runzelte nachdenklich die Stirn. »Das habe ich mich auch gefragt. Die Antwort darauf kenne ich nicht. Ich habe sie durch Nadine weitergegeben, weil ich dachte, Richard sollte in jedem Fall davon erfahren.«

Kahlan fuhr sich mit der Hand über die Stirn. »Shota, als die Pest ausbrach, brach sie bei Kindern aus, die ein Spiel gespielt oder dabei zugesehen hatten.«

»Ja'La.«

»Ja, richtig. Kaiser Jagang –«

»Der Traumwandler.«

Kahlan sah auf. »Ihr habt von ihm gehört?«

»Gelegentlich sucht er meine Erinnerungen an die Zukunft heim. Er bedient sich gewisser Tricks und versucht, in meine Träume einzudringen. Das lasse ich nicht zu.«

»Haltet Ihr es für möglich, daß es der Traumwandler war, der Euch diese Nachricht über die Winde, die Jagd auf Richard machen, eingegeben hat?«

»Nein. Ich kenne seine Tricks. Mein Wort darauf, es war keine Botschaft von Jagang. Wie war das mit der Pest und diesem Spiel, Ja'La?«

»Nun, Jagang hat seine Fähigkeit als Traumwandler dazu benutzt, in den Geist eines Zauberers zu schlüpfen, den er losschickte, um Richard zu ermorden. Er war bei der Ja'La-Partie anwesend. Der Zauberer, meine ich. Der Kaiser hat das Spiel durch die Augen des Zauberers verfolgt.

Er war erzürnt, weil Richard die Regeln geändert hatte, damit alle Kinder mitspielen konnten. Unter diesen Kindern brach die Pest aus. Das ist einer der Gründe, weshalb wir glauben, Jagang sei dafür verantwortlich.

Das erste Kind, das wir aufsuchten, lag bereits im Sterben.« Kahlan legte die Fingerspitzen auf die geschlossenen Augen, als sie daran dachte. Sie atmete tief durch, um sich wieder zu fassen. »Es starb, während Richard und ich neben ihm knieten. Er war noch ein kleiner Junge. Ein unschuldiger Junge. Wegen der Pest war sein ganzer Körper von Fäulnis befallen. Er hat ein unvorstellbares Leid durchgemacht. Vor unseren Augen hauchte er sein Leben aus.«

»Das tut mir leid«, flüsterte Shota.

Kahlan sammelte sich, dann sah sie auf. »Nachdem er bereits gestorben war, hob er noch einmal die Hand und packte Richards Hemd. Seine Lungen füllten sich mit Luft, er zog Richard heran und sagte: ›Die Winde machen Jagd auf dich.‹«

Von der anderen Seite des Tisches kam ein gequältes Seufzen. »Dann hatte ich recht. Es war keine Einbildung, sondern tatsächlich eine Nachricht, die durch mich übermittelt wurde.«

»Richard glaubt, der Tempel der Winde mache Jagd auf ihn, Shota. Er ist im Besitz des Tagebuches eines Mannes, der während des Großen Krieges vor dreitausend Jahren lebte. Darin wird berichtet, wie die Zauberer aus jener Zeit Gegenstände von großem Wert und großer Gefährlichkeit in dem Tempel unterbrachten und diesen dann fortschickten.«

Shota beugte sich stirnrunzelnd vor. »Fort? Wohin denn?«

»Das wissen wir nicht. Der Tempel der Winde stand früher auf dem Gipfel von Berg Kymermosst.«

»Den Ort kenne ich. Es gibt dort keinen Tempel, nur ein paar alte Ruinen.«

Kahlan nickte. »Möglicherweise haben die Zauberer ihre Macht dazu benutzt, die Seite des Berges wegzusprengen und den Tempel unter einem Erdrutsch zu begraben. Was immer sie getan haben, er ist verschwunden. Dem Tagebuch zufolge hält Richard es für möglich, daß der rote Mond eine Warnung des Tempels war. Des weiteren nimmt er an, der Tempel der Winde sei auch einfach unter der Bezeichnung ›die Winde‹ bekannt.«

Shota tippte mit einem Finger gegen ihre Teetasse. »Die Nachricht könnte also unmittelbar vom Tempel der Winde stammen?«

»Haltet Ihr das für möglich? Wie kann ein Ort eine Nachricht schicken?«

»Die Zauberer aus jener Zeit konnten Dinge mit ihrer Magie anstellen, über die wir heute nur staunen können. Nehmt zum Beispiel die Sliph. Soviel ich weiß, und nach allem, was Ihr mir berichtet habt, ist es Jagang vermutlich auf irgendeine Weise gelungen, einen Gegenstand von tödlicher Gefährlichkeit aus dem Tempel der Winde zu entwenden und damit die Pest auszulösen.«

Kahlan fühlte, wie eine Woge kalter Angst sie durchflutete. »Wie könnte er so etwas machen?«

»Er ist ein Traumwandler. Er hat Zugang zu unermeßlichem Wissen. Trotz seiner plumpen Ziele ist er alles andere als dumm. Ich wurde von seinem Geist im Schlaf berührt, wenn er des Nachts auf Jagd ging. Man darf ihn nicht unterschätzen.«

»Er will alle Magie vernichten, Shota.«

Shota zog eine Braue hoch. »Ich sagte bereits, ich werde alle Eure Fragen beantworten. Ihr braucht mich nicht an mein eigenes Interesse in dieser Angelegenheit zu erinnern. Jagang bedeutet für mich eine ebensogroße Bedrohung wie die Gefahr, die mir durch den Hüter droht. Er verspricht, die Magie zu vernichten, setzt aber für die Erreichung dieses Zieles selbst Magie ein.«

»Aber wie könnte er diese Pest aus dem Tempel der Winde entwendet haben? Haltet Ihr das überhaupt für möglich? Ganz ehrlich?«

»Soviel kann ich Euch verraten, die Pest ist nicht von allein ausgebrochen. Eure Vermutung ist richtig. Sie wurde mit Hilfe von Magie ausgelöst.«

»Wie können wir sie aufhalten?«

»Ich kenne kein Heilmittel gegen die Pest.« Shota trank einen Schluck Tee. Dann sah sie zu Kahlan auf. »Andererseits, wie könnte man eine Pest auslösen?«

»Mit Hilfe von Magie.« Kahlan runzelte die Stirn. »Ihr meint … Ihr meint, wenn Magie sie auslösen konnte, dann könnte Magie ihr auch Einhalt gebieten, auch wenn wir nicht wissen, wie man die eigentliche Krankheit behandelt? Wollt Ihr mir das vorschlagen?«

Shota zuckte die Achseln. »Ich weiß nicht, wie man eine solche Seuche auslöst, und ebensowenig, wie man sie heilt. Ich weiß, daß Magie dabei im Spiel war. Wenn Magie dafür verantwortlich ist, dann wäre es einleuchtend, daß man ebenfalls Magie dagegen einsetzen kann.«

Kahlan richtete sich auf. »Demnach besteht Hoffnung, daß wir sie beenden und all die Menschen vor dem Tod retten können?«

»Schon möglich. Wenn wir die einzelnen Teile zusammenfügen, scheint alles auf eins hinzudeuten: Jagang hat eine Magie aus dem Tempel der Winde entwendet, um damit die Pest auszulösen, und der Tempel versucht, Richard vor dieser Schändung zu warnen.«

»Warum ausgerechnet Richard?«

»Was meint Ihr? Was unterscheidet Richard von allen anderen?«

Kahlan fühlte sich durch Shotas dünnes, schlaues Lächeln wie gelähmt.

»Er ist ein Kriegszauberer. Er besitzt Subtraktive Magie. Auf diese Weise hat er die Seele von Darken Rahl besiegt und dem Hüter Einhalt geboten. Richard verfügt als einziger über die Macht, das zu tun, was helfen könnte.«

»Vergeßt das nie«, sprach Shota leise in ihre Tasse hinein.

Plötzlich hatte Kahlan das Gefühl, einen Pfad entlanggeführt zu werden. Sie wies das Gefühl von sich. Shota versuchte bloß zu helfen.

Sie nahm all ihren Mut zusammen. »Warum habt Ihr Nadine geschickt, Shota?«

»Damit sie Richard heiratet.«

»Warum ausgerechnet Nadine?«

Ein trauriges Lächeln spielte über Shotas Lippen. Auf diese Frage hatte sie gewartet.

»Weil ich mir Sorgen um ihn mache. Ich wollte, daß es jemand ist, bei dem er wenigstens ein bißchen Erfüllung findet.«

Kahlan schluckte. »Aber die findet er bei mir!«

»Ich weiß. Dennoch ist es ihm bestimmt, eine andere zu heiraten.«

»Das sagt Euch der Strom zukünftiger Ereignisse? Eure Erinnerung … an die Zukunft?« Shota nickte knapp. »Es war nicht Eure Idee? Ihr wolltet nicht einfach eine Frau schicken, die ihn heiratet, nur damit ich ihn nicht heirate?«

»Nein.« Shota lehnte sich auf ihrem Stuhl zurück und blickte in die Bäume. »Ich sah, daß er eine andere heiraten wird. Das bedeutet großes Leid für ihn. Ich machte meinen ganzen Einfluß geltend, damit es jemand ist, den er kennt, jemand, der ihm wenigstens ein wenig Trost spendet. Ich wollte ihm möglichst allen Kummer ersparen.«

Kahlan wußte nicht, was sie sagen sollte. Sie fühlte sich wie damals, als sie beim Kampf mit Marlin unten in den Abwasserkanälen gegen die Flut des Wassers angekämpft hatte. Sie mußte an die Wucht des Stroms denken, der sie an einer Stelle festgehalten hatte.

»Aber ich liebe ihn doch«, war alles, was ihr einfiel.

»Ich weiß«, antwortete Shota leise. »Die Entscheidung, ihn eine andere heiraten zu lassen, habe nicht ich getroffen. Ich konnte lediglich beeinflussen, wer es sein würde.«

Sie wich den alterslosen Augen der Hexe aus und hatte Mühe, stockend Luft zu holen.

»Auch auf die Entscheidung, wer Euer Gemahl sein wird«, fügte Shota hinzu, »hatte ich keinerlei Einfluß.«

Kahlans Blick kehrte zu Shota zurück. »Was? Was soll das heißen?«

»Es ist Euch bestimmt zu heiraten. Richard wird es nicht sein. Darauf hatte ich keinen Einfluß. Das ist kein gutes Zeichen.«

Kahlan war am Boden zerstört. »Was soll das heißen?«

»Irgendwie sind die Seelen in diese Geschichte verwickelt. Sie waren lediglich bereit, eine begrenzte Einflußnahme hinzunehmen. Für alles weitere haben sie ihre Gründe. Die sind mir allerdings verborgen.«

Kahlan merkte, wie ihr eine Träne über die Wange kullerte. »Was soll ich nur tun, Shota? Ich verliere den einzigen Menschen, den ich je geliebt habe. Ich könnte nie einen anderen lieben als Richard, nicht einmal, wenn ich wollte. Ich bin ein Konfessor.«

Shota saß reglos wie ein Fels da und betrachtete sie. »Die Guten Seelen sind uns weit entgegengekommen, als sie mir bei der Wahl von Richards Braut ein Mitspracherecht einräumten. Ich habe mich umgesehen und keine andere gefunden, für die er auch nur annähernd soviel Sympathie aufbringen würde. Vielleicht wird er mit einer Frau wie ihr eines Tages glücklich und beginnt sie zu lieben.«

Kahlan legte ihre zitternden Hände in den Schoß. Ihr war übel. Es hatte keinen Sinn, mit Shota zu streiten. Dies war nicht ihr Werk. Die Seelen hatten ihre Hand im Spiel.

»Was hätte das für einen Sinn? Was hat er davon, wenn er Nadine heiratet? Was habe ich davon, wenn ich mit jemandem vermählt werde, den ich nicht liebe?«

Shotas Stimme klang sanft und einfühlsam. »Das weiß ich nicht, mein Kind. Bei manchen Menschen wählen die Eltern den Ehepartner aus, bei Euch haben die Seelen die Entscheidung darüber gefällt.«

»Wenn die Seelen tatsächlich etwas damit zu tun haben, warum sollten sie dann wollen, daß wir leiden? Sie haben uns an den Ort gebracht, wo wir zusammensein konnten.« Kahlan stemmte sich gegen das Gewicht der Wasserfluten. »Warum tun sie uns so etwas an?«

»Vielleicht«, sagte Shota leise und sah Kahlan dabei fest in die Augen, »weil du ihn verraten wirst.«

Die Kehle schnürte sich ihr zusammen, und ihr Atem stockte. Die Prophezeiung ging ihr wie ein Schrei durch den Kopf.

... denn die in Weiß, seine wahre Geliebte, wird ihn in ihrem Blut verraten.

Kahlan sprang auf. »Nein!« Sie ballte die Fäuste. »Ich würde ihm niemals weh tun! Ich würde ihn niemals verraten!«

Shota nippte gelassen an ihrer Teetasse.

»Setzt Euch, Mutter Konfessor.«

Kahlan konnte ihre Tränen nur mit Mühe unterdrücken, als sie sich wieder auf ihren Stuhl sinken ließ.

»Die Erinnerungen an die Zukunft habe ich ebensowenig in meiner Gewalt wie die Vergangenheit. Wie schon gesagt, Ihr müßt den Mut aufbringen, Euch die Antworten anzuhören.« Sie tippte sich mit dem Finger an die Stirn. »Nicht nur hier« – sie zeigte auf ihr Herz –, »sondern auch hier.«

Kahlan zwang sich, tief durchzuatmen. »Verzeiht. Euch trifft keine Schuld. Das weiß ich.«

Shota zog eine Braue hoch. »Sehr gut, Mutter Konfessor. Wenn man lernt, die Wahrheit zu akzeptieren, ist das der erste Schritt, das eigene Schicksal in die Hand zu nehmen.«

»Ich möchte nicht respektlos klingen, Shota, aber der Blick in die Zukunft hält nicht alle Antworten bereit. Damals meintet Ihr, ich würde Richard mit meiner Kraft berühren. Ich dachte, das würde ihn vernichten. Um zu verhindern, daß Eure Worte Wahrheit werden, um zu verhindern, daß ich ihm etwas antue, wollte ich mich umbringen.

Richard hat nicht zugelassen, daß ich mein Leben aufs Spiel setze. Wie sich herausstellte, entsprach Euer Blick in die Zukunft der Wahrheit, aber es steckte noch mehr dahinter, und zwar auf ganz andere Weise, als wir dachten.

Ich berührte Richard, nur seine Magie schützte ihn, und meine Berührung konnte ihm nichts anhaben.«

»Das Ergebnis habe ich nicht vorhergesehen. Nur die Berührung selbst. Der jetzige Fall liegt anders. Ich sehe deutlich, daß ihr beide heiraten werdet.«

Kahlan war benommen. »Wer soll das denn sein? Wen werde ich heiraten?«

»Ich sehe nur eine nebelhafte Gestalt. Die Person kann ich nicht erkennen. Seine Identität kenne ich nicht.«

»Shota, jemand erzählte mir, der Blick einer Hexe in die Zukunft käme einer Prophezeiung gleich.«

»Wer hat Euch das erzählt?«

»Ein Zauberer. Zedd.«

»Zauberer«, murmelte Shota. »Zauberer haben keine Ahnung, was im Verstand einer Hexe vorgeht. Sie glauben immer, sie wüßten alles.«

Kahlan strich ihr langes Haar über eine Schulter nach hinten. »Shota, wir hatten uns vorgenommen, ehrlich zueinander zu sein, habt Ihr das schon vergessen?«

Shota murrte geziert. »Na ja, vermutlich haben sie in diesem Punkt größtenteils recht.«

»Prophezeiungen erweisen sich nicht immer als das, was sie zu sein scheinen. Oft lassen sich die schlimmsten Gefahren umgehen. Glaubt Ihr, ich habe eine Möglichkeit, die Prophezeiung abzuändern?«

Shota runzelte die Stirn. »Die Prophezeiung?«

»Die, von der Ihr gesprochen habt. Der Verrat an Richard.«

Shotas Stirnrunzeln wich tiefem Argwohn. »Soll das heißen, das wurde ebenfalls in der Prophezeiung vorhergesagt?«

Kahlan wich dem stechenden Blick der Hexe aus. »Als der Zauberer erschien, von dessen Geist Jagang Besitz ergriffen hatte, behauptete er, eine Prophezeiung heraufbeschworen zu haben und Richard in eine Falle zu locken. Dort heißt es unter anderem, ich würde ihn verraten.«

»Wißt Ihr die Prophezeiung noch?«

Kahlan fuhr mit dem Finger um den Tassenrand. »Es handelt sich um eine der Erinnerungen, von denen wir sprachen, eine jener Erinnerungen, die wir vergessen wollen, aber nicht können.

›*Mit dem roten Mond wird der Feuersturm kommen. Der, der mit der Klinge verbunden ist, wird mitansehen, wie sein Volk stirbt. Unternimmt er nichts, werden er und alle seine Lieben in der Glut umkommen, denn keine Klinge, sei sie aus Stahl oder Magie geschmiedet, kann diesem Feind etwas anhaben.*

Um dieses Inferno zu löschen, muß er das Heilmittel im Wind suchen. Lichtblitze werden ihn auf diesem Pfad finden, denn die in Weiß, seine wahre Geliebte, wird ihn in ihrem Blut verraten.‹«

Shota lehnte sich zurück, die Teetasse in der Hand behaltend. »Ihr habt ganz recht, wenn Ihr sagt, die Geschehnisse einer Prophezeiung können verändert oder umgangen werden, allerdings trifft das nicht bei einer Prophezeiung mit doppelter Verknüpfung zu. Um eine solche handelt es sich in diesem Fall, eine Falle, in der sich das Opfer voll und ganz verfängt. Die roten Monde sind der Beweis dafür, daß die Falle zugeschnappt ist.«

»Aber es muß doch eine Möglichkeit geben –« Kahlan raufte sich die Haare. »Was soll ich nur tun, Shota?«

»Ihr seid dazu bestimmt, einen anderen zu heiraten«, antwortete sie leise. »Genau wie Richard. Was danach kommt, kann ich nicht erkennen, doch das zumindest ist die Zukunft.«

»Ich weiß, Ihr sprecht die Wahrheit, Shota, nur wie ist es möglich, daß ich Richard verrate? Ich will Euch die Wahrheit sagen: Ich würde eher sterben, als ihn zu verraten. Mein Herz erlaubt mir so etwas nicht. Ich wäre dazu gar nicht in der Lage.«

Shota strich eine Falte ihres Kleides glatt. »Denkt nach, Mutter Konfessor, und Ihr werdet feststellen, wie sehr Ihr Euch irrt. Habe ich Euch nicht den Fehler nachgewiesen, als Ihr dachtet, ich könnte Euch nichts mehr anhaben?«

»Aber wie? Wie kann ich das tun, wo ich doch weiß, es ist mir nicht gegeben, ihn – aus welchem Grund auch immer – zu verraten?«

Shota seufzte nachsichtig. »Es ist längst nicht so kompliziert, wie Ihr gerne glauben möchtet. Was wäre zum Beispiel, wenn Ihr nur eine Möglichkeit hättet, ihm das Leben zu retten, und diese darin bestünde, ihn zu verraten, Ihr dadurch jedoch seine Liebe verlöret? Würdet Ihr die Liebe zu ihm opfern, um ihm das Leben zu retten? Sagt die Wahrheit.«

Kahlan schluckte, obwohl sie einen Kloß im Hals hatte. »Ja. Ich würde ihn verraten, wenn ich ihm damit das Leben retten würde.«

»Seht Ihr, es ist nicht gar so unmöglich, wie Ihr dachtet.«

»Ja, schon«, gab Kahlan kleinlaut zu. Sie spielte mit ein paar Krumen auf dem Tisch. »Was hat das alles für einen Sinn, Shota? Warum sollte die Zukunft beinhalten, daß Richard Nadine heiratet und ich einen anderen Mann? Das muß doch einen Grund haben. Es ist das genaue Gegenteil dessen, was wir beide wollen, demnach muß es eine Macht geben, die die Geschehnisse auf diesen Pfad zwingt.«

Nach einem Augenblick des Nachdenkens sagte Shota: »Der Tempel der Winde macht Jagd auf Richard. Dabei haben die Seelen ihre Hand im Spiel.«

Kahlan ließ das Gesicht erschöpft in die Hände fallen.

»Ihr habt zu Nadine gesagt: ›Mögen die Seelen ihm gnädig sein.‹ Was habt Ihr damit gemeint?«

»Die Unterwelt beherbergt nicht nur die Guten Seelen. Alle Seelen sind darin verwickelt – gute wie böse.«

Kahlan wollte nicht mehr weitersprechen. Es war zu schmerzlich, über die Zerstörung ihrer Träume und Hoffnungen zu reden, als seien sie Figuren auf einem Spielbrett.

»Mit welchem Ziel?« murmelte sie.

»Der Pest.«

Kahlan sah auf. »Was?«

»Es hat etwas mit der Pest zu tun und mit dem Gegenstand der Magie, den der Traumwandler aus dem Tempel der Winde entwendet hat.«

»Eurer Meinung nach könnte dies also irgendwie Teil unseres Versuches sein, die Magie zu finden, mit der wir die Seuche aufhalten können?«

»Ich glaube, genau so verhält es sich«, meinte die Hexe schließlich. »Richard und Ihr seid auf der verzweifelten Suche nach einer Möglichkeit, die Pest einzudämmen und das Leben unzähliger Menschen zu retten. Und ich sehe in der Zukunft, daß ihr beide jeweils einen anderen heiraten werdet.

Aus welchem anderen Grund würdet Ihr beide sonst ein solches Opfer darbringen?«

»Warum sollte es erforderlich sein –?«

»Ihr sucht Antworten, die ich Euch nicht geben kann. Ich kann weder ändern, was sein wird, noch kenne ich den Grund dafür. Wir müssen unsere Möglichkeiten abwägen. Denkt nach.

Angenommen, der einzige Weg, all diese Menschen davor zu bewahren, im Sturm der Pest hingerafft zu werden, bestünde darin, daß Richard und Ihr gemeinsam euer Leben aufgebt, um dadurch, sagen wir, die Aufrichtigkeit Eurer Opferbereitschaft unter Beweis zu stellen. Wärt ihr beide unter diesen Umständen dazu bereit?«

Kahlan legte ihre zitternden Hände unterm Tisch in den Schoß. Sie hatte den gequälten Blick in Richards Augen gesehen, als er den Jungen sterben sah. Sie wußte, wie schmerzlich es für sie selbst gewesen war. Wie viele würden noch sterben?

Dennoch käme sie nie mehr mit sich ins Reine, wenn die einzige Chance, diese Kinder zu retten, darin bestünde, ihre Liebe zu opfern, und sie dieses Opfer ablehnte.

»Wie könnten wir uns weigern? Selbst wenn es uns selbst das Leben kosten würde, könnten wir uns weigern? Aber ist es möglich, daß die guten Seelen einen solchen Preis verlangen?«

Plötzlich mußte Kahlan daran denken, wie Dennas Seele Richard vom Mal des Hüters befreit und sich aus freien Stücken bereit erklärt hatte, an Richards Stelle die ewigen Qualen durch die Hand des Hüters auf sich zu nehmen. Später hatte sich herausgestellt, daß Denna sich diesem Schicksal nicht zu stellen brauchte, doch das spielte keine Rolle. Sie war davon überzeugt gewesen und hatte ihre Seele für einen Menschen geopfert, den sie liebte.

Die Äste eines nahen Ahornbaumes schlugen in der leichten Brise klackend aneinander. Kahlan hörte die Fahnen auf Shotas Palast im Wind knattern. Die Luft schmeckte nach Frühling. Das Gras hatte eine helle, frische Farbe. Überall ringsum blühte das Leben auf.

Kahlans Herz fühlte sich an, als sei es aus erkalteter Asche.

»Ich werde Euch noch etwas verraten«, sagte Shota wie aus großer Ferne. Kahlan hörte ihr vom Grund eines tiefen Brunnens der Hoffnungslosigkeit zu. »Die letzte Nachricht von den Winden kennt Ihr noch gar nicht. Ihr werdet eine weitere erhalten, die den Mond betrifft. Dies wird die sich daraus ergebende Verbindung sein.

Ignoriert sie nicht, tut sie nicht einfach ab. Eure und Richards

Zukunft sowie die Zukunft all dieser unschuldigen Menschen hängt von diesem Ereignis ab. Ihr beide müßt Euer ganzes Wissen benutzen, um die Chance zu erkennen, die man Euch bieten wird.«

»Chance? Welche Chance?«

Shota nagelte Kahlan mit ihrem Blick fest. »Die Chance, Eure erhabenste Pflicht zu erfüllen. Die Chance, das Leben der unschuldigen Menschen zu retten, die auf Euch angewiesen sind.«

»Wann wird das sein?«

»Ich weiß nur, daß es nicht mehr lange dauern wird.«

Kahlan nickte. Zu ihrer Verwunderung kamen ihr nicht einmal die Tränen. Dies alles war die vernichtendste persönliche Katastrophe, die sie sich nur vorstellen konnte – sie würde Richard verlieren –, und sie weinte nicht einmal.

Vermutlich würde sie es später tun, nur nicht jetzt, nicht hier.

Sie starrte auf den Tisch. »Shota, Ihr würdet verhindern, daß wir beide ein Kind bekommen, nicht wahr? Einen Jungen?«

»Ja.«

»Ihr würdet versuchen, unseren Sohn zu töten, wenn wir einen hätten, nicht wahr?«

»Ja.«

»Woher weiß ich dann, daß dies alles nicht nur eine Intrige von Euch ist, die verhindern soll, daß wir ein Kind bekommen?«

»Ihr werdet die Wahrheit meiner Worte mit Eurem eigenen Verstand und Herz beurteilen müssen.«

Kahlan mußte an die Worte des sterbenden Jungen denken, und an die Prophezeiung. Irgendwie hatte sie die ganze Zeit gewußt, daß sie Richard niemals heiraten würde. Das alles blieb ein unerfüllbarer Traum.

Als sie noch jung war, hatte Kahlan ihre Mutter über das Erwachsenwerden ausgefragt und wie es sei, einen Liebsten, einen Mann zu haben, ein Heim. Ihre Mutter hatte vor ihr gestanden – wunderschön, strahlend, streng, jedoch mit ihrem Konfessorengesicht.

Konfessoren kennen keine Liebe, Kahlan. Sie kennen nur die Pflicht.

Richard war als Kriegszauberer geboren worden. Auch er war für einen bestimmten Lebenszweck geboren worden. Für die Pflicht.

Sie beobachtete, wie der Wind ein paar Krumen vom Tisch wehte. »Ich glaube Euch«, erwiderte Kahlan leise. »Ich wünschte, es wäre anders, aber ich glaube Euch. Ihr sprecht die Wahrheit.«

Es gab nichts mehr zu sagen. Kahlan stand auf. Um sich auf den zittrigen Beinen halten zu können, mußte sie die Knie aneinanderpressen. Sie versuchte sich zu erinnern, wo sich der Brunnen der Sliph befand, schien ihre Gedanken aber nicht ordnen zu können.

»Danke für den Tee«, hörte sie sich sagen. »Er war köstlich.«

Falls die Hexe antwortete, bekam Kahlan es nicht mit.

»Shota?« Kahlan griff nach der Rückenlehne des Stuhls, um sich abzustützen. »Könntet Ihr mir den Weg zeigen? Ich glaube, ich weiß nicht mehr genau ...«

Shota war sofort bei ihr und nahm ihren Arm. »Ich werde Euch ein Stück begleiten, mein Kind«, sagte sie sanft und voller Mitgefühl, »damit Ihr den Weg findet.«

Schweigend gingen sie die Straße entlang. Kahlan gab sich alle Mühe, sich von dem lauen Frühlingsmorgen ein wenig aufmuntern zu lassen. In Aydindril war es noch immer kalt. Bei ihrer Abreise hatte es geschneit. Trotzdem hatte sie keine rechte Freude an diesem schönen Tag.

Als sie die steinernen Stufen hinaufstiegen, die man in die Felswand geschlagen hatte, versuchte Kahlan, sich wieder auf ihre Ziele zu besinnen. Wenn es Ihr und Richard irgendwie gelänge, all diese Menschen vor der Pest zu bewahren, dann wäre das etwas Wundervolles. Den meisten Menschen wäre das Opfer, das sie dafür brachten, gleichgültig, aber das würde die Erleichterung nicht mindern, die sie beim Hören eines Kinderlachens empfände oder beim Anblick der Freude einer Mutter, deren Kind gerettet war.

Es gab noch andere Dinge, für die es sich zu leben lohnte. Die Leere konnte sie mit dem Glück füllen, das sie in den Augen ihres Volkes sähe. Sie hätte etwas getan, das niemand sonst zu vollbringen vermochte. Sie und Richard hätten Jagang daran gehindert, all diese Menschen ins Unheil zu stürzen.

Kurz vor dem oberen Rand der Felswand legte Kahlan an einer Biegung der Treppe eine Pause ein und sah hinunter nach Agaden. Es war wirklich ein herrliches Fleckchen Erde, dieses Tal, das sich zwischen die Gipfel schroffer Gebirgszüge schmiegte.

Sie mußte daran denken, wie der Hüter einen Zauberer und einen Screeling geschickt hatte, die Shota hatten töten sollen. Die Hexe war dem Anschlag mit knapper Not entkommen. Damals hatte sie geschworen, ihr Zuhause zurückzuerobern.

»Ich bin froh, daß Ihr Euer Heim zurückbekommen habt. Ich freue mich für Euch, Shota. Wirklich. Agaden gehört Euch.«

»Danke, Mutter Konfessor.«

Kahlan blickte in die Mandelaugen der Hexe. »Was habt ihr mit dem Zauberer gemacht, der Euch aufgespürt hat?«

»Was ich versprochen hatte. Ich habe ihn an den Daumen aufgehängt, bei lebendigem Leib gehäutet und in aller Ruhe zugesehen, wie seine Magie aus seinem gehäuteten Körper wich.« Sie drehte sich um und deutete mit einer Handbewegung hinunter in das grüne Tal. »Mit seiner Haut habe ich den Sitz meines Throns bezogen.«

Kahlan erinnerte sich, daß Shota genau das geschworen hatte. Es konnte kaum verwundern, daß selbst Zauberer sich nur selten nach Agaden wagten. Shota war ihnen mehr als ebenbürtig. Wenigstens ein Zauberer hatte diese Lektion zu spät gelernt.

»Ich kann Euch keinen Vorwurf machen – schließlich hatte der Hüter ihn geschickt, um Euch zu töten. Hätte er Euch in die Finger bekommen, nun, ich weiß, wie sehr Ihr Euch davor gefürchtet habt.«

»Ich bin Richard und Euch etwas schuldig. Der Sucher hat verhindert, daß wir alle in die Hände des Hüters fallen.«

»Glücklicherweise hat dieser Zauberer Euch nicht zum Hüter gejagt.«

Das war durchaus ernst gemeint. Kahlan war sich nach wie vor im klaren darüber, wie gefährlich Shota war, andererseits schien die Hexe eines Mitgefühls fähig zu sein, das Kahlan nicht erwartet hatte.

»Wißt Ihr, was dieser Zauberer zu mir sagte?« fragte Shota. »Er meinte, er habe mir verziehen. Könnt Ihr Euch das vorstellen? Er gewährte mir Vergebung. Und dann bat er mich selbst darum.«

Der Wind wehte Kahlan einige Haare ins Gesicht. Sie strich sie wieder nach hinten. »Eine seltsame Bemerkung, wenn man es recht bedenkt.«

»Das Vierte Gesetz der Magie, wie er es nannte. Er behauptete, dem Vierten Gesetz zufolge hätte Vergeben etwas Magisches. Eine Magie, die eine heilende Wirkung hat. Das gilt sowohl für die Vergebung, die man selbst gewährt, als auch für die, die man gewährt erhält.«

»Ein Günstling des Hüters würde vermutlich alles mögliche behaupten, um mit seinem Verbrechen ungeschoren davonzukommen und vor Euch fliehen zu können. Ich kann verstehen, daß Ihr nicht in der Stimmung wart, ihm zu vergeben.«

Das Licht schien in der alterslosen Tiefe von Shotas Augen zu versinken. »Er hat vergessen, das Wörtchen ›aufrichtig‹ vor ›Vergebung‹ zu setzen.«

6. Kapitel

Kahlan sah zu, wie die Hexe wieder im düsteren Wald verschwand. Schlingpflanzen, die von knorrigen Ästen herabhingen, reckten sich, um ihre Herrin im Vorübergehen zu berühren, während Ranken und Wurzeln sich streckten, um sie am Bein zu streifen. Sie verschwand hinter einem Nebelschleier. Unsichtbare Wesen riefen mit leisen Pfeif- und Schnalzlauten aus der Richtung, in die sie gegangen war.

Kahlan wandte sich zu dem moosüberwucherten Findling um, den Shota ihr gezeigt hatte, und fand gleich dahinter den Brunnen der Sliph. Das silbrige Gesicht kam hinter dem runden Steinmäuerchen hervor und beobachtete, wie Kahlan sich näherte. Fast wünschte Kahlan, die Sliph wäre nicht erschienen; als würden die Dinge, die sie in Erfahrung gebracht hatte, ungeschehen bleiben, wenn sie nicht zurückkehrte.

Wie sollte sie Richard in die Augen sehen, ohne ihre Seelenqualen herauszuschreien? Wie sollte sie mit diesem Wissen weiterleben können? Woher sollte sie ihren Lebenswillen nehmen?

»Möchtest du reisen?« fragte die Sliph.

»Nein, aber ich muß.«

Die Sliph legte die Stirn in Falten, als sei sie verwirrt. »Wenn du reisen willst, bin ich bereit.«

Kahlan ließ sich auf die Erde sinken, lehnte sich mit dem Rücken an den Brunnen der Sliph und zog die Beine unter ihren Körper. Sollte sie wirklich so leicht aufgeben? Sollte sie sich einfach demütig und bescheiden in ihr Schicksal fügen? Sie hatte keine andere Wahl.

Denk an die Lösung, nicht an das Problem.

Irgendwie erschienen ihr die Dinge nicht mehr ganz so hoffnungslos wie eben, noch unten in Agaden. Es mußte sich doch eine Möglichkeit finden lassen. Richard würde nicht so leicht aufgeben. Er würde um sie kämpfen. Sie nahm sich vor, auch um ihn zu kämpfen. Sie liebten sich, und das war das Allerwichtigste.

Kahlan fühlte sich, als sei ihr Verstand umnebelt. Sie versuchte entschlossen, sich zu konzentrieren. Unmöglich durfte sie einfach aufgeben. Sie mußte sich diesem Problem mit ihrer alten Resolutheit stellen.

Daß Hexen Menschen verhexten, wußte sie. Nicht unbedingt aus Bosheit, es war einfach ihre Art. Etwa so, wie ein Mensch nichts dafür konnte, ob er groß war oder klein, oder für die Farbe seiner Haare. Hexen verhexten Menschen, denn so funktionierte ihre Magie.

Shota hatte Richard sozusagen verhext. Beim ersten Mal hatte ihn nur die Magie des Schwertes der Wahrheit davor bewahrt.

Das Schwert der Wahrheit.

Richard war der Sucher. Genau das taten Sucher schließlich: Sie lösten Probleme. Sie liebte den Sucher. Er würde nicht einfach aufgeben.

Kahlan pflückte ein Blatt ab und zerriß es in kleine Streifen, während sie sich alles, was ihr Shota erzählte hatte, abermals durch den Kopf gehen ließ. Was durfte sie glauben? Das alles kam ihr inzwischen vor wie ein Traum, aus dem sie im Begriff stand zu erwachen. Die Dinge konnten einfach nicht so hoffnungslos stehen, wie sie geglaubt hatte. Ihr Vater hatte ihr beigebracht, niemals aufzugeben, mit jedem Atemzug zu kämpfen, bis zum letzten, wenn es sein mußte. Und auch Richard würde nicht so ohne weiteres eine Niederlage eingestehen. Noch längst war es nicht vorbei. Die Zukunft war weiterhin die Zukunft, und was Shota auch gesagt hatte, bislang war gar nichts entschieden.

Irgend etwas an ihrer Schulter störte sie. Während sie ihren Gedanken nachhing, schlug sie kurz mit der Hand danach, dann begann sie wieder, Streifen von dem großen Blatt abzureißen. Es mußte einen Weg geben, wie sich das Problem lösen ließe.

Als sie sich zum zweiten Mal auf die Schulter schlug, berührten ihre Finger das Knochenmesser. Es fühlte sich warm an.

Kahlan zog das Messer heraus und hielt es in ihrem Schoß. Es war warm, schien zu pulsieren und zu vibrieren, ja, wurde so heiß, daß es unangenehm wurde, es in der Hand zu halten.

Staunend verfolgte Kahlan, wie die schwarzen Federn sich aufrichteten. Sie tanzten und flatterten und drehten sich wie in leichtem Wind. Ihr Haar hing schlaff herab. Die Luft stand vollkommen still. Kein Lüftchen wehte.

Kahlan sprang auf.

»Sliph!«

Das silbrige Gesicht der Sliph war sofort neben ihr, ganz nah. Kahlan trat erschrocken einen Schritt zurück.

»Sliph, ich muß reisen.«

»Wir werden reisen, komm. Wohin möchtest du?«

»Zu den Schlammenschen. Ich muß zu den Schlammenschen.«

Das flüssige Gesicht legte sich nachdenklich in Falten. »Diesen Ort kenne ich nicht.«

»Es handelt sich nicht um einen Ort, sondern um Menschen. Menschen« – Kahlan tippte sich vor die Brust – »wie ich.«

»Ich kenne verschiedene Menschenvölker, aber diese Schlammmenschen sind mir unbekannt.«

Kahlan strich ihr Haar zurück und versuchte nachzudenken. »Sie leben in der Wildnis.«

»Ich kenne verschiedene Orte in der Wildnis. An welchen möchtest du reisen? Nenne ihn, und wir werden reisen. Du wirst erfreut sein.«

»Na ja, es handelt sich um einen Ort, wo es flach ist. Grasland. Flaches Grasland. Keine Berge wie hier.« Kahlan deutete auf die Umgebung, dann wurde ihr aber bewußt, daß die Sliph außer den Bäumen nichts sehen konnte.

»Ich kenne mehrere Orte, die so sind.«

»Welche denn? Vielleicht erkenne ich sie wieder.«

»Ich kann an einen Ort reisen, von dem aus man den Fluß Callisidrin überblickt –«

»Westlich des Callisidrin. Die Schlammenschen leben weiter westlich.«

»Ich kann in das Tal Tondelen reisen, zur Harjaschlucht, in die Keaebene, nach Sealan, Herkon, Split, Anderith, Pickton, zum Jocopo-Schatz –«

»Wohin? Wie lautete das letzte?« Die meisten anderen Orte, die die Sliph genannt hatte, kannte sie, die jedoch lagen nicht in der Nähe der Schlammenschen.

»Der Jocopo-Schatz. Möchtest du dorthin reisen?«

Kahlan hielt das Knochenmesser in der Hand – das Messer des Großvaters. Chandalen hatte ihr erzählt, wie die Jocopo Krieg gegen die Schlammenschen geführt und die Ahnenseelen Chandalens Großvater darin unterrichtet hatten, wie er sein Volk gegen die Jocopo verteidigen konnte. Weiter hatte Chandalen ihr berichtet, früher, vor dem Krieg, hätten sie mit den Jocopo Handel getrieben. Die Jocopo mußten ganz in der Nähe der Schlammenschen leben.

»Sag das letzte noch einmal.«

»Der Jocopo-Schatz.«

Auf die hallenden Worte hin fingen die schwarzen Federn an zu tanzen und sich zu drehen. Kahlan schob das Knochenmesser wieder unter das Band an ihrem Oberarm. Sie war mit einem Sprung auf der Steinmauer.

»Dahin will ich. Zum Jocopo-Schatz. Kannst du mich dorthin bringen, Sliph?«

Ein silbriger Arm hob sie mit einer gleitenden Bewegung von der Steinmauer herunter. »Komm. Wir reisen zum Jocopo-Schatz. Du wirst erfreut sein.«

Kahlan holte noch einmal rasch Luft, dann stürzte sie in die Gischt aus Quecksilber. Sie atmete aus und sog die Sliph in sich hinein, doch betrübt vom Kummer, Richard zu verlieren, empfand sie diesmal keine Wonne.

Zedd lachte wie ein Irrer. Ann stand aus seiner Perspektive Kopf. Er streckte ihr die Zunge raus und gab einen langen, unflätigen Ton von sich.

»Du brauchst gar nicht so zu tun«, knurrte sie. »Das ist ganz offensichtlich dein natürlicher Zustand.«

Zedd strampelte mit den Beinen, als versuche er kopfüber stehend durch die Luft zu laufen. Das Blut schoß ihm in den Schädel.

»Möchtest du würdevoll sterben?« fragte er sie. »Oder lieber weiterleben?«

»Ich werde hier nicht den Narren spielen.«

»Das ist genau das richtige Wort – spielen! Sitz nicht einfach so im Matsch herum. Spiel damit!«

Sie beugte sich vor und schob ihren Kopf ganz nahe an seinen. »Zedd, du kannst unmöglich ernsthaft glauben, daß so etwas funktioniert.«

»Das waren deine eigenen Worte. Du treibst dich mit einem Verrückten herum. Die Idee stammt praktisch von dir.«

»Ich habe nichts dergleichen vorgeschlagen!«

»Vielleicht stammt die Idee nicht direkt von dir, aber du hast mich darauf gebracht. Ich werde dir mit Freuden das ganze Verdienst daran zuschreiben, wenn wir die Geschichte weitererzählen.«

»Sie weitererzählen! Erstens wird es überhaupt nicht gelingen. Zweitens bin ich mir durchaus im klaren, daß du es nur zu gerne weitererzählen würdest. Ein Grund mehr für mich, es nicht zu tun.«

Zedd stimmte ein Geheul wie ein Kojote an. Er machte seine Beine und Arme steif und ließ sich wie ein gefällter Baum fallen. Ann wurde mit Matsch bespritzt. Kochend vor Wut wischte sie sich einen Klecks von der Nase.

Von dem hohen Zaun aus Stöcken beobachteten grimmig dreinblickende Wächter der Nangtong ihre beiden Gefangenen – ihre beiden Opfergaben. Zedd und Ann hockten Rücken an Rücken im Morast und lockerten die Fesseln, mit denen ihre Handgelenke zusammengebunden waren. Die mit Speeren und Bogen bewaffneten Wächter schien das nicht weiter zu kümmern. Die Gefangenen konnten nicht entkommen. Zedd wußte nur zu gut, wie recht sie damit hatten.

Im Morgengrauen waren die ersten zufrieden aussehenden Menschen am Schweinepferch erschienen. Im Laufe des Vormittags war die Menschenmenge immer weiter angewachsen, da mehr und mehr Dorfbewohner vorbeischauten, um ein Schwätzchen mit den Wächtern zu halten und einen Blick auf die Opfergaben zu werfen. Offenbar waren alle bester Laune, denn jetzt hatte man ein Opfer für die Seelen. Hatte man die unzufriedenen Seelen erst günstig gestimmt, wäre ihr Leben gesichert.

Mittlerweile wirkten die Wächter und die anderen Nangtong, die von der anderen Seite zuschauten, nicht mehr ganz so glücklich. Nervös zupften sie an den Tüchern herum, die ihre Gesichter verhüllten, und prüften, ob diese auch genug bedeckten und festsaßen. Die Wächter gingen dazu über, noch mehr Asche auf Gesicht und Körper zu verteilen. Offenbar konnte man nicht vorsichtig genug sein, wenn man vor den Seelen unerkannt bleiben wollte.

Zedd steckte seinen Kopf zwischen die Knie und schlug in der feuchten, klebrigen Pampe einen Purzelbaum. Wie verrückt lachend, beschrieb er rollend einen Kreis um Anns gedrungene Gestalt, die auf dem kalten Erdboden kauerte.

»Würdest du bitte damit aufhören?«

Zedd legte sich, alle viere ausgestreckt, vor ihr in den Matsch. Er ruderte mit ausgestreckten Armen und Beinen durch den Schlamm.

»Ann«, meinte er mit gesenkter Stimme, »wir haben eine wichtige Aufgabe zu erledigen. Uns wäre, glaube ich, ein größerer Erfolg beschieden, wenn wir diese Dinge in dieser Welt erledigten und nicht bis zur Unterwelt warteten, bis nach unserem Tod.«

»Mir ist durchaus klar, daß wir tot niemandem nützen.«

»Dann wäre es doch einleuchtend, daß wir fliehen müssen, findest du nicht auch?«

»Natürlich wäre es das«, brummte sie. »Nur glaube ich kaum –«

Zedd ließ sich auf ihren Schoß fallen. Sie schreckte angewidert zurück. Sie rümpfte die Nase, als er ihr seine dreckverschmierten Arme um den Hals schlang.

»Wenn wir nichts unternehmen, Ann, sterben wir. Wenn wir versuchen, uns gegen diese Leute zur Wehr zu setzen, sterben wir ebenso. Ohne unsere Magie haben wir keine Chance, ihnen zu entkommen. Unsere einzige Möglichkeit besteht darin, sie davon zu überzeugen, uns laufenzulassen. Wir sprechen ihre Sprache nicht, und selbst wenn, weiß ich nicht, ob wir sie umstimmen könnten.«

»Ja, aber –«

»So wie ich die Lage einschätze, bleibt uns nur eine Chance. Wir müssen sie überzeugen, daß wir völlig übergeschnappt sind. Das Opfer ist eine heilige Handlung zu Ehren der Seelen ihrer Ahnen. Sieh dir die Wächter hinter meinem Rücken an. Sehen sie glücklich aus?«

»Das nicht gerade.«

»Wenn sie uns für verrückt halten, überlegen sie es sich vielleicht noch einmal, ob sie uns ihren Seelen opfern. Würden die Seelen nicht beleidigt sein, wenn sie einen Verrückten als Opfergabe erhielten? Wäre das nicht respektlos? Wir müssen ihnen angst machen, sie könnten ihre Seelen mit zwei Übergeschnappten beleidigen.«

»Das ist ... verrückt.«

»Betrachte es einmal so. Ein Opfer ist so etwas Ähnliches wie eine vertraglich abgesicherte Zweckehe zwischen zwei Stämmen. Die Braut ist das Opfer des einen Stammes an den anderen, vertreten durch die Person des neuen Gemahls. All das geschieht in der Hoffnung auf eine friedliche und gewinnbringende Zukunft. Der neue Stamm der Braut behandelt sie voller Respekt. Der Stamm der Braut behandelt den Gemahl und dessen Stamm mit Respekt. Das Ganze ist eine Übereinkunft, die Einheit, Fortdauer und Hoffnung auf die Zukunft versinnbildlichen soll.

Wir sind die Braut, die den Seelen geopfert werden soll. Wie sähe das aus, wenn die Nangtong eine unwürdige, geistig zurückgebliebene Braut opferten? Angenommen, du wärst eine der Seelen, wärst du dann nicht beleidigt?«

»Bekäme ich dich bei dem Handel ab, ganz bestimmt.«

Zedd heulte den Himmel an. Erschrocken rückte Ann ein Stück von ihm ab.

»Es ist unsere einzige Chance, Ann.« Er beugte sich ganz dicht heran und flüsterte ihr das folgende ins Ohr. »Ich schwöre einen Eid als Oberster Zauberer, ich werde niemandem erzählen, wie du dich aufgeführt hast.«

Er rückte von ihr ab und grinste. »Außerdem macht es Spaß. Weißt du noch, wieviel Spaß es gemacht hat, als Kind draußen im Dreck zu spielen? Das war einfach das Allerschönste.«

»Aber vielleicht klappt es nicht.«

»Ja, und? Würdest du nicht lieber sterben und Spaß am letzten Tag deines Lebens haben, anstatt hier verängstigt, frierend und verdreckt herumzuhocken? Würdest du nicht lieber ein letztes Mal herumtollen? Laß dich gehen, Prälatin, und erinnere dich, wie es war, ein Kind zu sein. Tu einfach, was immer dir gerade in den Sinn kommt. Hab Spaß. Sei ein Kind.«

Ann dachte mit ernster Miene über seine Worte nach.

»Du wirst es niemandem erzählen?«

»Du hast mein Wort darauf. Du kannst fröhlich wie ein Kind herumtollen, und niemand außer mir – und natürlich den Nangtong – wird je davon erfahren.«

»Wieder eine deiner Verzweiflungstaten, Zedd?«

»Wir leben in verzweifelten Zeiten. Auf geht's.«

Ann setzte ein durchtriebenes Lächeln auf. Sie versetzte ihm einen deftigen Stoß vor die Brust, der ihn nach hinten in den Matsch warf. Hemmungslos lachend warf sie sich auf ihn.

Sie rangen miteinander wie die Kinder, wälzten sich im Schlamm. Nachdem sie sich ein halbes dutzendmal herumgerollt hatten, hatte

Ann sich in ein aus Armen, Beinen und zwei Augen bestehendes Schlammonster verwandelt. Der Matsch teilte sich, und zum Vorschein kam ein rosafarbener Mund, der gemeinsam mit Zedds den Himmel anheulte.

Sie formten Bälle aus Dreck und benutzten die Schweine als Zielscheiben. Sie scheuchten die armen Geschöpfe herum. Sie warfen sich auf den runden, festen Rücken der quiekenden Tiere und ritten sie im Kreis, bis sie abgeworfen wurden und im Matsch landeten. Zedd bezweifelte, ob Ann in all den neunhundert Jahren ihres Lebens jemals so schmutzig gewesen war.

Während sie eine Runde Fangen auf einem Bein spielten, bei der man mehr in den Schlamm fiel, als daß man sich hüpfend von der Stelle bewegte, wurde Zedd bewußt, daß ihr Lachen sich verändert hatte.

Ann fand wirklich Spaß daran.

Sie stapften durch Pfützen. Sie jagten den Schweinen hinterher. Sie liefen rund um den Pferch und ratterten mit Stöcken am Zaun entlang.

Und dann verfielen sie auf die Idee, den Wächtern Grimassen zu schneiden. Sie malten sich gegenseitig ulkige Fratzen in den Schlamm auf ihren Gesichtern. Sie gaben jedes unflätige Geräusch von sich, das ihnen in den Sinn kam. Sie hüpften herum und lachten und zeigten mit dem Finger auf die feierlich ernsten Wächter.

Vor lauter Lachen konnten Ann und Zedd sich nicht mehr auf den Beinen halten und wälzten sich, sich den Bauch haltend, wie zwei Betrunkene auf dem Boden.

Die Menschenmenge wuchs immer weiter an. Besorgtes Murmeln ging durch die Reihen der Zuschauer.

Ann stopfte sich die Daumen in die Ohren, wackelte mit den Fingern und schnitt ihnen Grimassen. Zedd stand auf dem Kopf und sang ein paar ihm bekannte anzügliche Balladen. Ann fing hysterisch an zu kichern, als er die entscheidenden Wörter falsch aussprach.

Zedd bekam einen Lachanfall, dann schlug er hin und landete im Matsch, und Ann warf sich auf ihn. Sie hockte auf seinem Bauch, drückte ihn zu Boden und kitzelte ihn unter den Armen, während er zwischen seinen Lachanfällen nach Atem ringend ihre Rippen kitzelte. So viel Spaß hatten die beiden ihr Leben lang noch nicht gehabt. Die Schweine drängten sich in einer Ecke zusammen.

Plötzlich, die beiden waren gerade völlig hemmungslos damit beschäftigt, die kitzligsten Stellen beim jeweils anderen zu entdecken, wurden Wassereimer über ihnen ausgeleert. Sie sahen hoch. Noch mehr Wasser ging auf sie nieder.

So schnell, wie der Matsch von ihnen heruntergewaschen wurde, warfen sie sich wieder hinein. Aschebeschmierte Wächter packten sie bei den Armen und hielten sie mit vorgehaltenen Speeren in Schach, während sie erneut abgespritzt wurden. Zedd linste hinüber zu Ann. Ann linste zurück. Sie wirkte lächerlich, als ihr Gesicht unter Schlieren von Dreck zum Vorschein kam. Er kicherte und schnitt ihr ein Gesicht. Sie kicherte und zog ihm ebenfalls eine Grimasse. Die Männer brüllten sie an.

Die Wangen aufgebläht, versuchte Zedd, das Lachen einzustellen. Die Wächter stießen ihnen die Speere in den Rücken und drängten sie voran. Das erinnerte ihn daran, gekitzelt zu werden, und sie brachen erneut in Gelächter aus.

Es war, als hätte das Lachen, einmal ausgebrochen, ein Eigenleben. Welchen Unterschied machte es, daß sie geopfert werden sollten? Warum sollten sie zu guter Letzt nicht noch einmal richtig Spaß haben. Wer zuletzt lacht, lacht am besten.

Die Menge aus verschleierten Gestalten teilte sich, während die beiden Gefangenen aus dem Schweinepferch herausgeführt wurden.

Zedd hob kichernd die Arme und winkte. »Wink den Leuten zu, Annie.«

Statt dessen schnitt sie Grimassen. Zedd gefiel der Einfall, und er äffte sie nach. Die Menschen wichen erschrocken zurück, so als böte sich ihnen ein grauenvoller Anblick. Einige Frauen stimmten weinend ein Klagegeheul an. Zedd und Ann zeigten lachend auf sie, als die Frauen Schutz vor diesen Irren suchten und aus der Menschenmenge flüchteten.

Wenig später lagen Zelte und Zuschauer hinter ihnen, während ihre Häscher sie mit ihren Speeren weiterstießen. Kurz darauf befanden sich die beiden verdreckten, stinkenden, glücklichen Opfergaben draußen in den Hügeln. Fünfunddreißig oder vierzig Seelenjäger der Nangtong, allesamt mit einsatzbereiten Speeren oder Bögen in den Händen, zogen hinter ihnen her. Zedd fiel auf, daß einige von ihnen Bündel und Vorräte mitgenommen hatten.

Der Oberste Zauberer Zeddicus Zu'l Zorander und Prälatin Annalina Aldurren hüpften lachend vor den Speeren her und prahlten gegenseitig damit, wie viele Zwiebeln sie verdrücken konnten, ohne daß ihnen die Tränen kamen.

Zedd hatte nicht die geringste Ahnung, wohin sie unterwegs waren, aber es war ein schöner Vormittag, um dorthin zu gehen. Was immer ihr Ziel sein mochte.

»Irgendwie komisch, Lord Rahl«, befand Unterkommandant Crawford.

Richard ließ den Blick über das Geröllfeld wandern. »Was ist daran komisch?«

Der Unterkommandant legte den Kopf in den Nacken und sah an der Felswand hoch. »Na ja, ich meinte, es ist eigenartig. Ich bin inmitten von zerklüfteten Bergen aufgewachsen und habe mein Leben lang Orte wie diesen gesehen, aber diese Stelle hier ist eigenartig.« Er drehte sich um und zeigte. »Seht Ihr den Berg dort drüben? Man kann erkennen, wo der Erdrutsch ausgelöst wurde.«

Richard legte eine Hand an die Stirn, um seine Augen gegen die tiefstehende Nachmittagssonne abzuschirmen. Der Berg, auf den der Unterkommandant zeigte, war zerklüftet und bis auf den obersten Bereich mit Bäumen bestanden. An der steilen Wand unterhalb von ihnen hatte ein Teil nachgegeben und dort, wo das Gestein weggebrochen war, eine Narbe aus nacktem Fels hinterlassen. Am Fuß der kahlen Narbe befand sich ein Geröllfeld.

»Was ist damit?«

»Nun, seht Euch all das Geröll dort unten an. Das ist der Teil, der aus der Flanke des Berges herausgebrochen ist.« Er deutete auf den Hang, oberhalb dessen sie standen. »Aber es ist nicht dasselbe.«

Ein weiterer Soldat kam hinzu und salutierte mit einem Faustschlag aufs Herz. Er sah vorsichtig zu Ulic und Egan hinüber, die mit verschränkten Armen dastanden, und wartete schweigend ab.

»Nichts, Lord Rahl«, sagte er, nachdem Lord Rahl seinen Gruß erwidert hatte. »Nicht ein einziger Gesteinssplitter, der von Werkzeugen bearbeitet worden wäre.«

»Sucht weiter. Versucht es an den äußeren Rändern des Geröllfeldes. Sucht nach Stellen, wo ihr unter einige der größeren Brocken kriechen könnt, und seht Euch auch dort um.«

Der Soldat salutierte und eilte davon. Der Tag ging dem Ende zu. Richard hatte erklärt, er habe nicht die Absicht, einen weiteren Tag zu bleiben. Er wollte zurück nach Aydindril. Vermutlich würde Kahlan am Abend eintreffen, vielleicht erst morgen. Dann wollte er dasein.

»Also, was meint Ihr, Unterkommandant?«

Unterkommandant Crawford warf einen Stein und verfolgte, wie er erst von einem Felsbrocken, dann von einem zweiten abprallte. Das scharfe Geräusch hallte von der Felswand hinter ihnen wider.

»Könnte sein, daß die Flanke dieses Berges vor sehr viel längerer Zeit herausgebrochen ist. Im Lauf der Zeit wuchsen dort Pflanzen, starben ab, wurden zu Humus, in dem wieder größere Pflanzen wuchsen, dann starben diese ab und bildeten noch mehr Boden. Möglicherweise wurde der Erdrutsch überdeckt.«

Richard wußte sehr gut, worauf Unterkommandant Crawford hinauswollte. Er wußte, wie ein Wald im Laufe der Zeit einen Erdrutsch überdecken konnte. Wenn man am Fuß eines steilen Abgrunds im Wald grub, stieß man oft auf Trümmer des herabgestürzten Berges.

»In diesem Fall halte ich das nicht für wahrscheinlich.«

Der Unterkommandant sah zu ihm hinüber. »Darf ich fragen, warum nicht, Lord Rahl?«

Richard blickte über die Schlucht hinweg zum nächsten Berg. »Nun, seht Euch diese Felswand an. Die Oberfläche ist rauh und uneben, doch das Gestein des Berges, das zurückblieb, nachdem die Flanke abgerutscht war, ist mittlerweile verwittert. Große Teile davon sind alles andere als schroff. Die Zeit hat sie abgeschliffen.

Teile davon weisen jedoch scharfe Kanten auf. Wasser dringt in die Ritzen ein, gefriert und sprengt mit der Zeit immer mehr Gestein heraus. Man kann einige dieser scharfkantigen Stellen sehen, das meiste jedoch hat eine glatte Oberfläche.

Für mich sieht das so aus, als sei das lange vor diesem Erdrutsch hier geschehen, trotzdem kann man das meiste Gestein am Fuß der Felswand liegen sehen. Hier liegt viel weniger Geröll.«

Egan löste die Arme voneinander und strich sein blondes Haar nach hinten. »Könnte einfach an den geographischen Gegebenheiten liegen. Diese Felswand liegt nach Süden und wird von der Sonne beschienen, dadurch können die Pflanzen besser gedeihen, wogegen diese hier nach Norden gerichtet ist, wo die meiste Zeit Schatten herrscht. Vermutlich hat sich der Wald dort drüben nicht so schnell entwickelt, weshalb das Geröll unbedeckt geblieben ist.«

Damit hatte Egan nicht ganz unrecht.

»Und noch etwas.« Richard legte den Kopf in den Nacken und blickte die Tausende von Fuß hohe steile Felswand hinauf, die über ihnen in die Höhe ragte. »Die Hälfte dieses Berges ist verschwunden. Das dort drüben war ein vergleichsweise kleiner Erdrutsch.

Seht an diesem Berg hinauf und versucht Euch vorzustellen, wie er ausgesehen haben müßte, bevor es dazu kam. Er wurde von oben bis unten geteilt, wie ein Baumstamm, den man in zwei Hälften spaltet. Alle übrigen Berge ringsum sind mehr oder weniger kegelförmig. Dieser hier bildet nur einen Halbkegel.

Selbst wenn ich mich irre und die Hälfte des Berges nicht verschwunden ist und er immer schon in etwa die Form hatte, die wir jetzt sehen, sollten hier unten immer noch ungeheure Gesteinsmassen liegen. Selbst wenn er früher schon in etwa diese Form hatte und nur eine zehn oder zwanzig Fuß dicke Gesteinsschicht herausgebrochen ist, müßte allein schon aufgrund seiner ungeheuren Höhe eine gewaltige Geröllmenge entstanden sein.

Dieses Gestein ist scharfkantig, es könnte sich also um Brocken handeln, die durch das Arbeiten des gefrierenden Wassers herausgebrochen wurden. Ich vermute aber, da ich keine von der Zeit geglätteten Teile erkennen kann, daß der Vorfall noch nicht so lange zurückliegt. Und doch kann ich einfach nichts erkennen, was auf die Gesteinsmassen hindeutet, die sich von diesem Berg gelöst haben müssen. Selbst wenn sie mit der Zeit überwuchert worden wären, sollte hier, wo wir stehen, ein gewaltiger Schutthügel entstanden sein.«

Der Unterkommandant blickte sich um. »Da ist etwas dran. Wir befinden uns in etwa auf der Höhe des Grundes der Spalte. Wenn all das Gestein herausgebrochen ist, gibt es hier unter dem Wald keinen Schutthügel.«

Richard sah den Soldaten zu, die überall zwischen den Felsen und Bäumen nach einer Spur des Tempels der Winde suchten. Keiner von ihnen machte den Eindruck, als sei er wirklich etwas auf der Spur.

»Ich kann mir nicht vorstellen, daß er sich hier unten befindet. Soweit ich sehe, deutet einfach nichts darauf hin, daß der Berg hier abgestürzt ist.«

Ulic und Egan verschränkten die Arme wieder. Soweit es sie betraf, war die Angelegenheit damit erledigt.

Unterkommandant Crawford räusperte sich. »Lord Rahl, wenn

die Hälfte des Bergs Kymermosst, wie es ihn früher gab, nicht hier unten liegt, wo befindet er sich dann?«

Richard und der Soldat sahen sich lange an. »Das wüßte ich auch zu gerne. Wenn er nicht dort unten liegt, dann muß er woanders sein.«

Der blonde Unterkommandant trat von einem Fuß auf den anderen. »Also, er ist bestimmt nicht einfach aufgestanden und hat sich aus dem Staub gemacht, Lord Rahl.«

Richard drehte seine Schwertscheide aus dem Weg und ging daran, von den Felsen herunterzuklettern. Er hatte bemerkt, daß er dem Mann angst machte. Richards Bemerkung schien auf Magie anzuspielen.

»Es muß so sein, wie Ihr sagt, Unterkommandant. Er ist sicher abgerutscht und dann überwuchert worden. Vielleicht war der Einschnitt zwischen den Bergen damals tiefer, und der Erdrutsch hat ihn einfach aufgefüllt, statt einen Hügel zu bilden.«

Dieser Gedanke leuchtete dem Unterkommandanten ein. Sie lieferte ihm eine Erklärung, die greifbar war wie Granit.

Richard glaubte nicht daran. Die Felswand erschien ihm eigenartig. Sie war sehr glatt, so als wäre sie mit einem gewaltigen Schwert abgespalten worden. Sicher, es gab schroffe Stellen, doch damit ließe sich das Geröll erklären, das am Fuß des Berges lag. Ihm schien es so, als sei der Berg abgeschnitten und weggetragen worden, und Wasser und Eis hätten die glatte Oberfläche der Felswand bearbeitet, Stücke herausgebrochen und sie zunehmend zerklüftet. Trotzdem war sie bei weitem nicht so zerklüftet wie die anderen Felswände ringsum.

»Das wäre eine Erklärung, Lord Rahl«, meinte der Unterkommandant. »Wenn das stimmt, dann bedeutet das allerdings, daß der Tempel, den Ihr sucht, tief darunter verschüttet liegt.«

Richard begab sich, dicht gefolgt von seinen beiden riesenhaften Bewachern, zu den Pferden. »Ich möchte mich oben auf dem Gipfel umsehen. Ich will mir die Ruinen dort oben anschauen.«

Ihr Führer, ein Mann mittleren Alters mit Namen Andy Millett, wartete bei den Pferden. Er war mit einem einfachen Wollgewand in Grün und Braun bekleidet, ganz wie Richard es früher getragen hatte. Sein verfilztes braunes Haar hing ihm bis über die Ohren. Andy war ungeheuer stolz, daß Lord Rahl ihn gebeten hatte, sie zum Berg Kymermosst zu führen. Richard kam sich deswegen ein wenig dumm vor. Andy war ganz einfach der erste, auf den Richard gestoßen war, der wußte, wo er lag.

»Ich möchte hinauf zu den Ruinen auf dem Gipfel.«

Andy reichte Richard die Zügel des großen Rotschimmels. »Natürlich, Lord Rahl. Viel gibt's dort oben nicht zu bewundern, aber ich zeige es Euch trotzdem gerne.«

So groß seine beiden Bewacher waren, sie saßen mühelos auf. Ihre Pferde bewegten sich kaum unter dem plötzlichen Gewicht. Richard schwang sich in den Sattel hinauf und zwängte seinen rechten Stiefel in den Steigbügel.

»Können wir vor Einbruch der Dunkelheit dort sein? Der Schnee des Frühlingssturms ist weitgehend geschmolzen. Der Pfad müßte passierbar sein.«

Andy warf einen Blick zur Sonne, die soeben im Begriff stand, einen Berg zu streifen. »So wie Ihr reitet, Lord Rahl, würde ich sagen, ein ganzes Stück eher. Normalerweise halten wichtige Leute mich auf. In diesem Fall bin ich es wahrscheinlich, der Euch aufhält.«

Richard schmunzelte. Er erinnerte sich, dieselbe Erfahrung gemacht zu haben. Je bedeutender die Leute waren, denen er als Führer diente, desto langsamer schienen sie sich zu bewegen.

Als sie bei den Ruinen eintrafen, war der Himmel von roten und goldenen Streifen durchzogen. Die umliegenden Berge lagen in tiefem Schatten. Die Ruinen schienen im honiggoldenen Licht zu erglühen.

Es gab einige elegante, mittlerweile zerfallende Gebäude, die einmal Teil eines größeren Palastes gewesen zu sein schienen, genau wie Kahlan gesagt hatte. Da und dort standen auf dem öden Berggipfel noch ein paar Mauerreste, deren Mauerwerk nicht von Schlingpflanzen und Gehölz überwuchert war, wie es im Tal der Fall gewesen wäre, sondern die statt dessen mit einer Schicht Flechten überzogen waren.

Richard stieg ab und gab Unterkommandant Crawford die Zügel. Das Gebäude links der breiten Straße war, gemessen an den Maßstäben, mit denen Richard aufgewachsen war, groß, verglichen mit den Schlössern und Palästen, die er seitdem besucht hatte, handelte es sich jedoch um ein belangloses Bauwerk.

Die Türöffnung war leer. Übriggeblieben waren die zerfallenden Überreste eines noch immer teilweise mit Blattgold versehenen Türrahmens. Drinnen hallten seine Schritte von den Wänden wider. In einem Raum des dachlosen Gebäudes stand eine Bank aus Stein. Der Brunnen in einem anderen enthielt geschmolzenen Schnee.

Ein gewundener Korridor, dessen Faßgewölbe größtenteils erhalten geblieben war, führte Richard an einem Labyrinth von Räumlichkeiten vorbei. Der Korridor teilte sich und ging, wie er vermutete, zu Zimmern in beiden Ecken des Gebäudes. Er folgte der linken Abzweigung zu deren Ende.

Wie alle Räume auf dieser Seite lag er zum Abgrund hinaus. Leere Rechtecke klafften dort, wo einst Fenster das Zimmer vor Wind und Regen geschützt hatten. Man sah über den Rand des Abgrunds hinaus auf die jenseits im blauen Dunst liegenden Berge.

Hier mußten Besucher und Bittsteller des Tempels darauf gewartet haben, vorgelassen zu werden. Während ihrer Wartezeit dürften sie einen prächtigen Blick auf den Tempel der Winde gehabt haben. Wurden sie abgewiesen, war ihnen wenigstens der geblieben. Fast glaubte er vor Augen zu haben, was die Menschen, die in diesem Raum gestanden hatten, gesehen haben mußten.

Er wußte, es war die Gabe, die ihm das alles mitteilte – beinahe so, wie die Seelen derer, die das Schwert der Wahrheit einst in Händen gehalten hatten, ihn führten, wenn er von seiner Magie Gebrauch machte.

Während er so dastand und hinausblickte, sah er ihn fast vor sich, gleich jenseits des Abgrunds, einen Ort von Größe und Macht. Hierher hatten die Zauberer Gegenstände von erhabener Magie geschafft, um sie sicher zu verwahren. Die Zauberer von damals, einige von ihnen Richards Vorfahren, hatten wahrscheinlich an derselben Stelle gestanden wie er und den Tempel der Winde betrachtet.

Im schwindenden Licht schlenderte er an den stattlichen Säulen draußen vorbei, warf einen Blick in die Wachhütten und die ehemals prachtvollen Gärten, berührte die zerfallenden Gemäuer. Obwohl alles jetzt in Auflösung begriffen war, hatte er keine Mühe, sich den majestätischen Anblick vorzustellen, den dies einst geboten haben mußte.

Er stand mitten auf der breiten Straße, die sich durch die zerfallenden Ruinen zog, spürte, wie sich sein goldenes Cape hinter ihm im Wind blähte, und versuchte sich diesen Ort so vorzustellen, wie er damals gewesen war, versuchte ein Gefühl für ihn zu bekommen. Die Straße mehr noch als die Gebäude gaben ihm das unheimliche Gefühl, das verschwundene Bauwerk stehe unmittelbar dahinter. Einst hatte diese Straße genau in den Tempel der Winde hineingeführt.

Mit großen Schritten lief er die breite Straße entlang und stellte sich vor, er schreite auf den Tempel der Winde zu, jener Winde, die behauptet hatten, Jagd auf ihn zu machen. Er passierte einen Mauerrest, lief zwischen den leeren Steingebäuden hindurch und bekam ein Gefühl für die Zeitlosigkeit dieses Ortes, spürte das Leben, das hier einst geherrscht hatte.

Aber wohin war es entschwunden? Wie sollte er es wiederfinden? Wo sonst konnte er suchen?

Hier hatte er gestanden, und selbst jetzt noch konnte Richard ihn fast sehen, ihn fühlen, ihn spüren, so als ziehe ihn seine Gabe immer weiter, bis nach Hause.

Plötzlich hielt ihn jemand fest.

Ulic auf der einen und Egan auf der anderen Seite hatten ihn unter den Armen gepackt und rissen ihn zurück. Er sah nach unten und erkannte, daß der nächste Schritt ihn hinaus in die Leere geführt hätte. Geier schwebten, keine zwanzig Fuß entfernt, genau vor ihm im Aufwind.

Es war, als stünde er am Rand der Welt. Die Aussicht war schwindelerregend. Die Härchen in seinem Nacken stellten sich auf.

Jenseits der Kante zu seinen Füßen sollte eigentlich noch etwas liegen, das wußte er. Aber dort war nichts.

Der Tempel der Winde war verschwunden.

7. Kapitel

Atme.

Kahlan tat, wie ihr befohlen, stieß die Sliph aus und sog die beißend kalte Luft ein.

Das Geräusch einer zischenden Fackel klang ihr in den Ohren. Ihr eigener Atem hallte schmerzhaft laut. Doch mittlerweile wußte sie, was sie zu erwarten hatte, und geduldete sich, bis die Welt um sie herum wieder in ihren Normalzustand zurückgekehrt war.

Nur war dies nicht normal. Wenigstens war es nicht die Art von normal, die sie erwartet hatte.

»Wo sind wir, Sliph?« Ihre Stimme hallte von allen Seiten wider.

»Dort, wohin du reisen wolltest: beim Jocopo-Schatz. Du solltest zufrieden sein, wenn aber nicht, versuche ich es noch einmal.«

»Nein, nein, nicht, daß ich nicht zufrieden wäre. Ich hatte es mir nur anders vorgestellt.«

Sie befand sich in einer Höhle. Die Fackel war nicht von der üblichen Sorte, die sie gewohnt war – ein Stück Holz mit etwas Pech am oberen Ende –, sondern bestand statt dessen aus zusammengebundenen Gräsern. Kahlan streifte mit dem Kopf fast die Decke, als sie die Beine von der Ummauerung der Sliph herunterschwang und sich aufrichtete.

Sie zog die Fackel aus gebündelten Gräsern aus der Spalte im groben Mauerwerk, wo sie jemand eingeklemmt hatte.

»Ich bin gleich wieder zurück«, meinte sie zur Sliph. »Ich sehe mich etwas um, und wenn ich keinen Weg nach draußen finde, komme ich zurück, und wir reisen woanders hin.« Ihr wurde klar, daß es einen Ausweg geben mußte, sonst wäre die Fackel nicht hier. »Oder ich komme zurück, sobald ich gefunden habe, was ich suche.«

»Ich bin für dich bereit, wenn du reisen willst. Wir werden wieder reisen. Du wirst zufrieden sein.«

Kahlan nickte dem silbernen Gesicht zu, in dem sich das tanzende Licht der Fackel spiegelte, dann trat sie tiefer in die Höhle hinein. Es gab nur einen Ausgang aus dem Raum, einen breiten, niedrigen Durchgang, also nahm sie diesen und folgte ihm auf seinem verschlungenen Weg durch das bräunliche Felsgestein. Ansonsten gab es weder andere Gänge noch Räume, und so setzte sie ihren Weg fort.

Der Gang führte in einen großzügigen Raum von vielleicht fünfzig bis sechzig Fuß Breite, und sie erkannte, wieso dieser Ort der Jocopo-Schatz genannt wurde. Das Licht der Fackeln wurde in Gestalt Tausender goldener Lichtfunken zurückgeworfen. Der Raum war voller Gold.

Einiges davon war in groben Barren oder Kugeln gestapelt, so als hätte man das geschmolzene Metall in Töpfe gegossen und diese dann drum herum weggebrochen. Einfache Kisten quollen über von Nuggets. Andere Kisten mit Griffen an beiden Seiten enthielten allerhand verschiedene Gegenstände aus Gold.

Es gab mehrere Tische, auf denen Goldscheiben lagen, sowie Regale parallel zu einer Wand. Darin standen mehrere goldene Statuen, hauptsächlich aber lagerten dort Rollen feinen Pergaments. Für den Jocopo-Schatz interessierte Kahlan sich nicht. Sie nahm sich nicht die Zeit, die Gegenstände, die sie auf allen Seiten umgaben, zu untersuchen, sondern begab sich statt dessen zum Gang auf der anderen Seite des Raumes.

Sie hatte nicht die Absicht, hier länger zu verweilen, denn sie war besorgt und wollte zu den Schlammenschen, doch selbst wenn sie Interesse daran gehabt hätte, sich umzusehen, wäre sie nicht lange geblieben. Die Luft roch entsetzlich und verursachte bei ihr Atembeschwerden und Hustenreiz.

Der faulige Gestank bewirkte, daß ihr Kopf sich zu drehen begann und sie Kopfschmerzen bekam.

Die Luft im Gang war besser, auch wenn man sie kaum als gut bezeichnen mochte. Sie tastete nach dem Knochenmesser und stellte fest, daß es noch immer warm war, wenngleich nicht mehr so heiß wie zuvor.

Der Tunnel begann auf seiner gewundenen Bahn anzusteigen. Weiter oben ging der dunkle Fels in Erde über, die stellenweise von Balken gestützt wurde. Sie fand keine weiteren Abzweigungen, bis sie schließlich frische Luft schnupperte. Dann zweigte ein Tunnel nach links ab, und ein paar Schritte weiter ein anderer nach rechts. Sie spürte die kühle Luft, die durch den geradeaus führenden hereinwehte, also folgte sie diesem.

Die Flamme der Fackel zuckte und flackerte, als sie in die Nacht hinaustrat. Der Himmel war mit funkelnden Sternen übersät. Nicht weit entfernt sprang eine Gestalt auf. Kahlan zog sich ein paar Schritte weit wieder in die Höhle zurück und sah sich kurz nach beiden Seiten um, ob noch jemand draußen lauerte.

»Mutter Konfessor?« erscholl eine bekannte Stimme.

Kahlan machte einen Schritt nach vorn und hielt die Fackel hinaus in die Nachtluft.

»Chandalen? Bist du das, Chandalen?«

Die muskulöse Gestalt sprang in den Schein der Fackel. Er trug kein Hemd und war mit Schlamm beschmiert. An Armen und Kopf waren Grasbündel festgebunden. Das schwarze Haar war mit dem klebrigen Schlamm, wie ihn die Jäger benutzten, glattgestrichen. Obwohl auch sein Gesicht damit bedeckt war, erkannte sie das breite, vertraute Grinsen wieder.

»Chandalen«, seufzte sie erleichtert. »Ach, Chandalen, was bin ich froh, dich zu treffen.«

»Und ich Euch, Mutter Konfessor.«

Er kam auf sie zu, um ihr einen Schlag ins Gesicht zu verpassen, die traditionelle Begrüßung der Schlammenschen, mit der man Respekt vor der Stärke des anderen bekundete. Kahlan hielt ihn mit ausgestreckten Händen von sich fern.

»Nicht! Bleib fort!«

Er richtete sich auf und blieb stehen. »Warum?«

»Weil dort, wo ich herkomme, in Aydindril, eine Krankheit ausgebrochen ist. Ich will keinem von euch zu nahe kommen, denn ich habe Angst, du oder jemand anderes von unserem Volk könnte sich anstecken.«

Die Schlammenschen waren tatsächlich ihr Volk. Sie und Richard waren vom Vogelmann und den anderen Dorfältesten zu Schlammmenschen ernannt worden und gehörten jetzt zur Dorfgemeinde, obwohl sie nicht dort lebten.

Chandalens Wiedersehensfreude schwand. »Auch hier wütet eine Krankheit, Mutter Konfessor.«

Kahlan senkte die Fackel. »Was?« fragte sie leise.

»Es ist viel passiert. Unser Stamm hat Angst, und ich kann ihn nicht beschützen. Großvaters Seele hat uns aufgesucht. Er meinte, es werde sehr großen Ärger geben.

Er sagte, er müsse mit Euch reden und werde Euch eine Nachricht senden, damit Ihr zu uns kommt.«

»Das Messer«, erwiderte sie. »Ich habe seinen Ruf über das Messer gespürt. Und ich habe mich sofort auf den Weg hierher gemacht.«

»Ja. Das erzählte er uns kurz vor der Dämmerung. Einer der Dorfältesten trat aus dem Haus der Seelen und sagte, ich solle hierhergehen und auf Euch warten. Wie seid Ihr durch das Loch in der Erde zu uns gekommen?«

»Das ist eine lange Geschichte. Es hat mit Magie zu tun ... Chandalen, ich kann nicht warten, bis wir eine weitere Versammlung einberufen können, um mit den Ahnenseelen zu sprechen. Es gibt Schwierigkeiten. Ich kann mir nicht leisten, drei Tage lang zu warten.«

Er nahm ihr die Fackel aus der Hand. Sein Gesicht unter der Maske aus Schlamm wirkte hart.

»Es ist nicht nötig, drei Tage zu warten. Großvater erwartet dich im Haus der Seelen.«

Kahlan riß die Augen auf. Sie wußte, daß eine Versammlung nur die eine Nacht währte, in der sie einberufen wurde.

»Wie ist das möglich?«

»Die Ältesten sitzen noch im Kreis. Großvater trug ihnen auf, auf dich zu warten. Er wartet ebenfalls.«

»Wie viele sind erkrankt?«

Chandalen hielt alle zehn Finger einmal in die Höhe, dann, beim zweiten Mal, nur eine Hand. »Sie haben große Schmerzen im Kopf. Sie entleeren ihren Magen, obwohl sie nichts darin haben. Sie glühen vor Fieber. Einige von ihnen werden an den Fingern und Zehen schwarz.«

»Gütige Seelen«, sagte Kahlan leise zu sich selbst. »Ist schon jemand gestorben?«

»Heute, kurz bevor Großvater mich hierherschickte, ist ein Kind gestorben. Der Junge war als erster erkrankt.«

Kahlan fühlte sich selbst krank. Ihr drehte sich der Kopf bei dem Versuch, das Gehörte zu begreifen. Normalerweise duldeten die Schlammenschen keine Fremden in ihrem Dorf und verließen ihr Land nur äußerst selten. Wie konnte das geschehen?

»Waren irgendwelche Fremden hier, Chandalen?«

Er schüttelte den Kopf. »Das würden wir nicht zulassen. Fremde bringen nichts als Ärger.« Er schien nachzudenken. »Möglicherweise hat es eine Fremde versucht. Aber wir haben ihr nicht erlaubt, das Dorf zu betreten.«

»Eine Frau?«

»Ja. Einige der Kinder waren draußen im Grasland und spielten Jagd. Eine Frau näherte sich ihnen und fragte, ob sie ins Dorf kommen dürfe. Die Kinder liefen zurück und erzählten uns davon. Als ich meine Jäger zu der Stelle führte, konnten wir sie nicht finden. Wir sagten den Kindern, die Ahnenseelen würden zornig werden, wenn sie uns noch einmal einen solchen Streich spielten.«

Kahlan hatte Angst, weiter nachzufragen, denn sie fürchtete sich vor der Antwort. »Das Kind, das heute gestorben ist, war eines der

Kinder, die behauptet hatten, sie hätten die Frau getroffen, nicht wahr?«

Chandalen legte den Kopf schief. »Ihr seid eine weise Frau, Mutter Konfessor.«

»Nein, Chandalen. Ich habe nur Angst. Eine Fau kommt nach Aydindril und spricht Kinder an. Und jetzt beginnen sie zu sterben. Der Junge, der gestorben ist, hat er erzählt, sie habe ihm ein Buch gezeigt?«

»Als ich mit Euch auf meine Reise ging, habt Ihr mir diese Dinge gezeigt, die Ihr Bücher nennt und dazu benutzt, Wissen weiterzugeben, aber unsere Kinder kennen so etwas nicht. Wir unterrichten unsere Kinder mit lebenden Worten, wie es uns unsere Ahnen beigebracht haben.

Der Junge erzählte aber, die Frau habe ihm hübsche bunte Lichter gezeigt. Das klingt nicht nach den Büchern, an die ich mich erinnere.«

Kahlan legte Chandalen eine Hand auf den Arm, eine Geste, die ihm früher wegen der damit verbundenen Bedrohung durch die Kraft eines Konfessors angst gemacht hätte, die ihm jetzt jedoch aus einem ganz anderen Grund bedenklich erschien.

»Ihr habt gesagt, wir dürfen uns nicht nahe kommen.«

»Das spielt jetzt keine Rolle mehr«, beruhigte sie ihn. »Ich kann keinen größeren Schaden mehr anrichten. Hier ist dieselbe Seuche ausgebrochen wie in Aydindril.«

»Es tut mir leid, Mutter Konfessor, daß Krankheit und Tod auch Euer Zuhause heimsuchen.«

Sie umarmten sich in Freundschaft und geteilter Angst.

»Was ist das hier für ein Ort, Chandalen? Diese Höhle?«

»Ich habe Euch damals davon erzählt. Es ist der Ort mit der schlechten Luft und dem wertlosen Metall.«

»Dann befinden wir uns nördlich des Dorfes?«

»Nördlich und ein Stück nach Westen.«

»Wie lange wird es dauern, bis wir wieder im Dorf sind?«

Er schlug sich vor die eigene Brust. »Chandalen ist stark und rennt schnell. Ich habe das Dorf verlassen, als die Sonne unterging. Chandalen braucht nicht mehr als ein paar Stunden. Auch im Dunkeln nicht.«

Sie betrachtete das mondbeschienene Grasland jenseits des niedrigen, felsigen Hügels, auf dem sie standen. »Der Mond ist hell genug, um sehen zu können, wohin wir laufen.« Kahlan brachte ein dünnes Lächeln zuwege. »Außerdem müßtest du wissen, daß ich ebensostark bin wie du, Chandalen.«

Der Schlammensch erwiderte das Lächeln. Es war ein wunderbarer Anblick, selbst unter den gegebenen Umständen.

»Ja, ich erinnere mich genau, wie stark du bist, Mutter Konfessor. Wir werden also rennen.«

Im Mondlicht waren die gespenstischen, kastenförmigen Umrisse des Dorfes der Schlammenschen nur schemenhaft zu erkennen, das verborgen in der dunklen, grasbewachsenen Ebene lag. In den kleinen Fenstern brannten kaum Lichter. Zu dieser späten Stunde waren nicht viele Menschen unterwegs, und Kahlan war froh darüber. Sie wollte sich die Gesichter dieser Menschen, die Angst und den Kummer in ihren Augen, ersparen. Viele von ihnen würden sterben.

Chandalen brachte sie auf dem kürzesten Weg zum Haus der Seelen am Nordende des Dorfes. Die meisten der Gebäude standen dicht beieinander, das Haus der Seelen aber stand ein wenig abseits. Das Mondlicht spiegelte sich auf dem Schindeldach, bei dessen Herstellung Richard geholfen hatte. Wachposten, Chandalens Jäger, hatten das fensterlose Gebäude umstellt.

Draußen vor der Tür, auf einer niedrigen Bank, hockte die väterliche Gestalt des Vogelmannes. Sein silbergraues Haar hing ihm über die Schultern und schimmerte im Mondlicht. Er war nackt. Schwarzer und weißer Schlamm bedeckte seinen Körper und sein Gesicht in einem Durcheinander aus Kreisen und Linien: eine

Maske, die alle Teilnehmer der Versammlung trugen, damit die Seelen sie erkennen konnten.

Zwei Töpfe, einer mit weißem und der andere mit schwarzem Schlamm, standen zu Füßen des Vogelmannes auf dem Boden. Anhand des glasigen Blicks in seinen Augen wußte sie, daß er sich in Trance befand und daß Worte ihr nichts nützen würden. Ihr war klar, was sie zu tun hatte.

Sie löste die Schnalle ihres Gürtels. »Chandalen, würde es dir etwas ausmachen, dich umzudrehen, bitte? Und bitte deine Männer, dasselbe zu tun.« Größere Zugeständnisse an ihre Sittsamkeit ließen die Umstände nicht zu.

Chandalen erteilte seinen Männern den Befehl in seiner eigenen Sprache.

»Meine Männer und ich werden das Haus der Seelen bewachen, solange du mit den Ältesten drinnen bist«, erklärte Chandalen ihr über die Schulter hinweg.

Nachdem sie alle ihre Kleider abgestreift hatte und schließlich nackt in der kühlen Nachtluft stand, begann der Vogelmann schweigend, den klebrigen Schlamm aufzutragen, damit die Seelen auch sie erkennen konnten. Schläfrige Hennen hockten auf einer nahen, niedrigen Mauer und verfolgten das Geschehen. In der Mauer war immer noch die Kerbe von Richards Schwert zu sehen.

Sie wußte, ihr blieb keine andere Wahl: Sie mußte hineingehen und mit den Seelen sprechen, aber versessen war sie nicht darauf. Mit den Seelen sprach man nur in Zeiten allergrößter Not, und wenn das Ergebnis auch gelegentlich die gewünschten Antworten enthielt, so bereitete es doch niemals Freude.

Als der Vogelmann fertig war und Kahlan mit schwarzem und weißem Schlamm bedeckt hatte, führte er sie schweigend hinein. Die sechs Ältesten hockten im Kreis um die in der Mitte angeordneten Schädel ihrer Ahnen. Der Vogelmann nahm seinen Platz ein und setzte sich mit übereinandergeschlagenen Beinen auf die Erde. Kahlan ließ sich ihm gegenüber nieder, rechts von ihrem Freund Savidlin. Sie sprach ihn nicht an. Auch er befand sich in Trance und sah die Seelen in der Kreismitte.

Hinter ihr stand ein geflochtener Korb. Wissend, weshalb er dort stand, zog sie ihn zu sich und griff hinein. Zögernd schloß sie ihre Hand um einen zappelnden roten Seelenfrosch und preßte dessen Rücken zwischen ihre Brüste – die einzige Stelle, wo sie nicht bemalt war.

Der Schleim des Frosches kribbelte auf ihrer Haut. Sie ließ den Seelenfrosch los und faßte die Ältesten zu beiden Seiten an den Händen. Nicht lange dauerte es, bis sie spürte, wie sie scheinbar taumelnd in einen Dämmerzustand hinüberglitt.

Der Raum begann schwindelerregend zu kreisen. Sie wurde aus der Welt, die sie kannte, fortgetragen und in einen sich drehenden Strudel aus Licht und Schatten, Gerüchen und Klängen gesogen. Die Schädel drehten sich mit ihr.

Die Zeit verzerrte sich, ganz so wie in der Sliph, wenn auch nicht auf eine solch beruhigende Weise. Das Erlebnis hatte etwas Verstörendes, das ihr den Schweiß auf die Stirn trieb.

Und es bewirkte, daß die Seele in Erscheinung trat.

Ihre leuchtende Gestalt stand plötzlich vor ihr, und sie konnte sich nicht erinnern, wann sie erschienen war. Sie war einfach da.

»Großvater«, sagte sie leise in der Sprache der Schlammenschen.

Chandalen hatte davon gesprochen, es sei sein Großvater, der bei der Versammlung erschienen war, für sie dagegen bedeutete er noch weitaus mehr: Er war ihr Beschützer geworden. Sie spürte die Verbindung mit dem Knochen, der im Leben ihm gehört hatte.

»Kind.« Der unwirkliche Klang seiner Stimme, die durch den Vogelmann übermittelt wurde, kribbelte auf ihrer Haut. *»Danke, daß du meinem Ruf gefolgt bist.«*

»Was wünscht die Seele unseres Ahnen von mir?«

Der Mund des Vogelmannes bewegte sich zu der Stimme der Seele. *»Das, von dem uns ein Teil anvertraut wurde, ist geschändet worden.«*

»Euch anvertraut? Was hat man euch anvertraut?«

»Den Tempel der Winde.«

Kahlans nackter Körper überzog sich mit einer kribbelnden Gänsehaut.

Den Seelen anvertraut? Die Bedeutung dessen erzeugte in ihrem Kopf ein Schwindelgefühl. Die Welt der Seelen, das war die Unterwelt, die Welt der Toten. Wie konnte ein Tempel, der größtenteils aus leblosem Material wie Steinen bestand, in die Unterwelt geschickt werden?

»Der Tempel der Winde befindet sich in der Unterwelt?«

»Der Tempel der Winde existiert teils in der Welt der Toten und teils in der Welt des Lebendigen. Er existiert an beiden Orten gleichzeitig.«

»An beiden Orten, in beiden Welten gleichzeitig? Wie ist das möglich?«

Die leuchtende Gestalt, die einem vom Licht geworfenen Schatten glich, hob eine Hand. *»Ist ein Baum ein Geschöpf der Erde wie die Würmer, oder ist er ein Geschöpf der Lüfte wie die Vögel?«*

Kahlan wäre eine einfache Antwort lieber gewesen, doch sie war nicht so unklug, den Toten zu widersprechen.

»Verehrter Großvater, vermutlich gehört der Baum zu keiner Welt, existiert aber in beiden.«

Die Seele schien zu lächeln. *»So ist es, Kind«*, sagte sie durch den Vogelmann. *»Genau wie der Tempel der Winde.«*

Kahlan beugte sich vor. *»Willst du damit sagen, der Tempel der Winde ist wie der Baum, mit Wurzeln in dieser Welt und den Ästen in der deinen?«*

»Er existiert in beiden Welten.«

»Wo befindet er sich in dieser Welt, in der Welt des Lebendigen?«

»Dort, wo er immer war, auf dem Berg der Vier Winde. Du kennst ihn als Berg Kymermosst.«

»Berg Kymermosst«, wiederholte Kahlan tonlos. *»Verehrter*

Großvater, ich war an diesem Ort. Der Tempel der Winde steht nicht mehr dort. Er ist verschwunden.«

»Du mußt ihn finden.«

»Ihn finden? Alles deutet darauf hin, daß er früher einmal dort gestanden hat, doch der Mutterfels des Berges ist an der Stelle, wo der Tempel früher stand, weggebrochen. Der Tempel ist bis auf einige seiner Nebengebäude verschwunden. Dort gibt es nichts mehr. Tut mir leid, verehrter Großvater, aber in unserer Welt sind seine Wurzeln abgestorben und verrottet.«

Die Seele stand da und schwieg. Kahlan befürchtete, sie könnte zornig werden.

»Kind«, sprach die Seele, wenn auch nicht durch den Vogelmann. Die Stimme kam aus der Seele selbst. Der Laut war so schmerzhaft, daß sie ihn kaum ertragen konnte. Ihr war, als werde ihr das Fleisch von den Knochen gebrannt. *»Den Winden wurde etwas gestohlen und in deine Welt gebracht. Du mußt Richard helfen, oder all mein Blut in deiner Welt, unser gesamter Stamm, wird sterben.«*

Kahlan schluckte. Wie konnte etwas aus der Welt der Seelen, der Welt der Toten, gestohlen und wieder in die Welt der Lebenden zurückgeschafft werden?

»Kannst du mir helfen? Kannst du mir einen Hinweis geben, der mir hilft, den Tempel der Winde zu entdecken?«

»Ich habe dich nicht hergerufen, um dir zu sagen, wie du den Tempel der Winde finden kannst. Die Wege der Winde werden sich mit dem Mond offenbaren. Ich habe dich hierhergerufen, damit du das Ausmaß dessen siehst, was freigesetzt wurde, und was aus deiner Welt werden wird, wenn man zuläßt, daß es weiterbesteht.«

Die Seele des Großvaters breitete die Arme aus. Weiches Licht stürzte kaskadenartig von ihnen herab, wie Wasser, das über ein schmales Felsband fließt. Das Licht breitete sich in ihrem Blickfeld aus, bis sie nichts mehr außer ihm sah.

Es klärte sich, und sie sah den Tod. Überall lagen Leichen, wie Laub, das im Herbst die Erde bedeckt. Sie lagen auf der Straße verstreut, wo sie gestürzt waren. Sie hockten auf Stufen, lehnten zusammengesunken an Geländern. Sie lagen in Hauseingängen und auf Leichenwagen. Kahlans Blick wurde wie auf den Schwingen eines Vogels durch Fenster getragen. Tote verwesten in ihren Häusern. Sie sah sie in Betten, auf Stühlen, in Fluren, hingestreckt auf dem Fußboden und übereinander gesunken.

Der Gestank raubte ihr den Atem.

Kahlan schwebte durch bekannte Ortschaften und Städte, und überall war es das gleiche. Der Tod hatte fast jeden dahingerafft, die Körper der Menschen wurden schwarz und faulig, noch bevor sie starben. Wohin sie sich auch wandte, überall weinten die wenigen Überlebenden voller Qualen.

Sie kehrte ins Dorf der Schlammenschen zurück. Dort sah sie die Leichen von Menschen, die sie kannte. Neben den Kochfeuern lagen tote Mütter, die ihre toten Kinder in den Armen hielten. Tote Ehemänner umschlangen ihre toten Frauen. Da und dort trauerten verwaiste Kinder mit tränenverschmierten Gesichtern und weinten hysterisch neben den Leichen ihrer Eltern. Der Gestank war allenthalben so überwältigend, daß ihre Augen tränten.

Kahlan unterdrückte ein Schluchzen und schloß die Augen. Es hatte keinen Sinn. Der Anblick der Toten brannte sich tief in ihre Seele ein.

»Das«, sagte der Großvater, *»wird sich zutragen, wenn das, was den Winden gestohlen wurde, nicht aufgehalten wird.«*

»Was kann ich tun?« fragte Kahlan leise weinend.

»Die Winde wurden geschändet. Man hat gestohlen, was ihnen anvertraut wurde. Die Winde haben beschlossen, du sollst der Pfad des Prinzen sein. Ich bin gekommen, um dir die Folgen dieser Schändung vor Augen zu führen und dich im Namen meiner lebenden Nachkommen zu bitten, deinen Teil zu tun, sobald man dich darum bittet.«

»Und was ist der Preis dafür?«

»Man hat mir den Preis nicht gezeigt, aber ich warne dich vorab:

Du hast keine Möglichkeit, dies zu umgehen oder zu vermeiden. Es muß geschehen, wie es dir offenbart wird, oder alles ist verloren. Ich möchte dich bitten, schlage den Weg ein, sobald die Winde ihn dir zeigen, denn sonst wird sich ereignen, was ich dir gezeigt habe.«

Kahlan, der die Tränen in Strömen über die Wangen liefen, brauchte nicht lange nachzudenken. *»Ich werde es tun, Großvater.«*

»Danke, Kind. Da ist noch etwas, das ich dir sagen möchte. In unserer Welt, in der die Seelen derer residieren, die aus deiner Welt gegangen sind, gibt es zum einen jene, die ihr Dasein im Licht des Schöpfers fristen, zum anderen die, die auf ewig durch den Hüter im Schatten seiner Herrlichkeit gehalten werden.«

»Willst du damit sagen, daß sowohl Gute als auch Böse Seelen in diese Angelegenheit verwickelt sind?«

»Das wäre eine übertriebene Vereinfachung, die fast den Blick auf die Wahrheit verstellt, aber näher kannst du in deiner Welt dem Verständnis dieser Welt nicht kommen. In dieser unserer Welt machen alle sie zu dem, was sie ist. Die Winde sind verpflichtet, jeden den Pfad selbst bestimmen zu lassen.«

»Kannst du mir sagen, wie die Magie den Winden gestohlen wurde?«

»Der Pfad war Verrat.«

»Verrat? Wen haben sie verraten?«

»Den Hüter.«

Kahlan sackte das Kinn herunter. Sie mußte sofort an die Schwester der Finsternis denken, die in Aydindril gewesen war: Schwester Amelia. Um die mußte es sich handeln. *»Die Schwester der Finsternis hat ihren Herrn und Meister verraten?«*

»Es war der Pfad dieser Seele, den Tempel der Winde durch den Saal des Verräters zu betreten. Das ist die einzige Möglichkeit, die erste und entscheidende Bresche zu schlagen. Sie wurde als Vorsichtsmaßnahme geschaffen.

Um den Saal des Verräters betreten zu können, muß der Betreffende alles vollständig und unwiderruflich verraten, an das er glaubt. Da er seine Ziele unwiderbringlich verraten hat, besitzt er keinen Grund mehr einzutreten.

Der Traumwandler fand eine Prophezeiung, die sich dazu benutzen ließ, seinen Widersacher zu besiegen, aber um sie in Kraft treten zu lassen, benötigte er eine Magie der Winde.

Er fand eine Möglichkeit, diese Seele zu zwingen, ihren Herrn und Meister, den Hüter, zu verraten und dennoch die Wünsche des Traumwandlers zu erfüllen. Dies gelang ihm, indem er anfangs zuließ, daß sie ihren Eid an den Hüter aufrechterhielt, und er sich selbst die Rolle ihres untergeordneten Meisters, ihres Herrn und Meisters in deiner Welt alleine, übertrug. Anschließend zwang er sie, ihren obersten Herrn und Meister zu verraten. Sie konnte den Saal des Verräters betreten, ohne daß ihr Auftrag und ihre Pflicht ihm gegenüber Schaden nahmen. Auf diese Weise schändete der Traumwandler die Winde und erreichte sein Ziel.

Diejenigen aber, die den Tempel in die Winde schickten, entwarfen einige Notpläne für den Fall, daß dergleichen geschehe. Der rote Mond war der Auslöser dieser Pläne.«

Bereits beim Wort Verrat schlug Kahlans Herz heftiger. *»Müssen wir uns auf diese Art Zutritt zu den Winden verschaffen?«*

Die Seele betrachtete sie nachdenklich, als wäge sie ihr Innerstes ab. *»Ist der Tempel der Winde erst einmal geschändet, ist der Pfad verschlossen, und ein anderer muß gewählt werden. Aber das ist nicht deine Sorge. Die Winde werden ihre Bedingungen in Übereinstimmung mit den Geboten des Gleichgewichts bekanntgeben. Jene fünf Seelen, die die Winde bewachen, werden den Pfad entsprechend vorzeichnen.«*

»Verehrter Großvater, wie kann ein Palast Anweisungen geben? Das klingt, als seien die Winde lebendig.«

»Ich existiere in der Welt des Lebendigen nicht mehr, aber wenn ich gerufen werde, kann ich Wissen durch den Schleier hindurch weitergeben.«

Kahlan schmerzte der Kopf vom Versuch, das alles zu begreifen.

Sie wünschte, Richard wäre hier, um Fragen zu stellen. Sie hatte Angst, die eine entscheidende zu vergessen.

»Aber verehrter Großvater, du kannst das tun, weil du eine Seele bist. Du hast gelebt. Du hast einen unsterblichen Geist.«

Die Seele begann zu verblassen.

»Die Grenze, der Schleier, wurde durch dieses Ereignis in den Winden beschädigt. Ich kann nicht länger verweilen. Die Skrin, die Bewacher der Grenze zwischen den Welten, ziehen mich zurück. Da die Schändung der Winde das Gleichgewicht verändert hat, können wir erst wieder zu einer Versammlung kommen, wenn dieses Gleichgewicht wiederhergestellt ist.« Die Seele verblaßte, bis sie kaum noch zu erkennen war.

»Großvater, ich muß mehr wissen. Ist die Seuche selbst Magie?«

Die Stimme kam aus großer Ferne. *»Die in die Winde entsandte Magie ist von gewaltiger Kraft. Um sie ganz nutzen zu können, benötigt man ungeheures Wissen. Sie wurde ohne Verständnis dessen benutzt, was freigesetzt wurde oder wie man dies beherrscht. Die Pest wurde durch diese Magie ausgelöst, ganz so, wie der Blitz eines Zauberers zwar Magie ist, nicht aber die Feuersbrunst, die entsteht, wenn dieser Blitz in leicht entzündbares Grasland einschlägt. So verhält es sich auch mit der Pest. Sie wurde mit Hilfe von Magie ausgelöst, jetzt aber ist sie nur eine Seuche wie andere vorher auch – wahllos und unberechenbar –, doch angeheizt von Magie.«*

»Die Pest ist hier und in Aydindril. Wird sie begrenzt bleiben?«

»Nein.«

Jagang war sich nicht darüber im klaren, was er angerichtet hatte. Wenn er zuließe, daß die Angelegenheit außer Kontrolle geriet, konnte sie am Ende ihn selbst töten.

»Hat sie, wie du mir gezeigt hast, bereits auf andere Orte übergegriffen? Ist sie auch an diesen anderen Orten bereits ausgebrochen?«

»Ja«, war ein fernes, hallendes Flüstern zu hören.

Sie hatten gehofft, die Pest auf Aydindril beschränken zu können. Diese Hoffnung war dahin. Die gesamten Midlands, die ganze

Neue Welt stand im Begriff, von jenem Feuersturm verwüstet zu werden, den der magische Funke aus dem Tempel der Winde entfacht hatte.

In der Mitte des Kreises, dort, wo die Seele sich befunden hatte, entstand ein Luftwirbel, als die Seele wieder in der Unterwelt entschwand.

In der Ferne, in der Unterwelt, hörte Kahlan den Widerhall des Lachens einer anderen Seele. Das boshaft vergnügte Lachen bereitete ihr eine Gänsehaut.

Als Kahlan aus der Trance der Versammlung erwachte, standen die Ältesten im Kreis um sie herum. Sie waren an diesen veränderten Seinszustand mehr gewöhnt als sie. Ihr drehte sich noch immer der Kopf, außerdem war ihr schlecht. Der Älteste Breginderin hielt ihr die Hand hin und bot sich an, ihr aufzuhelfen.

Als sie seine Hand ergriff, sah sie die Male unter der Hülle aus schwarzem und weißem Schlamm. Sie schaute hinauf in sein Gesicht, in sein freundliches, beruhigendes Lächeln. Er würde diesen Tag nicht überleben.

Ihr Freund Savidlin war zur Stelle und hielt ihre Kleider. Kahlan fühlte sich trotz des Schlamms plötzlich sehr nackt. Sie begann ihre Kleider überzustreifen und versuchte sich ihre Verlegenheit nicht anmerken zu lassen. Gleichzeitig schalt sie sich angesichts der bevorstehenden Katastrophe für derart weltliche Sorgen. In einer Versammlung ging es darum, die Seelen der Toten herbeizurufen, nicht darum, ob jemand Mann war oder Frau. Trotzdem, sie war die einzige des letzteren Geschlechts, während die anderen alle dem ersteren angehörten.

»Danke, daß du gekommen bist, Mutter Konfessor«, sagte der Vogelmann. *»Wir wissen, diese Heimkehr ist nicht das freudige Ereignis, das wir uns alle gewünscht haben.«*

»Nein«, antwortete sie leise, *»das ist es wohl nicht. Mein Herz singt, weil ich mein Volk wiedersehe, aber das Lied ist getrübt von*

Traurigkeit. Wir werden nicht ruhen, bis diese Geschichte zu Ende gebracht ist.«

»Glaubst du, du kannst so etwas wie ein Fieber aufhalten?« fragte Surin.

Savidlin legte ihr eine Hand auf die Schulter, als sie ihr Hemd zuknöpfte. *»Die Mutter Konfessor und Richard haben uns schon einmal geholfen. Wir wissen, wie tapfer sie sind. Unsere Ahnen meinten, es handele sich um ein Fieber, das durch Magie ausgelöst wurde. Die Mutter Konfessor und ihr Sucher besitzen mächtige Magie. Sie werden tun, was sie tun müssen.«*

»Savidlin hat recht. Wir werden tun, was wir tun müssen.«

Savidlin lächelte sie an. *»Und wenn du fertig bist, wirst du dann nach Hause zu deinem Volk kommen und dich wie geplant trauen lassen? Meine Frau Weselan möchte sehen, wie ihre Freundin, die Mutter Konfessor, in dem Kleid getraut wird, das sie für dich genäht hat.«*

Kahlan hätte am liebsten lauthals aufgeschrien. *»Nichts würde mir mehr Freude bereiten, als euch alle wohlbehalten zu sehen.«*

»Du bist eine große Freundin unseres Volkes, Kind«, sagte der Vogelmann. *»Wir alle freuen uns auf die Hochzeit, wenn du mit dieser Angelegenheit der Seelen und der Magie fertig bist.«*

Kahlan blickte in alle Augen, die auf sie gerichtet waren. Sie glaubte nicht, daß diese Männer Zeugen der Visionen des Todes, die man ihr gezeigt hatte, oder der wahren Ausmaße der Seuche, mit denen sie es zu tun hatten, geworden waren.

»Verehrte Älteste, wenn wir scheitern ... wenn wir ...«

Ihr versagte die Stimme. Der Vogelmann kam ihr zur Hilfe.

»Solltest du scheitern, Kind, dann werden wir trotzdem alle wissen, daß du alles getan hast, was in deiner Macht stand. Wenn es einen Pfad gibt, dann wirst du alles tun, um ihn zu finden, das wissen wir. Wir vertrauen auf dich.«

»Danke«, murmelte sie.

Die Welt verschwamm hinter Tränen. Sie zwang sich, den Kopf

nicht hängen zu lassen. Sie würde diesen Menschen nur angst machen, wenn sie ihre eigene zeigte.

»Kahlan, du mußt Richard mit dem Zorn heiraten.« Der Vogelmann lachte leise vergnügt in sich hinein, als wollte er sie aufmuntern. *»Er hat sich bereits einmal einer Hochzeit mit einer Frau der Schlammenschen entzogen. Der Hochzeit mit dir wird er nicht entgehen, wenn ich etwas in der Angelegenheit zu sagen habe. Er muß eine Frau der Schlammenschen heiraten.«*

Sie war zu benommen, um sein Lächeln zu erwidern.

»Wirst du den Rest der Nacht hierbleiben?« fragte Savidlin. *»Weselan würde sich sehr freuen, dich zu sehen.«*

»Verzeiht mir, verehrte Älteste, aber wenn ich euer Volk retten soll, muß ich sofort zurück. Ich muß zu Richard und ihn davon unterrichten, was ich mit eurer Hilfe herausgefunden habe.«

8. Kapitel

Eine Frau trat aus einer Tür hinaus auf die schmale, menschenleere Gasse. Er mußte stehenbleiben, sonst wäre er mit ihr zusammengestoßen. Unter ihrem Vierecktuch trug sie ein dünnes Kleid, und an der Art, wie ihre Brustwarzen in der Kälte vorstanden, erkannte er, daß sie unter dem Kleid unbekleidet war.

Sie glaubte, sein Lächeln gelte ihr. Das tat es nicht. Es entsprang der Freude darüber, wie eine Gelegenheit manchmal seinen Weg kreuzte, wenn er es am wenigsten erwartete. Er vermutete, es läge an seinem außergewöhnlichen Wesen, daß solche Ereignisse von ihm angezogen wurden.

Ob er sie erwartete oder nicht, er war stets darauf vorbereitet, Ereignisse zu seinem Vorteil auszunutzen.

Sie erwiderte das Lächeln, als sie ihm mit der Hand über die Brust strich und mit einem Finger sein Kinn kraulte.

»Schau an, schau an, mein Lieber. Lust auf ein bißchen Vergnügen?«

Sie war nicht attraktiv, trotzdem weckte die Eigenart dieser sich zufällig ergebenden Gelegenheit seine Begierde. Er wußte, was hier gespielt wurde. Er sah es an der Art, wie sie sich ganz dicht vor ihn stellte und seine ganze Aufmerksamkeit einforderte. Er hatte schon früher solche Begegnungen gehabt. Genaugenommen legte er es manchmal geradezu darauf an. Dann war die Herausforderung größer. Und mit der Herausforderung ging eine seltene Form der Befriedigung einher.

Die Situation war alles andere als ideal – sie wies entschiedene Nachteile auf, zum Beispiel den, daß er unmöglich zulassen durfte, daß ihre Schreie Aufmerksamkeit erregten, und trotzdem würde er dem noch immer etwas abgewinnen können. Er öffnete sich ihr mit all seinen Sinnen. Schon begann er, die Einzelheiten in sich aufzunehmen, so wie Erde einen prasselnden Regen in sich aufsaugt.

Schon ließ er sich ganz von seiner Lust überwältigen.

»Tja«, meinte er, wobei er das Wort dehnte, »hast du denn überhaupt ein Zimmer?«

Sie hatte sicher keines. Er wußte, was hier gespielt wurde.

Sie legte ihr Handgelenk auf seine Schulter. »Ein Zimmer ist nicht nötig, Schätzchen. Nur eine halbe Silbermünze.«

So unbemerkt wie möglich ließ er seinen Blick über die umstehenden Gebäude schweifen. Die Fenster waren alle dunkel. Nur ein paar Lichter in der Ferne spiegelten sich auf dem nassen Pflaster. Dies war die Gegend, in der die Speicher standen. In diesen Häusern wohnte kein Mensch. Es war unwahrscheinlich, daß außer zufälligen Passanten wie ihm selbst viele Menschen in der Nähe waren. Dennoch würde er seine Lust durch Besonnenheit mäßigen müssen.

»Ein wenig kalt, um sich hier draußen auf dem Pflaster auszuziehen, meinst du nicht auch?«

Sie legte ihm die Hand an die Wange, damit er seine Aufmerksamkeit weiter auf sie richtete. Mit der anderen Hand faßte sie ihm zwischen die Beine. Was sie dort vorfand, ließ sie zufrieden schnurren.

»Sei unbesorgt, mein Schatz. Für eine halbe Silbermünze kenne ich ein warmes Plätzchen, wo du das hier hinstecken kannst.«

Er genoß das Spielchen. Das letzte Mal war schon zu lange her. Er setzte für sie seine unschuldigste, unbedarfteste Miene auf.

»Tja, ich weiß nicht. Kommt mir ein bißchen plump vor. Normalerweise hab ich es am liebsten, wenn genug Zeit ist, damit die junge Dame auch ihren Spaß hat.«

»Oh, ich werde meinen Spaß haben, Schätzchen. Du glaubst doch nicht, ich mache es nur der halben Silbermünze wegen, oder? Ach was. Ich habe Spaß dabei.«

Rückwärts bewegte sie sich zur Tür zurück, aus der sie getreten war. Er ließ sich von ihren Händen, die sie hinter seinem Hals verschränkt hatte, mitziehen.

»So kleines Geld habe ich nicht bei mir.« Fast konnte er ihre Augen über ihr Glück aufleuchten sehen. Sie würde noch zu lernen haben, daß dieser Abend für sie nicht glücklich enden würde.

»Ach, nein?« entgegnete sie, als bereite sie sich darauf vor, ihr Angebot zurückzuziehen, jetzt, wo sie sicher war, ihn mit ihrem verlockenden Angebot in der Falle zu haben. »Tja, eine Dame muß sehen, wie sie zurechtkommt. Dann muß ich wohl weiter und sehen, ob ich nicht einen anderen …«

»Das Kleinste, was ich habe, ist eine Silbermünze. Aber ich wäre bereit, dir die ganze Silbermünze zu geben, vorausgesetzt, du läßt dir Zeit und hast auch dein Vergnügen. Ich mag es, wenn eine junge Frau wie du sich amüsiert. Ja, das gefällt mir.«

»Was für ein Schatz«, schnurrte sie mit aufgesetztem, übertriebenem Entzücken, als sie die Silbermünze nahm, die er ihr hinhielt.

Sie stank. Ihr Lächeln zauberte keinerlei Schönheit auf ihr Gesicht, und doch weidete er sich an den Einzelheiten: an ihrem derben Haar, ihrem Körpergeruch, der krummen Nase und den zu kleinen Augen. Sie war ordinär, billiger, als ein Mann seines Ranges es gewohnt war, aber gerade das hatte seinen ganz eigenen Reiz.

Er horchte aufmerksam, während er sie betrachtete. Andere Einzelheiten waren sogar noch wichtiger, wenn er vollen Genuß erzielen wollte.

Sie zog sich in den Eingang zurück und setzte sich auf einen Hocker, der dort stand. Der Eingang war gerade tief genug für sie beide, so daß er den Rücken der Gasse zukehrte, wenn er sich vor ihr aufbaute.

Es ärgerte ihn, daß sie ihn für so dumm, so töricht, für einen solchen Hitzkopf hielt. Sie würde bald begreifen, wie sehr sie sich täuschte.

Sie drückte ihm einen Kuß vorne auf die Hose und nestelte an seinem Gürtel herum. Lange würde es nicht dauern. Sie würde wollen, daß es rasch ging, damit sie weiterziehen konnte, um im Schutz der Nacht so viel Geld wie nur möglich abzukassieren.

Bevor sie ihm die Hose aufmachen konnte, ergriff er zärtlich eines ihrer Handgelenke. Es wäre nicht gut, wenn ihm die Hosen um die Knie hingen, wenn es anfing. Nein, das wäre gar nicht gut.

Lächelnd blickte sie zu ihm hoch, sichtlich verwirrt, aber ebenso erkennbar überzeugt, ihn mit ihrem Lächeln zu betören. Lange würde er es nicht ertragen müssen. In Kürze wäre es vorbei.

Dunkel genug war es. Zu dunkel, um mit Sicherheit erkennen zu können, was er tat. Die Menschen sahen stets, was sie zu sehen erwarteten.

Während sie ihn noch immer anlächelte und bevor sie Zeit hatte, Fragen zu stellen, griff er mit seiner anderen Hand nach unten und faßte sie im Nacken. Sie dachte, er wollte sie einfach festhalten, während sie ihren Liebesdienst versah.

Perfekt, wie sie ihren Kopf nach hinten neigte.

Mit einem Daumen und vor Anstrengung leise ächzend, zerquetschte er ihr die Luftröhre.

Das Lächeln ging auf sein Gesicht über. Der würgende Laut würde keinen unmittelbaren Verdacht erregen. Die Menschen hörten, was sie zu hören erwarteten, genau wie sie sahen, was sie erwarteten zu sehen. Er beugte sich über sie, damit es so aussah, wie man es erwartete, und preßte ihr das Leben aus dem Leib.

»Überraschung«, sagte er leise in ihre hervorquellenden Augen.

Er ergötzte sich an ihrer entsetzten Miene, dem Ausdruck des Erdrosseltwerdens. Als ihre Arme erschlafften, ließ er diese los und hielt sie mit der Faust in ihren Haaren hoch. Er bog ihren Kopf nach hinten über seinen Oberschenkel, damit sie aufrecht blieb, und wartete.

Sekunden später vernahm er die vorsichtig von hinten nahenden Schritte. Mehr als einer, genau wie er es sich gedacht hatte. Nun wußte er, was hier gespielt wurde: Raub.

Nur noch Sekunden, dann waren sie da. Die Zeit dehnte sich für ihn in der Vorfreude auf das, was er sehen, hören, riechen würde. Er war der einzigartigste aller Menschen. Die Zeit gehörte ihm. Das Leben gehörte ihm. Der Tod gehörte ihm.

Jetzt war es an der Zeit, sein Vergnügen zum Höhepunkt zu steigern.

Er drückte ihr sein Knie gegen die Wirbelsäule und brach ihr mit einem Ruck das Genick. Er wirbelte herum, riß das Messer hoch, bohrte es dem Kerl, der unmittelbar hinter ihm stand, in den Bauch und schlitzte ihn von den Lenden bis zum Brustbein auf. Mit einer raschen Drehung war er an dem Mann vorbei, dessen Eingeweide klatschend auf die Gasse fielen.

Er hatte einen weiteren Mann erwartet. Statt dessen waren es zwei. Für gewöhnlich hatte eine Frau wie sie zwei Kerle dabei, die den Freier ausnahmen. Drei hatte er noch nicht gesehen. Angesichts der unerwarteten Bedrohlichkeit dieser Entwicklung wurde ihm ganz schwindelig vor Lust.

Der zweite Kerl rechts von ihm holte aus. Er sah das Messer in seiner Faust und wich dem Schwung der Klinge mit einem Schritt nach hinten aus. Als der dritte vorrückte, stieß er ihn mit einem Stiefeltritt gegen das untere Ende des Brustbeins zurück. Der Mann schlug hinten gegen die Wand, ging mit einem schmerzhaften Ächzen taumelnd auf die Knie und bekam keine Luft mehr.

Der Mann rechts erstarrte. Jetzt hieß es Mann gegen Mann. Dem Gesicht nach war er noch ein Junge. Mit dem für junge Burschen typischen Mut nahm er die Beine in die Hand und rannte los.

Er feixte. Es gab kein perfekteres Ziel als den Kopf eines laufenden Menschen. Der Kopf verharrte beinahe vollkommen bewegungslos, während Arme und Beine hektisch ruderten. Das Ziel wurde in seinem Blick zu einem Zentrum der Ruhe.

Er warf das Messer. Der Junge rannte, so schnell ihn seine hektisch pumpenden Beine trugen. Das Messer war schneller und versank mit einem dumpfen Geräusch im Ziel. Der jugendliche Räuber ging augenblicklich zu Boden.

Der dritte Mann rappelte sich gerade auf. Er war älter, muskelbepackt, schwer und außer sich vor Zorn. Gut.

Ein seitlicher Tritt zertrümmerte dem Kerl die Nase. Vor Wut und Schmerzen heulend, warf sich der Mann nach vorn. Er sah das Aufblinken von Stahl, duckte sich seitlich weg und trat dem Kerl dabei die Füße unterm Körper weg. Das alles geschah in einem einzigen Augenblick. Es war eine prachtvolle Nummer, dieser gefährliche, tobende Stier, der wie von Sinnen attackierte.

Er sog die Einzelheiten in sich auf: die Kleidung des Mannes, der kleine Riß hinten in seinem Mantel, der abgewetzte Stoff, in dem sich das ferne Licht spiegelte, sein krauses, fettiges Haar, das kleine Stück, das ihm im rechten Ohr fehlte, die Art, wie er zusammensackte, als ihn der Stiefel zwischen den Schultern traf.

Während er dem Kerl den Arm auf den Rücken drehte, bemerkte er das Blut. Blut war etwas, dessen Spuren er sorgfältig zurückverfolgte. Dieses Blut war eine Überraschung. Er hatte den Mann mit dem Messer nicht verletzt – noch nicht. Das Blut stammte auch nicht aus der zertrümmerten Nase des Mannes.

Selten überkam ihn ein so wohliger Schauer der Überraschung wie angesichts dieses Blutes, das er nicht erwartet hatte.

Er gewahrte, daß der Mann vor Schmerzen schrie. Daher warf er sich auf den Rücken des Mannes und hämmerte ihm den Handballen auf den Kopf, daß die Zähne des Kerls auf dem Straßenpflaster zersplitterten – was ihn ein wenig ruhiger machte. Er packte das fettige Haar mit der geballten Faust, riß den Kopf des Mannes nach hinten und lauschte seinem Stöhnen.

»Raub ist ein gefährliches Geschäft. Wird Zeit, daß du den Preis dafür bezahlst.«

»Wir hätten dir nichts getan«, lallte der Mann. »Wir hätten dich bloß ausgenommen, du Bastard.«

»Bastard, ja?«

Behutsam, langsam, jeden einzelnen Zoll genießend, schlitzte er dem sich heftig wehrenden Mann die Kehle auf.

Welch unerwartetes Vergnügen diese Nacht ihm beschert hatte. Er hob die Hände, krümmte seine Finger und fischte in einer wischenden Bewegung die Quintessenz des Todes aus der Luft, fing dessen seidige Substanz im selben Augenblick ein, als sie in die Dunkelheit aufstieg, und zog sie zu sich zurück.

Er war die Erfüllung ihres Lebens. Er war das Gleichgewicht. Er war der Tod. Er genoß es, diese Erkenntnis in ihren Augen abzulesen. Am liebsten hatte er es, wenn er sich in diesem Blick, dieser Erkenntnis, diesem ... Grauen sonnen konnte. Es verschaffte ihm Befriedigung. Es machte ihn vollkommen.

Er erhob sich, wankend vor Ekstase über den satten Geruch des Blutes. Er bedauerte, daß es so kurz gedauert hatte und er ihre Schreie nicht länger hatte hinauszögern können. Sie waren Wonne. Es verlangte ihn nach ihnen, er brauchte sie, war wie versessen auf sie. Sie erfüllten ihn, machten ihn zu einem Ganzen. Er brauchte die Schreie, nicht eigentlich das Geräusch – oft knebelte er seine Partner –, sondern den Versuch zu schreien, und das, wofür sie standen: blankes Entsetzen.

Daß ihm verwehrt wurde, die Schreie des Entsetzens in aller Ruhe zu genießen, ließ ihn unbefriedigt. Seine Lust war nicht gestillt.

Er schlich die Gasse entlang und stellte fest, daß sein Messer so präzise getroffen hatte wie immer. Der Junge lag zusammengebrochen auf der Seite. Er sah großartig aus, mit dem Messer, das bis zum Heft in seinem Hinterkopf steckte, und der schweren Klinge, deren Spitze ein wenig seitlich der Mitte aus der Stirn hervorschaute.

Übersättigt von einem Übermaß aus Empfindungen stellte er plötzlich fest, daß er noch etwas verspürte: Schmerz.

Überrascht untersuchte er seinen Arm und sah, woher das unerwartete Blut kam. An der Außenseite seines rechten Unterarms klaffte eine gut sechs Zoll lange Wunde. Sie war tief. Sie würde genäht werden müssen.

Die Freude über ein so unerwartetes Ereignis raubte ihm den Atem.

Gefahr, Tod und Zerstörung – das alles in einer einzigen Nacht, bei einer zufälligen Begegnung. Fast war es zuviel.

Die Stimmen hatten recht gehabt, als sie sagten, er solle nach Aydindril gehen.

Doch noch immer hatte er nicht, was er brauchte – das hinausgezögerte Entsetzen, das behutsame Aufschlitzen, das Zerschneiden, das Absaufen im Blut, das Bereiten endloser, köstlicher Qualen, die Orgie aus wüstem Zustechen zum Schluß.

Die Stimmen aus dem Äther hatten ihm versprochen, daß er diese Dinge bekommen würde, daß er die höchste Eroberung machen, das höchste Gleichgewicht, die ultimative Paarung erleben würde.

Sie hatten ihm versprochen, er werde die allerhöchsten Ausschweifungen erleben.

Sie hatten ihm die Mutter Konfessor versprochen.

Seine Zeit würde kommen.

Die Zeit der Mutter Konfessor würde kommen.

Bald.

Als Verna ihm mit dem feuchten Lappen die Stirn abtupfte, schlug Warren die Augen auf. Erleichtert stieß sie einen langen Seufzer aus.

Er versuchte sich aufzusetzen. Mit fester Hand auf seiner Brust drückte sie ihn vorsichtig zurück ins Stroh.

»Bleib liegen und ruh dich aus.«

Er zuckte vor Schmerzen zusammen, machte ein schmatzendes Geräusch. »Ich habe Durst.«

Verna drehte sich um und nahm den Schöpflöffel aus dem Eimer. Sie hielt ihn an seine Lippen. Den zerbeulten Kopf des Löffels in beide Hände nehmend, stürzte er das ganze Wasser gierig in sich hinein.

Nach dem langen Zug rang er keuchend nach Atem. »Mehr.«

Verna zog den Schöpflöffel durch den Eimer und ließ ihn trinken, bis er seinen Durst gestillt hatte.

Sie lächelte ihn an. »Ich bin froh, daß du wach bist.«

Es schien ihm Mühe zu bereiten, ihr Lächeln zu erwidern. »Darüber bin ich selbst froh. Wie lange war ich diesmal ohnmächtig?«

Sie tat seine besorgte Frage mit einem Achselzucken ab. »Ein paar Stunden.«

Er sah sich im Innern der Scheune um. Verna hob die Lampe hoch, damit er seine Umgebung besser erkennen konnte. Regen trommelte auf das Dach, und so wirkte es hier drinnen richtig gemütlich.

Verna stellte die Lampe ab und stützte sich neben ihm auf einen Ellenbogen. »Die Unterkunft ist nicht übertrieben prunkvoll, aber wenigstens ist sie trocken.«

Als sie den Bauernhof gefunden hatten, war er fast bewußtlos gewesen. Die Familie, der der Hof gehörte, hatte Mitleid gezeigt. Verna hatte es abgelehnt, in ihrem Bett zu schlafen, denn sie wollte sie nicht zwingen, in ihrer eigenen Scheune zu übernachten.

Auf ihrer mehr als einundzwanzigjährigen Reise hatte Verna oft an solchen Orten die Nacht verbracht und die Unterbringung als ganz angenehm, wenn auch ein wenig sehr schlicht empfunden. Sie mochte den Geruch von Stroh. Während ihrer Reise hatte sie ihn nicht mehr ausstehen können, doch nach der Rückkehr in das abgeschiedene Leben des Palastes der Propheten änderte sie ihre Meinung und ertappte sich dabei, wie sie sich nach dem Duft von Heu, Erde, Gras und regenfrischer Luft sehnte.

Warren legte seine Hand zärtlich auf ihre. »Tut mir leid, daß ich uns so sehr aufhalte, Verna.«

Sie lächelte und erinnerte sich an eine Zeit, als sie wegen ihrer Ungeduld nervös auf und ab gelaufen wäre. Warren und seine Liebe zu ihr brachten eher ihre ruhigere Art ans Licht. Er tat ihr gut. Er war ihr ein und alles.

Sie schob seine blonden Locken nach hinten und gab ihm einen

Kuß auf die Stirn. »Unsinn. Wir hätten ohnehin über Nacht haltmachen müssen. In dem Wetter wären wir nur langsam und mühselig vorangekommen. Letztendlich wird es nach einer ordentlichen Ruhepause schneller gehen. Glaub mir, ich habe eine Menge Erfahrung in diesen Dingen.«

»Aber ich komme mir so nutzlos vor.«

»Du bist ein Prophet. Das verschafft uns ein Wissen, das alles andere als nutzlos ist. Allein dadurch haben wir mehrere Tage gewonnen, die wir sonst in die falsche Richtung gereist wären.«

Seine besorgten blauen Augen richteten sich auf die Dachsparren. »In letzter Zeit treten die Kopfschmerzen immer häufiger auf. Wenn ich mir vorstelle, daß ich die Augen schließe und vielleicht nie wieder aufwache, wird mir angst und bange.«

Zum erstenmal an jenem Abend runzelte sie verärgert die Stirn. »Ich will dieses Gerede nicht hören, Warren. Wir werden es schaffen.«

Er zögerte, wollte nicht mit ihr streiten. »Wenn du es sagst, Verna. Nur werde ich uns immer mehr aufhalten.«

»Dagegen habe ich vorgesorgt.«

»Tatsächlich? Was hast du gemacht?«

»Ich habe jemanden angeheuert, der uns fährt. Wenigstens ein Stück.«

»Ich dachte, du möchtest keine Kutsche mieten, weil sie die Aufmerksamkeit auf uns lenken würde. Du hast gesagt, du möchtest nicht Gefahr laufen, erkannt zu werden, und du möchtest nicht, daß neugierige Menschen sich nach Reisenden in einer Kutsche erkundigen.«

»Keine Kutsche. Außerdem habe ich keine Lust, mir einen Schwall von Einwänden anzuhören. Ich habe den Bauern angeheuert. Er soll uns in seinem Heuwagen ein Stück nach Süden bringen. Wir können uns hinten hineinlegen und ausruhen. Er wird uns mit Stroh zudecken, damit wir nicht befürchten müssen, behelligt zu werden.«

Warren legte die Stirn in Falten. »Warum tut er das für uns?«

»Ich habe ihn gut bezahlt. Aber darüber hinaus sind er und seine Familie dem Licht treu ergeben. Er respektiert die Schwestern des Lichts.«

Warren ließ sich erleichtert in das Stroh zurücksinken. »Nun, das klingt nicht schlecht. Bist du sicher, er macht das freiwillig? Du hast ihm nicht die Nase herumgedreht, oder?«

»Er fährt ohnehin in die Richtung.«

»Ach ja? Warum?«

Verna seufzte. »Er hat eine kranke Tochter. Sie ist erst zwölf. Er will ein Stärkungsmittel für sie besorgen.«

Ein Hauch von Mißtrauen verfinsterte Warrens Gesicht. »Wieso hast du das Mädchen nicht geheilt?«

Verna hielt seinem Blick stand. »Ich habe es versucht. Sie hat hohes Fieber, Krämpfe und muß dauernd spucken. Ich habe mein Bestes gegeben, dennoch konnte ich das arme Ding nicht von seinem Leiden erlösen.«

»Hast du eine Ahnung, warum nicht?«

Verna schüttelte traurig den Kopf. »Die Gabe heilt nicht alles, Warren. Das weißt du. Hätte sie sich einen Knochen gebrochen, könnte ich ihr helfen, gegen ein Fieber ist die Gabe nur von begrenztem Nutzen.«

Er wandte den Kopf ab. »Das erscheint mir nicht gerecht. Diese Leute erbieten sich, uns zu helfen, und wir können praktisch nichts für sie tun.«

»Ich weiß«, meinte Verna leise.

Sie lauschte eine Weile dem Regen auf dem Dach.

»Wenigstens konnte ich ihre Unterleibsschmerzen ein wenig lindern. Sie wird ein bißchen entspannter schlafen.«

»Gut. Ja, das ist gut.« Warren nestelte an einem Strohhalm herum. »Konntest du Verbindung zu Prälatin Annalina aufnehmen? Hat sie dir schon eine Nachricht im Reisebuch hinterlassen?«

Verna wollte sich ihre Besorgnis nicht anmerken lassen. »Nein.

Sie hat weder auf meine Nachrichten geantwortet noch selbst welche geschickt. Wahrscheinlich ist sie beschäftigt. Sie hat keinen Grund, sich von unseren Problemchen behelligen zu lassen. Wir werden von ihr hören, sobald sie Zeit hat.«

Warren nickte. Verna blies die Lampe aus. Sie schmiegte sich an ihn, lehnte ihre Stirn an seine Schulter und legte ihm den Arm über die Brust.

»Am besten schlafen wir ein paar Stunden. Bei Sonnenaufgang werden wir schon wieder unterwegs sein.«

»Ich liebe dich, Verna. Ich möchte, daß du das weißt, für den Fall, daß ich nicht mehr aufwache.«

Zur Antwort strich Verna ihm mit den Fingern zärtlich über sein Gesicht.

Clarissa rieb sich den Schlaf aus den Augen. An den Rändern der schweren grünen Vorhänge drang die Dämmerung herein. Sie setzte sich im Bett auf. Nie hatte sie sich beim Aufwachen so gut gefühlt. Sie reichte hinüber, um es Nathan zu sagen. Doch der lag nicht neben ihr.

Clarissa setzte sich auf und schwang ihre Beine über die Bettkante. Ihre Beinmuskeln protestierten, als sie sich räkelte. Sie waren überanstrengt von den Aktivitäten der vergangenen Nacht. Vermutlich war es nur der Gedanke an die Ursache, der sie über den harmlosen Schmerz schmunzeln ließ. Sie hätte sich kaum vorstellen können, daß überanstrengte Muskeln so wohltuend sein konnten.

Also schob sie die Arme in den hübschen rosa Morgenmantel, den Nathan ihr gekauft hatte. Sie zupfte die Rüschen am Hals zurecht, dann band sie den Seidengürtel zu. Genüßlich kniff sie mit den Zehen in den dicken Teppich.

Nathan saß am Schreibtisch, über einen Brief gebeugt. Er sah lächelnd auf, als sie in der Tür stand.

»Ausgeschlafen?«

Clarissa schloß die Augen halb und seufzte. »Das will ich meinen.« Sie schmunzelte. »Bei dem bißchen Schlaf, das ich hatte.«

Nathan zwinkerte ihr zu. Er tauchte die Feder in das Faß mit der blauen Tinte und wandte sich wieder seinem Gekratze zu. Clarissa schlenderte um ihn herum und legte ihm die Hände auf die Schultern. Er trug seine Hose und sonst nichts. Mit den Daumen knetete sie die Muskeln in seinem Nacken. Tief in der Kehle gab er einen wohligen Ton von sich, also fuhr sie fort. Es gefiel ihr, wenn er Laute des Vergnügens von sich gab, und noch mehr, der Grund dafür zu sein.

Während ihre Daumen sich zu seinen Schultermuskeln hinunterarbeiteten, warf sie einen Blick auf das, was er gerade schrieb. Sie überflog den Brief und sah, daß es sich um Anweisungen handelte, in denen von Truppenverlegungen an Orte die Rede war, von denen sie noch nie gehört hatte. Nathan schrieb weiter, belehrte einen Admiral über seine Verbindung zu Lord Rahl und die einschneidenden Konsequenzen, die erfolgen würden, sollte er diese Befehle ignorieren. Der Brief war in demselben gebieterischen Tonfall gehalten, mit dem er von den Menschen verlangte, als der Mann von Einfluß behandelt zu werden, der er war. Er unterzeichnete den Brief mit ›Lord Rahl‹.

Clarissa beugte sich vor, rieb ihre Nase an seinem Hals und knabberte zärtlich an seinem Ohr.

»Nathan, die letzte Nacht war mehr als wundervoll. Es war Magie. Du warst großartig. Ich bin die glücklichste Frau auf Erden.«

Er sah sie verschmitzt grinsend an. »Magie. Ja, ein wenig Magie war dabei. Ich bin ein alter Mann. Ich muß alles einsetzen, was mir zur Verfügung steht.«

Sie kämmte ihm mit den Fingern durchs Haar und ordnete es. »Ein alter Mann? Das glaube ich nicht, Nathan. Hoffentlich war es für dich nur halb so befriedigend wie für mich.«

Lachend faltete er den Brief. »Ich glaube, es ist mir gelungen mitzuhalten.« Er schob ihr eine Hand unter den Morgenmantel und kniff sie in den nackten Po. Quietschend wich sie zurück. »Mit einer so wunderschönen und liebevollen Frau zusammenzusein war einer der Höhepunkte in meinem Leben.«

Er schmiegte seinen Kopf an ihre Brüste. »Nun ja, wir leben noch. Es gibt keinen Grund, warum wir nicht versuchen sollten, weitere dieser Höhepunkte anzustreben.«

Sein verschmitztes Lächeln wurde breiter, als er seine Hand wieder auf ihren nackten Po legte und sanft zudrückte. Er hatte dieses lustvolle Funkeln in den Augen.

»Laß mich eben diese Arbeit erledigen, dann werden wir dafür sorgen, daß sich die Ausgabe für das Bett auch gelohnt hat.«

Mit einem winzigen Kupferlöffel entnahm er winzige Kügelchen aus rotem Wachs aus einer Büchse und schüttete sie auf den zusammengefalteten Brief.

»Nathan, du Dummer, man schmilzt das Siegelwachs und läßt es auf den Brief träufeln.«

Er zog eine seiner Brauen hoch. »Mittlerweile solltest du wissen, mein Liebling, daß meine Methode besser ist.«

Sie lachte einmal kurz und kehlig auf. »Ach ja, verzeih.«

Er ließ einen Finger über den Kügelchen kreisen. Lichtfunken sprangen tanzend von seinem Finger auf das Wachs über. Sie glühten kurz auf, dann verschmolzen sie auf dem Brief zu einer roten Pfütze. Clarissa stöhnte vor Wonne. Nathan steckte voller kleiner Überraschungen. Ihre Wangen wurden heiß, als sie daran dachte, daß seine Finger auf mehr als eine Weise magisch waren.

Sie beugte sich vor und flüsterte ihm innig etwas ins Ohr. »Ich möchte, daß du und dein magischer Finger mich ins Bett begleiten, Lord Rahl.«

Nathan hob seinen magischen Finger und verkündete feierlich: »So soll es sein, meine Liebe, sobald ich diesen Brief auf seinen Weg gebracht habe.«

Er ließ seinen Finger erneut über dem Brief kreisen, der daraufhin wie von alleine vom Schreibtisch abhob. Clarissa zog erstaunt die Brauen hoch. Der Brief schwebte vor ihm in der Luft, als er zur Tür hinüberging. Mit seiner anderen Hand machte er eine dramatische Kreisbewegung, und die Tür schwenkte auf.

Ein Soldat, der im Gang, auf dem Fußboden sitzend, an der gegenüberliegenden Wand lehnte, erhob sich. Er salutierte mit einem Faustschlag auf sein Herz.

Nathan, der nur mit seinen Hosen bekleidet dastand und dem das weiße Haar bis auf die Schultern hing, wirkte wie ein Wüstling. Sie wußte, daß er das nicht war, aber ihr war klar, so wie er dort stand, mit seiner Körpergröße, seiner eindrucksvollen Erscheinung, mußte er bei anderen diesen Eindruck hinterlassen.

Die Menschen fürchteten sich vor ihm. Sie las es ihnen von den Augen ab. Allerdings konnte sie ihre Angst verstehen. Sehr gut wußte sie noch, wie sie sich vor ihm gefürchtet hatte, bevor sie ihn näher kennengelernt hatte. Mittlerweile konnte sie sich kaum mehr erinnern, wieviel Furcht ihr der Anblick des riesenhaft wirkenden Propheten eingeflößt hatte.

Sie war überzeugt, er könnte eine ganze Armee in die Flucht schlagen, wenn er seine himmelblauen Augen auf die Menschen richtete und seine habichtartige Stirn ungehalten senkte.

Nathan streckte seinen Arm, und der Brief schwebte hinüber zu dem grimmig dreinblickenden Soldaten. »Hast du alle meine Anweisungen behalten, Walsh?«

Der Soldat schnappte den Brief aus der Luft und stopfte ihn in seine Uniformjacke. Zwar benahm er sich respektvoll, ließ sich aber offenbar nicht von Nathan einschüchtern.

»Selbstverständlich. Ihr solltet mich eigentlich besser kennen, Nathan.«

Nathan legte ein wenig seines vornehmen Gehabes ab und kratzte sich am Kopf. »Wahrscheinlich.«

Clarissa fragte sich, wo Nathan diesen Soldaten aufgetan und wann er Zeit gehabt hatte, ihm Anweisungen zu geben. Vermutlich hatte er das Zimmer verlassen, während sie schlief.

Der Soldat sah irgendwie anders aus als die meisten anderen, denen sie bislang begegnet war. Er trug einen Reiseumhang, hatte lederne Taschen an seinem Gürtel, und seine Kleider waren von einer besseren Qualität als die der gewöhnlichen Soldaten, an deren Anblick sie sich mit der Zeit gewöhnt hatte. Auch war sein Schwert kürzer und sein Messer länger. Er war auch nicht gerade klein. Er war ebensogroß wie ihr Geliebter, wenn Nathan in ihren Augen durch seine Körperhaltung auch größer erschien als jeder andere.

»Übergib den Brief General Reibisch«, sagte Nathan. »Und vergiß nicht, sollte eine dieser Schwestern auf die Idee kommen, dich auszufragen, dann warnst du sie, wie ich es dir gesagt habe, und erklärst ihr, Lord Rahl habe dir befohlen, für dich zu behalten, was man dir aufgetragen hat. Das dürfte ihnen den Mund fest verschließen.«

Der Soldat lächelte wissend. »Verstanden ... Lord Rahl.«

Nathan nickte. »Gut. Was ist mit den anderen?«

Soldat Walsh machte eine unbestimmte Handbewegung. »Bollesdun wird in der Nähe bleiben und Euch über das unterrichten, was er in Erfahrung bringt. Ich bin ziemlich sicher, daß es nur Jagangs Expeditionsstreitkräfte waren, Bollesdun wird das aber noch genau in Erfahrung bringen. So groß sie auch war, verglichen mit der Hauptstreitmacht war das nicht viel. Nichts deutet darauf hin, daß seine Hauptstreitmacht von der Umgebung von Grafan nach Norden vorgerückt ist.

Soweit ich gehört habe, gibt Jagang sich damit zufrieden, herumzusitzen und auf etwas Bestimmtes zu warten. Ich weiß nicht, worauf, aber jedenfalls zieht er nicht in Eilmärschen nach Norden, in die Neue Welt.«

»Mit der Armee, die ich gesehen habe, ist er bis weit in die Neue Welt vorgedrungen.«

»Ich bin nach wie vor der Überzeugung, daß es sich nur um Kundschafter handelt. Jagang ist ein geduldiger Mann. Es hat ihn

Jahre gekostet, bis er die Alte Welt erobern und unter seiner Herrschaft vereinen konnte. Damals wandte er weitgehend dieselbe Taktik an: Er schickte seine Expeditionsstreitkräfte vor, um eine Schlüsselstadt einzunehmen und Informationen zu sammeln, meist in Form von Aufzeichnungen und Büchern. Diese Männer gehen brutal vor, das ist auch Teil ihrer Aufgabe, aber im Grunde werden sie geschickt, um die Bücher zu beschaffen.

Ihre Beute schicken sie zurück und warten dann ab, wohin Jagang sie als nächstes sendet. Bollesdun läßt das durch einige von unseren Leuten überprüfen, aber sie müssen vorsichtig sein. Daher kann es eine Weile dauern, genießt also einfach die Wartezeit.«

Nathan strich sich grübelnd übers Kinn. »Ja, ich könnte mir denken, daß Jagang noch nicht scharf darauf ist, seine Armee in die Neue Welt einmarschieren zu lassen.« Er richtete seinen Blick wieder auf Walsh. »Am besten machst du dich gleich auf den Weg.«

Walsh nickte. Sein Blick wanderte umher und traf sich mit Clarissas. Er sah wieder zu Nathan hinüber, und ein kleines Lächeln stahl sich auf seine Lippen.

»Ein Mann ganz nach meinem Herzen.«

Nathan lachte leise in sich hinein. »Die Angelegenheiten des Herzens sind eines der Wunder der Natur.«

Die Art, wie Nathan die Worte aussprach, erfüllte Clarissas Herz mit Stolz darüber, daß sie an den Angelegenheiten seines Herzens teilhatte.

»Seid hier mitten im Nest der Ratten vorsichtig, Nathan. Mir soll nicht zu Ohren kommen, Ihr hättet am Ende doch keine Augen im Hinterkopf.« Er tippte mit der Hand auf die Uniformjacke, in die er den Brief gesteckt hatte. »Erst recht nicht, nachdem ich das hier abgegeben habe.«

»Sicher, Junge. Sorge du nur dafür, daß du den Brief ablieferst.«

»Ihr habt mein Wort darauf.«

Nachdem Nathan die Tür geschlossen hatte und das Geschäftliche erledigt war, wandte er sich zu ihr um. Er hatte wieder dieses

Funkeln in den Augen. Dieses lustvolle Funkeln. Sein verschmitztes Lächeln kehrte zurück.

»Endlich allein, mein Liebling.«

Clarissa quiekte und floh in gespieltem Schrecken zum Bett.

9. Kapitel

»Was geht deiner Meinung nach hier vor?« fragte Ann.

Zedd reckte seinen Kopf in die Höhe und versuchte, etwas zu erkennen. Es war schwierig, vorbei an der Wand aus Beinen, die sie umgab, einen guten Blick zu erhaschen. Die Seelenjäger der Nangtong erteilten schnatternd Kommandos, die er nicht verstand. Einige der Speere aber, die aus dem Kreis auf sie zielten, legten sich ihm auf die Schulter und gaben ihm unmißverständlich zu verstehen, er rühre sich besser nicht von der Stelle.

Bewacht von einem Ring der Wilden, saßen er und Ann mit übereinandergeschlagenen Beinen auf der Erde, während andere ein Stück entfernt mit einer Gruppe Si Doak zusammenhockten und verhandelten.

»Sie sind zu weit weg, um Genaues zu verstehen, aber selbst wenn wir sie hören könnten, nützte das vermutlich auch nicht viel. Ich spreche nur ein paar Brocken Si Doak.«

Ann pflückte einen langen Grashalm und wickelte ihn sich um den Finger. Sie sah nicht zu Zedd hinüber. Schließlich wollte sie ihre Häscher nicht auf den Gedanken bringen, sie seien bei klarem Verstand und in der Lage, irgend etwas auszuhecken.

Nur um den Schein zu wahren, stieß Ann ein hohes, gackerndes Lachen aus. »Was weißt du über diese Si Doak?«

Zedd flatterte mit den Armen wie ein Vogel, der im Begriff steht, sich in die Lüfte zu erheben. »Ich weiß, daß es bei ihnen keine Menschenopfer gibt.«

Ein Wächter schlug Zedd den Speerschaft auf den Kopf, als wollte er ihm jede Absicht austreiben davonzufliegen. Statt loszufluchen, was er nur zu gerne getan hätte, heulte Zedd vor Lachen.

Ann sah ihn aus den Augenwinkeln an. »Änderst du allmählich deine Einstellung, man sollte diese Nangtong ganz nach ihrem Gutdünken leben lassen?«

Zedd grinste. »Wenn ich sie so leben lassen wollte, wie sie es für richtig halten, wären wir längst in der Welt der Seelen. Nur weil man davon überzeugt ist, man sollte Wölfen ihren Frieden lassen, muß man ihnen noch lange nicht erlauben, einem nach Belieben die Herde wegzufressen.«

Sie pflichtete ihm brummend bei.

Ein gutes Stück entfernt, gleich neben einem leicht ansteigenden Hang, zog sich die Verhandlung hin. Ungefähr zehn der Nangtong und die gleiche Anzahl Si Doak saßen mit übereinandergeschlagenen Beinen im Kreis. Die Nangtong zählten laut ab und begleiteten dies mit übertriebenen Armbewegungen. Sie deuteten in Zedds Richtung. Sie schwangen unverständliche, aber scheinbar tiefempfundene Reden.

Zedd beugte sich zu Ann und meinte leise: »Soweit ich weiß, sind die Si Doak ziemlich friedfertig. Mir ist nie zu Ohren gekommen, daß sie Krieg geführt hätten oder gewaltsam gegen ihre Nachbarn vorgegangen wären, nicht einmal gegen schwächere. Aber wenn es ums Feilschen geht, sind sie skrupellos. Die meisten Stämme in diesem Teil der Wildnis würden es vorziehen, mit einem Wolf zu verhandeln. Andere Stämme bringen ihrem Nachwuchs bei, wie man kämpft, die Si Doak jedoch das Feilschen.«

Ann schaute in die entgegengesetzte Richtung, so als interessiere sie das nicht. »Wie kommt es, daß sie darin so gut sind?«

Zedd sah kurz zu ihren Bewachern hoch. Sie verfolgten ausnahmslos die Verhandlungen und schenkten ihren hilflosen Gefangenen wenig Beachtung.

»Sie besitzen die seltene Fähigkeit, von einem Geschäft Abstand zu nehmen. Andere beschließen, daß sie etwas wollen und geben sich dann schon bald mit weniger zufrieden, nur um einig zu werden. Die Si Doak nicht. Sie gehen einfach fort. Wenn es nicht anders möglich ist, geben sie ihre Hoffnung ohne Bedauern auf und widmen sich etwas anderem.«

Einer der Si Doak, der mit einem Kaninchenfell auf dem Kopf, warf einen Stapel Decken in die Kreismitte. Er deutete auf eine kleine Ziegenherde und unterbreitete ein Angebot, das, soweit Zedd dies verstand, zwei der Tiere umfaßte.

Das Angebot schien die Nangtong zu erzürnen. Ihr Hauptunterhändler sprang auf und reckte wiederholt seinen Speer in die Luft, offenbar um seiner Empörung über den niedrigen Preis Ausdruck zu verleihen. Zedd fiel auf, daß er nicht etwa fortging. Ihre Ehre stand auf dem Spiel. Soviel hatten die Nangtong investiert.

Er stieß Ann an, legte den Kopf in den Nacken und heulte wie ein Kojote. Ann verstand, was er beabsichtigte, und stimmte ein. Die beiden kläfften und blafften, so laut sie nur konnten.

Die Unterhändler verstummten und sahen zu den Gefangenen hinüber. Ihr Oberhaupt nahm wieder Platz.

Ein Schlag auf den Kopf ließ Zedd und Ann verstummen. Die Gespräche drüben bei den Verhandlungen über den Tausch wurden wiederaufgenommen. Ein Abgesandter der Nangtong wurde losgeschickt, um die Ziegen genauer zu begutachten.

Zedd kratzte sich an der Schulter. Der trockene Schlamm wurde unangenehm. Aber vermutlich weniger unangenehm, als sich das Herz herausschneiden oder den Kopf abschlagen zu lassen, oder was immer die Nangtong mit ihren Menschenopfern machten.

»Ich habe Hunger«, raunte er. »Sie haben uns den ganzen Tag noch nichts zu essen gegeben. Der Nachmittag ist fast zur Hälfte um, und wir haben nicht eine einzige Mahlzeit bekommen.«

Er bellte seine Häscher an, um ihnen sein Mißfallen kundzutun. Die Unterhandlungen gerieten kurz ins Stocken, als man erneut für einen Augenblick zu den Gefangenen hinübersah. Die Si Doak verschränkten sämtlich die Arme und betrachteten die Nangtong schweigend.

Rasch nahmen die Nangtong die Gespräche wieder auf. Ihr Tonfall änderte sich, wurde versöhnlich. Verhaltenes Gelächter mischte sich unter ihr zwangloses Geschnatter. Die Reaktion der Si Doak war knapp und schroff. Der mit dem Kaninchenfell auf dem Kopf deutete erst auf die Nachmittagssonne, dann in die Richtung seines Dorfes.

Der verantwortliche Mann der Nangtong zerrte eine Decke aus dem Stapel in der Mitte und untersuchte sie mit widerstrebender Bewunderung. Er gab die Decke an seine Kameraden weiter. Sie würdigten ihren Wert mit einem knappen Nicken, als hätten sie ihn gerade erst erkannt. Der Mann, den man losgeschickt hatte, um sich die Ziegen anzusehen, kehrte mit zweien von ihnen zurück. Er zeigte sie seinen Gefährten, und diese ergingen sich in Lauten der Begeisterung, als sei ihnen nun erst aufgefallen, daß die Ziegen beeindruckender waren, als anfangs gedacht, und ganz und gar nicht jene ausgemergelten Tiere, die vorzufinden sie erwartet hatten.

Offenbar waren die Nangtong zu dem Entschluß gekommen, daß sie auf keinen Fall mit den Gefangenen nach Hause zurückkehren wollten. Jeder brauchbare Gegenstand war besser als zwei Verrückte. Sie konnten den Seelen schließlich schlecht zwei Verrückte schicken. Jeder Tausch war für sie ein Gewinn, vor allem in Anbetracht des schwindenden Interesses der Si Doak.

Diese behielten ihre versteinerten Mienen bei. Die Nangtong hatten einen Fehler begangen. Sie hatten verraten, daß sie das, was sie hatten, unbedingt verkaufen mußten. Nichts schätzten die Si Doak mehr als einen Verkäufer, der unter Druck stand.

Plötzlich wurde man sich über den Preis einig – was, war für Zedd nicht ersichtlich. Die Ranghöchsten der Si Doak und der Nangtong erhoben sich, hakten die Arme an den Ellenbogen ineinander und drehten sich so verbunden dreimal umeinander. Als sie sich wieder lösten, ging auf beiden Seiten ein fröhliches Schnattern durch die Reihen. Der Handel war besiegelt.

Die Nangtong gingen daran, die Decken aufzusammeln. Die Ziegen wurden angebunden. Die Si Doak traten auf ihre Beute zu. Als sie näher kamen, schlugen die Wächter Zedd und Ann auf den Kopf, offenbar als Warnung, das Geschäft nicht noch zu vereiteln.

Zedd hatte nicht die geringste Absicht, das zu tun. Die Si Doak opferten keine Menschen. Soweit er wußte, waren sie ein sanftmütiges Völkchen, und die schlimmste Strafe, die sie über jemanden verhängten, der sich eines schweren Verbrechens schuldig gemacht hatte, war Verbannung. Gelegentlich kam es vor, daß ein verbannter Si Doak verhungerte, weil man ihn vertrieben hatte. Ein unartiges Kind wurde dadurch eines Besseren belehrt, daß alle es einen Tag lang völlig ignorierten. Für einen Si Doak war das eine fürchterliche Strafe, die für lange Zeit danach allerbestes Betragen zur Folge hatte.

Natürlich waren Zedd und Ann keine Angehörigen der Gemeinschaft der Si Doak, daher war es durchaus möglich, eigentlich sogar wahrscheinlich, daß ihnen eine solche Behandlung nicht zuteil werden würde.

Zedd beugte sich zu Ann und flüsterte: »Ich glaube nicht, daß diese Leute uns etwas antun werden, also merk dir eins: Sollten sie beschließen, uns nicht zu nehmen, könnten die Nangtong uns möglicherweise doch noch die Kehle durchschneiden, nur um nicht die Demütigung hinnehmen zu müssen, mit zwei Verrückten zurückzukehren.«

»Erst soll ich im Schlamm spielen und jetzt das brave kleine Mädchen?«

Zedd mußte über ihren Sarkasmus lachen. »Nur bis unsere neuen Bewacher uns von den alten weggeschafft haben.«

Der Älteste der Si Doak, der mit dem Kaninchenfell auf dem Kopf, ging vor seinen neuen Errungenschaften in die Hocke. Er streckte die Hand aus und befühlte Zedds Armmuskeln. Daraufhin stieß er ein mißbilligendes Grunzen aus. Nun befühlte er Anns Arme und gab einen Laut von sich, als sei er mit dem Vorgefundenen zufrieden.

Ann zog erstaunt eine Braue hoch und sah Zedd an. »Offenbar sage ich ihnen mehr zu als ein knochiger alter Kerl.«

Zedd grinste. »Vermutlich halten sie dich als menschliches Arbeitstier für besser geeignet. Sie werden dich hart schuften lassen.«

Ihr selbstzufriedener Gesichtsausdruck erlosch. »Was soll das heißen?«

Er bedeutete ihr, sie solle schweigen. Ein weiterer Si Doak hockte sich neben den Ältesten. An seinem Kopf waren Ziegenhörner befestigt. Über seinem Wildlederhemd trug er gut und gerne einhundert Halsketten, von denen einige bis zu seinen Lenden herabhingen und die aus Zähnen, Perlen, Knöpfen, Federn, Tonscherben, Metallplättchen, Goldmünzen, kleinen Lederbeuteln und geschnitzten Amuletten bestanden. Er war der Schamane der Si Doak. Der Mann ergriff Zedds Hand und streckte vorsichtig dessen Arm. Dann ließ er ihn los. Zedd ließ ihn fallen. Der Schamane tat schnatternd sein Mißfallen kund. Zedd begriff genug, um sich zusammenzureimen, daß er seinen Arm hochhalten sollte. Doch gab er vor, daß er nichts verstand, woraufhin der Schamane den Arm erneut anhob und Zedd mit der Hand bedeutete, er solle ihn dort lassen.

Während die Nangtong noch immer ihre Speere auf ihre Gefangenen gerichtet hielten, holte der Schamane lange, zusammengerollte Grashalme aus einer der Taschen an seiner Hüfte. Einen Sprechgesang anstimmend, wickelte er Zedd das Gras ums Handgelenk. Als er fertig war, wickelte er das Gras um Zedds anderes Handgelenk, dann machte er dasselbe mit Ann.

»Irgendeine Ahnung, was das soll?« fragte sie.

»Das bindet unsere Magie. Die Nangtong brauchen nichts zu tun, um unsere Magie zu blockieren, aber die Si Doak müssen irgendeine Form ihrer eigenen Magie einsetzen, um unsere aufzuheben. Dieser Schamane ist ein Mann der Magie. Er hat die Gabe. Er ist so etwas wie der Zauberer der Si Doak.« Zedd sah kurz aus den Augenwinkeln zu ihr hinüber. »Vielleicht könnte man auch sagen, er ist wie die Schwestern des Lichts mit ihren Halsringen. Wie die Halsringe werden wir auch diese Armbänder nicht abnehmen können.«

Nachdem man ihnen das Gras um die Handgelenke gewickelt hatte, zogen die Nangtong ihre Waffen zurück, hoben ihren Teil der Decken auf, sammelten ihre beiden Ziegen ein und machten sich rasch aus dem Staub.

Der Älteste, der mit dem Kaninchenfell auf dem Kopf, beugte sich zu Zedd vor und sprach. Als Zedd die Stirn runzelte und die Achseln zuckte, griff der Mann zu einer Zeichensprache, die er sich anscheinend eben erst ausgedacht hatte. Er deutete Arbeiten an, die zu erledigen seien, und die Zeit, indem er die Jahreszeiten darstellte: Er grub in der Erde und tat, als pflanze er etwas, er mimte die Hitze des Sommers und den winterlichen Frost. Viel verstand Zedd nicht, aber es genügte.

Er wandte sich zu Ann. »Ich glaube, diese Knaben hier haben uns aus der Todesstrafe freigekauft. Wir müssen ihnen für einen Zeitraum von etwa zwei Jahren als Sklaven dienen, um ihnen ihre Kosten zu erstatten, plus einen kleinen Gewinn für ihre Bemühungen.«

»Man hat uns als Sklaven verkauft?«

»Sieht ganz so aus. Aber nur für ein paar Jahre. Eigentlich ziemlich großzügig von ihnen, wenn man bedenkt, was die Nangtong mit uns vorhatten.«

»Vielleicht können wir uns freikaufen?«

»Für die Si Doak ist dies eine an die Person gebundene Schuld, die nur durch den persönlichen Dienst als Sklave beglichen werden kann. In ihren Augen haben sie uns das Leben zurückgegeben, also müssen wir einen Teil dieses Lebens dazu verwenden, ihnen unsere Dankbarkeit zu zeigen. Und hinter ihnen sauberzumachen.«

»Saubermachen? Sollen wir etwa Fußböden schrubben, um unsere Schuld zu tilgen?«

»Vermutlich wollen sie, daß wir kochen, Lasten herumschleppen, säen, uns um die Tiere kümmern und so weiter.«

Wie um zu bestätigen, was Zedd ihr gerade erklärt hatte, gingen die Si Doak daran, die Riemen zu lösen, mit denen ihre Wasserschläuche an ihren Köpfen befestigt waren, und reichten diese Ann und Zedd.

»Was soll das?« fragte Ann ihn.

Zedd zog eine Braue hoch. »Sie wollen, daß wir ihr Wasser tragen.«

Drei weitere der Si Doak kamen mit den restlichen Decken, teilten sie auf und gaben sie ihren neuen Trägern.

»Willst du mir etwa erzählen«, knurrte Ann, »der Oberste Zauberer der Midlands und die Prälatin der Schwestern des Lichts seien für den Preis von ein paar Decken und zwei Ziegen in die Sklaverei verkauft worden?«

Von hinten angestoßen, taumelte Zedd hinter den aufbrechenden Si Doak her.

»Ich weiß genau, was du meinst«, sagte er über seine Schulter. »Zum ersten Mal, soweit ich weiß, haben die Si Doak draufgezahlt.«

Er stolperte und ließ die Hälfte seiner aus Wasserschläuchen bestehenden Ladung fallen. Als er das Gleichgewicht wiederfand, trat er auf einen drauf, der in einem dornigen Beerenstrauch hängengeblieben war. Während er sich bückte, um die Schläuche aufzuheben, kippte der Stapel Decken in die schlammige Pfütze, die ein geplatzter Wasserschlauch hinterlassen hatte. Er stemmte ein Knie auf die Erde, um sein Gleichgewicht wiederzufinden, und sammelte die herumliegenden Schläuche ein. Dabei zerdrückte er mit dem Knie die Beeren unter der Decke.

»Hoppla.« Er winkte den Si Doak entschuldigend zu. »Tut mir leid.«

Die Si Doak sprangen aufgeregt umher und verlangten, er solle alles augenblicklich aufheben. Der Mann, dessen Wasserschlauch von einem Dornenbusch aufgerissen worden war, zeigte verärgert auf sein beschädigtes Eigentum und forderte wild schnatternd Schadenersatz.

»Ich habe gesagt, es tut mir leid«, protestierte Zedd, obwohl er ihn nicht verstand. Er bückte sich, um die nassen Decken aufzuheben. Eine hielt er in die Höhe, breitete sie zwischen seinen Armen auseinander und untersuchte sie.

»Du meine Güte. Sieh dir das an. Den Flecken kriegen wir nie wieder raus.«

10. Kapitel

»Der Ritt war anstrengend, Lord Rahl«, befand Berdine. »Ich denke, Ihr müßt Euch ausruhen. Wir sollten umkehren. Damit Ihr Euch ausruhen könnt, meine ich.«

Die massive Umwallung, die im weichen Licht der untergehenden Sonne lag, breitete sich vor den dreien wie eine breite Straße aus. Er wollte die Burg der Zauberer vor dem Dunkelwerden wieder verlassen haben. Nicht, daß das Tageslicht ihn vor gefährlicher Magie bewahrt hätte, aber irgendwie war ihm nach Einbruch der Dunkelheit in der Burg noch unheimlicher.

Raina beugte sich vor, um etwas zu sagen. »Das war deine Idee, Berdine.«

»Meine Idee? Ich habe dergleichen niemals vorgeschlagen!«

»Seid still, alle beide«, knurrte Richard.

Er dachte über das Gefühl der Magie nach, die seine Haut jucken ließ. Sie hatten ungefähr die halbe Strecke bis zur Privatenklave des Obersten Zauberers über die lange Umwallung zurückgelegt, als die deutlich spürbare, leichte Berührung der Magie auf seiner Haut zu kribbeln begann. Die beiden Mord-Sith hatten augenblicklich angehalten.

Kahlan hatte ihm von diesem Ort, der Privatenklave des Obersten Zauberers, erzählt. Sie sei früher hier auf die Mauer gestiegen, weil man von hier einen wundervollen Blick auf Aydindril hatte. Und tatsächlich, den hatte man, aber es gab hier auch die Magie mächtiger Schilde. Diese hielten jeden Eindringling von diesem kleinen Winkel der Burg der Zauberer fern.

Kahlan hatte ihm berichtet, während ihres ganzen Lebens habe kein einziger Zauberer die Kraft besessen, diese Schilde zu passieren. Viele hatten es versucht, waren aber gescheitert. Die Zauberer, die in der Burg wohnten und arbeiteten, als Kahlan heranwuchs, besaßen einfach nicht die nötige Magie, um diesen Teil zu betreten. Zedd war der Oberste Zauberer, und seit jener Zeit vor Kahlans und Richards Geburt, als er die Midlands verlassen hatte, hatte kein Mensch die Enklave des Obersten Zauberers mehr betreten.

Kahlan hatte gemeint, diese Schilde sonderten um so mehr Energie ab, je näher man ihnen komme, bis einem die Haare zu Berge stünden und man kaum noch atmen könne. Sie hatte hinzugefügt, wenn man selbst nicht genug Magie besäße, mochte es bereits tödlich wirken, den Schilden überhaupt nur zu nahe zu kommen. Richard hatte nicht die Absicht, ihre Warnungen in den Wind zu schlagen, dennoch mußte er unbedingt dort hinein.

Kahlan hatte weiterhin erklärt, man müsse seine Hand auf das kalte Metall neben der Tür legen, wozu kein ihr bekannter Zauberer je imstande gewesen sei. Richard war im Palast der Propheten auf ähnliche Schilde gestoßen, die man durch Berühren einer Metallplatte passieren konnte; soweit er wußte, war keines davon in der Lage gewesen, jemanden zu töten. Er hatte diese Schilde und auch andere in der Burg der Zauberer passieren können, für die eine Magie erforderlich war, die nur er besaß, also schloß er daraus, er sollte ebenfalls in der Lage sein, diesen zu passieren. Er mußte dort hinein.

Berdine rieb sich, durch das Kribbeln der Magie beunruhigt, die Arme. »Seid Ihr auch ganz bestimmt nicht müde? Ihr seid den ganzen langen Weg geritten.«

»So hart war der Ritt auch wieder nicht«, erwiderte Richard. »Ich bin nicht müde.«

Er war zu besorgt, um Rast zu machen. Denn er hatte geglaubt, Kahlan sei längst zurück. Ja, er war sicher gewesen, sie bei seiner Rückkehr von Berg Kymermosst zu Hause anzutreffen. Sie hätte längst zurück sein sollen.

Doch das war sie nicht.

Er würde nur bis zum Morgen warten.

»Ich bin immer noch der Meinung, wir sollten es nicht wagen«, maulte Berdine. »Wie geht es Eurem Fuß? Ihr solltet gar nicht auf den Beinen sein.«

Endlich sah Richard sie an. Sie drängte sich an seine linke Seite. Raina drängte sich an seine rechte. Beide hatten ihren Strafer in der Hand.

»Meinem Fuß geht es sehr gut, danke.« Er bewegte seinen Körper hin und her, um sie zu zwingen, ein wenig von ihm abzurücken, damit er ein wenig Platz zum Atmen bekam. »Ich brauche nur eine von Euch. Es bedeutet keinen Gesichtsverlust, wenn Ihr hierbleiben wollt. Raina kann mich begleiten, wenn Ihr nicht wollt.«

Berdine blickte ihn finster an. »Ich habe nicht gesagt, ich komme nicht mit. Ich sagte, Ihr solltet das nicht tun.«

»Ich muß. Es war nirgendwo anders. Also kann es nur hier sein. Wie ich hörte, wurden wichtige Dinge, Dinge, die nicht für jeden bestimmt waren, in der Enklave des Obersten Zauberers aufbewahrt.«

Berdine rollte mit den Schultern, um die Verspannung in ihren Muskeln zu lockern. »Wenn Ihr unbedingt hineinwollt, begleite ich Euch. Ich lasse Euch nicht alleine dort hineingehen.«

»Raina?« fragte er. »Ich brauche Euch nicht beide. Wollt Ihr hier warten?«

Als Antwort warf ihm Raina einen düsteren Mord-Sith-Blick zu.

»Also schön. Und jetzt hört zu. Ich weiß, alle Schilde hier sind gefährlich, aber mehr auch nicht. Möglicherweise unterscheiden sie sich von denen, durch die ich Euch bereits geführt habe.

Ich muß die Metallplatte dort drüben an der Wand berühren. Ihr wartet hier, während ich nachsehe, ob ich die richtige Magie besitze, um die Tür zu öffnen. Wenn sie aufgeht, kommt Ihr beide nach.«

»Das ist doch kein Trick, oder?« fragte Raina. »Ihr habt uns schon einmal reingelegt, damit wir draußen bleiben, weil Ihr verhindern wolltet, daß wir irgendwo hingehen, wo es Gefahren gibt. Mord-Sith fürchten sich vor nichts.«

Der Wind fuhr unter sein goldenes Cape. »Nein, das ist kein Trick, Raina. Die Angelegenheit ist wichtig, aber ich möchte nicht, daß ihr beide Euer Leben unnötig aufs Spiel setzt. Wenn ich die Tür öffnen kann, dann verspreche ich, nehme ich Euch beide mit. Zufrieden?«

Die beiden Frauen nickten. Richard drückte jeder von ihnen anerkennend die Schulter. Gedankenversunken zog er die Metallreifen an seinem Handgelenk zurecht, während er zu dem hochaufragenden Bollwerk hinüberstarrte, das sie am Ende der Mauer erwartete.

Ein kalter Wind schlug ihm entgegen, als er sich auf den Weg machte. Er spürte den Druck des Schildes wie das Gewicht von Wasser, wenn man auf den Grund eines Teiches taucht. Während er weiterging, stellten sich die feinen Härchen in seinem Nacken auf. Der Druck machte es schwierig, aber nicht unmöglich, Luft zu holen, genau wie Kahlan es beschrieben hatte.

Sechs gewaltige Säulen aus buntgemasertem Gestein standen zu beiden Seiten der mit Gold verkleideten Tür und stützten ein vorspringendes Gebälk aus dunklem Stein. Der Hauptbalken war mit Schmuckplatten aus Messing verziert. Im Näherkommen erkannte Richard einige derselben Symbole wieder, die er auf seinen Armbändern, am Gürtel und auf den Nieten seiner Stiefel trug. Das Fries enthielt runde Scheiben aus Metall mit anderen, eher kreisförmigen Symbolen. Die gradlinigeren Zeichen, die er am Körper trug, waren ebenfalls in den Stein des Gesimses gemeißelt.

Es beruhigte ihn, Symbole zu sehen, die er kannte, auch wenn ihm ihre Bedeutung nicht vertraut war. Er trug diese Dinge, weil er dazu gezwungen war, aus Pflichtbewußtsein und weil er ein Recht darauf hatte – er wußte, daß er dazu geboren war. Nur nicht, warum. Selbst wenn er es sich anders gewünscht hätte, so war es nun einmal. Er war ein Kriegszauberer.

Abgelenkt durch den unangenehmen Druck und das Kribbeln der Schilde, hatte er die Tür erreicht, bevor er sich dessen richtig bewußt wurde. Sie war wenigstens zwölf Fuß hoch und gute vier Fuß breit, mit Gold beschlagen und mit den gleichen symbolischen Motiven verziert.

In der Mitte befand sich ein Relief mit einem der auffälligeren Zeichen, die er am Körper trug: zwei grobe Dreiecke, umgeben und durchzogen von einer doppelten Wellenlinie. Richard legte seine linke Hand auf das Heft des Schwertes, während er das Symbol mit seiner anderen Hand betastete und seinen ovalen, gewellten Außenrand nachzeichnete.

Als er es berührte, es nachzeichnete, seinen Konturen folgte, begriff er. Die Seelen, die vor ihm das Schwert der Wahrheit benutzt hatten, gaben ihr Wissen an ihn weiter, wenn er die Klinge benutzte, allerdings übermittelten sie dieses Wissen nicht immer in Worten. In der Hitze des Gefechtes war dafür oft keine Zeit.

Manchmal erreichte es ihn in Gestalt von Symbolen: diesen Symbolen.

Dies eine hier auf der Tür, wie auch die auf seinen Armbändern, stand für eine Art Tanz, den man im Kampf gegen eine große Überzahl benutzte. Es vermittelte einem die Bewegungen des Tanzes, Bewegungen ohne Form.

Des Tanzes mit dem Tod.

Das ergab Sinn. Schließlich trug er die Kleider eines Kriegszauberers. Aus Kolos Tagebuch hatte Richard erfahren, der Oberste Zauberer zu Kolos Zeiten mit dem Namen Baraccus sei ebenfalls ein Kriegszauberer gewesen, genau wie er selbst. Für einen solchen ergaben diese Symbole einen Sinn. So wie ein Schneider eine Schere auf seine Fensterscheiben malte, auf dem Schild eines Gasthauses ein Krug zu sehen war, ein Schmied ein Hufeisen annagelte oder ein Waffenmacher Messer auslegte, waren diese Symbole die Zeichen seines Handwerks: das Bringen des Todes.

Richard merkte, daß die Angst von ihm abgefallen war. Er stand in der Burg der Zauberer, wo zuvor seine Nerven stets bis aufs äußerste gespannt gewesen waren, und schlimmer noch, er stand jetzt vor dem am besten gesicherten und abgesperrten Ort in der Burg, und doch fühlte er sich innerlich ruhig.

Er berührte das Sonnenaufgangssymbol auf der Tür. Dieses Zeichen stellte eine Warnung dar.

Bewahre dir einen alles erfassenden Blick, lasse niemals zu, daß er sich auf ein einzelnes Ding beschränkt. Das war die Bedeutung des Sonnenaufgangs: Schau überall gleichzeitig hin, betrachte nichts ausschließlich für sich allein, und lasse nicht zu, daß der Feind deinen Blick lenkt, sonst siehst du nur, was er will. Wenn dann deine Verwirrung einsetzt, wird er dich angreifen und seine Chance suchen, und du wirst unterliegen.

Statt dessen muß dein Blick offen sein für alles, was ist, darf nie zur Ruhe kommen, nicht einmal beim Schnitt. Erkenne die Schachzüge deines Feindes instinktiv, warte nicht ab, bis du sie mit den Augen siehst. Mit dem Tod zu tanzen hieß, das Schwert des Feindes und seine Schnelligkeit zu kennen, ohne abzuwarten, bis man sie sah. Mit dem Tod zu tanzen hieß, eins mit dem Feind zu sein, ohne den Blick auf ihn zu heften, um ihn töten zu können. Mit dem Tod zu tanzen bedeutete, daß man die Inkarnation des Todes war, der kam, die Lebenden niederzumähen.

Berdines Stimme wehte über die Mauer zu ihm herüber. »Lord Rahl?«

Richard sah über seine Schulter. »Was ist? Stimmt etwas nicht?«

Berdine verlagerte ihr Gewicht auf das andere Bein. »Geht es Euch gut? Ihr habt so lange dort gestanden und die Tür angestarrt. Ist alles in Ordnung?«

Richard wischte sich mit der Hand übers Gesicht. »Ja, es geht mir ausgezeichnet. Ich habe nur … ich habe mir nur alles angesehen, was auf der Tür steht, sonst nichts.«

Er drehte sich um und schlug seine Hand, ohne nachzudenken, auf die Metallplatte in der polierten grauen Marmorwand. Kahlan hatte ihm erzählt, wenn man dieses Metall berührte, war es angeblich so, als berühre man das kalte tote Herz des Hüters selbst.

Die Metallplatte wurde warm. Die goldene Tür schwenkte geräuschlos nach innen auf.

Von dahinter drang schwaches Licht heraus. Richard machte einen vorsichtigen Schritt in die Türöffnung. Wie beim Docht einer Lampe, den man langsam hochdreht, wurde das schwache Licht heller. Er tat einen weiteren Schritt, und das Licht leuchtete noch stärker.

Er ließ den Blick über die Innenseite wandern und winkte die beiden wartenden Mord-Sith heran. Welche Magie die Menschen zuvor auch daran gehindert haben mochte, sich zu nähern, jetzt war sie offenbar aufgehoben worden. Berdine und Raina konnten ihm problemlos folgen.

»Das war gar nicht so schlimm«, meinte Raina. »Ich habe nichts gespürt.«

»So weit, so gut«, gab Richard zurück.

Drinnen, oben auf Postamenten aus grünem Marmor, gab es rechts und links von ihm an der Wand angebrachte Glaskugeln, ungefähr eine Handbreit im Durchmesser. Ähnliche Glaskugeln hatte Richard bereits in den unteren Gefilden der Burg gesehen. Wie jene spendeten sie Licht.

Das Innere der Enklave des Obersten Zauberers war ein gewaltiger höhlenähnlicher Raum, der mit Steinmetzarbeiten verziert war. Vier Säulen aus poliertem Marmor, wenigstens zehn Fuß im Durchmesser, bildeten ein Quadrat, das Rundbögen stützte, die gleich hinter dem äußeren Rand einer zentralen, oben mit einem Ring aus Fenstern versehenen Kuppel standen. Zwischen jedem Säulenpaar gelangte man von dem gewaltigen Geviert in der Mitte aus in einen Gebäudeflügel. Ihm fiel auf, daß die Steinmetzarbeiten meist das Palmblattmuster wiederholten, das die goldenen Kapitelle der schwarzen Marmorsäulen schmückte. Die Marmorsäulen waren so glatt geschliffen, daß sie Bilder zurückwarfen, als seien sie aus Glas.

Fein gearbeitete Leuchter aus geschmiedetem Metall enthielten Kerzen. In fließendem Schwung geschmiedetes Eisen bildete Geländer am Rand des weitläufigen, tiefer liegenden Bodens in der Mitte.

Das war nicht das finstere Loch, das Richard erwartet hatte. Dies war ein Ort von großer Pracht, der es mit jedem aufnehmen konnte, den er je gesehen hatte. Dieser Raum war wundervoll und erfüllte ihn mit Ehrfurcht.

Der Flügel, in dem die drei standen, die Eingangshalle, schien der bei weitem kleinste der vier zu sein. Sechs Fuß hohe weiße Marmorpostamente zogen sich in langen Doppelreihen entlang eines langen roten Teppichs auf golddurchsetztem dunkelbraunem Marmor.

Die Arme um eines der Postamente gelegt, hätte Richard seine eigenen Fingerspitzen nicht berühren können. Das gerippte Faßgewölbe der Decke dreißig Fuß über ihren Köpfen ließ die mächtigen Postamente winzig erscheinen.

Auf einigen befanden sich Gegenstände, die Richard wiedererkannte: verzierte Messer, in Broschen oder am Ende von vergoldeten Ketten eingesetzte Edelsteine, ein silberner Kelch, mit Filigran verzierte Schalen und fein gearbeitete Kästchen. Vieles davon lag auf rechteckigen Deckchen mit Gold- oder Silberstickereien am Rand, andere auf Ständern, die aus einem Holz geschnitzt waren, aus dem man die Astlöcher entfernt hatte.

Auf anderen befanden sich verzogene, entstellte Gegenstände, deren Sinn er nicht begriff. Er hätte geschworen, daß sie ihre Form veränderten, sobald er sie betrachtete. Er entschied, es wäre das beste, die magischen Gegenstände nicht direkt anzusehen, und warnte die beiden anderen.

Der Flügel gegenüber, jenseits des zentralen Gevierts unter der gewaltigen Kuppel, endete an einem Rundbogenfenster, das wenigstens dreißig Fuß hoch sein mußte. Vor dem Fenster stand ein riesiger Tisch, auf dem ein Durcheinander aus Gegenständen lag: Glasgefäße, Schalen und spiralförmige Glasröhren, ein massiver, aber schlichter Kandelaber aus Eisen, der mit einer uralten Wachsschicht überzogen war, Stapel von Schriftrollen, mehrere menschliche Schädel und ein Wust aus kleineren Dingen, die Richard aus dieser Entfernung nicht erkennen konnte. Der Fußboden rings um den Tisch war mit einem ebensolchen Durcheinander übersät, dazu kamen die Gegenstände, die man übereinandergestapelt oder an den Tisch gelehnt hatte.

Der Flügel rechts lag im Dunkeln. Richard war es unangenehm, auch nur in diese Richtung zu blicken. Er beherzigte die Warnung und wandte sich nach links. Dort entdeckte er Bücher. Tausende von Büchern.

»Na also«, sagte Richard und deutete nach links. »Deswegen sind wir hergekommen. Denkt daran, was ich Euch gesagt habe. Faßt nichts an.« Er blickte kurz zu den beiden hinüber, die sich staunend mit großen Augen umsahen. »Ich meine es ernst. Ich weiß nicht, wie ich Euch retten soll, wenn Ihr hier Schwierigkeiten bekommt, weil Ihr etwas angefaßt habt.«

Die beiden Augenpaare erwiderten seinen Blick.

»Wir sind nicht so dumm, Magie herauszufordern«, sagte Raina. »Wir sehen uns nur um, das ist alles. Wir fassen bestimmt nichts an.«

»Gut. Aber ich schlage vor, daß Ihr nicht einmal etwas anseht, außer den Dingen, bei denen es unbedingt notwendig ist. Soweit ich weiß, könnte alleine das Anschauen eines Gegenstandes hier seine Magie hervorrufen.«

»Meint Ihr wirklich?« fragte Raina erstaunt.

»Was ich meine, ist: Ich möchte das nicht erst herausfinden, wenn es zu spät ist. Kommt jetzt. Bringen wir es hinter uns, damit wir wieder von hier verschwinden können.«

Seltsamerweise, und obwohl er die Worte eben erst ausgesprochen hatte und sie durchaus sinnvoll schienen, war ihm gar nicht nach Gehen zumute. So potentiell gefährlich dieser Ort seines Wissens auch war, er ertappte sich dabei, daß ihm die Enklave des Obersten Zauberers gefiel.

Berdine feixte. »Lord Rahl fürchtet sich genauso vor Magie wie wir.«

»Da täuscht Ihr Euch, Berdine. Ich kenne mich ein wenig damit aus.« Er blickte am roten Teppich entlang. »Ich fürchte mich davor mehr als Ihr.«

Zehn breite Stufen am Ende führten hinunter in das zentrale Geviert. Eine weite Fläche aus cremefarbenem Marmor bedeckte den Boden. Eine Begrenzung aus dunklerem Marmor lief in der Nähe des Randes um die Bodenfläche herum. Als Richard die unterste Stufe erreichte und sein Fuß den Boden berührte, summte dieser und begann zu leuchten. Rasch zog er sich auf den roten Teppich zurück. Das Leuchten erlosch.

»Was jetzt?« fragte Raina.

Er löste ihre Finger von seinem Arm. »Hat eine von Euch ihren Fuß auf diesen Boden gesetzt?« Die beiden schüttelten den Kopf. »Dann versucht es.«

Während Richard auf der Stufe wartete, unterzog Berdine den Fußboden einem behutsamen Test. Sie nahm ihren Fuß zurück.

»Es geht nicht. Irgend etwas hält mich zurück, bevor ich den Boden berühren kann.«

Richard trat erneut auf die Marmorfläche. Wie zuvor leuchtete und summte sie.

»Dann muß es sich um einen Schild handeln. Hier, nehmt meine Hand und versucht es noch einmal.«

Richards Hand haltend, gelang es Berdine, mit ihm zusammen die Marmorfläche zu betreten. Raina ergriff seine andere Hand und tat es ihnen nach.

»Also gut«, meinte er. »Da es sich um eine Art Schild handelt, laßt meine Hand nicht los, solange wir auf diesem Teil stehen. Wir wissen nicht, was andernfalls geschieht. Nach allem, was ich weiß, könntet Ihr geröstet werden wie Speck in der Pfanne, wenn Ihr loslaßt.«

Sie faßten fester zu. Als sie die Stufen betraten, die zum Flügel mit den Büchern hinaufführten, verstummte der Fußboden. Ohne Richard, der sie auf dem Weg nach draußen bei den Händen nahm, säßen sie in diesem Palast in der Falle und wären nicht in der Lage, durch das zentrale Geviert zurückzukehren.

Der Flügel mit den Büchern war nicht die Art Bibliothek, die er erwartet hatte. Es gab reihenweise Regale, sie befanden sich jedoch in einem vernachlässigten Zustand. Völlig beliebig lagen die Bücher übereinander gestapelt. Gesteinsbrocken dienten als Stützen für die wenigen, die in dem Chaos aufrecht standen.

Da und dort waren sie zu Bergen aufgeschichtet, als habe sie jemand aus den Regalen gezogen und sie einfach auf einen Haufen geworfen. Die meisten waren zugeklappt, eine beträchtliche Anzahl jedoch lag offen da, manche mit dem Gesicht nach oben, manche mit dem Gesicht nach unten. Aber das war nicht die größte Überraschung.

Überall, so schien es, hatte man Bücher auf dem Fußboden zu Stapeln aufgetürmt. Einige der Stapel waren klein, vielleicht drei oder vier Fuß hoch, sehr viel mehr jedoch bildeten hohe Büchersäulen. Einige der unregelmäßigen Stapel ragten zwölf oder vierzehn Fuß in die Höhe. Sie sahen aus, als brauchte man nur Luft zu holen, um sie zum Einsturz zu bringen. Die Büchersäulen standen überall und bildeten eine Art Irrgarten. Richard konnte sich beim besten Willen nicht erklären, wieso man die Bücher so unordentlich aufgetürmt hatte, und das Ganze erschien ihm so rätselhaft, daß ihm der Schweiß ausbrach.

Richard faßte die beiden Frauen am Arm. »Mein Großvater hat mir erzählt, es gebe Bücher in der Burg der Zauberer, die äußerst gefährlich sind. Kahlan hat mir erzählt, die bedrohlichsten Dinge würden hier drinnen aufbewahrt, wo niemand an sie herankommt, nicht einmal die ihr bekannten Zauberer.«

Berdine sah ihn an. »Soll das heißen, Ihr glaubt, die Bücher selbst könnten gefährlich sein? Nicht bloß das Wissen in ihnen, sondern tatsächlich das Papier selbst?«

Richard mußte an die Beschreibung jenes Buches denken, das Schwester Amelia benutzt hatte, um die Pest auszulösen. »Ich bin mir nicht sicher, aber wir täten gut daran, sie so zu behandeln. Seht Euch um, aber faßt nichts an.«

Berdine legte die Stirn in Falten und machte ein zweifelndes Gesicht. »Ich sehe alleine Tausende von Büchern hier herumstehen, Lord Rahl. In den Zwischengängen gibt es bestimmt noch mehr. Wir werden Wochen brauchen, bis wir das Gesuchte gefunden haben – wenn es sich überhaupt hier befindet.«

Richard atmete tief durch. Berdine hatte recht. So viele Bücher hatte er nicht erwartet. Er hatte angenommen, daß die meisten in den Bibliotheken standen und es hier nur einige wenige gäbe.

»Wenn Ihr vor dem Dunkelwerden wieder draußen sein wollt, bleibt uns nicht viel Zeit«, sagte Raina. »Aber ebensogut können wir morgen wiederkommen und ganz früh anfangen.«

Allmählich wurde Richard ein wenig bange angesichts der vor ihnen liegenden Aufgabe. »Dann müssen wir eben bis nach Einbruch der Dunkelheit bleiben. Wenn es sein muß, die ganze Nacht.«

Raina rollte ihren Strafer zwischen den Fingern. »Ganz wie Ihr meint, Lord Rahl.«

Richard verlor den Mut, als er dastand und auf den Wald aus Büchern starrte. Was er benötigte, war Wissen, eine Suche nach einer Nadel im Heuhaufen konnte er nicht gebrauchen. Wenn er nur Magie einsetzen könnte, um diese eine Nadel zu finden.

Untätig rückte er die Bänder an seinem Handgelenk zurecht. Unter seinen Fingern spürte er das Sonnenaufgangssymbol auf einem von ihnen.

Schaue, ohne deinen Blick auf etwas Bestimmtes zu richten.

»Ich habe eine Idee«, sagte er. »Wartet hier. Ich bin gleich wieder da.«

Richard ging zu den Säulen zurück. Er trat an eine heran, auf der eine gesprungene Schale aus Glas auf einem großen Rechteck aus schwarzem Stoff stand.

»Wozu soll das gut sein?« fragte Raina, als er zurückkam und ihnen den Stoff zeigte.

»Es gibt zuviel zu sehen. Ich werde es als Augenbinde benutzen, damit ich nicht all die Dinge sehe, die ich nicht sehen will.«

Berdine zog ein ungläubiges Gesicht. »Wenn Ihr die Augen verbunden habt, wie wollt Ihr dann den Gegenstand finden, den wir suchen?«

»Mit Magie. Ich will versuchen, mich von der Magie leiten zu lassen. Manchmal funktioniert es so – über das Verlangen. All diese Bücher zusammen sind viel zu verwirrend. Wenn ich die Augen verbunden habe, werde ich sie nicht sehen und imstande sein, das eine zu spüren, das ich suche. Hoffe ich wenigstens.«

Rainas Blick wanderte staunend über die Unmenge von Büchern hinweg. »Na ja, Ihr seid Lord Rahl. Ihr besitzt Magie. Wenn eine Chance besteht, uns zu ersparen, die ganze Nacht hier zu verbringen, würde ich sagen, probiert es.«

Richard legte das schwarze Tuch über seine Augen und verknotete die Enden hinter seinem Kopf. »Führt mich einfach nur, und achtet darauf, daß ich nirgendwo anstoße. Und vergeßt nicht, daß Ihr ebenfalls nichts berühren dürft.«

»Was uns anbetrifft, könnt Ihr ganz unbesorgt sein, Lord Rahl«, erwiderte Raina. »Wir haben nicht die Absicht, hier irgend etwas anzufassen.«

Nachdem er sich die Augen verbunden hatte, drehte Richard seinen Kopf nach rechts und links, um sich zu vergewissern, daß er nichts mehr sehen konnte. Mit einem Finger rieb er über das Sonnenaufgangssymbol auf seinem Armband.

Seine Welt war stockdunkel. Er versuchte den Ort seines inneren Friedens, der inneren Ruhe zu finden, wo seine Gabe beheimatet war.

Wenn die Pest durch Magie aus dem Tempel der Winde gekommen war, dann hatten sie vielleicht eine Chance, sie aufzuhalten. Wenn er nichts unternahm, würden unzählige Tausende Menschen sterben.

Er brauchte dieses Buch.

Er mußte an den Jungen denken, den er hatte sterben sehen. An das kleine Mädchen Lily, das ihm von der Schwester der Finsternis erzählt hatte, die ihm das Buch gezeigt hatte. So hatte die Pest angefangen. Das wußte er.

Dieses nette Kind hatte die Male gehabt. Richard hatte sich nicht danach erkundigt, aber er wußte, daß sie inzwischen nicht mehr lebte. Er ertrug es nicht nachzufragen.

Er brauchte dieses Buch.

Er setzte einen Fuß vor. »Berührt mich vorsichtig mit den Fingern, wenn ich Gefahr laufe, gegen etwas zu stoßen. Versucht kein Wort zu sagen, doch wenn Ihr müßt, habt keine Angst, laut und deutlich zu sprechen.«

Er spürte, wie ihre Finger ihn leicht am Arm berührten, sobald er einen Schritt machte. So lenkten sie ihn und verhinderten, daß er, während er sich immer tiefer in den Irrgarten vorarbeitete, vor die hochaufragenden Büchertürme lief.

Richard wußte nicht, auf welches Gefühl er warten sollte. Er wußte nicht, ob es Magie war, eine Ahnung oder seine Phantasie, die ihn leitete. Die Art, wie er vor und zurück durch die Gänge ging und sich zwischen den Stapeln hindurchschlängelte, ließ ihn befürchten, daß ihm seine Phantasie einen Streich spielte. Er gab sich Mühe, die Dinge zu ignorieren, die seine Gedanken abschweifen ließen.

So versuchte er sich auf das Buch zu konzentrieren und auf sein Bedürfnis, es zu finden.

Er glaubte, sich besser konzentrieren zu können, wenn er an die kranken Kinder dachte. Sie brauchten ihn. Sie waren hilflos.

Richard merkte, wie er mit einem Ruck stehenblieb. Er fragte sich, warum. Er wandte sich nach links, als er dachte, er werde rechts abbiegen müssen. Das mußte die Gabe sein. Dann war das Gefühl verschwunden. Er sammelte abermals seine Konzentration.

Die beiden Mord-Sith griffen beherzt nach seinem Arm, damit er stehenblieb. Er verstand. Noch ein Schritt, und er wäre mit einem Stapel zusammengestoßen.

Er fragte sich noch, in welche Richtung man ihn drehen werde, als er sich dabei ertappte, wie er in die Hocke ging und die Hand ausstreckte.

»Vorsicht«, warnte Berdine leise. »Der Stapel ist hoch und kippelig. Seid vorsichtig, sonst stoßt Ihr ihn um.«

Richard nickte. Er wollte sich nicht dadurch ablenken, daß er mit Worten antwortete. Er richtete alle Aufmerksamkeit darauf, das Ziel seines Verlangens zu erspüren. Es war ganz nahe. Seine Finger streiften ganz leicht über die Bücher, fuhren am Stapel nach unten, berührten manchmal den Rücken und dann wieder die Seiten, wenn sie andersherum lagen.

Auf einem Buchrücken machten seine Finger halt.

»Dieses hier.« Er tippte auf den Ledereinband. »Dies hier. Was steht dort?«

Berdine stützte sich mit einer Hand auf seinem Oberschenkel ab und beugte sich vor. »Es ist auf Hoch-D'Haran. Irgendwas über den Tempel der Winde – *›Tagenricht ost fuer Mosst Verlaschendreck nich Greschlechten.‹«*

»Tempel der Winde – Untersuchung und Verfahren«, übersetzte Richard im Flüsterton. »Das ist es.«

11. Kapitel

Atme, sagte die Sliph.

Kahlan stieß die seidige Substanz aus und sog die fremdartige Luft tief in die Lungen. Der düstere Raum des Brunnens der Sliph unten in der Burg der Zauberer wirbelte um sie herum. Schließlich kam das Gestein der Wände und des Fußbodens zur Ruhe. Die Kuppel oben schien ihre Drehung zu verlangsamen.

Eine Überraschung erwartete sie.

Den Stuhl nach hinten gekippt, die Füße auf den Tisch gelegt, saß dort eine in rotes Leder gekleidete Gestalt. Kahlan hockte sich an den Brunnenrand und ließ die Beine baumeln, während sie versuchte, ihre Gedanken zu ordnen.

Die Vorderbeine des Stuhls landeten mit einem dumpfen Knall auf dem Boden. »Sieh an, sieh an, die umherwandernde Mutter Konfessor kehrt endlich nach Hause zurück.«

Kahlan sprang hinunter auf den Fußboden. Fast hätte sie das Gleichgewicht verloren, so sehr kreiste und schwankte er.

»Cara, was macht Ihr hier unten?«

Cara stützte Kahlan. »Ihr solltet Euch setzen, bis Ihr wieder sicher stehen könnt.«

»Mir geht es gut.« Kahlan sah kurz über ihre Schulter in das silberne Gesicht hinter ihr. »Danke, Sliph.«

»Willst du reisen?« Die unheimliche Stimme hallte lange von den Wänden und der Kuppel wider.

»Nein, ich bin fürs erste genug gereist. Ich werde hierbleiben.«

»Rufe mich, wenn du reisen möchtest, und wir werden reisen. Du wirst zufrieden sein.«

»Ich weiß nicht recht«, murmelte Kahlan, als die Sliph in ihren Brunnen zurückzuschmelzen schien.

»Eine ganz schön schaurige Gesellschaft, vor allem hier unten«, meinte Cara. »Mich hat sie auch eingeladen, mit ihr zu reisen, und dann wandte sie jedoch ein, ich besäße nicht die erforderliche Magie. Sie kommt heraus und starrt einen mit diesem unheimlichen Lächeln an.«

»Was tut Ihr hier unten, Cara?«

Cara lehnte Kahlan an den Brunnen der Sliph. Sie warf ihr einen äußerst befremdeten Blick zu und schüttelte den Kopf.

»Nachdem Lord Rahl Euern Brief gelesen hatte, brauchte er nicht lange, um herauszufinden, was Ihr getan hattet. Berdine erzählte ihm, Ihr hättet uns hierhergebracht, um nach dem Buch mit den Aufzeichnungen über die Verhandlung zu suchen. Er kam hier herunter, aber die Sliph wollte ihm nicht verraten, wohin sie Euch gebracht hatte.

Lord Rahl befand, jetzt, da er wisse, daß die Sliph nicht, wie angenommen, schläft, sei es nicht mehr sicher, sie unbewacht zu lassen. Er meinte, andere könnten durch sie hindurch den Weg hierher finden, wie diese Schwester und Marlin.«

Daran hatte Kahlan noch gar nicht gedacht – daß noch einer von Jagangs Günstlingen mit Hilfe der Sliph nach Aydindril gelangen könnte. Loyalität war für dieses Wesen offenbar ein Fremdwort. Sie reiste mit jedem, der den geforderten Preis an Magie bezahlen konnte.

»Und anschließend hat Richard Euch hier zurückgelassen?«

»Er sagte, er könne nicht die ganze Zeit hier unten bleiben, um auf die Sliph aufzupassen.« Cara reckte stolz das Kinn in die Höhe. »Daher müsse ständig eine Mord-Sith den Brunnen bewachen, da wir die Kraft haben, jemanden aufzuhalten, der Magie besitzt. Der jeweilige Lord Rahl hat die Mord-Sith stets dazu benutzt, sich vor Magie zu schützen.«

Die Zauberer aus alter Zeit hatten offenbar das gleiche Problem mit der Sliph gehabt und hatten Zauberer wie Kolo zur Wache hiergelassen. Laut dessen Tagebuch war manchmal der Feind durch die Sliph eingedrungen. Und nur die schnelle Reaktion des Wachhabenden hatte eine Katastrophe verhindert.

»Soll das heißen, er hat Euch nur nach hier unten gebracht und Euch dann allein gelassen?«

»Nein. Er hat stundenlang gesucht, bis er einen Weg ohne Magie gefunden hat, damit wir ohne seine Hilfe herkommen können. Er wollte uns nicht eine nach der anderen runterbringen müssen, sobald wir an der Reihe waren, außerdem sollten wir hier unten nicht in der Falle sitzen. Wir müssen uns in Schichten abwechseln. Das gefällt mir gar nicht, denn eigentlich sollten wir in Lord Rahls Nähe sein und ihn beschützen und nicht dieses… silberne Etwas, aber vermutlich beschützen wir Lord Rahl dadurch ebenfalls, also erklärte ich mich einverstanden.«

Schließlich stand Kahlan wieder sicher auf den Beinen. »Hätten wir gewußt, daß die Sliph wach ist, und hätten wir sie vorher schon bewacht, hätte Marlin überhaupt nicht kommen und versuchen können, Richard zu ermorden, und die Schwester hätte die Pest nicht auslösen können.«

Kahlans Brust schnürte sich zusammen, und das heiße, heftige Gefühl plötzlich hochschießender Qual versetzte ihr einen Stich. Sie hätten das alles verhindern können. All die fürchterlichen Dinge, die sie herausgefunden hatte, hätten in diesem Fall weder die Menschen noch ihre Welt oder ihre Liebe bedroht. Ihr wurde schwindelig, als ihr plötzlich klar wurde, welche Chance sie vertan hatten.

»Außerdem wollte Lord Rahl, daß wir warten, bis Ihr von der Hexe zurückkehrt, nur falls Ihr Hilfe braucht.«

»Richard wußte, wohin ich gereist bin?«

»Die Sliph wollte es ihm nicht verraten, aber er meinte, er wisse es ohnehin. Er war sicher, Ihr wärt zur Hexe gegangen.«

»Er wußte es und ist mir nicht gefolgt?«

Cara zog ihren langen Zopf über ihre Schulter. »Ich war selbst überrascht. Ich fragte ihn, warum er Euch nicht nachreisen wolle. Er meinte, er liebe Euch, aber Ihr wärt nicht sein Eigentum.«

»Tatsächlich? Das hat Richard gesagt?«

»Ja.« Ein spöttisches Schmunzeln machte Caras Lippen schmal. »Ihr habt ihn gut abgerichtet, Mutter Konfessor. Meine Hochachtung. Dann hat er gegen einen Stuhl getreten. Ich glaube, er hat sich am Fuß verletzt, allerdings bestreitet er das.«

»Demnach ist Richard also wütend auf mich?«

Cara verdrehte die Augen. »Wir reden hier über Richard, Mutter Konfessor. Der Mann ist vollkommen vernarrt in Euch. Er wäre Euch nicht einmal böse, wenn ihr ihm sagtet, er solle Nadine an Eurer Stelle heiraten.«

Kahlan zuckte zusammen, als sie erneut ein quälender Stich durchfuhr. »Wie kommt Ihr gerade darauf?«

Cara runzelte die Stirn. »Ich wollte damit nur sagen, er könnte Euch, was auch geschieht, niemals böse sein. Darüber solltet Ihr Euch freuen und nicht zusammenzucken, als hätte ich Euch einen Stoß mit dem Strafer versetzt. Er liebt Euch, Mutter Konfessor. Zwar ist er krank vor Sorge, aber böse ist er Euch nicht.«

»Und was ist mit dem Stuhl, gegen den er getreten hat?«

Cara streichelte ihren langen blonden Zopf und schmunzelte erneut. »Er hat behauptet, der Stuhl habe ihm einen guten Grund gegeben.«

»Verstehe.« Caras Sinn für Humor konnte Kahlan kaum aufheitern. »Wie lange war ich fort?«

»Nicht ganz zwei Tage. Ich erwarte, daß Ihr mir verratet, wie es Euch gelungen ist, an den d'Haranischen Posten draußen an der Brücke vorbeizukommen.«

»Es hat geschneit. Sie haben mich nicht gesehen.«

Cara machte nicht den Eindruck, als glaubte sie das. Sie sah Kahlan abermals mit diesem seltsamen Blick an.

»Und, habt Ihr diese Hexe umgebracht?«

»Nein.« Kahlan wechselte das Thema. »Was hat Richard getan, während ich fort war?«

»Also, zuerst bat er die Sliph, ihn zum Tempel der Winde zu bringen. Sie erwiderte, sie kenne diesen Ort nicht und könne ihn nicht dorthin bringen, also ist er zum Berg Kymermosst hinaufgeritten –«

»Er ist dort gewesen?« Kahlan packte Cara am Arm. »Was hat er gefunden?«

»Nichts. Er meinte, dort gebe es nichts. Der Tempel der Winde habe früher einmal dort gestanden, sei aber jetzt verschwunden.«

Kahlan ließ Cara wieder los. »Er ist zum Berg Kymermosst hinaufgeritten und schon wieder zurück?«

»Ihr kennt doch Lord Rahl. Wenn er sich etwas in den Kopf setzt, läßt er nicht mehr locker. Die Männer, die ihn begleiteten, berichteten, sie seien forsch geritten. Sie hätten wenig geschlafen und seien den größten Teil der Nacht unterwegs gewesen. Lord Rahl erwartete Euch gestern abend zurück und wollte Euretwegen wieder hier sein. Jedesmal, wenn es so schien, als wollte er es sich anders überlegen, las er Euren Brief noch einmal durch und begann dann stattdessen, unruhig auf und ab zu gehen.«

»Vermutlich war mein Brief ein wenig heftig«, sagte Kahlan und senkte den Blick zu Boden.

»Lord Rahl hat ihn mir gezeigt.« Caras Gesicht verriet keine Regung. »Manchmal muß man den Männern drohen, sonst kommen sie noch auf die Idee, sie hätten das Sagen. Mit Euren Drohungen habt Ihr ihm diese Idee ausgetrieben.«

»Ich habe ihm nicht gedroht.« Kahlan fand, daß ihr Ton zu sehr nach einem Geständnis klang.

Cara sah ihr einen Moment lang in die Augen. »Wahrscheinlich habt Ihr recht. Offenbar hat der Stuhl Lord Rahl tatsächlich einen guten Grund gegeben, so wie er sagte.«

»Ich habe getan, was ich tun mußte. Richard wird Verständnis dafür zeigen. Ich sollte jetzt besser zu ihm gehen und es ihm erklären.«

Cara deutete nach hinten auf die Tür. »Ihr habt ihn gerade verpaßt. Eben war er noch hier.«

»Er war hier, um zu sehen, ob ich schon zurück bin? Er muß krank vor Sorge sein.«

»Berdine erzählte ihm von dem Buch, nach dem Ihr sucht. Er kam her und hat es gefunden.«

Kahlan kniff verwundert die Augen zusammen. »Er hat es gefunden? Aber wir haben doch überall nachgesehen. Es war nicht da. Wie hat er es denn entdeckt?«

»Er ging an einen Ort, den er die Enklave des Obersten Zauberers nannte. Dort hat er es gefunden.«

Kahlan fiel die Kinnlade herunter. »Er hat die Enklave des Obersten Zauberers betreten? Alleine, ohne mich? Er hätte dort nicht hineingehen dürfen! Der Ort ist viel zu gefährlich!«

»Ach, ja?« Cara verschränkte die Arme. »Ihr würdet natürlich niemals etwas so Törichtes tun und es Euch in den Kopf setzen, loszurennen und ganz alleine einen gefährlichen Ort aufzusuchen? Vielleicht solltet Ihr Lord Rahl für sein unbeherrschtes Betragen einen Tadel erteilen, wo Ihr doch so besonnen und über derart leichtfertiges Benehmen erhaben seid.«

Das Echo von Caras Stimme stand noch unangenehm lange im Raum, bevor es verklang. Kahlan hatte begriffen. Richard hatte zwar exakt das getan, um was sie ihn gebeten hatte, und war ihr nicht gefolgt, dafür hatte Cara es versucht. Obwohl sie Magie nicht ausstehen konnte, hatte sie Kahlan beschützen wollen.

»Cara«, sagte sie mit besänftigender Freundlichkeit in der Stimme, »tut mir leid, daß ich Euch hinters Licht geführt habe.«

Die Mord-Sith zuckte die Achseln, zeigte sich aber weiterhin ungerührt. »Ich bin nur eine Bewacherin. Ihr seid mir zu nichts verpflichtet.«

»Doch, das bin ich. Ihr seid nicht nur eine ›Bewacherin‹, unsere

Beschützerin, sondern weit mehr als das. Ich betrachte Euch als meine Freundin. Ihr seid eine Schwester des Strafers. Ich hätte Euch in meinen Plan einweihen sollen, nur fürchtete ich, Richard wäre dann böse auf Euch geworden, weil Ihr mich nicht daran gehindert habt. Das wollte ich nicht.«

Cara schwieg. Noch immer zeigte sie keinerlei Regung. Kahlan brach das bedrückende Schweigen. »Tut mir leid, Cara. Wahrscheinlich hatte ich Angst, Ihr würdet versuchen, mich aufzuhalten. Ich habe Euch hinters Licht geführt. Ihr seid eine Schwester des Strafers. Natürlich hätte ich Euch ins Vertrauen ziehen sollen. Ich habe einen Fehler gemacht, Cara. Bitte verzeiht mir.«

Endlich ging ein Lächeln über Caras Gesicht. »Wir sind Schwestern des Strafers. Ich verzeihe Euch.«

Kahlan brachte ein dünnes Lächeln zuwege. »Was meint Ihr, ist Richard ebenso verständnisvoll wie Ihr?«

Cara gab ein amüsiertes Grunzen von sich. »Na ja, Ihr habt die besseren Möglichkeiten, ihn zu überzeugen, damit er Euch vergibt. Es ist nicht schwer, den finsteren Blick eines Mannes aufzuhellen.«

»Wenn ich bloß gute Neuigkeiten brächte, um ihn ein wenig aufzuheitern, aber leider ist das nicht der Fall.« Sie hielt in der Tür inne. »Was hat Nadine in meiner Abwesenheit angestellt?«

»Na ja, die meiste Zeit war ich hier unten und habe die Sliph bewacht, nach dem allerdings, was ich mitbekommen habe, hat sie das Personal mit Kräutern versorgt, damit die Menschen sich schützen und damit den Palast ausräuchern können. Gut, daß der Palast größtenteils aus Stein gebaut ist, sonst wäre er wahrscheinlich längst abgebrannt. Sie hat sich mit Drefan beraten und ihm geholfen, dem Personal und all den anderen zu sagen, was sie zu tun haben.

Lord Rahl bat sie, Kräuterhändler und ähnliche Leute aufzusuchen und zu überprüfen, ob es sich um ehrliche Leute handelte oder um Scharlatane, die den Menschen, die Angst um ihr Leben haben, nur das Geld aus der Tasche ziehen wollen. Augenblicklich scheinen in der Stadt schamlose Quacksalber aus dem Boden zu schießen wie frisches Gras in der warmen Sonne. Nadine erstattet Lord Rahl zwar ebenfalls Bericht, er war allerdings die meiste Zeit fort. Und da sie offenbar emsig bemüht ist, den Menschen zu helfen, waren ihre Besuche seit seiner Rückkehr kurz.«

Kahlan schlug mit der Faust gegen die Türfüllung.

»Danke, Cara.« Sie sah der anderen Frau in die blauen Augen. »Hier unten gibt es Ratten. Habt Ihr bestimmt keine Angst?«

»Es gibt Schlimmeres als Ratten.«

»Das ist allerdings wahr«, erwiderte Kahlan leise.

12. Kapitel

Es war spät, und in der Dunkelheit erkannten die Menschen auf der Straße sie nicht. Da sie ohne ihre übliche Eskorte unterwegs war, hatte niemand Grund, ein zweites Mal hinzuschauen und anzunehmen, es handele sich um die Mutter Konfessor, die sich unter sie mischte. Das war auch gut so. Es gab Leute, die der Mutter Konfessor Übles wollten. Meist hielten sich die Menschen zu ihr und allen anderen auf Distanz, weil sie hofften, sich dadurch die Pest vom Leib zu halten.

Wie Cara erzählt hatte, wimmelte es von betrügerischen Straßenhändlern, die Arzneien verkauften, mit denen man angeblich die Pest abwenden oder seine Lieben, die bereits von der Krankheit befallen waren, heilen konnte. Andere schlenderten mit von Schulterriemen gehaltenen Tabletts durch die Straßen, auf denen säuberlich geordnet Amulette lagen, die magisch gegen die Pest wirkten. Kahlan erinnerte sich, vor nicht allzu langer Zeit gesehen zu haben, wie dieselben Leute eben diese Amulette als Magie verkauft hatten, mit deren Hilfe man einen Gatten oder eine Gattin finden oder eine untreue Gemahlin verzaubern konnte. Alte Frauen mit kleinen zweirädrigen Karren oder einfachen Verkaufsständen aus Holz verkauften geschnitzte, mit einem Bann versehene Plaketten, die man sich über die Tür des Hauses hängte, als sichere Methode, die verhinderte, daß die Pest Einlaß in besagtes Haus fand. Selbst die Händler für Fleisch und Gemüse verkündeten lauthals die stärkenden Eigenschaften ihrer Waren sowie deren Bedeutung für den Erhalt lange währender Gesundheit – selbstverständlich nur bei regelmäßigem Verzehr.

Kahlan hätte Soldaten ausgesandt, um diesen Schwindlern das

Handwerk zu legen, aber derartige Eingriffe würden die Kunden wahrscheinlich als gegen sich gerichtete Maßnahme auffassen. Versuchte sie, die Armee einzusetzen, um solch törichte Praktiken zu unterbinden, würden die verzweifelten Menschen bald Geschichten über die Mächtigen zurechtspinnen, die die Heilmittel angeblich verbieten wollten, damit die anständigen, arbeitenden Leute an der Pest erkrankten. Allem gesunden Menschenverstand und gegenteiligen Beweisen zum Trotz waren viele davon überzeugt, daß die Mächtigen ständig Pläne ersannen, um Unheil über sie zu bringen. Wenn sie nur wüßten, wie die Wirklichkeit aussah.

Unterband Kahlan den Verkauf dieser Dinge, würden die ›Heilmittel‹ heimlich verkauft werden – zu einem höheren Preis. Ganz gleich, wie unhaltbar die Versprechungen dieser Heilmittel waren, an ihrer angeblichen Wirksamkeit wurde nicht gezweifelt.

Das Erste Gesetz der Magie: Die Menschen glaubten jede Lüge, entweder, weil sie glauben wollten, daß sie wahr sei, oder weil sie befürchteten, sie könnte es sein. Diese Menschen waren verzweifelt, und ihre Verzweiflung würde noch wachsen. Viele wollten mit aller Gewalt an irgend etwas glauben.

Kahlan versuchte sich vorzustellen, was sie tun würde, wenn Richard die Pest befiele. Würde sie in ihrer Verzweiflung Hoffnung auf derartige Roßtäuscherei setzen und gegen alle Vernunft darauf hoffen, dergleichen könnte ihn retten? Manchmal blieb den Menschen nichts weiter als die Hoffnung. So unbegründet sie auch war, Kahlan durfte sie ihnen nicht nehmen. Hoffnung war alles, was sie hatten, alles, woran sie sich noch festhalten konnten.

Es war an Kahlan und Richard, diesen Menschen zu helfen.

Als sie auf der Suche nach Richard durch den vertrauten Prunk des Palastes der Konfessoren lief, blieb Kahlan an der offenstehenden Doppeltür eines großen Saales stehen, der für offizielle Empfänge benutzt wurde. Der Saal war in einem beruhigenden Blau gestrichen, dunkelblaue Gardinen hingen von den hohen, schmalen Fenstern. Der Fußboden aus Granit wies ein Sonnenaufgangsmuster aus dunklerem und hellerem Stein auf, das sich strahlenförmig von der Mitte ausbreitete. Lampen auf Tischen aus Kirschholz an den Längsseiten des Raumes tauchten diesen in ein weiches Licht. Auf den Beistelltischen, auf denen manchmal kleine Speisen für die Gäste angerichtet wurden, stand jetzt eine stattliche Anzahl von Kerzen.

Drefans Stimme hatte Kahlans Aufmerksamkeit erregt. Rechts, vor dem Tisch mit den Kerzen, sprach er zu vielleicht fünfzig oder sechzig Personen. Diese hockten mit übereinandergeschlagenen Beinen vor ihm auf dem Fußboden und lauschten gespannt seinen Ausführungen darüber, wie man die Gesundheit stärkte und dem Körper dadurch seine Kraft bewahrte, daß man in Verbindung mit dem inneren Selbst blieb.

Die meisten nickten gedankenversunken, während Drefan sich über Menschen ausließ, die der Krankheit Tür und Tor öffneten, indem sie ihren Körper mit ungesunden Gedanken und Taten verunreinigten. Er erklärte ihnen, der Schöpfer habe sie mit der Fähigkeit ausgestattet, sich vor Krankheiten wie der Pest zu schützen, vorausgesetzt, sie verhielten sich nur wie von der Natur vorgesehen und verzehrten die richtige Nahrung, und zwar eine solche, die die ihren Körper kräftigenden Auren stärkte; des weiteren sollte man die Methode der inneren Einkehr benutzen, um die Wirkung der unterschiedlichen Energiefelder im Einklang mit dem Ganzen auf ihre eigentliche Aufgabe zu lenken.

Vieles von dem, was er sagte, ergab Sinn: das Meiden jeglichen Essens, von dem man wußte, daß man davon Kopfschmerzen bekam, weil es die Fähigkeit des Geistes, den Körper zu regulieren, störte; das Meiden schwerer Speisen kurz vor dem Schlafengehen, weil dadurch dem Körper jene Ruhe vorenthalten wurde, die er benötigte, um sich zu erholen; die Dinge, die die Auren zerstörten, welche uns Kraft gaben und unsere Gesundheit förderten.

Die Menschen staunten ganz offen, wie Drefan es schaffte, ihnen das alles so leicht verständlich zu erklären. Sie redeten, als seien sie blind gewesen, und nun habe ihnen jemand zum ersten Mal die Augen geöffnet. Verblüfft verfolgten sie, wie er ihnen des weiteren erklärte, wir besäßen in uns die Kraft, den Körper zu beherrschen, und Krankheiten könnten uns nur deshalb quälen, weil wir es zuließen. Er sprach von Kräutern, die den Körper von Giften reinigten und die den Menschen vielleicht zum allerersten Mal seit seiner Geburt wirklich gesund machten.

Diese Menschen lauschten nicht dem Bruder von Lord Rahl, sie lauschten Drefan Rahl, dem Hohenpriester der Raug'Moss.

Wie ein Mann befolgten sie die Anweisungen des Hohenpriesters, als dieser von ihnen verlangte, die Augen zu schließen und den Odem des Lebens und die Dämpfe der Gesundheit unter Einsatz der Bauchmuskeln durch die Nase zu atmen, bis tief hinein in ihren innersten Kern. Er erläuterte, wie man die Luft bis ganz tief unten an die Quelle der Kraft der einzigartigen Aura jedes einzelnen führte, wie man die Gifte aus den entlegensten, dunkelsten Winkeln ihres Seins hervorholte und sie durch den Mund nach außen stieß, wo sie gegen einen kräftigenden Atemzug des Lebens ausgetauscht wurden, der wiederum durch die Nase eingesogen wurde.

Vermutlich, dachte Kahlan, war es besser, wenn diese Leute zu Drefan kamen und um einen Rat baten, der vielleicht sogar ein wenig half – zumindest klang das alles so, als könnte es keinen Schaden anrichten –, anstatt ihr Erspartes im Tausch gegen falsche Hoffnungen zu den Betrügern auf der Straße zu tragen. Mit Hilfe von vernünftiger Ernährung und genügend Ruhe den Bedürfnissen des eigenen Körpers gerecht zu werden, schien ein solider Rat.

Während sie alle langsam durch ihre Nasen einatmeten, drehte Drefan den Kopf und richtete seinen Darken-Rahl-Blick auf Kahlan. Er sah sie mit seinem freundlichen Lächeln an, das wohlwollend in seinen blauen Augen funkelte. Sie konnte verstehen, warum diese Menschen ihm vertrauten, und zwang sich, mit einem dünnen Lächeln zu antworten.

Kahlan mußte daran denken, wie sie sich mit Shota über die Schwierigkeit unterhalten hatte, unerfreuliche Erinnerungen aus dem Gedächtnis zu verbannen. Wenn sie nur seine Hand zwischen Caras Beinen vergessen könnte.

Drefan versuchte, den Menschen zu helfen. Er tat alles in seiner Macht Stehende, um die Pest aufzuhalten. Er war ein großartiger Heiler – der Hohepriester der Raug'Moss. Sie versuchte, das Bild, wie er diese kranken Kinder tröstete, an die Stelle der Erinnerung an jene große Hand zu setzen, die er Cara gewaltsam zwischen die Beine geschoben hatte.

Drefan hatte seinerzeit erklärt, warum er Cara das angetan hatte. Er hatte Cara das Leben gerettet – einer Mord-Sith, die erst vor Schmerzen geschrien und dann das Bewußtsein verloren hatte. Drefan hatte sie zurückgeholt. Für Richard hatte er etwas Tröstliches an sich, wie für jeden anderen auch. Kahlan brach den Blickkontakt mit ihm ab und setzte ihre Suche nach Richard fort.

Tristan Bashkar, der jaranische Botschafter, der im Palast der Konfessoren wohnte und der, bevor er kapitulierte, auf ein weiteres Zeichen von den Sternen, auf ein weiteres Wort von oben wartete, blieb an einem Balkon stehen, als sie unten vorüberkam. Wie es seine Gewohnheit war, zog er seinen Rock ein wenig zurück und legte seine Hand auf die Hüfte. Dadurch stellte er den gemeinen Dolch zur Schau, den er an seinem Gürtel trug. Oftmals setzte er während eines Gespräches auch einen Stiefel auf einen Stuhl und stützte, als sei es nicht beabsichtigt, seinen Unterarm auf das Knie. Damit enthüllte er denen, die sich mit ihm unterhielten, auch das Messer, das er in seinem Stiefel trug.

Je häufiger sie Tristan, der sie stets aus seinen verschlagenen Augen musterte, im Palast sah, desto mehr mißfiel ihr seine Anwesenheit. Kahlan kannte keinen Mann, der sich kindischer aufführte.

Schweigend verfolgte Tristan, wie sie eilig ihres Weges ging. Kahlan war froh, daß er oben auf dem Balkon stand. Somit mußte sie keine Zeit damit vergeuden, sich mit ihm herumzustreiten.

Ulic und Egan warfen Kahlan einen seltsamen Blick zu, als diese sie grüßte, bevor sie hastig durch die Tür des kleinen Zimmers verschwand, in dem Richard gerne Kolos Tagebuch studierte. Er saß da, den Kopf in den Händen, die Finger in seinem Haar vergraben, und las in einem anderen Buch, das aufgeschlagen auf dem Tisch lag. Zwei Kerzen und eine Lampe auf dem Tisch neben ihm spendeten Licht, und ein kleines, wohlriechendes Feuer aus Birkenscheiten wärmte das gemütliche Zimmer. Sein Cape hing über einem Stuhl ganz in der Nähe, sein Schwert jedoch hatte er umgeschnallt.

Richard hob den Kopf. Als er sie erblickte, sprang er auf. Ohne das goldene Cape glich er einem großen, dunklen Schatten, der durch das Zimmer schwebte. Bevor er ein Wort sagen konnte, warf Kahlan sich ihm in die Arme.

Sie legte ihr Gesicht an seine Brust und umarmte ihn. »Schrei mich bitte nicht an, Richard. Bitte halte mich einfach nur fest.« Tränen erstickten ihre Stimme. »Bitte sag nichts – halte mich einfach nur fest.«

Es war ein Hochgefühl, endlich wieder bei ihm zu sein. Jedesmal, wenn sie ihn sah, war sie erstaunt, wie sehr sie ihn brauchte und liebte.

Er schloß sie in seine schützenden Arme. Sie lauschte auf das Knacken des Feuers und auf das Pochen seines Herzens dicht an ihrem Ohr. In der Geborgenheit seiner Arme konnte sie sich fast vorstellen, alles sei in bester Ordnung und sie hätten eine Zukunft.

Dann fielen ihr die Worte ihrer Mutter ein.

Konfessoren kennen keine Liebe, Kahlan. Sie kennen nur die Pflicht.

Kahlan klammerte sich in sein schwarzes Hemd, während sie den Kampf gegen ihre Tränen verlor. Er hielt sie fest und streichelte sie. Sie hatte ihn gebeten, nicht zu sprechen, und genau das tat er. Dadurch wurde alles nur noch schlimmer.

Er mußte doch Fragen haben. Er mußte ihr etwas erzählen wollen, ihr mitteilen wollen, wie erleichtert er war, sie in Sicherheit zu wissen, welche Sorgen er sich gemacht hatte, mußte sie fragen wollen, wo sie gewesen war und was sie herausgefunden hatte, ihr berichten wollen, was er entdeckt hatte, mußte sie anschreien wollen. Aber er tat nichts dergleichen. Statt dessen tat er widerspruchslos, um was sie ihn gebeten hatte, und ordnete seine eigenen Wünsche unter.

Wie sollte sie ohne seine Liebe weiterexistieren? Wie sollte sie atmen? Wie sollte sie es schaffen weiterzuleben, bis sie alt war, ihre Pflicht erfüllt hatte und endlich sterben durfte?

»Richard ... tut mir leid, daß ich in dem Brief so bedrohlich geklungen habe. Ich wollte dir nicht drohen, das schwöre ich, ich wollte dich nur in Sicherheit wissen. Ich bedaure, wenn ich dir weh getan habe.«

Er nahm sie ein wenig fester in den Arm und gab ihr einen Kuß auf den Kopf. Kahlan wäre am liebsten in seiner Umarmung gestorben, jetzt, nur damit sie sich nicht ihrer Pflicht zu stellen brauchte, nicht der Unwiderruflichkeit ihrer Zukunft, der Unwiderruflichkeit, ihn zu verlieren.

»Wie geht es deinem Fuß?« erkundigte sie sich.

»Meinem Fuß?«

»Cara sagte, du hättest dich an einem Stuhl gestoßen.«

»Oh, meinem Fuß geht es gut. Der Stuhl ist dahin, aber ich glaube, er hat nicht gelitten.«

So unwahrscheinlich es war, Kahlan lachte. Sie blickte unter Tränen auf und sah sein freundliches Lächeln.

»Also gut, ich glaube, deine Umarmung hat meine Lebensgeister wieder geweckt. Jetzt kannst du mich anbrüllen.«

Statt dessen küßte er sie. Es war die reine Wonne, in seinen Armen zu liegen. Der Aufenthalt in der Sliph war nichts dagegen.

»Also«, fragte er schließlich, »was hatten die Seelen unserer Ahnen zu berichten?«

»Unsere Ahnen ... woher weißt du, daß ich bei den Schlammenschen war?«

Auf Richards Miene zeichnete sich Verwirrung ab. »Dein ganzes Gesicht ist bemalt, Kahlan, damit die Seelen der Ahnen dich in der Versammlung erkennen können. Dachtest du, ich würde das nicht bemerken?«

Kahlan legte ihre Finger auf die Stirn, auf die Wange. »In meiner Eile habe ich das ganz vergessen. Deshalb haben mich die Leute so eigentümlich angestarrt.«

Während sie durch den Palast gelaufen war, hatten drei verschiedene Dienstbotinnen ihr angeboten, ein Bad einlaufen zu lassen. Alle mußten sie für übergeschnappt gehalten haben.

Richards Gesichts wurde ernst, als er die Hände auf die Hüften legte. »Na schön, und was hatten die Seelen der Ahnen zu berichten?«

Kahlan wappnete sich. Sie neigte den Kopf zur Seite und deutete auf das Knochenmesser an ihrem Arm.

»Großvaters Seele hat mich mit Hilfe des Knochenmessers gerufen. Er mußte mich sprechen. Wie er mir erzählte, ist die Pest nicht auf Aydindril beschränkt. Sie hat sich bereits auf die gesamten Midlands ausgeweitet.«

Richard spannte sich an. »Glaubst du, das stimmt?«

»Der Älteste Breginderin trug die Male an den Beinen. Wahrscheinlich ist er inzwischen tot. Ein paar Kinder berichteten, sie hätten in der Nähe des Dorfes eine Frau gesehen. Diese zeigte ihnen etwas mit einem bunten Licht, genau wie Lily es uns beschrieben hat. Eines dieser Kinder ist bereits tot. Schwester Amelia war dort.«

»Bei den gütigen Seelen«, fuhr Richard leise auf.

»Es kommt noch schlimmer. Die Seele zeigte mir noch andere Orte in den Midlands. Sie meinte, die Pest habe sich auf alle diese Orte ausgedehnt. Die Seele enthüllte mir, was geschehen wird, wenn wir die Pest nicht aufhalten. Der Tod wird über das Land hinwegziehen. Nur wenige werden überleben.

Des weiteren erfuhr ich, eine Magie, die aus dem Tempel der Winde gestohlen wurde, habe die Pest ausgelöst, die Pest selbst aber habe nichts mit Zauberei zu tun. Jagang hat Magie eingesetzt, die mächtiger ist, als er begreift. Wenn man sie ungehindert wüten läßt, könnte die Pest am Ende auch auf die Alte Welt übergreifen.«

»Schöner Trost. Hat die Seele gesagt, wie Jagang diese Magie aus dem Tempel der Winde entwendet hat?«

Kahlan nickte, seinem Blick ausweichend. »Du hattest recht, was die roten Monde anbetrifft. Es war tatsächlich eine Warnung, daß der Tempel der Winde geschändet worden war.«

Sie erzählte ihm vom Saal des Verräters und wieso Schwester Amelia diesen Pfad hatte beschreiten können. Sie faßte den Rest ihrer Begegnung mit der Seele von Chandalens Großvater zusammen, so gut dies ihre Erinnerung zuließ, und vergaß auch nicht jenen Teil, in dem davon die Rede war, daß der Tempel, wie Richard vermutet hatte, teilweise zu Empfindungen fähig sei.

Richard stützte sich mit einem Arm auf den Kaminsims und starrte ins Feuer. Er kniff sich in die Unterlippe und hörte geduldig zu.

Kahlan fuhr fort, die Seele habe ihr erklärt, um die Pest aufzuhalten, müßten sie in den Tempel der Winde gehen, der in beiden Welten gleichzeitig existiere, und sowohl die Guten als auch die Bösen Seelen seien in die Geschichte verwickelt und hätten ein Wort mitzureden.

»Und die Ahnenseele konnte dir keinen Hinweis darauf geben, wie wir in den Tempel der Winde hineingelangen sollen?«

»Nein«, antwortete Kahlan. »Daran war er eigentlich gar nicht interessiert. Er sagte, der Tempel der Winde werde offenbaren, was getan werden muß. Shota war der gleichen Ansicht.«

Von seinen Gedanken ganz in Anspruch genommen, nickte Richard und ließ sich ihre Worte durch den Kopf gehen. Kahlan faltete die Hände und wartete.

»Was ist mit Shota?« fragte er schließlich. »Was ist aus ihr geworden?«

Kahlan zögerte. Sie mußte ihm wenigstens einen Teil erzählen, dennoch widerstrebte es ihr, ihm alles zu erzählen, was die Hexe gesagt hatte.

»Ich glaube, es lag nicht in ihrer Absicht, Ärger zu machen, Richard.«

Er sah kurz über seine Schulter. »Sie hat Nadine geschickt, damit sie mich heiraten soll, und du findest diese Art der Einmischung nicht ärgerlich?«

Kahlan räusperte sich hinter vorgehaltener Hand. »Genaugenommen hat Shota Nadine gar nicht geschickt.« Richards Habichtblick blieb auf sie gerichtet, also setzte sie hinzu: »Die Nachricht von den Winden, die Jagd auf dich machen, war nicht ihre Idee. Der Tempel der Winde hat dir durch sie eine Nachricht zukommen lassen, genau wie durch den Jungen, der gestorben ist. Shota wollte uns keinen Schaden zufügen.«

Richard zog die Brauen zusammen. »Was hat dir die Hexe sonst noch erzählt?«

Kahlan verschränkte die Finger hinter ihrem Rücken. Sie wich seinem durchdringenden Blick aus.

»Ich bin zu Shota gegangen, Richard, weil ich ihren Einmischungen ein Ende machen wollte. Ich war bereit, sie umzubringen, für den Fall, daß sie dir drohen oder versuchen sollte, mir etwas anzutun. Die ganze Zeit hatte ich die allerschlechteste Meinung von ihr. Wirklich. Ich war überzeugt, sie wolle Unheil über uns bringen.

Dann habe ich mich mit ihr unterhalten. Und zwar sehr eingehend. Shota ist nicht so ... boshaft, wie ich dachte. Zwar gibt sie zu, verhindern zu wollen, daß wir ein Kind bekommen, aber es geht ihr nicht darum, uns auseinanderzubringen.

Sie hat die Fähigkeit, in die Zukunft zu blicken, und erzählt lediglich, was sie sieht – weil sie dir helfen will. Sie ist der Bote, der die schlechte Nachricht bringt. Dabei hat sie auf die Ereignisse keinen Einfluß. Sie sagt dasselbe wie die Ahnenseele: Die Pest sei durch Magie ausgelöst worden und nicht von alleine ausgebrochen.«

Richard war mit drei Schritten bei ihr. Er packte sie am Oberarm.

»Sie hat Nadine hergesandt, damit sie mich heiratet! Sie hat das Mädchen nur geschickt, um uns auseinanderzubringen! Sie versucht, einen Keil zwischen uns zu treiben, und du läßt dich von ihren Tricks täuschen?«

Kahlan wich vor ihm zurück. »Nein, Richard, das verstehst du falsch, genau wie ich anfangs auch. Die Seelen haben dir eine Braut geschickt. Shota konnte lediglich beeinflussen, wer dies sein würde. Diesen Einfluß nutzte sie aus, um Nadine zu dieser Braut zu machen. Shota sagt, sie sehe voraus, daß du die Braut, die dir von den Seelen geschickt wird, heiratest. Daher sollte es jemand sein, den du kennst. Sie hat lediglich versucht, die Sache für dich weniger schmerzlich zu machen.«

»Und das glaubst du ihr? Hast du den Verstand verloren?«

»Du tust mir weh, Richard.«

Er ließ sie los. »Entschuldige«, murmelte er und ging wieder zum Kamin. Kahlan sah, wie sich seine Kinnmuskeln spannten, als er die Zähne aufeinanderbiß.

»Du hast gesagt, sie habe dir dasselbe erzählt wie die Ahnenseelen. Erinnerst du dich noch an ihre Worte?«

Verzweifelt versuchte Kahlan auseinanderzuhalten, was sie ihm würde erzählen müssen und was er auf keinen Fall erfahren durfte. Ihr wurde bewußt, wie unklug es gewesen war, Richard bestimmtes Wissen vorenthalten zu wollen, kam aber dann zu dem Schluß, daß sie ihm im Notfall alles erzählen konnte. Doch wenn sie ihm wenigstens etwas zu verschweigen vermochte …

»Shota behauptete, wir hätten noch nicht die letzte Nachricht von den Winden erhalten. Wir würden noch eine weitere erhalten, die den Mond betrifft.«

»Die den Mond betrifft? Wieso das?«

»Das weiß ich nicht. Wie für die Seelen schien das ›wie‹ für sie nicht von Bedeutung zu sein. Sie sagte allerdings, diese Nachricht des Mondes werde die ›folgerichtige Vereinigung‹ sein, ja, so nannte sie es. Wir dürften sie weder ignorieren noch verhindern.«

»Ach, sieh an. Und hat sie auch gesagt, warum genau?«

»Unsere Zukunft – die Zukunft all dieser unschuldigen Menschen – hänge von diesem Ereignis ab, meinte sie. Es sei die einzige Chance, unsere Pflicht zu erfüllen und all diesen Unschuldigen das Leben zu retten, die darauf angewiesen sind, wenn wir etwas tun, was sie nicht können.«

Richard drehte sich zu ihr um. Es war, als ginge der Tod höchstpersönlich auf sie los. Er hatte diesen Blick in den Augen, wie Drefan. Wie Darken Rahl.

»Sie hat dir noch mehr erzählt, mit dem du nicht rausrücken willst. Was?« knurrte er.

Es war nicht Richard, der hier sprach, sondern der Sucher. In diesem Augenblick wurde ihr bewußt, weshalb ein Sucher so gefürchtet war: Er war sich selbst Gesetz. Diese grauen Augen blickten glatt durch sie hindurch.

»Richard«, erwiderte sie leise, »bitte frag nicht weiter nach.«

Sein wutentbrannter Blick brannte sich in ihre Seele. Sie spürte, wie ihr heiße Tränen übers Gesicht liefen.

»Shota hat in die Zukunft gesehen«, hörte Kahlan sich weitersprechen, obwohl sie hatte schweigen wollen. »Sie sah, daß du eine andere heiraten wirst. Sie benutzte ihren Einfluß, damit es jemand ist, den du kennst.« Unter seinem zornigen Blick war es ihr unmöglich, stumm zu bleiben. »Wen ich heiraten soll, konnte sie nicht beeinflussen. Ich werde ebenfalls heiraten. Aber du wirst nicht mein Gemahl sein.«

Richard stand einen Augenblick lang da wie erstarrt, wie ein Unwetter, das sich brodelnd zusammenbraut. Er riß sich den Waffengurt über den Kopf und schleuderte ihn mitsamt der Scheide, die das Schwert enthielt, auf einen Stuhl.

»Was tust du, Richard?«

Und dann war er in Bewegung. Er stürzte zur Tür. Kahlan trat ihm in den Weg. Es war, als stellte man sich vor einen tobenden Berg.

»Was hast du vor, Richard?«

Er packte sie an der Hüfte und stellte sie zur Seite, als sei sie nicht schwerer als ein Kind.

»Ich werde sie umbringen.«

Kahlan schlang ihm von hinten die Arme um die Hüften und zerrte an ihm, damit er stehenblieb. Sie hätte ebensogut eine Mücke sein können, so wenig hielt ihn das auf. Er ließ sein Schwert zurück, weil er mit der Magie des Schwertes der Wahrheit in der Sliph nicht reisen konnte.

»Richard! Richard, bitte, bleib stehen! Wenn du mich liebst, dann bleib stehen!«

Er blieb stehen und sah sie zornerfüllt an. Seine Stimme war wie ein Donnerschlag.

»Was denn noch?«

»Hältst du mich für dumm, Richard?«

»Natürlich nicht.«

»Glaubst du denn, ich wolle einen anderen heiraten?«

»Nein.«

»Dann höre mich an, Richard. Shota hat erzählt, sie habe die Zukunft gesehen. Sie erfindet die Zukunft nicht, sie hat sie bloß gesehen. Sie hat mir dies alles erzählt, damit es uns vielleicht hilft.«

»Ich bin Shotas Hilfe mehr als leid. Ich will nichts mehr davon wissen. Sie hat sich eine Frechheit zuviel herausgenommen. Es wird ihre letzte sein.«

»Wir müssen überlegen, was wir tun sollen, Richard. Vor allem müssen wir diese Pest bekämpfen. Du hast die kranken, sterbenden Kinder gesehen. Die Seele von Chandalens Großvater hat mir zahllose andere tote Kinder gezeigt – und viele weitere Tote. Das hält die Zukunft bereit, wenn du es dir nicht anders überlegst. Willst du, daß diese Kinder und ihre Eltern sterben, nur weil du keine Lust hast, deinen Verstand zu gebrauchen?«

Seine Faust umklammerte die Verzierung irgendeiner eleganten Halskette. Ihr fiel auf, daß sie den Schmuck noch nie bemerkt hatte.

Obwohl er sein Schwert nicht trug, wurde er von dessen Magie getrieben. Er war ein Hexenkessel tödlichen Zorns. Der Tod funkelte in seinen Augen.

»Was Shota sagt, interessiert mich nicht. Ich werde Nadine nicht heiraten. Ich werde auch nicht tatenlos danebenstehen, wenn du –«

»Das weiß ich doch«, sagte sie leise. »Ich weiß, wie du dich fühlst, Richard. Wie, glaubst du, geht es mir dabei? Aber gebrauche deinen Verstand. Auf diese Weise läßt sich das, was Shota sagt, nicht ändern. Du hast immer behauptet, die Zukunft sei noch nicht entschieden, und wir dürften uns nicht nach Shotas Worten richten. Du hast immer darauf beharrt, wir dürften dem, was sie sagt, keinen Glauben schenken und uns in unserem Handeln nicht davon leiten lassen.«

In seinen Augen funkelte tödliche Wut. »Du glaubst ihr also.«

Kahlan holte Luft, um sich zu beruhigen, um ihre Fassung wiederzuerringen. »Ich glaube ihr, daß sie die Zukunft gesehen hat. Weißt du noch, wie sie sagte, ich würde dich mit meiner Kraft berühren, Richard? Sieh doch, was daraus geworden ist. Sie hatte recht, aber es führte nicht zu dem katastrophalen Ereignis, das ich befürchtet hatte. Das war es, was uns zusammengebracht und unsere Liebe erst möglich gemacht hat.«

»Wie kann etwas Gutes dabei herauskommen, wenn ich eine andere heirate?«

Mit einem Schlag wurde Kahlan bewußt, um was es hierbei wirklich ging: Er war eifersüchtig. Nie zuvor hatte sie ihn so eifersüchtig gesehen.

»Ich würde lügen, wenn ich behauptete, es zu wissen.« Kahlan packte ihn an seinen breiten Schultern. »Ich liebe dich, Richard, und das ist die Wahrheit. Ich könnte niemals einen anderen lieben. Du glaubst mir doch, nicht wahr? Ich vertraue darauf, daß du mich liebst, und ich weiß, daß du Nadine nicht liebst. Glaubst du etwa nicht an mich? Vertraust du mir nicht?«

Er beruhigte sich sichtlich. »Natürlich glaube ich dir. Ich vertraue dir.« Verzweiflung trat an die Stelle des Zorns in seinen Augen. Er ließ das Amulett in seiner Faust los. »Aber –«

»Kein Aber. Wir lieben uns. Was immer geschieht, wir müssen aneinander glauben, sonst sind wir verloren.«

Endlich zog er sie in seine Arme. Sie wußte, was ihn quälte. Sie fühlte das gleiche. Doch ihre Qual war schlimmer, denn sie war überzeugt, daß Shotas Weissagung keinen Ausweg zuließ.

Kahlan nahm das eigenartige Amulett in die Hand, das um seinen Hals hing. In der Mitte, eingefaßt von einem dichten Geflecht aus goldenen und silbernen Bändern, befand sich ein tränenförmiger Rubin von der Größe ihres Fingernagels.

»Was ist das, Richard? Wo hast du das her?«

Er nahm ihr den goldenen und silbernen Gegenstand aus der Hand und betrachtete ihn. »Es ist ein Symbol wie die anderen, die ich trage. Ich habe es in der Burg der Zauberer gefunden.«

»In der Enklave des Obersten Zauberers?«

»Ja. Es war Teil seiner Amtstracht. Anders als die anderen Gegenstände hat man es jedoch in seiner Enklave zurückgelassen. Der Mann, der es trug, war zu Kolos Zeit Oberster Zauberer. Sein Name war Baraccus.«

»Cara erzählte mir, du hättest die Aufzeichnungen über die Verhandlung gefunden. Wie hat es dort drinnen ausgesehen?«

Richard sah starren Blicks ins Leere. »Es war ... wunderschön. Ich wollte gar nicht mehr weg.«

»Hast du aus dem Buch schon etwas in Erfahrung gebracht?«

»Nein. Es ist auf Hoch-D'Haran. Berdine arbeitet an Kolos Tagebuch, und ich werde mir dieses vornehmen. Ich hatte nur etwa eine Stunde Zeit, um mit der Übersetzung zu beginnen. Sehr weit bin ich noch nicht gekommen, ich war zu besorgt um dich, um an etwas anderes zu denken.«

Kahlan berührte das Amulett, das um seinen Hals hing. »Weißt du, wofür dieses Symbol steht?«

»Ja. Der Rubin soll einen Blutstropfen symbolisieren. Es handelt sich um die symbolische Darstellung des Weges des Ersten Edikts.«

»Des Ersten Edikts?«

Seine Stimme bekam etwas Abweisendes, so als spräche er mehr zu sich selbst als zu ihr.

»Es bedeutet nur eins, und damit alles: schneiden. Wenn du dich auf einen Kampf eingelassen hast, dann schneide. Alles andere wird zweitrangig. Schneide. Das ist deine Pflicht, dein Ziel, dein Hunger. Es gibt keine wichtigere Regel, keine Pflicht, die wichtiger wäre als diese eine. Schneide.«

Seine Worte ließen sie bis ins Mark erschaudern, als er fortfuhr.

»Die Bänder sind eine Darstellung des Tanzes. Geschnitten aus der Leere, nicht aus der Verwirrung. Schneide den Feind so schnell und unmittelbar wie möglich. Schneide mit Gewißheit. Schneide entschieden und beherzt. Schneide in seine Stärke. Dringe fließend durch die Lücken seiner Deckung. Schneide ihn. Schneide ihn, bis er kampfunfähig ist. Lasse ihn niemals zu Atem kommen. Schneide ihn ohne Erbarmen bis in die Tiefen seiner Seele.

Das ist das Gegengewicht zum Leben: der Tod. Es ist der Tanz mit dem Tod.

Das ist das Gesetz, nach dem ein Kriegszauberer lebt. Wenn nicht, stirbt er.«

13. Kapitel

Clarissa saß zusammengekauert in einem Sessel und nähte den Saum eines neuen Kleides um, das Nathan ihr gekauft hatte. Er hatte die Arbeit von einer Näherin machen lassen wollen, sie aber hatte darauf bestanden, es selbst zu erledigen, hauptsächlich, um sich zu beschäftigen. Lächelnd hatte er daraufhin gemeint, wenn es ihr Freude bereite, habe er nichts dagegen. Sie wußte gar nicht, was sie mit all den Kleidern anfangen sollte, die er ihr ständig schenkte. Daher hatte sie ihn gebeten, damit aufzuhören, doch davon wollte er nichts wissen.

Nathan kam von der Tür zurück. Soeben hatte er mit einem Soldaten namens Bollesdun eine lange Diskussion über die Bewegungen der Expeditionstruppen Jagangs geführt. Diese Soldaten hatten auch, wie Clarissa erfahren hatte, ihr Zuhause in Renwold überfallen. Sie versuchte, die Gespräche, die Nathan mit seinen gelegentlich erscheinenden Soldatenfreunden führte, zu überhören.

Denn an den Alptraum von Renwold dachte sie nicht gerade gern zurück. Nathan erklärte ihr, er wolle dem Morden ein Ende setzen, damit es nicht zu weiteren Renwolds komme. Er nannte es sinnloses Blutvergießen.

Clarissa berührte Nathan am Bein. »Kann ich dir irgendwie helfen?«

Er sah sie eine ganze Weile mit seinen blauen Augen an. »Nein, vorerst nicht. Ich muß einen Brief schreiben. In Kürze erwarte ich Besuch. Komm nicht ins Schlafzimmer, wenn sie da sind. Bleib hier. Ich möchte nicht, daß sie dich sehen. Du hast keine Magie, also werden sie dich nicht bemerken.«

Clarissa entging der besorgte Unterton in seiner Stimme nicht.

»Glaubst du, es wird Schwierigkeiten geben? Sie werden dir doch nichts antun, oder?«

Ein verschmitztes Lächeln trat auf sein Gesicht. »Das wäre dann ihr letzter Fehler. Ich habe so viele Fallen aufgestellt, daß nicht einmal der Hüter selbst es wagen würde, mich hier zu überfallen.« Er zwinkerte ihr zu, um sie zu beruhigen. »Schau durchs Schlüsselloch, wenn du möchtest. Es könnte hilfreich sein, wenn du dir die Gesichter dieser Leute einprägst. Sie sind gefährlich.«

Mit vor lauter Aufregung flauem Magen begann Clarissa, den Saum des Kleides mit kleinen Ranken und Blättern zu besticken, weil sie zum einen fand, daß sie hübsch aussehen würden, und um sich zum anderen die Zeit zu vertreiben, während Nathan seinen Brief schrieb. Nachdem er fertig war, verschränkte er die Hände hinter dem Rücken und ging auf und ab.

Als es endlich klopfte, blickte er kurz hinüber ins Schlafzimmer, wo sich die Tür zum Flur befand. Er wandte sich zu ihr um und legte einen Finger vor die Lippen. Clarissa nickte. Er schloß die Tür zum Salon und ging zur anderen. Sie legte ihre Handarbeit zur Seite und kniete an der Tür, um durch das Schlüsselloch zu spähen.

Sie hatte einen guten Blick auf die Tür zum Flur, als Nathan diese öffnete. Draußen standen zwei attraktive Frauen ungefähr in Clarissas Alter. Hinter ihnen warteten zwei junge Männer. Der finstere Ausdruck im Gesicht der Frauen hätte Steine sprengen mögen.

Zu Clarissas Überraschung trugen beide Frauen, genau wie sie, einen kleinen Goldring in der Unterlippe.

»Sieh an, sieh an«, meinte eine der Frauen verächtlich, »wenn das nicht der Prophet höchstpersönlich ist. Wir haben uns schon gedacht, daß du es bist, Nathan, der sich in Dinge einmischt, die ihn nichts angehen.«

Grinsend verbeugte sich Nathan übertrieben von der Hüfte an aufwärts. »Schwester Jodelle. Schwester Willamina. Wie schön, Euch wiederzusehen. Und mein Name ist Lord Rahl. Das gilt auch für Euch, Schwester Jodelle.«

»Lord Rahl«, äffte Schwester Jodelle ihn mit gelangweilter Stimme nach. »Ist uns bereits zu Ohren gekommen.«

Nathan begrüßte die beiden Männer, die draußen hinter den beiden Frauen im Flur standen, mit einem lässigen Wink. »Vincent, Pierce, wie schön, euch zwei Nachwuchszauberer wiederzusehen. Seid ihr gekommen, um euch einen Rat zu holen? Oder euch eine Lektion erteilen zu lassen?«

»Ein bißchen übermütig geworden, was, alter Mann?« erwiderte einer der beiden jungen Männer.

Nathans Amüsiertheit verflog. Er schnippte mit dem Finger. Der junge Mann stieß einen Schrei aus und brach zusammen.

»Ich habe es dir schon einmal erklärt, Pierce, man redet mich mit Lord Rahl an.« Nathans Stimme klang mörderischer, als Clarissa sie je gehört hatte. »Fordert mich nicht noch einmal heraus.«

Schwester Willamina bedachte Pierce mit einem finsteren Blick und erteilte ihm mit leiser Stimme einen deftigen Tadel, während er sich mühsam wieder auf die Beine erhob.

Nathan breitete einladend seine Arme aus. »Möchten die Damen nicht eintreten? Bringt Eure Knaben doch mit.«

Clarissa fand eigentlich nicht, daß sie, wie Nathan sie nannte, Knaben ähnelten. Sie mochten wenigstens Ende zwanzig sein. Die vier traten vorsichtig ein und blieben, die Hände vor dem Körper verschränkt, in einer Gruppe stehen, während Nathan die Tür wieder schloß.

»Ziemlich riskant, Na … Lord Rahl, uns vier so nah heranzulassen«, meinte Schwester Jodelle. »Für so unvorsichtig hätte ich Euch nicht gehalten, jetzt, da Ihr eine leicht gestörte Schwester überredet habt, sich Eurer zu erbarmen und Euch den Rada'Han abzunehmen.«

Nathan schlug sich auf den Schenkel und lachte heulend. Von den anderen vier verzog keiner auch nur eine Miene.

»Riskant?« wiederholte er, nachdem er sich wieder beruhigt hatte. »Wieso denn das? Was habe ich von Euresgleichen denn zu befürchten? Außerdem, müßt Ihr wissen, habe ich mir den Rada'Han selbst abgenommen. Gerechterweise muß ich Euch erzählen, daß ich, während Ihr törichterweise beschlossen hattet, in mir den verrückten Alten zu sehen, Dingen nachgegangen bin, von denen Ihr nicht einmal eine Ahnung habt. Während Ihr Schwestern allesamt –«

»Kommt zur Sache«, knurrte Schwester Jodelle.

Nathan hob den Zeigefinger. »Die Sache ist folgende, meine Lieben. Ich habe zwar weder etwas gegen Euch noch gegen Euren Führer, aber ich kann Netze spinnen, die Ihr nicht begreifen würdet und gegen die Ihr Euch erst recht nicht schützen könntet, solltet Ihr mir ans Leder wollen. Ich bin zum Beispiel sicher, Ihr könnt die einfachen Schilde, die ich da und dort errichtet habe, spüren, nur gibt es hinter den Dingen, die Ihr spürt, weitere. Solltet Ihr –«

Schwester Jodelle verlor die Geduld und schnitt ihm abermals das Wort ab. »Wir sind nicht hergekommen, um uns das Geschwätz eines alten Tattergreises anzuhören. Haltet Ihr uns für dämlich? Die armselige Magie, die Ihr um diesen Ort gewoben habt, haben wir längst entdeckt, und ich versichere Euch, es ist kein einziger Bann dabei, den jede von uns nicht mit Leichtigkeit in seine Einzelteile zerlegen könnte, während sie sich dabei noch einen Teller Suppe schmecken läßt!«

Vincent schob die Schwestern zur Seite. »Ich habe diesem ausgedörrten alten Esel jetzt lange genug zugehört. Eingebildet war er ja schon immer. Langsam wird es Zeit, daß er begreift, mit wem er es zu tun hat!«

Als Vincent seine Hände hob, machte Nathan keinerlei Anstalten, sich zu verteidigen. Clarissa riß erschrocken die Augen auf, während der junge Mann die Finger krümmte und sein Gesicht sich haßerfüllt verzog. Sie schlug entsetzt die Hand vor den Mund, als aus Vincents Händen Licht in Richtung Nathan zuckte.

Ein kurzes Heulen zerriß die angespannte Stille. Das Licht des jungen Mannes zersplitterte. Man hörte einen dumpfen Schlag, den

Clarissa durch den Fußboden spürte, und im Nachbarzimmer flammte ein Licht auf.

Heulen und Licht ließen nach – und Vincent war verschwunden. Auf dem Fußboden sah Clarissa dort, wo er gestanden hatte, ein kleines Häufchen weißer Asche.

Nathan ging zur Wand und holte einen Besen, der dort gleich hinter einem Vorhang lehnte. Er öffnete die Tür und fegte die Asche hinaus auf den Flur.

»Danke für deinen Besuch, Vincent. Schade, daß du schon gehen mußt. Erlaube, daß ich dich hinausbegleite.«

Mit elegantem Schwung fegte Nathan, eine kleine Wolke aufwirbelnd, den letzten Ascherest auf den Flur. Er schloß die Tür und wandte sich wieder den dreien zu, die ihn mit offenem Mund anstarrten.

»Also, wie ich gerade sagte, begeht Ihr den letzten Fehler Eures Lebens, wenn Ihr mich oder meine Fähigkeiten unterschätzt. Mit Eurem armseligen Verstand könnte ich Euch mit der Nase darauf stoßen, und Ihr würdet es trotzdem nicht begreifen.« Nathan runzelte seine Stirn auf eine Art, die selbst Clarissa Angst einjagte. »Und jetzt erweist mir den gebührenden Respekt und verbeugt Euch vor Lord Rahl.«

Die drei verneigten sich widerstrebend und beugten ein Knie auf den Boden.

»Was wollt Ihr also?« fragte Schwester Jodelle, nachdem sie sich wieder erhoben hatte. Ihre Stimme hatte einiges an Schärfe verloren.

»Ihr könnt Jagang ausrichten, ich sei daran interessiert, Frieden zu schließen.«

»Frieden?« Schwester Jodelle strich sich umständlich ein paar dunkle Strähnen aus dem Gesicht. »In welcher Position seid Ihr, ein solches Angebot zu machen?«

Nathan reckte sein Kinn. »Ich bin Lord Rahl. Bald werde ich Herrscher D'Haras sein und damit die Befehlsgewalt über die Neue

Welt in Händen halten. Soweit ich weiß, ist Jagang in einen Krieg mit der Neuen Welt verstrickt.«

Schwester Jodelle kniff die Augen zusammen. »Was wollt Ihr damit sagen, Ihr würdet bald der Herrscher D'Haras sein?«

»Berichtet Jagang einfach, sein gewagter Plan steht kurz vor der Vollendung. Er wird den derzeitigen Lord Rahl in Kürze ausgeschaltet haben. Allerdings hat Jagang einen Fehler begangen. Er hat nicht mit mir gerechnet.«

»Aber … aber …« stammelte Schwester Jodelle, »Ihr seid nicht Lord Rahl.«

Nathan beugte sich verstohlen grinsend zu ihnen. »Wenn Jagang den Erfolg hat, den ich als Prophet vorhersehe, werde ich bald Lord Rahl sein. Ich bin ein Rahl, ich wurde mit der Gabe geboren. Alle D'Haraner werden mir über die Bande verpflichtet sein. Wie Ihr wißt, werden diese Bande den Traumwandler daran hindern, seine Fähigkeiten im Kampf gegen die Neue Welt einzusetzen.

Ihm ist ein Fehler unterlaufen.« Nathan verpaßte Pierce einen Klaps auf den Kopf. »Er bedient sich Möchtegernpropheten wie dieser hirnlosen Kaulquappe hier.«

Pierce lief rot an. »Ich bin kein Möchtegernprophet!«

Nathan sah ihn verächtlich an. »Ach, nein? Wieso hast du Jagang dann nicht davor gewarnt, daß er sich, so er sich einer Prophezeiung bedient, um Richard auszuschalten, nur in eine noch mißlichere Lage bringt? Denn nun bleibt mir gar keine andere Wahl, als Lord Rahl, der Herrscher D'Haras sowie aller Mächte von Rang in der Neuen Welt zu werden. Hast du ihn vor diesem Ausgang gewarnt? Richard mag vielleicht entschlossen sein, aber er hat so gut wie keine Ahnung von Magie, ich dagegen weiß eine Menge darüber. Eine gewaltige Menge.«

Nathan baute sich vor Pierce auf. »Frag Vincent. Ein wahrer Prophet hätte die Gefahr erkannt, die hinter meinen einfachen Schilden lauert und nur darauf wartet, von einem Angreifer ausgelöst zu werden. Hast du sie erkannt?«

Schwester Willamina streckte einen Arm vor und hielt Pierce zurück. Gerade rechtzeitig, wie Clarissa fand, denn Nathan machte ganz den Eindruck, als wollte er jeden Augenblick ein weiteres Häuflein weißer Asche produzieren.

»Was verlangt Ihr also, Lord Rahl?« fragte sie.

»Jagang hat die Wahl. Entweder er hört sich meine Bedingungen an, oder er gerät in große Schwierigkeiten. In sehr viel größere Schwierigkeiten als durch Richard Rahl.«

»Bedingungen?« Schwester Jodelle zog das Wort argwöhnisch in die Länge.

»Der derzeitige Lord Rahl ist jung und voller Idealismus und würde sich Jagang niemals ergeben. Ich dagegen bin älter und weiser. Ich weiß, wie töricht ein Krieg wäre, der unzählige Menschen das Leben kosten würde. Und wozu? Nur für das Recht, dem Herrscher einen neuen Namen zu geben?

Richard ist ein junger Narr, der nicht ahnt, wie er seine Kraft benutzen soll. Ich bin kein junger Narr, und wie Ihr gesehen habt, weiß ich sehr wohl, wie ich meine Kraft einsetzen kann. Ich bin bereit, die Möglichkeit in Erwägung zu ziehen, Jagang nach Belieben über die Neue Welt herrschen zu lassen.«

»Und im Gegenzug?«

Nathan machte eine wegwerfende Handbewegung. »Ich will nichts weiter als einen Teil der Beute für mich – als Gegenleistung für meine Hilfe. Ich werde die Herrschaft D'Haras übernehmen. Unter seiner Oberherrschaft natürlich. Ich werde sein Stellvertreter sein und die Geschäfte D'Haras führen. Außer Jagang steht niemand im Rang über mir. Das erscheint mir ganz gerecht.«

Der junge Pierce war immer noch weiß wie ein Laken und versuchte, sich hinter den beiden Frauen unsichtbar zu machen. Die beiden Schwestern dagegen wirkten plötzlich sehr viel weniger unglücklich. Sie hatten ein schmales, interessiertes Lächeln aufgesetzt.

»Woher weiß Jagang, daß er Euch trauen kann?«

»Trauen? Hält er mich für genauso dumm wie den jungen Lord

Rahl, der zur Zeit die Neue Welt regiert? Ich habe gesehen, was mit Renwold geschehen ist. Wenn ich D'Hara nicht so regiere, wie Jagang es wünscht, und ihm einen gewaltigen Tribut bewillige, könnte er am Ende einmarschieren und uns vernichten. Kriege sind teuer. Diesen Reichtum hätte ich lieber für mich selbst.«

Schwester Jodelle lächelte höflich. »Und bis dahin? Woher wissen wir, daß es Euch wirklich ernst damit ist?«

»Ihr wollt eine Sicherheit?« Nathan rieb sich das Kinn und starrte an die Decke. »Nördlich von hier steht eine d'Haranische Armee von nahezu einhunderttausend Mann. Ohne meine Hilfe würdet Ihr sie niemals finden, bevor sie Jagangs Expeditionsstreitkräfte überfällt. Sobald Jagang den derzeitigen Lord Rahl beseitigt hat, werden die Bande dieser Armee auf mich übergehen. Sie wird mir treu ergeben sein. Gleich anschließend werde ich diese Armee seinen Truppen überstellen und ihm dadurch zusätzliche Männer unter Waffen in die Hände spielen. D'Haraner haben eine lange Tradition des Beutekrieges. Sie werden sofort an Jagangs Seite kämpfen.«

»Eine ganze Armee ausliefern«, meinte Schwester Jodelle nachdenklich.

»Seht Ihr, meine lieben Schwestern, Jagang bedient sich einer Prophezeiung, um diesen Krieg zu gewinnen. Genau das war sein Fehler. Er vertraut Zauberern, die keine richtigen Propheten sind. Ich könnte ihm die fachkundigen Dienste eines wahren Propheten anbieten. Seine Alternative wäre, einen wahren Propheten zum Feind zu haben. Die Hilfe von Möchtegernpropheten hat ihn doch erst in diese … mißliche Lage gebracht, seht Ihr das nicht ein?

Für einen kleinen, unbedeutenden Teil der Beute kann ich ihn daraus befreien. Ihr werdet sicherlich verstehen, daß ich nach all den Jahren unter der Obhut von Euch edlen Schwestern meine wenigen mir verbleibenden Jahre damit verbringen möchte, die Freuden des Lebens zu genießen.

Mit meiner Hilfe wird es seitens der Neuen Welt nicht mehr Widerstand geben als in Renwold. Sollte Jagang beschließen, unvernünftig zu sein, nun, wer weiß, mit einem echten Propheten auf seiten der Neuen Welt könnte sie am Ende gar gewinnen.«

Schwester Jodelle musterte Nathans Augen. »Hm, jetzt verstehe ich, worauf Ihr hinauswollt.«

Nathan reichte ihr seinen Brief. »Hier. Gebt dies Jagang. Darin werden mein Vorschlag und meine Bedingungen erklärt, als Gegenleistung für die Übergabe der Neuen Welt an mich. Wie gesagt, ich bin sicher, er wird mich viel vernünftiger finden als den derzeitigen Lord Rahl. Ich weiß, daß man mit Krieg nichts gewinnen kann. Ein Herrscher oder ein anderer, der Unterschied ist gering. Warum sollten Hunderttausende von Menschen ihr Leben für den Namen lassen, den man diesem Herrscher gibt?«

Die beiden Schwestern ließen den Blick durch den luxuriösen Raum wandern und lächelten Nathan verschwörerisch an.

»Welch ein gerissener alter Mann Ihr seid«, sagte Schwester Jodelle. »Und wir dachten die ganze Zeit, Ihr wärt nur ein alter Narr, der sein Leben in seinen Gemächern fristet. Nun, Lord Rahl, wir werden Euren Vorschlag an Kaiser Jagang weiterleiten. Ich denke, er wird ihn mit äußerstem Interesse aufnehmen. Wäre der derzeitige Lord Rahl ebenso vernünftig gewesen, steckte er gegenwärtig nicht in diesen verhängnisvollen Schwierigkeiten.«

»In so vielen Jahren findet ein Mann viel Zeit zum Nachdenken.«

An der Tür drehte sich Schwester Jodelle noch einmal um. »Ich kann nicht für den Kaiser sprechen, Lord Rahl, aber ich denke, diese Neuigkeiten werden ihn aufs äußerste erfreuen. Ich glaube, wir dürfen das Ende dieses Krieges ins Auge fassen und den Sieg, der damit enden wird, daß Jagang der Name ist, den man dem Herrscher aller Menschen geben wird.«

»Ich will lediglich, daß das Morden ein Ende hat. Davon profitieren alle, Schwester. Oh, und sagt Jagang, die Sache mit Vincent tut mir leid, aber der Junge hat ihm ohnehin keine guten Dienste erwiesen.«

Schwester Jodelle zuckte die Achseln. »Ganz recht, Lord Rahl. Das hat er wirklich nicht.«

14. Kapitel

Richard fuhr sich mit den Fingern durchs Haar und stützte die Stirn in die Hände. Er hörte, wie jemand ins Zimmer kam, und sah auf. Es war Kahlan.

Als er ihr Lächeln sah, ihre strahlend grünen Augen, ihr üppiges dichtes Haar – ihre ganze Schönheit, faßte er wieder Mut. Diese Schönheit und die Tatsache, daß sie ihn liebte, verwunderte ihn stets aufs neue.

Das Gefühl der Selbstgewißheit, das ihm diese Liebe verlieh, hätte er sich niemals träumen lassen. Er hatte sich immer vorgestellt, jemanden zu lieben, doch das Gefühl von Sicherheit und Frieden, das dies seiner Seele gab, hatte er sich nicht träumen lassen. Sollte Shota jemals versuchen, daran zu kratzen …

Kahlan hielt eine dampfende Suppenschüssel in der Hand. »Ich dachte, vielleicht möchtest du etwas essen. Seit Tagen arbeitest du jetzt schon ununterbrochen. Außerdem finde ich, du mußt mehr schlafen.«

Er warf einen kurzen Blick auf die große weiße Schüssel in ihrer Hand. »Danke.«

Sie runzelte die Stirn. »Was ist mit dir, Richard? Dein Gesicht ist weiß wie Asche.«

Er lehnte sich auf seinem Stuhl zurück und seufzte. »Ich fühle mich ein wenig krank.«

Sie wurde ebenfalls bleich. »Krank! Richard, es ist doch nicht –«

»Nein, ist es nicht. Es rührt von diesem Buch über die Untersuchung und die Verhandlung über den Tempel der Winde her. Ich wünschte fast, ich hätte es nie entdeckt.«

Kahlan beugte sich über ihn, als sie die Schüssel abstellte. »Hier. Iß etwas.«

»Was ist es denn?« fragte Richard und schielte auf den üppigen Schwung ihres Busens, der sich im rechteckigen Ausschnitt ihres Konfessorenkleides auf und ab bewegte.

»Linsenbrei. Iß etwas. Was hast du herausgefunden?«

Richard pustete auf den Brei, um ihn zu kühlen. »Ich bin noch nicht sehr weit gekommen. Es dauert ewig. Aber nach dem bißchen, das ich mir habe zusammenreimen können, haben diese Leute ... diese Zauberer ... sämtliche Zauberer hingerichtet, die den Tempel der Winde fortgeschickt hatten. Die Tempelmannschaft, wie sie sie nennen. Fast einhundert Mann.« Er fuhr sich mit dem Finger über die Kehle.

Kahlan setzte sich ihm gegenüber auf die Tischkante. »Welches Verbrechen haben sie begangen, das die Todesstrafe rechtfertigt?«

Richard rührte in seinem Brei. »Nun, einerseits ließen sie, wie befohlen, einen Weg in den Tempel offen, andererseits erschwerten sie die Rückkehr in den Tempel dermaßen, daß sie den Leuten, als diese zurückkamen, um sich eine bestimmte Magie zu beschaffen und damit den Krieg zu bestreiten, nicht gelang.«

»Kolo schrieb, es seien rote Monde erschienen, und der Tempel habe eine Warnung geschickt. Willst du damit sagen, die Zauberer von damals seien gar nicht in der Lage gewesen, diese Warnung zu beherzigen?«

»Nein, so hat das nicht funktioniert. Es ist ihnen durchaus gelungen, den Tempel wieder zu betreten.« Er fuchtelte mit dem Löffel herum, um seine Worte zu unterstreichen. »Genaugenommen war das Grund für den roten Mond. Gescheitert sind sie beim zweiten Versuch hineinzugelangen, als sie auf die roten Monde reagieren wollten, die von der ersten Person, die man hineingeschickt hatte, hervorgerufen worden waren.«

Kahlan beugte sich zu ihm vor, während Richard einen Löffel Mus verschlang. »Aber diese erste Person gelangte hinein?«

»Oh, ja, er gelangte hinein. Genau darin lag das Problem.«

Kahlan schüttelte den Kopf. »Ich kann dir nicht ganz folgen.«

Richard legte den Löffel weg und lehnte sich zurück. Er sah ihr in die Augen.

»Die Tempelmannschaft, die den Tempel der Winde fortschickte, das waren dieselben Leute, die auch die Magie dort deponiert hatten. Du kennst doch einige dieser grauenerregenden magischen Wesen, die während des Krieges erschaffen wurden. Wesen, die man aus Menschen geschaffen hatte, wie zum Beispiel die Mriswith? Die Traumwandler?

Wie auch immer, die Menschen aus der Neuen Welt kämpften gegen die Menschen aus der Alten Welt, die die Magie vernichten wollten, ganz so wie Jagang heute. In gewisser Hinsicht hatten diese Leute, die die Gegenstände der Macht in die Obhut des Tempels brachten, Verständnis für die Menschen aus der Alten Welt, die die Magie vernichten wollten. Sie waren der Überzeugung, wenn man Menschen zur Schaffung dieser fürchterlichen Waffen mißbrauchte, sei dies ebenso verwerflich wie einige der Dinge, gegen die sie zu Felde zogen.«

Kahlan beugte sich fasziniert weiter vor. »Willst du damit sagen, sie haben sich auf die Seite des Feindes geschlagen? Und in Wahrheit für die Menschen in der Alten Welt gearbeitet, die die Magie vernichten wollten?«

»Nein, sie hatten es nicht darauf abgesehen, die Neue Welt zu besiegen oder alle Magie abzuschaffen. Aber sie glaubten die ganze Angelegenheit in einem größeren Zusammenhang als bloß dem Krieg zu sehen, ganz anders als die Zauberer, die hier, in der Burg, das Sagen hatten. Sie suchten einen Mittelweg, irgendwo zwischen den Fronten. Dadurch kamen sie zu dem Schluß, der Krieg und all ihre Schwierigkeiten mit dem Mißbrauch von Magie hingen zusammen.

Sie kamen zu dem Schluß, man müsse etwas tun.«

Kahlan strich sich ein paar Haare hinters Ohr. »Etwas tun? Und was?«

»Weißt du noch, wie es früher in der Burg von Zauberern nur so wimmelte? Als die Zauberer beide Seiten der Magie besaßen? Und die Zauberer von damals über sehr viel mehr Macht verfügten als jetzt selbst Zedd, der Oberste Zauberer? Und wie die, die mit der Gabe geboren werden, mit der Zeit immer seltener wurden?

Ich glaube, diese Zauberer haben den Tempel der Winde dazu benutzt, einen Teil der Macht der Magie aus dieser Welt abzuziehen – und sie in der Unterwelt wegzusperren, wo sie ihrer Ansicht nach nicht dazu mißbraucht werden konnte, in dieser Welt Unheil anzurichten.«

Kahlan schlug sich die Hand vor die Brust. »Gütige Seelen. Woher hatten sie das Recht, darüber zu befinden? Sie sind nicht der Schöpfer, von dem alles stammt, auch die Magie.«

Richard lächelte. »Der Vorsitzende des Untersuchungsrates war ziemlich genau derselben Ansicht. Er verlangte genau zu wissen, was sie getan hatten.«

»Und hast du die Antwort gefunden?«

»Ich bin mit meiner Übersetzung noch nicht weit gekommen und verstehe nicht, wie die Magie funktioniert, aber ich glaube, die Tempelmannschaft hat folgendes getan: Sie sperrte den Subtraktiven Teil der Magie der Zauberer weg. Diesen hatte man dazu benutzt, Menschen in diese Waffen zu verwandeln. Mit ihm nahm man diesen Menschen einen Teil ihrer Eigenschaften, jenen Teil, den diese Zauberer nicht wollten, um ihnen anschließend mit Hilfe von Additiver Magie jenen Teil hinzuzufügen, den man benötigte, um diese Menschen als Waffe mißbrauchen zu können.«

»Und du? Du wurdest mit beiden Seiten der Magie geboren. Wenn die Kraft weggesperrt wurde, wie erklärt sich dann deine Gabe? Ich besitze in meiner Konfessorenkraft ebenfalls ein Element Subtraktiver Magie. Darken Rahl benutzte Subtraktive Magie, genau wie einige der Schwestern. Noch heute existieren Wesen, die in ihrer Magie einen Teil dieses Elements besitzen.«

Richard fuhr sich erschöpft mit der Hand durchs Gesicht. »Ich weiß es nicht. Ich bin mir nicht einmal über das im klaren, was ich dir erzählt habe. Noch immer muß der größte Teil des Buches übersetzt werden. Ich stehe ganz am Anfang.

Selbst wenn ich alles übersetze, weiß ich nicht genau, ob wir dadurch die Antworten erhalten, nach denen wir suchen. Das war damals eine Untersuchung und eine Gerichtsverhandlung. Kein Mensch damals hatte die Absicht, mich über Geschichte zu belehren. Damals war das Allgemeinwissen. Es brauchte nicht weiter erklärt zu werden.

Allmählich glaube ich, die Tempelmannschaft wollte verhindern, daß die Subtraktive Magie an die Nachkommen von Zauberern weitergegeben werden konnte. Du hast deine Magie nicht von einem Zauberer vererbt bekommen, deshalb war sie vielleicht nicht davon betroffen. Darken Rahl hat den Umgang mit Subtraktiver Magie erlernt, er ist damit nicht geboren worden. Vielleicht liegt darin der Unterschied. Vielleicht haben sie sich dabei verrechnet, wie es sich auf das Gleichgewicht auswirkt, wenn man denen, die mit der Gabe der Zauberer geboren worden sind, die Subtraktive Magie entzieht – weshalb auch niemand vorhergesehen hat, daß überhaupt immer weniger Menschen mit der Gabe geboren wurden.

Vielleicht wußten sie es ja auch. Vielleicht war gerade das ihr Ziel. Vieleicht hat man sie deshalb hingerichtet.«

»Und was ist mit den roten Monden?«

»Nun, als die Machthaber dahinterkamen, schickten sie jemanden los, der das, was die Zauberer getan hatten, wieder rückgängig machen sollte. Sie brauchten jemanden, der über ungeheure Kraft und innere Gewißheit verfügte, und hofften darauf, er besäße die Kraft, sich durchzusetzen. Sie schickten den eifrigsten Verfechter von Magie aus ihren Reihen, einen Fanatiker – den obersten Ankläger, einen mächtigen Zauberer namens Lothain – zum Tempel der Winde, um den Schaden zu beheben.«

Kahlan zog ihre Unterlippe durch die Zähne. »Und was geschah dann?«

»Er gelangte hinein, durch den Saal des Verräters. Alles fand so statt, wie du erzählt hast. Lothain ging hinein, doch eben dadurch verriet er sie. Was er dort tat, weiß ich nicht genau. Vermutlich beziehen sich viele der Ausdrücke auf besondere Magien, von denen ich nichts verstehe. Aber nach dem, was ich mir zusammengereimt habe, verstärkte er noch, was die Zauberer, die den Tempel fortgeschickt hatten, bewirkt hatten, und machte die ganze Sache noch schlimmer.

Er verriet die Menschen in der Neuen Welt. Da er die Methode ändern mußte, mit deren Hilfe der Tempel der Winde diese Magie zurückhielt, löste er die Warnung der roten Monde aus.

Als der Tempel die roten Monde heraufbeschwor und den Hilferuf aussandte, schickte man einen Zauberer los. Die Zauberer waren froh darüber, daß der Tempel um Hilfe bat, denn das bedeutete, daß sie ihn nicht durch den Saal des Verräters würden betreten müssen. Sie waren überzeugt, hineingehen und das Problem ein für allemal lösen zu können. Der betreffende Zauberer kehrte nie zurück. Sie schickten einen anderen, noch mächtigeren und erfahreneren Zauberer los, und auch der kam nie zurück.

In Anbetracht des Ernstes der Lage machte sich schließlich der Oberste Zauberer selbst auf den Weg zum Tempel der Winde.« Richard hielt das Amulett auf seiner Brust ein wenig in die Höhe. »Baraccus.«

»Baraccus«, hauchte Kahlan erstaunt. »Ist es ihm gelungen, den Tempel zu betreten?«

»Das hat man nie genau herausgefunden.« Richard strich mit dem Daumen über die Tischkante. »Als Baraccus zurückkehrte, befand er sich in einem Zustand benommener Verwirrtheit. Sie folgten ihm, aber er reagierte auf nichts, was man sagte oder tat.

Er ging in die Enklave des Obersten Zauberers – seine Zufluchtsstätte – und ließ dies dort zurück.« Richard zeigte ihr das Amulett auf seiner Brust. »Er kam wieder heraus, legte den Rest seiner Amtstracht ab – die Gegenstände, die ich jetzt trage –; anschließend trat er an den Rand der Mauer und stürzte sich hinunter in den Tod.«

Kahlan drückte den Rücken durch und lehnte sich zurück, während Richard sich räusperte und erst seine Gedanken sammelte, bevor er fortfuhr.

»Danach gaben die Zauberer jeden weiteren Versuch, in den Tempel der Winde zu gelangen, um den Ruf der roten Monde zu erhören, als unmöglich auf. Es ist ihnen nie gelungen, den Schaden wiedergutzumachen, den die Tempelmannschaft und Lothain angerichtet hatten.«

Kahlan sah ihn nüchtern an, während er ins Leere starrte. »Woher wußten sie das alles?«

Richards Faust schloß sich fester um das Amulett auf seiner Brust.

»Sie haben sich eines Konfessors bedient. Magda Searus. Der ersten Mutter Konfessor persönlich.«

»Sie hat zu jener Zeit gelebt? Sie war während dieses Krieges dort? Das wußte ich gar nicht.«

Richard strich mit den Fingerspitzen über die Falten auf seiner Stirn. »Lothain weigerte sich, ihnen zu erklären, was er getan hatte. Die Zauberer, die die Verhandlung leiteten, waren dieselben, die die Einsetzung der Konfessoren anordneten. Magda Searus war die erste. Sie wußten, daß sie die Wahrheit nicht aus Lothain herausfoltern konnten – sie hatten es bereits versucht –, also nahmen sie diese Frau, Magda Searus, und schufen die Magie der Konfessoren.

Sie berührte Lothain mit ihrer Kraft und erfuhr von ihm die Wahrheit. Er gestand in vollem Umfang, was die Tempelmannschaft und er angestellt hatten.«

Richard wich dem Blick ihrer grünen Augen aus. »Der Zauberer, der dies Magda Searus antat und die Kraft der Konfessoren schuf, hieß Meritt. Das Tribunal war so zufrieden mit seiner Zauberei, daß man anordnete, einen Orden der Konfessoren zu gründen, und Zauberer damit beauftragte, diese zu beschützen.

Meritt wurde Magda Searus' Beschützer, ihr Zauberer. Das war die Gegenleistung für das Leben, die Pflicht, zu der man sie verdammt hatte, zu der man alle Nachkommen der Konfessoren verdammt hatte, die noch folgen sollten.«

Es wurde still im Raum. Kahlan hatte ihre Konfessorenmiene aufgesetzt: jenen leeren Gesichtsausdruck, der nichts von ihren Gefühlen verriet. Er brauchte sie nicht anzusehen, um ihre Gefühle zu kennen. Richard zog den Brei wieder heran und aß weiter. Er war beträchtlich abgekühlt.

»Richard«, meinte Kahlan schließlich leise. »Wenn diese Zauberer mit all ihrer Macht, mit all ihrem Wissen ... wenn selbst sie nicht in den Tempel der Winde hineingelangen konnten, nachdem dieser seine Warnung der roten Monde ausgesandt hatte, dann ...«

Sie ließ den Satz unbeendet. Richard beendete ihn für sie.

»Wie kann ich dann hoffen, es zu schaffen?«

Er aß den Linsenbrei. Das bedrückende Schweigen zog sich in die Länge.

»Richard«, stellte Kahlan ruhig fest, »wenn es uns nicht gelingt, den Tempel zu betreten, wird das geschehen, was mir die Ahnenseele vor Augen geführt hat. Der Tod wird das Land heimsuchen. Unzählige Menschen werden sterben.«

Fast wäre Richard aufgesprungen und hätte sie angebrüllt, daß er das wisse. Fast hätte er sie angebrüllt und sie gefragt, was sie von ihm erwartete. Statt dessen würgte er die Wut hinunter – zusammen mit dem Brei.

»Ich weiß«, antwortete er leise.

Er ging wieder daran, schweigend seinen Brei zu löffeln. Als er fertig war und sicher, daß er seine Fassung wiedergefunden hatte, fuhr er fort.

»Einer aus der Tempelmannschaft, ein Zauberer namens Ricker, gab eine Erklärung ab, bevor man ihn hinrichtete.« Richard zog einen Zettel mit der Übersetzung aus dem unordentlichen Stapel und las sie ihr vor. »›Ich kann nicht länger gutheißen, was wir mit unserer Gabe tun. Wir sind weder der Schöpfer, noch sind wir der Hüter. Selbst eine leidige Hure hat das Recht, ihr Leben so zu gestalten, wie sie will.‹«

»Was meinte er damit?« fragte Kahlan.

»Ich glaube, wenn die Zauberer tatsächlich Menschen mißbrauchten – sie zerstörten –, um Wesen zu schaffen, die sie für die Kriegführung benötigten, dann verwendeten sie dafür Menschen, die aus dem einen oder anderen Grund störend oder lästig waren – Menschen, deren Schickal ihnen gleichgültig war. Ich habe mir sagen lassen, ein Zauberer müsse die Menschen benutzen. Ich glaube kaum, daß jemand ahnt, welch grauenhafte Herkunft dieser Grundsatz hat.«

Er sah die Bestürzung in ihren Augen.

»Nach dem, was du gelesen hast, Richard, glaubst du, es ist hoffnungslos? Glaubst du, wir können gar nichts tun?«

Richard wußte nicht, was er antworten sollte. Er nahm ihre Hand. »Bevor sie hingerichtet wurden, führte die Tempelmannschaft zu ihrer Verteidigung an, sie hätten den Tempel nicht endgültig verschlossen, was sie leicht hätten tun können, sondern hätten statt dessen eine Möglichkeit gelassen, hineinzugelangen und auf den Hilferuf zu reagieren. Sie behaupteten, wenn die Not wirklich groß genug sei, könne man ihn nach wie vor betreten.

Ich werde hineinkommen, Kahlan. Das schwöre ich.«

Einen kurzen Moment lang leuchtete in ihren wunderschönen Augen so etwas wie Erleichterung auf, doch dann bekam ihr Blick wieder etwas Gehetztes. Richard wußte, was sie dachte. Er hatte sich dieselbe Frage gestellt, als er vom Wahnsinn des Krieges und dem, was die Menschen sich gegenseitig antaten, gelesen hatte.

»Wir benutzen keine Magie, um Menschen für unsere Zwecke zu zerstören, Kahlan. Wir benutzen sie, um etwas zu bekämpfen, dem hilflose Kinder zum Opfer fallen. Wir treten für die Freiheit von Terror und Mord ein.«

Ein vorsichtiges Lächeln kehrte auf ihr Gesicht zurück, und sie drückte seine Hand.

Als es an der offenen Tür klopfte, hoben beide den Kopf.

Es war Drefan. »Darf ich hereinkommen? Ich störe doch nicht, oder?«

»Nein, schon in Ordnung«, sagte Richard. »Komm rein.«

»Ich wollte nur, daß du weißt, daß ich die Karren bestellt habe, wie du es gewünscht hast. Es ist soweit.«

Richard strich sich mit den Fingerspitzen über die Stirn. »Wie viele?«

»Letzte Nacht ein wenig über dreihundert, wenn man davon ausgeht, daß sämtliche Berichte vorliegen. Wie du vermutet hast, können die Menschen diese Menge von Toten nicht mehr bewältigen, und die Zahlen steigen jeden Tag noch.«

Richard nickte. »Wir können die Toten unmöglich warten lassen. Wenn wir tatenlos zusehen, wie sie unter freiem Himmel verwesen, könnte sich die Pest noch schneller ausbreiten. Die Menschen müssen sofort nach ihrem Ableben beerdigt werden. Sag den Männern, ich will, daß die Totenkarren losgeschickt werden, sobald sie das organisiert haben. Ich gebe ihnen bis Sonnenuntergang Zeit.«

»Das habe ich ihnen bereits erklärt. Wie du sagtest, dürfen wir nicht zulassen, daß mit der Pest infizierte Leichen herumliegen, um die sich niemand kümmert. Das könnte die Seuche noch verschlimmern.«

»Kann sie überhaupt noch schlimmer werden?« fragte Richard spöttisch.

Drefan antwortete nicht.

»Entschuldige«, sagte Richard. »Das war nicht der rechte Ton. Hast du irgend etwas gefunden, das uns weiterhelfen könnte?«

Drefan zog die Ärmel seines weißes Hemds herunter. »Gegen die Pest gibt es kein Heilmittel, Richard. Zumindest kenne ich keines. Die einzige Hoffnung besteht darin, gesund zu bleiben. Wo wir gerade davon sprechen, es ist ungesund, den ganzen Tag und den größten Teil der Nacht hier herumzusitzen. Du bekommst schon wieder nicht genug Schlaf. Das sehe ich dir an den Augen an. Ich habe dich schon einmal gewarnt. Du brauchst Bewegung und frische Luft.«

Richard war den Versuch leid, das Buch zu übersetzen, war die Dinge leid, die er entdeckte, wenn es ihm gelang. Er klappte es zu und stieß seinen Stuhl zurück.

»Es hat sowieso keinen Zweck. Befolgen wir deinen Vorschlag, und gehen wir spazieren.« Er reckte sich und gähnte. »Und womit hast du dir die Zeit vertrieben, während ich in diesem muffigen Zimmer eingeschlossen war?« fragte er Kahlan.

Sie sah heimlich zu Drefan hinüber. »Ich … ich habe Drefan und Nadine geholfen.«

»Ihnen geholfen? Wobei?«

Drefan strich die Rüschen auf seiner Hemdbrust glatt. »Kahlan hat sich um die Dienstboten gekümmert. Einige von ihnen sind … erkrankt.«

Richard blickte erst Kahlan, dann Drefan an. »Die Pest hat bereits den Palast erreicht?«

»Ich fürchte, ja. Sechzehn Dienstboten sind erkrankt. Ein paar haben ganz gewöhnliche Krankheiten, die übrigen –«

Richard seufzte schwer. »Verstehe.«

Draußen vor seinem Zimmer hielt Raina Wache. Sie drückte den Rücken durch, als Richard aus der Tür trat.

»Wir gehen ein wenig spazieren, Raina. Am besten begleitet Ihr uns, sonst liegt mir Cara ewig damit in den Ohren.«

Lächelnd strich Raina eine dunkle Locke zurück. Sie wußte, er hatte recht, und war sichtlich froh, daß er sich fügte.

»Lord Rahl«, sagte Raina, »ich wollte Euch nicht bei der Arbeit stören, aber der Kommandant der Stadtwache hat seinen Bericht gebracht.«

»Ich weiß. Ich habe es bereits gehört. Letzte Nacht sind dreihundert Menschen gestorben.«

Rainas Lederanzug knarzte, als sie ihr Gewicht von einem Bein aufs andere verlagerte. »Das auch. Aber ich soll Euch ausrichten, daß man gestern abend eine weitere Frau gefunden hat. Sie wurde aufgeschlitzt, wie schon die anderen vier.«

Richard schloß die Augen, fuhr sich mit der Hand über den Mund und mußte feststellen, daß er an diesem Tag nicht daran gedacht hatte, sich zu rasieren. »Bei den Gütigen Seelen. Sterben nicht so schon genug Menschen, auch ohne daß so ein Irrer noch mehr umbringt?«

»War sie auch eine Hure wie die anderen?« erkundigte sich Drefan.

»Der Kommandant sagte, das könne er nicht mit absoluter Gewißheit sagen, aber er sei sich ziemlich sicher.«

Drefan schüttelte angewidert den Kopf. »Man sollte meinen, er hätte Angst vor der Pest oder davor, gefaßt zu werden. Die Pest läuft unter den Huren Amok, mehr noch als unter der übrigen Bevölkerung.«

Richards Blick fiel auf Berdine, die den Flur entlangkam. »So gerne ich etwas dagegen unternehmen würde, zur Zeit haben wir größere Sorgen.« Er wandte sich an Raina. »Sobald wir zurück sind, teilt Ihr dem Kommandanten mit, seine Soldaten sollen unter diesen Frauen die Nachricht verbreiten, daß ein Mörder umgeht und wir um ihrer eigenen Sicherheit willen hoffen, daß sie ihren Beruf aufgeben, wenigstens bis auf weiteres.

Ich bin sicher, die Soldaten wissen, wo sie die Huren finden«, fügte er kaum hörbar hinzu. »Sie sollen die Nachricht sofort verbreiten. Wenn diese Frauen nicht damit aufhören, ihren Körper zu verkaufen, werden sie sich aller Wahrscheinlichkeit nach in Gesellschaft eines falschen Freiers wiederfinden. Und das wird dann ihr letzter sein.«

Richard wartete, bis Berdine sie erreicht hatte. »Solltet Ihr nicht in der Burg sein und Eure Schicht bei der Bewachung der Sliph übernehmen?« fragte Richard.

Berdine zuckte die Achseln. »Ich war oben, um Cara abzulösen, aber sie sagte, sie wolle noch eine weitere Wache bleiben.«

Richard harkte sich sein Haar zurück. »Warum sollte sie das tun?«

Berdine zuckte erneut die Achseln. »Das hat sie mir nicht verraten.«

Kahlan nahm ihn beim Arm. »Ich glaube, es sind die Ratten.«

»Was?«

»Ich kann es ihr nicht verdenken«, murmelte Berdine.

»Widerliche Biester«, warf Drefan ein. »Ich kann es ihr auch nicht verdenken.«

»Wenn einer von euch sie deswegen aufzieht«, warnte Kahlan, »bekommt er es mit mir zu tun – sobald Cara mit ihm fertig ist. Das ist nicht komisch.«

Offenbar war niemand in der Stimmung, Kahlan zu widersprechen, noch war jemand in der rechten Laune, daran etwas komisch zu finden.

»Wohin geht Ihr?« fragte Berdine.

»Spazieren«, antwortete Richard. »Wahrscheinlich habt Ihr ebenso viel herumgesessen wie ich. Begleitet uns doch, wenn Ihr wollt.«

Nadine bog um die Ecke und erblickte sie just in dem Moment, als sie nach draußen gehen wollten. »Was ist denn hier los?«

»Nichts«, erwiderte Richard. »Wie geht es dir, Nadine?« Sie lächelte. »Gut, danke. Ich habe die Krankenzimmer ausgeräuchert, wie Drefan mich gebeten hat.«

»Wir wollen nur ein wenig spazierengehen«, sagte Kahlan. »Ihr habt hart gearbeitet, Nadine. Warum begleitet Ihr uns nicht?«

Richard sah Kahlan stirnrunzelnd an. Sie begegnete seinem Blick nicht.

Nadine musterte Kahlan einen Augenblick lang. »Sicher, sehr gerne.«

Die sechs begaben sich zum Haupttor des Palastes, gingen durch Marmorflure, vorbei an beeindruckenden Wandbehängen und eleganten Möbeln, über kostbare Teppiche. Patrouillierende Soldaten verbeugten sich oder schlugen sich die Faust aufs Herz, als die sechs vorüberkamen. Die Dienstboten, die Richard bei der Arbeit sah, schienen sich in einem Schockzustand zu befinden. Er bemerkte Menschen, die ihre Arbeit hastig und unter Tränen erledigten.

Kurz vor Erreichen der Tür begegneten sie Tristan Bashkar. Richard war nicht in der Stimmung, mit dem jaranischen Botschafter zu plaudern. Tristan kam auf sie zugeschlendert und blieb vor ihnen stehen. Diesmal sollte es ihnen nicht gelingen, ihm aus dem Weg zu gehen.

Der Mann neigte den Kopf. »Mutter Konfessor, Lord Rahl, es freut mich, Euch hier zufällig zu treffen.«

»Was wollt Ihr, Tristan?« fragte Kahlan in gleichmütigem Ton.

Er starrte beim Sprechen auf ihren Busen. Sein Blick wanderte hinüber zu Richard. »Mich würde interessieren –«

Richard schnitt ihm das Wort ab. »Seid Ihr gekommen, um die Kapitulation Jaras anzubieten?«

Tristan zog seinen Uniformrock zurück und stützte seine Hand auf die Hüfte. »Die mir zugestandene Zeit ist noch nicht abgelaufen. Ich mache mir Sorgen wegen dieser Pest. Ihr seid Lord Rahl. Angeblich regelt Ihr jetzt sämtliche Amtsgeschäfte. Mich würde interessieren, was Ihr gegen die Seuche zu unternehmen gedenkt?«

Richard hielt sich zurück. »Was wir nur können.«

Tristan schielte erneut auf Kahlans Busen. »Nun, Ihr versteht sicher, daß ich Gewißheit haben muß.« Sein Blick wandte sich wieder Richard zu. Ein verschlagenes Grinsen machte sich auf seinem Gesicht breit. »Wie kann ich schließlich mein Land guten Gewissens einem Mann überantworten, unter dessen Herrschaft sich die möglicherweise größte Katastrophe in der Geschichte der Midlands abspielt? Das soll keine Beleidigung sein. Der Himmel sagt mir die Wahrheit. Ich bin sicher, Ihr habt Verständnis für meinen Standpunkt.«

Richard beugte sich zu dem aufgeblasenen Botschafter vor. »Eure

Zeit läuft sehr bald ab, Botschafter. Bereitet Euch darauf vor, Jara bald zu übergeben, sonst werde ich mich selbst darum kümmern – auf meine Art. Und wenn Ihr uns jetzt entschuldigen würdet, wir brauchen dringend frische Luft. Hier drinnen stinkt es plötzlich.«

Tristan Bashkars Miene verfinsterte sich.

Als sein Blick zu Kahlan zurückwanderte, riß Richard Tristan das Messer aus der Scheide an seinem Gürtel, bevor dieser auch nur mit den Augen blinzeln konnte.

Richard setzte dem Mann die Messerspitze auf die Brust.

»Und wenn ich Euch noch ein einziges Mal dabei erwische, daß Ihr Kahlan mit Euren lüsternen Blicken woanders hin als ins Gesicht seht, schneide ich Euch das Herz heraus.«

Richard machte kehrt, schleuderte das Messer fort und versenkte es in einer Eichenholzkugel auf einem in der Nähe stehenden Geländerpfosten. Das Geräusch des Aufpralls hallte durch die Marmorflure. Ohne eine Reaktion abzuwarten, nahm er Kahlan beim Arm und marschierte mit wehendem Goldcape davon. Kahlan hatte einen hochroten Kopf bekommen. Die beiden Mord-Sith folgten breit grinsend. Auch Drefan lächelte, während er den anderen hinterherging. Nadine zeigte keinerlei Reaktion.

15. Kapitel

In der Ferne bellte ein Hund, als Richard sie die kopfsteingepflasterte Gasse hinaufführte. Vor einem kleinen Hinterhof hinter dem Haus der Andersons ließ er seine Begleitung haltmachen. Im Hof herrschte immer noch das gleiche Durcheinander aus abgesägten Holzresten, Holzsplittern und -spänen sowie entastetem, roh zugeschnittenem Holz und den zwei Sägeböcken.

Richard hörte weder Stimmen noch den Lärm, der bei der Bearbeitung von Holz entsteht. Er drückte das Tor auf und bahnte sich einen Weg durch das Chaos. In der Werkstatt blieb alles still. Auf sein Klopfen hin regte sich nichts. Richard stieß eine der Doppeltüren auf und rief hinein. Keine Antwort.

»Clive!« rief Richard noch einmal. »Darby! Erling! Ist jemand zu Hause?«

An den Haken der staubigen Wände hingen alte Stühle und Schablonen, und in allen Ecken saßen Spinnweben. Oben roch man anstelle von Fleischpasteten und kochenden Pastinaken den betäubenden Gestank des Todes.

Clive Anderson saß auf einem der Stühle, die er selbst getischlert hatte. Er war tot. In den Armen hielt er den erstarrten Leichnam seiner Frau.

Richard stand wie gelähmt vor diesem Anblick. Er hörte, wie Kahlan hinter ihm ein Schluchzen entfuhr.

Drefan ging hinauf in die Schlafzimmer. Dort sah er sich kurz um und kam kopfschüttelnd zurück.

Richard starrte auf den toten Ehemann und seine Frau. Er versuchte, sich Clives Elend vorzustellen, wie er dort gesessen hatte, pestkrank, und seine Frau, all seine Träume und Hoffnungen, tot in den Armen hielt.

Drefan schob Richard eine Hand unter den Arm und zog ihn fort.

»Wir können hier nichts mehr tun, Richard. Am besten gehen wir und lassen einen Totenkarren kommen.«

Kahlan preßte ihr Gesicht an seine Schulter und weinte. Er sah die bestürzten Gesichter von Berdine und Raina. Er bemerkte, wie ihre Hände sich fanden und ineinander verschlangen – eine verstohlene, traurige Geste. Nadine wandte den Blick von den übrigen ab. Plötzlich tat sie Richard leid. Drefan legte ihr eine Hand auf die Schulter, um sie zu trösten. Eine quälende Stille hatte sich über den Raum gesenkt.

Richard hielt Kahlan eng an sich gedrückt, während sie die Treppe hinunterstiegen. Die anderen folgten. Als sie die Werkstatt erreichten, schöpfte er endlich wieder Luft. In dem Gestank oben war ihm fast schlecht geworden.

In diesem Augenblick kam Erling, der Großvater, zur Tür herein. Er erschrak, als er sechs Personen in seiner Werkstatt stehen sah.

»Entschuldigt, Erling«, sagte Richard. »Wir hatten nicht die Absicht, in Euer Heim einzudringen. Wir sind gekommen, um nach Euch zu sehen. Um …«

Erling nickte matt. »Mein Sohn ist tot. Hattie auch. Ich mußte … das Haus verlassen. Ich konnte sie nicht alleine tragen.«

»Wir schicken sofort einen Karren her. In der nächsten Straße stehen ein paar Soldaten. Ich werde ihnen sofort sagen, sie sollen Euch helfen.«

Erling nickte abermals. »Das wäre freundlich von Euch.«

»Und … die anderen? Sind sie –«

Erling hob die blutunterlaufenen Augen. »Meine Frau, meine Tochter, mein Sohn, seine Frau, Darby und die kleine Lily – alle tot.« Sein Mund arbeitete, während ihm die Tränen in die Augen traten. »Beth hat sich wieder erholt. Sie ist wieder gesund geworden. Ich konnte mich nicht um sie kümmern. So habe ich sie zunächst einmal zu Hatties Schwester gebracht. Bis jetzt sind in ihrem Haus alle gesund.«

Richard legte behutsam eine Hand auf Erlings Arm. »Es tut mir so leid. Gütige Seelen, es tut mir so leid.«

Erling nickte. »Danke.« Er räusperte sich. »So lange, wie ich lebe, da würde man denken, daß es mich erwischt und nicht die Jungen. Die Seelen waren in dieser Angelegenheit nicht gerecht. alles andere als gerecht.«

»Ich weiß«, sagte Richard. »Jetzt sind sie an einem Ort, wo Frieden herrscht. Früher oder später werden wir alle dorthin gehen. Dann werdet Ihr wieder bei ihnen sein.«

Nachdem sie sich davon überzeugt hatten, daß Erling nichts brauchte, blieben sie draußen auf der Gasse kurz stehen, um ihre Gedanken zu ordnen.

»Raina«, sagte Richard, »bitte lauft hinüber in die nächste Straße, wo wir die Soldaten gesehen haben. Holt sie sofort her. Sagt ihnen, sie sollen die Leichen für Erling fortschaffen.«

»In Ordnung«, sagte sie, dann eilte sie davon. Ihr dunkler Zopf wehte ihr beim Laufen hinterher.

»Ich weiß nicht, was ich machen soll«, sagte Richard leise. »Was kann man für jemanden tun, der soeben seine ganze Familie verloren hat? Alle, die er geliebt hat? Ich bin mir wie ein Narr vorgekommen. Ich wußte nicht, was ich sagen sollte.«

Drefan drückte Richards Schulter. »Du hast das Richtige gesagt, Richard. Ganz bestimmt.«

»Deine Worte waren ein Trost für ihn, Richard«, stimmte auch Nadine zu. »Mehr konntest du nicht tun.«

»Mehr konnte ich nicht tun«, wiederholte Richard, den starren Blick auf einen Punkt in der Ferne gerichtet.

Kahlan drückte seine Hand. Berdines Hand berührte seine. Er ergriff sie. Die drei standen da, verbunden durch ihren gemeinsamen Kummer.

Richard ging auf und ab und wartete, daß Raina zurückkam. Die Sonne war fast untergegangen. Es würde dunkel sein, bevor sie wieder im Palast waren. Das mindeste, was sie tun konnten, war zu warten, bis Erling jemanden hatte, der ihm half, seinen toten Sohn und seine Schwiegertochter aus dem Haus zu schaffen.

Kahlan und Berdine standen nebeneinander, an die Mauer neben dem Hinterhof der Andersons gelehnt. Drefan hatte die Hände hinter dem Rücken verschränkt und schlenderte scheinbar gedankenverloren ein Stück die Gasse zurück. Nadine ging auf die andere Seite der Straße, alleine, und lehnte sich an die Schindelwand.

Richard lief auf und ab und dachte an den Tempel der Winde und die Magie, die Jagangs Imperiale Ordnung daraus gestohlen hatte. Richard wußte einfach keinen Weg, wie er diesem Sterben ein Ende setzen konnte. Sobald er daran dachte, wie Tristan Bashkar Kahlan angesehen hatte, geriet sein Blut in Wallung.

Richard hielt inne. Er hob den Kopf. Hinter ihm stand Nadine. Er hatte ein äußerst eigenartiges Gefühl.

Die Härchen in seinem Nacken stellten sich auf.

Richard hörte das Sirren in der Luft und wirbelte herum.

Die Welt verlangsamte sich. Geräusche dehnten sich. Er schien zu schweben, wenn er sich bewegte. Die Luft schien zäh wie Schlamm. In seinen Augen wirkten alle wie Statuen.

Die Zeit gehörte ihm.

Sein Arm streckte sich, während er nach vorne schwebte. Er gebot über die Zähflüssigkeit der Luft. In der unheimlichen Stille hörte er die Federn schwirren. Er hörte das Sirren der Pfeilspitze.

Die Zeit gehörte ihm.

Nadines erschrockenes Blinzeln dauerte eine Ewigkeit.

Er schloß seine Faust.

Mit einem schmetternden Geräusch stürzte die Welt wieder auf ihn ein.

Richard hielt den Bolzen einer Armbrust in der Hand.

Die Spitze war keine drei Zoll von Nadines aufgerissenen Augen entfernt.

Den Bruchteil einer Sekunde später, und sie hätte Nadine getötet. Dieser Sekundenbruchteil war ihm wie eine Stunde erschienen.

»Richard«, keuchte Nadine atemlos, »wie hast du den Pfeil gefangen? Du bist dir hoffentlich im klaren, daß du mir einen gehörigen Schrecken eingejagt hast. Nicht, daß ich mich beschweren möchte«, fügte sie noch rasch hinzu.

Drefan war im Nu bei ihnen. Sein Kiefer hing schlaff herunter. »Wie hast du das gemacht?« fragte er tonlos.

»Ich bin ein Zauberer, schon vergessen?« sagte Richard, drehte sich um und spähte in die Richtung, aus der der Pfeil gekommen war. Er glaubte eine Bewegung zu erkennen.

Kahlan trat zu Nadine, die wie Espenlaub zitterte. »Alles in Ordnung?«

Nadine nickte und stieß einen verspäteten Schreckensschrei aus, als Kahlan sie tröstend in die Arme zog.

Richards Augen hefteten sich auf die Bewegung, während er den Pfeil in der Hand zerbrach. Er rannte los. Berdine lief ihm hinterher.

Richard drehte sich im Laufen um. »Sucht ein paar Soldaten zusammen! Das ganze Viertel soll abgesperrt werden! Ich will, daß er gefaßt wird!«

Berdine bog in eine Straße ein und suchte nach Soldaten. Richard rannte schnell wie der Wind bei einem Unwetter. Eine Woge von Wut brodelte in ihm auf. Jemand hatte versucht, Nadine umzubringen.

In diesem Augenblick war Nadine nicht die Frau, die Shota geschickt hatte, damit sie ihn heiratete, sie war einfach die alte Freundin aus der Heimat. Der Zorn der Magie packte ihn mit seiner ganzen Wucht.

Gebäude flogen vorbei. Hunde kläfften, als er vorüberrannte. Menschen in der Gasse schrien erschrocken auf und brachten sich mit einem Sprung in Sicherheit. Eine Frau duckte sich kreischend an ein kleines, windschiefes Lagerhaus.

An der Stelle, wo er die Bewegung bemerkt hatte, setzte Richard über einen niedrigen Bretterzaun hinweg. Mitten im Sprung zog er sein Schwert. Die Luft hallte wider vom unverwechselbaren Klirren des Stahls.

Bei der Landung rollte er ab und kam mit dem Schwert in beiden Händen wieder auf die Beine. Er sah sich Auge in Auge einer Ziege gegenüber. Sonst war niemand zu sehen. Auf der Erde, zwischen Bretterzaun und niedrigem Ziegenstall, lag eine Armbrust.

Er sah sich nach allen Seiten um. Wäscheleinen hingen voller Laken und Hemden. Auf einem Balkon jenseits der flatternden Wäsche stand, ein blaues Tuch ums Haar gewickelt, eine Frau.

Richard ließ das Schwert in die Scheide zurückgleiten und formte mit den Händen einen Trichter vor dem Mund. »Habt Ihr hier einen Mann gesehen?« brüllte er zu der Frau hinauf.

Sie deutete nach rechts. »Ich habe gesehen, wie jemand dort entlang gerannt ist«, rief sie ihm von weitem zu.

Richard lief in die Richtung los, die die Frau ihm angedeutet hatte. Die Gasse wurde enger. Hinter dem Tunnel aus Gebäuden öffnete sich die Gasse auf eine Straße. Er schaute in beide Richtungen.

Er packte eine junge Frau am Arm. »Hier ist eben ein Mann durchgelaufen. In welche Richtung ist er gerannt?«

Verängstigt versuchte sie, sich loszureißen und gleichzeitig mit ihrer anderen Hand den Hut auf ihrem Kopf festzuhalten. »Hier sind überall Menschen. Was denn für ein Mann?«

Richard ließ ihren Arm los. Von ihm aus gesehen links die Straße hoch sah er, wie ein Mann damit beschäftigt war, einen umgestürzten Handkarren mit frischem Gemüse wieder aufzurichten. Der Mann blickte auf, als Richard keuchend aus vollem Lauf vor ihm stehenblieb.

»Wie sah er aus? Der Mann, der hier durchgerannt ist – wie sah er aus?«

Der Mann schob seinen breitkrempigen Hut zurecht. »Keine Ahnung.« Er streckte den Arm aus. »Ich war gerade auf der Suche nach einem guten Standplatz. Ich hörte, wie mein Karren umfiel. Dann bemerkte ich einen dunklen Schatten, der dort hinauflief.«

Richard rannte weiter. Der alte Stadtkern verzweigte sich zu einem Gewirr aus Gassen, Straßen und verschlungenen Durchgängen. Er konnte sich nur am goldenen Glanz über dem westlichen Himmel orientieren. Das bedeutete allerdings nicht, daß der Mann, den er verfolgte, ein bestimmtes Ziel hatte. Wahrscheinlich lief er einfach drauflos und suchte sein Heil in der Flucht.

Richard stieß auf eine Patrouille aus einem Dutzend Soldaten. Bevor sie salutieren konnten, hatte er schon zu sprechen angefangen.

»Irgendwo hier ist ein Mann vorbeigerannt. Hat ihn einer von euch bemerkt?«

»Wir haben niemanden gesehen. Könnt Ihr ihn uns beschreiben?«

»Nein. Er hat uns mit einer Armbrust überfallen und ist dann geflohen. Ich will, daß er gefaßt wird. Schwärmt aus und macht euch auf die Suche.«

Bevor sie aufbrechen konnten, kam Raina mit gut fünfzig Mann die Straße hinaufgestürmt.

»Habt Ihr gesehen, wo er hingelaufen ist?« fragte sie, völlig außer Atem.

»Nein. Ich habe ihn irgendwo dort drinnen verloren. Ich möchte, daß ihr alle ausschwärmt und ihn findet.«

Einer der Soldaten, ein Unterkommandant, meldete sich zu Wort. »Lord Rahl, ein Mann, der fliehen will, würde sich nur verdächtig machen, wenn er rennt. Wenn er nur einen Funken Verstand hat, biegt er einfach um eine Ecke und geht gemächlich weiter.«

Der Unterkommandant deutete nach hinten, die Straße hinauf, um sein Argument zu unterstreichen. Überall gingen Menschen ihren Geschäften nach, wenn auch eine ganze Menge zu der aufgeregten Szene herüberstarrte. Jeder von ihnen hätte der Mann sein können, dem er nachjagte.

»Irgendeine Idee, wie dieser Meuchelmörder ausgesehen hat?«

Richard schüttelte verzweifelt den Kopf. »Ich habe ihn überhaupt nicht zu Gesicht bekommen.« Er strich sich durchs Haar und holte tief Luft. »Teilt euch auf. Die Hälfte von euch geht zurück in die Richtung, aus der wir gekommen sind. Befragt jeden, den ihr findet, und stellt fest, ob jemand ihn gesehen hat – einen Mann, der flieht. Möglicherweise geht er jetzt langsam, aber vorhin ist er gerannt.«

Raina, den Strafer in der Hand, nahm ihre Position an seiner Seite ein.

»Der Rest von euch bleibt bei mir«, sagte Richard. »Wir werden noch mehr Männer zusammentrommeln. Ich werde weitersuchen. Vielleicht läuft uns jemand über den Weg, der langsam geht, in Panik gerät und versucht zu fliehen. Wenn das jemand tut, will ich ihn haben. Lebend.«

Es war spät in der Nacht, als sie in den Palast der Konfessoren zurückkehrten. Die Soldaten dort waren bereits in erhöhter Alarmbereitschaft. Die Männer hatten ihre Schwerter und Streitäxte griffbereit, die Pfeile eingelegt, die Speere ausgerichtet. Andere patrouillierten auf dem weiten Palastgelände. Ihren stechenden, prüfenden Blicken wäre nicht einmal eine Maus entgangen.

Als Kahlan, Berdine, Raina, Drefan und Nadine Richard in den Versammlungssaal begleiteten, erblickte er dort Tristan Bashkar, der, die Hände hinter dem Rücken verschränkt, wartend auf und ab ging. Er hörte sie kommen, blieb stehen und hob den Kopf.

Richard blieb gemächlich stehen, während der Botschafter, der sich reumütig gab, auf sie zukam. Richards Begleitung sammelte sich, bis auf Kahlan, die gleich neben ihm stand, zu einer kleinen Gruppe hinter ihm. Tristan begrüßte sie lautstark mit erhobener Hand.

»Lord Rahl, könnte ich bitte ein paar Worte mit Euch sprechen?«

Richard musterte den Mann von Kopf bis Fuß und bemerkte, daß er seine Hand nicht auf eine Hüfte stützte, um die Aufmerksamkeit auf sein prunkvoll verziertes Messer zu lenken.

Richard hob einen Finger. »Augenblick bitte.«

Er drehte sich ein Stück weit zu den anderen um. »Es ist spät. Wir haben eine Menge Arbeit vor uns, ich möchte also, daß Ihr Euch ein wenig ausruht. Berdine, reitet bitte zur Burg hinauf, und haltet heute nacht zusammen mit Cara Wache.«

Berdine runzelte die Stirn. »Wir beide?«

Richard runzelte verärgert die Stirn. »Habe ich das nicht gerade gesagt? Ja, ihr beide. Angesichts des ganzen Ärgers möchte ich kein Risiko eingehen.«

»Dann werde ich die Gemächer der Mutter Konfessor bewachen«, sagte Raina.

»Nein.« Richard deutete mit dem Daumen auf Nadine. »Ihr werdet Nadines Zimmer bewachen. Schließlich war sie es, die überfallen wurde.«

»Ja, Lord Rahl«, stammelte Raina. »Dann werde ich dafür sorgen, daß vor den Gemächern der Mutter Konfessor ein Trupp Soldaten postiert wird.«

»Wenn ich rings um Kahlans Gemächer Soldaten haben wollte, dann hätte ich Euch das doch gesagt, oder etwa nicht?« Raina errötete. »Alle Soldaten sollen ihre üblichen Aufgaben übernehmen und vor den Eingängen, auf dem Palastgelände und in einer Sicherheitszone um das Gelände patrouillieren. Jeder einzelne von ihnen! Die Gefahr droht von außen, nicht von innen. Innerhalb des Palastes ist Kahlan vollkommen sicher. Auf keinen Fall dürfen Soldaten, die eigentlich draußen Wache schieben sollten, statt dessen untätig vor Kahlans Gemächern herumlungern. Das lasse ich nicht zu, habt Ihr mich verstanden!«

»Aber Lord Rahl –«

»Keine Widerworte. Dafür bin ich nicht in der Stimmung.«

Kahlan berührte ihn am Arm. »Richard«, meinte sie leise, »bist du sicher, daß –«

»Jemand hat versucht, Nadine umzubringen. Beinahe wäre es ihm gelungen. Oder hat hier irgend jemand nicht begriffen, was das bedeutet? Ich werde kein Risiko mehr eingehen. Ich will, daß sie beschützt wird, und vor allem will ich keine Diskussionen. Drefan, ab sofort trägst du ein Schwert. Heiler sind gefährdet.«

Alles starrte schweigend zu Boden.

»Gut.« Richard richtete seinen wütenden Blick auf Tristan. »Was gibt's?«

Der Angesprochene breitete die Hände aus. »Lord Rahl, ich wollte mich lediglich entschuldigen. Mir ist bewußt, wie gefühllos ich gewirkt haben muß, aber ich war um die Menschen hier besorgt, die krank sind und im Sterben liegen. Deswegen war ich so gereizt. Ich hatte nicht die Absicht, Unmut zwischen uns aufkommen zu lassen. Ich hoffe, Ihr nehmt meine Entschuldigung an.«

Richard musterte Tristans Augen. »Ja, natürlich. Die Entschuldigung ist akzeptiert, und es tut mir leid, wenn ich in Wut geraten bin. Wie Ihr war auch ich ein wenig reizbar.« Richard legte Nadine eine Hand auf die Schulter. »Jemand hat versucht, eine meiner Heilerinnen umzubringen – einen Menschen, der sich der Hilfe für andere verschrieben hat. Inzwischen machen die Menschen die Heiler für die Ausbreitung der Pest verantwortlich. Ich kann nicht zulassen, daß jemand zu Schaden kommt, der nur sein Bestes gibt, um anderen zu helfen.«

»Ja, natürlich. Äußerst freundlich von Euch, meine Entschuldigung anzunehmen. Ich danke Euch, Lord Rahl.«

»Trotz allem, Botschafter, vergeßt nicht, morgen läuft Eure Zeit ab.«

Tristan verbeugte sich. »Dessen bin ich mir bewußt. Spätestens morgen werdet Ihr erfahren, wo ich stehe, Lord Rahl. Dann also gute Nacht.«

Richard fuhr die anderen an. »Morgen wartet eine Menge Arbeit auf uns. Es ist spät. Wie Drefan mich ständig erinnert, brauchen wir alle ein wenig Schlaf. Ihr kennt Eure Befehle. Noch Fragen?«

Alle antworteten mit einem wortlosen Schütteln des Kopfes.

Zwei Stunden, nachdem sie in den Palast zurückgekehrt waren und Richard sie alle ins Bett geschickt hatte, glaubte Kahlan, in ihrem Zimmer eine Bewegung zu erkennen.

Die Lampe an der gegenüberliegenden Wand war ganz heruntergedreht. Die Wolken verdeckten den Mond, daher fiel durch die Glastüren vom Balkon kein Licht herein. Die dicken Teppiche dämpften das Geräusch etwaiger Schritte. Der schwache Schein der Lampe war alles, was ihr die Gestalt verriet, die sie zu sehen glaubte.

Erneut regte sich auf der gegenüberliegenden Zimmerseite etwas – die Andeutung einer schattenhaften Bewegung. Sie hatte niemanden ihre Gemächer betreten sehen. Es konnte sich nur um Einbildung handeln. Der Tag hatte sie in einen überreizten Zustand versetzt.

Nach dem nächsten leisen Schritt bestand kein Zweifel mehr. Jemand befand sich in ihrem Zimmer und schlich immer näher an ihr Bett heran. So verstohlen seine Bewegungen auch waren, er hatte die Entfernung in bemerkenswert kurzer Zeit zurückgelegt.

Kahlan rührte keinen Muskel, als das Messer im trüben Licht der Lampe aufblitzte. Sie hielt den Atem an.

Ein kräftiger Arm stach haßerfüllt auf ihr Bett ein. Der Arm hob und senkte sich, stach in rascher Folge zu.

Richard stieß die Balkontür mit dem Finger an. Sie schwenkte an den Angeln geräuschlos nach innen. Auf Richards Handzeichen schlüpfte Berdine augenblicklich quer durchs Zimmer. Als sie an der richtigen Stelle war, tippte er einmal gegen das Glas. Berdine drehte den Docht der Lampe hoch.

Tristan Bashkar richtete sich neben Kahlans Bett auf, das Messer in der Hand, keuchend von der Anstrengung seiner soeben begangenen Tat.

»Laßt das Messer fallen, Botschafter«, forderte Richard ihn mit ruhiger Stimme auf.

Tristan ließ das Messer durch die Finger wirbeln und faßte es an der Klinge, um es werfen zu können.

Berdines Strafer traf ihn hinten am Hals und ließ ihn auf der Stelle zusammenbrechen. Sie bohrte ihm den Strafer in die Schulter, um sich abzustützen, während sie sich bückte, um das Messer aufzuheben. Tristan heulte vor Schmerz auf.

Berdine erhob sich und brachte drei Messer ans Licht.

»Du hattest recht, Richard«, sagte Drefan von hinten.

»Das glaube ich einfach nicht«, staunte Nadine und trat in den Schein der Lampe.

»Das solltet Ihr aber«, meinte General Kerson, der ebenfalls vom Balkon aus ins Zimmer kam. »Ich würde sagen, Tristan Bashkar hat seine Immunität als Diplomat eigenhändig aufgehoben.«

Richard legte zwei Finger an die Lippen und pfiff. Raina stürzte an der Spitze eines großen Kontingents schwerbewaffneter d'Haranischer Soldaten ins Zimmer. Zwei von ihnen entzündeten zusätzliche Lampen.

Richard hakte seine Daumen in seinen Gürtel, trat neben Kahlan und sah zu, wie die Soldaten den Mann auf die Beine hievten.

»Du hattest recht«, sagte sie. »Er hat Nadine überfallen, um die Wachen von mir abzuziehen. Die ganze Zeit hatte er es auf mich abgesehen.«

Eine Weile hatte sie geglaubt, er hätte den Verstand verloren. Sein Auftritt hatte alle überzeugt, sogar Tristan.

»Danke, daß du mir vertraut hast«, sagte Richard leise.

Als er ihr anfangs seinen Plan erklärte, war Kahlan der Ansicht gewesen, er beschuldigte Tristan wegen des früheren Vorfalls. Sie hatte es nicht deutlich zum Ausdruck gebracht, sich aber gefragt, ob Richard nicht bloß aus Eifersucht handelte.

Jetzt hatte er schon zum zweiten Mal Eifersucht gezeigt, seit sie ihm von Shotas Worten berichtet hatte – etwas, das sie eigentlich gar nicht von ihm kannte. Er hatte keinen Grund, eifersüchtig zu sein, doch Shotas Worte hatten ihre Wirkung auf seinen Verstand nicht verfehlt und seinen Zweifel geweckt. Jedesmal, wenn sie Nadine ansah, verstand Kahlan, wie er sich fühlte. Jedesmal, wenn sie Nadine auch nur in seiner Nähe stehen sah, spürte Kahlan, wie die Eifersucht mit heißen Krallen ihr Innerstes zerriß.

Shota und die Ahnenseele hatten ihr die Wahrheit gesagt. Sie war sich darüber im klaren, daß sie Richard nicht bekommen würde. Verstandesmäßig versuchte sie, dies in rationale Gedanken zu fassen, sich einzureden, es werde sich schon eine Lösung finden, daß sie zusammen sein würden, in ihrem Herzen wußte sie es dennoch besser. Richard würde Nadine heiraten. Und Kahlan einen anderen Mann.

Richard sträubte sich, das zu glauben. Wenigstens behauptete er das. Sie hatte ihre Zweifel.

Vor ihrem inneren Auge sah sie Clive Anderson, der tot auf seinem Stuhl saß, seine tote Frau in den Armen. Was war eine unglückliche Ehe verglichen mit der Tragödie, die über die Familie Anderson und so viele andere gekommen war? War es das nicht wert, diesen Preis zu zahlen, wenn dadurch diesem entsetzlichen Leiden und Sterben ein Ende gesetzt würde?

Nadine stahl sich an Richards andere Seite. »Ich wäre jetzt tot, ob du nun die Wachen von Kahlan abgezogen hättest oder nicht. Danke, Richard. Wie du den Pfeil direkt vor meinem Gesicht abgefangen hast, so etwas habe ich noch nicht erlebt.«

Richard zog sie kurz an ihrem Arm zu sich heran. »Du hast dich oft genug bedankt, Nadine. Für mich hättest du dasselbe getan.«

Wieder spürte Kahlan die heißen Krallen der Eifersucht. Sie unterdrückte das Gefühl. Es war, wie Shota gesagt hatte: Wenn sie ihn liebte, sollte ihm wenigstens der kleine Trost bleiben – daß es jemand war, den er kannte.

»Und wenn er mich getötet hätte? Ich meine, wenn er nichts weiter gewollt hat, als daß die Wachen von Kahlan abgezogen werden, was wäre passiert, wenn er mich getötet hätte? Was hätte ihm das genützt?«

»Er weiß, daß ich die Gabe habe, und darauf hat er sich verlassen. Hätte er dich versehentlich getötet, hätte es vielleicht trotzdem geklappt. Oder er hätte etwas Ähnliches bei Drefan vortäuschen und uns in unserem Glauben bestärken können, Heiler seien das Ziel und nicht Kahlan.«

»Warum hat er Kahlan dann nicht einfach mit einem Pfeil getötet?«

Richard verfolgte den einseitigen Kampf auf der anderen Seite des Betts. »Weil es ihm Vergnügen bereitet, mit diesem Messer zuzustechen. Er wollte das Gefühl genießen, sie zu töten.«

Seine Worte ließen Kahlan frösteln. Sie kannte Tristan. Gut möglich, daß Richard recht hatte. Tristan hätte seinen Spaß daran gehabt.

Die Soldaten bogen Tristan die Arme auf den Rücken und rissen ihn auf die Beine. Er wehrte sich noch immer nach Kräften, war aber hoffnungslos unterlegen. Als das Zimmer sich mit Soldaten füllte, wurden weitere Lampen angezündet.

Kahlan waren all die Menschen in ihrem Schlafzimmer unangenehm. Vermutlich deshalb, weil die Gemächer der Mutter Konfessor stets ein privates Heiligtum gewesen waren. Ein Ort der Zurückgezogenheit.

In dieses Heiligtum war ein Mann eingedrungen. Ein Mann, der sich mit der Absicht trug, sie zu erdolchen.

»Was hat das eigentlich alles zu bedeuten?« brüllte Tristan.

»Oh, wir wollten bloß sehen, wie ein Kerl ein mit Werg ausgestopftes Nachthemd absticht«, erwiderte Richard.

General Kerson untersuchte den Gefangenen, um sich davon zu überzeugen, daß Berdine ihm alle Waffen abgenommen hatte. Als er zufrieden war, wandte er sich zu Richard.

»Was soll mit ihm geschehen, Lord Rahl?«

»Enthauptet ihn.«

Kahlan drehte sich schockiert um. »Das kannst du nicht tun, Richard.«

»Du hast mit eigenen Augen gesehen, was er getan hat. Er befand sich in dem Glauben, dich umzubringen.«

»Aber er hat es nicht getan. Er hat nur auf mein Bett eingestochen. Die Seelen machen einen Unterschied zwischen Absicht und Tat.«

»Er hat auch versucht, Nadine zu töten.«

»Ich habe nichts dergleichen getan!« brüllte Tristan. »Das war ich nicht – ich habe den Palast heute abend überhaupt nicht verlassen!«

Richard sah Tristan mit einem kalten Funkeln in den Augen an. »Ihr habt weiße Haare an den Knien. Weiße Ziegenhaare. Ihr habt hinter dem Zaun gekniet, als Ihr mit der Armbrust gezielt habt, und dabei sind die Ziegenhaare an Eurer Hose hängengeblieben.«

Kahlan blickte nach unten und sah, daß Richard recht hatte.

»Ihr seid wahnsinnig! Das habe ich niemals getan!«

»Richard«, sagte Kahlan, »Nadine hat er ebenfalls nicht getötet. Er hat es vielleicht versucht, aber getan hat er es nicht. Du kannst ihn nicht für die Absicht hinrichten.«

Richard ballte die Faust um das Amulett auf seiner Brust, das Amulett, das den Tanz mit dem Tod repräsentierte. Kein Erbarmen.

Der General löste den Blick von Kahlan und richtete ihn auf Richard. »Lord Rahl?«

»Richard«, drängte Kahlan, »das darfst du nicht tun.«

Richard sah Tristan wütend funkelnd an. »Er hat diese Frauen umgebracht. Er hat sie mit seinem prächtigen Messer aufgeschlitzt. Es gefällt Euch, Menschen aufzuschlitzen, nicht wahr, Tristan?«

»Was redet Ihr da? Ich habe niemanden getötet – außer im Krieg!«

»Nein«, sagte Richard, »und Ihr habt auch nicht versucht,

Kahlan umzubringen. Und Ihr habt nicht versucht, Nadine zu töten, und an Eurer Hose kleben auch keine weißen Ziegenhaare.«

Tristans von Panik erfüllte braune Augen richteten sich auf Kahlan. »Mutter Konfessor, ich habe Euch nicht getötet, und ich habe sie nicht getötet. Ich habe niemanden getötet. Ihr dürft nicht zulassen, daß er es so weit kommen läßt.«

Kahlan erinnerte sich, was man sich hinter vorgehaltener Hand über Tristan erzählte, an die Gerüchte, er bevorzuge, wenn er in den Kampf zog, das Messer gegenüber dem Schwert, weil er ein sadistisches Vergnügen daran finde, Menschen aufzuschlitzen.

Die Frauen waren aus sadistischem Vergnügen getötet worden.

»Was habt Ihr mir erzählt, Tristan? Daß Ihr oft auf das Zaubermittel Geld zurückgreifen müßt, wenn Euch nach weiblicher Gesellschaft zumute ist? Und daß Ihr, falls Ihr die Regeln brecht, erwartet, einer Bestrafung unserer Wahl unterzogen zu werden?«

»Wie wäre es mit einer Gerichtsverhandlung? Ich habe niemanden ermordet. Absicht ist nicht dasselbe wie die Tat!«

»Und was war Eure Absicht, Tristan?« fragte Richard. »Warum wolltet Ihr Kahlan umbringen?«

»Jedenfalls nicht aus eigenem Antrieb. Es ging nicht ums Vergnügen, wie Ihr denkt. Ich wollte nur Menschenleben retten.«

Richard zog erstaunt eine Braue hoch. »Töten, um Menschenleben zu retten?«

»Ihr habt doch auch schon Menschen getötet. Ihr tut es nicht aus Freude am Töten, sondern um das Leben Unschuldiger zu retten. Das ist alles, dessen ich mich schuldig gemacht habe – des Versuchs, das Leben Unschuldiger zu retten.

Die Imperiale Ordnung hat Abgesandte in den Königlichen Palast in Sandilar geschickt. Es hieß, wir hätten die Wahl, uns ihnen entweder anzuschließen oder zu sterben. Javas Kadar, unser Sterndeuter, trug mir auf, am Himmel nach einem Zeichen Ausschau zu halten.

Als die roten Monde kamen und die Pest begann, wußte ich, was sie gemeint hatten. Ich sollte die Mutter Konfessor töten und mich auf diese Weise mit der Imperialen Ordnung gut stellen, damit sie nicht auch uns die Pest schickt. Das alles war nichts weiter als der Versuch, mein Volk vor großer Not zu bewahren.«

Richards Augen wandten sich zu Kahlan. »Wie weit ist es bis nach Sandilar?«

»Ein Monat, hin und zurück. Vielleicht ein paar Tage weniger.«

Richard blickte wieder zum General. »Stellt eine Gruppe von Offizieren zusammen, die das Kommando über die jaranischen Streitkräfte und die Hauptstadt übernehmen. Sie sollen Tristans Kopf der königlichen Familie überbringen und ihnen mitteilen, daß man ihn wegen versuchten Mordes an der Mutter Konfessor hingerichtet hat.

Die Offiziere sollen die Kapitulation Jaras an D'Hara unter den bereits erwähnten friedlichen Bedingungen anbieten. Bis dorthin und zurück dauert es einen Monat. Der König soll persönlich mit den Kapitulationsdokumenten hierherkommen. Ich erwarte ihn und die d'Haranischen Wachen, die ihn begleiten, morgen in einem Monat zurück.

Erklärt dem König, wenn er nicht kapituliert und unsere Männer nicht wohlbehalten zurückkehren, werde ich persönlich an der Spitze einer Armee in Sandilar einmarschieren und jedes einzelne Mitglied der königlichen Familie enthaupten lassen. Wir werden Jara und die Hauptstadt erobern. Das wird keine freundliche Besetzung werden.«

General Kerson schlug sich mit der Faust über dem Herzen auf den Kettenpanzer. »Es wird geschehen, wie Ihr befehlt, Lord Rahl.«

»Richard«, sagte Kahlan leise, »und wenn es stimmt, was er sagt – daß er diese Frauen nicht getötet hat? Ich könnte ihn mit meiner Konfessorenkraft berühren, dann wüßten wir es ganz genau.«

»Nein! Ich lasse nicht zu, daß du ihn berührst oder dir anhörst, was er diesen Frauen angetan hat. Er ist ein Ungeheuer.«

»Aber wenn er die Wahrheit spricht? Was ist, wenn er diese Frauen nicht getötet hat?«

Richards Faust packte das Amulett auf seiner Brust. »Ich lasse ihn nicht für den Mord an diesen Frauen hinrichten. Er hat versucht, dich zu ermorden. Ich habe es mit eigenen Augen bezeugt. Was mich anbelangt, ist die Absicht dasselbe wie die Tat. Er wird dafür denselben Preis bezahlen, den er für die ausgeführte Tat bezahlt hätte.«

Richard richtete einen kalten, finster-durchdringenden Blick auf die Soldaten. »Allein vergangene Nacht sind dreihundert Menschen an der Pest gestorben. Dieser Verbrecher hat sich auf die Seite der Heuchler geschlagen, die sie ausgelöst haben. Die Männer sollen gleich morgen früh nach Jara aufbrechen. Außerdem will ich, daß sein Kopf sie begleitet. Ihr habt Eure Befehle gehört. Und jetzt schafft ihn raus.«

16. Kapitel

Als sie sah, daß Drefan ihr entgegenkam, stellte Kahlan den Korb mit den sauberen Verbänden und Lappen ab. Drefan hatte noch immer ein Schwert umgeschnallt, obwohl Richard dies lediglich als Teil des Täuschungsmanövers angeordnet hatte, mit dem er Tristan davon überzeugen wollte, daß sein Plan funktionierte. Vielleicht war es gar keine so schlechte Idee. Einige Menschen begannen, eine Abneigung gegen Heiler zu entwickeln, weil sich diese offen gegen die Tränke und Heilmittel aussprachen, die in den Straßen feilgeboten wurden.

Sie strich ihr Haar zurück. »Wie geht es ihnen?«

Drefan blickte seufzend nach hinten in den Flur. »Einer ist gestern abend gestorben. Den meisten geht es schlechter. Heute haben wir sechs neue Fälle bekommen.«

»Gütige Seelen«, sagte sie leise. »Was soll nur aus uns werden?«

Drefan hob ihr Kinn an. »Wir werden es schon überstehen.«

Kahlan nickte. »Drefan, wenn so viele Dienstboten erkranken und so viele bereits gestorben sind, was nützt dann eigentlich dieser höllische Rauch?«

»Gegen die Pest hilft der Rauch nicht.«

Kahlan sah ihn fassungslos an. »Wieso müssen wir dann damit weitermachen?«

Drefan lächelte traurig. »Die Leute glauben, er schränkt die Ausbreitung der Seuche ein. Sie fühlen sich besser, weil wir etwas unternehmen, außerdem gibt es ihnen Hoffnung. Hören wir damit auf, werden sie denken, es besteht keine Hoffnung mehr.«

»Und? Besteht denn noch Hoffnung?«

»Das weiß ich nicht«, erwiderte er leise.

»Hast du schon den Bericht von gestern abend gehört?«

Er nickte. »Während der letzten Wochen ist die Zahl der Toten weiter gestiegen. Gestern nacht lag sie bei über sechshundert.«

Kahlan wandte mutlos den Blick ab. »Wenn wir nur etwas tun könnten.«

Shota hatte ihr erklärt, es werde sich ein Weg auftun. Die Ahnenseele hatte ihr das gleiche gesagt. Sie konnte den Gedanken nicht ertragen, Richard zu verlieren, aber ebensowenig wurde sie mit all den sterbenden Menschen fertig.

»Nun«, meinte Drefan, »ich werde jetzt meine Runde durch die Stadt machen.«

Kahlan ergriff seinen Unterarm. Er erschrak, eine Reaktion, die sie als Konfessor gewöhnt war. Sie zog ihre Hand zurück. »Ich weiß, du kannst sie nicht aufhalten, trotzdem möchte ich dir für deine Hilfe danken. Den Lebenden gibt es schon Hoffnung, wenn du nur mit ihnen sprichst.«

»Worte sind das beste Hilfsmittel eines Heilers. Oft können wir ohnehin nicht mehr tun. Die meisten glauben, Heiler zu sein bedeutet, daß man Menschen gesund macht. Das geschieht eigentlich nur selten. Vor langer Zeit habe ich gelernt, Heiler zu sein bedeutet, daß man sich mit Schmerz und Leid abfinden muß.«

»Wie geht es Richard? Hast du ihn heute morgen schon gesehen?«

»Er befindet sich in seinem Arbeitszimmer. Er sah gut aus. Ich habe ihn überredet, ein wenig zu schlafen.«

»Gut. Er konnte etwas Ruhe gebrauchen.«

Drefan blickte sie aus seinen blauen Augen prüfend an. »Er hat bei dem Mann, der versucht hat, dich zu töten, getan, was er tun mußte, aber ich weiß, daß es ihm bei aller Entschlossenheit fürchterlich schwergefallen ist. Richard nimmt den Tod eines Mannes nicht auf die leichte Schulter, selbst wenn der ihn mehr als verdient hat.«

»Ja«, sagte Kahlan. »Das Todesurteil gegen diesen Mann belastet ihn sehr. Auch ich war schon gezwungen, den Tod von Menschen anzuordnen. In Friedenszeiten hat man den Luxus der Ordnung, in einem Krieg aber ist man gezwungen zu handeln. Zögern bedeutet den Tod.«

»Hast du das Richard erklärt?«

Kahlan lächelte. »Natürlich. Er weiß, daß er getan hat, was er tun mußte, und daß wir alle, die ihm nahestehen, Verständnis für seine Entscheidung haben. Ich hätte an seiner Stelle ebenso gehandelt, und das habe ich ihm auch gesagt.«

»Hoffentlich finde ich eines Tages eine Frau, die nur halb so stark ist wie du.« Drefan lächelte. »Von deiner Schönheit ganz zu schweigen. Wie auch immer, ich muß los.«

Kahlan sah ihm nach, als er ging. Seine Hose war nach wie vor zu eng. Bei dem Gedanken errötete sie und ging wieder an ihre Arbeit.

Nadine hielt sich im Krankensaal auf und versorgte die Menschen, die in zwei Bettenreihen lagen. In der Krankenstation standen zwanzig Betten, und alle waren belegt. Weitere Menschen lagen auf Decken auf dem Fußboden. In anderen Zimmern lagerten noch mehr Kranke.

»Danke«, sagte Nadine, als Kahlan die sauberen Sachen abstellte, die sie mitgebracht hatte. Sie war damit beschäftigt, Kräuter in Kannen zu füllen und Tee zuzubereiten. Andere Frauen, die die Kranken versorgten, wechselten Laken, säuberten und verbanden offene Geschwüre oder brachten den Patienten Tee.

Nadine zog ein Tuch aus dem Korb, tauchte es in ein Becken mit Wasser, wrang es aus und legte es einer stöhnenden Frau auf die Stirn. Sie berührte die Kranke an der Schulter.

»Hier, meine Liebe. Ist es besser so?«

Die Frau brachte nur ein schwaches Lächeln und ein Nicken zustande.

Kahlan versorgte mehrere andere Menschen auf dieselbe Art, tupfte ihnen die schweißnassen Gesichter mit einem feuchten Lappen ab und sprach ein paar tröstliche Worte zu ihnen.

»Ihr wäret eine gute Heilerin«, sagte Nadine und blieb neben Kahlan stehen. »Ihr habt eine freundliche Art.«

»Das ist auch schon alles. Ich könnte niemanden gesund machen.«

Nadine beugte sich zu ihr vor. »Glaubt Ihr vielleicht, ich?«

Kahlan blickte sich im Saal um. »Ich verstehe, worauf Ihr hinauswollt. Aber wenigstens habt Ihr Euer Leben dem Helfen von Menschen gewidmet. Mein Leben ist der Pflicht gewidmet. Dem Kampf.«

»Wie meint Ihr das?«

»Letztendlich bin ich eine Kriegerin. Meine Pflicht besteht darin, den einen Menschen Leid zuzufügen, um die anderen zu retten. Wenn jemand wie ich mit der Arbeit fertig ist, bleibt es jemandem wie Euch überlassen, die Übriggebliebenen wieder gesund zu machen.«

Nadine trat dicht an sie heran. »Manchmal wünschte ich, eine Kriegerin zu sein, die sich für das Ende des Leidens einsetzt, damit die Heiler nicht so viele Verwundete zu versorgen hätten.«

Schließlich mußte Kahlan den Krankensaal verlassen. Sie ertrug den Gestank nicht mehr, außerdem wurde ihr schlecht vom Rauch. Nadine empfand ebenso und begleitete sie nach draußen. Die beiden ließen sich mit dem Rücken an der Wand hinabgleiten und setzten sich auf den Fußboden.

»Ich komme mir so hilflos vor«, sagte Nadine. »Wenn zu Hause jemand Kopfschmerzen hatte, dann habe ich ihm ein Mittel gegeben, und nach einer Weile ging es ihm besser. Wenn eine Frau schwanger war, dann half ich ihr, ihren Magen zu beruhigen, oder ich half ihr, das Kind zu gebären, wenn es soweit war. Stets habe ich den Menschen auf irgendeine Art helfen können.

Hier liegt die Sache anders. Ich tue nichts weiter, als Menschen zu trösten, die sterben werden, und frage mich dabei die ganze Zeit, ob ich morgen nicht selbst im Bett liege. Bei keinem von ihnen weiß ich so recht, was ich für ihn tun kann. Ich komme mir so hilflos vor. Ich sehe nur zu, wie diese Menschen sterben.«

»Ich weiß«, antwortete Kahlan leise. »Es ist bestimmt sehr viel befriedigender, einer Frau beizustehen, die ein Kind zur Welt bringt.«

Nadine blickte gedankenversunken an die gegenüberliegende Wand. »Gelegentlich sagt eine Frau zu mir, sie habe das Gefühl, es werde nie soweit kommen, alles erscheine ihr unwirklich. Sie wartet ab, weil sie weiß, daß es passieren wird, aber eigentlich glaubt sie nicht so recht daran, denn was sie darüber gehört hat, macht ihr angst. Sie fürchtet sich vor den Schmerzen. Manchmal glauben diese Frauen, alles könnte sich verändern, und eines Tages könnten sie aufwachen und wären nicht mehr schwanger.

Dann kommt das Kind. Auf einmal geraten sie in Panik. Es ist soweit. Sie haben fürchterliche Angst, daß es jetzt tatsächlich geschieht, endlich. Dann und wann schreien sie, nur aus Angst vor den Schmerzen. Dabei kann ich ihnen helfen. Ich bin bei ihnen. Ich tröste sie, daß alles gutgehen wird.

In diesem Augenblick glauben manche dann zum ersten Mal wirklich daran. Wahrscheinlich ist es ganz natürlich, sich vor einer solch einschneidenden Veränderung im Leben zu fürchten. Bis es vorbei ist, bis der Tag angebrochen ist, leiden sie fürchterlich unter dieser Angst.«

Die beiden saßen zusammen in der Stille des Flures, ruhten sich aus und horchten auf das Stöhnen aus dem Krankensaal.

»Ihr glaubt noch immer, daß Ihr Richard am Ende heiraten werden, nicht wahr, Nadine?«

Nadine sah herüber und kratzte sich an der sommersprossigen Nase, antwortete aber nicht.

»Ich frage das nicht, weil – weil ich Euch Vorwürfe machen will oder so. Ich meinte nur, na ja, wie Ihr gesagt habt, vielleicht endet Ihr in einem der Betten dort. Ich dachte … es kann genausogut mich treffen. Ich könnte mich ebenfalls mit der Pest anstecken.«

Nadine sah sie an. »Nein, Ihr nicht. Sagt so etwas nicht. Ihr werdet Euch nicht anstecken.«

Kahlan fuhr mit dem Daumennagel an einer Ritze zwischen den Dielenbrettern entlang. »Aber es könnte sein. Ich dachte nur, wenn es geschähe, was würde dann aus Richard? Er wäre auf sich allein gestellt.«

»Was redet Ihr da?«

Kahlan blickte Nadine in die sanften braunen Augen. »Wenn Ihr am Ende aus irgendeinem Grund diejenige wärt, die bei ihm ist, und nicht ich, dann würdet Ihr ihn doch gut behandeln, oder? Ihr würdet ihn doch immer gut behandeln, nicht wahr?«

Nadine schluckte. »Natürlich würde ich das.«

»Es ist mir ernst, Nadine. Zur Zeit geschieht so viel. Ich will sicher sein können, daß Ihr ihm niemals weh tun würdet.«

»Das würde ich niemals tun.«

»Ihr habt ihm bereits einmal weh getan.«

Nadine wandte sich ab und kratzte sich an der Schulter. »Das war etwas anderes. Ich habe versucht, ihn für mich zu gewinnen. Da hätte ich alles getan, damit er bei mir bleibt. Das habe ich Euch doch schon erklärt.«

»Ich weiß.« Kahlan spielte an einem kleinen Stein herum, der in einer Ritze des Fußbodens klemmte. »Aber angenommen, es passiert etwas, und es stellt sich heraus, daß Ihr diejenige seid, die ... die ihn heiraten wird, dann will ich sicher sein, daß ihr ihm so etwas nie wieder antut.

Ich möchte aus Eurem Mund hören, daß Ihr Richard nie wieder verletzen werdet. Niemals.«

Nadine sah Kahlan kurz in den Augen, dann blickte sie rasch zur Seite.

»Wenn ich Richard bekäme, dann würde ich ihn zum glücklichsten Mann auf der Welt machen. Ich würde mich um ihn bemühen, wie sich noch keine Frau um einen Mann bemüht hat. Ich würde ihn mehr lieben als – also, ich würde alles tun, um ihn glücklich zu sehen.«

Kahlan spürte den vertrauten, nagenden Schmerz in ihrem Innern. »Schwört Ihr, daß das die Wahrheit ist?«

»Ja.«

Kahlan wandte den Blick ab und wischte sich die Tränen aus den Augen. »Danke, Nadine. Das war es, was ich wissen wollte.«

»Warum stellt Ihr solche Fragen?«

Kahlan räusperte sich. »Wie gesagt mache ich mir Sorgen, ich könnte ebenfalls die Pest bekommen. Sollte mir irgend etwas zustoßen, könnte ich es leichter ertragen, wenn ich wüßte, daß jemand sich um Richard kümmert.«

»Soviel ich weiß, kümmert Richard sich meist um sich selbst. Wißt Ihr, daß der Mann besser kochen kann als ich?«

Kahlan mußte lachen, und Nadine fiel mit ein.

»Ist es nicht so?« meinte Kahlan. »Was Richard anbelangt, kann eine Frau höchstens darauf hoffen, ihn auf seinem Weg zu begleiten.«

»Lord Rahl!«

Richard drehte sich um und sah, daß General Kerson nach ihm rief. Er ließ Kahlans Hand los. Cara kam abrupt hinter der Mutter Konfessor zum Stehen.

»Ja, was ist, General?«

Der General blieb, einen Brief schwenkend, stehen, ihm folgten ein staubüberzogener, erschöpft wirkender Soldat und seine übliche Eskorte.

»Eine Nachricht von General Reibisch und seiner Armee im Süden.« Der General deutete mit dem Daumen nach hinten. »Grissom hier ist eben erst eingetroffen.«

Richard sah kurz zu dem jungen Soldaten hinüber, der immer noch keuchte und um Atem rang. Er roch nach Pferd. Richard überlegte, daß auch er viel lieber wie ein Pferd riechen und draußen herumstreifen würde, als Tag für Tag in einem winzigen Zimmer zu hocken und diesen unsinnigen Bericht über eine Verhandlung und eine Hinrichtung zu übersetzen. Dann würde er sich vermutlich anders fühlen.

Er erbrach das Siegel und öffnete den Brief. Nachdem er ihn durchgelesen hatte, reichte er ihn an Kahlan weiter.

»Sieh dir das an.« Während Kahlan die Nachricht las, wandte er sich an den Boten. »Wie steht es um eure Armee im Süden?«

»Als ich sie verließ, sehr gut, Lord Rahl«, antwortete Grissom. »Die Schwestern des Lichts haben uns eingeholt, wie Ihr es ihnen befohlen habt. Sie befinden sich alle bei uns. Wir erwarten Eure Befehle.«

Im Brief stand im großen und ganzen das gleiche. Nachdem Kahlan ihn gelesen hatte, nahm Richard ihn und gab ihn General Kerson. Der kratzte sich müßig das graue Haar, während er die Botschaft las. Schließlich sah er auf.

»Was denkt Ihr darüber, Lord Rahl?«

»Für mich ergibt das Sinn. Ich glaube nicht, daß wir zur Zeit alle Männer nach Norden zurückbringen sollten. Wie General Reibisch sagt, stehen sie in einer Stellung, die es ihnen zu erkennen erlaubt, ob die Imperiale Ordnung weit in die Neue Welt vordringt. Was meint Ihr?« fragte Richard, während er den Brief nach hinten an Cara weiterreichte.

Der General zog seine Hosen hoch. »Ich bin mit Reibisch einer Meinung. An seiner Stelle würde ich dasselbe tun. Er steht bereits dort unten, warum sollte man ihn also nicht mit einer vernünftigen Aufgabe betrauen? Wie er anmerkt, wäre es das beste, wenn man wüßte, was die Imperiale Ordnung plant. Sollte der Feind dann tatsächlich nach Norden marschieren, ist er in der Lage, ihm gehörig in den Arsch zu treten.« Er zuckte erschrocken zusammen. »Verzeihung, Mutter Konfessor.«

Kahlan lächelte. »Mein Vater war Krieger, bevor er König wurde, General. Das ruft Erinnerungen wach.« Ob es sich um gute Erinnerungen handelte, verschwieg sie. »Ich bin ebenfalls der Ansicht, es wäre strategisch von Vorteil, dort eine Armee stehen zu haben.«

Cara gab Richard den Brief zurück. »In dem anderen Punkt hat er ebenfalls recht. Wenn er seine Stellung verläßt und die Imperiale

Ordnung nach Nordosten marschiert, könnte sie ohne Gegenwehr weit nach D'Hara eindringen. Wir würden nicht einmal etwas davon erfahren. Dieser Teil von D'Hara ist spärlich besiedelt. Die Imperiale Ordnung könnte nach Norden ziehen, und wir würden erst etwas davon mitbekommen, wenn sie nach Westen schwenken, wieder zurück in die Midlands.«

»Es sei denn, sie halten geradewegs auf den Palast des Volkes zu«, gab der General zu bedenken.

»Das Herz D'Haras anzugreifen wäre ein schwerwiegender Fehler«, meinte Cara. »Kommandant General Trimack von der Ersten Rotte der Palastwache würde dem Feind zeigen, weshalb noch keine Armee den Palast angegriffen hat, ohne daß auch nur ein einziger Soldat überlebt hätte, um die Geschichte ihrer blutigen Niederlage zu erzählen. Die Kavallerie würde sie draußen in den Ebenen von Azrith in Fetzen reißen.«

»Sie hat recht«, sagte der General. »Wenn die Armee dorthin marschiert, wird das ein Fressen für die Geier – dafür würde Trimack sorgen. Wenn sie tatsächlich in Richtung Nordosten nach D'Hara marschiert sind, dann deshalb, weil sie uns an der Flanke angreifen wollen. Am besten überlassen wir Reibisch die Bewachung des Tores.«

Richard wollte noch aus einem anderen Grund, daß General Reibischs Armee im Süden blieb.

»Lord Rahl«, sagte der Bote, »darf ich mir eine Frage erlauben?«

»Natürlich. Was ist denn?«

Grissom nestelte nervös am Heft seines kurzen Schwertes. »Was ist in der Stadt los? Ich meine, ich habe Männer gesehen, die Karren mit Leichen ziehen, und andere, die durch die Straßen gehen und den Leuten zurufen, sie sollen ihre Toten nach draußen schaffen.«

Richard holte tief Luft. »Das ist der andere Grund, aus dem General Reibisch unten im Süden bleiben sollte. In den Midlands ist die Pest ausgebrochen. Gestern nacht sind siebenhundertfünfzig Menschen umgekommen.«

»Die Seelen mögen uns davor bewahren.« Grissom wischte sich die Handflächen an den Hüften ab. »Ich hatte so etwas schon befürchtet.«

»Bringt meine Antwort sofort zurück zu General Reibisch. Ihr wart hier, und ich will nicht, daß Ihr die Pest auch noch bei ihm einschleppt. Gebt die Nachricht mündlich weiter, sobald Ihr dort eintrefft.

Nähert Euch keinem seiner Männer, oder, was das anbelangt, überhaupt niemandem weiter als nötig, um verstanden zu werden. Sobald Ihr die dortigen Vorposten erreicht, teilt ihnen mit, sie sollen die Nachricht an General Reibisch überbringen. Richtet ihm aus, ich fände seine Argumentation vernünftig. Der gesamte Kommandostab hier ist mit ihm einer Meinung. Sagt ihm, er soll mit der Durchführung seiner Pläne fortfahren und uns auf dem laufenden halten.

Nachdem Ihr hiergewesen seid, könnt Ihr nicht mehr zu diesen Männern zurück. Nach Überbringen der Nachricht wird Euch nichts anderes übrigbleiben, als hierher zurückzukehren. Nehmt eine ausreichend große Patrouille mit, damit gewährleistet ist, daß unsere Anweisungen ans Ziel gelangen. Anschließend reitet Ihr alle zurück nach Aydindril.«

Grissom salutierte mit einem Faustschlag aufs Herz. »Es wird geschehen, wie Ihr befehlt, Lord Rahl.«

»Ich wünschte, ich könnte Euch zu Euren Kameraden zurücklassen, Soldat, aber die Seuche darf um keinen Preis auf die Armee übergreifen. Wir haben die Soldaten hier um die ganze Stadt herum verteilt, damit sie sich nicht anstecken. Das könnt Ihr ihm ebenfalls berichten.«

General Kerson kratzte sich im Gesicht. »Äh, Lord Rahl, ich muß Euch etwas beichten. Ich habe es eben selbst erst erfahren.«

Richard runzelte die Stirn, als er den plötzlich so gequälten Gesichtsausdruck des Generals sah. »Was gibt es denn?«

»Nun, äh, die Pest ist bereits unter unseren Männern ausgebrochen.«

Richard spürte sein Herz bis in den Hals schlagen. »Welche Gruppe?«

Der General wischte sich mit der Hand über den Mund. »Alle, Lord Rahl. Wie es scheint, haben die Huren die Feldlager aufgesucht. Die Frauen dachten, nach all den Morden wäre das sicherer, als ihrem Geschäft in der Stadt nachzugehen. Ich habe keine Ahnung, wie sich die Krankheit ausbreitet, Drefan erklärte mir jedoch, es könnte sich auf diese Weise zugetragen haben.«

Richard preßte sich Daumen und Zeigefinger an die Schläfen. Am liebsten würde er aufgeben. Sich einfach auf den Boden setzen und aufgeben.

»Ich hätte Tristan Bashkar niemals hinrichten lassen dürfen. Ich hätte ihn diesen Frauen vorwerfen sollen. Am Ende wären dadurch unzählige Menschenleben gerettet worden. Hätte ich das geahnt, hätte ich sie alle eigenhändig umgebracht.«

Er spürte, wie ihm Kahlan die Hand auf den Rücken legte.

»Gütige Seelen«, hauchte er. Mehr fiel ihm nicht ein. »Gütige Seelen, was tun wir uns nur selbst an? Diese Frauen haben soeben, ohne es zu wissen, einen Angriff für Jagang geführt.«

»Wollt Ihr, daß sie hingerichtet werden, Lord Rahl?« fragte General Kerson.

»Nein«, antwortete Richard mit ruhiger Stimme. »Das Kind ist bereits in den Brunnen gefallen. Das hätte jetzt keinen Zweck mehr. Sie haben damit nicht absichtlich Unheil anrichten wollen. Sie waren lediglich um ihre Sicherheit besorgt.

Richard rief sich die Worte eines Mannes aus der Tempelmannschaft ins Gedächtnis, kurz bevor er hingerichtet wurde. *Ich kann nicht länger gutheißen, was wir mit unserer Gabe tun. Wir sind weder der Schöpfer, noch sind wir der Hüter. Selbst eine leidige Hure hat das Recht, ihr Leben so zu gestalten, wie sie will.*

»Grissom, stellt eine Patrouille zusammen, und sobald Ihr etwas gegessen und Euch ausgeruht habt, überbringt Ihr General Reibisch meine Nachricht.«

Grissom salutierte abermals. »Jawohl, Lord Rahl. Ich beschaffe Nahrungsmittel und Vorräte und bin in einer Stunde wieder unterwegs.«

Richard nickte. Der Bote verabschiedete sich.

»Lord Rahl«, sagte der General, »wenn weiter nichts anliegt, sollte ich mich besser um meine Aufgaben kümmern.«

»Doch General, da wäre noch etwas. Entfernt die kranken Soldaten aus den Lagern. Verlegt sie in gesonderte Lager. Mal sehen, ob wir die Seuche nicht eindämmen können. Möglicherweise können wir sie sogar ganz eingrenzen.

Außerdem sollen alle Huren aus den Feldlagern verschwinden. Alle. Vielleicht gelingt es uns auf diese Weise, die weitere Ausbreitung der Krankheit zu verhindern. Laßt alle Frauen warnen, sich unter Androhung der Todesstrafe von den Lagern fernzuhalten. Gehen sie trotz Anruf weiter, laßt sie von den Bogenschützen niederschießen.«

Der General seufzte schwer. »Verstanden, Lord Rahl. Ich werde außerdem jene Männer aussondern, die mit den Frauen zusammen waren, und sie die kranken Soldaten versorgen lassen.«

»Gute Idee.«

Richard legte Kahlan die Arme um die Hüfte und sah zu, wie der General und seine Garde davoneilten. »Warum bin ich nicht eher darauf gekommen? Wenn ich daran gedacht hätte, hätte ich die Pest vielleicht von den Soldaten fernhalten können.«

Darauf wußte Kahlan keine Antwort.

»Lord Rahl«, meinte Cara. »Ich gehe jetzt hinauf zur Sliph und löse Berdine ab.«

»Ich werde Euch begleiten. Mich interessiert, ob Berdine etwas in dem Tagebuch gefunden hat. Außerdem möchte ich für eine Weile hier raus. Willst du mich begleiten?« fragte er Kahlan.

Sie zog ihn fest an sich. »Gerne.«

Berdine hatte sich über das Tagebuch gebeugt und las. Die Sliph wandte den Blick Richard zu, noch bevor die Mord-Sith aufsah.

»Möchtest du reisen, mein Herr und Meister? Du wirst zufrieden sein.«

»Nein«, antwortete Richard, als das Echo ihrer unheimlichen Stimme verhallt war. »Danke, Sliph, aber im Augenblick nicht.«

Berdine lehnte sich zurück, reckte die Arme und gähnte. »Bin ich froh, daß du kommst, Cara. Mir fallen die Augen zu.«

»Du siehst wirklich aus, als könntest du ein wenig Schlaf gebrauchen.«

Richard deutete auf das aufgeschlagene Tagebuch vor ihr auf dem Tisch. »Irgend etwas Neues?«

Berdine betrachtete beim Aufstehen kurz die Sliph. Sie nahm das Tagebuch in die Hand, drehte es herum und hielt es ihm hin. Dann beugte sie sich vor und senkte die Stimme.

»Ihr erinnert Euch doch noch, wie Ihr mir von den Worten des Mannes kurz vor seiner Hinrichtung erzählt habt. Was er über die leidigen ... Frauen sagte, die auch ein Recht auf ihr Leben hätten?«

Richard wußte, wovon Berdine sprach. »Ja. Ihr meint den Zauberer Ricker.«

»Genau den. Nun, Kolo erwähnt es kurz.« Sie tippte auf eine Stelle im Tagebuch. »Hier.«

Richard studierte den Satz einen Augenblick lang, bis er ihn im Kopf übersetzt hatte. »›Rickers leidige Prostituierte beobachtet mich, während ich hier sitze und darüber nachdenke, welchen Schaden die Mannschaft angerichtet hat. Heute hörte ich, daß wir Lothian verloren haben. Ricker hat seine Rache bekommen.‹«

»Wißt Ihr, wer dieser Lothian ist?« fragte Berdine.

»Er war der oberste Ankläger im Verfahren des Tempels der Winde. Er war es, der loszog, um den Schaden zu beheben, den die Mannschaft angerichtet hatte.«

Richard hob den Kopf. Die Sliph beobachtete ihn. Er trat zu ihr.

Die Idee war ihm zuvor nie gekommen. Wieso hatte er daran noch nicht gedacht?

»Sliph.«

»Ja, mein Herr und Meister. Du möchtest reisen? Komm, du wirst zufrieden sein.«

»Nein, ich möchte nicht reisen, sondern mit dir reden. Erinnerst du dich an die Zeit, es ist lange her, als ein gewaltiger Krieg tobte?«

»Lang? Ich bin lang genug, um zu reisen. Sag mir, wohin du willst. Du wirst zufrieden sein.«

»Nein, ich spreche nicht vom Reisen. Kannst du dich an Namen erinnern?«

»Namen?«

»Namen. Erinnerst du dich an den Namen Ricker?«

Das silberne Gesicht sah ihn ohne Regung an. »Ich verrate meine Kunden nie.«

»Sliph, du warst mal ein Mensch, nicht wahr? Ein Mensch wie ich?«

Die Sliph lächelte. »Nein.«

Richard legte eine Hand auf Kahlans Schulter. »Ein Mensch wie sie?«

Das silberne Lächeln wurde breiter. »Ja, ich war eine Hure wie sie.«

Kahlan hüstelte. »Ich glaube, Richard wollte fragen, ob du eine Frau warst, Sliph.«

»Ja, ich war auch eine Frau.«

»Wie lautete dein Name?« fragte Richard.

»Name?« Die Sliph runzelte die Stirn, als wäre sie verwirrt. »Ich bin die Sliph.«

»Wer hat dich zur Sliph gemacht?«

»Einige meiner Kunden.«

»Warum? Warum haben sie dich zur Sliph gemacht?«

»Weil ich meine Kunden niemals preisgebe.«

»Sliph, könntest du das vielleicht etwas genauer erklären?«

»Einige der Zauberer hier in diesem Palast waren meine Kunden. Die Allermächtigsten. Ich war eine sehr wählerische Hure und sehr teuer. Viele der Zauberer wetteiferten um Macht. Manche wollten mich dazu benutzen, einige meiner Kunden zu verschleppen. Wieder andere wollten mich für ihr Vergnügen haben, aber nicht die Art von Vergnügen, das ich ihnen bot. Ich gebe meine Kunden niemals preis.«

»Du willst damit sagen, sie wären erfreut gewesen, hättest du ihnen die Namen der Zauberer verraten, die zu dir kamen, und darüber hinaus noch etwas mehr über diese Besuche?«

»Ja. Meine Kunden hatten Angst, diese anderen würden mich für ihr Vergnügen benutzen, deshalb machten sie mich zur Sliph.«

Richard wandte sich ab. Er raufte sich die Haare. Sogar noch während des Krieges gegen den Feind hatten sie sich untereinander bekämpft. Als er seine Gedanken endlich wieder geordnet hatte, drehte er sich wieder zu dem wunderschönen silbernen Gesicht um.

»Diese Männer sind mittlerweile alle tot, Sliph. Es lebt niemand mehr, der diese Männer kennt. Es gibt keine Zauberer mehr, die um Macht wetteifern. Köntnest du mir ein wenig mehr erzählen?«

»Sie schufen mich und erklärten mir, ich würde ihre Namen Zeit ihres Lebens nicht aussprechen können. Dies würde ihre Kraft verhindern. Wenn es stimmt, daß ihre Seelen aus dieser Welt geschieden sind, dann ist das nicht mehr von Bedeutung, und ich kann ihre Namen preisgeben.«

»Lothain war einer deiner Kunden, nicht wahr? Und dieser andere Zauberer, Ricker, hielt ihn für einen Heuchler.«

»Lothain.« Das quecksilbrige Gesicht bekam einen milderen Zug, als sie offenbar den Namen in Gedanken ausprobierte. »Zauberer Ricker kam zu mir und sagte, dieser Lothain sei der oberste Ankläger und eine abscheuliche Bestie, der sich gegen mich wenden würde. Ich sollte ihm helfen, Lothain loszuwerden. Ich weigerte mich, meine Kunden zu nennen.«

Richard sprach in die Stille hinein. »Und Rickers Worte stellten sich als wahr heraus. Lothain wandte sich gegen dich und machte dich zur Sliph, damit du nicht gegen ihn aussagen konntest.«

»Ja. Ich erklärte ihm, ich gäbe meine Kunden niemals preis. Er müsse nicht fürchten, daß ich etwas ausplaudere. Er meinte, das spiele keine Rolle, ich sei nur eine Hure, und die Welt werde mich nicht vermissen. Er verdrehte mir den Arm und tat mir weh. Er benutzte mich ohne meine Einwilligung für sein Vergnügen. Nachdem er fertig war, lachte er, und dann sah ich einen Lichtblitz in meinem Kopf.

Anschließend kam Ricker zu mir und erklärte mir, er werde Lothain und Zauberern wie ihm das Handwerk legen. Am Rand meines Brunnens saß er, weinte und sagte, was man mir angetan hätte, tue ihm leid. Er erklärte mir, er wolle der Art und Weise, wie die Magie die Menschen zerstörte, ein Ende bereiten.«

»Warst du traurig?« fragte Berdine. »War es traurig, zur Sliph gemacht zu werden?«

»Sie nahmen mir die Traurigkeit, als sie mich schufen.«

»Haben sie dir auch das Glück genommen?« fragte Kahlan leise.

»Sie ließen mir nur die Pflicht.«

Selbst in diesem Punkt war ihnen ein Fehler unterlaufen. Sie ließen einen Teil der Person, die die Sliph einst gewesen war, übrig, um diese ausnutzen zu können. Dieser Teil unterwarf sich allerdings jedem, der den geforderten Preis bezahlte: Magie. Bei der Einschätzung ihres Wesens war ihnen ein Fehler unterlaufen. Sie benutzten sie, mußten sie aber bewachen, weil sie sich jedem andiente – selbst dem Feind –, der den erforderlichen Preis zahlen konnte.

»Sliph«, sagte Richard. »Es tut mir sehr leid, daß die Zauberer dir das zugefügt haben. Dazu hatten sie kein Recht. Es tut mir sehr leid.«

Die Sliph lächelte. »Zauberer Ricker erklärte mir, sollte irgend ein Herr und Meister jemals diese Worte zu mir sprechen, dann soll ich ihm folgendes von ihm überbringen: »Abwehr links hinein. Abwehr rechts heraus. Hüte dein Herz vor Stein.«

»Was soll das bedeuten?«

»Er hat mir die Worte nicht erklärt.«

Richard war übel. Würden sie wegen eines dreitausend Jahre alten Machtkampfes sterben? Vielleicht hatte Jagang recht. Möglicherweise hatte die Magie wirklich keinen Platz mehr in dieser Welt.

Richard drehte sich zu den anderen um.

»Berdine, Ihr braucht Schlaf. Raina muß früh auf den Beinen sein, um Cara abzulösen. Sie muß ebenfalls ins Bett. Stellt eine Wache vor Kahlans Gemächern auf, und dann ruht Ihr Euch beide etwas aus. Mir reicht es ebenfalls für heute.«

Richard schlief wie ein Toter, als er von einer Hand, die ihn anstieß, aufwachte. Er setzte sich auf, rieb sich die Augen und versuchte in panischem Schrecken seine Gedanken wieder zu sammeln.

»Was? Was ist?« Seine Stimme klang in seinen Ohren wie ein Reibeisen.

»Lord Rahl?« war eine tränenreiche Stimme zu vernehmen. »Seid Ihr wach?«

Richard blinzelte zu der Gestalt hinauf, die eine Lampe in der Hand hielt. Anfangs erkannte er nicht, wer es war.

»Berdine?« Nie zuvor hatte er sie in etwas anderem als ihrer Lederuniform gesehen. Jetzt stand sie in einem weißen Nachthemd mitten in seinem Zimmer. Sie trug ihr Haar offen. Er hatte Berdine noch nie ohne ihren Zopf erlebt. Der Anblick verwirrte ihn.

Richard schwang seine Beine über die Bettkante und streifte hastig seine Hosen über. »Was ist, Berdine? Was ist denn los?«

Sie verschmierte die Tränen in ihrem Gesicht. »Bitte kommt, Lord Rahl.« Sie schluchzte. »Raina ist krank.«

17. Kapitel

Verna schloß die Tür, so leise sie konnte, nachdem Warren die wild um sich schlagende Frau wieder in die Dunkelheit gezogen hatte. Seine Hand schloß sich so fest über ihren Mund wie sein Netz um ihre Gabe. Verna hätte die Magie der Frau nicht so gut unter Kontrolle halten können wie Warren. Die Gabe eines Zauberers war stärker als die einer Magierin – selbst stärker als Vernas.

Sie entzündete eine kleine Flamme in ihrer Hand. Die Frau riß die Augen auf, die sich kurz darauf mit Tränen füllten.

»Richtig, Janet, ich bin es, Verna. Wenn du versprichst, nicht loszuschreien und uns nicht zu verraten, werde ich Warren sagen, er soll dich loslassen.«

Janet nickte ernst. Mit der anderen Hand hielt Verna ihren Dacra umklammert und, für den Fall, daß sie sich irrte, vor ihren Blicken verborgen. Sie nickte Warren zu und gab ihm ein Zeichen, die junge Frau loszulassen.

Nachdem sie befreit war, schlang Janet ihr die Arme um den Hals. Warren hob die Hand und ließ ein kleines Flämmchen über ihr tanzen, damit sie etwas erkennen konnten. Wie die übrige Festung bestand der winzige Raum aus gewaltigen Quadern dunklen Steins. Aus manchen Fugen sickerte milchig-trübes Wasser, das auf dem Weg nach unten verkrustete und fleckige Spuren hinterließ.

»Oh, Verna«, flüsterte Janet, »du hast ja keine Ahnung, wie sehr ich mich freue, dich zu sehen.«

Verna nahm die zitternde Frau in die Arme, die sich leise weinend an ihr Gewand klammerte. Noch immer hielt sie den Dacra hinter Janets Rücken in der Hand.

Sie schob Janet sachte von sich und blickte ihr lächelnd in das tränenüberströmte Gesicht. Sie wischte ein paar Tränen fort und strich Janets dunkle Locken glatt.

Die andere küßte ihren Ringfinger – eine Geste aus alter Zeit, mit der man den Schöpfer um Schutz ersuchte. Sie zwar leidlich sicher gewesen, daß Janet dem Licht treu ergeben war, trotzdem war sie erleichtert, als sie sich solcherart bestätigt sah.

Eine Schwester der Finsternis hatte sich dem Hüter der Unterwelt verschworen und würde niemals ihren Ringfinger küssen. Die Geste stand für die symbolische Vermählung mit dem Schöpfer.

Es war die einzige Geste, die eine Schwester der Finsternis niemals machen würde. Eine Schwester der Finsternis konnte ihre Ergebenheit ihrem wahren Herrn, dem Hüter, gegenüber nicht verbergen, indem sie ihren Ringfinger küßte, denn durch diesen Kuß beschwor sie den Zorn des Meisters der Finsternis herauf.

Als Janet sich kurz zu Warren umdrehte, ließ Verna den Dacra in den Ärmel zurückgleiten. Sie sahen sich lächelnd an.

Beide, Verna und Warren, erfaßten Janets bizarre Kleidung mit einem einzigen Blick. Sie war barfuß. Das sackartige Kleidungsstück, das an der Hüfte von einer weißen Kordel zusammengehalten wurde, bedeckte sie von den Knöcheln bis zum Hals und zu den Handgelenken, war aber so dünn, daß sie ebensogut hätte nackt vor ihnen stehen können.

Verna zupfte mit Daumen und Zeigefinger an dem durchscheinenden Stoff. »Wozu in der Schöpfung Namen trägst du dieses Kleidungsstück?«

Janet blickte an sich hinab. »Jagang zwingt alle seine Sklaven, sich so zu kleiden. Nach einer Weile fällt es einem gar nicht mehr auf.«

»Das bemerke ich.« Verna sah, daß Warren große Mühe hatte, seine Augen von dem Anblick loszureißen.

»Was tust du hier, Verna?« fragte Janet mit spröder Stimme.

Verna kniff ihr schmunzelnd in die Wange. »Ich bin gekommen, um dich hier rauszuholen, Dummes, um dich zu retten. Wir sind doch Freundinnen – hast du etwa gedacht, ich würde dich hierlassen?«

Janet machte große Augen. »Die Prälatin hat erlaubt, daß du mir folgst?«

Verna zeigte ihr den Ring mit dem Sonnenaufgangssymbol. »Ich bin die Prälatin.«

Janet fiel die Kinnlade herunter. Sie ließ sich auf den Boden fallen und begann, den Saum von Vernas Kleid zu küssen.

Verna faßte sie bei den Schultern und drängte sie aufzustehen. »Laß das. Dafür ist jetzt keine Zeit.«

»Aber – aber wie ... wie ist das geschehen? Wie ist das möglich? Was ist passiert?«

»Die Netze werden nicht lange halten«, warnte Warren leise flüsternd. »Wir sind ohnehin schon länger hier, als gut ist.«

»Hör mir zu, Janet. Sprechen können wir später, wenn wir dich hier rausgeholt haben. Die Dinge, die wir tun mußten, um hier einzudringen, lassen uns nur wenig Zeit, wieder zu verschwinden. Der Aufenthalt an diesem Ort ist für uns gefährlich.«

»Das glaube ich gern«, sagte Janet. »Prälatin, Ihr müßt –«

»Verna. Wir sind Freundinnen. Ich heiße noch immer Verna.«

»Verna, wie in der Schöpfung Namen bist du in Jagangs Festung gelangt? Du mußt hier sofort raus. Wenn man dich findet –«

Stirnrunzelnd berührte Verna den Ring in Janets Unterlippe. »Was ist das?«

Janet erbleichte. »Er brandmarkt mich als eine von Jagangs Sklavinnen.« Sie begann zu frösteln. »Bring dich in Sicherheit, Verna. Geh fort. Du mußt fort von hier!« flüsterte sie eindringlich.

»Da gebe ich ihr recht«, zischte Warren zwischen zusammengebissenen Zähnen hindurch. »Gehen wir!«

Verna schob sich ihr Gewand über die Schulter. »Ich weiß. Jetzt, wo wir dich gefunden haben, können wir aufbrechen.«

»Gütiger Schöpfer, du glaubst gar nicht, wie gerne ich mit dir kommen würde, aber wenn ich das täte – du kannst dir nicht vorstellen, was Jagang mir dann antun würde. Oh, Gütiger Schöpfer, das kannst du dir nicht vorstellen.«

Schon beim Gedanken daran füllten sich ihre Augen mit Tränen. Verna nahm sie kurz in die Arme.

»Hör zu, Janet. Ich bin deine Freundin. Wie du weißt, würde ich dich niemals anlügen.« Sie wartete, bis die andere nickte. »Es gibt eine Möglichkeit, wie du den Traumwandler aus deinem Kopf verbannen kannst.«

Janet zerdrückte Vernas Kleid an den Schultern. »Bitte, quäle mich nicht mit einer falschen Hoffnung. Du hast keine Ahnung, wie gern ich dir glauben würde, aber ich weiß –«

»Es stimmt. Hör mir einfach zu, Janet. Ich bin jetzt die Prälatin. Meinst du nicht, Jagang würde sich mich holen, wenn er das vermöchte? Warum glaubst du, hat er sich die anderen nicht geschnappt? Er kann es nicht, darin liegt der Grund.«

Wieder zitterte Janet, und Tränen rannen ihr über die Wangen.

Warren legte ihr die Hand auf die Schulter. »Was Verna sagt, entspricht der Wahrheit, Schwester Janet. Jagang kann nicht in unsere Köpfe eindringen. Kommt mit uns, und Ihr werdet Euch in Sicherheit befinden. Nur eilt Euch.«

»Wie?« fragte Janet im Flüsterton.

Verna beugte sich zu ihr vor. »Erinnerst du dich an Richard?«

»Natürlich. Der war schließlich Ärger und Wunder in ein und derselben Person.«

Verna lächelte, denn das stimmte ohne Zweifel. »Er besitzt die Gabe, und aus dem Grunde bin ich ihm auch so lange gefolgt, aber das ist noch nicht alles. Er wurde mit ihren beiden Seiten geboren. Darüber hinaus ist er ein Rahl.

Vor dreitausend Jahren, im großen Krieg, hat Richards Vorfahr eine Magie erschaffen, um Traumwandler abzublocken. Diese geht auf alle Nachfahren mit der Gabe über.«

Janet krallte ihre Hände abermals in Vernas Kleid. »Wie? Wie geht es?«

Verna lächelte. »Es ist so einfach, daß man es kaum glauben mag. Manchmal ist das so mit der mächtigsten Magie. Man braucht nichts weiter zu tun, als im Herzen ein feierliches Gelöbnis auf ihn abzulegen, dann beschützt einen seine Magie vor dem Traumwandler. Solange Richard lebt und in dieser Welt weilt, wird Jagang nie wieder in deinen Geist eindringen können.«

»Ich schwöre Richard die Treue und bin von Jagang befreit?«

Verna sah nickend in das verblüffte Gesicht der Frau. »So ist es.«

»Was muß ich tun?«

Verna hob einen Finger, um Warrens Einwänden zuvorzukommen. Sie ging auf die Knie und zog Janet mit sich nach unten.

»Sprich mit mir zusammen die Worte von ganzem Herzen. Richard ist ein Kriegszauberer und führt uns in unserem Kampf gegen Jagang. Wir glauben von ganzem Herzen an ihn und an seinen Mut. Sprich die Worte mit mir zusammen, und glaube daran, dann wirst du frei sein.«

Janet nickte und faltete ihre Hände zum Gebet. Die Tränen liefen ihr übers Gesicht. Verna sprach leise das Gebet und hielt gelegentlich inne, damit Janet ihr die Worte nachsprechen konnte.

»Herrscher Rahl, führe uns. Herrscher Rahl, beschütze uns. In deinem Licht gedeihen wir. In deiner Gnade finden wir Schutz. Deine Weisheit erfüllt uns mit Demut. Wir leben nur, um zu dienen. Unser Leben gehört dir.«

Im Flüsterton wiederholte Janet Vernas Worte.

Sie gab Janet einen Kuß auf die Wange. »Du bist frei, meine Freundin. Jetzt beeil dich. Besser, wir verschwinden hier.«

Janet schnappte nach Vernas Ärmel. »Was ist mit den anderen?«

Verna zögerte. »Ich täte nichts lieber, als auch die übrigen unserer Schwestern zu retten, aber das kann ich nicht, jedenfalls nicht jetzt. Wir werden später versuchen, sie zu holen. Wagen wir es jetzt, bekommt Jagang uns zu fassen.

Ich bin gekommen, um dich zu holen, weil du meine Freundin bist und ich dich liebe. Wir haben alle fünf geschworen, uns immer gegenseitig zu beschützen. Phoebe ist bereits bei uns. Nur du hast noch gefehlt.

So gerne ich die anderen Schwestern auch retten würde, das muß bis später warten. Ich werde sie nicht vergessen, das verspreche ich dir, aber wir können nicht alles auf einmal schaffen.«

Janet ließ den Kopf hängen und starrte auf den Boden. »Jagang hat Christabel getötet. Ich war dabei. Ihre Schreie verfolgen mich bis in meine Alpträume. Ihre Schreie und Jagang.«

Verna fühlte sich, als hätte man ihr einen Schlag in den Unterleib versetzt. Christabel war ihre beste Freundin gewesen. Sie wollte die Einzelheiten gar nicht hören. Christabel hatte sich dem Hüter zugewandt.

»Deswegen muß ich dich hier rausholen, Janet. Meine Angst um dich und vor dem, was Jagang dir angetan hat, verfolgt mich bis in meine Alpträume.«

Janet hob den Kopf. »Was ist mit Amelia? Sie war eine von uns fünf. Wir können sie unmöglich zurücklassen.«

Verna sah ihr gerade in die Augen. »Amelia ist eine Schwester der Finsternis.«

»War«, meinte Janet. »Jetzt nicht mehr.«

»Was?« fragte Verna entgeistert.

Warren beugte sich zu ihr hinüber. »Wenn man sich dem Hüter einmal verschworen hat, kann man diesen Entschluß nicht rückgängig machen. Ihr dürft ihren Worten nicht trauen, Schwester Janet. Wir sollten machen, daß wir verschwinden. Sie hat sich dem Hüter verschworen.«

Janet schüttelte den Kopf. »Nicht mehr. Jagang hat sie auf irgendeine Mission geschickt, die mit Magie zu tun hatte, und um ihre Aufgabe durchführen zu können, war sie gezwungen, den Hüter zu verraten.«

»Das ist ausgeschlossen«, meinte Verna.

»Es stimmt«, beharrte Janet. »Sie ist wieder zurück. Sie hat ihr Gelübde gegenüber dem Schöpfer erneuert. Ich habe selbst mit ihr gesprochen. Sie sitzt da und weint, küßt die halbe Nacht ihren Ringfinger und betet zum Schöpfer.«

Verna beugte sich weiter vor und sah Janet in die Augen. »Hör zu, Janet. Hast du gesehen, wie sie ihren Ringfinger küßt? Hast du es mit eigenen Augen gesehen? Bist du absolut sicher, daß sie nicht einen anderen Finger geküßt hat?«

»Ich habe an ihrem Krankenbett gewacht und versucht, sie zu trösten. Da habe ich sie beobachtet.« Janet küßte ihren eigenen Ringfinger und sprach dabei mit leiser Stimme ein Bittgebet, sie wolle auf der Stelle tot umfallen, wenn sie nicht die Wahrheit sagte.

»Einfach so? Sie küßt ihren Finger einfach so?«

»Ja. Sie küßt ihren Finger und weint und betet, der Schöpfer möge sie für das Grauen töten, das sie angerichtet hat.«

»Was hat sie denn angerichtet?«

»Das weiß ich nicht. Sobald ich sie danach frage, schreit und weint sie sich fast in den Wahnsinn. Jagang erlaubt nicht, daß sie sich selbst tötet. Er hat die Kontrolle über ihren Verstand, genau wie bei uns anderen. Er erlaubt keinem von uns, sich umzubringen; wir müssen ihm weiter dienen.

Amelia dürfen wir nicht zurücklassen, Verna. Wir müssen sie mitnehmen. Ich bin der einzige Trost, den sie auf der Welt hat. Was Jagang ihr antut ...«

Verna wandte sich ab. Die Vorstellung, Amelia zurückzulassen, wenn sie dem Hüter tatsächlich abgeschworen hatte, drehte ihr den Magen um. Die fünf waren nahezu fünfhundert Jahre lang, seit sie junge Novizinnen waren, die allerbesten Freundinnen gewesen.

Eine Schwester des Lichts führte ein hartes Leben. Sie hatten einen Eid geschworen, einander stets beizustehen.

»Sie ist wieder eine von uns, Verna, eine Schwester des Lichts. Sie ist eine von uns fünf. Bitte, Verna, ich möchte lieber bei ihr bleiben, als sie im Stich zu lassen.«

Verna drehte sich um und sah Janets angsterfüllten Blick.

»Wir müssen ihn mit Exzellenz anreden, Verna«, sagte Janet leise schaudernd. »Wenn wir sein Mißfallen erregen, aus welchem Grund auch immer, läßt er uns eine Woche lang in den Zelten Dienst tun.«

Warren rief warnend Vernas Namen. Verna gab ihm einen Wink, er solle still sein. »In den Zelten? Wovon redest du?«

Janets Augen quollen abermals vor Tränen über. »Er überläßt uns eine Woche lang seinen Soldaten. Wir haben Ringe aus Gold, deshalb töten sie uns nicht, weil die mit dem goldenen Ring Jagang gehören, aber davon abgesehen können sie mit uns anstellen, was immer ihnen beliebt. Sie reichen uns eine Woche lang von einem Zelt zum nächsten weiter. Selbst die älteren Schwestern werden in die Zelte geschickt. Jagang bezeichnet es als Lektion in Sachen Disziplin, die wir alle lernen müßten.«

Janet fiel auf die Knie, brach schluchzend zusammen und schlug beide Hände vor den Mund. Verna sank neben ihr nieder und nahm sie in den Arm.

»Du hast keine Vorstellung, was Jagangs Männer uns antun«, weinte Janet. »Keine, Verna!«

»Ich verstehe«, erwiderte Verna leise. »Still jetzt. Es ist alles in Ordnung. Wir bringen dich von hier fort.«

Janet schüttelte den Kopf an Vernas Schulter. »Ich werde Amelia nicht zurücklassen. Sie hat nur noch mich. Ich bin eine Schwester des Lichts. Der Schöpfer würde es mir niemals verzeihen. Wenn ich sie alleine lasse, würde ich meine Pflicht dem Schöpfer gegenüber verletzen.

Jagang hat sie wieder einmal in die Zelte geschickt. Sie dreht durch, wenn sie zurückkommt und ich nicht da bin. Niemand sonst wird sich um sie kümmern. Die Schwestern der Finsternis werden einen großen Bogen um sie machen, und die Schwestern des Lichts werden ihr nicht verzeihen. Ich bin ihre einzige Freundin. Ich bin die einzige, die ihr vergeben und akzeptiert hat, daß sie zum Licht zurückgekehrt ist.

Sie wird übel zugerichtet sein, wenn sie zurückkommt. Ihr wißt nicht, wie Jagangs Männer sind. Außer bei gebrochenen Knochen erlaubt uns Jagang nicht, unsere Gabe einzusetzen, um uns gegenseitig zu heilen, wenn wir von den Zelten zurückkehren. Er meint, das sei Teil der Lektion. Nach dem Tod gehören unsere Seelen vielleicht dem Schöpfer, in diesem Leben jedoch ist unser Körper Jagangs Eigentum.

Wenn wir zurück sind, dürfen wir uns die gebrochenen Knochen mit Hilfe der Gabe richten lassen, aber bis dahin müssen wir diese entsetzlichen Schmerzen ebenso ertragen wie alles andere. Sollte ich nicht hier sein, wird niemand sie heilen oder auch nur trösten.«

Vernas versagte die Stimme. »Wie ertragt ihr das alles nur?«

Janet preßte eine Faust auf ihr Herz. »Wir sind Schwestern des Lichts, wir müssen es für den Schöpfer über uns ergehen lassen.«

Verna und Warren sahen sich einen Augenblick lang besorgt an. »Weißt du, wo wir sie finden können? Vielleicht könnten wir sie suchen gehen und mitnehmen?«

Janet schüttelte den Kopf. »Wir werden von Zelt zu Zelt weitergereicht. Sie könnte überall sein. Das Armeelager erstreckt sich meilenweit in alle Richtungen.

Vor nicht allzu langer Zeit wurden weitere gefangene Frauen hierhergeschafft. Ihre Schreie sind überall zu hören, deshalb können wir uns nicht einfach nach ihnen richten. Außerdem, wenn wir draußen zwischen den Zelten herumlaufen, dauert es vermutlich keine fünf Minuten, bis man uns in eins hineinzerrt.«

»Wie lange noch?« fragte Verna. »Wann kehrt Amelia zurück?«

»In fünf Tagen. Aber danach wird sie mindestens noch ein, vielleicht zwei Tage nicht laufen können.«

Verna hielt ihren Zorn fest im Griff. »Nichts spricht dagegen, daß ich meine Gabe einsetze, um sie wieder gesund zu machen, wenn sie wieder hier ist.«

Janet sah auf. »Das ist wahr. Also dann fünf Tage. Morgen nacht ist Vollmond. Also vier Tage nach Vollmond.«

»Kannst du von hier fort? Um dich mit uns zu treffen? Ich glaube nicht, daß wir noch einmal hierherkommen können.«

»Sehr weit werde ich nicht kommen. Ich kann mir nicht einmal vorstellen, wie Ihr hier hereingelangt seid.«

Verna sah die Frau verkniffen lächelnd an. »Ich bin nicht umsonst Prälatin. Warren hat ebenfalls mitgeholfen. Wir werden zurückkehren, vier Tage nach Vollmond.«

»Da ist noch etwas, Verna. Wenn Jagang nicht in meine Träume eindringen kann, wird er wissen, daß etwas nicht in Ordnung ist.«

Verna nahm ihr Gesicht in beide Hände. »Aber du hast das Gelübde bereits abgelegt. Du kannst es nicht rückgängig machen, sonst verliert es seine Bedeutung. Du hast Richard dein Herz bereits geschenkt.«

»Dann werde ich mich vorsehen müssen.«

»Schaffst du das? Wirst du damit durchkommen?«

Janet legte ihre Finger an die Lippen. »Welche Wahl habe ich? Ich muß.«

Verna hielt ihr ihren Dacra hin. »Hier. Dann kannst du dich wenigstens schützen.«

Janet wies ihn von sich, als sei er giftig. »Wenn ich mit diesem Ding erwischt werde, schickt man mich für ein ganzes Jahr in die Zelte.«

»Na ja, zumindest kannst du von deiner Gabe Gebrauch machen, jetzt, wo Jagang dich nicht mehr daran hindern kann.«

»Hier wird mir das nichts nützen. Jagang hat die völlige Kontrolle über alle mit der Gabe, die sich hier befinden – Schwestern und Zauberer. Wenn ich versuchte, meine Gabe gegen sie einzusetzen, wäre das, als wollte man gegen den Wind spucken.«

»Ich weiß. Deswegen können wir die anderen jetzt auch nicht mitnehmen. Wir würden es niemals schaffen. Die Schwestern der Finsternis würden sich gegen uns stellen und uns mit ihrer Subtraktiven Magie in Stücke schneiden.« Verna preßte die Lippen aufeinander. »Bist du ganz sicher, daß du das willst, Janet?«

»Wenn ich einer Schwester in ärgster Not nicht helfe, was hat mein Gelübde als Schwester des Lichts dann für einen Wert? Eine ist vom Hüter zu uns zurückgekommen, vielleicht kann sie uns beibringen, wie wir auch die anderen wiedergewinnen.«

Daran hatte Verna überhaupt noch nicht gedacht. Warren machte ungeduldig Zeichen mit den Augen. Sie sah, wie er die Kiefermuskeln anspannte.

Janet bemerkte es ebenfalls. Sie packte Verna an den Schultern und küßte sie auf beide Wangen. Dann drehte sie sich um und umarmte Warren.

»Bitte, Verna, ihr beide müßt von hier verschwinden, bevor es zu spät ist. Fünf Tage halte ich durch. Ich weiß, wie man vor Jagang katzbuckelt. Er ist sehr beschäftigt, vielleicht gelingt es mir, ihm bis dahin nicht unter die Augen zu treten.«

»Also gut. Wo? Wir sind entlang der Küste nach Grafan gekommen, und ich kenne die geographischen Gegebenheiten nicht.«

»Entlang der Küste? Dann habt ihr bestimmt das Wachhaus an den Hafenanlagen passiert.«

»Ja, ich habe das Haus gesehen, aber es waren Wachen darin.«

Janet beugte sich vor. »Aber dich hindert nichts daran, die Gabe zu benutzen. Die Wachablösung erfolgt bei Sonnenuntergang. Wartet, bis ihr die Ablösung seht, dann bringt sie zum Schweigen. Dort könnt ihr in Sicherheit bis Einbruch der Dämmerung warten. Irgendwann im Laufe der Nacht werde ich mit Amelia dort eintreffen.«

»Also dann im Wachhaus. In der vierten Nacht nach Vollmond.«

Janet nahm sie kurz in den Arm. »Fünf Nächte, dann sind wir frei. Beeilt euch. Verschwindet von hier.«

Warren packte Vernas Arm und zerrte sie zur Tür hinaus.

18. Kapitel

Bald nach dem Aufwachen, kurz vor der Dämmerung, stand Richard vor seinem Schlafgemach und las den morgendlichen Bericht. Zum ersten Mal war die Zahl der Toten in einer Nacht über eintausend geklettert. Eintausend Tragödien in einer einzigen Nacht.

Ulic stand, die massigen Arme verschränkt, nicht weit entfernt und erkundigte sich nach der Zahl. Ein seltenes Ereignis, daß Ulic eine Frage stellte. Richard brachte kein Wort heraus. Er reichte seinem Leibwächter den Bericht. Dem Mann entfuhr ein tiefer Seufzer, als er die Zahl las.

Die Stadt war ein Trümmerhaufen. Der Handel war zusammengebrochen, die Lebensmittel wurden knapp. Feuerholz, sowohl zum Heizen als auch zum Kochen, war kaum mehr zu bekommen. Es war schwierig, irgendwelche Unterstützung zu erhalten, entweder, weil die Menschen Angst hatten, ihre Waren in die Stadt zu transportieren, weil sie ihre Häuser verlassen hatten und aus der Stadt geflohen waren oder weil sie tot waren.

Nur Heilmittel gab es in den Straßen noch im Überfluß.

Richard blieb auf seinem Weg ins Arbeitszimmer neben einem langen Wandbehang mit einer städtischen Marktszene stehen. Sein Schatten kam neben ihm zum Stehen. Die Vorstellung, weiter das Buch zu übersetzen, erzeugte bei ihm ein Gefühl von Übelkeit. Er würde ohnehin nichts Neues herausfinden. Er steckte in einem langweiligen Bericht über eine Untersuchung der Geschäfte fest, die Zauberer Ricker mit einem Volk, das man Andolier nannte, betrieben hatte. Der Bericht war langatmig und ergab wenig Sinn für ihn.

So früh am Tag fand Richard die Vorstellung, an dem Buch zu arbeiten, unerträglich. Außerdem war ihm schlecht vor Sorge um Raina. Ihr Zustand hatte sich im Lauf der vergangenen Woche ständig verschlechtert. Man konnte nichts für sie tun, jedenfalls nicht mehr als für die eintausend Menschen, die es während der vergangenen Nacht dahingerafft hatte.

Shota hatte Kahlan erzählt, der Tempel der Winde werde eine weitere Botschaft schicken, werde verraten, wie man in ihn hineingelangte. Die Seelen hatten ihr dasselbe gesagt. Wieso war sie nicht eingetroffen? Würden sie etwa alle tot sein, bevor die Winde Nachricht gaben?

Richard blickte aus dem Ostfenster und sah, wie die ersten Strahlen der Morgensonne zwischen den Bergen hervorbrachen. Wegen der zunehmenden Bewölkung, die, wie er bemerkt hatte, von Westen her aufzog, wußte er, daß sie den Vollmond in dieser Nacht nicht zu sehen bekommen würden.

Er begab sich zu Kahlans Gemach. Er brauchte etwas, das ihn aufmunterte. Ulic bezog an der Flurecke neben Egan Posten. Egan hatte in der vergangenen Nacht vor Kahlans Zimmer Wache geschoben.

Richard wurde von Nancy begrüßt, die gerade aus der Tür herauskam.

»Ist Kahlan auf?«

Nancy zog die Tür hinter sich zu. Sie blickte den Flur entlang und sah Ulic und Egan. Die beiden waren zu weit entfernt, um etwas mitzubekommen.

»Ja, Lord Rahl. Sie ist heute morgen nur ein wenig langsam. Sie fühlt sich nicht gut.«

Richard packte die Frau am Arm. Er fand, Kahlan wirkte seit ein paar Tagen so, als ginge es ihr nicht gut, doch sie hatte seine Besorgnis hartnäckig zerstreut. Richard spürte, wie ihm das Blut aus dem Gesicht wich.

»Was ist mir ihr? Ist sie … krank? Sie hat doch nicht –?«

»Nein, nein«, wiederholte Nancy beharrlich, als sie plötzlich merkte, daß sie ihm einen Todesschrecken eingejagt hatte. »Nichts dergleichen.«

»Was ist es dann?« drängte Richard.

Die Frau tätschelte ihren Unterleib und beugte sich näher vor. Sie senkte die Stimme zu wenig mehr als einem Flüstern. »Es ist nur ihr Mondzyklus, das ist alles. Noch ein paar Tage, dann ist es vorbei. Ich würde es nicht erwähnen, aber angesichts der Pest wollte ich nicht, daß Ihr Euch zu Tode sorgt. Erzählt Ihr nur nicht, daß ich es Euch verraten habe, sonst reißt sie mir den Kopf ab.«

Richard seufzte und lächelte erleichtert. Dankbar drückte er Nancys Hand.

»Natürlich nicht. Danke, Nancy. Ihr wißt gar nicht, wie mich das beruhigt. Ich könnte es nicht ertragen, wenn sie ...«

Nancy berührte ihn am Arm und bedachte ihn mit einem warmen Lächeln. »Ich weiß. Sonst hätte ich auch nichts gesagt.«

Nachdem Nancy den Gang hinunter verschwunden war, klopfte Richard an die Tür. Kahlan hatte sie gerade öffnen wollen und war überrascht, ihn vor sich zu sehen.

Sie blickte ihn lächelnd an. »Ich habe mich getäuscht.«

»Wieso?«

»Du siehst noch besser aus als in meiner Erinnerung.«

Richard schmunzelte. Schon hatte sie ihn aufgemuntert. Als sie sich auf die Zehenspitzen stellte und die Lippen schürzte, gab er ihr rasch einen Kuß.

Er nahm ihre Hand. »Ich wollte gerade nach Raina sehen. Hast du Lust mitzukommen?«

Sie nickte, dabei wich ihr die Freude wie ein Spuk aus dem Gesicht.

Nicht weit von ihrem Zimmer kam ihnen Berdine entgegen. Ihre Augen waren gerötet und wirkten müde. Sie trug ihre rote Lederkleidung. Richard erkundigte sich nicht, warum.

»Lord Rahl, bitte ... Raina fragt nach Euch.«

Richard legte ihr einen Arm um die Schultern. »Wir waren gerade auf dem Weg zu ihr. Gehen wir.«

Richard erkundigte sich nicht nach Berdines Befinden. Es war offenkundig, daß sie krank vor Sorge war.

»Manch einer hat sich schon von der Pest erholt, Berdine. Niemand ist stärker als Raina. Sie ist eine Mord-Sith. Sie wird zu denen gehören, die wieder auf die Beine kommen.«

Berdine nickte benommen.

Raina lag auf ihrem Bett. Sie trug ihre rote Lederkleidung.

Noch in der Tür beugte Richard sich zu Berdine und fragte leise: »Wieso ist sie angezogen?« Die naheliegende Frage, wieso sie ihre rote Lederkleidung anhatte, stellte er nicht.

Berdine klammerte sich an seinen Arm. »Sie bat mich, ihr das rote Leder der Mord Sith« – Berdine unterdrückte ein leises Schluchzen – »für ihren letzten Kampf anzulegen.«

Richard ließ sich neben dem Bett auf die Knie sinken. Rainas halbgeöffnete Augen wandten sich ihm zu. Der Schweiß lief ihr über das Gesicht. Ihre Unterlippe zitterte.

Sie ergriff Richards Arm. »Lord Rahl … bitte, bringt Ihr mich nach draußen, damit ich Reggie sehen kann?«

»Reggie?«

»Die Streifenhörnchen … bitte bringt mich hinaus, damit ich ihn füttern kann. Das ist der, dem das Ende seines kleinen Schwänzchens fehlt.«

Das brach ihm fast das Herz. Er setzte ein Lächeln für sie auf. »Es wäre mir eine Ehre.«

Dann nahm er sie in die Arme. Sie hatte viel Gewicht verloren. Sie wog kaum noch etwas.

Raina schlang ihm einen geschwächten Arm um den Hals und schmiegte ihren Kopf an seine Schulter, während er sie durch die Flure trug.

Neben ihnen ging Berdine und hielt ihre andere Hand. Kahlan hielt sich auf Richards anderer Seite. Ulic und Egan marschierten hinterher.

Überall traten Soldaten, den Blick zu Boden gesenkt, aus dem Weg und salutierten mit einem Faustschlag aufs Herz, als Richard und die kleine Prozession vorüberzogen.

Der Salut galt Raina.

Draußen angekommen, setzte Richard sich im steinernen Innenhof in das Licht der aufgehenden Sonne und nahm Raina auf seinen Schoß. Kahlan ließ sich auf seiner anderen Seite nieder, Ulic und Egan, die Hände hinter dem Rücken verschränkt, standen nicht weit entfernt im Hintergrund. Richard sah, wie die eine oder andere Träne über die Wangen ihrer verschleierten Gesichter kullerte.

»Da drüben«, sagte Richard zu Kahlan und deutete mit seinem Kinn auf die Stelle. »Gib mir die Schachtel.«

Kahlan drehte sich suchend um und sah, was er meinte. In einer Schachtel unter der Steinbank bewahrte er Körner auf. Sie nahm den klemmenden Deckel ab und hielt ihm die Schachtel hin.

Richard nahm eine Handvoll Körner heraus und warf ein paar vor ihnen auf die Erde. Die restlichen ließ er in Rainas knochendürre Hand rinnen.

Es dauerte nicht lange, und zwei Streifenhörnchen kamen mit federnden Schwänzen über den Rasen gesprungen. Richard hatte sie oft genug gefüttert, daher wußten sie, das Erscheinen von Menschen verhieß einen Leckerbissen. Zwischen von lautem Schnattern begleiteten Versuchen, sich gegenseitig fortzujagen, stopften sie sich, so gut es irgend ging, die Backen mit Körnern voll.

Raina sah ihnen aus nur halb geöffneten Augen dabei zu.

Ihr Strafer baumelte an einer Kette am Gelenk der Hand, die Berdine hielt.

Die beiden Streifenhörnchen flitzten mit vollen Backen in ihren Bau, um ihre Beute zu verstauen.

Raina ließ den Arm nach außen gleiten und legte die Hand aufs Pflaster. Sie öffnete die Finger. Bei jedem ihrer flachen Atemzüge rasselten ihre Bronchien.

Berdine streichelte zärtlich Rainas Stirn.

Unter einem Busch kam ein weiteres Streifenhörnchen hervor. Es lief ein Stück auf sie zu, erstarrte plötzlich, prüfte, ob Gefahr drohte, dann huschte es den Rest des Weges herbei. Am Ende seines Schwanzes fehlte ihm ein Stück.

»Reggie«, hauchte Raina.

Sie lächelte, als Reggie in ihre geöffnete Hand kletterte. Dort hockte er und stemmte sich mit seinen kleinen Pfoten gegen ihre Finger, während er sich mit der Zunge Körner ins Maul stopfte. Dann hielt er inne und richtete sich in ihrer Hand auf, um die in die Backen gestopften Körner zu sortieren. Zufrieden ließ er sich wieder zusammensacken und stemmte seine kleinen Füße abermals gegen Rainas Finger.

Der Mord-Sith entfuhr ein leises Lachen.

Berdine küßte sie auf die Stirn. »Ich liebe dich, Raina«, sagte sie leise.

»Ich liebe dich, Berdine.«

Richard spürte, wie Rainas Muskeln erschlafften, als sie in seinen Armen starb, während Reggie dahockte und ihr Körner aus der Hand fraß.

19. Kapitel

Kahlan stand hinter Richard, der auf seinem Stuhl in seinem Arbeitszimmer saß, hatte ihm die Arme um den Hals geschlungen, die Wange auf den Kopf gelegt und weinte.

Richard rollte Rainas Strafer zwischen seinen Fingern hin und her. Berdine hatte gemeint, Raina habe gewollt, daß er ihn bekomme.

Die Mord-Sith hatte um Erlaubnis gebeten, zur Burg der Zauberer hinaufgehen und es Cara mitteilen zu dürfen . Sie hatte auch gefragt, ob sie deren Schicht bei der Wache der Sliph übernehmen könne, da Cara bereits die letzten drei Tage oben gewesen war.

Richard hatte ihr erklärt, sie möge tun, was immer sie wolle und so lange sie wolle, und wenn er ihre Wachschicht übernehmen oder ihr Gesellschaft leisten solle, brauche sie nur zu fragen. Sie hatte geantwortet, sie wolle lieber eine Weile alleine sein.

»Wieso hat der Tempel keine Nachricht geschickt?«

Kahlan strich ihm übers Haar. »Ich weiß es nicht.«

»Was sollen wir bloß tun?« fragte er. Er erwartete keine Antwort. »Ich weiß einfach nicht, was ich machen soll.«

Kahlan ließ ihre Hände von seinen Schultern über die Oberarme gleiten. »Glaubst du, du findest in den Aufzeichnungen über die Verhandlung einen Hinweis?«

»Nach allem, was ich weiß, könnte es die allerletzte Zeile sein, die mir irgend etwas Brauchbares liefert.« Er schüttelte langsam den Kopf. »Wir werden alle längst tot sein, bevor ich die letzte Zeile übersetzt habe.«

Richard hakte Rainas Strafer zum Amulett an die Kette auf seiner Brust. Die rote Farbe des Strafers paßte gut zu dem Rubin.

Es war eine ganze Weile still im Raum, bevor er es aussprach: »Jagang wird gewinnen.«

Kahlan drehte seinen Kopf zu sich herum. »Das darfst du nicht sagen.«

Er zwang sich zu lächeln. »Du hast recht. Wir werden ihn besiegen.«

An der Tür klopfte es. Auf Richards Frage, wer dort sei, steckte Ulic den Kopf zur Tür herein.

»General Kerson möchte wissen, ob Ihr ihm eine Minute Eurer Zeit widmen könntet, Lord Rahl.«

Kahlan gab Richard einen leichten Klaps auf die Schulter. »Ich werde gehen und Drefan und Nadine von Rainas Tod erzählen.«

Richard brachte sie zur Tür. Draußen wartete General Kerson, in der Hand die üblichen Berichte.

»Ich komme gleich nach«, sagte Richard.

Kahlan ging und überließ es Richard, sich die Berichte des Generals anzuhören. Egan schloß sich ihr an. Es war ein eigenartiges Gefühl, von Egan alleine beschützt zu werden, ohne eine Mord-Sith. Früher schien stets eine von ihnen in der Nähe gewesen zu sein.

»Mutter Konfessor«, setzte Egan an, »soeben sind im Palast einige Personen eingetroffen, die Euch und Lord Rahl sprechen möchten. Ich habe ihnen erklärt, alle seien sehr beschäftigt. Ich wollte Lord Rahl nicht unnötig damit belasten.«

»Angesichts des ganzen Ärgers ist der Saal der Bittsteller sicher voll von Menschen, die uns sprechen wollen.«

»Sie warten nicht im Saal der Bittsteller. Die Wachen haben sie angehalten, als sie einen der Empfangssäle betreten wollten. Sie sind nicht gerade überheblich, so wie manche anderen Abgesandten, die ich erlebt habe, aber sie legen eine merkwürdige Hartnäckigkeit an den Tag.«

Kahlan sah den riesenhaften, blonden D'Haraner stirnrunzelnd an. »Haben sie gesagt, wer sie sind? Hast du das herausfinden können?«

»Sie sagten, sie seien Andolier.«

Kahlan blieb mit einem Ruck stehen und packte Egans mächtigen Arm. »Andolier! Und die Wachen haben sie hereingelassen? Sie haben Andolier in den Palast gelassen?«

Egan runzelte verwirrt die Stirn. »Ich weiß nicht, wie sie hereingekommen sind. Nur, daß sie hier sind. War das falsch, Mutter Konfessor?«

Die Hand des Mannes ging sofort zum Schwert. »Nein, das eigentlich nicht. Nur ... Gütige Seelen, wie soll man jemandem die Andolier erklären?« Sie suchte nach den passenden Worten. »Genaugenommen sind sie – gar keine Menschen.«

»Wie soll ich das verstehen?«

»Es gibt Geschöpfe der Magie, die in den Midlands leben, und es gibt Menschen mit Magie in den Midlands. Manchmal fällt es schwer, zwischen ihnen eine Trennlinie zu ziehen. Einige dieser Menschen mit Magie sind teils Kreatur – wie eben die Andolier.«

»Mit Magie?« fragte Egan, offensichtlich angewidert. »Sind sie gefährlich?«

Schweren Herzens entschied Kahlan sich anders und begab sich statt dessen zum Empfangssaal. »Im Grunde nicht. Jedenfalls normalerweise nicht. Vorausgesetzt, man weiß mit ihnen umzugehen.

Niemand kennt die Andolier genauer. Wir lassen sie in Frieden. Die meisten Völker der Midlands hegen eine starke Abneigung gegen sie. Die Andolier stehlen. Dabei geht es ihnen nicht um den Wert der Gegenstände, sondern sie sind einfach von bestimmten Dingen fasziniert. Meist von Dingen, die glänzen. Ein Stück Glas, eine Goldmünze oder ein Knopf – für sie bedeutet das alles dasselbe.

Die Menschen mögen die Andolier nicht, weil sie fast genau so aussehen wie du und ich. Deshalb denken die Menschen, sie müßten sich benehmen wie sie. Doch im Grunde sind es gar keine.

Gewöhnlich lassen sie sich nur aus reiner Neugier irgendwo blicken. Im Palast erhalten sie keinen Einlaß, weil sie sehr zwiespältige Gefühle wecken. Am besten sperrt man sie aus. Aufgrund ihrer Magie können sie ziemlich unangenehm werden, wenn man versucht, sie in die Schranken zu weisen. Sehr unangenehm.«

»Vielleicht sollte ich sie von den Soldaten hinauswerfen lassen.«

»Nein. Das könnte sehr gefährlich werden. Der Umgang mit ihnen erfordert eine ganz bestimmte Art von Protokoll. Glücklicherweise ist mir dieses Protokoll geläufig. Ich werde dafür sorgen, daß sie wieder verschwinden.«

»Und wie?«

»Die Andolier lieben es, Nachrichten zu überbringen. Das mögen sie lieber als alles andere – sogar noch lieber als glänzende Gegenstände. Ganz besonders gefällt es ihnen, Menschen Nachrichten zu überbringen. Vermutlich fühlen sie sich der menschlichen Seite zugehöriger, wenn sie in die Angelegenheiten der Menschen einbezogen werden.

Einige der Völker der Midlands setzen sie zu eben diesem Zweck ein. Andolier sind zuverlässiger als jeder Kurier. Sie sind bereit, es für einen glänzenden Knopf zu tun. Ja, sogar ohne Gegenleistung übernehmen sie jeden Auftrag. Das Überbringen von Nachrichten ist ihr Leben.

Ich brauche ihnen nur eine Botschaft zu geben, die sie übermitteln sollen, und sie werden sich sofort auf den Weg machen. Das ist die einfachste Methode, einen Andolier loszuwerden.«

»Die Frage ist nur, ob wir sie alle auf diese Weise loswerden«, meinte Egan, sich am Kopf kratzend.

»Alle? Gütige Seelen, sag bloß, es sind mehr als nur ein paar.«

»Sie sind zu siebt. Sechs Frauen, die alle gleich aussehen, sowie ein Mann.«

Kahlan blieb stehen. »Das glaube ich einfach nicht. Das müßten dann ja Legat Rishi und seine sechs Frauen sein, alles Schwestern. Die sechs Schwestern stammen übrigens alle aus einem ... Wurf.«

Nach Ansicht der Andolier war nur ein Wurf von sechs Weibchen geeignet, die Frauen eines Legaten zu werden. Kahlan drehte sich der Kopf, als sie versuchte, sich trotz der Niedergeschlagenheit über Rainas Tod, über all die Toten zu konzentrieren. Sie mußte sich überlegen, wohin sie die Andolier schicken konnte, und dazu eine Nachricht, die sie überbringen sollten.

Vielleicht etwas über die Pest. Sie konnte sie mit einer Pestwarnung irgendwohin schicken. Vielleicht nach Süden, in die Wildnis. Die Stämme und Völker der Wildnis waren den Andoliern gegenüber toleranter als die meisten anderen Völker der Midlands.

Ein dichtes Gedränge aus waffenstrotzenden Wachen füllte die Flure rings um den Empfangssaal. Zwei Männer mit Langspießen öffneten die hohe, mit Mahagoni getäfelte Doppeltür, als Kahlan und Egan sich ihr näherten.

Bei dem Saal, in dem die Andolier warteten, handelte es sich um einen der kleineren ohne Fenster. Skulpturen jeder Art, angefangen bei Herrscherbüsten bis hin zu einem Bauern mit Ochsen, größtenteils aus blassem Marmor gearbeitet, ruhten auf quadratischen Granitblöcken, die man hinten vor die dunklen Wände gestellt hatte. Hinter jeder Skulptur hing ein als Verzierung dienender Wandbehang in tiefem Kastanienbraun, den man vor Halbsäulen aus dunkelviolettem Marmor zurückgebunden hatte, welche zwischen den einzelnen Skulpturen vor die Wand gesetzt worden waren. Das erweckte den Anschein, als werde jedes Einzelstück auf einer Bühne zur Schau gestellt, deren Vorhänge sich soeben öffneten.

Vier voneinander getrennte Trauben reich verzierter Lampen mit Zylindern aus geschliffenem Glas hingen an silbernen Ketten. Wegen des düsteren Dekors schafften es die vielen Lampen kaum, die Atmosphäre im Saal über eine gewisse bedrückende Stimmung hinaus aufzuhellen. Drei schwere, dunkle Tische ruhten auf dem schwarzen Marmorboden.

Vor einem dieser Tische standen die Andolier. Die sechs Schwestern waren rank und schlank und für Kahlan unmöglich auseinanderzuhalten. Ihr Haar hatten sie mit den Beeren des Hassetbusches, der in der Heimat der Andolier gedieh, leuchtend orange eingefärbt. Sie lebten weit entfernt und hatten eine lange Reise auf sich genommen, um nach Aydindril zu gelangen.

Mit ihren großen, runden Augen verfolgten sie, wie Kahlan auf sie zuging. Das orangefarbene Haar, zu Hunderten von kleinen Zöpfen geflochten, ließ die Frauen aussehen, als trügen sie Perücken aus Garn. In dieses garnartige Haar hineingeflochten waren kleine, glänzende Gegenstände – Knöpfe, Metallfetzen, Gold- und Silbermünzen, Glasscherben, Obsidiansplitter – alles, was sie ihrem Geschmack entsprechend für glänzend genug befunden hatten.

Alle sechs waren in schlichte, aber elegante Gewänder aus einem durchscheinenden, satinähnlichen Stoff gekleidet. Trotz allem, was Kahlan über die Andolier wußte – angeblich konnte bereits ein einfaches Gewitter sie winselnd und schutzsuchend unter einen Busch oder in ein Erdloch treiben –, strahlten sie eine gewisse Noblesse aus. Was auch verständlich war. Schließlich waren sie die Frauen des Legaten, des Führers der Andolier.

Der Legat selbst war kleiner als seine Frauen und erheblich älter. Sah man von seinen runden schwarzen Augen ab, wirkte er eher wie ein vornehmer, ein wenig zur Untersetztheit neigender Beamter. Über einem Kranz aus weißem Haar glänzte ein kahler Schädel. Der war mit irgendeinem Fett eingerieben worden, das ihm Glanz verleihen sollte.

Sein Gewand war denen seiner Frauen ähnlich, wenn auch aus einem goldenen Stoff, der mit Reihen glänzender, aufgenähter Objekte besetzt war. An jedem seiner Finger trug er wenigstens einen Ring. Von weitem ließen ihn all die glänzenden Gegenstände wohlhabend erscheinen. Aus der Nähe wirkte er eher wie ein verrückter Bettler, der sich durch einen Abfallhaufen gewühlt hatte, um wertlosen Tand daraus hervorzukramen, den normale Menschen weggeworfen hatten.

Die Augen des Legaten Rishi waren rot gerändert und wirkten

übermüdet. Er trug ein idiotisches Grinsen im Gesicht und hielt sich nur schwankend aufrecht. Kahlan sah ihn nicht oft, aber so hatte sie ihn nicht in Erinnerung.

Die sechs Schwestern stellten sich in einer Reihe vor ihm auf. Stolz warfen sie sich in die Brust.

»Unser ist der Mond«, sagte eine der sechs.

»Unser ist der Mond«, erwiderte Kahlan die traditionelle Begrüßung unter Frauen. Ihre nachlassenden Bauchkrämpfe erinnerten sie daran, daß diese Formel mehr als eine Bedeutung hatte.

Die übrigen erwiderten den Gruß. Ihre Art, mit ihren großen schwarzen Augen zu blinzeln, bereitete Kahlan eine Gänsehaut. Nach der offiziellen Begrüßung teilten die sechs sich in zwei Dreiergruppen auf und traten zu beiden Seiten ihres Ehemannes zurück.

Der Legat hob eine Hand wie ein König, der eine Menschenmenge grüßt. Er grinste blödsinnig. Kahlan fand sein eigenartiges Betragen verwunderlich, war aber keineswegs sicher, ob es auch für einen Andolier seltsam war.

»Unser ist die Sonne«, nuschelte er.

»Unser ist die Sonne«, antwortete Kahlan, er jedoch ignorierte sie, als seine Aufmerksamkeit von etwas in ihrem Rücken abgelenkt wurde.

Kahlan drehte sich um und sah, wie Richard, das Gesicht glühend vor Wut, mit großen Schritten durch den Saal geeilt kam.

»Wie war das mit dem Mond?« fragte Richard, als er Kahlan erreicht hatte.

Sie ergriff seine Hand. »Richard«, warnte sie ihn, »das ist Legat Rishi mit seinen Frauen. Sie sind Andolier. Ich habe ihnen gerade ihren traditionellen Gruß entboten, das ist alles.«

Seine Gesichtszüge entspannten sich. »Oh, verstehe. Als sie etwas vom Mond erwähnten, dachte ich –«

Plötzlich wich das Blut aus Richards Gesicht.

»Andolier«, sagte er leise zu sich selbst. »Zauberer Ricker hat etwas mit den Andoliern angestellt ...« Er schien sich in einem Wust aus Gedanken zu verlieren.

»Unser ist die Sonne«, meinte Legat Rishi, noch immer grinsend. »Den Frauen gehört der Mond. Ein Mann und eine Frau teilen sich die Sonne, nicht den Mond.«

Richard strich sich über die Stirn. Er schien ganz von seiner Erinnerung oder Verwirrung in Anspruch genommen. Kahlan drückte seine Hand in der Hoffnung, er werde die Warnung verstehen und ihr die Sache überlassen. Sie wandte sich wieder dem Legaten zu.

»Legat Rishi, ich möchte, daß Ihr –«

»Unser Ehemann hat etwas getrunken, was ihn glücklich gemacht hat«, warf eine der Ehefrauen ein, als sei dies eine faszinierende Neuigkeit. »Er hat ein paar seiner Beutestücke gegen dieses Getränk eingetauscht.« Ihr Gesichtsausdruck nahm einen verlegenen Zug an. »Dadurch ist er auch sehr langsam geworden, sonst wären wir schon eher hier gewesen.«

»Danke, daß Ihr mir dies mitteilt«, meinte Kahlan. Man mußte einem Andolier stets für jede Information danken, die er über sich selbst preisgab. Informationen über sich selbst, auf diese Weise gewährt, galten als Geschenk.

Kahlan richtete ihre Aufmerksamkeit wieder auf den Legaten. »Legat Rishi, ich möchte, daß Ihr eine wichtige Nachricht für mich übermittelt.«

»Tut mir leid«, meinte der Legat. »Wir können keine Nachricht für Euch überbringen.«

Kahlan war sprachlos. Sie hatte noch nie gehört, daß sich ein Andolier weigerte, eine Botschaft zu übermitteln.

»Aber warum nicht?«

Eine der sechs Frauen beugte sich zu Kahlan. »Weil wir bereits eine Nachricht von großer Wichtigkeit mit uns führen.«

»Tatsächlich?«

Sie schlossen ihre großen schwarzen Augen einmal bis zur

Hälfte. »Ja. Es ist die allergrößte Ehre. Unser Gatte übermittelt eine Nachricht des Mondes.«

»Er tut was?« fragte Richard kaum vernehmbar, während sein Kopf hochschoß.

»Der Mond schickt eine Nachricht von den Winden«, erklärte der Legat in seinem betrunkenen Nuscheln.

Kahlan hatte das Gefühl, als bleibe die Welt stehen.

»Wir wären schon eher hier gewesen, aber unser Gatte mußte oft haltmachen, um den Trank des Glücks zu trinken.«

Kahlan spürte, wie sie vor Angst am ganzen Körper eine Gänsehaut bekam.

»Schon eher hier gewesen?« wiederholte Richard. »Ihr habt Euch betrunken, während all diese Menschen elendig ums Leben kamen?« Seine Stimme hallte wie ein Donnerschlag von den Wänden wider. »Raina ist gestorben, weil Ihr unterwegs wart, um Euch zu betrinken!«

Richard explodierte zu einer kaum erkennbaren Bewegung. Seine Faust traf den Legaten Rishi mit solcher Wucht, daß der Mann nach hinten über den Tisch kippte.

»Die Menschen krepieren, und Ihr lauft draußen herum und laßt Euch vollaufen!« brüllte Richard und setzte über den Tisch hinweg.

»Richard, nicht!« schrie Kahlan. »Er besitzt Magie!«

Kahlan sah ein rotes Etwas von der Seite heranschießen. Cara warf sich aus vollem Lauf über den Tisch und stieß Richard der Länge nach zu Boden.

Legat Rishi war außer sich, als er sich erhob. Blutiger Schaum bedeckte seinen Mund und baumelte in Fäden von seinem Kinn.

Ein flackerndes, loderndes Licht und Wellen hin und her zuckender Finsternis schossen strahlengleich an seinen Armen empor und sammelten sich auf seiner Brust, während er sich aufrappelte. Er sammelte seine magischen Kräfte, bereitete sich darauf vor, sie gegen Richard freizusetzen. Richard griff nach seinem Schwert.

Cara versetzte Richard abermals einen Stoß, warf sich dann wieder auf den Legaten und verpaßte ihm einen Schlag mit dem Handrücken auf seinen blutverschmierten Mund. Der Legat wirbelte herum und richtete seinen Zorn gegen sie.

Mit katzenhafter Behendigkeit schoß Cara an ihm vorbei, verpaßte ihm einen weiteren Schlag und lenkte seine Aufmerksamkeit von Richard ab. Jetzt folgte der Legat ihr.

Er hatte seine magischen Kräfte bereits gesammelt und setzte sie gegen sie frei.

Es gab einen dumpfen Schlag in der Luft, die im selben Augenblick in Schwingungen zu geraten schien.

Der Legat ging mit einem schmerzhaften Ächzen zu Boden. Cara war über ihm, bevor er auf dem Boden aufschlug. Sie preßte ihm den Strafer an den Hals.

»Du gehörst jetzt mir«, sagte sie voller Hohn, als er gequält den Mund aufsperrte. »Deine Magie gehört jetzt mir!«

»Cara!« gellte Kahlan. »Bring ihn nicht um!«

Die sechs Schwestern kauerten sich zu einem zitternden Häuflein zusammen und schlangen vor lauter Angst die Arme umeinander. Kahlan legte die Hand schützend auf die verängstigten Frauen und beruhigte sie, ihnen werde nichts geschehen.

»Tut ihm nicht weh, Cara«, sagte Kahlan. »Er ist im Besitz einer Nachricht vom Tempel der Winde.«

Cara hob den Kopf, einen verstörten Blick in den Augen.

»Ich weiß. Sie kam über die Magie zu ihm. Seine Magie gehört jetzt mir. Die Nachricht, die er bei sich trägt, ist in seine Magie eingebunden.«

Richard schob sein Schwert in die Scheide zurück. »Soll das heißen, Ihr kennt die Nachricht?«

Cara nickte, und ihre blauen Augen füllten sich mit Tränen.

»Ich kenne sie, genau wie er. Ich teile seine Magie und damit seine Kenntnis von der Nachricht.«

»Ulic, Egan«, sagte Richard, »schafft die Soldaten raus. Schließt die Türen. Sorgt dafür, daß niemand hereinkommt.«

Während Ulic und Egan die Soldaten nach draußen geleiteten, packte Richard den Legaten am Kragen seines Gewandes und riß ihn hoch. Er wuchtete ihn auf einen Stuhl, dann baute er sich vor dem plötzlich lammfromm wirkenden Führer der Andolier auf.

Schwer atmend packte Richard das Amulett und Rainas Strafer. Seine Kinnmuskeln spannten sich, als er auf das Gesicht des Legaten zeigte.

»Raus mit der Nachricht. Und Ihr tätet gut daran, sie wahrheitsgemäß wiederzugeben. Tausende von Menschen sind schon gestorben, weil Ihr Euer Eintreffen hinausgezögert habt, um Euch zu betrinken.«

»Die Nachricht von den Winden ist für zwei Menschen bestimmt.«

Richard sah auf. Die Worte waren nicht allein aus dem Mund des Legaten gekommen, sondern auch aus Caras. Sie hatte die Worte mit ihm gemeinsam gesprochen.

»Kennt Ihr die Nachricht ebenfalls, Cara, genau wie er?«

Die Mord-Sith wirkte genauso überrascht wie Richard. »Sie ... ist mir eingefallen, als sie ihm einfiel. Ich wußte nur, daß er eine Nachricht hatte. Er kannte sie erst, nachdem er sie ausgesprochen hatte. Und ich habe sie im selben Augenblick gewußt wie er.«

»Für wen ist die Nachricht bestimmt?«

Kahlan ahnte es bereits.

»Für den Zauberer Richard Rahl und für die Mutter Konfessor, Kahlan Amnell.« Wieder hatten beide gesprochen.

»Wie lautet die Nachricht?«

Kahlan wußte es. Sie stellte sich neben Richard, nahm seine Hand und hielt sie fest, als ginge es ums nackte Leben.

Der Saal war menschenleer bis auf Richard, Kahlan, Cara, den Legaten Rishi und die sechs Schwestern, die unter einem der Tische kauerten. Die Lampen überall im Saal verdunkelten sich, als hätte jemand ihre Dochte heruntergedreht. Sie alle wurden in ein unheimliches, flackerndes Licht getaucht.

Der Legat, dessen Gesicht jeden Audruck verloren hatte, schien in einen Trancezustand verfallen zu sein. Er stand vom Stuhl auf, während ihm das Blut noch immer vom Kinn tropfte. Er hob den Arm und deutete auf Richard. Diesmal sprach nur er.

»Die Winde rufen dich, Zauberer Richard Rahl. Magie wurde aus dem Tempel der Winde entwendet und in dieser Welt dazu benutzt, Unheil anzurichten. Du mußt heiraten, um in den Tempel der Winde zu gelangen.

Dein Weib wird eine Frau mit Namen Nadine Brighton sein.«

Unfähig zu sprechen, legte Richard Kahlans Linke auf sein Herz und hielt sie dort mit beiden Händen fest.

Cara hob mechanisch den Arm und deutete auf Kahlan. Diesmal sprach nur sie, mit förmlich kalter, herzloser Stimme.

»Die Winde rufen dich, Mutter Konfessor Kahlan Amnell. Magie wurde aus dem Tempel der Winde entwendet und in dieser Welt dazu benutzt, Unheil anzurichten. Du mußt heiraten, um Zauberer Richard Rahl zu helfen, in den Tempel der Winde zu gelangen.

Dein Gemahl wird ein Mann mit Namen Drefan Rahl sein.«

Richard sank auf die Knie. Kahlan sank neben ihm nieder.

Sie glaubte, etwas fühlen zu müssen. Dabei empfand sie nur dumpfe Benommenheit. Es war wie ein Traum.

Sie hatte nicht geglaubt, daß es jemals so weit kommen würde. Und jetzt, da es geschah, ging alles viel zu schnell, so als stürzte sie Halt suchend über eine Klippe, ohne etwas greifen zu können, das ihren Sturz bremste, während sie in eiskalte Finsternis fiel.

Es war vorbei. Alles war vorbei. Ihr Leben, ihre Träume, ihre Zukunft, ihre Freude – vorbei. Blieb nur noch, diese Farce bis zum Ende durchzustehen.

Richard war aschfahl im Gesicht, als er aufsah. »Cara, ich flehe Euch an, tut uns das nicht an.« Seine Stimme brach. »Bei den Gütigen Seelen, Cara, tut uns das nicht an.«

Caras kalte blaue Augen hielten seinem Blick stand.

»Ich tue Euch das nicht an. Ich überbringe nur die Nachricht von den Winden. Wenn Ihr den Tempel der Winde betreten wollt, müßt Ihr Euch beide mit den Bedingungen einverstanden erklären.«

»Warum muß Kahlan heiraten?«

»Die Winde verlangen eine jungfräuliche Braut.«

Richards Blick zuckte hinüber zu Kahlan. Er wandte sich wieder Cara zu.

»Sie ist keine Jungfrau.«

»Doch, das ist sie«, widersprach Cara.

»Nein! Ist sie nicht!«

Kahlan legte ihre Stirn an Richards Wange, schlang die Arme um seinen muskulösen Hals und schmiegte sich an ihn.

»Doch Richard, das bin ich«, sagte sie leise. »In dieser Welt bin ich das. Shota hat es mir erklärt. Für die Seelen zählt das allein. In dieser Welt, in unserer Welt, in der Welt des Lebendigen, bin ich noch Jungfrau. Wir waren in einer anderen Welt zusammen. Hier gilt das nicht.«

»Das ist verrückt«, entgegnete er leise mit heiserer Stimme. »Das ist einfach verrückt.«

»Es erfüllt die Anforderungen der Winde«, hielt Cara dagegen.

»Dies ist die einzige Chance, die man Euch bieten wird«, verkündete der Legat. »Ergreift Ihr sie nicht, endet damit die Verpflichtung der Winde, den Schaden wiedergutzumachen.«

»Cara, bitte«, flehte Richard. »Bitte ... tut das nicht. Es muß doch einen anderen Weg geben.«

»Dies ist der einzige Weg.« Cara ragte in ihrer roten Lederkleidung vor ihnen auf. »Es liegt an Euch, ob ihr den Schaden beheben wollt. Ihr müßt einwilligen. Folgt ihr dem Ruf nicht, wird er kein zweites Mal erfolgen, und die freigesetzte Magie wird ungehindert wüten.«

»Die Winde wollen Eure Antwort hören«, forderte der Legat. »Ihr müßt beide aus freiem Willen zustimmen. Die Hochzeit muß in jeder Hinsicht gültig sein. Die Ehe muß auf Lebenszeit geschlossen werden. Ihr müßt beide mit ehrlichen Absichten heiraten und Euren Angetrauten treu sein.«

»Er spricht die Wahrheit der Winde. Wie lautet Eure Antwort?« fragte Cara mit einer Stimme kalt wie Eis.

Kahlan sah Richard durch einen tränenverhangenen Schleier an. Sie bemerkte, wie hinter seinen Augen in diesem Moment sein Leben zu Ende ging.

»Es ist unsere Pflicht. Nur wir können diese Menschen retten, aber wenn du es verlangst, Richard, werde ich ablehnen.«

»Wie viele Rainas müssen noch in meinen Armen sterben? Ich kann dich nicht um den Preis eines weiteren Menschenlebens bitten, mich zu nehmen.«

Kahlan unterdrückte ihr Schluchzen. »Gibt es eine Möglichkeit … weißt du eine Möglichkeit, wie wir die Pest aufhalten könnten?«

Richard schüttelte den Kopf. »Leider nein. Ich habe dich im Stich gelassen. Ich habe keinen Ausweg aus dieser Geschichte gefunden.«

»Du hast mich nicht im Stich gelassen, Richard. Ich könnte es nicht ertragen, der Grund dafür zu sein, daß noch mehr Menschen sterben wie Raina heute.« Sie schlang ihm die Arme um den Hals. »Ich liebe dich, Richard.«

Richard zog ihren Kopf mit seiner großen Hand zu sich. »Dann sind wir uns also einig. Wir müssen es tun.«

Richard zog sie im Aufstehen hoch. Sie hatte ihm noch so viel zu sagen, doch brachte sie kein Wort heraus. Als sie in Richards Augen blickte, wußte sie, daß Worte überflüssig waren.

Sie wandten sich Cara und dem Legaten zu.

»Ich willige ein. Ich werde Nadine heiraten.«

»Ich willige ein. Ich werde Drefan heiraten.«

Kahlan sank Richard in die Arme, als sie die Kontrolle über ihre Tränen verlor. Sie schluchzte gequält. Richard umarmte sie und zerdrückte sie dabei fast.

Im Nu waren Cara und der Legat zur Stelle und zerrten sie auseinander.

»Ihr seid beide anderen versprochen«, sagte Cara. »Das ist Euch ab jetzt nicht mehr gestattet. Ihr müßt Euren Angetrauten treu sein.«

Kahlan sah Richard, vorbei an dem Legaten, in die Augen. Sie wußten beide, daß dies ihre letzte Umarmung gewesen war.

In diesem Augenblick brach für sie eine Welt zusammen.

19. Kapitel

Kahlan und Richard saßen voneinander getrennt, zwischen ihnen der Legat und Cara. Kahlan hörte, wie die Doppeltür sich öffnete. Es waren Nadine und Drefan. Ulic ließ sie herein, dann schloß er die Tür wieder.

Richard strich sich im Aufstehen das Haar nach hinten. Kahlan wollte ihre Beine nicht auf die Probe stellen, noch nicht. Alles war ihr zwischen den Fingern zerronnen. Ihre Pflicht hatte sie gezwungen, alles aufzugeben.

Nadine faßte die Anwesenden im Saal ins Auge: den Legaten, seine sechs Gattinnen, Cara, Kahlan und schließlich Richard, der sich ihr zögernd näherte.

Richard hielt den Blick starr auf den Boden gerichet. »Ihr beide wißt, daß die Pest durch Magie ausgelöst wurde. Ich habe Euch beiden erklärt, wie diese aus dem Tempel der Winde entwendet wurde. Der Tempel hat seine Bedingungen gestellt, für den Fall, daß ich die Erlaubnis erhalte, ihn zu betreten und die Pest zu beenden.

Der Tempel verlangt, daß sowohl Kahlan als auch ich heiraten. Er hat zwei Personen benannt, die wir den Bedingungen entsprechend heiraten müssen. Es tut mir leid, daß man Euch beide da … hineingezogen hat. Den Grund dafür kenne ich nicht. Der Tempel weigert sich, dies näher zu begründen, und behauptet lediglich, es sei unsere einzige Chance, die Pest aufzuhalten. Ich kann keinen von Euch beiden zwingen, sein Einverständnis zu geben. Ich kann Euch nur bitten.«

Richard räusperte sich und versuchte, seine Stimme zu festigen. Er ergriff Nadines Hand. Er konnte ihr nicht in die Augen sehen.

»Nadine, willst du mich heiraten?«

Nadines Blick ging augenblicklich hinüber zu Kahlan. Die hatte ihre Konfessorenmiene aufgesetzt, wie ihre Mutter es ihr beigebracht hatte. Pflichterfüllung, das hatte sie ihre Mutter ebenfalls gelehrt.

Nadine blickte zu den anderen hinüber, dann sah sie wieder hinunter auf Richards Kopf.

»Liebst du mich, Richard?«

Endlich hob Richard den Kopf und sah ihr in die Augen. »Nein. Tut mir leid, Nadine, aber ich liebe dich nicht.«

Die Antwort brachte sie nicht aus der Fassung. Kahlan war sicher, daß sie keine andere erwartet hatte.

»Ich werde dich heiraten, Richard. Ich werde dich glücklich machen. Du wirst schon sehen. Mit der Zeit wirst du mich schließlich doch noch lieben.«

»Nein, Nadine«, erwiderte Richard leise, »das werde ich nicht. Wir werden Mann und Frau sein, wenn du dich dazu bereit erklärst, und ich werde dir treu sein, aber mein Herz wird immer Kahlan gehören. Es tut mir sehr leid, dir das so deutlich sagen zu müssen, wo ich dich doch gerade bitte, mich zu heiraten, aber ich möchte dir nichts vorspielen.«

Nadine dachte einen Augenblick nach. »Nun, viele Ehen werden arrangiert und erweisen sich am Ende als gut.« Sie lächelte ihn an. Kahlan fand, es war ein verständnisvolles Lächeln. »Diese Ehe haben die Seelen arrangiert. Das muß etwas bedeuten. Ich werde dich heiraten, Richard.«

Richard sah sich nach Kahlan um. Jetzt war sie an der Reihe. In seinen toten grauen Augen blitzte es: Zorn.

Kahlan wußte, daß ihn dies innerlich ebenso zerriß wie sie.

Sie fand sich vor Drefan wieder, noch bevor sie richtig etwas davon mitbekam. Beim ersten Versuch versagte ihr die Stimme. Sie brachte einfach kein Wort heraus. Sie versuchte es noch einmal.

»Drefan, willst du … mich heiraten?«

Seine blauen Darken-Rahl-Augen taxierten sie ohne jede Regung. Aus irgendeinem Grund mußte sie an seine Hand zwischen Caras Beinen denken und hätte sich fast übergeben.

»Wie Nadine sagte, ich könnte es schlechter treffen als mit einer von den Seelen arrangierten Heirat. Vermutlich besteht wohl keine Chance, daß du mich jemals lieben wirst?«

Kahlans Kinn zitterte, als sie auf den Boden starrte. Die Stimme versagte ihr den Dienst. Sie schüttelte den Kopf.

»Nun, wie auch immer. Vielleicht erleben wir trotzdem ein paar schöne Zeiten. Ich werde es tun. Ich werde dich heiraten, Kahlan.«

Glücklicherweise hatte sie Richard nie erzählt, was Drefan mit Cara gemacht hatte. Richard hätte sonst womöglich die Beherrschung verloren und sein Schwert gezogen, als Drefan sagte, er werde Kahlan heiraten.

Cara und der Legat traten vor. »Dann ist es also besiegelt«, sagten sie wie aus einem Mund. »Die Winde sind erfreut, daß sie die Einwilligung aller Beteiligten haben.«

»Wann?« krächzte Richard mit heiserer Stimme. »Wann werden wir ... wann sollen wir ...? Und wann kann ich in den Tempel der Winde? Die Menschen sterben. Ich muß den Winden helfen, dem ein Ende zu bereiten.«

»Noch heute abend«, sagten Cara und der Legat wie aus einem Mund. »Wir werden unverzüglich zum Berg Kymermosst aufbrechen. Ihr werdet heute abend gleich nach unserem Eintreffen dort getraut.«

Kahlan fragte nicht, wie sie zu einem Ort gelangen sollten, der nicht mehr existierte. Es war ihr gleichgültig. Ihr kam es nur noch darauf an, daß sie an diesem Abend getraut werden würden.

»Das mit Raina tut mir leid«, sprach Nadine Richard ihr Beileid aus. »Wie geht es Berdine?«

»Nicht gut. Sie befindet sich oben in der Burg.«

Richard wandte sich an Cara. »Können wir auf unserem Weg dort haltmachen? Ich sollte ihr erklären, was geschehen ist. Sie wird bis zu meiner Rückkehr bei der Sliph Wache halten müssen. Ich muß es ihr sagen.«

»Und ich würde ihr gerne etwas geben, damit sie sich besser fühlt«, fügte Nadine hinzu.

»Erlaubnis erteilt«, sagte Cara mit dieser eiskalten Stimme.

Berdine wirkte entsetzt, als Richard ihr alles erzählte. Sie schlang die Arme um ihn und weinte aus doppeltem Kummer. Die Sliph sah von ihrem Brunnen aus zu und runzelte neugierig die Stirn.

Nadine mischte etwas aus ihren Säckchen in ihrem großen Beutel zusammen, gab Berdine Anweisungen, wann sie es nehmen sollte, und versprach, es werde ihr helfen, ihren Kummer zu überstehen. Richard versuchte, Berdine die Sachen zu erklären, die sie möglicherweise noch wissen mußte.

Kahlan konnte es fast als Kribbeln auf der Haut spüren, wie die Zeit vorbeiflog, während sie immer tiefer und tiefer hinab in den finsteren Abgrund stürzte.

»Wir müssen aufbrechen«, sagte Cara und unterband damit alle Hinhaltetaktik. »Wir werden scharf reiten müssen, wenn wir vor Mondaufgang ankommen wollen.«

»Wie finden wir den Tempel der Winde?« wollte Richard wissen.

»Man findet den Tempel der Winde nicht«, erwiderte Cara. »Der Tempel der Winde findet dich, vorausgesetzt, die Anforderungen sind erfüllt.«

Nadine zeigte Richard ihren Beutel. »Kann ich das dann hierlassen? Er ist schwer, außerdem kommen wir doch ohnehin hierher zurück.«

»Natürlich«, antwortete Richard, dessen Stimme eine monotone Folge von Lauten bar jeden Lebens war.

Man zwang Kahlan, auf dem Weg zurück zu den Pferden hinter Richard und neben Drefan zu gehen. Nadine legte Richard die Hand auf den Rücken. Anständigerweise war sie bemüht, sich mit der Freude über ihren Triumph zurückzuhalten, trotzdem war die

Berührung als unmißverständliche Erklärung gedacht: Er gehört jetzt mir.

Am Fuß der Straße hinauf zur Burg hörte Kahlan, während sie die Stadt verließen, wie die Soldaten an den Leichenkarren riefen, die Leute sollten ihre Toten auf die Straße schaffen. Bald würde das ein Ende haben, genau wie das Leiden und das Sterben durch die Pest. Das allein spendete ihr ein wenig Trost. Die Kinder und ihre Eltern würden leben.

Wenn dies nur für Raina rechtzeitig gekommen wäre. Berdine hatte es nicht offen ausgesprochen, aber Kahlan wußte, der Gedanke tobte in ihrem Kopf.

Richard hatte allen ihren Bewachern befohlen zurückzubleiben. Ulic und Egan hatten den Ausdruck in seinem Gesicht gesehen und nicht widersprochen. Nur Richard und Nadine, Kahlan und Drefan, Cara, der Legat und seine sechs Frauen brachen auf und ritten hinauf zum Berg Kymermosst.

Kahlan hatte keine Ahnung, wie das alles funktionieren sollte, wie man in den Tempel der Winde gelangen sollte, und Richard erging es ebenso. Sie war auch nicht im geringsten neugierig. Sie konnte an nichts anderes denken als daran, daß Richard Nadine heiraten würde. Bestimmt dachte Richard an nichts anderes als an ihre Hochzeit mit Drefan.

Während des Ritts gab Drefan Geschichten zum besten und versuchte, alle zu unterhalten und aufzumuntern. Kahlan bekam von alledem nicht viel mit. Sie beobachtete Richards Rücken. Sie hatte nur einen einzigen Wunsch: Sie wollte hinschauen, wenn er sich nach ihr umdrehte, wie er es von Zeit zu Zeit tat.

Sie konnte es nicht ertragen, ihn nicht anzusehen, doch wenn ihre Blicke sich kreuzten, war ihr, als brenne sich ein heißes Messer in ihr Herz.

Die bergige Landschaft, in die sie hineinritten, das grünende Gras, die sich öffnenden Farne, die knospenden Bäume, all das bereitete ihr keine Freude. Es war ein warmer Tag, verglichen mit dem

Frühlingswetter, das sie bislang gehabt hatten, auch wenn am Himmel bedrohlich dunkle Wolken aufzogen. Vermutlich würden sie noch vor dem Abend ein Unwetter erleben. Die Andolier zuckten jedesmal erschrocken zusammen, wenn sie in den Himmel blickten.

Kahlan zog ihren Umhang enger zusammen. Sie dachte an das blaue Kleid, das sie bei der Hochzeit mit Richard hatte tragen wollen.

Sie merkte, daß sie wütend auf ihn wurde. Er hatte sie zu dem Glauben verführt, sie könnte Liebe und Glück erfahren. Er hatte sie dazu verführt zu vergessen, daß sie nur die Pflicht kannte. Hatte sie dazu verführt, ihn zu lieben.

Als sie sich dieses Zorns bewußt wurde, kamen ihr erneut die Tränen, die ihr lautlos übers Gesicht rannen. Dies betraf nicht nur sie, es betraf ebenso ihn. Diesen Schmerz erlitten sie gemeinsam.

Sie dachte daran, wie sie ihn kennengelernt hatte. Es schien so lange her, daß sie vor Darken Rahls gedungenen Mördern geflohen war und Richard ihr geholfen hatte. Sie dachte an all die Abenteuer, die sie zusammen erlebt hatten, an all die Male, die sie im Schlaf über ihn gewacht, ihn dabei angesehen und sich vorgestellt hatte, sie wäre nur eine einfache Frau, die sich verlieben konnte, und kein Konfessor, der seine Gefühle geheimhalten mußte und gezwungen war, ein Leben ohne Liebe, aber voller Pflichtgefühl zu führen.

Indes hatte Richard einen Weg gefunden, eine Möglichkeit, wie sie, ein Konfessor, Liebe finden konnte. Und der hatte sich jetzt in einen Aschehaufen verwandelt.

Warum taten die Seelen ihnen das an? Die Antwort kam ihr, als sie sich an das Gespräch mit Shota und mit der Ahnenseele erinnerte. Es gab nicht nur gute, sondern auch böse Seelen. Diese bösen Seelen hatten hier ihre Hand im Spiel. Sie waren es, die dies wollten, die es verlangten.

Die Seelen, die diesen Preis forderten, waren mehr als böse.

Am späten Vormittag machten sie halt, um den Pferden eine Rast zu gönnen und um etwas zu essen. Nadine und Drefan unterhielten sich mit vollem Mund. Der Legat saß zurückgelehnt und ließ sich von seinen Frauen füttern. Es ging ihm nicht besonders gut mit seiner aufgeplatzten Lippe. Sie rieben ihre Beine an ihm und kicherten, wenn er ihnen aus den Fingern aß. Zwischen den Bissen, die sie ihm hinhielten, bedienten sie sich selbst. Cara aß schweigend. Kahlan nahm keine Notiz davon, was irgend jemand speiste.

Sie und Richard hatten keinen Appetit. Beide hockten sie wie Totholz auf den sonnenbeschienenen Felsen, schweigend, mürrisch, den starren Blick ins Leere gerichtet.

Als die anderen ihr Mahl beendet hatten, beobachtete Richard, wie alle wieder aufsaßen. Keiner der anderen hatte es bemerkt, doch Kahlan sah den schwelenden Zorn in seinen Augen. Die Seelen hatten Drefan dazu auserkoren, ihm weh zu tun. Schlimmeres Leid hätten sie ihm nicht zufügen können.

»Wie geht es dem Arm?« fragte Nadine Drefan, als alle wieder aufbrachen.

Drefan hielt ihn in die Höhe und streckte die Finger zum Beweis. »So gut wie neu.«

Kahlan achtete nicht auf ihre Unterhaltung. Den ganzen Morgen über hatten sie miteinander geplaudert. In ihrer Welt des Schweigens fiel es ihr kaum auf.

»Was ist mit Eurem Arm passiert, Meister Drefan?« erkundigte sich eine der sechs Schwestern.

»Oh, irgendeinem Schurken hat es nicht gefallen, wie ich die Welt von Krankheit befreien wollte.«

Drefan drehte sich arrogant im Sattel um. »Hat mich mit seinem Messer erwischt. Hat versucht, mich umzubringen, der dreckige Lump.«

»Wieso ist es ihm nicht gelungen?«

Drefan tat den Zwischenfall mit einer überheblichen Handbewegung ab. »Ich habe ihn ein wenig Stahl sehen lassen, da ist er um sein Leben gerannt.«

»Ich habe seine Wunde vernäht«, erklärte Nadine den staunenden Schwestern. »Und sie war tief.«

Drefan warf Nadine einen Blick zu, der sie im Sattel schrumpfen zu lassen schien. »Ich habe es dir schon einmal erklärt, Nadine, es war nicht der Rede wert. Ich will kein Mitleid. Eine Menge Menschen sind in viel größerer Not als ich.«

Er ließ sich angesichts des einfältigen Ausdrucks auf ihrem Gesicht erweichen. »Jedenfalls hast du deine Arbeit gut gemacht. So gut wie jeder meiner Heiler. Das weiß ich zu schätzen.«

Nadine lächelte, während sie weiterritten.

Drefan zog die weite Kapuze seines flachsenen Gewandes hoch. *Gütige Seelen,* dachte sie, *das soll mein Ehemann werden. Für den Rest meines Lebens wird er mein Lebensgefährte sein.*

Bis sie starb und wieder mit Richard vereint war.

Der süße Tod konnte sie nicht früh genug ereilen.

Clarissa rieb sich die feuchten Hände, linste durch das Schlüsselloch und hörte zu, wie Nathan im anderen Zimmer mit den Schwestern sprach.

»Ich bin sicher, Ihr versteht, Lord Rahl«, sagte Schwester Jodelle. »Dies dient auch Eurer Sicherheit.« Nathan lachte amüsiert. »Wie zuvorkommend von Eurem Kaiser, an mein Wohlbefinden zu denken.«

»Wenn Richard Rahl, wie Ihr behauptet, heute abend vernichtet wird, dann könnt Ihr ganz unbesorgt sein. Wir werden es anschließend herbringen. Das ist doch sicher früh genug.«

Nathan feuerte einen hitzigen Blick in ihre Richtung. »Ich habe es Euch bereits erklärt, Jagangs Plan ist gelungen. Richard Rahl wird heute nacht vernichtet werden. Ich kann nur hoffen, daß Ihr nach der heutigen Nacht noch lernt, mich nicht mehr auszufragen.«

Clarissa mußte sich verrenken, um durch das Schlüsselloch sehen zu können, wie Nathan sich von den beiden Schwestern abwandte und überlegte.

»Und mit allem anderen ist er einverstanden?«

»Mit allem«, versicherte ihm Schwester Willamina. »Er freut sich darauf, Euch als Generalbevollmächtigten in D'Hara zu haben, und ist mehr als einverstanden mit Eurem Angebot, ihm bei den Büchern mit Prophezeiungen zu helfen, die er über die Jahre zusammengetragen hat.«

Nathan knurrte: »Wo befinden sie sich überhaupt? Ich glaube kaum, daß ich dafür zu begeistern bin, durch die ganze Alte Welt zu reisen, nur um einen Blick in ein paar alte Bücher zu werfen. Ich habe schließlich Geschäfte in D'Hara. Als der neue Lord Rahl werde ich meine Macht festigen müssen.«

»Seine Exzellenz hat vorhergesehen, daß Euch das ungelegen käme, und daher vorgeschlagen, die interessanten Dinge von seinen Zauberern herausschreiben und Euch zur Prüfung vorlegen zu lassen.«

Clarissa wußte, wovon die Schwester sprach. Bevor sie angekommen waren, hatte Nathan ihr erklärt, man werde ihm womöglich überhaupt nicht gestatten, die Prophezeiungen aus Jagangs Besitz einzusehen, ganz zu schweigen davon, daß man ihm verriet, wo sie sich befanden. Jagang würde wollen, daß Nathan nur ausgesuchte Bände zu Gesicht bekäme, die zuvor bereits von anderen einer Auswahl unterzogen worden waren.

Schließlich richtete Nathan seine ganze Aufmerksamkeit auf die beiden Schwestern.

»Alles zu seiner Zeit, alles zu seiner Zeit. Wenn wir erst einmal zusammengearbeitet haben, die Neue Welt auf Vordermann gebracht haben und soweit sind, daß wir dem Wort des anderen voll und ganz trauen, werde ich nur zu gerne Besuche von Jagangs Schoßhunden akzeptieren. Bis dahin jedoch hat unser Kaiser sicher Verständnis dafür, daß ich nicht gerade versessen darauf bin, jenen mit der Gabe meinen Aufenthaltsort preiszugeben. Deshalb werde ich auch unverzüglich aufbrechen.«

Schwester Jodelle seufzte. »Wie gesagt, er war erfreut, es Euch bringen zu lassen. Dennoch werdet Ihr verstehen, daß er Grund zur Sorge hätte, wenn er einen Zauberer mit Eurer Macht, dessen Denkweise ihm ein Rätsel ist, zu nahe an sich heranließe. Er ist zwar an dieser Übereinkunft überaus interessiert, aber auch ein Mann, der Vorsicht walten läßt.«

»Genau wie ich«, gab Nathan zurück. »Deswegen kann ich nicht zulassen, daß man mir das Buch bringt. Das Treffen heute hier mit Euch ist das letzte Risiko, das ich einzugehen beabsichtige. Trotzdem will ich dieses Buch. Bis ich es habe, fehlt mir jede Möglichkeit festzustellen, ob es für mich sicher ist, nach D'Hara zu gehen.«

»Seine Exzellenz hat dafür Verständnis und nichts gegen Eure Bitte einzuwenden. Sein Ziel wird bald verwirklicht sein, daher hat er keine weitere Verwendung für das Buch. Außerdem wäre eine Welt ohne Menschen, die für ihn arbeiten, von geringem Wert.

Mit dem Buch kann nur Schwester Amelia etwas anfangen, da sie es war, die in den Tempel der Winde eingetreten ist und es wiedergefunden hat. Er hat angeboten, Euch entweder das Buch oder Schwester Amelia zu überlassen. Wenn Ihr wollt, schickt er sie zu Euch.«

»Damit Jagang erfährt, wo ich mich aufhalte? Wohl kaum, Schwester. Ich nehme das Buch.«

»Auch dem wird seine Exzellenz entsprechen. Wir können es schicken oder jemanden bitten, sich mit Euch zu treffen, um es bei Euch abzuliefern. Er möchte nur nicht, daß Ihr persönlich kommt, um es abzuholen – aus Sicherheitserwägungen, wie ich bereits erläutert habe.«

Nathan rieb sich das Kinn und dachte nach. »Und wenn ich jemanden mit Euch zurückschicke? Einen Stellvertreter, der meine Interessen vertritt? Jemanden, der mir treu ergeben ist, damit ich nicht befürchten muß, daß Jagang in seinen Verstand eintaucht und herausfindet, wo ich bin? Jemanden, der die Gabe nicht besitzt? Er hätte keinen Grund, diese Person zu fürchten.«

»Der die Gabe nicht besitzt?« Schwester Jodelle dachte einen Augenblick nach. »Und wir könnten diese Person auf die Probe stellen, ohne daß sie von Euren Schilden umgeben ist, und uns davon überzeugen, daß sie die Gabe auch ganz sicher nicht besitzt?«

»Selbstverständlich. Die Beziehung zwischen mir und Jagang soll für uns beide einträglich sein. Ich würde sie nicht aufs Spiel setzen, indem ich versuche, ihn hinters Licht zu führen. Ich möchte Vertrauen aufbauen, nicht zerstören.« Nathan hielt räuspernd inne. »Aber Ihr versteht doch sicher ... diese Person bedeutet mir sehr viel. Sollte ihr etwas zustoßen, würde ich das als äußersten Affront betrachten.«

Die beiden Schwestern lächelten.

»Die Frau. Natürlich«, meinte Schwester Willamina.

»Nun, Nathan« – Schwester Jodelle wippte schmunzelnd auf den Fersen – »Ihr habt Eure Freiheit in der Tat genossen.«

»Ich meine es ernst«, sagte Nathan in gleichmütigem Ton. »Stößt ihr nur das Geringste zu, gilt die gesamte Übereinkunft als nichtig. Ich schicke sie als Beweis für mein Vertrauen in Jagang und in unsere Abmachung. So mache ich den ersten Schritt in Richtung Vertrauen, damit Kaiser Jagang sich von meiner Aufrichtigkeit überzeugen kann.«

»Wir haben verstanden, Nathan«, sagte Schwester Jodelle, jetzt ernster. »Ihr wird nichts zustoßen.«

»Wenn sie mit dem Buch aufbricht, soll sie bis hinter Jagangs Linien begleitet werden, wo sie in Sicherheit ist, und anschließend muß man sie unbehelligt ziehen lassen. Sollte sie verfolgt werden, werde ich davon Kenntnis erlangen und dies als äußerst ungünstiges Zeichen werten – nämlich als Zeichen der Feindseligkeit mir gegenüber, als einen Anschlag auf mein Leben.«

Schwester Jodelle nickte. »Verstanden und durchaus angemessen. Sie begleitet uns, bekommt das Buch und kehrt wohlbehalten und ohne verfolgt zu werden zu Euch zurück, und alle sind glücklich und zufrieden.«

»Gut«, sagte Nathan entschieden, wie um den Handel zu besiegeln. »Nach dieser Nacht wird Jagang von Richard Rahl befreit sein. Sobald ich das Buch sicher in meinen Händen halte, werde ich, als meinen Teil der Abmachung, die Armee im Süden Jagangs Expeditionsstreitkräften ausliefern.«

Schwester Jodelle verbeugte sich. »Damit ist die Abmachung besiegelt, Lord Rahl. Seine Exzellenz heißt Euch als zweiten Mann im Reich willkommen.«

Nathan wandte sich zur Tür, hinter der Clarissa kniete. Sie sprang auf und eilte ans gegenüberliegende Fenster. Dort zog sie die Vorhänge mit einer Hand zurück, und als sie hörte, wie die Tür aufging, tat sie, als schaue sie hinaus.

»Clarissa«, rief Nathan.

Sie drehte sich um und sah ihn in der Tür stehen, die Klinke in der Hand. Dahinter konnte sie die beiden Schwestern erkennen, die das Geschehen verfolgten.

»Ja, Nathan? Hast du einen Wunsch?«

»Ja, Clarissa. Ich möchte, daß du eine kleine Reise für mich unternimmst – eine geschäftliche Angelegenheit. Du mußt meine beiden Freundinnen nebenan begleiten.«

Clarissa lenkte ihre weiten Röcke um den Schreibtisch herum und folgte ihm ins andere Zimmer.

Nathan stellte sie den beiden Schwestern vor. Den zwei Frauen stand ein durchtriebenes, selbstgefälliges Grinsen im Gesicht. Sie blickten kurz in ihren Ausschnitt, dann sahen sie sich an. Clarissa hatte das Gefühl, als Hure abgestempelt zu werden, wieder einmal.

»Clarissa, du wirst unverzüglich mit diesen beiden Damen aufbrechen. Am Ziel werden sie dir ein Buch aushändigen. Damit wirst du anschließend zurückkommen. Du erinnerst dich noch, wie ich dir gesagt habe, wohin wir morgen aufbrechen wollen?«

»Ja, Nathan.«

»Dort wirst du mich treffen, sobald du das Buch hast. Niemand, absolut niemand, darf wissen, wo du mich treffen wirst. Hast du das verstanden?«

»Ja, Nathan.«

»Ich werde gehen und mich um ein Pferd für sie kümmern«, sagte Schwester Willamina.

»Ein Pferd?« stieß Clarissa hervor. »Ich habe mein Lebtag noch auf keinem Pferd gesessen. Ich kann nicht reiten.«

Nathan bat angesichts der plötzlichen Schwierigkeit in ihrem Plan mit einer Handbewegung um Geduld. »Ich habe eine Kutsche. Die werde ich herbringen lassen, und Clarissa kann sie nehmen. Nun, sind jetzt alle zufrieden?«

Schwester Jodelle zuckte die Achseln. »Pferd, Kutsche, uns ist das gleich, vorausgesetzt, wir können sie vorher auf die Gabe prüfen.«

»Prüft sie, soviel Ihr wollt. Währenddessen werde ich die Kutsche rufen lassen, anschließend kann Clarissa ein paar Sachen zusammenpacken.«

»Einverstanden.«

»Gut. Das wäre dann abgemacht.«

Nathan wandte sich Clarissa zu, den beiden Schwestern den Rücken zukehrend. »Es wird nicht lange dauern, mein Liebes, dann sind wir wieder zusammen.« Er zog das Medaillon zurecht, das an der feinen Goldkette hing, richtete es für sie und sah ihr in die Augen. »Ich werde auf dich warten. Ich habe diesen Freunden von mir erklärt, daß ich mehr als unglücklich sein werde, sollte dir etwas zustoßen.«

Clarissa blickte in seine wunderbaren Augen. »Danke, Nathan. Ich werde das Buch herbringen, wie du es verlangst.«

Nathan gab ihr einen Kuß auf die Wange. »Ich danke dir, mein Liebling. Das ist lieb von dir. Dann also gute Reise.«

21. Kapitel

Obwohl sich dunkle, brütende Wolken zusammenbrauten, lag noch immer eine unheimliche Stille über dem Gipfel von Berg Kymermosst. Die Andolier blickten beunruhigt in den Himmel. Als Kahlan Richard beim Absteigen zusah, hing sein goldenes Cape schlaff in der unnatürlich stillen Luft. Drefan bot ihr seine Hand an, um ihr herunterzuhelfen. Kahlan tat, als bemerke sie sie nicht.

Im schwindenden Licht waren die Ruinen nur gespenstisch anmutende Umrisse, das Gerippe eines längst ausgestorbenen Ungeheuers, das nur darauf wartete, wieder zum Leben zu erwachen und sie zu verschlingen. Dies war die Nacht des Vollmondes, doch würden bleigraue Wolken ihn völlig verdunkeln. Wenig später, sobald das letzte Tageslicht verschwunden wäre, würde auf diesem gottverlassenen Gipfel totenschwarze Nacht herrschen.

Nadine stand neben Richard, als dieser zum Rand des Abgrundes hinüberstarrte. Drefan hielt sich ganz in der Nähe, er wollte auf die Frau, die in Kürze seine Gattin werden würde, nicht allzu voreilig wirken, wollte sie aber auch nicht ignorieren. Wie Nadine schien auch er dies nicht als das Ende seines Glücks zu betrachten.

Nachdem man die Pferde festgebunden hatte, geleiteten der Legat und Cara die Bräute und Bräutigame in einen zerfallenen, kreisrunden Gartenpavillon, der aus gebogenen Steinbänken auf der einen Seite und abgebrochenen Säulen auf der anderen bestand. Der Aufsatz, der die Säulen überspannte, fehlte größtenteils und verband nur noch vier der zehn steinernen Säulen miteinander.

In der Ferne konnte Kahlan noch immer den messerscharfen

Rand des Abgrunds und das schwarze Band der Berge dahinter erkennen. Irgendwo dort draußen befand sich der Tempel der Winde.

Sie wurde angewiesen, neben Drefan auf einer gebogenen Steinbank Platz zu nehmen, und Richard, zwei Bänke weiter, sagte man, er solle sich neben Nadine setzen. Kahlan schaute kurz hinüber und sah, daß Richard ihren Blick erwiderte. Doch dann beugte Drefan sich vor und versperrte ihr die Sicht auf Richard. Sie richtete ihre Aufmerksamkeit auf den Legaten und Cara, die vor ihnen standen. Die sechs Schwestern hatten sich hinter ihrem Ehemann aufgestellt.

»Wir haben uns hier versammelt«, hoben der Legat und Cara wie aus einem Munde an, »um Richard Rahl und Nadine Brighton zu vermählen und um Kahlan Amnell und Drefan Rahl zu vermählen. Dies ist die allerhöchste feierliche Zeremonie, sie verknüpft die ernstesten Versprechen und verbindet die Ehegefährten für ein ganzes Leben. Diese Hochzeit wird von den Seelen selbst gebilligt und bezeugt.«

Kahlan starrte auf das Unkraut, das aus den Ritzen in dem auseinanderfallenden Gemäuer hervorsproß, und hörte den Worten über Ergebenheit, Treue und Pflicht nur mit halbem Ohr zu. Es war so warm und schwül, daß sie kaum Luft bekam. Das weiße Kleid der Mutter Konfessor klebte ihr am Rücken. Schweiß rann ihr zwischen den Brüsten herab.

Sie hob den Kopf, als Drefan begann, sie mit der Hand unter ihrem Arm hochzuziehen. »Was? Was ist?«

»Es ist soweit«, sagte er. »Komm.«

Und dann stand sie vor dem Legaten und Cara, neben sich Drefan und drei der Frauen des Legaten auf der anderen Seite als Trauzeugen. Sie schaute an Drefan vorbei und sah Richard neben Nadine stehen, wobei die anderen drei Andolierinnen als deren Trauzeugen auftraten. Nadine hatte ein Lächeln aufgesetzt.

»Wenn jemand etwas gegen die Vermählung dieser Menschen einzuwenden hat, dann soll er sich jetzt zu Wort melden, denn einmal vollzogen, kann der Bund der Ehe nicht wieder gelöst werden.«

»Ich habe etwas einzuwenden«, sagte Richard.

»Und das wäre?« fragte der Legat.

»Die Winde haben gesagt, dies müsse aus freiem Willen geschehen. Das ist nicht der Fall. Man zwingt uns dazu. Man erzählt uns, Menschen würden sterben, wenn wir uns weigern. Ich tue dies nicht aus freiem Willen. Ich tue dies ausschließlich aus dem einen Grund, weil ich Menschenleben retten will.«

»Willst du versuchen, das Leben der Menschen zu retten, die sterben würden, wenn man der Magie, die aus dem Tempel der Winde gestohlen wurde, nicht Einhalt gebietet?« fragte der Legat.

»Natürlich will ich das.«

»Diese Heirat ist Teil dieses Versuches. Stehst du es nicht bis zum Ende durch, werden sie sterben. Du willst sie retten. Soweit es die daran beteiligten Seelen betrifft, gilt das als dein freier Wille.

Solltest du deine Einwilligung zurückziehen, muß dies jetzt geschehen, noch vor dem Gelübde. Danach kannst du deine Meinung nicht mehr ändern.«

Eine bedrückende Stille hing in der Luft.

Kahlan stürzte hilflos in tintenschwarze Tiefen. Das alles ging viel zu schnell. Zu schnell, um durchatmen zu können.

»Wenn ich mich dazu bereit erklären soll, dann möchte ich mit Richard sprechen. Und zwar vorher«, sagte Kahlan. »Allein.«

Der Legat und Cara schauten sie einen Augenblick lang an. »Beeilt euch«, sagten sie wie aus einem Mund. »Es bleibt nicht mehr viel Zeit. Der Mond geht jeden Moment auf.«

Die beiden entfernten sich weit genug aus dem Kreis, bis Kahlan einigermaßen sicher sein konnte, daß man sie nicht hörte. Sie stellte sich dicht vor ihn und sah ihn an.

Richard sollte sie beide davor bewahren. Er mußte sie retten. Er mußte irgend etwas unternehmen, jetzt sofort, sonst wäre es zu spät.

»Richard, uns bleibt keine Zeit mehr. Hast du irgendeine Idee? Fällt dir etwas ein, wie wir dem ein Ende bereiten können? Irgendein Weg, wie wir diese Menschen retten können, ohne dies tun zu müssen?«

Richard stand dicht bei ihr und war doch Welten entfernt. »Tut mir leid. Ich weiß keine andere Lösung. Verzeih mir«, sagte er leise. »Ich habe dich enttäuscht.«

Sie schüttelte den Kopf. »Nein, das hast du nicht. Denke das niemals, Richard. Ich werde es auch nicht tun. Die Seelen haben uns die Möglichkeit verwehrt zu gewinnen. Es ist ihr Wille, und sie haben uns in ein Dilemma geführt.

Aber wenn wir bis zum Schluß durchhalten, wird wenigstens auch Jagang nicht den Sieg davontragen. Das ist viel wichtiger. Wie viele Liebende wie wir können durch unser Opfer ihr Leben leben, ihr Glück finden und Kinder haben?«

Richard lächelte so rührend, daß es ihr Herz zum Schmelzen brachte. »Das ist ein Grund, weshalb ich dich so sehr liebe: deine Leidenschaft. Selbst wenn ich dich nie wiedersehe, habe ich mit dir zusammen das wahre Glück erlebt. Die wahre Liebe. Wie viele Menschen bekommen auch nur diesen kleinen Vorgeschmack davon?«

Kahlan schluckte. »Wenn wir es tun, Richard, dann müssen wir unserem Gelübde treu bleiben, nicht wahr? Wir können nicht … manchmal … trotzdem zusammensein, oder?«

Sein bebendes Kinn und seine Augen, die sich mit Tränen füllten, sagten mehr als Worte.

Sie wollten sich gerade in die Arme fallen, als Cara zur Stelle war und sich zwischen sie stellte.

»Es ist soweit. Wie lauten deine Wünsche?«

»Ich habe eine ganze Menge«, erwiderte Richard giftig. »Welchen wollt Ihr hören?«

»Die Winde möchten wissen, ob ihr es tun werdet oder nicht.«

»Wir werden es tun«, knurrte Richard. »Aber die Seelen sollten sich darüber im klaren sein, daß ich mich rächen werde.«

»Die Winde tun lediglich das einzige, was sie tun können, um dem Sterben, das durch das aus ihnen Entwendete ausgelöst wurde, ein Ende zu machen«, sagte Cara, plötzlich voller Mitgefühl, aber immer noch auf jene unheimliche Art, die Kahlan verriet, daß es nicht Cara war, die hier sprach, sondern die Stimme der Winde. »Sie handeln nicht aus Böswilligkeit.«

»Ein weiser Mann erklärte mir einmal, tot sei tot, auf welche Weise, sei ganz gleichgültig«, erwiderte Richard.

Trotzig faßte er Kahlans Hand und ging mit ihr zum steinernen Rund zurück, wo sie ihre Plätze neben ihren Erwählten einnahmen.

Kahlan hatte ihre Konfessorenmiene aufgesetzt, als sie neben Drefan stand. Ihr tat Richard leid. Man hatte ihm in seiner Kindheit nicht beigebracht, seine Gefühle, seine Sehnsüchte, seine Wünsche der Pflicht unterzuordnen. Sie hatte ein Leben lang Zeit gehabt, sich auf diese letzte Tortur vorzubereiten. Er hatte ein Leben lang Zeit gehabt, sich auf etwas vollkommen anderes vorzubereiten, in der Erwartung, er werde sein Glück finden. Kahlan hatte die Wärme dieser Flamme nur kurz gespürt.

Ganz bewußt überhörte sie die Worte, die erst zu Nadine und dann zu Drefan gesprochen wurden, Worte von Treue und Hingabe dem Lebensgefährten gegenüber. Statt dessen konzentrierte sie ihre Gedanken auf Richard, in der Hoffnung, ihm ein wenig Kraft zu spenden, in der Hoffnung, er werde dies überstehen, damit sie die Erkrankten retten und die Pest aufhalten konnten. Richard mußte nach wie vor in den Tempel der Winde gelangen. Er brauchte Kraft.

Bald würde die Zeremonie vorüber sein, und sie würden wieder nach Aydindril aufbrechen. Was immer geschah, nicht mehr lange, und sie befand sich wieder auf dem Weg dorthin, wo sie aufgewachsen war, in dem Leben voller Pflichten, für das sie geboren war.

»Ja oder nein?« fragte der Legat.

Kahlan sah auf. »Was?«

Er sah kurz zu den bedrohlichen Wolken hoch und holte hastig Luft. »Gelobst du, diesen Mann zu ehren, ihm als Herrscher deines Heims zu gehorchen, ihn zu umsorgen in guten wie in schlechten

Zeiten und ihm in diesem Leben eine treue Frau zu sein, bis daß der Tod euch scheidet?«

Kahlan schaute zu Drefan auf. Sie fragte sich, was er gelobt hatte.

»Ich gelobe zu tun, was immer erforderlich ist, um die Pest zu beenden.«

»Ja oder nein?«

Kahlan ließ einen verärgerten Seufzer heraus. »Ist es das, was man von mir verlangt, um die Magie, die den Winden entwendet wurde, daran zu hindern, Menschen zu töten?«

»So ist es.«

Sie legte das Gelübde in Gedanken ab, aber für Richard, nicht für Drefan. Sie würde die Worte dieses Schwurs laut für Drefan sprechen, aber ihr Herz würde immer Richard gehören. Kahlan ballte die Fäuste. »In diesem Falle, ja. Ich gelobe zu tun, was erforderlich ist, um die Pest aufzuhalten. Ich gelobe kein Jota mehr als das, was man von mir verlangt – und keinen Atemzug länger.«

»Dann seid ihr vor den Seelen und kraft der Seelen von nun an Mann und Frau.«

Plötzlich krümmte Kahlan sich vor Schmerzen. Es war, als hätte man ihr die Eingeweide zerrissen. Sie versuchte, Luft zu holen. Es ging nicht. Sie sah bunte Ringe vor ihren aufgerissenen Augen.

Drefan legte ihr den Arm um die Hüfte. »Was ist? Kahlan, was ist los?«

Ihre Beine gaben nach, aber er hielt sie aufrecht.

»Das sind die Seelen«, war die gemeinsame Stimme von dem Legaten und Cara zu vernehmen, »sie haben ihre Kraft gebunden. Sie wird in dieser Ehe leben wie jede andere mit einem Mann verheiratete Frau. Ihre Kraft hätte sie dabei nur behindert.«

»Das könnt Ihr nicht machen!« kreischte Richard. »Sie wird schutzlos sein! Ihr dürft sie nicht ihrer Kraft berauben!«

»Man hat sie nicht der Kraft beraubt, sondern sie verschlossen, damit sie für die Dauer des Gelübdes, das sie für ihren Gatten Drefan Rahl geleistet hat, keinen Gebrauch von ihr machen kann. Es ist vollbracht«, sprachen die beiden gemeinsam. »Und nun lege das Gelübde ab, oder du verlierst die Chance, den Winden zu helfen.«

Kahlan starrte zu Boden. Sie spürte den Sog der Leere, spürte die Leere zwischen ihrem Verstand und ihrer Kraft, während sie lauschte, wie Richard ähnliche Worte vorgesprochen wurden. Seine Antwort entging ihr, aber er mußte das gesagt haben, was verlangt wurde, denn der Legat verkündete feierlich, er und Nadine seien von nun an Mann und Frau.

Als Preis für den Pfad hatte man ihr nicht nur die Liebe genommen, sondern auch ihre Konfessorenkraft. Das plötzliche und tiefgreifende Gefühl des Verlustes umwölkte ihren Verstand mit einer Finsternis, die dunkler war als die soeben heraufziehende Nacht.

Drefan ergriff ihren Arm. »Hier, setz dich besser hin. Als Heiler sehe ich selbst bei diesem Licht, daß es dir nicht gutgeht.«

Kahlan ließ sich von ihm zu einer Bank führen und beim Hinsetzen helfen.

»Deiner Frau wird es bald wieder bessergehen«, meinte der Legat. Er blickte hinauf in den brodelnden Himmel. »Richard Rahl, Drefan Rahl, folgt mir.«

»Wohin gehen wir?« wollte Richard wissen.

»Wir bereiten euch darauf vor, die Ehe zu vollziehen.«

Kahlan hob unwillkürlich den Kopf. Trotz der Dunkelheit konnte sie erkennen, daß Richard kurz davor stand, jeden Augenblick vor Wut zu explodieren. Er hatte seine Hand bereits am Schwert.

Drefan streichelte Kahlan mitfühlend über den Rücken. »Bald geht es dir wieder gut. Es wird sich alles finden. Sei unbesorgt, ich werde mich wie versprochen um dich kümmern.«

»Danke, Drefan«, brachte sie trotz ihrer Seelenqual hervor.

Drefan verließ sie und schlenderte zu Richard hinüber. Er packte Richards Arm, beugte sich vor und sprach leise auf ihn ein. Kahlan sah, wie Richard sich mit beiden Händen die Haare raufte und gelegentlich nickte. Was immer Drefan sagte, es schien ihn zu besänftigen.

Nachdem die beiden gegangen waren, drehten sich der Legat und Cara zu Nadine und Kahlan um. »Ihr beide wartet hier.«

Kahlan hockte zusammengesunken auf der steinernen Bank, während Richard und Drefan in der Dunkelheit zum Abgrund geführt wurden, zu den beiden Gebäuden rechts und links jener Straße, die am Abgrund unvermittelt endete. Inzwischen war es so dunkel geworden, daß Kahlan Nadines Gesicht kaum noch erkennen konnte, als diese sich neben ihr auf der Steinbank niederließ. Die sechs Schwestern waren zu den Pferden zurückgegangen und blickten, an ihren Fingern nuckelnd, in den Himmel.

»Tut mir leid. Das mit Eurer Magie, meine ich. Ich hatte keine Ahnung, daß sie Euch das antun würden. Vermutlich seid Ihr jetzt wie jede andere Frau.«

»Vermutlich.«

»Kahlan«, sagte Nadine, »ich will Euch nicht anlügen und Euch erzählen, es täte mir leid, daß ich es bin, die Richard geheiratet hat, aber ich verspreche Euch, ich werde alles tun, um ihn glücklich zu machen.«

»Ihr begreift es einfach nicht, Nadine, hab ich recht? Ihr könnt zu ihm so nett sein, wie Ihr wollt, oder auch so mies, es ist vollkommen gleichgültig. Bei den Qualen, die er jetzt leidet, könntet Ihr so mies sein, wie Ihr wollt, es wäre nichts weiter als ein Bienenstich nach einer Enthauptung.«

Nadine entfuhr ein verlegenes Kichern. »Na ja, gegen einen Bienenstich wüßte ich einen Umschlag. Richard wird schon sehen. Ich werde –«

»Ihr habt mir bereits versprochen, daß Ihr nett zu ihm sein werdet, Nadine. Ich weiß das zu schätzen, aber im Augenblick bin ich nicht in der Stimmung, mir in allen Einzelheiten anzuhören, wie nett genau.«

»Natürlich. Das verstehe ich.« Nadine stocherte im Mauerwerk der Bank herum. »So hatte ich mir meine Hochzeit nicht vorgestellt.«

»Ich mir auch nicht.«

»Vielleicht wird wenigstens alles übrige so, wie ich es mir vorgestellt habe.« Ihr Ton wurde kalt und rachsüchtig. »Ihr habt dafür gesorgt, daß ich mir wie eine Närrin vorgekommen bin, weil ich Richard wollte, weil ich glaubte, ich könnte ihn vielleicht für mich gewinnen. Ihr habt mir die Freude an meinem Hochzeitstag verdorben, aber die Freude an allem anderen werdet Ihr mir nicht nehmen.«

»Das tut mir leid, Nadine. Wenn Ihr glaubt, ich hätte –«

»Jetzt gehört er mir, und ich habe die Absicht, ihm zu zeigen, wie eine Frau einem Mann das Leben versüßen kann. Er wird schon sehen. Er wird sehen, daß ich ihm eine ebenso gute Frau sein kann wie Ihr. Ihr glaubt das vielleicht nicht, aber ich kann es.«

Nadine beugte sich zu ihr herüber. »Ich werde Richard den Kopf verdrehen, noch bevor die Nacht vorüber ist. Dann werden wir ja wissen, wer die bessere ist und wie sehr er Euch vermißt. Hört genau hin, während Ihr mit Richards Bruder daliegt, damit Euch meine Schreie der Lust nicht entgehen. Die Schreie jener Lust, die Richard mir bereitet. Nicht Euch – mir!«

Nadine stapfte davon und blieb aufgebracht mit verschränkten Armen stehen. Kahlan verbarg ihr Gesicht in den Händen. Die Seelen gaben sich nicht damit zufrieden, sie zu vernichten, sie mußten auch noch das Messer in der Wunde drehen.

Cara und der Legat kamen zurück. »Es wird Zeit«, sagten sie wie aus einem Mund.

Kahlan erhob sich unbeholfen und wartete, daß man ihr erklärte, was sie als nächstes zu tun hatte. Der Legat wandte sich Cara zu.

»Das Unwetter wird bald losbrechen.« Der Legat sah mit zusammengekniffenen Augen hinauf in den schwarzen Himmel. »Meine Frauen und ich müssen diesen Berg verlassen.« Er packte Caras Arm. »Die Winde sprechen ebenso zu Euch wie zu mir. Könnt Ihr den Rest allein erledigen?«

»Ja. Es ist fast vollbracht. Ich kann es zu Ende bringen«, meinte Cara. »Die Winde werden die Nachricht ebensogut durch mich wie durch Euch weitergeben.«

Er verschwand ohne ein weiteres Wort in der Dunkelheit.

Caras kräftige Finger schlossen sich um Kahlans Arm. »Komm mit«, sagte sie in der eiskalten Stimme der Winde.

Kahlan sperrte sich. »Cara, bitte, ich kann nicht.«

»Du kannst und du wirst, oder die Chance geht vorbei, und die Pest wütet weiter.«

Kahlan riß sich los. »Nein, Ihr versteht nicht. Ich kann nicht. Ich habe meine Tage des Mondbluts. Es ist noch nicht vorbei. Ich kann ... das nicht tun. Nicht jetzt.«

Caras wütend funkelnde Augen kamen näher. »Das wird dich nicht daran hindern, die Ehe zu vollziehen. Du wirst es tun, oder alle Hoffnung, die Pest aufzuhalten, ist dahin. Noch ist es nicht vorbei. Du mußt deinen Teil dabei übernehmen – dich hingeben und es genießen. Es muß jetzt geschehen. Heute abend. Oder wäre es dir lieber, wenn das Sterben ungehindert weitergeht?«

Nadine auf der einen Seite und Kahlan auf der anderen, führte Cara die beiden in der Dunkelheit über die Straße bis zum Rand des Abgrunds.

In tiefschwarzer Nacht stand Kahlan am Rand des Abgrunds und fühlte sich benommen und verloren. Sie wußte nicht, wie lange Cara mit Nadine fortblieb, um sie zu Richard in das verfallene Gebäude rechts zu bringen. Plötzlich spürte sie Caras Hand wieder unter ihrem Arm.

»Hier entlang«, kam die eiskalte Stimme.

Kahlan ließ sich von der Frau zu den Ruinen links führen. Kahlan konnte kaum etwas erkennen. Cara, von den Winden geleitet, hatte keine Mühe, sich in den Fluren und Räumen des völlig heruntergekommenen Gebäudes zurechtzufinden.

Sie kamen an eine Tür. Kahlan erkannte so gerade eben Drefans

Schwert, das draußen an einer Wand lehnte. Sie legte ihre Finger auf das mit Leder umwickelte Heft. Drinnen konnte sie gerade eben die Rechtecke ausmachen, wo sich einst die Fenster befunden hatten. Dahinter, wo einst der Tempel der Winde gestanden hatte, lagen der Rand des Abgrunds und das Nichts.

»Dies ist deine Frau«, sprach Cara mit ihrer eiskalten, schauerlichen Stimme in den Raum hinein. »Hier ist dein Gemahl«, sagte sie zu Kahlan.

»Diese Ehe muß vollzogen werden. Das zu tun ist jetzt eure Pflicht. Die Winde stellen Forderungen. Ihr dürft keine weiteren Fragen stellen. Sprecht kein einziges Wort. Die Winde haben ihre Gründe, und euch steht es nicht zu, diese zu erfahren. Wenn ihr dem Sterben ein Ende bereiten wollt, braucht ihr nichts weiter zu tun, als zu gehorchen.

Sobald die Prüfung dem Höhepunkt zustrebt, nimmt sie an Heftigkeit zu.

Ihr müßt jetzt wie Mann und Frau beieinanderliegen. Gebt ihr auch nur ein einziges Wort von euch, endet die Prüfung, und der Zugang in den Tempel der Winde wird euch verwehrt. Berufung ist ausgeschlossen. Die entwendete Magie wird weiter wüten, wie auch das durch sie ausgelöste Sterben.

Die Winde werden erst kommen, wenn ihr die Bedingungen erfüllt habt. Sobald sie da sind – und ihr werdet keinen Zweifel haben, daß es soweit ist –, dürft ihr miteinander sprechen. Vorher nicht.«

Cara drehte Kahlan um und half ihr aus dem Kleid und der Unterwäsche. Kahlan fiel das Schweigen nicht schwer, sie hatte nichts zu sagen.

Sie spürte die schwarze Nachtluft auf ihrer nackten Haut. Mit einem Blick auf Drefans Schwert dachte sie, wenn dies alles vorüber wäre, könnte sie es gegen sich selbst richten. Wenn nicht, wenn er sich weigerte, es ihr zu überlassen, war da immer noch der Abgrund.

Cara faßte sie am Handgelenk und führte sie vorwärts. Die Mord-Sith zwang sie mit Gewalt, sich hinzuknien und vorzubeugen, bis sie mit der Stirn das Strohlager berührte.

»Dein Gemahl erwartet dich. Geh zu ihm.«

Kahlan hörte, wie Caras Schritte in der Ferne verhallten.

Dann war sie mit Drefan allein.

22. Kapitel

Als Kahlan sich vortastete, streifte ihre Hand Drefans behaartes Bein. Sie bewegte sich ein Stück zur Seite, um sich neben ihn zu legen. Es gab eine über Stroh gelegte Decke oder jedenfalls etwas, das weicher war als nacktes Holz. Wenigstens tat es ihr am Rücken nicht so weh, wie es der nackte Fußboden getan hätte.

Sie lag auf dem Strohlager und starrte mit aufgerissenen Augen nach oben in die Dunkelheit. Außer der vagen Andeutung der Fenster vor sich konnte sie nichts erkennen. Sie bemühte sich, ihren Atem zu beruhigen, auch wenn sie kein Mittel gegen ihren panikartigen Pulsschlag wußte.

Es gab Schlimmeres, versuchte sie sich einzureden. Dies war lange nicht das Schlimmste. Ganz und gar nicht. Das war keine Vergewaltigung. Jedenfalls nicht wirklich.

Nach einer Weile spürte sie, wie Drefans Hand sich auf ihren Bauch legte. Kahlan stieß sie, einen Aufschrei unterdrückend, zur Seite.

Das hätte sie nicht tun sollen, sagte sie sich. Was war eine Hand, verglichen mit der Seuche? Wie viele von der Pest geplagte Menschen hätten nur zu gern mit ihr den Platz getauscht? Eine zarte Berührung – da gab es wirklich Schlimmeres.

Drefans Hand fand ihre und versuchte, sie mit einem Händedruck zu trösten. Sie riß ihre Hand los, als hätte eine Schlange sie gestreift. Sie wollte nicht von ihm getröstet werden. Sie hatte nicht gelobt, mit ihm Händchen zu halten. Sie hatte nicht gelobt, sich von ihm trösten zu lassen. Sie hatte sich verpfichtet, seine Frau zu sein, aber nicht, seine Hand zu halten. Sie würde ihn gewähren lassen, soweit sie dazu verpflichtet war, aber seine Hand brauchte sie nicht zu halten.

Verzweifelt versuchte sie, einen klaren Gedanken zu fassen. Richard mußte in den Tempel der Winde gelangen. Der Tempel der Winde verlangte dies als Preis. Die Seele von Chandalens Großvater hatte sie gewarnt, sie dürfe sich ihrer Pflicht nicht entziehen. Sie erinnerte sich nur zu gut an seine Worte:

Man hat mir den Preis nicht gezeigt, aber ich warne dich vorab: Du hast keine Möglichkeit, dies zu umgehen oder zu vermeiden. Es muß geschehen, wie es dir offenbart wird, oder alles ist verloren. Ich möchte dich bitten, schlage den Pfad ein, sobald die Winde ihn dir zeigen, denn sonst wird sich ereignen, was ich dir gezeigt habe.

Kahlan erinnerte sich an die Szenen des Massensterbens, die die Ahnenseele ihr vor Augen geführt hatte. Wenn sie nicht tat, was die Winde von ihr verlangten, würde das geschehen, was man ihr gezeigt hatte.

Sie mußte Drefan gewähren lassen. Durch Hinhalten würde es nicht einfacher werden.

Für Drefan war es bestimmt auch nicht leicht. Sicher alles andere, so wie sie seine Annäherungsversuche brüsk von sich wies. Der Gedanke entfachte ihren Zorn aufs neue. Sie wollte seine Zärtlichkeiten nicht.

Was wollte sie dann? Wollte sie, daß er grob war? Natürlich mußte sie ihm erlauben, daß er sie anfaßte. Wie konnte er es tun, ohne sie zu berühren? Richard mußte in den Tempel der Winde gelangen. Es blieb ihr nichts anderes übrig, als Drefan gewähren zu lassen.

Kahlan reichte hinüber und ergriff Drefans Handgelenk. Sie legte seine Hand dorthin zurück, wo er sie zuvor hatte hinlegen wollen, auf ihren Bauch. Dann ließ sie sie los. Sie blieb dort liegen.

Worauf wartete er? Am liebsten hätte sie ihn angeschrien, er solle es hinter sich bringen, er solle es tun und fertig. Er solle sich nehmen, was dem Herzen nach seinem Bruder gehörte, wenn auch nicht dem Gelübde nach.

Sie lag da, Drefans Hand auf ihrem Körper, und lauschte in die totenstille Nacht. Sie ertappte sich dabei, daß sie auf Geräusche von Nadine und Richard lauschte. Dann schloß sie die Augen.

Drefans Hand schob sich hinauf zu ihrer Brust. Die Hände neben ihrem Körper zu Fäusten geballt, zwang sie sich, reglos liegenzubleiben. Sie mußte ihn gewähren lassen. Sie versuchte sich abzulenken. Im stillen sagte sie mechanisch Sprachlektionen aus ihrer Jugend auf und versuchte, seine Hand zu ignorieren. Es ging nicht.

Er war zärtlich, aber das bot ihr keinen Trost. Schon seine Berührung kam einer Schändung gleich. Wie zärtlich er dabei vorging, änderte nichts, machte es nicht zu einem Recht. Daß er jetzt ihr Gemahl war, bedeutete für sie keinen Unterschied. In ihrem Herzen wußte sie, es war falsch, und das machte es zu einer Schändung.

Innerlich schrie sie sich an. Sie benahm sich mehr als kindisch. Sie war die Mutter Konfessor und hatte schon viel schlimmeren Situationen gegenübergestanden, viel schlimmeren als dieser, viel schlimmeren als der, daß ein Mann, für den sie nichts empfand, ihr so nahe war, so intim mit ihr wurde.

Aber sie war nicht mehr die Mutter Konfessor. Der Tempel der Winde, die Seelen, hatten ihr auch das genommen.

Kahlan schnappte japsend nach Luft und hielt den Atem an, als Drefans Hand ihren Bauch erkundete und schließlich zwischen ihren Beinen innehielt. Sie mußte daran denken, wie Drefan dasselbe mit Cara gemacht hatte. Jetzt war sie an der Reihe.

Sie haßte ihn. Sie war mit einem Mann verheiratet, den sie haßte.

Cara hatte es ebenso gespürt, wie Kahlan es jetzt spürte. Doch die Mord-Sith hatte nicht so kindisch reagiert, war nicht so töricht gewesen. Kahlan ließ Drefans Hand freies Spiel.

Es ging darum, Menschenleben zu retten. Sie mußte all die unschuldigen Menschen vor der Pest bewahren, die Jagang ihnen geschickt hatte. Ohne sie konnte ihr Volk nicht gerettet werden. Es war ihre Pflicht.

Plötzlich erhob sich Drefan. Seine dunkle Gestalt schien über ihr zu schweben. Seine Knie drückten sachte gegen ihren Schenkel, drängten sie, die Beine zu öffnen. Gleich war es vorbei, redete sie sich ein, als er auch sein zweites Knie zwischen ihre Schenkel schob.

Seine mächtige Gestalt senkte sich auf sie herab. Er war kräftig gebaut, genauso kräftig wie Richard. Sie befürchtete, er könnte sie zerdrücken, aber dazu kam es nicht. Er stützte sich auf den Ellenbogen ab, um ihr nicht weh zu tun. Dabei versuchte er zärtlich zu sein, und sie erschwerte es ihm nur. Er mußte es tun, und sie mußte ihn gewähren lassen.

Kahlan verzog das Gesicht. Sie war noch nicht soweit. Sie hielt den Atem an. Es war zu spät, um noch nicht soweit zu sein. Drefan war da. Sie biß sich auf die Unterlippe und zuckte zusammen.

Sie kam sich so hilflos vor wie nie zuvor in ihrem Leben. Sie war mit Drefan verheiratet, nicht mit Richard, und Drefan, nicht Richard, war es, der sie nahm. Alles war verloren.

Die Augen fest geschlossen, preßte Kahlan die Fäuste an ihre Schultern, als er in sie eindrang. Die Tränen liefern ihr aus den Augenwinkeln. Ihre Nase verstopfte, während sie still vor sich hin weinte, und sie mußte den Mund öffnen, um zu atmen. Gern hätte sie vor Seelenqualen laut aufgeschrien, statt dessen mußte sie sich daran erinnern, weiter Luft zu schöpfen.

Es dauerte länger, als sie gehofft, aber nicht so lange, wie sie befürchtet hatte.

Endlich fertig, wälzte Drefan sich von ihr herunter auf den Rücken. Er hatte seine Pflicht getan, es aber offenbar nicht genossen. Irgendwie war sie erleichtert, weil es ihm kein Vergnügen bereitet hatte. Er lag dort und kam wieder zu Atem, als sie endlich erleichtert Luft holte. Es war vorbei.

Sie redete sich ein, es sei gar nicht so schlimm gewesen. Eigentlich war es nichts. Sie hatte kaum etwas gespürt. Sie hatte sich törichterweise angestellt, und siehe da, schon war es vorüber. So schlimm, wie sie befürchtet hatte, war es nicht gewesen. Eigentlich war es nichts.

Und doch war es das. Sie spürte etwas. Sie kam sich besudelt vor.

Drefan streckte die Hand aus. Seine Finger wischten ihr zärtlich, voller Mitgefühl, eine Träne von der Wange. Sie stieß seine Hand fort. Sie wollte sein Mitgefühl nicht. Sie wollte nicht, daß er sie berührte. Sie hatte nicht eingewilligt, daß er sie anfassen durfte, sondern nur in den Vollzug der Ehe. Zärtlichkeiten gehörten nicht dazu.

Sie erinnerte sich daran, wie sie mit Richard zusammengewesen war. Sie erinnerte sich an ihr glühendes Verlangen nach ihm. Sie erinnerte sich an ihre Schreie reiner Wonne.

Wieso war das hier so anders?

Weil sie Drefan nicht liebte, deswegen. Tatsächlich wurde ihr allmählich bewußt, daß sie ihn verabscheute. Er hatte etwas an sich, das sie nicht mochte, und es war mehr als nur die Erinnerung an seine Hand auf Caras Körper. Er hatte etwas Tückisches an sich, etwas Verschlagenes. Zuvor war ihr das nicht so deutlich aufgefallen, jetzt aber erkannte sie die Tücke in seinen blauen Augen.

Kahlan fragte sich verwundert, wie sie darauf kam. Er hatte eben ihre Ehe vollzogen und war dabei so behutsam wie nur irgend möglich vorgegangen. Er hätte leicht alles tun können, was er wollte, ihre Kraft war weggeschlossen. Sie hätte ihn nicht daran hindern können. Und doch hatte er versucht, mitfühlend und verständnisvoll zu sein.

Trotzdem kam es ihr erstaunlich vor, daß es so anders sein konnte als damals mit Richard. Sie gäbe alles, fast alles, darum, diese Wonne noch einmal zu erleben. Sie sehnte sich nach der Erfüllung, nach der Befriedigung. Nach der Sättigung ihrer Lust.

Nach einer Weile wurde Drefans Atem immer gleichmäßiger. Kahlan lag da, in der Dunkelheit, neben ihm, neben ihrem neuen Gemahl, und wartete. Wieso war der Tempel der Winde nicht gekommen? Sie hatte ihren Teil getan.

Vielleicht Richard nicht. Kahlan fragte sich, ob er das überhaupt konnte. Sie brauchte schließlich nur dazuliegen. Richard mußte erregt werden. Wie konnte das geschehen, dort drüben, wo er doch wußte, daß sein Bruder hier war und die Frau, die Richard liebte, seinem Willen unterwarf?

Kahlan hatte Richards Blick gesehen, diese wilde Eifersucht, als sie nur erwähnte, was Shota gesagt hatte – daß sie einen anderen heiraten würde. Noch nie hatte sie seine Augen so blitzen gesehen, und seinerzeit hatte es keinen echten Grund dafür gegeben. Ganz anders jetzt.

Nein, Nadine würde schon dafür sorgen, daß Richard tat, was er tun mußte. Wenn Kahlan auf eins zuversichtlich baute, dann Nadines Wunsch, diese Ehe zu vollziehen.

Nadine war eine wunderhübsche Frau. Sie glühte geradezu vor Begeisterung. Wie konnte Richard nicht erregt sein? Er wußte, ihm blieb keine andere Wahl. Er hatte keinerlei Grund, sich ihrem Drängen zu widersetzen. Vielleicht sah Richard es als Rache an seinem Bruder Michael, der Nadine genommen hatte. Vielleicht würde er es auf diese Weise überstehen.

Kahlan wußte, daß Nadine den glücklichsten Augenblick ihres Lebens erlebte. Für die andere erfüllte sich ein Traum.

Und für Kahlan ein Alptraum.

Der dunkle Himmel, den sie so eben durch die Fenster ahnen konnte, schien zu brodeln, wie schon den ganzen Tag und die ganze Nacht über. Die Luft war nach wie vor vollkommen still und schwül. Das Unwetter wollte nicht losbrechen. Es drohte damit, schien aber noch zu zögern.

Kahlan legte ihr Handgelenk auf die Stirn, ruhte sich aus und wartete. Ihre Beine schmerzten, und sie merkte, es lag daran, daß sie die Knie zusammenpreßte. Sie erlaubte ihren Beinen, sich zu entspannen. Drefan hatte seine Pflicht getan. Er war fertig. Es war vorbei. Sie durfte sich entspannen.

Sie schloß die Augen, als sie Nadines fernes Lachen hörte, das durch die Nachtluft herüberwehte. Die Frau stand zu ihrem Wort. Mußte Richard sie unbedingt zum Lachen bringen? Reichte es nicht, wenn er einfach nur seine Pflicht tat? Nein, Richard würde Nadine nicht zum Lachen bringen. Nadine lachte über Kahlan.

Die Nacht zog sich endlos hin. Wo blieb der Tempel der Winde? Drefan unternahm keinen Versuch, sie noch einmal anzufassen, und dafür war sie ihm dankbar. Er lag da, auf dem Rücken, und wartete gemeinsam mit ihr.

Keine Stunde, die verstrich, brachte irgendeine Änderung. Von Zeit zu Zeit nickte Kahlan ein. Nadines heiseres Lachen riß sie mit einem Ruck wieder aus dem Schlaf.

Sie hätte Richard ohrfeigen mögen. Wie lange wollte er noch so weitermachen? Er hätte Nadine mittlerweile dreimal haben können. Hatte er vielleicht sogar. Vielleicht versuchte er es immer weiter, solange der Tempel der Winde nicht kam. Nadine hatte ihren Spaß daran. Kahlan spürte, daß ihre Wangen glühten.

Drefan lag schweigend neben ihr. Die Winde hatten ihnen zu sprechen verboten. Nadines Gelächter zählte vermutlich nicht, sie gebrauchte keine Worte. Es war auch so deutlich genug.

Kahlan seufzte. Früher oder später würden die Winde kommen. Sie alle hatten getan, was verlangt wurde.

Aber hatte sie das wirklich?

Was hatte Cara gleich gesagt?

Du mußt deinen Teil dabei übernehmen – dich hingeben und es genießen.

Drefan hatte es genossen. Er war befriedigt worden. Nadine genoß es ganz bestimmt. Richard sicher auch.

Kahlan nicht. Sie hatte es nicht ›genossen‹.

Sie verwarf den Gedanken. Es mußte an etwas anderem liegen. Vielleicht warteten die Winde nur, bis Nadine endlich genug hatte. Das würde zum Tempel der Winde passen, dazu, wie er die Schraube der Schmerzen für Richard und Kahlan immer fester angezogen und sie hatte leiden lassen.

Während die Nacht sich dahinschleppte und sie sich Caras Bemerkung über das Genießen in Erinnerung rief, mußte Kahlan daran denken, wie sie mit Richard an jenem Ort zwischen den Welten gewesen war. Sie hatte dieselbe Art Wonne erfahren, die auch andere Frauen spürten – den Genuß und die Hingabe nicht nur in der Liebe, sondern auch bei der Lust.

In letzter Zeit war Kahlan so enttäuscht gewesen, während sie darauf wartete, mit Richard zusammenzusein, darauf, daß diese Nähe wiederkehrte, darauf, ihn zu heiraten, damit sie als Gemahl und Gemahlin zusammensein konnten, darauf, diese Befriedigung noch einmal zu erleben. Sie war so dicht dran gewesen, so bereit, und dann waren all ihre Hoffnungen zunichte gemacht worden und ihre Sehnsüchte unerfüllt geblieben.

Zum allerersten Mal war sie jetzt ihrer Konfessorenkraft ledig, frei, Vergnügen zu empfinden, wenn sie mit einem Mann zusammen war, nicht um der Liebe willen, sondern einfach, um die Wonnen zu genießen. Sie war frei, Lust zu empfinden, wo andere Frauen ebenfalls Lust verspürten. Jetzt lag sie hier, gleich neben ihrem Gemahl, einem ganz und gar nicht unattraktiven Mann, und alles, was sie fühlte, war die Enttäuschung darüber, daß es sie nach Richard verlangte.

Sollte ihr für den Rest ihres Lebens diese einfache Freude verwehrt bleiben, daß sie jetzt frei war zu genießen?

Aber sie liebte Drefan nicht. Ohne Liebe blieb Leidenschaft hohl.

Und doch war es Leidenschaft, und selbst wenn sie nicht ideal war, so konnte man ihr doch wenigstens diese Befriedigung lassen. Alles andere hatten ihr die Seelen genommen: Richard, das einzige, was sie wirklich vom Leben gewollt hatte. War sie bereit, ihnen zu erlauben, ihr auch noch die einfachen Freuden vorzuenthalten?

Was sonst blieb ihr jetzt noch?

Dieser Mann war ihr Gemahl. Sie war dazu verdammt, den Rest ihres Lebens mit ihm zu verbringen. Konnte sie dann nicht wenigstens ein bißchen von ihrem aufgestauten Verlangen erlöst werden?

Sonst hatte man sie alles anderen beraubt: der einzigen Liebe ihres Lebens und ihrer Konfessorenkraft.

Du mußt deinen Teil dabei übernehmen – dich hingeben und es genießen.

Was, wenn die Winde deshalb nicht gekommen waren? Wenn die Ursache darin bestand, daß sie es nicht genossen hatte?

Drefan wälzte sich auf den Bauch und seufzte. Er war ebenso enttäuscht von der Warterei.

Sie dachte an seine engen Hosen, und wie sie sich beim Hinschauen ertappt hatte. Drefan sah gut aus, er war gebaut wie Richard. Drefan war ihr Gemahl.

Der Ärger über die Seelen, die ihr alles genommen hatten, war es schließlich, der etwas in ihrem Inneren zum Zerreißen brachte. Es war alles, was sie hatte. Sie stand ihr zu – die Erlösung ihrer Lust.

Als ihre Hand Drefans Rücken berührte, fuhr er erschrocken zusammen. Kahlan streichelte ihm über die Rückenmuskeln, und er beruhigte sich wieder. Sie erlaubte sich, seine Muskeln zu betasten, wie sie früher Richards betastet, seinen Körper gefühlt hatte. Sie atmete tief durch und ließ sich gehen.

Kahlans Hand bewegte sich auf seinem Rücken nach unten. Sie biß die Zähne zusammen und legte ihm die Hände auf die Pobacken. Sie waren so fest, wie sie in seinen Hosen aussahen. Wahrscheinlich hatte sie sogar noch Glück. Die Seelen hätten ihr einen widerlichen Kerl zuweisen können. Statt dessen hatten sie auf Drefan bestanden, und der war alles andere als abstoßend. Er sah nicht ganz so gut aus wie Richard, für sie sah niemand so gut aus wie Richard. Andererseits scharwenzelten die Frauen ständig um Drefan herum. Jetzt war er ihr Gemahl. Er hatte gelobt, ihr treu zu sein. Sie hatte gelobt, ihm treu zu sein.

Das war die einzige Freude, die man ihr zugestand. Das war alles, was die Seelen ihr gelassen hatten. Und wenigstens das konnte sie sich erlauben – sich das zu nehmen, worauf sie ein Recht hatte.

Kahlan faßte Drefan an der Hüfte und rollte ihn zu sich herum.

Sie hakte ihr Bein über seins und ließ ihre Hand auf seiner Brust umherwandern. Drefan reagierte nicht. Vielleicht war er überrascht von ihrem veränderten Verhalten. Oder verwirrt. Sie würde etwas dagegen unternehmen müssen. Behutsam kniff sie ihn in eine seiner Brustwarzen, dann ließ sie ihre Hand über seinen flachen Bauch gleiten und weiter nach unten.

Kahlan stellte fest, daß Drefan nicht in der Verfassung war, ihr irgend etwas Gutes zu tun. Wenn sie ihren Spaß haben wollte, würde sie das ändern müssen.

Sie gab ihm einen Kuß auf die Brust. Sie ließ ihre Zunge bis zu seinem Bauch hinunterwandern. Sein Atem schien sich zu beruhigen. Kahlan empfand Wut und Enttäuschung darüber, daß er den Wink nicht verstand. Sie war es leid, enttäuscht zu sein, wo alle anderen es nicht waren.

Sie beschloß, wenn sie Befriedigung finden wollte, dann lag es bei ihr, dafür zu sorgen, daß sie bekam, was sie wollte. Schenken würde sie ihr niemand – sie würde sie sich nehmen müssen. Kahlan fuhr mit ihrer Zunge, ihren Küssen, auf Drefans angespanntem Bauch bis ganz nach unten.

Als sie ihn in den Mund nahm, schmeckte sie ihr eigenes Blut. Sie zwang sich, den Geschmack zu ignorieren, während sie ihn drängte, irgendeine Reaktion zu zeigen.

Anfangs dachte sie, er werde es nicht tun, aber als sie sich in dem erotischen Gefühl dessen, was sie da gerade tat, verlor, war es endlich soweit. Er richtete sich auf, so stark und kräftig wie zuvor.

Als Drefan dann vollends bereit war, stöhnte Kahlan vor Verlangen. Jetzt, da sie einmal beschlossen hatte, ihren Spaß zu haben, wurde sie hartnäckig. Drefan war jetzt ihr Gemahl. Es war seine Pflicht, auch ihr Verlangen zu befriedigen, und nicht nur sein eigenes.

Kahlan drehte sich der Kopf vor Sehnsucht nach Erlösung.

Daß es Drefan war, spielte längst keine Rolle mehr. In Gedanken stellte sie sich Richard vor. Bei dem Gedanken stöhnte sie vor Sehnsucht, kletterte auf ihn hinauf und setzte sich rittlings auf seine Hüften.

Diesmal war sie bereit, ihn aufzunehmen. Diesmal wollte sie ihn. Sie verschloß ihren Verstand vor der Tatsache, daß dies Drefan war, und stellte sich vor, es wäre Richard. Da sie seine blauen Augen nicht sehen konnte, fiel es ihr nicht schwer, sich einzubilden, es sei Richard.

Sie erinnerte sich an die Dinge, die sie mit Richard getan hatte, und tat sie. Sie durchlebte diese Erfahrung in ihrer Phantasie noch einmal. Sie sperrte den Mund auf. Sie rang keuchend nach Atem. Der Schweiß lief ihr am Körper herab, während sie sich auf ihm bewegte und sich kraftvoll gegen ihn krümmte.

Auch Drefan hatte mittlerweile zu keuchen angefangen. Sie brauchte Erlösung von all der Enttäuschung, die sich so lange aufgestaut hatte – all die Male, die sie Richard geküßt und dabei mehr gewollt hatte, all die Male, die er sie angefaßt hatte und sie gewollt hatte, daß er mehr tat. Jetzt tat er mehr.

Kahlan beugte sich vor, um ihn zu küssen. Drefan drehte sein Gesicht zur Seite. Sie schob ihren Arm unter seinen Kopf und drückte ihn statt dessen an ihren Busen. Sein Gesicht fühlte sich heiß auf ihren Brüsten an. Die Rauheit seines unrasierten Gesichts erregte sie, als sie ihren schweißbedeckten Körper an ihm rieb. Das steigerte ihr Keuchen nur noch.

Sie wollte ihn gerade anschreien, er solle seine Hände auf sie legen, als ihr einfiel, daß sie nicht sprechen durfte. Sie packte sein Handgelenk und legte erst eine, dann die andere Hand dorthin, wo sie sie haben wollte, damit er ihren Hintern packte, während sie sich bewegte – damit sie sich vorstellen konnte, daß es Richard war, der sie festhielt, den es nach ihr verlangte. Sie wollte seine großen Hände spüren, während sie sich bewegte.

Zum ersten Mal, seit sie mit Richard zusammengewesen war, empfand sie eine ungezügelte Wonne, eine wilde Lust, ein verzweifeltes Verlangen. Daß es bei Drefan geschah, spielte längst keine Rolle mehr. Sie wollte nichts weiter als Erlösung.

Und die erfolgte in Gestalt eines überwältigenden, in Wellen kommenden Schauderns. Ihr heißes Stöhnen rüttelte an ihren Schultern. Ihre Beine versteiften sich und wurden hart wie Stein. Ihre Zehen krallten sich zusammen. Sie ließ sich schwer auf ihn fallen, als die unbarmherzige Befriedigung der Lust sie überwältigte. Sie gab sich ihr vollkommen hin und ließ ihr in hilfloser, ungezügelter Selbstvergessenheit freien Lauf. Wieder entfuhr ihr ein scharfes Keuchen, ein Aufschrei, der noch im Widerhall des ersten folgte. Es schien eine Ewigkeit zu dauern. Als sei es fast zuviel, das auszuhalten. Mit einer letzten Zuckung ebbte es ab. Und schließlich war es vorbei.

Einen quälenden Augenblick lang war sie frei gewesen. Es gab keine Pest, keine sterbenden Menschen, keine Verantwortung, keine Pflicht, keine Heirat mit Drefan, keine Nadine. Diesen einen Augenlick lang war sie von alledem befreit gewesen und hatte sich der Genugtuung hingegeben. Diesen einen Augenblick lang waren ihr Herz und ihre Lust wieder bei Richard gewesen.

Kahlan brach seitlich neben Drefan zusammen, keuchte, rang um Atem und strich sich das nasse Haar aus dem Gesicht. Ihr fiel auf, daß er dieses zweite Mal keine Befriedigung gefunden hatte. Es war ihr egal. Sie hatte. In diesem Augenblick zählte nur eins: das süße Gefühl der Erlösung.

Einen wundervollen Moment lang hatten sie keine Sorgen gequält, und sie war bei ihrem Geliebten gewesen, wenn auch nur in ihrer Phantasie. Jetzt weinte sie vor Freude darüber.

Sie lag auf der Seite, von Drefan abgewandt, und erholte sich. Sie wischte sich die Freudentränen aus dem Gesicht. Nun, wo das Verlangen erloschen war, keimte unerwarteterweise Scham in ihr auf.

Gütige Seelen, was hatte sie gerade nur getan? Sie hatte ihren Spaß gehabt, das war alles. Sie hatte die Erlösung dringend gebraucht. Warum kam sie sich dann auf einmal so schmutzig vor?

Fernes Donnergrollen rollte auf sie zu. Die Andeutung eines Blitzes flackerte über den Himmel. Kahlan sah aus dem Fenster. Ein weiteres Aufblitzen, näher, zerriß das Innere der brodelnden Wolken und erhellte kurz den Berggipfel.

Aus dem anderen Gebäude vernahm Kahlan den langgezogenen Schrei von Nadine. Sie sperrte ihn aus ihren Gedanken aus. Sosehr Nadines Schrei sie auch schmerzte, wenigstens ließ er sie nicht so niedergeschlagen zurück wie zuvor.

Es folgten drei weitere Schreie von Nadine. Kurz, durchdringend, fordernd. Kahlan schlug sich die Hände vor die Ohren. Nadine hatte ihren Standpunkt klargemacht, konnte sie es nicht einfach dabei bewenden lassen?

Wind kam auf, plötzlich, als hätte jemand eine riesige, gewaltige Tür aufgestoßen. Die Böe schlug ein wie eine Lawine. Das Gebäude erzitterte. Der gesamte Berg erbebte.

Kahlan stützte sich auf die Ellenbogen und schaute durch die Fenster nach draußen. Ferne Blitze zuckten durch die ungestümen Wolken. Donner grollte, hallte im Gebirge wider. Und näherte sich mit jedem Schlag ein Stückchen.

Der Tempel der Winde kam – sie hatte nicht den geringsten Zweifel daran. Das brachte ihre Gedanken wieder auf Richard, denn er kam seinetwegen. Plötzlich schämte sie sich. Wie hatte sie ihr Herz so einfach aus den Augen verlieren können? Wie konnte sie solche Wonne bei einem anderen Mann empfinden? Was hatte sie sich eigentlich dabei gedacht?

Noch nie in ihrem ganzen Leben hatte sie sich so schmutzig gefühlt wie jetzt, urplötzlich. Mit Richard hatte sie sich hinterher wunderbar gefühlt. Jetzt fühlte sie sich mit jedem Augenblick schlimmer. Würde Richard je davon erfahren, er würde es niemals verstehen.

Richard würde nie davon erfahren. Er konnte unmöglich dahinterkommen. Es sei denn, Drefan erzählte ihm davon. Ihr Herz klopfte. Sie mußte an die Tücke denken, die sie in Drefans Augen gesehen zu haben glaubte. Nein, er würde Richard nichts erzählen.

Und wenn doch?

Ein plötzlicher Blitz in der Nähe ließ Kahlan senkrecht in die Höhe fahren. Sie hatte draußen etwas gesehen – ein Gebäude. Wie die Winde versprochen hatten, würde nicht der geringste Zweifel bestehen. Jetzt durfte sie sprechen.

Sie wälzte sich herum zu Drefan. Sie mußte sich seines Schweigens versichern, bevor sie diesen Ort verließen. Wenn Richard jemals dahinterkäme ...

Der Wind umpeitschte den Berggipfel. Der Donner krachte.

»Hör zu, Drefan. Eins mußt du mir versprechen. Du darfst niemals erzählen, was hier gerade vorgefallen ist, was ich gerade mit dir gemacht habe.« Ihr Griff wurde fester. Ihre Fingernägel gruben sich in seinen Arm. »Ich werde für den Rest meines Lebens tun, was immer du von mir verlangst, aber du mußt mir versprechen, daß du« – Lichtfetzen erhellten den Raum – »Richard nie etwas davon erzählen wirst ...«

Ein krachender Donnerschlag ließ die Erde erzittern. Blitze zuckten schlangengleich am Unterrand der Wolken und tauchten den Raum in ein grelles, gleißendes Licht.

Im zuckenden Licht waren graue Augen auf sie gerichtet.

»Ich glaube, ›Richard‹ weiß bereits davon.«

Kahlan schrie.

23. Kapitel

Kahlan erstarrte. Gedanken schossen ihr in einem Durcheinander äußersten Entsetzens durch den Kopf.

Ihr Schrei erschallte erneut, zerriß die Nacht – laut genug, um über den Donner hinweg gehört zu werden. Sie konnte sich nicht einmal zwingen zu blinzeln. Sie konnte ihre Augen nicht von Richards Gesicht losreißen.

Sie begriff es nicht, konnte sich keinen Reim darauf machen. Die Welt schien Kopf zu stehen. In ihren Gedanken wirbelte alles umher und machte es unmöglich, die Situation klar zu erfassen.

Als das nächste Mal ein Blitz den Raum erhellte, wußte sie nur eins: Es war Richard, nicht Drefan.

Kein Ausdruck, den sie je auf Richards Gesicht gesehen hatte, war so angsteinflößend wie der, den Kahlan jetzt erblickte. Seine Augen waren vollkommen leer. Weder Zorn noch tödliche Entschlossenheit, weder Zielstrebigkeit noch tödliche Ruhe, keine Eifersucht, nicht einmal Desinteresse.

Diese grauen Augen waren … ohne Seele, ohne Herz.

Kahlan bedeckte ihren Mund mit beiden zitternden Händen. Sie wich zurück, bis sie mit dem Rücken hart an die steinerne Wand prallte.

Er hatte von Anfang an gewußt, daß sie es war, die hereingekommen war. Richard spürte es, wenn sie einen Raum betrat. Er hatte die ganze Zeit gewußt, daß sie es war. Daher war er so zärtlich wie möglich gewesen. Er hatte ihr die Tränen abwischen wollen. Sie hatte seine Hand weggestoßen. Sie hatte ihm keine Gelegenheit gegeben, ihr zu zeigen, daß er es war.

Kahlan brach mit einem grauenvollen Klagelaut auf dem Boden zusammen.

»Nein! Gütige Seelen, nein!«

Richard kam nicht zu ihr geeilt, sprach keine Worte des Trostes, brüllte nicht. Statt dessen ging er dorthin, wo seine Kleider lagen, nahe der Tür, und fing an, sich anzuziehen.

Kahlan trippelte schnell zu ihren Sachen ganz in der Nähe. Hastig streifte sie ihre Unterkleider über, da sie ihre Nacktheit plötzlich als demütigend empfand, als Erinnerung an das, was sie soeben getan hatte.

Sie hob ihr Kleid auf. Sie hielt inne, die Tränen liefen ihr übers Gesicht. Sie griff um die Außenseite der Tür herum und hielt sich das Schwert und die Scheide vors Gesicht. Es hatte einen ledernen Griff, genau, wie sie sich erinnerte, es gesehen zu haben, kein mit Draht umwickeltes Heft. Es war nicht das Schwert der Wahrheit, Richards Schwert. Es war Drefans Schwert.

Kahlan ergriff Richards Handgelenk, als er seine Hosen vom Boden aufhob. »Wie ... das ist Drefans Schwert, nicht deins. Es ist Drefans Schwert!«

Richard riß es ihr aus der Hand und lehnte es an die Wand. »Sie haben dir deine Kraft genommen. Du hast keine Möglichkeit, dich zu verteidigen. Drefan wird von jetzt an bei dir sein, nicht ich. Ich habe ihm das Schwert der Wahrheit gegeben, damit er dich beschützen kann.« Endlich begegneten sich ihre Blicke. »Ich denke, dieses hier wird die Wahrheit ebensogut finden wie das andere.«

Richard schob sein Bein in die Hosen. Kahlan griff abermals nach seinem Arm.

»Verstehst du denn nicht, Richard? Du warst es. Du warst hier drinnen bei mir, nicht Drefan. Die Seelen sehen einen Unterschied – zwischen Absicht und Tat. Nicht er war es, sondern du, von Anfang an.«

Er riß seinen Arm los. Für die Seelen mochte es einen Unterschied geben, für ihn nicht. Für Richard war die Absicht dasselbe wie die Tat.

»Du verstehst nicht, Richard. Es ist nicht so, wie du denkst.«

Richard warf ihr einen Blick zu, daß sie wankend einen Schritt zurückwich. Er wartete, während sie wie erstarrt dastand, unfähig, irgendwelche erklärenden Worte vorzubringen. Schließlich zog er sich weiter an.

Kahlan streifte ihr weißes Konfessorenkleid über. Draußen kamen die Blitze immer näher. Bei einem der Einschläge ganz in der Nähe konnte sie erkennen, wie sich am Rand des Abgrunds ein gewaltiges Gebäude erhob: der Tempel der Winde. Mit dem Erlöschen des Lichtblitzes verschwand das Bauwerk wieder, und sie konnte die fernen Berge dahinter erkennen, die von weiter entfernten Blitzen erhellt wurden.

»Richard«, meinte sie weinend, während sie einen Stiefel überstreifte, »bitte sprich mit mir. Sag etwas. Sag mir, daß es dafür keine Erklärung geben kann. Schrei mich an. Nenn mich eine Hure. Sag mir, daß du mich haßt. Tu etwas! Aber mißachte mich nicht einfach!«

Er drehte sich um und hob sein schwarzes, ärmelloses Unterhemd vom Boden auf. Als er es sich über den Kopf zog, nahm sie sein schwarzes Hemd und umklammerte es vor der Brust, in der Hoffnung, damit zu verhindern, daß er sich anzog.

»Richard, bitte! Ich liebe dich!«

Er sah ihr in die Augen. Sie glaubte, er würde etwas sagen, statt dessen drehte er sich um und legte seinen Gürtel mit den Ledertaschen an. Er ließ seine Armbänder an den Handgelenken zuschnappen. Er hob Drefans Schwert auf und schnallte es um.

»Bitte sprich mit mir, Richard. Sag etwas. Das ist das Werk der Seelen. Weißt du nicht mehr, wie ich dir erzählt habe, was die Ahnenseele von Chandalens Großvater zu mir gesagt hat: *Die Winde haben entschieden, daß du der Preis für den Pfad sein sollst.* Sie sind es, die uns das angetan haben!«

Erneut durchbohrte er sie mit seinem Blick. Die Rage in seinen Augen erlosch. Er sah, daß sie sein Hemd nicht hergeben würde, also warf er sich das goldene Cape um die Schultern.

Als er sich zur Tür umdrehte, packte ihn Kahlan mit beiden Händen am Arm und zog ihn zu sich herum.

»Ich liebe dich, Richard. Bitte, so glaube mir doch. Ich werde dir das hier später erklären, aber jetzt mußt du mir erst einmal glauben. Ich liebe dich. Niemanden sonst. Mein Herz gehört alleine dir. Gütige Seelen, so glaub mir doch endlich.«

Richard packte ihr Kinn mit der Hand und wischte ihr mit dem Daumen über die Lippen. Er hielt den Daumen hoch, damit sie ihn im Höllenspektakel der Blitze sehen konnte.

»... denn die in Weiß, seine wahre Geliebte, wird ihn in ihrem Blut verraten.«

Seine Worte zerrissen ihr das Herz.

Als er zur Tür hinausstürzte, erstickte Kahlan ihren Aufschrei mit seinem Hemd. Sie hatte getan, was sie sich geschworen hatte, niemals zu tun – sie hatte ihn verraten. Der Verrat hätte schlimmer nicht sein können. Und er hatte ihm das Herz gebrochen.

Hysterisch schluchzend rannte Kahlan ihm hinterher, nach draußen in die tobende Nacht. Sie mußte etwas tun, um sein Herz zurückzugewinnen. Sie durfte nicht zulassen, daß er den Schmerz hinnahm, den sie ihm zugefügt hatte. Sie liebte ihn mehr als das Leben, und sie hatte ihm das Schlimmstmögliche angetan.

Draußen pfiff der Wind heulend über den Berg. Im aufblitzenden Licht konnte sie Richards schwarze Umrisse und seine nackten Arme erkennen, während er auf die Straße zuhielt.

Er erreichte den Rand des Abgrunds am Ende der Straße, da warf Kahlan sich auf ihn und riß ihn zurück, so daß er gezwungen war stehenzubleiben.

Der Himmel bot ein wüstes Bild heftigster Entladungen. Der Donner fuhr ihr in die Knochen. Blitze zuckten quer über die Wolken, gefolgt von ohrenbetäubendem Krachen. Wann immer die kräftigsten dieser Blitze einschlugen, war der Tempel der Winde jenseits des Abgrunds zu erkennen, doch nur für die Dauer dieser grimmigen Entladungen. Danach war dort wieder nichts als Leere.

»Was wirst du tun, Richard?«

»Ich werde die Pest aufhalten.«

»Wann wirst du zurück sein? Ich werde hier warten. Wann wirst du zurückkommen?«

Er blickte ihr eine ganze Weile unverwandt in die Augen, während das Unwetter sie umtoste.

»Hier ist kein Platz mehr für mich.«

Kahlan klammerte sich an ihn. »Du mußt zurückkommen, Richard. Ich werde hier sein und auf dich warten. Ich liebe dich. Du mußt zu mir zurückkommen, Richard!«

»Du hast einen Ehemann. Du hast ihm dein Jawort gegeben ... und auch sonst alles.«

»Laß mich nicht alleine, Richard«, wimmerte Kahlan. »Wenn du nicht zurückkommst, werde ich dir das nie vergessen.«

Richard drehte sich zum Rand des Abgrunds um.

»Du hast eine Frau, Richard! Du mußt zurückkommen!«

Ein Donnerschlag ließ den Berg erzittern.

Er sah über seine Schulter nach hinten. »Nadine ist tot. Ich bin durch mein Gelübde nicht mehr an sie gebunden. Du dagegen hast einen Gemahl. Hier ist kein Platz mehr für mich.«

Brutale Bänder aus Licht schlugen jenseits des Abgrunds in die Straße ein und ließen den Tempel der Winde in seiner vollen Größe sichtbar werden.

Das goldene Cape hinter sich gebläht, sprang Richard in den Blitz hinein.

»Richard! Ich bin hier. Ich bin für dich da! Wir werden einen Weg finden! Bitte komm zu mir zurück«

Als das wütende Blitzen abrupt endete, war der Tempel verschwunden. Wieder entlud sich die Spannung, und die hoch aufragenden Türme tauchten erneut für eine Sekunde auf, schwächer diesmal, dann waren sie abermals verschwunden.

Kahlan sank zu Boden, Richards schwarzes Hemd an ihren Leib gepreßt. Sie hatte ihn zerstört.

Aus den Augenwinkeln bemerkte Kahlan etwas Rotes. Es war Cara, die auf den Abgrund zurannte. Sie sprang genau im selben Augenblick ab, als wieder ein Blitz zuckte und den Tempel der Winde in der Welt des Lebendigen beleuchtete. Sie landete auf der durch die Luft führenden Straße, und als der Blitz erlosch, waren der Tempel der Winde, Richard, Cara nicht mehr zu sehen.

Am Boden zerstört, starrte Kahlan stumm in das tosende Unwetter und erblickte den hoch aufragenden Tempel der Winde von Zeit zu Zeit in einer anderen Welt. Kein einziges Mal wirkte er massiv genug, sonst wäre sie hinübergesprungen. Sie hätte es tun sollen. Sie begriff nicht, warum sie es nicht getan hatte. Warum war sie einfach stehengeblieben?

Weil Richard sie verschmähte. Er hatte gesagt, er werde sie ewig lieben. Er hatte gesagt, sie würden in der nächsten Welt zusammensein. Er hatte ihr Versprechungen gemacht. Er hatte ihr seine ewige Liebe geschworen.

Genau wie sie – und jetzt hatte sie ihn verraten.

Von irgendwo draußen im Unwetter vernahm Kahlan fernes Gelächter. Das bösartige, selbstzufriedene Lachen ließ es ihr kalt über den Rücken laufen.

Drefan schlenderte heran und blieb bei ihr stehen. Er war allein.

»Wo ist Nadine?« fragte Kahlan.

Drefan räusperte sich. »Als die Blitze einsetzten und sie sah, daß ich es war und nicht Richard, hat sie angefangen zu schreien. Sie ist durchgedreht und hat sich über den Rand in den Abgrund gestürzt.«

Kahlan starrte ihn an. Richard wußte Bescheid. Er hatte ihr gesagt, Nadine sei tot. Richard war ein Zauberer. Das hatte sie auch in seinen Augen gesehen, ganz zum Schluß, kurz bevor er hinübergesprungen war. Sie hatte die Magie in seinen Augen gesehen.

»Wo ist Richard?«

Kahlan blickte hinaus in die Leere, in die schwarze Wand der Nacht. »Verschwunden.«

Auf der Straße zum Tempel der Winde, in dieser unheimlichen Stille, zog Richard sein Schwert. Die Fremdheit der Waffe überraschte ihn für einen Augenblick, dann fiel ihm ein, wessen Schwert es war.

Er war nicht mehr der Sucher der Wahrheit. Er hatte alle Wahrheiten erfahren, die er ertragen konnte.

Hier gab es weder Nacht noch Tag, und doch war es hell. Es war kein Sonnenlicht. Eher ähnelte es dem Licht an einem bedeckten Tag, an dem nichts darauf hindeutete, wo genau die Sonne stand. Nur gab es hier nirgends eine Sonne, das wußte er. Das hier war nicht die Welt des Lebendigen.

Es war ein Teil der Unterwelt – ein abgeschiedener, entlegener, finsterer Winkel in der Welt der Toten. Es war, als hätten die Zauberer ein weitab liegendes Loch gefunden, um den Tempel der Winde darin zu verbergen. Ähnlich versteckt hatte er schon in der Welt des Lebendigen gestanden.

Die dunklen Mauern des gewaltigen Tempels der Winde ragten vor ihm auf, seine Doppeltürme erhoben sich hinauf bis in die Nebelfetzen. Die gesamte Flanke des Berges Kymermosst befand sich hier – der komplette Teil, der in der Welt des Lebendigen fehlte.

Richard wußte, wohin er ging. Er wußte mehr als je zuvor. Das Wissen flutete seinen Verstand. Er war ein Kriegszauberer. Der Tempel der Winde hatte ein Schleusentor in seinem Geist geöffnet. Es führte ihm alles zu, was er wissen mußte, und mehr als das.

Er kam sich vor, als sei er zum allerersten Mal zu Empfindungen fähig.

Die Entschädigung für den geforderten Preis.

»Lord Rahl!«

Atemlos kam Cara angerannt. Den Strafer in der Hand, nahm sie Verteidigungsstellung ein. Doch der Strafer war hier nutzlos. Und auch in der Welt des Lebendigen war er jetzt nutzlos.

Richard drehte sich in den Wind und ging einfach wieder los. Es war nicht weit. Überhaupt nicht weit. Er kannte den Weg.

»Geht nach Hause, Cara. Ihr habt hier nichts verloren.«

»Was ist passiert, Lord Rahl? Ich –«

»Geht nach Hause.«

Sie bedachte in mit einem finsteren Blick, als sie sich an ihm vorbeischob, um sämtliche Gefahren aus seinem Weg zu räumen. Sie hatte ja keine Ahnung, welche Gefahren hier lauerten.

»Ich bin eine Mord-Sith. Ich bin hier, um Euch zu beschützen, Lord Rahl.«

»Ich bin nicht mehr Lord Rahl«, meinte Richard leise.

Sie blickte an den gewaltigen Steinpfeilern am Eingang weiter vorn hinauf. Neben ihnen, auf Mauern aus pechschwarzem Stein, die über ein Band aus kupferfarbenen Kapitellen miteinander verbunden waren, standen, erstarrt in rabenschwarzem Granit, die Skrin, die Wächter der Grenze zwischen den Welten. Erstarrt nur in Caras Augen, nicht in seinen.

Cara hob eine Hand und bedeutete ihm zurückzubleiben, während sie einen Blick auf den fernen Eingang warf und diesen auf Gefahren überprüfte. Zu ihren Füßen lagen Knochen.

»Was ist das für ein Ort, Lord Rahl?«

»Ihr könnt hier nicht hinein, Cara.«

»Warum nicht?«

Richard drehte sich um und blickte den Weg zurück, den sie gekommen waren – auf alles, was er hinter sich ließ. Da war nichts.

»Weil dies der Saal der Verratenen ist.«

Richard sah zu den Skrinzwillingen hinauf, den Wächtern, zu deren Füßen die Knochen zweier Zauberer lagen.

Richard erinnerte sich gut an die Nachricht, die die Sliph von Zauberer Ricker weitergegeben hatte: *Abwehren links hinein.* Jetzt wußte Richard, was damit gemeint war.

Er hob den linken Arm, die Faust nach außen gedreht, in Richtung Skrin, der auf der steinernen Mauer rechts von ihm hockte. ›Links abwehren‹, das verriet ihm, welchen Arm er benutzen und welchen Skrin er abwehren mußte. Hätte er den falschen benutzt, wäre ihm der Eintritt in diesen Ort in der Welt der Toten verwehrt worden. Eine von Rickers Fallen für die Feinde.

Sein Armband wurde warm. Das Lederpolster schützte seine Haut vor der Kraft, die er in diesem Band konzentrierte. Ein grünlicher Lichtschimmer umgab seine Faust. Der Skrin zur Rechten, wohin er sein Geburtsrecht auf die Herrschaft richtete, erglühte im Einklang mit seiner zur Zeit reglos erstarrten Faust, damit Richard eintreten konnte.

Richard blickte hinauf zu dem Wächter aus rabenschwarzem Granit zu seiner Linken. Richard rief seinen Namen, einen gutturalen Laut, auf den dieser reagierte. Schwarzes Gestein riß und bröckelte, als der Skrin sich zu seinem Herrn umdrehte und auf Anweisungen wartete.

Richard wiederholte seinen Namen. Er deutete mit der Hand auf Cara.

»Sie gehört nicht hierher. Bringe sie zurück in die Welt des Lebendigen. Tu ihr nichts. Danach kehre auf deinen Posten zurück.«

Der Skrin sprang von der Steinmauer herunter und umklammerte Cara.

»Lord Rahl! Wann werdet Ihr wieder nach Hause kommen?«

Richard sah in ihre blauen Augen. »Ich bin hier zu Hause.«

Ein Licht flackerte auf, und ein lautloser Donner erschütterte die stille Welt, als der Skrin mit Cara auf seinem Weg zurück in die Welt des Lebendigen verschwand. Richard ließ den Blick über die massiven Goldrunen wandern, die zu beiden Seiten des Saaleingangs an der Mauer hinaufliefen, und las die Nachrichten und Warnungen, die dort von Zauberern vergangener Zeiten angebracht worden waren.

Richards Cape blähte sich in einer Welt ohne Wind in seinem Rücken, ein Windmesser an einem Ort der Kraftströmungen und Energiewirbel, während er forschen Schritts weiter auf den Saal der Verratenen zuhielt.

Kahlan hob einen Arm schützend vors Gesicht, als unmittelbar vor ihr krachend ein Blitz einschlug. Die Straße in den Tempel der Winde wurde für einen Augenblick taghell. In der Ferne konnte Kahlan Richards Rücken erkennen, als dieser beherzt in einen Durchgang trat.

Cara stürzte am Rand des Abgrunds auf die Straße, direkt zu Kahlans Füßen.

Mit dem Krachen des Donners waren Tempel und Richard verschwunden.

Cara stand auf. Außer sich vor Wut packte sie Kahlan bei den Schultern.

»Was habt Ihr getan!«

Kahlan war zu verletzt zum Sprechen. Sie hielt den Blick gesenkt.

»Was habt Ihr getan, Mutter Konfessor! Ich hatte doch alles für Euch gerichtet! Was habt Ihr nur mit ihm angestellt?«

Kahlan hob den Kopf. »Ihr habt was?«

»Ich habe einen Eid geleistet. Wir sind Schwestern des Strafers. Ich habe Euch einen Eid geschworen, daß ich, sollte je etwas passieren, dafür sorgen würde, daß Ihr es seid und nicht Nadine, die bei Richard ist.«

Kahlan klappte der Mund auf. »Was habt Ihr getan, Cara?«

»Das, was Ihr wolltet. Ich habe die Worte der Winde gesprochen, so wie sie zu mir kamen, aber als ich Euch und Nadine zu den Gebäuden führte, habe ich Euch beide vertauscht. Ich habe Nadine zu Drefan und Euch zu Richard gebracht.

Ich wollte, daß Ihr bei dem Mann seid, den Ihr aufrichtig liebt. Ich habe Euch zu Richard gebracht! Habt Ihr mir nicht vertraut? Habt Ihr mir nicht geglaubt?«

Kahlan fiel ihr in die Arme. »Oh, verzeiht mir, Cara. Ich hätte an Euch glauben sollen. Gütige Seelen, ich hätte Euch vertrauen sollen.«

»Lord Rahl sagte, er sei auf dem Weg in den Saal der Verratenen. Ich wollte wissen, wann er wieder nach Hause kommt. Er erklärte, er sei zu Hause. Er kommt nicht mehr zurück! Was habt Ihr nur getan!«

»Der Saal der Verratenen …« Kahlan brach zusammen. »Ich habe die Prophezeiung selbst erfüllt. Ich habe Richard geholfen, in den Saal der Verratenen zu gelangen. Ich habe ihm geholfen, die Pest aufzuhalten.

Dadurch habe ich ihn vernichtet.

Dadurch habe ich mich selbst vernichtet.«

»Ihr habt noch mehr angerichtet«, sagte Cara leise.

»Was meint Ihr damit?«

Cara zeigte ihr den Strafer. »Mein Strafer. Er hat seine Kraft verloren. Die Kraft einer Mord-Sith entsteht aus den Banden zu unserem Lord Rahl. Sie existiert zum Schutz unseres Herrn. Ohne einen Lord Rahl gibt es keine Bande. Ich habe meine Kraft verloren.«

»Ich bin jetzt Lord Rahl«, sagte Drefan, der sich Kahlan von hinten genähert hatte.

Cara grinste ihn spöttisch an. »Ihr seid kein Lord Rahl. Ihr besitzt die Gabe nicht.«

Drefan hielt ihrem zornerfüllten Blick stand. »Ich bin jetzt der einzige Lord Rahl, den Ihr habt. Jemand muß das D'Haranische Reich zusammenhalten.«

Kahlan preßte sich Richards schwarzes Hemd an den Leib. »Ich bin die Mutter Konfessor. Ich werde das Bündnis zusammenhalten.«

»Du, meine Liebe, hast ebenfalls deine Kraft verloren. Du bist kein Konfessor mehr, viel weniger die Mutter Konfessor.« Er faßte Kahlan unterm Arm. Mit schmerzhaftem Griff zog er sie auf die Beine. »Du bist jetzt meine Frau und wirst tun, was ich dir befehle. Du hast geschworen, mir zu gehorchen.«

Cara streckte die Hand aus und wollte ihn zwingen, Kahlan loszulassen. Drefan schlug ihr mit dem Handrücken quer über den Mund und schleuderte sie zu Boden.

»Und Ihr, Cara, seid jetzt eine zahnlose Schlange. Solltet Ihr den

Wunsch haben hierzubleiben, werdet Ihr mir gehorchen müssen. Wenn nicht, dann habe ich keine Verwendung mehr für Euch. Zur Zeit wissen nur wir, daß Euer Strafer nicht funktioniert. Belaßt es dabei. Ihr werdet mich beschützen wie jeden Lord Rahl.«

Cara bedachte ihn mit einem giftigen Blick, während sie sich das Blut vom Mund wischte. »Ihr seid nicht Lord Rahl.«

»Ach nein?« Er zog das Schwert der Wahrheit, Richards Schwert, heraus, ließ es in die Scheide zurückfallen. »Nun, jedenfalls bin ich jetzt der Sucher.«

»Du bist auch nicht der Sucher«, knurrte Kahlan. »Richard ist der Sucher.«

»Richard? Es gibt keinen Richard mehr. Ich bin jetzt Lord Rahl – und der Sucher.« Er zog Kahlan zu sich. Seine Darken-Rahl-Augen durchbohrten sie. »Und du bist meine Gemahlin. Zumindest wirst du es sein, sobald wir die Ehe vollzogen haben. Aber dies ist weder die richtige Zeit noch der richtige Ort. Wir müssen zurück. Es gibt Arbeit.«

»Niemals. Wenn du mich nur einmal anfaßt, schneide ich dir die Kehle durch.«

»Du hast vor den Seelen einen Eid geschworen. Du wirst dein Gelübde erfüllen.« Drefan lächelte. »Du bist eine Hure. Es wird dir gefallen. Ich will, daß es dir gefällt, daß du Befriedigung findest. Ja, das will ich wirklich.«

»Wie kannst du es wagen, mich so zu nennen! Ich bin keine Hure, und schon gar nicht deine!«

Sein Lächeln wurde breiter. »Tatsächlich nicht? Wie hast du Richard dann verraten? Warum geht er fort, ohne sich auch nur einmal umzudrehen? Ich schätze, es hat dir gefallen, als du dachtest, er sei ich. Richard hat die Hure in dir erkannt. Wenn du erst einmal bei mir im Bett liegst, wirst du es genießen. Das wird mir gefallen.«

24. Kapitel

Verna stieß Warren sachte an. »Wach auf. Es kommt jemand.«

Warren rieb sich die Augen. »Ich bin wach.«

Verna drehte sich kurz zu den anderen Fenstern um und vergewisserte sich, ob die toten Wachen immer noch an der Wand lehnten und es so schien, als wären sie noch auf ihrem Posten. Das Licht der Lampe auf dem Tisch reichte gerade, um die Wachen draußen vor dem Fenstergitter zu erkennen, allerdings spendete sie auch genügend Licht, daß man sie und Warren sehen konnte, daher hielten sie sich von den Fenstern fern.

»Wie fühlst du dich?« fragte sie.

»Besser. Ich glaube, jetzt geht es wieder.«

Er war ohnmächtig gewesen. Die von der Gabe hervorgerufenen Kopfschmerzen kamen in immer kürzeren Abständen. Verna wußte nicht mehr, was sie für ihn tun sollte. Wie lange würde es dauern, bevor seine Gabe ihn umbrachte? Sie hatte nur einen Gedanken: an ihrem Plan festzuhalten. Warren hatte erzählt, der Prophezeiung zufolge bestünde seine einzige Chance darin, bei ihr zu bleiben.

Durch das Fenster bemerkte sie, daß in der Dunkelheit zwei schemenhafte Gestalten die Straße heraufkamen. Auf den Hügeln in der Ferne verliehen Abertausende von Lagerfeuern der Landschaft das Aussehen eines Sees, in dem sich der sternenübersäte Himmel spiegelte.

Verna schauderte, wenn sie an die Hunderttausende brutaler Kerle in diesen Zelten dachte. Je eher sie diesen Ort verließen, desto besser. Sie war froh, daß sie nicht noch einmal hinauf in Jagangs

Festung mußten. Diese Art von Magie konnten sie sich bestimmt kein zweites Mal erlauben. Auf die Banne, die Warren benutzt hatte, würden die Wachen nicht noch einmal hereinfallen.

Einmal war zum Glück genug. Diemal kamen ihre Freundinnen, Janet und Amelia, nach draußen, um sich mit ihr und Warren zu treffen. Wenn es denn tatsächlich Janet und Amelia waren, die sich dort näherten.

Sie mußten es sein. Es war die vierte Nacht nach dem Vollmond. Der verabredete Treffpunkt. Janet hatte gesagt, Amelia werde von den Zelten zurück sein.

Verna hatte Angst, sich Amelias Zustand vorzustellen. Wahrscheinlich mußte sie geheilt werden. Hoffentlich dauerte es nicht lange. Es war bereits kurz vor Tagesanbruch.

Sie und Warren hatten abwechselnd kurze Zeit geschlafen. Wenn sie zu General Reibisch und seiner Armee zurückwollten, hatten sie einen weiten Weg vor sich und mußten ausgeruht sein für die Reise. Verna wollte diesen Ort so weit wie möglich hinter sich gelassen haben, falls in der Festung Alarm geschlagen wurde.

Sie hoffte, Janet hätte Amelia bereits von den Banden zu Richard berichtet, damit sie auch darauf keine Zeit mehr zu verschwenden brauchte. Sobald Amelia den Eid auf Richard geleistet hatte, würden die Bande sie ebenfalls vor dem Traumwandler beschützen. Dann konnten sie endlich fliehen.

Verna hätte nur zu gerne auch die übrigen Schwestern gerettet, aber sie wußte, Vermessenheit war der beste Weg in den Untergang. Während ihrer zwanzigjährigen Reise, die sie von dem zurückgezogenen Leben im Palast der Propheten fortgeführt hatte, hatte sie gelernt, daß eine Schwester, sollte überhaupt Hoffnung auf Erfolg bestehen, ihre Arbeit in der Welt draußen sorgfältig verrichten mußte. Die Rettung der übrigen Schwestern wäre überaus riskant, und es wäre ihrer Sache nicht gerade dienlich, wenn Verna bei dem Versuch, sie alle auf einen Schlag zu retten, gefaßt wurde. Am besten machte man sich seine Grenzen bewußt und nahm sich einen

Schritt nach dem anderen vor. Sobald die Zeit gekommen war, würde sie die übrigen Schwestern sicher aus der Gewalt des Traumwandlers befreien.

Im Augenblick war es äußerst wichtig, ihre beiden Freundinnen herauszuholen und von ihnen zu erfahren, wie man die anderen am besten befreien konnte. Dazu brauchte Warren Hilfe. Ohne Warren war ihre Sache gefährdet. Er war ein Prophet, der gerade erst seine Fähigkeiten entwickelte – falls diese Fähigkeiten ihn nicht umbrachten, bevor Verna ihm die Hilfe beschaffen konnte, die er dringend benötigte.

Einen Schritt nach dem anderen, gemahnte sie sich. Sei vorsichtig, benutze deinen Verstand, und du hast die besten Chancen auf Erfolg.

An der Tür klopfte es. Verna öffnete sie einen Spaltbreit und spähte hinaus, während Warren den Anruf eines Postens nachahmte, sie sollten sich zu erkennen geben.

»Zwei Sklavinnen seiner Exzellenz, Schwester Janet und Schwester Amelia.«

Verna riß die Tür auf, packte das Gewand der einen, zerrte erst sie, dann die andere herein. Sie drückte die beiden Frauen flach an die Wand, damit sie von den Fenstern aus nicht gesehen werden konnten.

»Dem Schöpfer sei Dank«, seufzte Verna. »Ich dachte, schon, ihr beide würdet es nicht bis hierher schaffen.«

Die beiden Frauen standen da, die Augen aufgerissen, und zitterten wie verängstigte Kaninchen. Schwester Amelias Gesicht war voller blauer Flecke, Platzwunden und Schwellungen.

Warren stellte sich dicht neben Verna. Sie nahm seine Hand, während sie von einem bleichen Gesicht zum anderen blickte. Es tat ihr in der Seele weh, zu sehen, daß Amelia ganz offensichtlich Schmerzen litt. Aber von ihren Augen war noch mehr abzulesen: blankes Entsetzen.

»Was ist passiert?« fragte sie.

»Ihr habt uns angelogen«, stieß Janet in gequältem Flüstern hervor.

»Wovon redest du?«

»Von den Banden. Die Bande, die uns vor seiner Exzellenz beschützen. Ich habe es Amelia erklärt. Sie hat den Eid auf Richard geschworen, wie Ihr es mir erklärt habt.«

Verna runzelte die Stirn und beugte sich vor. »Was im Namen der Schöpfung redest du da? Ich habe dir doch erklärt, er wird Jagang daran hindern, in deinen Verstand einzudringen.«

Janet schüttelte langsam den Kopf. »Nein, Verna, das wird er nicht. Es wird ihn weder daran hindern, in meinen Verstand, noch in Amelias ... Warrens oder ... in Euern einzudringen.«

Verna legte Janet tröstend eine Hand auf den Arm und versuchte, die völlig verängstigte Frau zu beruhigen. «Doch, das wird er. Du mußt nur glauben, und du wirst Schutz finden.«

Abermals schüttelte Janet langsam den Kopf. »Jagang war in meinem Verstand, bevor ich den Eid auf Richard geschworen habe. Er kannte meine Gedanken. Er wußte, was Ihr mir erzählt hattet. Er wußte alles.«

Verra schlug entsetzt die Hände vor den Mund. Diese Möglichkeit hatte sie nicht bedacht.

»Aber du hast den Eid geschworen. Das schützt dich jetzt.«

Janet schüttelte erneut langsam den Kopf. »So war es auch, am ersten Tag. Vor vier Tagen aber, in der Nacht des Vollmondes, ist Seine Exzellenz in meinen Verstand zurückgekehrt. Ich habe es überhaupt nicht bemerkt. Ich erzählte Amelia von dem Eid. Sie schwor ihn, genau wie ich. Wir wähnten uns in Sicherheit. Wir dachten, wir würden mit Euch fliehen, wenn Ihr zurückkämt.«

»Das werdet ihr auch«, versicherte ihr Verna. »Wir werden alle auf der Stelle fliehen.«

»Niemand wird fliehen, Verna. Jagang hat sich deiner bemächtigt. Und Warrens auch. Er erzählte uns, er sei in der ersten Nacht nach dem Vollmond, während ihr schlieft, in die Zwischenräume

Eures Verstandes eingedrungen.« Tränen traten ihr in die Augen. »Es tut mir leid, Verna. Ihr hättet niemals kommen dürfen, um mich zu retten. Das hat Euch beide die Freiheit gekostet.«

Trotz wachsender Panik lächelte Verna. »Das ist ganz ausgeschlossen, Janet. Die Bande beschützen dich.«

»Das würden sie«, meinte Janet, plötzlich in einem barschen, drohenden Tonfall, »wenn Richard Rahl noch lebte. Aber vor vier Nächten, in der Vollmondnacht, hat Richard Rahl die Welt des Lebendigen verlassen.«

Janet brach in schallendes, aus ihrem tiefsten Innern kommendes Lachen aus, obwohl ihr dabei die Tränen übers Gesicht liefen.

Verna verschlug es den Atem. »Richard ... ist ... tot?«

Warren drückte sich die Hände an die Schläfen und stieß einen gequälten Schrei aus. »Nein! Nein!«

Verna hielt ihn fest, als er auf dem Boden zusammenbrach. »Warren, was ist?«

»Seine Exzellenz ... Seine Exzellenz hat Aufgaben für mich.«

»Aufgaben? Was ist mit dir, Warren? Was ist passiert?«

»Seine Exzellenz hat einen neuen Propheten!« rief Warren. »Bitte, mach, daß die Schmerzen aufhören! Ich werde dienen! Ich tue alles, was man mir befiehlt!«

Verna kauerte über ihm. »Warren!«

Es war, als bohrte sich ein weißglühendes Eisen durch ihren Schädel. Verna schrie auf und preßte die Hände an den Kopf. Nichts in ihrem einhundertsechsundfünfzigjährigen Leben hatte sie auf den Quell des Schmerzes vorbereitet, der jetzt in ihrem Verstand aufbrach. Ihre Arme und Beine zuckten wild hin und her.

Unheilvolles Lachen züngelte durch die heiße Qual wie Flammen durch die Trümmer eines Hauses.

Verna rief den Schöpfer an, er möge sie in Ohnmacht fallen lassen. Ihr Gebet verhallte ungehört.

Über sich hörte sie Janets Stimme.

»Es tut mir so leid, Verna. Du hättest nie hierherkommen dürfen, um uns zu retten. Jetzt wirst du Seiner Exzellenz als Sklavin dienen.«

Die Blonde, Cara, folgte ihm in den Empfangssaal. Sie blieb drei Schritte hinter ihm, wie er es angeordnet hatte. Es gefiel ihm, daß das rote Leder ihnen das Aussehen verlieh, als seien sie voller Blut. Eine von ihnen befand sich stets in seiner Nähe, eine blutrote Erinnerung an die glitschige, klebrige Ausschweifung, die noch kommen würde.

Ihre blauen Augen wandten sich ab, als er über seine Schulter sah. Sie blieb nur, um in Kahlans Nähe zu sein, das wußte er. Zwar war sie jetzt harmlos, trotzdem sah es besser aus, wenn Lord Rahl eine Eskorte aus Wachen ihres Kalibers um sich scharte – als angemessenes Zeichen seines Ranges.

Lord Rahl, das war nun er – genau wie es ihm die Stimmen aus dem Äther eingeflüstert hatten. Nur er besaß die geistige Kraft, diese Stimmen zu empfangen, die Weisheit, sie zu hören, die Klugheit, ihnen zu gehorchen. Dadurch hatte er triumphiert. Stets auf die Einzelheiten zu achten hatte sich für ihn gelohnt. Seine außergewöhnliche Erkenntnisfähigkeit hatte ihn in jene Machtposition geführt, die ihm schon immer zugestanden hatte. Seine Gabe war sein Genie und würde ihm bessere Dienste leisten als bloße Magie.

Er war ein Mann, der über den anderen stand, und das aus gutem Grund. Er war ihnen überlegen – ein Mann mit ungewöhnlichem Verstand, trefflichem Instinkt und ausgezeichneter Sittlichkeit, von den gewundenen Ausflüchten, mit denen Frauen ihre vulgären Freuden entschuldigten, unverfälscht.

Er berauschte sich an seiner Tugend.

Kahlan blickte auf, als sie ihn entschlossenen Schritts den Saal betreten sah. Ihr Gesicht täuschte Leere vor, ein Ausdruck, den sie fast ständig nach außen zeigte. Sie glaubte nur, daß er nichts verriet. Für ihn offenbarte sich darin ein Panzer gegen jedes Gefühl. Wenn er sich in die Einzelheiten ihres berückenden Gesichts vertiefte, konnte er den reichen Strom an Gefühlen erkennen, den sie zu verbergen suchte.

Er bemerkte, wie sie ihn betrachtete. Schon in der Vergangenheit waren ihm diese Blicke nicht entgangen. Er wußte: Sie wollte ihn. Sie sehnte sich nach ihm. Sie wollte von ihm befriedigt werden.

Daß sie versuchte, es abzustreiten, erregte ihn nur um so mehr. Daß sie ihr Verlangen nach ihm hinter schroffen Worten versteckte, war für ihn nur ein weiterer Beweis. Daß sie vorgab, angewidert zu sein, zeigte ihm die außergewöhnliche Tiefe ihres Verlangens.

Wenn sie endlich ihrer Lust nachgab, würde es nach all der Warterei, nach der Enthaltsamkeit, nach der Sehnsucht und wegen der späten Erfüllung nur um so grandioser werden. Dann endlich würde er ihr geben, wonach sie verlangte. Dann endlich würde er ihre Schreie hören.

Der General in Kahlans Begleitung verbeugte sich. »Guten Morgen – Lord Rahl.«

»Was ist das?« erwiderte er. Er mochte es nicht, wenn die Soldaten Kahlan Dinge brachten, ohne offenkundig zuerst ihn in Kenntnis zu setzen.

»Nur die Morgenberichte, Drefan«, sagte Kahlan in dem ihr eigenen ausdruckslosen Ton.

»Warum hat man mir dann nicht Bescheid gegeben? Berichte sollten erst zu Lord Rahl gelangen.«

Der General warf Kahlan einen verstohlenen Blick zu. Er verneigte sich abermals. »Wie Ihr wünscht, Lord Rahl. Ich dachte bloß – «

»Das Denken übernehme ich. Ihr spielt den Soldaten.«

Der Zurechtgewiesene räusperte sich. »Natürlich, Lord Rahl.«

»Also, was wissen die Morgenberichte zu sagen?«

Der General sah erneut zu Kahlan hinüber. Drefan bemerkte das knappe Nicken. Als ob der General die Erlaubnis der Gemahlin des Lord Rahl benötigte, um einen Bericht vorzutragen. Drefan ließ es durchgehen. Er fand Gefallen an ihren Spielchen, daran, daß sie glaubte, er bekäme etwas nicht mit. Das amüsierte ihn. »Nun, Lord Rahl, die Pest ist fast vorbei.«

»Erläutert bitte ›fast vorbei‹, wenn Ihr die Freundlichkeit hättet. Als Heiler steht mir Ungenauigkeit wohl kaum zu Gesicht.«

»Während der letzten Woche ist die Zahl der Toten auf drei bestätigte Fälle in der vergangenen Nacht zurückgegangen. Fast jeder, der erkrankt war, als Lord Rahl« – er fing sich – »als Richard verschwand, hat sich wieder erholt. Was immer Richard getan hat –«

»Mein Bruder ist gestorben, das hat er getan. Ich bin der Heiler. Ich bin es, der für das Ende der Seuche verantwortlich ist.«

Kahlan verlor ihre Gelassenheit. Ihre Miene verzog sich zu einem Ausdruck mühsam beherrschten Zorns. Er fragte sich, wie ihr Gesicht sich wohl verzerren würde, wenn es Schmerzen, wenn es Entsetzen wäre. Bald würde er es erfahren.

»Richard ist in den Tempel der Winde gegangen! Er hat sich geopfert, um alle zu retten. Richard! Nicht du, Drefan. Richard!«

Drefan tat ihren Zornesausbruch mit einer lässigen Handbewegung ab. »Unsinn. Was versteht Richard denn von Heilkunst? Ich bin der Heiler. Lord Rahl persönlich hat sein Volk vor der Pest gerettet.« Drefan drohte dem General mit erhobenem Zeigefinger. »Und Ihr solltet dafür sorgen, daß jeder das erfährt.«

Kahlan nickte dem General abermals kaum merklich zu.

»Jawohl, Lord Rahl«, antwortete der General. »Ich werde persönlich dafür Sorge tragen, daß jeder erfährt, es war Lord Rahl, der die Pest aufgehalten hat.«

Auf Kahlans Gesicht war angesichts der zweideutigen Antwort des Generals die winzige Andeutung eines Lächelns zu erkennen. Drefan ließ es ihr durchgehen. Er hatte sich um Wichtigeres zu kümmern als um ihren mangelnden Respekt vor ihrem Gatten.

»Und was habt Ihr außerdem noch zu berichten, General?«

»Nun, Lord Rahl, wie es scheint, werden einige von unseren Einheiten … vermißt?«

»Vermißt? Wie können Truppenteile vermißt werden? Ich will, daß man sie findet. Wir müssen die Armee zusammenhalten, um uns gegen die Imperiale Ordnung zu verteidigen. Ich werde nicht zulassen, daß das D'Haranische Reich an die Imperiale Ordnung fällt, weil meine Offiziere nicht in der Lage sind, die Disziplin aufrechtzuerhalten!«

»Jawohl, Lord Rahl. Ich habe bereits Späher ausgesandt, die die Truppen finden sollen, die … ihre Posten verlassen haben.«

»Das liegt an den Banden, Drefan«, warf Kahlan ein. »Die D'Haraner sind dir über die Bande verbunden. Die Armee fällt auseinander und wandert ziellos davon, weil sie die Bande und ihren Führer verloren haben. Sie haben keinen Lord Rahl –«

Er verpaßte ihr eine schallende Ohrfeige. Der scharfe Knall hallte durch den Saal. »Steh auf!« Er wartete, bis sie sich wieder erhoben hatte. »Ich dulde keine Unverschämtheiten von meinem Weib! Hast du verstanden?«

Kahlan hielt sich die Nase zu und versuchte, den Blutfluß zu unterdrücken. Die hellrote Flut lief ihr über Finger und Lippen und am Kinn herab. Fast hätte er aufgestöhnt. Der Anblick der blutenden Mutter Konfessor ließ ihm die Hände zittern. Er sehnte sich nach der Metzelei, dem Blut überall auf ihrem Körper, nach ihren Schreien, ihrem Entsetzen.

Aber er konnte warten, bis sie ihn darum anflehte. Wie Nadine es getan hatte. Nadines perverse Gier hatte ihm gefallen. Er hatte ihre Überraschung genossen, ihre tief empfundene Angst, als er sie – noch lebendig, damit sie auf dem langen Weg nach unten Gelegenheit hatte, über ihre Bosheit nachzudenken – über den Rand des Abgrunds schleuderte. Das hatte ihm Befriedigung verschafft – fürs erste.

Er konnte warten, bis die wahre Korruptheit der Mutter Konfessor erneut zutage trat, wie in jener ersten Nacht. Richard mußte entsetzt gewesen sein, als er herausfand, wie sehr sie in Wahrheit seinen Bruder wollte, daß die Frau, die er geliebt hatte, ebenso verdorben war wie jede gewöhnliche Hure. Armer, naiver, dämlicher Richard. Er hatte sich beim Abschied nicht einmal umgedreht.

Drefan konnte warten. Sie würde Zeit brauchen, um sich von dem Schock zu erholen, Richards Tod verschuldet zu haben. Er hatte Geduld. Lange würde sie nicht brauchen, so wie sie sich nach ihm verzehrte.

Er nahm sie in die Arme. »Verzeih mir, meine Gemahlin. Ich wollte dir nicht weh tun. Verzeih mir, bitte. Ich war nur um deine Sicherheit vor der Imperialen Ordnung besorgt – und beunruhigt, weil diese unnützen Soldaten ihre Befehle nicht befolgen und uns damit alle in Gefahr bringen.«

Kahlan befreite sich mit einer heftigen Drehung aus seinen Armen. »Verstehe.«

Sie log so schlecht. Aus den Augenwinkeln sah er die geduckte Gestalt in rotem Leder. Wenn sie sich rührte und angriff, würde er sie niederstrecken. Wenn nicht, hatte er eine andere Verwendung für sie.

Kahlan warnte Cara mit einem Zucken ihres Fingers. Die Mord-Sith beruhigte sich widerstrebend. Kahlan hielt sich für so gerissen, dachte, er würde nicht mitbekommen, wie sie den Menschen Befehle gab. Im Augenblick war das egal.

»General Kerson«, sagte Drefan. »Ich will, daß diese pflichtvergessenen Truppen gefunden werden. Wir müssen innerhalb der Armee Disziplin halten, sonst liefern wir uns der Imperialen Ordnung ans Messer. Wenn sie gefunden sind, sollen die Offiziere hingerichtet werden.«

»Was? Ihr wollt, daß ich meine eigenen Leute hinrichte, weil sie die Bande verloren haben –«

»Nein, sondern für ihren Verrat. Wenn die übrigen Männer sehen, daß wir derartige Pflichtvernachlässigung nicht dulden, werden sie es sich zweimal überlegen, ob sie sich unserem Feind anschließen.«

»Unserem Feind, Lord Rahl?«

»Natürlich. Wenn sie ihre Pflicht als D'Haraner, zu dienen und das D'Haranische Reich – ganz zu schweigen von ihrem Lord Rahl – zu schützen, nicht erfüllen, dann unterstützen sie damit den Feind. Das macht sie zu Verrätern! Sie gefährden damit das Leben meiner Gemahlin! Das Leben aller!«

Er strich mit den Fingern über die erhabenen Goldbuchstaben auf dem Heft des Schwertes der Wahrheit – seines Schwertes. Er trug es zu Recht. »Nun, habt Ihr noch mehr zu berichten?«

Der General und Kahlan wechselten heimlich einen Blick.

»Nein, Lord Rahl.«

»Gut. Das wäre dann alles. Wegtreten.« Er wandte sich zu Kahlan und bot ihr seinen Arm. »Komm, mein Liebling. Gehen wir frühstücken.«

25. Kapitel

Benommen stieg Richard vom Thron des Zauberers an der Stirnseite des Saales der Winde herunter. Seine Schritte hallten in der Ferne wider. Es war der Platz, der ihm von Rechts wegen zustand: der Thron des Zauberers. Er war der einzige Kriegszauberer, überhaupt der einzige, der sowohl Additive als auch Subtraktive Magie besaß.

Das Innere des Tempels der Winde war mehr als kolossal. Es überstieg fast jedes Begriffsvermögen. An diesem lautlosen Ort gab es keinerlei Geräusch, es sein denn, er erzeugte selber eines oder wünschte es kraft seines Willens herbei.

Unter der Gewölbedecke, die die himmelstrebenden Höhen weit oben abschloß, hätten Adler Platz gefunden, und dabei wäre ihnen vermutlich kaum aufgefallen, daß sie im Innern eines Gebäudes gefangen waren. Berghabichte, hätte es hier welche gegeben, hätten unterhalb dieses himmlischen Gewölbes dahingleiten, sich in die Tiefe stürzen und sich dabei ganz in ihrem Element fühlen können.

An den Seiten stützten gewaltige Säulen Mauern, die bis in den fernen Schwung des Kreuzrippengewölbes hinaufreichten. Gewaltige, in diese Seitenwände eingelassene Fenster ließen zusätzliches Streulicht herein.

Wenigstens konnte er die Seitenwände sehen. Das weit entfernte Ende des Saales hingegen verlor sich schlicht im Dunst und war nicht zu erkennen.

Fast alles hier hatte die Farbe eines fahlen Nachmittagsdunstes: die Fußböden, die Säulen, die Mauern und die Decke. Fast schien es, als bestünden sie aus diffusem Licht.

Richard war ein winziges Insekt in einer gewaltigen Gebirgsschlucht. Dennoch war der Ort nicht grenzenlos, denn es gab ein Jenseits außerhalb der Mauern.

Früher hätte ihn ein solcher Ort gelähmt und mit Ehrfurcht erfüllt. Heute empfand er weder das eine noch das andere. Er fühlte sich nur benommen.

Zeit hatte hier keinerlei Bedeutung außer der, die er hierherbrachte. Zeit fand keinen Punkt, an dem sie in der Ewigkeit hätte Anker werfen können. Er hätte statt weniger Wochen ein Jahrhundert hierbleiben können und doch nur selbst den Unterschied bemerkt – und lediglich deshalb, weil er es wollte. Das Leben zählte wenig hier: ein Begriff, so bedeutungslos wie das andere Ende der Ewigkeit; auch den hatte er an diesen Ort gebracht. Doch der Tempel der Winde war zu sinnlicher Wahrnehmung fähig und gewährte ihm in seiner von Zauberern geschaffenen steinernen Umarmung Schutz.

Er schlenderte weiter durch den Saal. Zu den Seiten hin, unter jedem Bogen, hinter jedem Säulenpaar, gab es einen überwölbten Nebenraum. Dort ruhten jene magischen Gegenstände, die man hier zur sicheren Verwahrung untergebracht hatte – die aus der Welt des Lebendigen und zu ihrem Schutz hierhergebracht worden waren.

Richard verstand sie und konnte sich ihrer bedienen. Ihm war bewußt, wie gefährlich diese Gegenstände waren und warum manche sie für alle Zeiten weggeschlossen wissen wollten. Das Wissen der Winde gehörte jetzt ihm.

Mit diesem Wissen hatte er der Pest Einhalt geboten. Er hielt das Buch, mit dem man die Seuche ausgelöst hatte, nicht in den Händen, aber das war auch nicht nötig, um es unschädlich zu machen. Das Buch war von hier entwendet worden und stand daher noch immer mit den Winden in Verbindung. Es ging einfach darum, die von den Winden ausgehenden Kraftströme umzuleiten, die es der Magie des Buches ermöglichten, in der Welt des Lebendigen Macht zu entfalten.

Tatsächlich war es so simpel, daß er sich schämte, nicht früher darauf gekommen zu sein. Tausende von Menschen waren gestorben, weil er so dumm und unwissend gewesen war. Hätte er damals geahnt, was er jetzt wußte, er hätte einfach ein aus beiden Seiten seiner Kraft gewobenes Netz ausgeworfen, und Jagang hätte mit dem Buch nichts anfangen können. So viele Menschen hatten den Tod gefunden – dabei wäre alles so einfach gewesen.

Wenigstens hatte er seine Heilkräfte einsetzen können, um die Krankheit bei den meisten aufzuhalten, die erkrankt waren, bevor er den Magiefluß unterbrochen hatte. Wenigstens war die Pest vorbei.

Auch wenn er dadurch alles verloren hatte. Welch ein Preis für all diese Menschenleben. Welch ein Preis, fürwahr.

Nadine hatte es das Leben gekostet. Er empfand tiefe Trauer um sie.

Jagang und die Bedrohung aus der Alten Welt hätte er ebenfalls beseitigt, aber von hier aus war ihm das nicht möglich. In der Welt des Lebendigen hatte er nur Einfluß auf Dinge, die von hier aus in sie hineingebracht worden waren, und auf das Unheil, das sie dort anrichteten.

Aber er hatte das Zentrum der Kraft an diesem Ort berührt; es war nicht mehr möglich, durch den Saal der Verräter einzutreten. Zweimal würde Jagang dasselbe Kunststück nicht gelingen.

Richard hielt inne. Er zog sein Schwert blank, Drefans Schwert. Er hielt es auf seinen ausgestreckten Handflächen, starrte es an, beobachtete, wie das Licht darauf fiel. Dies war nicht sein Schwert – das Schwert der Wahrheit.

Er ließ seinen Willen, der das Geburtsrecht der Kraft enthielt, vom Grund seiner Seele aus in die Waffe strömen. Wo er sich zuvor abgemüht hatte, auch nur das unbedeutendste Bruchstück seiner Kraft hervorzubringen, kam seine Gabe jetzt mit der Leichtigkeit eines Seufzers. Die Kraft floß durch seine Arme nach außen in den Gegenstand, den er in den Händen hielt.

Kraft seines Willens bestimmte er seine Bestandteile, wog sie ge-

geneinander ab bis zum gewünschten Ergebnis, zur gewünschten Reihenfolge, bis sich das Schwert in seinen Händen in das Gegenstück dessen verwandelte, das er so gut kannte. Er hielt das Gegenstück des Schwertes der Wahrheit in der Hand, wenn auch ohne den mit ihm verbundenen Geist der längst dahingeschiedenen Seelen, die sein echtes Schwert benutzt hatten. In jeder anderen Hinsicht allerdings war es dasselbe. Es enthielt dieselbe Kraft, dieselbe Magie.

Der Versuch, das Schwert der Wahrheit herzustellen, hatte so manchen Zauberer das Leben gekostet, doch schließlich war einigen von ihnen Erfolg beschieden gewesen. Gleich anschließend hatte man das Wissen hierhergebracht, und jetzt stand es Richard zur freien Verfügung, wie alles Wissen hier.

Er packte das Heft und hielt die Klinge in die Höhe. Richard ließ die Kraft, die Magie, den Zorn in sich hineinfluten, ließ ihn durch seinen Körper tosen, nur um überhaupt etwas zu spüren. Selbst Zorn war besser als nichts.

Nur hatte er keine Verwendung für ein Schwert. Der Zorn erlosch, um wieder durch Leere ersetzt zu werden.

Er schleuderte das Schwert hoch in die Luft und hielt es dort fest, wo es auf einem Kraftkissen langsam rotierte. Mit einem Stoß zerschmetterte er die von ihm eigenhändig hergestellte Klinge zu einer Wolke aus metallischem Staub und verbannte diesen, einer weiteren Überlegung folgend, ganz aus dem Sein.

Wieder verspürte er die Leere. Leere und Einsamkeit.

Ein Gefühl, als sei dort jemand, ließ ihn sich umdrehen. Wieder eine Seele. Ab und zu kamen sie, um ihn zu besuchen, um mit ihm zu sprechen, ihn zu drängen, in seine Welt zurückzukehren, bevor es zu spät war, bevor er den Faden verlor, der in die Welt des Lebendigen führte.

Diese Gestalt, diese Seele, erschreckte ihn so sehr, daß er in starrem Schrecken wie angewurzelt stehenblieb.

Sie sah aus wie Kahlan.

Die sanfte, leuchtende Erscheinung schwebte vor ihm und verstrahlte ein Glühen von derselben Farbe wie alles andere an diesem Ort, nur intensiver, mit deutlicheren Umrissen.

Sie sah aus wie Kahlan. Zum ersten Mal seit Wochen klopfte sein Herz.

»Kahlan? Bist du gestorben? Bist du jetzt eine Seele?«

»Nein«, antwortete die Seele. »Ich bin Kahlans Mutter.«

Richards Anspannung löste sich. Er wandte sich ab und setzte seinen Weg durch den Saal fort. »Was willst du?«

Wie dies gelegentlich ihre Art war, folgte ihm die Seele interessiert, ihm, der in ihrer Welt vielleicht eine Merkwürdigkeit darstellte.

»Ich habe dir etwas mitgebracht«, meinte die Seele.

Richard drehte sich um. »Was?«

Sie hielt ihm eine Rose hin. Das Grün des Stiels und das Rot der Blütenblätter hatten in dieser farblosen Welt eine verblüffende Wirkung. Es war eine Augenweide. Ihr Wohlgeruch füllte seine Lungen mit ihrem angenehmen Duft. Er hatte fast vergessen, wie schön diese Dinge sein konnten.

»Was soll ich damit?«

Die Seele hielt sie ihm hin, drängte sie ihm geradezu auf. Er hatte keine Angst vor den Seelen, die ihn besuchten. Selbst jene, die ihn haßten, konnten ihm nichts anhaben. Er wußte sich zu schützen.

Richard nahm die Rose. »Danke.« Er steckte sie in seinen Gürtel.

Dann drehte er sich um und ging weiter. Die Seele von Kahlans Mutter folgte ihm. Er mochte ihr nicht ins Gesicht sehen. Sie war zwar eine Seele, und ihre Gesichtszüge waren durch das ihnen eigene Glühen undeutlich, trotzdem glich sie zu sehr ihrer Tochter.

»Kann ich mit dir sprechen, Richard?«

Seine Schritte hallten durch den Saal. »Wenn du willst.«

»Ich möchte dir von meiner Tochter Kahlan erzählen.«

Richard blieb stehen und drehte sich um. »Warum?«

»Weil sie ein Teil von mir ist. Sie war von meinem Fleisch und Blut, genau wie du vom Fleisch und Blut deiner Mutter bist. Kahlan ist meine Verbindung zur Welt des Lebendigen, zu der Welt, in der ich einst gelebt habe. Und in die du zurückkehren mußt.«

Richard setzte abermals seinen Weg fort. »Mein Zuhause ist hier. Ich habe nicht die geringste Absicht, in diese Welt der Bitterkeit zurückzukehren. Wenn ich eine Nachricht an deine Tochter überbringen soll, muß ich bedauern. Das kann ich nicht. Laß mich in Frieden.«

Er hob die Hand, um sie aus dem Saal zu verbannen, sie dagegen flehte ihn mit erhobenen Händen an, seine Kraft zurückzuhalten.

»Ich will überhaupt nicht, daß du eine Nachricht überbringst. Kahlan weiß, daß ich sie liebe. Ich will mit dir sprechen.«

»Weshalb?«

»Wegen dem, was du Kahlan angetan hast.«

»Ihr angetan? Was habe ich ihr denn angetan?«

»Ich habe ihr einen Sinn für Pflicht anerzogen. ›*Konfessoren kennen keine Liebe, Kahlan. Sie kennen nur Pflicht.*‹ Das habe ich damals zu ihr gesagt. Zu meiner Schande habe ich ihr nie erklärt, was ich damit meinte. Ich fürchte, ich habe ihr keinen Raum für ihr eigenes Leben gelassen.

Mehr als jeder andere Konfessor, den ich kannte, wollte Kahlan das Leben in vollen Zügen genießen. Die Pflicht hat ihr das größtenteils verwehrt. So wurde sie zu einer so guten Beschützerin ihres Volkes. Sie wollte den Menschen eine Chance geben, glücklich zu werden, weil sie selbst so deutlich erkennt, was ihr verwehrt geblieben ist. Daher bleibt ihr nichts anderes übrig, als die kleinen Freuden zu genießen, wo sie nur kann.«

»Worauf willst du hinaus?«

»Genießt du das Leben nicht, Richard?«

Richard ging weiter. »Das mit der Pflicht verstehe ich. Ich wurde für die Pflicht geboren. Damit habe ich jetzt abgeschlossen. Ich habe mit allem abgeschlossen.«

»Du begreifst genausowenig wie sie, was ich mit Pflicht meine. Für die richtige Person, die Person, die wahrhaft für die Pflicht geboren ist, bedeutet sie eine Form der Liebe, durch die alles möglich wird. Pflicht heißt nicht immer, daß einem Dinge verwehrt bleiben, sondern nur, daß diese auf andere übertragen werden. Pflicht sollte man nicht als lästige Aufgabe auffassen, sondern als etwas, das man am besten in Liebe tut.

Willst du nicht zu ihr zurückkehren, Richard? Sie braucht dich.«

»Kahlan hat jetzt einen Ehemann. In ihrem Leben ist für mich kein Platz.«

»Aber in ihrem Herzen.«

»Kahlan hat gesagt, sie wird mir niemals verzeihen.«

»Hast du noch nie aus Verzweiflung etwas von dir gegeben, das du später bereut hast, Richard? Hast du dir nie gewünscht, du könntest deine Worte ungesagt machen?«

»Ich kann nicht zu ihr zurück. Sie ist mit einem anderen verheiratet. Sie hat einen Eid geschworen, und sie hat ... ich werde nicht zurückgehen.«

»Selbst wenn sie mit einem anderen verheiratet ist, selbst wenn du nicht bei ihr sein kannst, selbst wenn es dir das Herz bricht, zu wissen, daß du sie nicht haben kannst, liebst du sie nicht genug, um ihr Herz zu heilen? Ihrem Herzen seinen Frieden zurückzugeben? In dieser Liebe, die du empfindest, zählst du dort allein und sie überhaupt nicht?«

Richard warf der Seele einen wütenden Blick zu. »Sie hat auch ohne mich ihr Glück gefunden. Ich kann ihr nichts mehr geben.«

»Hat dir die Rose Freude gebracht, Richard?«

Richard ging weiter. »Ja, sie ist sehr schön. Danke.«

»Wirst du dir also überlegen zurückzugehen?«

Richard wirbelte zur Seele von Kahlans Mutter herum. »Danke für die Rose. Hier sind eintausend zurück, damit du nicht behaupten kannst, ich sei dir etwas schuldig geblieben!«

Richard streckte die Hand aus, und die Luft füllte sich mit Rosen. Rosenblüten wehten und wirbelten herum wie in einem roten Schneesturm.

»Es tut mir leid, daß ich dich nicht zwingen kann zu verstehen, Richard. Offensichtlich tue ich dir nur weh. Am besten lasse ich dich jetzt alleine.«

Richard brach zusammen, fühlte sich zu elend, um sich auf den Beinen zu halten. Bald würde er zu ihnen gehören, eine Seele sein und dieses Zwischenreich nicht mehr ertragen müssen, wo er zwischen den Welten hin- und hergerissen wurde. Er hatte zu essen, wenn ihn danach verlangte, er konnte schlafen, wann er wollte, aber er konnte das Leben hier auf keinen Fall endlos weiterführen. Dies war nicht die Welt des Lebendigen.

Schon bald würde er einer von ihnen sein und mit dieser Leere, die sein Leben darstellte, abgeschlossen haben.

Früher hatte Kahlan diese Leere ausgefüllt. Sie war sein ein und alles gewesen. Er hatte ihr vertraut. Er hatte geglaubt, sein Herz sei bei ihr sicher aufgehoben. Er hatte sich zuviel erträumt. Wie hatte er ein solcher Narr sein können? War das alles Einbildung gewesen?

Richard hob den Kopf. Er sah zur anderen Seite des Saales hinüber. In Gedanken ging er die Gegenstände durch, die dort aufbewahrt wurden. Der Quell der Blicke. Dort irgendwo stand er, auf der anderen Seite des Saales. Wie man ihn benutzte, wußte er.

Er stand auf, ging quer durch den Saal und trat zwischen zwei der Säulen hindurch zum steinernen Quell der Blicke. Der bestand aus zwei in Stufen übereinander angeordneten Becken, das untere hüfthoch und das obere gleich oberhalb seines Kopfes. Beide Becken waren längliche Rechtecke. In den glitzernden, holzkohlengrauen Stein waren reich verzierte Symbole der Unterweisung und der Kraft geschlagen. Das untere Becken war bis zum Rand mit einer silbrigen Flüssigkeit gefüllt, die der Sliph zu ähneln schien und doch ganz anders war, wie er wußte.

Richard nahm den silbernen Krug aus dem Regal darunter und tauchte ihn in das untere Becken. Er leerte den Krug in das obere.

Damit fuhr er fort, bis das obere mit der vorgesehenen Menge der Flüssigkeit angefüllt war.

Richard beugte sich über das untere, um seine Hände auf die entsprechenden Symbole zu legen, die sich zu beiden Seiten hin erstreckten. Die Hände auf die Blickschlitze gelegt, las er vornübergebeugt die uralten Worte. Nachdem die Worte gesprochen waren, konzentrierte er sich auf den Menschen, den er beobachten wollte. Dabei setzte er ein schmales Kraftband frei, um die Flüssigkeit im oberen Becken freizugeben.

Das silbrige Naß ergoß sich vor seinem Gesicht in einer dünnen, silbernen Fläche über die messerscharfe Kante des oberen Beckens. In diesem Wasserfall aus Blickflüssigkeit erkannte Richard den Menschen, den er in Gedanken gerufen hatte: Kahlan.

Ihm schnürte sich die Brust zusammen, als er sie sah. Fast hätte ihm der Atem gestockt, fast hätte er gequält aufgeschrien.

Sie trug ihr weißes Konfessorenkleid. Die vertrauten Konturen ihres Gesichts weckten in ihm eine quälende Sehnsucht. Sie befand sich in der Nähe ihrer Gemächer, ihres Schlafzimmers im Palast der Konfessoren. Dort war es Nacht. Richard fühlte sein Herz gegen seine Rippen schlagen, als er sah, wie sie mit einer gleitenden Bewegung vor irgendeiner Tür stehenblieb.

Drefan schlich sich von hinten an sie heran. Er legte ihr die Hände auf die Schultern und drückte sie, dabei beugte er sich weiter vor und brachte seinen Mund dicht an ihr Ohr.

»Kahlan, meine Gemahlin, meine Liebste. Bist du bereit, zu Bett zu gehen? Ich hatte einen schweren Tag. Ich freue mich auf eine Nacht lustvoller Leidenschaft.«

Richard ließ den Quell los. Er riß die Fäuste hoch und taumelte zurück. Der Quell der Blicke zerschellte explosionsartig, gewaltige Feuer- und Rauchsäulen trieben schwere Gesteinsbrocken vor sich her. Steinsplitter sirrten durch den Saal und verschwanden in der Ferne. Mächtige Steintrümmer stiegen heulend, aufgewirbelt von einem tosenden Inferno, in die Höhe, bis sie ihren Aufwärtsschwung verloren und wieder abwärts stürzten, um zu Splittern und Staub zu zerspringen. Die Blickflüssigkeit überflutete den Boden.

In jedem Tröpfchen, in jeder Pfütze konnte Richard Kahlans Gesicht erkennen.

Er machte kehrt und ging. Ein Feuerstoß fegte sengend über den Boden hinweg und verdampfte jedes einzelne Tröpfchen, dennoch konnte er ihr Gesicht noch in den feinsten Nebeltröpfchen erkennen, die die Luft füllten. Er riß die Fäuste hoch. Jedes Tröpfchen, jeder winzig kleine Dunstpartikel, erlosch hinter ihm zu nichts.

Benommen sank Richard in der Mitte des Saales zu Boden und starrte ins Leere.

Ein hämisches Lachen wurde mit den Winden herangeweht. Richard wußte, wer das war. Sein Vater war zurückgekehrt, um ihn ein weiteres Mal zu quälen.

»Was ist, mein Sohn?« fragte Darken Rahl mit seiner spöttisch zischelnden Stimme. »Bist du nicht glücklich über meine Gattenwahl für deine einzig wahre Liebe? Mein eigener Sohn, mein eigenes Fleisch und Blut, Drefan – verheiratet mit der Mutter Konfessor. Ich persönlich halte ihn für eine gute Wahl. Er ist ein guter Junge. Sie wirkte eigentlich ganz zufrieden. Aber das weißt du ja bereits, nicht wahr? Du solltest dich freuen, daß sie zufrieden ist. Und wie zufrieden.«

Darken Rahls Gelächter hallte durch den Saal.

Richard dachte nicht einmal daran, die leuchtende Gestalt über ihm zu verscheuchen. Was spielte das jetzt noch für eine Rolle?

»Nun, was meinst du, meine Gemahlin? Wollen wir uns eine Nacht voller wilder Leidenschaft gönnen? Wie du sie meinem Bruder geboten hast, als du ihn für mich gehalten hast?«

Kahlan rammte Drefan den Ellenbogen mit aller Kraft unters Brustbein. Sie erwischte ihn in einem unbedachten Augenblick.

Darauf war er nicht vorbereitet. Er krümmte sich vor Schmerzen und bekam keine Luft.

»Ich habe dich gewarnt, Drefan. Wenn du mich anfaßt, schlitze ich dir die Kehle auf.«

Bevor er sich soweit erholen konnte, um sich über ihren Wutausbruch lustig zu machen oder sie mit der Androhung von Gewalt zu verhöhnen, schlüpfte sie in ihr Gemach, schlug die Tür zu und schob den Riegel vor.

Zitternd stand sie in der nahezu völligen Dunkelheit. Sie hatte etwas gespürt. Einen Moment lang war ihr so gewesen, als sei Richard bei ihr. Um ein Haar hätte sie laut seinen Namen gerufen – geschrien, daß sie ihn liebe.

Sie hielt sich den Bauch vor Schmerzen. Wann würde sie endlich aufhören, an ihn zu denken?

Richard kam nicht mehr zurück.

Kahlan lief über den dicken Teppich in ihrem Salon und ging in ihr Schlafgemach. Als plötzlich jemand vor sie trat, ging sie Deckung suchend in die Hocke.

»Verzeiht«, flüsterte Berdine. »Ich hatte nicht die Absicht, Euch zu erschrecken.«

Kahlan entspannte seufzend ihre Fäuste und erhob sich wieder. »Berdine.« Sie schlang der Frau die Arme um den Hals. »Oh, Berdine, ich bin so froh, Euch zu sehen. Wie geht es Euch?«

Berdine war auf der verzweifelten Suche nach Trost und erwiderte Kahlans Umarmung.

»Es ist schon ein paar Wochen her, und doch erscheint es mir, als sei Raina gestern erst gestorben. Ich bin so wütend auf sie, weil sie mich verlassen hat. Und wenn ich wütend auf sie werde, weine ich, weil ich sie so vermisse. Hätte sie nur ein paar Tage länger durchgehalten, würde sie noch leben. Nur ein paar Tage.«

»Ich weiß, ich weiß«, flüsterte Kahlan. Sie löste sich von Berdine und senkte die Stimme. »Was macht Ihr hier? Ich dachte, Ihr wärt hinauf zur Burg geritten, um Cara abzulösen?«

»Dort war ich auch, aber ich mußte zu Euch, um mit Euch zu sprechen.«

»Soll das heißen, die Sliph ist unbewacht?« Berdine nickte. »Wir dürfen sie nicht alleine lassen, Berdine. So könnten wir übersehen, daß sich jemand nach Aydindril einschleicht – jemand, der gefährliche Magie besitzt. Das war doch der Grund –«

Berdine unterbrach sie. »Ich weiß. Dies ist ebenso wichtig. Außerdem, welchen Unterschied macht das schon? Cara und ich haben unsere Kraft verloren. Wir könnten jetzt ohnehin niemanden mehr aufhalten, der durch die Sliph kommt.

Ich muß mit Euch sprechen, Mutter Konfessor, und tagsüber kann ich das nicht, weil Drefan ständig um Euch herumschwärmt.«

»Laßt euch nicht dabei erwischen, daß Ihr ihn anders als Lord Rahl nennt, sonst –«

»Er ist nicht Lord Rahl. Das ist er nicht, Mutter Konfessor.«

»Ich weiß. Aber er ist der einzige Lord Rahl, den wir haben.«

Berdine blickte Kahlan in die Augen. »Cara und ich haben über ihn gesprochen. Wir sind uns einig, daß wir ihn töten sollten. Dazu benötigen wir Eure Hilfe.«

»Das dürfen wir nicht tun.« Kahlan packte Berdine bei den Schultern. »Das können wir nicht.«

»Aber sicher können wir das. Wir verstecken uns auf dem Balkon, Ihr sorgt dafür, daß er seine Kleider ablegt, damit er die Messer nicht griffbereit hat, und während Ihr ... ihn ablenkt, platzen wir herein und erledigen ihn.«

»Wir können es nicht tun, Berdine.«

»Also gut, wenn Euch bei dem Plan nicht wohl zumute ist, werden wir uns einen anderen ausdenken. Fest steht nur, wir müssen ihn töten.«

»Nein, wir dürfen ihn nicht töten.« Berdine runzelte die Stirn. »Wollt Ihr etwa mit diesem Schwein verheiratet sein? Früher oder später wird er auf seinem Recht als Euer Gemahl bestehen.«

»Hört zu, Berdine. Selbst falls das eintritt, werde ich es ertragen müssen, wenn es bedeutet, daß dadurch Menschenleben gerettet werden. Wir können Drefan nicht töten. Er ist der einzige Lord Rahl, den wir haben. So lange, bis wir überlegt haben, was zu tun ist, hält er allein die Armee zusammen.

Im Augenblick ist man dort wegen seines aggressiven Kommandostils etwas verwirrt. D'Haraner sind es gewöhnt, von Lord Rahl gesagt zu bekommen, was sie zu tun haben. Drefan gibt vor, er sei Lord Rahl. Und im Augenblick kratzt man sich in der Armee am Kopf und fragt sich, ob man wirklich sicher weiß, daß er es nicht ist.«

»Aber er ist es nicht«, beharrte Berdine.

»Dennoch hält er allein im Augenblick alles zusammen. Sobald es auseinanderfällt, wird die Imperiale Ordnung die Midlands problemlos niederwalzen können. In diesem Punkt hat Drefan recht.«

»Doch Ihr seid die Mutter Konfessor. General Kerson ist Euch treu ergeben. Er bleibt, auch ohne die Bande, und das Euch zuliebe. Die meisten Offiziere stimmen mit ihm überein. Euch zuliebe, nicht wegen Drefan. Ihr könnt die Dinge ebensogut wie Drefan zusammenhalten. Sicherlich wird das klappen.«

»Vielleicht aber auch nicht. Mag sein, daß ich Drefan nicht leiden kann, aber er hat nichts getan, was einen hinterhältigen Mord rechtfertigt. So wenig uns seine Methoden gefallen, er gibt sein Bestes. Ihm und mir gelingt es möglicherweise, ein Auseinanderbrechen der Midlands zu verhindern.«

Berdine schob ihren Kopf näher an sie heran. »Das wird nicht lange dauern, und das wißt Ihr.«

Kahlan fuhr sich mit der Hand durchs Gesicht. »Drefan ist mein Ehemann, Berdine. Ich habe ihm einen Eid geschworen.«

»Einen Eid, ja? Warum habt Ihr ihn dann nicht in Euer Bett gelassen?«

Kahlan öffnete den Mund, fand aber nicht die passende Antwort.

»Es ist wegen Lord Rahl, stimmt's? Ihr denkt noch immer, er käme zurück, nicht wahr? Nichts anderes wünscht Ihr Euch sehnlichst.«

Kahlan legte die Fingerspitzen an die Lippen. Sie wandte sich ab. »Wenn Richard die Absicht hätte zurückzukehren, hätte er es längst getan.«

»Vielleicht liegt es an der Pest, vielleicht hat er die Magie noch nicht ganz von der Seuche befreit. Sicherlich kehrt er zurück, sobald er damit fertig ist.«

Kahlan schlang die Arme um ihren Körper. Sie wußte, das war nicht der wahre Grund.

»Mutter Konfessor, Ihr wollt ihn doch zurück, oder?«

»Ich bin mit Drefan verheiratet. Ich habe einen Ehemann.«

»Das habe ich Euch nicht gefragt. Ihr wollt, daß er zurückkommt. Ihr müßt wollen, daß er zurückkommt.«

Kahlan schüttelte den Kopf. »Er hat gesagt, er würde mich ewig lieben. Er hat gesagt, sein Herz gehöre ewig mir. Er hat es mir versprochen.« Kahlan unterdrückte ihren Schmerz. »Er ist einfach fortgegangen. Kann sein, daß ich ihn … verletzt habe, aber wenn er mich wirklich liebte, würde er mir das nicht antun. Er hätte mir eine Chance gegeben …«

»Ihr wollt ihn also noch immer.«

»Nein. So möchte ich nicht noch einmal verletzt werden. Diesem Schmerz werde ich mich nie wieder aussetzen. Es war ein Fehler, mich überhaupt erst in ihn zu verlieben.« Kahlan schüttelte abermals den Kopf. »Ich will nicht, daß er zurückkommt.«

»Das glaube ich Euch nicht. Ihr seid einfach aufgebracht, genau wie ich über Rainas Tod. Aber käme sie zurück, ich würde ihr den Tod verzeihen und sie sofort wieder in die Arme schließen.«

»Bei Richard geht das nicht. Ich würde ihm nie wieder von ganzem Herzen trauen können. Ungeachtet dessen, was ich getan habe – dadurch wird es nicht richtiger, mich so zu verletzen. Er hat mich einfach verlassen, nachdem er mir versprochen hatte, mich ewig zu lieben, ganz gleich, was auch geschieht. Er hat mich bei dieser Prüfung im Stich gelassen.

Ich hätte nie gedacht, daß er mir so weh tun würde. Ich habe mein Herz bei ihm in sicheren Händen gewähnt, aber das war ein Irrtum.«

Berdine drehte sie um und packte sie bei den Schultern.

»Das ist nicht Euer Ernst, Mutter Konfessor. Ganz bestimmt nicht. Vertrauen beruht auf Gegenseitigkeit. Wenn Ihr ihn wirklich liebt, dann müßt Ihr ihm trauen, ganz gleich, was passiert, genau wie Ihr davon ausgegangen seid, daß er Euch stets vertraut.«

Kahlan liefen die Tränen über die Wangen. »Ich kann nicht, Berdine. Es schmerzt zu sehr. Ich werde mich dem nicht noch einmal aussetzen.

Und es spielt ohnehin keine Rolle. Das Ganze liegt schon Wochen zurück. Die Pest ist längst vorbei. Richard kommt nicht mehr zurück.«

»Seht her, ich weiß nicht genau, was sich oben auf dem Berg zugetragen hat, aber stellt Euch einfach folgende Frage: Wäre die Situation umgekehrt, wie würdet Ihr Euch dann fühlen?«

»Glaubt Ihr nicht, das mache ich jeden Augenblick eines jeden Tages? Ich weiß genau, wie ich mich fühlen würde. Ich würde mich verraten fühlen. Ich würde ihm niemals verzeihen. Ich würde ihn hassen, genau wie ich weiß, daß er mich haßt.«

»Nein«, versuchte Berdine sie zu besänftigen, »das ist nicht wahr. Er haßt Euch nicht. Lord Rahl mag verwirrt sein oder gekränkt, dennoch wäre er niemals fähig, Euch zu hassen.«

»Trotzdem tut er es. Er haßt mich für das, was ich getan habe. Das ist der zweite Grund, weshalb ich ihn nie wieder in die Arme schließen kann – ich habe ihn zu sehr verletzt. Wie sollte ich ihm je wieder unter die Augen treten? Ich könnte es nicht. Ich könnte ihn nie wieder bitten, mir zu vertrauen.«

Berdine legte ihr einen Arm um den Hals und zog sie an ihre Schulter. »Verschließt Euer Herz nicht, Kahlan. Bitte, nur das nicht.

Ihr seid eine Schwester des Strafers. Als Eure Schwester bitte ich Euch, tut es nicht.«

»Es ändert nichts«, erwiderte Kahlan leise. »Ich kann ohnehin nicht mit ihm zusammensein, ganz gleich, was ich vielleicht denke, wünsche oder hoffe. Ich muß ihn vergessen. Die Seelen haben mich gezwungen, Drefan zu heiraten. Ich habe ihm und den Seelen meinen Eid geschworen, im Tausch gegen die Rettung von Menschenleben. Ich muß den Eid, den ich geleistet habe, respektieren. Und Richard muß meinen Eid ebenfalls respektieren.«

26. Kapitel

Wecke ihn! befahl die Stimme in ihrem Kopf.

Verna schrie. Es war, als wäre sie über und über mit Wespen bedeckt, die alle gleichzeitig zustachen. Vollkommen außer sich schlug sie sich auf Arme, Schultern, Beine und Gesicht. Von Panik ergriffen, schrie sie und schlug um sich, immer und immer wieder.

Wecke ihn! erklang die Stimme abermals in ihrem Kopf.

Die Stimme Seiner Exzellenz.

Verna schnappte sich einen Lappen aus dem Eimer. Sie drehte Warrens Kopf herum. Er lag mit dem Gesicht auf dem Tisch, die Arme ausgestreckt, bewußtlos. Sie betupfte ihm mit dem nassen Lappen die Wangen, seine Stirn. Mit zitternden Fingern strich sie ihm das Haar nach hinten. Er war nicht lange bewußtlos gewesen, daher hatte sie gute Chancen, ihn wieder zu sich zu bringen.

»Warren. Warren, bitte wach auf. Warren!«

Er stöhnte im Fieberwahn. Sie preßte ihm den Lappen auf die Lippen. Mit der anderen Hand rieb sie ihm den Rücken und gab ihm einen Kuß auf die Wange. Es brach ihr das Herz, zu sehen, wie ihn die Schmerzen so quälten, nicht nur die des Traumwandlers, sondern auch die der Gabe, die außer Kontrolle geraten war. Sie legte ihm die Finger in den Nacken und ließ einen warmen Strom ihres Han in seinen Körper fließen, in der Hoffnung, das werde ihm Kraft geben und ihn zu Bewußtsein bringen.

»Warren«, greinte sie, »wach bitte auf. Bitte, wach auf, mir zuliebe, sonst gerät Seine Exzellenz in Zorn. Bitte, Warren.«

Die Tränen liefen ihr übers Gesicht. Sie scherte sich nicht darum. Sie mußte nur Warren aufwecken, sonst würde Seine Exzellenz sie beide leiden lassen. Nie hätte sie geahnt, daß Widerstand so zwecklos sein konnte. Und nie hätte sie gedacht, daß man sie so leicht überzeugen könnte, alles zu verraten, an das sie glaubte.

Sie konnte ihre Lieben nicht einmal dadurch schützen, daß sie sich selbst tötete. Versucht hatte sie es. Und wie sie es versucht hatte! Er ließ es nicht zu. Er wollte sie lebend, damit sie für ihn arbeiten konnten.

Jetzt wußte sie, es mußte stimmen: Richard war tot. Die Bande zu ihm waren gerissen, und sie waren dem Traumwandler schutzlos ausgeliefert. Er drang nach Belieben in ihren Verstand ein. Mit beängstigender Leichtigkeit zwang Jagang ihr seinen Willen auf. Es war, als hätte sie nicht einmal mehr die Kontrolle über ihre einfachsten Handlungen. Wenn Jagang es wollte, hob sich ihr Arm, und ihr blieb nichts anderes übrig, als tatenlos dabei zuzusehen. Er beherrschte ihren Gebrauch des Han. Ohne die Bande war sie machtlos.

Warren gab erneut ein halbbewußtloses Ächzen von sich. Endlich bewegte er sich wieder aus eigener Kraft. Offenbar war nur Verna imstande, ihn zu wecken, wenn die Gabe ihm das Bewußtsein raubte. Nur deshalb hatte Jagang sie nicht in die Zelte geschickt.

Die innige Verbindung zu ihr genügte, um Warren wachzurütteln. Sie wußte, es war gefährlich, ihn zu wecken, wenn die Gabe ihm das Bewußtsein raubte – was diese tat, um sein Durchhaltevermögen zu stärken, bis er geeignete Hilfe fand –, aber sie hatte keine Wahl. Sie weckte ihn mit ihrer Liebe und brachte ihn auf diese Weise dem Tod einen kleinen Schritt näher. Jagang scherte das alles nicht, solange Warren tat, was man ihm befahl.

»Verzeih«, murmelte Warren. »Ich … ich konnte nicht …«

»Ich weiß«, tröstete ihn Verna. »Ich weiß. Wach jetzt auf. Seine Exzellenz wünscht, daß wir weiterarbeiten. Wir müssen weiterarbeiten.«

»Ich … kann nicht. Ich kann nicht, Verna. Mein Kopf –«

»Bitte, Warren.« Verna konnte ihre Tränen nicht länger zurückhalten. Der Schmerz von eintausend Wespen, die am ganzen Körper gleichzeitig zustachen, machte es unmöglich, stillzuhalten. Sie zuckte unablässig. »Du weißt, wie er uns bestrafen wird, Warren. Bitte, Warren, du mußt wieder an die Bücher. Ich hole sie hierher. Sag mir einfach, welche du brauchst. Ich werde sie dir holen.«

Er nickte und stemmte sich hoch. Er wurde zusehends wacher. Verna schob die Lampe zu ihm hin und drehte den Docht nach oben. Sie zog das Buch heran, in dem er gelesen hatte, bevor er ohnmächtig geworden war, und tippte auf die Seite.

»Hier, Warren. Hier. Das ist die Stelle, an der du warst. Seine Exzellenz möchte wissen, was das bedeutet.«

Warren preßte sich die Fäuste an die Schläfen. »Ich weiß es nicht! Bitte, Exzellenz, ich weiß es nicht. Ich kann die Visionen der Propheten nicht nach Belieben herbeirufen. Ich bin noch kein Prophet. Ich stehe erst am Anfang.«

Warren stieß einen Schrei aus und krümmte sich auf seinem Stuhl.

»Ich werde es versuchen! Ich werde es versuchen! Bitte, laßt es mich versuchen!«

Warren schnaufte, als der quälende Schmerz nachließ. Er beugte sich über das Buch und leckte sich über die Lippen. Seine Finger zitterten, als er sie auf das Buch legte und der Zeile mit den Worten folgte, den Worten der Prophezeiung.

»›Eine beschönigende Sicht der Vergangenheit‹«, murmelte er, für sich selbst lesend. »›Eine beschönigende Sicht der Vergangenheit leistet derselben, zu einem neuen Zweck entstellten Geringschätzung Vorschub, denn ein neuer Herrscher …‹ Gütiger Schöpfer, ich habe keine Ahnung, was das bedeutet. Bitte, gib mir die Vision ein.«

Clarissa blickte hinaus in die Finsternis, als die Kutsche schaukelnd stehenblieb. Die Luft hing voller Staub, der sie wie ein Gespenst begleitete. Unmittelbar vor dem Kutschenfenster erhob sich eine steinerne Festung. Es war dunkel, und sie konnte nicht das ganze Gebäude erkennen, aber was sie sah, ließ ihr Herz heftig pochen.

Sie wartete, die Finger ineinanderflechtend, bis der Soldat den Schlag öffnete.

»Clarissa«, meinte er leise. »Wir sind da.«

Clarissa ergriff seine Hand, als sie in die tiefschwarze Nacht hinausstieg. »Danke, Walsh.«

Der andere von Nathans Soldatenfreunden, ein Mann namens Bollesdun, wartete oben auf dem Bock des Kutschers und hielt die Zügel straff.

»Beeilt Euch«, bat Walsh. »Nathan hat gesagt, er möchte nicht, daß Ihr Euch dort länger als ein paar Minuten aufhaltet. Wenn irgend etwas schiefgeht, werden wir beide allein Euch kaum raushauen können.«

Sie wußte, daß das stimmte. Die Zahl der Zelte, an der sie vorbeigeritten waren, hatte sie überwältigt und bestürzt. Verglichen mit den Soldatenmassen hier waren die Horden, die Renwold überrannt hatten, ein Nichts gewesen.

Clarissa zog sich die Kapuze ihres Gewandes über. »Seid ganz unbesorgt, ich werde schon nicht herumtrödeln. Nathan hat mir genau erklärt, was ich zu tun habe.«

Sie raffte ihre Gewand zusammen. Sie hatte es Nathan versprochen. Er hatte so viel für sie getan. Er hatte ihr das Leben gerettet. Sie würde ihm diesen Gefallen tun, damit andere nicht sterben mußten.

So verängstigt sie war, für Nathan würde sie alles tun. Auf der ganzen Welt gab es keinen besseren Mann. Keinen Mann, der gütiger war, mitfühlender oder mutiger.

Walsh ging neben ihr, als sie ein eisernes Fallgitter passierten und kurz darauf in einen Durchgang unter einem Faßgewölbe traten. Zwei brutal aussehende Posten in Fellumhängen und mit scheußlich aussehenden Waffen behangen standen neben einer zischenden Fackel.

Clarissa hielt ihren Umhang fest geschlossen und hatte die Kapuze tief ins Gesicht gezogen. Den Kopf hielt sie so, daß die Posten sie im Schatten nicht erkennen konnten. Sie überließ das Reden Walsh, wie man sie angewiesen hatte.

Walsh deutete mit einer knappen Handbewegung auf sie. »Die Abgesandte des Generalbevollmächtigten seiner Exzellenz, Lord Rahl«, sagte er mit mürrischem Unterton, als sei er darüber unglücklich, daß ihm diese Aufgabe zugefallen war.

Der bärtige Wachmann grunzte. »Ich weiß schon Bescheid.« Er deutete mit dem Daumen auf die Tür. »Geht rein. Offenbar werdet ihr bereits erwartet.«

Walsh zog seinen Waffengurt zurecht. »Gut. Ich muß sie heute nacht noch zurückfahren. Soll man das für möglich halten? Sie lassen uns nicht mal Zeit bis morgen. Dieser Lord Rahl ist so fordernd, wie man sich nur denken kann.«

Der Posten grunzte und schien nur zu gut zu verstehen, wieviel Verdruß eine Nachtschicht bedeuten konnte.

»Und, ach«, fügte Walsh hinzu, als sei es ihm eben erst eingefallen, »Lord Rahl wollte außerdem wissen, ob diese Abgesandte Seiner Exzellenz im Namen von Lord Rahl ihre Aufwartung machen kann.«

Der Posten zuckte die Achseln. »Tut mir leid. Jagang ist heute morgen aufgebrochen. Er hat fast alle mitgenommen. Hat nur ein paar Leute hiergelassen, die sich um alles kümmern sollen.«

Clarissa verließ vor Enttäuschung der Mut. Nathan hatte gehofft, Jagang sei hier, hatte aber gleich dazugesagt, vermutlich sei Jagang nicht so unklug. Es war nicht Jagangs Art, sein Leben den unbekannten Fähigkeiten eines so mächtigen Zauberers wie Nathan auszusetzen.

Walsh nahm Clarissas Arm und schob sie weiter, während er dem Posten gutgelaunt einen Klaps auf die Schulter gab. »Danke.«

»Klar. Geht einfach rein, den Gang entlang. Dort erwartet dich eine dieser Frauen. Vorhin lief sie noch bei der zweiten Fackelgruppe hin und her.«

Walsh und Bollesdun waren Soldaten der Imperialen Ordnung, und auch mit anderen Soldaten hatten sie keinerlei Schwierigkeiten. Clarissa wagte nicht, sich vorzustellen, was sonst die beiden Male mit ihr passiert wäre, als Truppen die Kutsche angehalten hatten, um sie über ihre Mission auszufragen. Walsh und Bollesdun hatte es keine große Mühe gekostet, sie durch die Kontrollpunkte zu bringen.

Clarissa erinnerte sich allzugut, was mit den Frauen in Renwold geschehen war. Die Greuel, die man Manda Perlin bei der Eroberung Renwolds durch die Imperiale Ordnung zugefügt hatte, bereiteten ihr noch immer Alpträume. Und das alles war auf dem Fußboden, gleich neben ihrem ermordeten Gatten Rupert, geschehen.

Ihre Schritte hallten durch den steinernen Gang, den sie entlangeilten. Es war ein dunkler, feuchtkalter, deprimierender Ort. Bis auf ein paar Holzbänke hatte er keinerlei Annehmlichkeiten zu bieten. Es war ein Gebäude für Soldaten.

Wie der Posten gesagt hatte, wartete die Frau bei der zweiten Fackelgruppe.

»Ja«, fragte die Frau. »Was gibt's?«

Als Clarissa vor der Frau stehenblieb, erkannte sie im Schein der Fackeln, daß ihr Gesicht übel zugerichtet war. Es wies gräßliche Platzwunden und blaue Flecken auf. Ihre Unterlippe war auf einer Seite zur doppelten Dicke angeschwollen. Selbst Walsh wich ein Stück zurück.

»Ich bin mit Schwester Amelia verabredet. Der Generalbevollmächtigte Seiner Exzellenz schickt mich.«

Die Frau sackte erleichtert in sich zusammen. »Gut. Ich bin Schwester Amelia. Ich habe das Buch. Hoffentlich sehe ich es nie wieder.«

»Der Generalbevollmächtigte Seiner Exzellenz hat mir darüber hinaus aufgetragen, in seinem Namen einer alten Freundin von ihm meine Aufwartung zu machen, Schwester Verna. Befindet sie sich hier?«

»Also, ich weiß nicht, ob ich –«

»Seine Exzellenz wird sehr ungehalten sein, wenn man mir nicht erlaubt, sie zu sehen, und sein Generalbevollmächtigter ihn davon in Kenntnis setzt, daß sein Anliegen auf so rüde Weise von einer Sklavin abgewiesen wurde. Ich bin selbst Sklavin im Dienste Seiner Exzellenz und muß Euch sagen, die Verantwortung dafür werde ich nicht übernehmen.«

Clarissa kam sich töricht vor bei diesen Worten, aber wie Nathan ihr versichert hatte, schienen sie Wunder zu wirken.

Schwester Amelias Blick heftete sich auf den goldenen Ring in Clarissas Unterlippe. Ihre Unschlüssigkeit schwand. »Natürlich. Bitte folgt mir. Das Buch wird jedenfalls hier aufbewahrt.«

Walsh, dessen Hand nahe am Heft seines Schwertes lag, neben sich, folgte Clarissa Schwester Amelia weiter ins Innere der bedrückenden Festung. Sie gingen einen langen Gang entlang, bogen dann ab. Clarissa paßte unterwegs genau auf, damit sie, für den Fall, daß sie schnell verschwinden mußten, nicht den falschen Weg einschlug und sich hier verirrte.

Vor einer Tür blieb Schwester Amelia stehen und sah Clarissa einen winzigen Augenblick lang an, bevor sie den Riegel anhob und sie hineinbat. Drinnen hielten sich ein Mann und eine Frau auf: Er saß an einem einfachen Brettertisch und las in einem Buch, das aufgeschlagen vor ihm lag, sie sah ihm dabei über die Schulter.

Die Frau blickte kurz auf. Sie war ein wenig älter als Clarissa und mit ihrem braunen lockigen Haar recht anziehend. Auf Clarissa machte sie den Eindruck, einst Autorität besessen zu haben, bevor man sie durch Erniedrigungen gebrochen hatte. Sie wirkte gequält. Ob es gefühlsmäßige oder körperliche Qualen waren, vermochte Clarissa nicht zu sagen.

Schwester Amelia streckte die Hand aus. »Das ist Verna.«

Verna richtete sich auf. Sie hatte einen Goldring in der Lippe, den gleichen wie Schwester Amelia, den gleichen wie Clarissa. Der Mann mit dem blonden, zerzausten Haar wandte sich nicht von seinem Buch ab. Er schien angestrengt in die Lektüre vertieft zu sein.

»Freut mich, Euch kennenzulernen«, sagte Clarissa.

Verna wandte sich wieder dem Mann und dem Buch zu.

Clarissa schob ihre Kapuze zurück und wandte sich an Schwester Amelia. »Das Buch.«

Diese verbeugte sich. »Natürlich. Gleich hier drüben.«

Sie eilte zu einem Regal. Der Raum war nicht groß. Vor einer der Steinquaderwände stand ein grob gezimmertes Regal mit Büchern. Es waren kaum einhundert. Nathan hatte gehofft, es wären sehr viel mehr. Nathan hatte allerdings erwartet, daß Jagang nicht viele seiner Beutestücke zusammen an ein und demselben Ort aufbewahrte.

Schwester Amelia zog einen Band aus dem Regal und legte ihn auf den Tisch. Allein die Berührung schien ihr unangenehm zu sein.

»Das ist es.«

Der Einband war, wie Nathan ihn ihr beschrieben hatte: in einem eigenartigen Schwarz gehalten, das das Licht im Raum aufzusaugen schien. Clarissa klappte den Deckel auf.

»Was tut Ihr da?« rief Schwester Amelia und trat näher heran.

Clarissa sah auf. »Man hat mir erklärt, wie ich mich davon überzeugen soll, daß es sich um das richtige Buch handelt. Bitte überlaßt das mir.«

Schwester Amelia trat händeringend zurück. »Natürlich. Aber ich kann Euch nur zu gut bestätigen, daß es sich um das richtige Buch handelt. Es ist das, mit dem Seine Exzellenz sich einverstanden erklärt hat.«

Vorsichtig blätterte Clarissa die erste Seite um, während Schwester Amelia sich nervös mit der Zunge über die Lippen fuhr. Verna verfolgte das Ganze aus den Augenwinkeln.

Clarissa griff in ihr Gewand und zog den kleinen Lederbeutel mit

Pulver hervor, den Nathan ihr mitgegeben hatte. Sie streute es über die aufgeschlagene Seite. Worte wurden sichtbar:

Den Winden übergeben von Zauberer Ricker.

Es war das Buch, dessentwegen sie hergekommen war. Den Namen des Zauberers hatte Nathan nicht gewußt, er hatte ihr jedoch erklärt, dort werde ›Den Winden übergeben von‹ stehen, gefolgt von einem Namen. Sie klappte es zu.

»Schwester Amelia, würdet Ihr uns bitte einen Augenblick alleine lassen?«

Die Frau verbeugte sich und verließ eilig den Raum.

Verna runzelte die Stirn, während sie sich abermals aufrichtete. »Was hat das zu bedeuten?«

»Dürfte ich mir bitte Euren Ring ansehen?«

»Meinen Ring?«

Schließlich hielt Verna ihr seufzend die Hand hin und zeigte Clarissa den Ring an ihrem Ringfinger. Er trug das Sonnenaufgangssymbol, wie Nathan es ihr beschrieben hatte.

»Warum wollt Ihr –« Verna bemerkte zum ersten Mal Clarissas Bewacher. Sie riß die Augen auf. »Walsh?« Warren hob den Kopf.

Walsh lächelte. »Wie geht es Euch, Prälatin?«

»Nicht besonders gut.«

Clarissa trat näher. Der Mann, Warren, wirkte verstört.

»Lord Rahl hat mich geschickt, um dieses Buch zu holen.« Clarissa bedachte Verna und Warren mit einem bedeutungsvollen Blick. »Ich bin Lord Rahl über die Bande verbunden.«

»Richard ist tot«, erwiderte Verna mit flacher, tonloser Stimme.

»Ich weiß. Ich wurde dennoch von Lord Rahl geschickt. Von Nathan Rahl, dem Herrscher D'Haras. Er bat mich, seine Empfehlungen zu überbringen.«

Verna klappte das Kinn herunter. Warrens Stuhl scharrte über den Boden, als er sich hastig erhob.

»Habt Ihr verstanden?« fragte Clarissa besorgt. »Wenn, dann solltet Ihr Euch beeilen.«

»Aber, Nathan … wir können doch unmöglich …«

»Nun«, setzte Clarissa hinzu, »ich muß zurück zu *Lord Rahl.* Er erwartet mich. Ich habe eine Kutsche, und ich muß schnellstens fort von hier.«

Vernas Blick ging hoch zu Walsh. Er nickte ihr zu.

Sie fiel auf die Knie. Sie schnappte nach Warrens violettem Gewand und zog ihn neben sich herunter.

»Mach schon, Warren!« Sie faltete die Hände und senkte den Kopf. Die Worte sprudelten nur so aus ihr heraus. »Herrscher Rahl, führe uns. Herrscher Rahl, beschütze uns. In deinem Licht gedeihen wir. In deiner Gnade finden wir Schutz. Deine Weisheit erfüllt uns mit Demut. Wir leben nur, um zu dienen. Unser Leben gehört dir.«

Warren sprach die Worte ebenfalls, wenn auch mit einer kleinen Verzögerung.

Verna verharrte wie erstarrt einen Augenblick auf den Knien, die Hände immer noch zum Gebet gefaltet. Plötzlich stieß sie einen Freudenschrei aus. Sie lachte wie eine Irre.

»Dem Schöpfer sei Dank! Meine Gebete wurden erhört! Ich bin frei! Er ist fort! Ich spüre, daß er aus meinen Gedanken verschwunden ist!«

Clarissa seufzte erleichtert. Nathan hatte sie gewarnt, wenn Verna dies nicht gelänge, müßte sie auf der Stelle sterben.

Verna und Warren umarmten sich weinend vor Freude. Clarissa packte sie beide und drängte sie aufzustehen.

»Wir müssen fort von hier, aber vorher möchte Lord Rahl, daß ich noch etwas erledige. Ich muß nach einigen Büchern suchen.«

»Nach Büchern?« fragte Warren. »Nach welchen Büchern?«

»Der Zwilling des Berges, Sellerons Siebente Aufgabe, Das Buch der Umkehrung und Verdopplung und *Zwölf letzte Worte zur Vernunft.«*

Warren wandte sich den Büchern auf dem Tisch zu. *»Zwölf letzte Worte,* das ist dieses hier. Ich glaube, ein paar von den anderen habe ich ebenfalls gesehen.«

Clarissa ging zu den Regalen. »Helft mir suchen. Nathan möchte wissen, ob sie sich hier befinden. Er muß es unbedingt wissen.«

Zusammen überflogen sie die Titel auf den Buchrücken und waren gezwungen, mehrere herauszuziehen und aufzuschlagen, bei denen er außen nicht draufstand. Sie fanden alle, bis auf *Das Buch der Umkehrung und Verdoppelung.*

Clarissa klopfte sich den Staub von den Händen. »Das wird genügen müssen. Nathan sagte, möglicherweise befänden sie sich nicht alle hier. Wenn nur eines fehlt, ist das mehr, als wir erhoffen konnten.«

»Was hat Nathan mit den Büchern vor?« wollte Warren wissen.

»Er möchte verhindern, daß sie Jagang in die Hände fallen. Er sagt, es sei gefährlich, wenn der Traumwandler sie in die Finger bekäme.«

»Sie können alle gefährlich werden«, meinte Verna.

»Das überlaßt nur mir«, sagte Clarissa und schob das Buch auf dem Tisch wieder zurück an einen leeren Platz im Regal. »Nathan mußte nur wissen, welche von ihnen sich hier befinden. Jetzt können wir gehen.«

Verna hielt Clarissa am Ärmel fest. »Zwei Freundinnen von mir sind noch hier. Wir müssen sie mitnehmen. Ihr habt gesagt, Ihr hättet eine Kutsche. Wir könnten alle zusammen fliehen.«

»Wer denn?« fragte Walsh.

»Janet und Amelia.«

Walsh gab ein wissendes Brummen von sich, als Clarissa zur Tür hinüberblickte. »Aber Nathan hat gesagt –«

»So versteht doch, wenn sie auch den Eid auf … auf Lord Rahl leisten, können sie fliehen.« Verna berührte den Ring in Clarissas Unterlippe. »Ihr macht Euch keine Vorstellung, was die Frauen hier erdulden müssen. Habt Ihr Amelias Gesicht gesehen?«

»Ich weiß durchaus, wie sie einen behandeln«, erwiderte Clarissa leise und erinnerte sich an die grauenhaften Bilder aus Renwold. »Werden sie den Eid leisten?«

»Selbstverständlich. Würdet Ihr das nicht, wenn Ihr dadurch von hier fliehen könntet?«

Clarissa schluckte. »Dafür würde ich alles tun.«

»Dann beeilt Euch«, drängte Warren. »In der Kutsche ist genug Platz, aber wir müssen uns eilen.«

Mit einem kurzen Nicken schlüpfte Verna zur Tür hinaus.

Während Verna die beiden anderen holen ging, öffnete Clarissa die Spange an der dünnen Goldkette um ihren Hals. Warren sah stirnrunzelnd zu, wie Clarissa einem der unteren Regale ein Buch entnahm und es dann auf den Tisch legte.

Clarissa legte das Medaillon in die Lücke. Vorsichtig klappte sie es auf. Mit einem Finger schob sie es bis ganz nach hinten an die Wand. Sie winkte Warren herbei. Er gab ihr das Buch zurück, das sie herausgenommen hatte. Clarissa schob es an seinen Platz zurück.

»Was habt Ihr getan?« fragte Warren.

»Was Nathan mir aufgetragen hat.«

Verna kam in den Raum geplatzt, zwei strahlende Frauen an den Händen. Eine von ihnen war die mit dem zerschundenen Gesicht, Schwester Amelia.

»Sie haben den Eid geschworen«, rief Verna ganz außer Atem. »Sie sind Lord Rahl über die Bande verpflichtet. Und jetzt nichts wie fort von hier.«

»Wird auch Zeit«, meinte Walsh. Für Verna hatte er ein kleines Lächeln übrig. Für Clarissa stand sofort fest, daß die beiden sich kannten.

Walsh nahm Clarissas Arm, dann führten sie die anderen nach draußen, um denselben Weg durch die Festung zurückzugehen, den sie gekommen waren. Das dunkle, nässende Gestein stank nach Moder. Im Innern der Festung begegneten sie nur wenigen Wachen, da die meisten mit Jagang fortgezogen waren.

Nathan hatte erzählt, Jagang reise stets mit großer Begleitung und führe große runde Zelte mit, die alle Annehmlichkeiten eines Palastes boten. Unter den Zurückgelassenen schien es einige vereinzelte Offiziere und Wachen zu geben sowie einige jener Frauen, die Jagang und seinen Truppen als Sklavinnen dienten.

Sie bogen um eine Ecke, da kam ihnen eine dieser Sklavinnen mit zwei dampfenden Töpfen entgegen, dem Geruch nach gefüllt mit Lammeintopf. Sie war genauso gekleidet wie die anderen Frauen, die Clarissa gesehen hatte – außer Verna. Die Kleider, die sie trugen, wie im Fall von Janet und Amelia, hatten in Clarissas Augen mit Bekleidung nichts zu tun. Genausogut hätten die Frauen nackt herumlaufen können.

Als die Frau aufblickte und sie, insbesondere Walsh, kommen sah, wich sie unwillkürlich zum Rand des Flures aus, um ihnen Platz zu machen.

Clarissa blieb schlagartig stehen und starrte die Frau an, deren Blick auf den Boden gerichtet war.

»Manda?« erkundigte sich Clarissa leise. »Manda Perlin, seid Ihr das?«

Manda hob den Kopf. »Ja, Herrin?«

»Manda, ich bin es, Clarissa. Aus Renwold. Ich bin Clarissa.«

Die junge Frau musterte Clarissa von Kopf bis Fuß, ihr teures Kleid, ihren Schmuck, das zu Locken aufgedrehte Haar. Mandas und Clarissas Blicke trafen sich, und erstere riß die Augen auf.

»Seid Ihr es wirklich, Clarissa?«

»Aber ja.«

»Ich habe Euch kaum … wiedererkannt. Ihr seht so … anders aus. Ihr seht so …« Alle Lebendigkeit wich aus ihrem Gesicht. »Hat man Euch denn auch zu Hause gefangengenommen? Wie ich sehe, tragt Ihr einen Ring.«

»Nein. Ich wurde nicht gefangengenommen.«

Mandas Augen füllten sich mit Tränen. »Das ist gut. Ich bin so froh, daß sie Euch dort nicht erwischt haben. Es war –«

Clarissa schloß die junge Frau in die Arme. Während all der Jahre, die Clarissa sie kannte, hatte Manda nie so viele Worte zu ihr gesagt, und die sie gesagt hatte, waren nicht nett gewesen. Sie hatte

Manda für ihre grausamen Bemerkungen, für ihren derben Spott, ihre herablassenden Blicke stets gehaßt. Jetzt tat sie ihr leid.

»Wir müssen fort von hier, Manda. Wollt Ihr mit uns kommen?«

Verna packte Clarissas Arm. »Das geht auf gar keinen Fall!«

Clarissa funkelte Verna wütend an. »Ich bin gekommen, weil ich Euch retten wollte. Ich erlaube Euch, Eure Freundinnen mitzunehmen. Dann möchte ich meine Freundin ebenfalls hier rausschaffen.«

Seufzend ließ Verna Clarissas Arm los. »Ja, natürlich.«

»Freundin?« jammerte Manda, während ihr Gesicht sich in unsäglichem Kummer verzog.

»Ganz recht«, antwortete Clarissa. »Ich könnte euch ebenfalls hier rausschaffen.«

»Das würdet Ihr für mich tun? Nachdem ich Euch so oft ...« Schluchzend schlang Manda die Arme um Clarissa. »Ach ja. Bitte, Clarissa. Bitte, Clarissa, laßt mich mit Euch gehen!«

Clarissa packte die Frau bei den Handgelenken und schob sie von sich. »Dann hört aufmerksam zu. Ich gebe Euch nur eine einzige Chance. Mein Herr und Meister verfügt über Magie, die Euren Geist vor dem Traumwandler beschützen kann. Ihr müßt einen Eid auf ihn schwören. Ihr müßt ihm treu ergeben sein.«

Manda ließ sich auf die Knie fallen und krallte sich in Clarissas Kleid. »Ja, ich schwöre.«

»Dann sprecht diese Worte. Ihr müßt sie von ganzem Herzen ehrlich meinen.«

Clarissa sagte das Gebet auf und hielt immer wieder inne, damit Manda die Worte nachsprechen konnte. Nachdem sie geendet hatte, halfen Verna und Clarissa der schluchzenden Frau auf die Beine.

Sie hatte sich stets von Manda einschüchtern lassen, hatte sich immer vor ihrem Spott gefürchtet. Wie oft hatte Clarissa gesenkten Hauptes die Straßenseite gewechselt, um Mandas Aufmerksamkeit zu entgehen?

»So beeilt Euch doch«, drängte Walsh. »Nathan hat gesagt, wir sollen so schnell wie möglich von hier verschwinden.«

Am Eingang mußte Walsh eine Geschichte über den Generalbevollmächtigten Seiner Exzellenz erfinden, den es nach ein paar Frauen verlangte. Der Posten faßte die nahezu nackten Frauen scharf ins Auge, grinste wissend und klopfte Walsh kameradschaftlich auf die Schulter.

Sie zwängten sich alle in die Kutsche, während Walsh nach oben zu Bollesdun auf den Fahrerbock kletterte. Als die Kutsche anruckte und sich in Bewegung setzte, drückte Clarissa Janet und Manda in der Mitte auf den Fußboden, damit sie die lederbezogene Sitzbank hochklappen konnte. Sie zog einen langen Umhang heraus. Sie hatte nur einen zusätzlichen dabei, da sie davon ausgegangen waren, daß sie nur Warren und Verna retten würden. Weil Verna einen eigenen Umhang hatte, gab Clarissa Manda den überzähligen Umhang und holte für Janet und Amelia Decken heraus. Die drei Frauen waren überglücklich, endlich ihre Blöße bedecken zu können.

Clarissa saß am Ende der Sitzbank und hielt das seltsame schwarze Buch umklammert, dessentwegen Nathan sie hergeschickt hatte. Amelia saß am anderen Ende, und Manda in der Mitte schmiegte sich trostsuchend an Clarissa.

Manda weinte sich unablässig an ihrer Schulter aus und bedankte sich überschwenglich. Clarissa legte einen Arm um sie und erklärte ihr, sie habe ihrer Dankbarkeit jetzt genug Ausdruck verliehen. Trotzdem war es ein schönes Gefühl, zu sehen, wie die ach so schöne Manda Perlin zur Abwechslung einmal zu Clarissa aufsah, statt auf sie herabzublicken. Und das alles wegen Nathan. Er hatte ihr Leben völlig verändert – und alles andere auch.

Dreimal mußten sie haltmachen, während Soldaten die Kutsche durchsuchten. Einmal zwangen die Soldaten sie, auszusteigen und sich zu ihrem Vergnügen in einer Reihe aufzustellen. Decken und Umhänge mußten in der Kutsche bleiben, während Janet, Amelia und Manda gezwungen wurden, zur Begutachtung hinauszuklettern.

Walsh erklärte in äußerst derben Worten, was er mit den Sklavinnen zu tun gedachte – daß er sie für den Generalbevollmächtigten Seiner Exzellenz befördere, der sich mit ihnen zu vergnügen beabsichtige. Die Soldaten gaben sich mit Walshs Erklärung zufrieden und ließen sie passieren.

Am Hafen bogen sie nach Norden ab und fuhren die Küstenstraße hinauf. Clarissa seufzte erleichtert, als die letzten Lagerfeuer und Zelte hinter ihnen in der Ferne verschwanden. Erst als sie die Kuppe eines Hügels erreichten, fast eine Stunde, nachdem sie auf den letzten Soldaten gestoßen waren, erhellte der Blitz den Himmel hinter ihnen.

Clarissa vernahm einen Jubelschrei vom Fahrerbock. Walsh, sich mit einer Hand an einem Geländer festhaltend, beugte sich herunter und schob sich ein Stück zum Fenster herein.

»Gute Arbeit, Clarissa! Ihr habt es geschafft!«

Sie strahlte. Er schwang sich wieder nach oben und brüllte zusammen mit Bollesdun seinen Jubel in die Nachtluft. Just in diesem Augenblick erreichte sie das dumpfe Donnergrollen und ließ Manda vor Schreck hochfahren.

Verna, die gegenüber in der Mitte saß, erzeugte eine Flamme in ihrer offenen Hand und beugte sich zu Clarissa vor. »Arbeit? Was habt Ihr denn getan?«

Clarissa tätschelte das tintenschwarze Buch auf ihrem Schoß. »Nathan bat mich, dieses Buch zu holen. Alle zurückbleibenden sollten vernichtet werden. Er meinte, sie seien durchweg gefährlich, seitdem Ihr, aber vor allem Warren, Jagang die Bedeutung der Prophezeiungen in ihnen verraten habt. Nathan wollte verhindern, daß der Traumwandler das Wissen für sich nutzen kann.«

»Verstehe«, sagte Verna. »Dann war es wohl ein Glück für uns, daß wir uns bereit erklärt haben, ... *Lord Rahl* den Treueschwur zu leisten und Euch zu begleiten.«

Clarissa nickte. »Nathan meinte, ich sollte Euch die Chance bieten, in jedem Fall aber sollte ich das Medaillon öffnen und es dort verstecken. Die Tatsache, daß Jagang sowohl Warren als auch die Prophezeiungen in seiner Gewalt hatte, hätte alles ruinieren können, falls Ihr Jagang etwas Wichtiges enthüllt.«

Verna blies resigniert die Wangen auf. Sie und Warren sahen sich an.

»Ich kann kaum glauben, daß ich nach all der Zeit den Propheten endlich kennenlernen soll«, meinte Warren. »Es ist noch nicht lange her, da hatte ich die Hoffnung bereits aufgegeben, und jetzt …«

Verna schnalzte spöttisch. »Vom Regen in die Traufe. Ich kann nicht glauben, daß ich diesem verrückten alten Kerl die Treue geschworen habe.«

Clarissa beugte sich vor. »Nathan ist wundervoll. Er ist nicht alt.«

Verna lachte schallend. »Ihr habt ja keine Ahnung, Kind.«

»Und verrückt ist er ebenfalls nicht. Nathan ist der gütigste, wunderbarste, großzügigste Mann, der mir je begegnet ist.«

Verna blickte hinunter auf Clarissas Busen, dann wieder hoch in ihre Augen. Sie hatte diesen Blick im Gesicht, an den Clarissa sich inzwischen gewöhnt hatte.

»Ja, mein Kind, so wird es sein.«

»Ihr hättet keinem besseren Mann Treue und Ergebenheit schwören können«, setzte Clarissa hinzu. »Nathan ist nicht nur rücksichtsvoll und freundlich, er ist auch ein mächtiger Zauberer. Ich habe mit eigenen Augen mit angeschaut, wie er einen anderen Zauberer in ein Häuflein Asche verwandelt hat.«

Verna runzelte die Stirn. »Einen anderen Zauberer?«

Clarissa nickte. »Er hieß Vincent. Vincent, ein weiterer Zauberer und zwei Schwestern, Jodelle und Willamina, statteten Nathan einen Besuch ab. Sie haben versucht, ihn zu verletzen. Daraufhin hat Nathan Vincent in ein Häuflein Asche verwandelt.«

Verna zog erstaunt die Braue hoch.

»Anschließend«, fuhr Clarissa fort, »waren sie alle sehr höflich zu Nathan, und Jagang erklärte sich einverstanden, das Buch« – dabei tippte sie auf den Band in ihrem Schoß – »Nathan zu überlassen. Jagang meinte, Nathan könne entweder das Buch oder Schwester Amelia bekommen. Und jetzt hat er beides. Nathan hat große Pläne. Eines Tages wird er die Welt beherrschen.«

Verna und Warren wechselten einen vielsagenden Blick. Clarissa sah Amelia an.

»Was ist das für ein Buch, Amelia?«

»Ich habe es aus dem Tempel der Winde gestohlen«, erklärte Amelia mit heiserer, belegter Stimme. »Daher bin ich die einzige, die es benutzen kann. Ich habe die Pest ausgelöst. Tausende haben wegen meiner Untat bereits den Tod gefunden. Auf diese Weise hat Jagang Richard vernichtet.

Dem Schöpfer sei Dank, daß wir Nathan haben, der uns über die Bande beschützt.«

»Gütiger Schöpfer«, meinte Verna leise, »auf was haben wir uns bloß mit unserem Eid auf einen Kerl wie Nathan eingelassen?«

27. Kapitel

Richard erhob sich vom Stuhl des Zauberers, als er die Seele bemerkte, die auf ihn zuschwebte. Er konnte keine bestimmte Seele herbeirufen, und nicht immer kannte er die, die ihn aufsuchten, bei dieser jedoch war es der Fall. Mit dieser verband ihn eine tiefe, persönliche Beziehung.

Die Person, die diese Seele einst gewesen war, hatte er verabscheut und gefürchtet. Ein einziges Mal nur hatte er sie verstanden, und erst nachdem er ihr das, was sie im angetan hatte, vergeben hatte, war es ihm möglich gewesen, Erlösung zu finden. Diese Seele hatte er getötet und sie durch diese Tat von ihrer Qual erlöst.

Dafür hatte die Seele Kahlan und Richard später an besagtem Ort zwischen den Welten zusammengeführt.

»Richard«, rief die Seele, die zu lächeln schien.

»Denna.«

»Wie ich sehe, trägst du einen Strafer. Aber nicht meinen.«

Richard schüttelte langsam den Kopf. »Er gehört einer anderen Mord-Sith, die durch meine Schuld gestorben ist.«

»Raina. Ich kannte sie in der Welt des Lebendigen, und hier kenne ich sie auch. Sie ist erst nach der Schändung des Tempels der Winde in die Welt der Seelen hinübergewechselt, deshalb ist es ihr nicht gestattet, dich hier aufzusuchen. Sie gehört nicht zu jenen, die Einfluß auf die beteiligten Kräfte haben, da sie dich und die Winde betreffen. Du sollst wissen, daß ihre Seele Frieden gefunden hat. Den hast du ihr schon im Leben gegeben, und deshalb hat sie mich gebeten, dich aufzusuchen.«

Richard rollte den Strafer zwischen seinen Fingern. »Euren Strafer habe ich Kahlan geschenkt. Wie ich Euch damals angekündigt habe, ist sie der einzige Mensch, der mir größeren Schmerz zufügen kann als Ihr.«

»Der einzige Mensch, der dir größeren Schmerz zufügen kann als ich, bist allein du selbst, Richard.«

»Ganz wie Ihr meint, ich will mich nicht streiten. Es tut gut, Euch zu sehen, Denna.«

»Vielleicht wirst du anderer Meinung sein, wenn ich mit dir fertig bin.«

Richard mußte lächeln, als ihr wahres Wesen selbst in ihrer Seelengestalt durchschimmerte. »Hier könnt Ihr mir nicht weh tun, Denna.«

»Glaubst du? Vielleicht nicht körperlich, aber weh tun kann ich dir ganz sicher.« Sie nickte, scheinbar zu sich selbst. »O doch, Richard. Ich kann dir weh tun.«

»Und wie das?«

Denna hob ihren Arm. »Ich kann dich zwingen, dich zu erinnern – und ich kann deine Erinnerung wieder Wirklichkeit werden lassen. Du und ich, wir haben eine gemeinsame Vergangenheit.«

Richard breitete die Hände aus. »Und welchen Sinn sollte das haben?«

Denna breitete ihre leuchtenden Arme aus. »Das liegt ganz bei dir, Richard.«

Ein Lichtblitz jagte durch seine Gedanken, dann verblaßte der Tempel der Winde in seinem Bewußtsein und war verschwunden. Er befand sich an einem Ort, den er wiedererkannte: das Schloß in Tamarang.

Er war tatsächlich wieder dort.

Er konnte das Entsetzen geradezu schmecken. Denna hatte ihn gefangengenommen. Sie hatte ihn tagelang gefoltert. Er hatte hohes Fieber und war geschwächt.

Jeder Schritt schmerzte, während er Denna durch den großen Speisesaal folgte. Seine Handgelenke waren von den Handschellen, mit denen sie ihn gewöhnlich an einen Dachbalken hängte, eingeschnitten und geschwollen. Sobald Denna stehenblieb, um sich mit jemandem zu unterhalten, richtete Richard den Blick wie gebannt auf ihren Zopf und wartete stumm hinter ihr.

Denna beherrschte sein Leben, sein Schicksal. Ihm war ausschließlich das erlaubt, was sie gestattete. Seit der Gefangennahme durch sie hatte er nichts mehr gegessen. Er sehnte sich danach, etwas zwischen die Zähne zu bekommen. Was auch immer.

Das Durcheinander aus Unterhaltungen und Gelächter der Gäste der Königin ringsum dröhnte ihm im Kopf. Auch Denna war Gast der Königin. Richard, am Ende einer Kette, die von dem Ring um seinen Hals bis zu seiner Herrin reichte, war Dennas Gefangener.

Sie hatte ihm während der tagelangen Folter nicht erlaubt zu essen, und jetzt konnte er es nicht mehr. Als sie an der Tafel Platz nahm, deutete Denna, mit den Fingern schnippend, hinter ihrem Stuhl auf den Fußboden. Richard ließ sich, erleichtert, daß man ihm diese winzige Annehmlichkeit gewährte, nieder. Er durfte sich ausruhen. Er hing nicht in den Handschellen, man zwang ihn nicht, die ganze Nacht zu stehen, er wurde nicht gefoltert.

Die Gäste waren sämtlich mit Speisen beschäftigt. Die köstlichen Düfte setzten ihm zu. Sein Hunger quälte ihn. Alle anderen aßen, er jedoch mußte hinter Dennas Rücken auf dem Fußboden kauern und zusehen, wie andere sich gütlich taten – an Dingen, die man ihm vorenthielt.

Richard dachte an die Zeiten, als er mit Kahlan zusammen an Lagerfeuern gesessen und über dem Feuer gebratenes Kaninchen oder mit Beeren gesüßten Haferbrei gegessen hatte. Er leckte sich die Lippen, wenn er an das saftige, heiße, zarte, außen vom Feuer braune und knusprige Fleisch dachte. Er hatte diese Mahlzeiten mit ihr sehr genossen. Das Essen und die Gesellschaft hätten nicht besser sein können.

Jetzt verwehrte man ihm dies alles und spannte ihn in das Joch einer anderen Frau.

Nachdem alle eine Weile gespeist hatten, brachte ein Tischdiener eine Schale mit Haferschleim. Denna befahl ihm, sie Richard hinunterzureichen. Er hielt sie in seinen zitternden Händen. Früher hätte er sie angewidert weggestoßen, jetzt aber war dies alles, was er hatte.

Man zwang ihn, den Inhalt auf den Boden zu leeren und wie ein Hund zu fressen, während ihm das Gelächter der Gäste in den Ohren klang. Ihm war es gleichgültig. Endlich erlaubte man ihm zu essen.

Haferschleim, etwas anderes bekam er nicht, in diesem Augenblick jedoch, in seinem Zustand quälender Gier, schmeckte er wundervoll – er bedeutete die Erlösung von dem nagenden Hunger, die Erlösung von der Qual, anderen beim Essen zusehen zu müssen, während er darbte, die Befriedigung eines schlichten, aber lange unerfüllt gebliebenen Bedürfnisses.

Er schleckte den Brei auf, fiel darüber her, schlang ihn hinunter. In seinem neuen Leben, auf das er keinen Einfluß hatte, war Flucht unmöglich, also beschloß er, wenn man ihm außer Haferschleim nichts zugestand, dann würde er diese Tatsache hinnehmen müssen und seinen Hunger mit dem stillen, was man ihm vorsetzte.

Der Lichtblitz jagte durch seinen Kopf.

Sein Stehvermögen ließ nach, fast schmerzhaft gingen die Farben verloren, und ringsum sah er wieder die gedämpften Nebelschwaden des Tempels der Winde.

Richard kauerte, vor Entsetzen keuchend, auf Händen und Knien am Boden. Dennas leuchtend weiße Seele ragte über ihm auf.

Sie hatte recht. Noch immer konnte sie ihm Schmerz zufügen. Diesmal jedoch hatte sie es aus Liebe getan.

Richard erhob sich schwankend auf die Beine. Wie hatte er glauben können, früher sei er unwissend gewesen, und der Tempel der Winde habe ihm die Augen geöffnet? Augen hatte er immer schon gehabt, nur hatte er nicht hingesehen. Wissen ohne Herz war hohl.

Zauberer Ricker hatte ihm durch die Sliph eine Nachricht hinterlassen, und er hatte sie ignoriert.

Abwehr links hinein. Abwehr rechts hinaus. Hüte dein Herz vor Stein.

Er hatte es versäumt, sein Herz vor der Versteinerung zu bewahren, und das hätte ihn fast alles gekostet.

»Danke, Denna, für dieses Schmerzensgeschenk.«

»Hast du etwas daraus gelernt, Richard?«

»Daß ich nach Hause gehen muß, zurück in meine Welt.«

»Danke, Richard, weil du meine Erwartungen nicht enttäuschst.«

Richard lächelte. »Wärest du keine Seele, ich würde dich jetzt küssen.«

Denna lächelte traurig. »Der Gedanke allein zählt.«

Sein und ihr Blick trafen sich für einen Augenblick, ein Blick zwischen den Welten.

»Bitte richte Raina aus, daß wir sie alle lieben, Denna.«

»Raina weiß das. Gefühle, die von Herzen kommen, durchdringen jede Grenze.«

Richard nickte. »Dann weißt du auch, wie sehr ich dich liebe.«

»Deswegen bin ich hergekommen, um auf deiner Suche nach den Winden für dich zu bürgen.«

Richard breitete die Arme aus. »Würdest du mich zum Ausgang führen? Deine Gesellschaft gibt mir Frieden, bis ich diesen leeren Ort verlasse. Das Schlimmste steht mir noch bevor.«

Denna schwebte neben ihm her, als er den Saal der Winde zum allerletzten Mal durchschritt und auf den Durchgang nach draußen zusteuerte.

In der Nähe der großen Doppeltür wartete die Seele von Darken Rahl.

»Du gehst aus, mein Sohn?« Der Klang seiner Worte hallte schmerzhaft durch den Saal.

Richard funkelte die Seele seines Vaters wütend an. Diesem Menschen, der ihm so viel Leid zugefügt hatte, war er keine Erklärung schuldig. Denna schwebte neben Richard.

An der Doppeltür zeigte sich Darken Rahl erneut und versperrte ihm den Weg.

»Du darfst nicht hinaus.«

»Du kannst mich nicht daran hindern.«

»O doch, mein Sohn, das kann ich.«

»Du mußt ihn durchlassen«, sagte Denna.

»Nur, wenn er den Bedingungen zustimmt.«

Richard wandte sich zu Denna um. »Wovon redet er?«

»Die Seelen haben die Bedingungen für deinen Pfad in unsere Welt festgesetzt. Da es für dich der einzige Pfad hierher war, zog man Darken Rahl zu Rate und räumte ihm bei der Festsetzung deines Opfers, des Preises für dein Herkommen also, angemessenes Gewicht ein. Darken Rahl legte die schwierigeren Opfer fest, wie Drefans Vermählung mit Kahlan. Wenn eine Seele, die an deinem Kommen beteiligt ist, es wünscht, dann hat sie sogar das Recht, Bedingungen festzulegen, wenn du gehen willst.«

»Ich werde ihn einfach verbannen«, sagte Richard. »Mittlerweile weiß ich, wie man das macht. Ich kann ihn aus den Winden verbannen und anschließend gehen.«

»So einfach liegt der Fall nicht«, erwiderte Denna. »Du bist aus der Welt des Lebendigen durch die Unterwelt an diesen Ort im Innern der Welt der Seelen gereist. Bei deiner Rückkehr mußt du die Unterwelt durchqueren. Dafür können die Seelen einen Preis festsetzen. Es darf sich jedoch nur um einen in Anbetracht der beteiligten Kräfte und Welten fairen Preis handeln, und es muß ein Preis sein, der deine Möglichkeiten nicht übersteigt.«

Richard fuhr sich mit den Fingern durchs Haar. »Aber zahlen muß ich?«

»Nennt er einen Preis, der sich im Rahmen des Ediktes bewegt, dann mußt du zahlen, wenn du in deine Welt zurückkehren willst.«

Mit dem ihm eigenen widerwärtigen Lächeln schwebte Darken Rahl näher.

»Ich habe lediglich zwei kleine, unbedeutende Bedingungen. Erfülle sie, und du kannst zu deinem Bruder Drefan und seiner Frau zurückkehren.«

Richards Blick war voller Haß. »Nenne sie. Aber setzt du den Preis zu hoch an und entscheide ich mich, ihn nicht zu zahlen und statt dessen hierzubleiben, dann werde ich mich eine Ewigkeit lang der Folter deiner Seele verschreiben. Du weißt, daß ich die Möglichkeit dazu habe – die Winde haben mir gezeigt, wie man es macht.«

»Dann wirst du wohl entscheiden müssen, wie wichtig es für dich ist, mein Sohn. Ich glaube, du wirst den Preis bezahlen.«

Richard hatte nicht die Absicht, ihm zu verraten, wie wichtig es ihm war, denn damit hätte er den Preis nur in die Höhe getrieben.

»Nenne den Preis, dann werde ich entscheiden, ob ich ihn bezahle. Ich war schon bereit hierzubleiben und könnte mich noch immer so entscheiden.«

Darken Rahl kam näher, so nahe, daß das Gleißen seiner Seele Richard beinahe zwang zurückzuweichen. Er riß sich zusammen, um auch ohne einen magischen Schild seine Stellung zu behaupten.

»Oh, der Preis wird wahrlich hoch sein, aber ich glaube, du wirst dich einverstanden erklären. Ich kenne dich, Richard. Ich kenne dein törichtes Herz. Für diese Frau wirst du selbst dies geben.«

Darken Rahl kannte sein Herz in der Tat. Schließlich war es Darken Rahl gewesen, der es um ein Haar zerstört hätte.

»Nenne den Preis oder verschwinde.«

»Erstens: Das Wissen des Tempels der Winde gehörte nicht dir, bevor du hierherkamst. Du wirst zurückkehren, wie du eingetroffen bist – ohne das Wissen, das du hier erworben hast. In deine Welt zurückgekehrt, wirst du wieder so sein, wie du warst, als du sie verlassen hast.«

Das hatte Richard erwartet. »Einverstanden.«

»Oh, sehr gut, mein Sohn. Wie eifrig, wie ernst du doch bist. Ob du der zweiten Bedingung wohl ebenso bereitwillig zustimmen wirst?« Sein Lächeln schien dazu angetan, einem das Fleisch von den Knochen zu reißen. »Ich habe da meine Zweifel.«

Seine Stimme fuhr in ihrem tödlichen zischelnden Tonfall fort.

Als Darken Rahl die zweite Bedingung nannte, hätten Richards Knie fast nachgegeben.

»Darf er das?« brachte Richard kaum lauter als geflüstert hervor. «Darf er das verlangen?«

Denna starrte ihn aus schwermütigen Seelenaugen an.

»Ja.«

Richard kehrte den beiden Seelen den Rücken zu. Gesenkten Kopfes preßte er seine Hand auf die Augen. »Es ist mir sehr wichtig«, erwiderte er leise. »Ich bin mit dem Preis einverstanden.«

»Das wußte ich.« Darken Rahls boshaftes Lachen hallte durch den Tempel der Winde. »Ich wußte, für diese Frau würdest du sogar diesen Preis bezahlen.«

Richard ordnete seine Sinne. Langsam drehte er sich um und zeigte auf die Seele.

»Und mit diesem Preis hast du mir offenbart, welche Ödnis in deinem Geist herrscht. Das, lieber Vater, war ein Fehler, denn jetzt kann ich diese Leere gegen dich verwenden.«

Das Lachen erstarb. »Du kannst mich bestenfalls aus den Winden verbannen, doch damit wird der Preis nicht aufgehoben. Die Welt der Seelen wird ihn einfordern, jetzt, da er einmal genannt und akzeptiert ist.«

»Ja, das werden sie«, sagte Richard. »Aber für alles, was du getan hast, wirst du meine Rache zu spüren bekommen – auch für den zweiten Preis, den du gefordert hast, obwohl du dich mit dem ersten hättest begnügen können.«

Richard spürte einen unverfälschten, nicht einmal von einem Fünkchen Additiver Magie vergifteten Strom Subtraktiver Magie. Es war die Kraft der entfesselten Leere.

Ein völliges Fehlen allen Lichts umgab die Seele Darken Rahls.

Ein Klagelaut drang aus der tiefen Ewigkeit, während Darken

Rahl in die durch nichts gemilderte Finsternis des Hüters der Unterwelt gerissen wurde, die nicht ein einziger Funken des Lichts des Schöpfers erreichte.

Der Schmerz, der mit der Verweigerung dieses Lichts einherging, das war die wahre Folter in des Hüters ewiger Dunkelheit.

Nachdem Darken Rahl verschwunden war, wandte Richard sich abermals dem Durchgang in die Welt des Lebendigen zu.

»Tut mir leid, Richard«, vernahm er Dennas zärtliche Stimme. »Kein anderer als er hätte das von dir verlangt.«

»Ich weiß«, meinte Richard leise, während er die Blitze herbeirief, die ihn zurückbringen sollten. »Bei den Gütigen Seelen, ich weiß.«

28. Kapitel

Drefan schob ihr seine Hand unter den Arm und zog sie mit der Schulter an sich heran. Auf den weißen Rüschen seines Hemdes baumelten zwei rote Strafer.

»Wird es nicht langsam Zeit, daß du mit dieser Verstellung aufhörst, Weib? Solltest du nicht langsam deinen Begierden nachgeben und dir dein Verlangen nach mir eingestehen?«

Kahlan blickte ihm haßerfüllt in die blauen Darken-Rahl-Augen. »Bist du tatsächlich wahnsinnig, Drefan, oder tust du nur so? Ich habe der Ehe mit dir zugestimmt, um Menschenleben zu retten, und nicht, weil ich es so wollte. Wann wirst du dir das endlich eingestehen? Weder liebe ich dich, noch werde ich dich jemals lieben.«

»Liebe? Wann habe ich je von Liebe gesprochen? Ich spreche von Leidenschaft.«

»Du machst dir etwas vor, wenn du glaubst, ich würde je –«

»Das hast du bereits. Und du willst es wieder.«

Es tat ihr in der Seele weh, daß er so mühelos dahintergekommen war, was sich mit Richard zugetragen hatte. Ständig erinnerte er sie daran und verspottete sie deswegen. Es war ihre ewig währende Strafe für das, was sie getan hatte, ein Makel, den sie nicht mehr los wurde.

Ferner Donner rollte durch die Berge, während das Frühlingswetter, das so plötzlich aufgekommen war, weiterzog, fort von der Stadt. Die wilden Blitze hatten Kahlan an Richard erinnert. Sie hatte am Fenster gestanden, dem heftigen Lichtzucken zugesehen und sich dabei erinnert.

»Niemals.«

»Du bist meine Frau. Du hast einen Eid geschworen.«

»Richtig, Drefan. Ich habe einen Eid geschworen, und ich bin deine Frau. Ich werde zu meinem Wort stehen, aber die Seelen sind mit dem, was ich gegeben habe, bereits zufrieden. Mehr verlangen sie nicht, sonst hätte die Pest nicht aufgehört.« Sie riß ihren Arm los. »Wenn du mich haben willst, wirst du mich vergewaltigen müssen, denn ich werde weder freiwillig noch aus Bequemlichkeit in dein Bett steigen.«

Sein Lächeln konnte einen in den Wahnsinn treiben. »Ich kann warten, bis du endlich deiner Lust nachgibst. Du sollst Freude daran haben. Ich kann es kaum aushalten, bis du dir das endlich eingestehst und mich darum bittest.«

Er stolzierte davon, drehte sich aber noch einmal um, als sie seinen Namen rief.

»Was hast du mit Caras und Berdines Strafern zu schaffen?«

Einen Strafer zu berühren war nur dann schmerzhaft, wenn dieser zuvor gegen denjenigen benutzt worden war – wenn man Gefangener einer Mord-Sith gewesen war. Strafer waren lediglich in den Händen jener Mord-Sith eine Waffe, denen sie gehörten. Ohne die Bande zu einem echten Lord Rahl jedoch verloren sie ihre Wirkung. Für Drefan waren sie nur ein obszöner Schmuck.

Er nahm die roten Stäbe von seiner Brust und betrachtete sie. »Nun, ich dachte, jetzt, da ich Lord Rahl bin, sollte ich sie als Symbol meiner Machtbefugnis tragen. Schließlich hat Richard auch einen getragen. Du trägst ebenfalls einen.«

»Die Strafer, die wir tragen, sind keine Symbole irgendeiner Machtbefugnis. Sie sind ein Zeichen des Respekts für die Frauen, denen sie gehört haben.«

Achselzuckend ließ er sie zurückfallen. »In der Armee ist man ziemlich beeindruckt, wenn man sie sieht. Das reicht mir. Gute Nacht, meine Liebe. Schlaf gut.« Sein verschlagenes Lächeln kehrte zurück. »Ruf mich einfach, wenn du etwas brauchst.«

Einen leisen Fluch murmelnd, stemmte Kahlan die Tür zu ihren Gemächern mit der Schulter auf. Sie war erschöpft und wollte nichts weiter, als ins Bett fallen, doch sie wußte, daß ihr die ruhelosen Gedanken den Schlaf rauben würden.

Berdine erwartete sie.

»Ist er zu Bett gegangen?« fragte sie und meinte Drefan.

»Ja«, antwortete Kahlan. »Genau wie ich gleich auch.«

»Nein, das wird nicht gehen. Ihr müßt mich begleiten.«

Kahlan runzelte die Stirn angesichts des ernsten Ausdrucks auf Berdines Gesicht. »Wohin wollt Ihr mich bringen?«

»Wir müssen hinauf zur Burg der Zauberer.«

»Was ist geschehen? Handelt es sich um die Sliph? Hat jemand versucht durch sie hierherzukommen?«

Berdine machte eine wegwerfende Handbewegung und trat näher. »Nein, nein, es geht nicht um die Sliph.«

»Um was dann?«

»Ich will bloß, daß Ihr mit hinaufkommt, das ist alles. Ich hätte gerne ein wenig Gesellschaft.«

Kahlan legte der Frau die Hand auf die Schulter. »Ich weiß, wie einsam Ihr Euch fühlen müßt, Berdine, aber es ist spät, ich habe Kopfschmerzen, und ich bin müde. Ich war den ganzen Nachmittag und Abend über mit Drefan, General Kerson und einer Reihe von Offizieren in einer Besprechung. Drefan will die Truppen nach D'Hara zurückmarschieren lassen – er möchte, daß wir alle nach D'Hara zurückkehren. Die Midlands will er der Imperialen Ordnung überlassen und sich ganz auf die Verteidigung D'Haras konzentrieren. Ich habe mir den Mund zerredet, um ihn davon abzubringen.

Ich muß ins Bett und mich ein wenig ausruhen, damit ich morgen früh aus den Federn komme und ein weiteres Mal versuchen kann, ihnen Drefans unsinnigen Plan auszureden. Der General ist sich nicht ganz sicher, ob Drefan nicht vielleicht doch recht hat. Ich schon.«

»Schlafen könnt Ihr später. Jetzt kommt Ihr mit mir hinauf zur Burg.«

Kahlan blickte in ihre Mord-Sith-Augen. Denn genau das waren sie: Mord-Sith-Augen. Nicht Berdine sprach hier, sondern Herrin Berdine – so kalt und fordernd, wie eine Mord-Sith nur sein konnte.

»Erst wenn Ihr mir erklärt, warum«, entgegnete Kahlan ruhig.

Berdine packte Kahlans Arm. »Ihr werdet mich hinauf in die Burg begleiten. Entweder im Sattel sitzend oder quer darüber liegend – die Entscheidung liegt ganz bei Euch –, aber ihr werdet mitkommen, und zwar gleich.«

Kahlan hatte noch nie einen so entschlossenen Ausdruck in Berdines Augen gesehen. Er war beängstigend. Anders konnte man ihn nicht nennen: beängstigend.

»Also gut, reiten wir los, wenn Euch das so wichtig ist. Ich will nur den Grund wissen.«

Statt einer Antwort packte Berdine Kahlans Arm noch fester und schob sie gewaltsam zur Tür. Berdine öffnete die Tür einen Spaltbreit, linste hinaus, dann steckte sie den Kopf hindurch und sah sich um.

»Die Luft ist rein«, flüsterte sie. »Los.«

»Berdine, Ihr macht mir angst. Was ist passiert?«

Ohne eine Antwort stieß Berdine sie durch die Tür. Sie nahmen den Dienstbotenaufgang und vermieden die besser bewachten Gänge. Berdine mußte mit den Wachen gesprochen haben, auf die sie stießen, denn als ihnen zwei entgegenkamen, drehten sie ab und sahen zur Seite, als hätten sie niemanden bemerkt.

Zwei Pferde warteten, beides Armeepferde, große rotbraune Wallache.

Berdine warf Kahlan einen Soldatenumhang zu. »Hier, zieht das über, und verhüllt damit Euer weißes Kleid, damit die Menschen Euch nicht erkennen, sonst erfährt Drefan davon.«

»Wieso darf Drefan nicht erfahren, wohin wir reiten?«

Berdine packte Kahlans Ferse und stopfte ihren Fuß in den Steigbügel, der zu groß war und zu locker saß, da er für den Stiefel eines

Mannes gemacht war. Berdine gab Kahlan einen Klaps auf den Hintern.

»Macht endlich, daß Ihr aufs Pferd kommt.«

Kahlan gab ihren Widerstand auf. Berdine hatte offenkundig nicht die Absicht, ihr zu verraten, was die Eile zu bedeuten hatte. Während des Ritts hinauf zur Burg der Zauberer schwiegen sie wie auch während des Marsches durch die menschenleeren Flure, Gänge und Säle.

Beim Einbiegen in den letzten steinernen Gang zur Sliph begegneten sie Cara, die vor einer Tür Wache hielt. Cara verhielt sich, während ihr die beiden entgegeneilten, in ihrem unnachgiebigen Gebaren ebenso rätselhaft wie Berdine.

An der Tür angekommen, packte Berdine den Riegel mit der einen und Kahlans Arm mit der anderen Hand.

Der Ausdruck in ihren Augen war unmißverständlich und nüchtern. »Wagt bloß nicht, mich zu enttäuschen, Mutter Konfessor, oder Ihr werdet am eigenen Leib erfahren, weshalb Mord-Sith so gefürchtet sind. Cara und ich werden bei der Sliph warten.«

Ohne sich umzusehen, machte Cara sich auf den Weg zur Sliph, während Berdine die Tür öffnete und Kahlan grob in den Raum hineinstieß. Kahlan stolperte und fing sich wieder, während sie sich umblickte und bemerkte, daß Berdine die Tür zuzog.

Kahlan drehte sich um und sah sich Richard gegenüber.

Ihr Herz schien ebenso auszusetzen wie ihre Atmung.

Ein halbes Dutzend Kerzen in einem eisernen Halter spiegelten sich als kleine Lichtpunkte in seinen grauen Augen wider. Er wirkte überlebensgroß. Jede Einzelheit war genauso, wie sie sich daran erinnerte. Nur das Schwert fehlte.

Der Widerstreit der Gefühle ließ ihr den Atem in den Lungen stocken.

Endlich fand sie die Sprache wieder. »Die Pest ist vorbei.«

»Ich weiß.«

Der Raum erschien ihr so winzig. Das Mauerwerk so finster. Die

Luft so drückend. Sie hatte Mühe, Luft zu holen und ihren plötzlich schneller schlagenden Puls zu beruhigen.

Obwohl es in den unteren Gefilden der Burg der Zauberer kühl war, hatten sich auf seiner Stirn Schweißperlen gebildet. Ein Tropfen rollte über seinen Wangenknochen und hinterließ eine feuchte Spur.

»Was machst du dann hier? Was sollte das für einen Sinn haben? Ich bin verheiratet. Wir haben uns nichts zu sagen ... nicht nachdem ... nicht hier, so wie jetzt, alleine.«

Er wich ihrem Blick aus, als er den kühlen Unterton in ihrer Stimme vernahm.

Sie hatte gehofft, ihn damit zu zwingen, es auszusprechen.

Gütige Seelen, laßt ihn sagen, daß er mir verzeiht.

Statt dessen meinte er: »Ich habe Cara und Berdine gebeten, dich hierherzubringen, damit ich mit dir sprechen kann. Ich bin zurückgekommen, weil ich mit dir reden muß. Wirst du mir wenigstens das zugestehen?«

Kahlan wußte nicht, wohin mit ihren Händen.

»Natürlich, Richard.«

Er bedankte sich mit einem Nicken. Er schien Schmerzen zu haben. Er wirkte gequält. Seine Augen hatten den stumpfen Glanz eines Menschen, der leidet.

Nichts wünschte sie sich so sehr, als daß er sie um Verzeihung bäte. Das allein hätte ihr gebrochenes Herz wieder gesund gemacht. Das waren die einzigen Worte, die für sie eine Bedeutung gehabt hätten. Sie wollte, daß er es aussprach, doch er stand einfach da und hielt den Blick auf den kalten Stein der Mauer gerichtet.

Sie entschied, daß er es nur dann aussprechen, ihr nur dann verzeihen würde, wenn sie ihn dazu zwang.

»Du bist also gekommen, um mir zu verzeihen, Richard?«

Er sprach leise, aber mit großer Entschlossenheit.

»Nein, ich bin nicht hier, um dir zu verzeihen. Ich kann dir nicht verzeihen, Kahlan.«

Sie wandte sich ab. Endlich hatte sie einen Platz für ihre Hände gefunden. Sie preßte die geballten Fäuste gegen ihren Bauch.

»Verstehe.«

»Kahlan«, meinte er in ihrem Rücken, »ich kann dir nicht verzeihen, weil es verkehrt von mir wäre, herzukommen, um dir zu verzeihen.

Würdest du wollen, daß ich dir deine Menschlichkeit verzeihe? Soll ich dir verzeihen, daß du deinen Durst löschst? Das Essen verzeihen, wenn du hungrig bist? Dir das Gefühl der wärmenden Sonne auf deinem Gesicht verzeihen?«

Kahlan wischte sich über die Wangen und drehte sich zu ihm um. »Was redest du da?«

In seinem Gürtel steckte der Stiel einer Rose. »Die hat mir deine Mutter mitgegeben.«

»Meine Mutter?«

Richard nickte. »Sie fragte, ob ich Freude daran hätte, und als ich das bejahte, fragte sie mich, ob ich zu dir zurückkehren würde. Es hat lange gedauert, bis ich begriff, was sie meinte.«

»Und was?«

»Daß wir über die Fähigkeit verfügen, uns an solchen Dingen zu erfreuen. Ist es schlimm, wenn du dich am Anblick einer Rose erfreust, an ihrem Duft, auch wenn ich nicht derjenige war, der sie dir geschenkt hat? Muß ich dir das verzeihen?«

»Hier geht es um etwas völlig anderes als um die Freude am Duft einer Rose.«

Er ließ sich auf ein Knie fallen. Er preßte die geschlossene Faust auf seinen Unterleib. »Kahlan, ich war einmal einer Frau über mein Fleisch und Blut verbunden, so wie du deiner Mutter verbunden warst. Das ist die einzige fleischliche Verbindung, die wir in diesem Leben kennenlernen.«

Er legte die Faust auf seine Brust. »Danach verbinden wir uns ausschließlich hierüber. Nur im Herzen können wir miteinander verbunden sein. Dein Herz hast du ihm nicht geschenkt. Das gehörte mir und mir allein.

Die Winde, die Seelen, haben ihren Preis von dir gefordert. Sie haben dir nicht viel gelassen, und du hast dich entschlossen, das, was blieb, zu nehmen und weiterzuleben. Du hast eine menschliche Wahl getroffen. Es war ein Kampf ums Überleben. Du hast dich einfach an etwas erfreut, das dir zustand.

Du gehörst mir nicht. Du bist nicht meine Sklavin. Ich habe dir nichts zu verzeihen. In deinem Herzen hast du mich nicht betrogen. Es käme einer Anmaßung widerwärtigster Art gleich, wenn ich dir meine Vergebung anbieten würde, obwohl du mich in deinem Herzen nicht verraten hast.«

Beim Luftholen spürte Kahlan, wie sie zitterte.

»Du hast mich verletzt, Richard. Ich hatte geglaubt, mein Herz sei bei dir in sicheren Händen, für immer, ganz gleich, was auch geschieht – und du hast mich einfach stehenlassen. Du hattest es mir versprochen. Ich durfte es dir nicht einmal erklären.«

»Ich weiß«, sagte er leise.

Sein anderes Knie berührte den Boden, als er sich zu ihren Füßen verneigte. Er senkte das Haupt.

»Aus diesem Grund bin ich zurückgekehrt. Ich bin gekommen, um *dich* um Verzeihung zu bitten. Ich bin es, der versagt hat. Ich bin es, der den wahren Schmerz verursacht hat, der unsere Herzen verraten hat, nicht du. Das ist die schlimmste Sünde, derer ich mich schuldig machen konnte, und ich allein trage die Schuld daran.

Zu meiner Verteidigung kann ich nichts vorbringen. Dafür gibt es keine Entschuldigung.

Was ich dir angetan habe, tut mir leid, Kahlan. Ich kann meinen Fehler nicht ungeschehen machen. Ich habe dich zutiefst verletzt, und dafür werfe ich mich dir zu Füßen und bitte dich um Vergebung. Verdient habe ich sie nicht, aber wenigstens möchte ich dich darum bitten.«

Als er vor ihren Füßen kniete, ragte sie hoch über ihm auf.

»Wirst du mir verzeihen, Richard?«

»In meinem Herzen ist für nichts anderes Platz als für die Liebe zu dir, Kahlan, auch wenn wir nicht zusammensein können. Ich bin zwar von meinem Schwur befreit, du dagegen bist an einen anderen gebunden, und das muß ich respektieren. Aber dennoch liebe ich keine andere als dich. Wenn du es von ganzem Herzen wünschst, dann werde ich dir verzeihen.

Bitte, Kahlan, alles, was ich mir in diesem Leben wünsche, ist, daß du mir verzeihst.«

Noch Augenblicke vorher hatte sie gezweifelt, war sie sich über ihre wahren Gefühle ihm gegenüber im unklaren gewesen. Jetzt überrollte sie die Gewißheit wie eine Lawine.

Kahlan sank vor ihm zu Boden. Sie legte ihm die Hände auf die Schultern und zwang ihn, sie anzusehen.

»Ich vergebe dir, Richard. Ich liebe dich von ganzem Herzen, und ich vergebe dir.«

Er lächelte traurig. »Danke.«

Sie spürte die wundersame Gesundung ihres Herzens, die Freude, die in diese Leere hineinströmte, als kehrte das Leben selbst zurück.

»Während der Zeremonie, als ich mit Drefan verheiratet wurde, habe ich die Worte, die man von mir verlangte, laut gesprochen, in Gedanken jedoch, in meinem Herzen, habe ich dir den Eheschwur geleistet.«

Richard wischte ihr eine Träne vom Kinn. »So wie ich dir.«

Sie drückte seine Arme. »Was sollen wir jetzt nur tun, Richard?«

»Es gibt nichts zu tun. Du hast Drefan die Treue geschworen.«

Mit den Fingern berührte sie sein Gesicht. »Aber was wird aus dir? Was wird aus dir und mir?«

Sein Lächeln erlosch. Er schüttelte den Kopf. »Das spielt keine Rolle. Ich habe, was ich brauche – deshalb bin ich hergekommen. Du hast mir mein Herz zurückgegeben.«

»Aber wie können wir so weiterleben? Und nicht nur das, wir müssen schnellstmöglich etwas unternehmen. Drefan will die Truppen nach D'Hara zurückziehen und sich dort der Imperialen Ordnung entgegenstellen.«

In Richards Augen blitzte Wut auf. »Nein. Daran mußt du ihn unbedingt hindern, Kahlan. Wenn du zuläßt, daß Jagang die Neue Welt teilt, wird er sie sich Stück für Stück einverleiben, und ganz am Ende wird D'Hara fallen. Du darfst nicht zulassen, daß Drefan es so weit kommen läßt. Versprich mir, daß du das nicht zulassen wirst.«

»Das brauche ich dir nicht zu versprechen. Du bist Lord Rahl. Du kannst es sofort verhindern. Ich bin die Mutter Konfessor. Wir werden es gemeinsam verhindern.«

»Du mußt es tun, Kahlan. Ich kann dir nicht helfen.«

»Aber warum nicht? Du bist zurückgekehrt. Alles wird wieder gut werden. Wir werden uns etwas einfallen lassen – irgendeine Möglichkeit finden. Du bist der Sucher, du findest immer einen Weg.«

»Ich sterbe.«

Eine eisige Kälte durchzuckte ihren Körper. »Was? Was ... meinst du damit, du stirbst? Du darfst nicht sterben, Richard, nicht jetzt. Nicht nachdem ... Nein, Richard, nein, es ist alles wieder in Ordnung. Du bist wieder da. Alles wird gut werden.«

Dann sah sie es: das Gequälte in seinem Blick – und als er auf die Seite stürzte, wurde ihr klar, daß er sich nicht mehr auf den Beinen halten konnte.

»Die Seelen haben einen Preis verlangt, damit ich zurückkehren konnte.«

Er hustete und wand sich vor Schmerzen. Sie klammerte sich an ihn.

»Wovon sprichst du? Welchen Preis?«

»Als ich dort war, im Tempel der Winde, konnte ich mir das gesamte Wissen aneignen und Gebrauch davon machen. Ich benutzte es dazu, die Pest aufzuhalten. Irgendwie gelang es mir, den Kraftfluß der Winde zu unterbrechen, über den das Buch der Magie in dieser Welt funktionierte.«

»Soll das heißen, du weißt jetzt nicht mehr, wie es geht? Soll das etwa heißen, daß die Pest erneut ausbrechen wird?«

Er hob eine Hand, um sie zu beruhigen. »Nein, die Pest nicht. Doch als Preis für meine Rückkehr in diese Welt durfte ich das Wissen der Winde nicht behalten. Ich mußte so zurückkehren, wie ich vorher war.«

»Aber ... heißt das, daß du einfach wieder sterblich bist wie vorher auch?«

»Nein. Der Preis war wesentlich höher. Sie haben verlangt, wenn ich zurückkehren wollte, müßte ich die Magie des entwendeten Buches in mich aufnehmen, um sie von der übrigen Welt des Lebendigen fernzuhalten.«

»Was?« hauchte Kahlan mit aufgerissenen Augen. »Willst du etwa sagen –?«

»Ich habe die Pest.«

Sie faßte ihn mit einer Hand an der Schulter und legte ihm die andere auf die Stirn. Er glühte vor Fieber.

»Warum hast du mir das nicht früher gesagt, Richard?«

Er lächelte trotz seiner Schmerzen. »Vergebung war alles, was ich brauchte, alles, was ich wollte, aber ich mußte wissen, ob sie aufrichtig war und nicht bloß aus Mitleid gewährt wurde.«

»Du darfst nicht sterben, Richard. Nicht jetzt. Gütige Seelen, du darfst nicht sterben!«

»Die Guten Seelen haben nichts damit zu tun. Darken Rahl war es, der Drefan für dich ausgesucht hast, als Preis für den Pfad in die Winde, und er war es auch, der dies als Preis für meine Rückkehr verlangt hat.«

»Deine Rückkehr! Du willst mir doch nicht erzählen, daß du nur zum Sterben zurückgekehrt bist? Oh, Richard, wie konntest du nur so etwas Törichtes tun?«

»Wäre ich im Tempel der Winde geblieben, wäre ich allmählich auch gestorben, allerdings ohne daß du mir verziehen hättest. Statt dessen beschloß ich, dich aufzusuchen, in der Hoffnung, daß ein Teil von dir mich noch genügend liebt, um mir zu verzeihen, und daß ich wenigstens in der Gewißheit sterben könnte, deine Liebe zurückgewonnen zu haben. Als mir klar wurde, was ich dir angetan und welches Leid ich deinem Herzen zugefügt hatte, konnte ich nicht einfach weitermachen.«

»Glaubst du vielleicht, das zerreißt mir nicht das Herz? Irgend etwas müssen wir doch tun können, Richard? Aber was nur? Das mußt du doch gewußt haben - bitte!«

Richard kippte, sich den Bauch haltend, zur Seite um. »Tut mir leid, Kahlan. Es gibt keine Möglichkeit. Ich nehme die Magie des entwendeten Buches in mich auf. Wenn ich sterbe, stirbt diese Magie mit mir.«

Kahlan klammerte sich an ihn, als die Tränen sie überwältigten. »Bitte, Richard, tu das nicht! Bitte stirb nicht.«

»Tut mir leid, Kahlan, dagegen gibt es keine Hilfe. Ich war bereit, den Preis zu zahlen. Jetzt hat mein Herz seinen Frieden gefunden.« Er hob die Hand und berührte den Strafer an der Kette um ihren Hals. »Ich habe keinen Augenblick gezögert, nachdem ich begriffen hatte. Denna hat mir geholfen zu verstehen.«

Kahlan umarmte ihn, während er sich auf den Rücken wälzte. »Es muß einen Weg geben, Richard. Bevor sie dir das Wissen wieder genommen haben, hättest du bestimmt eine Lösung gewußt. Versuche dich zu erinnern. Bitte, Richard, versuch dich zu erinnern.«

Seine Lider senkten sich matt herab. »Ich brauche dringend ... Ruhe. Tut mir leid. Ich bin mit meinen Kräften am Ende. Ich muß mich ein wenig ausruhen.«

Weinend ergriff Kahlan mit beiden Händen seine Hand. Das alles war zu niederschmetternd, um es zu ertragen – ihn wiederzuhaben, nur um ihn daraufhin abermals zu verlieren.

Sie öffnete seine schlaffe Hand, drückte sie an ihre Wange. Dabei fiel ihr etwas in seiner Handfläche auf. Sie bog seine Finger zurück und sah durch ihre Tränen hindurch die Schrift auf seiner Handfläche.

Dort stand: *Finde das Buch, und zerstöre es für das Leben.*

Kahlan beugte sich weit über seinen bewußtlosen Körper und griff nach seiner anderen Hand. *Eine Prise weißen Zauberersand auf die dritte Seite. Dazu ein Korn schwarzen Zauberersand.*

Dort standen noch drei weitere Worte, doch in ihrem Zustand völliger gedanklicher Verwirrung kam sie nicht darauf, wie sie ausgesprochen wurden.

Er hatte gewußt, daß er vergessen würde, und hatte, bevor es soweit war, sich selbst eine Nachricht hinterlassen. Er hatte sogar vergessen, daß er sie aufgeschrieben hatte.

Das Buch. Sie mußte das Buch finden.

Und dann rannte sie los und schrie aus Leibeskräften:

»Cara! Berdine! Helft mir! Cara! Berdine!«

Als sie Kahlan auf ihrem Weg ins Turmzimmer ihre Namen rufen hörten, kamen die beiden Frauen aus dem Raum der Sliph hervorgeschossen und traten hinaus auf den Rundgang neben dem tiefschwarzen Becken.

Kahlan packte sie an ihren roten Lederanzügen und versuchte, es ihnen zu erklären. Die beiden packten Kahlan rechts und links bei den Armen und drückten sie an die Wand.

»So beruhigt Euch doch«, sagte Berdine.

»Wir verstehen Euch nicht«, meinte Cara. »Tief durchatmen. Heult nicht herum, sondern atmet tief durch.«

»Richard – «Sie versuchte, irgendwohin zu zeigen, doch die beiden hielten ihre Arme fest. »Richard hat die Pest. ... Ich brauche das Buch.«

Berdine beugte sich näher zu ihr vor. »Lord Rahl ... hat die Pest?«

Kahlan nickte heftig. »Ich muß das Buch beschaffen. Das Buch, das aus dem Tempel der Winde entwendet wurde. Ich muß es beschaffen, sonst stirbt er.« Kahlan riß ihre Arme los. »Bitte, so helft mir doch. Richard hat die Pest.«

»Was müssen wir tun?« fragte Cara.

»Ich gehe in die Alte Welt. Beschützt ihn.«

»In die Alte Welt!« entfuhr es Berdine. »Wißt Ihr überhaupt, wo sich das Buch befindet? Hat er Euch gesagt, wo Ihr danach suchen müßt? Hat er Euch irgendeinen Hinweis gegeben?«

»Ich habe keine Ahnung, wo es sich befindet! Aber es ist seine einzige Chance! Er hat die Magie der Pest auf sich genommen, um in diese Welt zurückkehren zu können. Um mich um Vergebung zu bitten. Er wollte mir sagen, es tue ihm leid, daß er mich so verletzt hat. Wenn wir das Buch nicht vernichten, stirbt er – und das nur, weil er sich entschuldigen wollte. Er stirbt! Ich muß sofort los!«

»Aber Mutter Konfessor«, meinte Berdine, »die Alte Welt ist groß. Wenn Richard tatsächlich die Pest hat ... wie könnt Ihr dann hoffen, das Buch zu finden?«

Rechtzeitig. Das war es, was sie meinte. Wie konnte sie hoffen, das Buch rechtzeitig zu finden? Bevor Richard starb.

Kahlan krallte ihre Hand in rotes Leder. »Ich muß es versuchen! Beschützt Richard. Drefan darf nicht erfahren, daß Richard wieder da ist. Ich weiß nicht, was er dann unternehmen würde. Verratet es ihm nicht!«

Cara schüttelte den Kopf. »Macht Euch deswegen keine Sorgen. Wir werden Drefan nichts verraten. Wir werden uns um Richard kümmern, solange Ihr fort seid. Wir werden ihn hier in der Burg der Zauberer verstecken. Aber beeilt Euch. Solltet Ihr es nicht finden, kommt bitte zurück, bevor –«

Kahlan stürzte in den Raum der Sliph und rannte zum Brunnen. Die Sliph lächelte, als sie die Mutter Konfessor erblickte.

»Möchtest du –«

»Reisen! Ich muß reisen! Sofort!«

»Wohin möchtest du reisen?«

»In die Alte Welt!«

»Wohin in der Alten Welt? Ich kenne dort eine Reihe von Orten. Wir können reisen, wohin du willst. Ich bringe dich hin. Du wirst zufrieden sein.«

Kahlan preßte sich die Hand auf den Kopf und stöhnte verzweifelt, als die Sliph sich anschickte, Orte aufzuzählen, von denen Kahlan noch nie gehört hatte.

»Ich will dorthin, wo du mit Richard warst, mit deinem Herrn und Meister, als er mich holen wollte! Als ich das erste Mal mit dir gereist bin!«

»Ich weiß, welchen Ort du meinst.«

Kahlan raffte ihr weißes Kleid und kletterte umständlich auf die Ummauerung des Brunnens. »Dahin will ich! Bring mich dahin! Beeil dich! Das Leben deines Herrn und Meisters steht auf dem Spiel!«

»Beschützt Richard!« rief sie Cara und Berdine zu.

»Was sollen wir Drefan sagen, wenn er fragt, wo Ihr seid?« rief Berdine ihr hinterher.

»Keine Ahnung. Ihr werdet Euch etwas einfallen lassen müssen.«

»Wir werden uns bis zu Eurer Rückkehr um Richard kümmern«, sagte Cara. »Mögen die Guten Seelen mit Euch sein.«

»Sagt ihm, ich liebe ihn!« rief sie noch, als der Silberarm der Sliph sie vom Mauerrand holte.

Ihre Stimme hallte noch von den Steinmauern wider, als Kahlan in die quecksilbrige Gischt gestürzt wurde. Keuchend sog sie die Sliph in sich hinein und betete zu den Guten Seelen, sie möchten ihr dabei helfen, das Buch zu finden. Unter wahnsinnigen Mühen durchschwamm sie, was zuvor stets ein Gefühl reinster Wonne gewesen war.

Jetzt war da nur noch finsteres Grauen.

29. Kapitel

Ann beugte sich zu ihm vor. »Das ist deine Schuld, weißt du das?«

Zedd, der mit ihr auf dem Fußboden mitten im Zimmer hockte, blickte kurz zu ihr hinüber. »Den kostbaren Spiegel hast du zerbrochen.«

»Das war ein Unfall«, beharrte Ann. »Dafür hast du ihren Reliquienschrein kaputtgemacht.«

»Ich habe lediglich versucht, das Ding sauberzukriegen. Woher sollte ich ahnen, daß es gleich Feuer fängt? Sie hätten es eben nicht überall mit diesen getrockneten Blumen behängen sollen. Dafür hast du den Beerenwein über das beste Kleid der Frau des Häuptlings geschüttet.«

Ann reckte die Nase in den Himmel. »Der Krug war zu voll. Und gefüllt hast du ihn. Obendrein hast du seinen kostbaren Messergriff zerbrochen. Einen Wassenwurzelknoten wie diesen wird er nie wieder finden. Verständlich, daß er ziemlich aufgebracht war.«

Zedd machte ein verächtliches Geräusch. »Was weiß ich denn vom Messerschleifen? Ich bin Zauberer, kein Schmied.«

»Das würde dann auch den Zwischenfall mit dem Pferd des Ältesten erklären.«

»Dafür können sie mir die Schuld nicht in die Schuhe schieben. Ich habe das Gatter nicht aufgelassen. Zumindest bin ich ziemlich sicher, daß ich es nicht aufgelassen habe. Außerdem gibt es bestimmt ein ähnlich schnelles Pferd, das er sich kaufen kann. Leisten kann er es sich. Was ich gerne wissen würde, ist, wie du es geschafft hast, das Haar seiner Ehefrau Nummer drei so grün zu färben?«

Ann verschränkte trotzig die Arme. »Also, das war ein Versehen.

Ich dachte, die Kräuter würden ihr Haar angenehm duftig machen. Es sollte eine Überraschung sein. Der kostbare Kaninchenfellkopfschmuck des Ältesten dagegen – das war kein Versehen. Das war reine Dösigkeit. Du hättest früher danach sehen sollen, statt ihn unbeaufsichtigt über dem Feuer hängen zu lassen. Der Kopfschmuck war ein Kunstwerk, mit all den Tausenden Glasperlen. Ein so hübscher Kopfschmuck wird sich nicht leicht ersetzen lassen.«

Zedd zuckte die Achseln. »Wir haben nicht behauptet, bei der Hausarbeit besonders geschickt zu sein. Davon war nie die Rede.«

»Das stimmt allerdings. Das haben wir nicht. Es ist nicht unsere Schuld, daß sie bei uns nicht auf ihre Kosten kommen. Hätten sie uns gefragt, hätten wir ihnen das vorher sagen können.«

»Ganz bestimmt sogar.«

Ann unterbrach die Stille mit einem Räuspern. »Was, glaubst du, werden sie mit uns machen?«

Die beiden saßen Rücken an Rücken, mit einem derben Strick zusammengebunden, während die Unterredung auf der anderen Seite des Raumes sich hinzog. Sie trugen noch immer die Armbänder, die sie daran hinderten, von ihrer Magie Gebrauch zu machen.

Zedd sah zur anderen Seite des Raumes hinüber, wo man hitzig miteinander diskutierte. Der kahlköpfige Älteste, seine Ehefrau Nummer eins, mehrere einflußreiche Mitglieder der Si-Doak-Gemeinde, die Anspruch auf die Dienste der Sklaven erhoben hatten, sowie der Schamane des Stammes beschwerten sich allesamt beim jeweils anderen über den Ärger, den sie gehabt hatten. Alles verstand Zedd nicht, aber es genügte, um der Beratung folgen zu können.

»Sie haben beschlossen, ihren Verlust abzuschreiben und sich von ihren Haussklaven zu trennen«, flüsterte Zedd Ann zu.

»Und was geschieht jetzt?« erkundigte sich Ann, als das Geschnatter schließlich geendet hatte. »Was haben sie beschlossen? Werden sie uns laufenlassen?«

Alle Augen auf der anderen Seite des Raumes richteten sich auf die Gefangenen. Zedd gab einen warnenden Ton in Anns Richtung von sich.

»Ich glaube, wir hätten unsere Arbeiten vielleicht mit ein wenig mehr Sorgfalt verrichten sollen«, flüsterte Zedd ihr über die Schulter zu. »Offensichtlich stecken wir in ziemlich ernsthaften Schwierigkeiten.«

»Wieso denn, was können sie schon groß machen?« meinte Ann spöttisch. »Uns wieder zu den Nangtong bringen und ihre Decken zurückverlangen?«

Zedd schüttelte den Kopf, als die Si Doak sich erhoben. Die Halsketten des Schamanen klickten leise aneinander. Der Älteste stieß mit seinem Stab auf den Boden.

»Ich wünschte, das täten sie. Sie wollen ihre Kosten vollständig ersetzt bekommen, und dazu einen Teil ihres Schadens. Sie werden uns auf eine Reise schicken.

Soeben haben sie entschieden, daß sie den besten Preis für uns bekommen, wenn sie uns an Kannibalen verkaufen.«

Anns Kopf schwenkte herum. »An Kannibalen?«

»Das jedenfalls waren ihre Worte. Kannibalen.«

»Du hast es geschafft, dir deinen Halsring abzunehmen, Zedd. Kannst du diese gottverdammten Armbänder nicht von unseren Handgelenken herunterkriegen? Ich glaube, jetzt wäre der geeignete Augenblick dafür.«

»Ich fürchte, wir werden sie noch tragen, wenn wir im Kochtopf enden.«

Zedd beobachtete, wie ein erzürnter Ältester und ein aufs äußerste erregter Schamane auf sie zukamen.

»Es war mir eine Freude, Ann. Aber ich fürchte, mit der Freude ist es jetzt vorbei.«

Verna legte Warren einen Arm um die Hüfte und versuchte ihn zu stützen, während er sich stolpernd fortbewegte. Sie ging hinter Clarissa, die wiederum Walsh und Bollesdun folgte. Janet begab sich flugs auf Warrens andere Seite und legte sich seinen Arm über die Schulter.

»Hier? Seid Ihr ganz sicher?« meinte Verna leise zu Walsh. »Nathan wollte, daß wir ihn hier im Hagenwald treffen?«

»Ja«, sagte Walsh über die Schulter nach hinten.

»Mir hat er denselben Namen genannt«, setzte Clarissa hinzu.

Verna seufzte verärgert. Typisch Nathan, daß er sie zwang, den Hagenwald zu betreten. Der Ort war ihr alles andere als geheuer, selbst wenn Richard ihn von den Mriswiths gesäubert haben sollte. Verna hatte Nathan immer schon im Verdacht gehabt, auf gefährliche Weise verrückt zu sein, und daß er sie hier treffen wollte, schien dies nur zu bestätigen.

Moosfäden hingen herab wie durchsichtige Fetzen eines Leichentuchs. Wurzeln ließen die Gesellschaft stolpern, während sie sich durch die Dunkelheit tastete. Mit der warmen, feuchten Luft wehten üble Gerüche heran. Verna war noch nie so tief in den Hagenwald vorgedrungen – und das aus gutem Grund.

»Wie geht es dir, Warren?« erkundigte sie sich leise.

»Großartig«, murmelte er mit matter Stimme.

»Es wird nicht mehr lange dauern, Warren. Nicht mehr lange. Noch ein kleines Stück, dann ist es vorbei. Nathan wird dir helfen.«

»Nathan«, murmelte er kaum hörbar. »Muß ihn warnen.«

Sie stießen auf einen wuchtigen Felsklotz, der sichtlich von Menschenhand geschaffen war – er war rechteckig. Fast vollständig war er unter ineinander verflochtenen Ranken und knorrigen Wurzeln verborgen. Weitere Steine, die im Mondschein weißen Knochen ähnelten, ragten aus der dichten Vegetation. Sie sahen die schartigen Überreste einer Mauer, dazu Säulen, die wie das Gerippe eines Ungeheuers wirkten.

Durch das Unterholz drang Licht. Dem Flackern nach zu urteilen, stammte es von einem Lagerfeuer. Walsh und Bollesdun bogen für die anderen das Geäst zur Seite. Das Feuer war in einem Kreis aus Steinen auf dem steinernen Fußboden einer alten Ruine angelegt worden. Dahinter konnte Verna die runde Ummauerung eines großen Brunnens oder eines brunnenähnlichen Bauwerks erkennen. Sie hatte nicht gewußt, daß ein solcher Ort im Hagenwald versteckt lag, doch so selten, wie jemand den Hagenwald betrat, konnte das kaum überraschen.

Nathan, der sich gekleidet hatte wie ein reicher Adliger, erhob sich, um sie zu begrüßen. Er war groß und wirkte furchterregend, insbesondere ohne den Rada'Han an seinem Hals. Als er alle erkennen konnte, setzte er sein selbstzufriedenes Grinsen auf. Walsh und Bollesdun lachten munter und bekamen einen freundschaftlichen Klaps auf den Rücken.

Clarissa schlang Nathan die Arme um den Leib. Er ächzte, als sie ihn mit all ihrer Kraft und Leidenschaft drückte. Sie reichte ihm das Buch. Er bedachte sie mit einem vielsagenden Lächeln, das nur ihr alleine galt. Clarissas Augen strahlten. Verna verdrehte ungeduldig die Augen.

»Verna!« rief Nathan, als er sie erblickte. »Freut mich, daß Ihr es einrichten konntet.«

»Wie schön, Euch zu sehen, *Lord Rahl.*«

»Ihr solltet Eure Stirn nicht so runzeln, Verna. Davon bekommt man Falten.« Sein Blick wanderte über die anderen hinweg. »Janet, wie ich sehe, habt Ihr Euch uns ebenfalls angeschlossen.« Er kniff die Augen leicht zusammen. »Und Amelia auch.« Damit sah er zu den anderen beiden hinüber, die etwas abseits standen. »Und wen haben wir hier?«

Clarissa winkte Manda herbei. Die Frau hielt ihr Gewand unterm Hals von innen fest zusammengerafft. Schüchtern trat sie vor.

»Nathan, das ist Manda, eine Freundin von mir. Aus Renwold.«

Manda setzte ein Knie auf den Boden und verbeugte sich tief. »Lord Rahl. Mein Leben gehört Euch.«

»Renwold.« Nathan runzelte ein weiteres Mal kurz die Stirn, als er kurz zu Clarissa hinüberschaute. »Ja, schön. Freut mich, daß Ihr Jagang entkommen konntet, Manda.«

»Das habe ich alles Clarissa zu verdanken«, erklärte Manda, während sie wieder aufstand. »Sie ist die tapferste Frau, die mir je begegnet ist.«

Clarissa schmiegte sich kichernd an Nathan. »Unsinn. Ich bin froh, daß die Guten Seelen Euch diesen Weg entlanggeführt haben, sonst hätte ich nie erfahren, daß Ihr dort wart.«

Nathan richtete seine Aufmerksamkeit wieder in Vernas Richtung. »Wen haben wir denn hier? Den jungen Warren, nehme ich an?«

Verna gab sich alle Mühe, die Fassung zu wahren. »Nathan –«

»Lord Rahl.« Unter seiner finsteren Miene blitzte kurz ein Schmunzeln auf. »Aber wir sind schließlich alte Freunde, Verna. Für Euch und alle meine alten Freunde bin ich nach wie vor Nathan.«

Verna biß sich in die Wange und neigte kurz den Kopf.

»Nathan«, setzte sie erneut an, »Ihr habt ganz recht, das hier ist Warren. Könnt Ihr ihm helfen? Er empfängt soeben seine ersten Prophezeiungen, er steht gerade erst am Anfang. Vor einer Weile habe ich ihm den Halsring abgenommen, und es gibt keine Möglichkeit mehr, ihn vor der Gabe zu schützen. Die Kopfschmerzen haben bei ihm eingesetzt. Es geht ihm sehr schlecht, Nathan. Ich begleite Euch, wohin Ihr wollt, wenn Ihr ihm helft.«

»Ihm helfen?«

»Bitte, Nathan. Ich flehe euch an.«

»Da ist doch nichts dabei, Verna. Ich wäre entzückt, dem Jungen helfen zu können.« Nathan machte eine Handbewegung. »Bringt ihn hierher, ans Feuer.«

Warren murmelte etwas und versuchte sich vorzustellen, er war jedoch fast bewußtlos. Verna und Janet halfen ihm, sich auf die Stelle zu setzen, auf die Nathan gedeutet hatte, und brachten ihn in eine aufrechte Stellung.

Nathan schob seine Hosenbeine bis zu den Knien hoch und ließ sich im Schneidersitz auf dem Steinfußboden des nicht mehr vorhandenen Gebäudes nieder. Das Buch legte er neben sich. Er runzelte die Stirn mit den für einen Rahl typischen Falten und musterte Warrens Gesicht. Verna und Janet scheuchte er mit einer Handbewegung fort. Mit einem Netz hielt er Warren aufrecht. Zoll für Zoll rückte er weiter vor, bis ihre Knie sich berührten.

»Warren«, rief Nathan ihn mit der ihm eigenen tiefen, befehlsgewohnten Stimme. Warren schlug die Augen auf. »Nimm deine Hände hoch.«

Die Finger ausgestreckt, reckten Warren und Nathan ihre Hände in die Höhe. Dann preßten sie die Fingerspitzen aneinander. Sie fixierten sich mit den Augen.

»Laß dein Han zu mir herüberfließen«, drängte Nathan ihn sanft. »Öffne das siebente Tor. Schließe die anderen. Weißt du, wovon ich spreche?«

»Ja.«

»Guter Junge. Dann also los. Es wird einfacher sein, wenn du mich dabei unterstützt.«

Ein warmes, gelbliches Leuchten hüllte die beiden ein. Die Nachtluft summte von der Kraft dieses Lichts. Es war weder Flamme noch Wärme. Verna hatte keine Ahnung, was Nathan da tat. Sie war bloß ein wenig überrascht, daß er es überhaupt machte.

Im Palast der Propheten hatte Nathan stets so etwas wie ein Rätsel dargestellt. Schon als junges Mädchen war er ihr immer wie ein alter Mann vorgekommen. Alle, selbst die wohlwollendsten Schwestern, hatten ihn stets zumindest für ein bißchen gestört gehalten.

Da gab es zum einen jene im Palast, die nicht daran glaubten, daß Nathan, von seiner Begabung für die Prophezeiungen abgesehen, auch nur die geringste Spur der Gabe besaß. Andere mutmaßten, waren sich aber nie ganz sicher, er sei zu wesentlich mehr fähig, als er zu erkennen gab. Wieder andere fürchteten sich vor ihm und hatten Angst, die Räumlichkeiten zu betreten, auf die seine Bewegungsfreiheit beschränkt war, und das, obwohl er einen Halsring trug. Verna hatte Nathan stets für ein wandelndes Problem gehalten.

Jetzt sah sie dabei zu, wie dieser unangenehme alte Lüstling von einem Zauberer sich alle Mühe gab, das Leben jenes Mannes zu retten, den Verna liebte. Manchmal erstrahlte das Leuchten im einen Mann stärker als im anderen, bevor es wieder erlosch, um kurz darauf abermals aufzuglühen, als hätte es etwas vergessen und wollte dies nun holen.

Walsh und Bollesdun lungerten in der Nähe der Mauer hinter Nathan herum, der Rest der Gruppe jedoch verfolgte wie gebannt das Geschehen. Verna wußte ebensowenig wie Manda, was Nathan in Wirklichkeit dort tat.

Was ihr am meisten zusetzte, war der Umstand, daß die beiden Männer, deren Knie sich berührten und die ihre Finger aneinander preßten, ein paar Zoll über dem Erdboden schwebten. Sie war froh, als sie endlich wieder landeten.

Nathan klatschte einmal in die Hände. »Na bitte!« verkündete er. »Das sollte genügen.«

Für Verna war nicht ersichtlich, wieso das genügt haben sollte, um die Gabe bei Warren zurechtzurücken.

Warren allerdings strahlte über das ganze Gesicht. »Nathan, das war – wundervoll. Die Kopfschmerzen sind vollständig verschwunden. Ich fühle mich so klar im Kopf – so lebendig.«

Nathan nahm das tiefschwarze Buch vom Boden und stand auf. »Ich hatte auch meinen Spaß dabei, mein Junge. Fast dreihundert Jahre hat diese Gänseschar von Schwestern gebraucht, um mich so weit zu bringen wie ich dich gerade. Sie waren allerdings alle auch ein wenig auf der falschen Fährte.« Er sah kurz zu Verna. »Verzeiht, Prälatin. Das sollte keine Kränkung sein.«

»Das habe ich auch nicht so aufgefaßt.« Verna eilte an Warrens Seite. «Danke, Nathan. Ich habe mir solche Sorgen um ihn gemacht. Ihr habt ja keine Ahnung, welch ein Stein mir vom Herzen fällt.«

Der freudige Ausdruck auf Warrens Gesicht löste sich auf. «Jetzt, nachdem Ihr das für mich getan habt, Nathan, erkenne ich immer deutlicher, daß ... wir Jagang Einblick in eine Prophezeiung gewährt haben, die –«

Nathan stieß einen Schrei aus. Clarissa stieß einen Schrei aus. Verna erstarrte. Sie spürte, wie ihr ein scharfer Gegenstand in den Rücken gebohrt wurde.

Amelia hatte Nathan einen Dacra in den Oberschenkel gestochen. Warren erstarrte, als Janet erst ihm, dann den beiden Soldaten mit erhobenem Finger drohte.

»Keinen Mucks, Nathan«, sagte Amelia, »oder ich lasse mein Han fließen, und Ihr seid auf der Stelle tot.«

»Warren hat recht«, meinte Janet. »Er hat Seiner Exzellenz in der Tat sehr nützliches Wissen geliefert.«

»Amelia! Janet!« schrie Verna. »Was tut ihr da?«

Amelia lächelte Verna boshaft an. »Was immer Seine Exzellenz befiehlt, natürlich.«

»Aber ihr habt den Eid geschworen.«

»Nur dem Wortlaut nach, nicht in unserem Herzen.«

»Ihr könnt Euch doch von ihm befreien! Ihr seid nicht gezwungen, Jagang zu dienen!«

»Vielleicht, hättest du uns beim ersten Mal die Wahrheit gesagt. Aber nach dem ersten mißlungenen Versuch, die Bande über Richards Tod hinaus aufrechtzuerhalten, hat Seine Exzellenz uns bestraft. Das Risiko gehen wir nicht noch einmal ein.«

»Tut das nicht«, flehte Verna. »Wir sind doch Freundinnen. Ich bin gekommen, um euch zu retten. Bitte, tut es nicht. Schwört den Eid, und ihr seid frei!«

»Oh, Schätzchen, ich fürchte, das kann sie nicht.« Das war nicht allein Amelias Stimme, da klang noch eine andere mit. Die Stimme, die Verna in ihrem Kopf vernommen hatte: die von Jagang. Plötzlich fing sie an zu zittern, nur weil sie seinen Tonfall und seine Art zu sprechen aus Amelias Stimme heraushörte.

»Und nun, mein treuer und ergebener Generalbevollmächtigter, gebt mir das Buch. Schwester Amelia und ich haben noch Verwendung dafür.«

Nathan hielt es ihr hin, ohne hinzusehen. Mit ihrer freien Hand, die nicht den Dacra in seinem Bein umklammert hielt, riß Amelia das Buch wieder an sich.

»Was ist«, erkundigte sich Nathan, »werdet Ihr uns nun töten oder nicht?«

»Oh, ja, ich habe die Absicht, Euch zu töten«, erklärte Amelia mit Jagangs Stimme. »Außerdem habe ich nicht gerne Untergebene, die mich nicht in ihren Verstand hineinlassen.

Ich dachte, bevor ihr sterbt, lasse ich euch zusehen, wie wirkliche Sklaven Befehlen gehorchen. Ich dachte, vielleicht möchtet ihr mir dabei zusehen, wie ich der kleinen süßen Clarissa die Kehle aufschlitze.«

Atme.

Kahlan stieß die Sliph aus ihren Lungen und sog in panikartiger Gier die fremdartige Luft in sich auf. Nacht brach von allen Seiten über sie herein. Sie nahm sich erst gar nicht die Zeit, sich vor ihrem plötzlichen Sehvermögen zu ängstigen, dem plötzlich wiedererwachten Gehör Zeit zu lassen, sich wieder in ihrem Verstand einzurichten, sondern packte statt dessen die Steinmauer und stemmte sich hoch.

Ein Bild des Schreckens bot sich ihren Augen – passend zu den Worten, die sie bereits gehört hatte. Dank ihres durch die Sliph geschärften Sehvermögens erfaßte sie die gesamte Szene mit einem Blick.

Kahlan erkannte Nathan im Augenblick, als sie ihn sah. Er sah aus wie ein Rahl, außerdem hatte Richard ihr von ihm erzählt – er sei groß, älter, mit langem weißem Haar bis auf die Schultern. Eine Frau hatte ihm einen Dacra ins Bein gestochen und hielt ihn dort fest. Ihren Namen hatte Kahlan bereits gehört: Amelia – dieselbe, die die Pest über das Land gebracht hatte. Kahlan erblickte Verna und dahinter eine weitere Frau. Ein junger Mann stand wie erstarrt da. Kahlan sah eine wunderhübsche junge Frau, die eine andere Frau festhielt, indem sie ihr eine Hand in die zu Löckchen aufgedrehten Haare krallte – das konnte nur Clarissa sein. Mit der anderen Hand hatte die Frau Clarissa ein Messer an die Kehle gesetzt.

Beim Auftauchen aus der Sliph hatte Kahlan den letzten Teil der eben stattgefundenen Unterhaltung mitbekommen und wußte sehr wohl, wessen Stimme es war, die da aus dem Mund der Frau sprach, die Nathan den Dacra ins Bein bohrte. Diese Stimme, so erinnerte sie sich, hatte sie aus dem Mund des Zauberers Marlin gehört, der erschienen war, um Richard hinterrücks zu ermorden. Sie gehörte Jagang.

Das Bild des Amuletts, das Richard trug, erschien ungefragt vor ihrem inneren Auge. *Es bedeutet nur eins, und alles: Hast du dich erst entschlossen zu kämpfen, schneide. Alles andere ist zweitrangig. Schneide.*

Von ihrem Vater, der Soldat gewesen war, hatte sie etwas Ähnliches gelernt: Töten oder getötet werden. Weiche niemals. Warte niemals. Greife an.

Richard blickte dem Tod ins Gesicht – würde bald seinen letzten Atemzug tun. Sie hatte keine Zeit zu verlieren, keine Zeit abzuwägen. Sie hatte sich entschieden. Schneide.

In einer einzigen fließenden Bewegung schoß sie aus der Sliph hervor, sprang aus dem Brunnen, riß einem der dort stehenden Soldaten das Kurzschwert aus der Scheide, duckte sich, warf sich nach vorn und kam wieder auf die Beine, als das Schwert sich bereits peitschenschnell senkte.

In der Spanne eines Herzschlags, noch bevor jemand mit der Wimper zucken konnte, war Kahlan zur Stelle. Sie mußte Amelia aufhalten, bevor die ihre Magie in den Dacra strömen ließ, sonst würde Nathan sterben. Blitzschnell senkte sich die Klinge und trennte Schwester Amelias Arm in der Ellenbeuge ab.

Und dann bewegte sich alles wie in einem quälend langsamen

Tanz. Kahlan sah den Ausdruck in jedem einzelnen Gesicht. Die Frau, die Kahlan soeben verletzt hatte, Schwester Amelia, zuckte mit einem Aufschrei zurück. Schon kreiste Kahlans Schwert, damit sie den Griff wechseln konnte, während sie ihrem Opfer nach unten folgte. Verna, den Dacra in der Hand, drehte sich blitzschnell zu der überraschten Frau hinter ihr um. Der junge Mann warf sich auf die Frau mit dem Messer. Nathan hob die Hände und wollte nach Clarissa greifen. Sein Schrei zerriß die Nacht.

Clarissa streckte die Hände nach Nathan aus. Die junge Frau, die sie an den Haaren festhielt, schien sie mit ihrem fiesen Grinsen zu verhöhnen, während sie ihr mit ruppigem Schnitt die Kehle aufschlitzte.

Kahlan sah die Gischt aus Blut nur einen winzigen Augenblick, dann explodierte die Nacht zu Blitzen, die sowohl von Nathan als auch von Warren stammten.

Beide Hände jetzt dicht nebeneinander, rammte Kahlan das Schwert Schwester Amelia mitten durchs Herz und nagelte sie im Erdboden fest, bevor der zweite Soldat sein Schwert noch aus der Scheide befreit hatte.

Vernas Dacra beförderte die Frau hinter ihr blitzschnell im selben Augenblick ins Jenseits, als die junge Frau mit dem Messer zwei Blitze trafen, die sie zu einer schaurigen Gischt aus Rot zerplatzen ließen, noch während Clarissas lebloser Körper zu Boden sank.

Die Gewalttätigkeiten waren vorbei, bevor der Verstand sie recht erfassen konnte.

Benommen torkelte Nathan auf Clarissas leblosen Körper zu. Kahlan schoß an ihm vorbei und kniete neben Clarissa. Der Anblick, der sich ihr bot, ließ sie aufstöhnen.

Kahlan sprang auf und hielt Nathan mit beiden Händen zurück. »Zu spät, Nathan. Sie weilt jetzt bei den Seelen. Seht nicht hin. Seht bitte nicht hin. Ich habe in ihren Augen die Liebe bemerkt, die sie für Euch empfunden hat. Bitte seht sie nicht in diesem Zustand an. Behaltet sie so in Erinnerung, wie sie war.«

Nathan nickte. »Sie hatte ein gutes Herz. Sie hat so viele Menschen gerettet. Sie hatte ein gutes Herz.« Nathan hob die Arme. Er drehte die Handflächen zu Clarissas Leiche. Ein intensives Licht schoß aus ihnen hervor und überflutete die Tote mit einem gleißenden Feuer, das so strahlend hell war, daß man den Leichnam in seiner Mitte nicht mehr erkennen konnte.

»Aus dem Licht dieses Feuers ins Licht. Eine sichere Reise in die Welt der Seelen«, sprach Nathan leise. Als die Flamme verschwunden war, blieb nur noch Asche zurück.

Der Zauberer sackte in sich zusammen. »Die anderen können sich die Geier holen.«

Verna schob ihren Dacra in den Ärmel zurück. Einer der Soldaten zerrte sein Schwert aus Amelias Leiche, während der andere sein nicht benutztes Schwert in die Scheide zurückschob.

Der junge Mann schien unter Schock zu stehen. »Es tut mir so leid, Nathan. Ich habe Jagang die Bedeutung der Prophezeiung verraten, die ihm geholfen hat. Ich wollte nicht, aber er hat mich dazu gezwungen. Es tut mir so leid.«

Nathans traurige, himmelblaue Augen richteten sich auf den jungen Mann. »Verstehe, Warren. Du hast es nicht in böser Absicht getan. Der Traumwandler war in deinen Verstand eingedrungen, und du hattest keine Wahl. Jetzt bist du ihn los.«

Er zog den Dacra aus seinem Bein und wandte sich Verna zu.

»Ihr habt Verräter zu mir geführt, Verna. Und Meuchelmörder. Aber ich weiß, es lag nicht in Eurer Absicht. Manchmal ist die Prophezeiung stärker als unser Versuch, sie zu überlisten, und erwischt uns in einem unbedachten Augenblick. Manchmal halten wir uns für klüger, als wir sind, und glauben, das Schicksal aufhalten zu können, wenn wir es nur stark genug wollen.«

Verna zog ihren Umhang über ihren Schultern zurecht. »Ich war in dem Glauben, sie vor Jagang zu retten. Ich hatte keine Ahnung, daß sie den Eid auf Euch schwören würden, ohne sich Euch von ganzem Herzen zu verpflichten.«

»Verstehe«, sagte Nathan leise.

»Ich weiß nicht, was Euch durch den Kopf geht, Nathan. Lord Rahl, allerdings.« Verna warf einen Blick auf die Stelle, wo Clarissas Leiche gelegen hatte und wo jetzt nur noch weiße Asche zu sehen war. »Wie ich sehe, hat sich bei Euch nichts verändert. Wieder einmal habt Ihr dafür gesorgt, daß eine Eurer kleinen Huren getötet wurde.«

Die Wucht von Nathans Faust hob Verna glatt von den Füßen. Ihr Kieferknochen zersplitterte mit lautem Krachen. Blutfäden segelten hinaus in die Nacht. Warren schrie auf, als Verna flach auf dem Rücken landete. Sie rührte sich nicht mehr.

Warren, an Vernas Seite kniend, schaute aus verzweifelten Augen hoch. »Nathan! Gütiger Schöpfer, warum habt Ihr das getan! Ihr habt ihr den Kiefer gebrochen. Warum versucht Ihr, sie umzubringen?«

Nathan spannte und entspannte seine Faust. »Hätte ich versucht sie umzubringen, wäre sie jetzt tot. Wenn du willst, daß sie überlebt, schlage ich vor, du heilst sie. Wie ich gehört habe, bist du fürs Heilen recht begabt, und nach allem, was ich heute abend für dich getan habe, solltest du eigentlich in der Lage sein, das ohne viel Aufhebens zu erledigen. Und wenn du schon dabei bist, bringe ihr gleich ein wenig Verstand bei.«

Warren beugte sich über Verna und preßte seine Hände auf das Gesicht der bewußtlosen Frau. Kahlan schwieg. Sie hatte Nathans liebevollen Blick gesehen, als er Clarissa angeschaut hatte. Aber eben hatte sie auch den Zorn gesehen.

Nathan bückte sich und nahm das tiefschwarze Buch wieder an sich, das neben Schwester Amelias Leiche auf der Erde lag. Er richtete sich auf und richtete seinen Rahl-Blick auf Kahlan. Er reichte ihr das Buch.

»Ihr könnt niemand anderes sein als Kahlan. Ich habe Euch schon erwartet. Eine Prophezeiung, müßt Ihr wissen. Ich bin froh, daß ich nicht zu spät gekommen bin. Euch bleibt nicht viel Zeit. Gebt dies Lord Rahl. Hoffentlich weiß er, wie man es vernichtet.«

»Im Tempel der Winde wußte er es noch, er meinte jedoch, er habe sein Wissen aufgeben müssen, um ihn wieder verlassen zu können. Er hat sich allerdings eine Notiz auf die Handfläche geschrieben. Sie lautete: ›Eine Prise weißen Zauberersand auf die dritte Seite. Ein Korn schwarzen dazu‹. Und dann standen da noch drei Worte, deren Bedeutung ich aber nicht kenne.«

Nathan legte ihr seine große Hand auf die Schulter. »Die Worte stehen für die drei Grußformeln: Reechani, Sentrosi, Vasi. Ich habe nicht die Zeit, um Euch über die drei Grußformeln ins Bild zu setzen, aber Ihr müßt wissen, daß sie nach Verabreichung des weißen und vor dem schwarzen Sand gesprochen werden müssen. Das allein ist wichtig.«

»Reechani, Sentrosi, Vasi«, wiederholte Kahlan und versuchte sie sich einzuprägen. In Gedanken wiederholte sie die Worte wieder und wieder.

»Richard ist doch im Besitz von weißem und schwarzem Zauberersand, oder?«

Kahlan nickte. »Ja. Er hat mir davon erzählt. Er besitzt beide Sorten.«

Nathan schüttelte den Kopf, als hinge er irgendeinem ganz eigenen Gedanken nach. »Beide Sorten«, murmelte er. Nathan drückte ihr die Schulter. »Aus den Prophezeiungen weiß ich einiges von dem, was er durchgemacht hat. Steht zu ihm. Liebe ist ein viel zu kostbares Geschenk, um es zu verlieren.«

Kahlan lächelte. »Ich verstehe. Mögen die Guten Seelen sie auch Eurem Herzen bringen, Nathan. Ich kann Euch nicht genug dafür danken, daß Ihr Richard geholfen habt – und mir auch.« Ihre Stimme brach. »Ich wußte nicht, was ich tun würde. Ich wußte nur, daß ich herkommen mußte.«

Nathan nahm sie in die Arme. »Ihr habt das Richtige getan. Vielleicht haben die Guten Seelen Euch geleitet. Geht jetzt zu ihm zurück, sonst verlieren wir unseren Lord Rahl noch.«

Kahlan nickte. »Das Morden ist vorüber.«

»Das Morden fängt gerade erst an.«

Nathan drehte sich um und reckte beide Fäuste in den Himmel. Ein gewaltiger Lichtblitz entzündete sich an seinen Händen und schoß in den Nachthimmel. Kahlan verfolgte, wie er Richtung Nordosten raste, so hell, daß die Sterne in seinem Gleißen verblaßten.

Verna setzte sich mit Warrens Hilfe auf. Er wischte ihr das Blut vom frisch geheilten Unterkiefer.

»Was habt Ihr getan?« fragte Kahlan Nathan.

Er sah sie lange an, dann ging ein Lächeln über seine Lippen. »Ich habe Jagang eine böse Überraschung bereitet. Soeben habe ich General Reibisch das Signal zum Angriff gegeben.«

»Zum Angriff? Zum Angriff gegen wen?«

»Gegen Jagangs Expeditionsstreitkräfte. Sie haben Renwold dem Erdboden gleichgemacht. Zudem planen sie weiteres Unheil in der Neuen Welt, sind aber völlig ahnungslos, wer sie beschattet. Es wird eine kurze Schlacht werden. In der Prophezeiung heißt es, die D'Haraner würden leidenschaftlich kämpfen wie nie zuvor und den Feind noch vor Ende der Nacht auf die traditionelle Art der D'Haraner vernichtend schlagen: ohne Gnade.«

Verna kam wieder auf die Beine. Kahlan hatte sie noch nie so sanftmütig gesehen. »Ich möchte Euch um Verzeihung bitten, Nathan.«

»Ich habe kein Interesse –«

Kahlan legte ihm die Hand auf den Arm und flüsterte ihm etwas zu. »Nathan, bitte, Euch selbst zuliebe, hört Euch an, was sie zu sagen hat.«

Nathan schaute Kahlan einen Moment lang in die Augen, dann richtete er seinen wütenden Blick auf Verna. »Ich höre.«

»Ich kenne Euch schon sehr lange, Nathan. Mein ganzes Leben. Und auch habe ich bereits einige Dinge erlebt … die ich vielleicht nicht recht verstanden habe. Ich dachte, Ihr wolltet selbst die Macht ergreifen. Bitte verzeiht, daß ich auf Euch losgegangen bin, obwohl es meine eigene Schuld war, daß meine Freunde sich gegen mich gewandt haben – gegen uns. Manchmal bin ich etwas vorschnell. Jetzt sehe ich, daß ich das, was sich zwischen Euch und Clarissa abgespielt hat, falsch eingeschätzt habe. Sie hat Euch angehimmelt, und ich dachte – bitte, verzeiht mir, Nathan.«

Nathan brummte zur Antwort: »Wie ich Euch kenne, Verna, ist Euch das so schwergefallen wie noch nie etwas zuvor. Ich verzeihe Euch.«

»Danke, Nathan«, seufzte sie.

Er bückte sich und gab Kahlan einen Kuß auf die Wange. »Mögen die Guten Seelen mit Euch sein, Mutter Konfessor. Erzählt Richard, ich hätte ihm seinen Titel zurückgegeben. Vieleicht begegne ich ihm eines Tages doch noch.«

Damit legte er Kahlan die Hände auf die Hüften und hob sie auf den Mauerrand der Sliph.

»Danke, Nathan. Jetzt verstehe ich, wieso Richard Euch mag. Und wieso Clarissa Euch liebte. Ich glaube, sie hat den wahren Nathan erkannt.«

Nathan lächelte, wurde dann aber wieder ernst. »Wenn Ihr zurück seid, müßt Ihr Richards Bruder, wenn Ihr Richard retten wollt, das anbieten, was er wirklich will.«

»Möchtest du reisen?« fragte die Sliph.

Kahlan drehte sich der Magen. »Ja, zurück nach Aydindril.«

»Lebt Richard tatsächlich noch?« fragte Verna.

»Ja«, antwortete Kahlan mit neuerwachter Panik. »Er ist krank, aber sobald ich ihm dieses Buch gebracht habe und es vernichtet ist, wird es ihm wieder bessergehen.«

»Walsh, Bollesdun.« Nathan winkte, während er sich anschickte aufzubrechen. »Meine Kutsche wartet. Brechen wir auf.«

»Aber Nathan«, meinte Warren, »ich möchte noch etwas über Prophezeiungen lernen. Ich möchte bei Euch studieren.«

»Zu einem echten Propheten wird man geboren, nicht gemacht.«

»Wohin geht Ihr?« rief Verna ihm nach. »Ihr könnt nicht fort. Ihr seid ein Prophet. Man kann Euch nicht einfach frei herum … ich meine, wir müssen doch wissen, wo Ihr seid – falls wir Euch brauchen.«

Ohne sich umzudrehen, zeigte Nathan in eine bestimmte Richtung. »Eure Schwestern sind dort entlang, Prälatin. Nach Nordwesten. Geht zu ihnen, und erspart Euch die Mühe, mir zu folgen. Es wird Euch nicht gelingen. Eure Schwestern sind vor dem Traumwandler sicher. Ich habe sie ihre Bande auf mich übertragen lassen, während Richard in der Welt der Toten weilte. Falls Richard überlebt, könnt ihr sie wieder auf ihn übertragen. Lebt wohl, Verna. Warren.«

Kahlan preßte sich eine Faust in den Unterleib. Falls er überlebt? *Falls?* »Beeil dich«, rief sie der Sliph zu. »So beeil dich doch!«

Ein silbriger Arm hob sie von der Ummauerung und zog sie hinunter in die quecksilbrige Gischt.

30. Kapitel

Er belächelte ihre verzweifelten Bemühungen. Er mochte es, wie sie sich gegen ihn zur Wehr gesetzt hatte. Ihm gefiel es, ihr beizubringen, wie sinnlos es war, sich gegen einen Menschen von überlegener Körperkraft, von überlegenem Verstand zur Wehr zu setzen. Fasziniert sah er zu, wie ihr das Blut aus Mund und Nase rann. Aus der Platzwunde an ihrem Kinn lief Blut.

»Euer einziger Erfolg wird sein, daß Ihr Euch die Handgelenke blutig scheuert«, höhnte er. »Ihr könnt die Stricke nicht zerreißen, aber macht nur weiter so, wenn es Euch Spaß macht.«

Sie spuckte ihn an. Er schlug erneut zu. Mit dem Daumen rieb er über die Platzwunde an ihrem Kinn, wie gebannt von dem blutigen Muster, das ihr am Hals hinunterrann.

Er kannte ihre Auras. Er hatte sie schon einmal gespürt. Er wußte ganz genau, welche er berühren mußte, um sie zum Krüppel zu machen. Es hatte nicht lange gedauert, sie zu überwältigen. Wirklich nicht lange.

Die Zähne zusammengebissen, vor Anstrengung ächzend, zerrte sie an den Stricken. Sie war kräftig, aber sie war nicht kräftig genug. Ohne ihre Kraft und ihre Waffe war sie nichts weiter als eine gewöhnliche Frau. Keine gewöhnliche Frau war ihm ebenbürtig. In keiner Weise.

Als er die lange Knopfleiste längs ihres Brustkorbs aufknöpfte, riß sie heftig an den Stricken, mit denen ihre Handgelenke und Knöchel gefesselt waren. Das machte ihm Spaß. Es gefiel ihm, ihr zuzusehen, wie sie sich abmühte. Wie sie blutete. Er schlug ihr abermals ins Gesicht.

Daß sie nicht brüllte, nicht um Gnade bettelte, faszinierte ihn.

Daß sie nicht schrie. Sie würde noch schreien. Oh, und wie sie schreien würde.

Sein Faustschlag hatte sie einen Augenblick lang benommen gemacht. Sie verdrehte die Augen, während sie darum kämpfte, bei Bewußtsein zu bleiben. Er schlug die Vorderseite ihres Anzugs um und legte ihre Brust und ihren halben Oberkörper frei.

Er hakte seine Finger unter den engsitzenden Bund ihrer roten, ledernen Hosen und riß sie mit einem kurzen Ruck weit genug herunter, daß es für das reichte, was er mit ihr vorhatte.

Ihr Bauch lag völlig frei. Er befühlte ihn. Fest. Hart. Sie hatte Narben. Die fesselten seine ganze Aufmerksamkeit. Er versuchte sich auszumalen, was solche Narben hervorgerufen haben könnte. Schartig und weiß, wie sie waren, mußte es eine blutige Angelegenheit gewesen sein.

»Ich bin schon vergewaltigt worden«, stichelte sie. »Öfter, als ich mich erinnern kann. Aus eigener Erfahrung kann ich Euch sagen, daß Ihr nicht gerade gut darin seid. Ihr habt nicht einmal meine Hosen weit genug heruntergezogen, widerliches Schwein. Macht endlich weiter, wenn Ihr dazu fähig seid. Ich warte.«

»Oh, Cara, ich werde Euch keinesfalls vergewaltigen. Das wäre nicht recht. Ich habe noch nie ein Frau mit Gewalt genommen. Ich habe immer nur Frauen gehabt, die es wollten.«

Sie lachte ihn aus. Sie lachte. »Ihr seid ein verrückter Bastard.«

Er widerstand dem Drang, ihr ins Gesicht zu schlagen. Er wollte, daß sie bei Bewußtsein blieb. Voller Leben.

Dennoch bebte er vor Wut.

»Bastard?« Seine Fäuste ballten sich. »Und schuld daran sind Frauen wie Ihr!«

Er hämmerte ihr eine Faust auf die Brust. Vor Schmerz zuckte sie zusammen, preßte die Augen zu, biß die Zähne aufeinander und versuchte, sich einzurollen, doch gestreckt zwischen den gespannten Seilen, war ihr das unmöglich.

Er atmete durch, um sich wieder zu beruhigen und die Beherrschung wiederzuerlangen. Er würde nicht zulassen, daß sie ihn mit ihrem dreckigen Mundwerk ablenkte.

»Also, ich gebe Euch jetzt eine letzte Chance. Wo steckt Richard? Die Soldaten sind schon ganz aus dem Häuschen von dem ganzen Gerede, er sei zurück, und die Bande seien wiederhergestellt. Wo habt Ihr Huren ihn versteckt?«

Auch die Stimmen aus dem Äther hatten ihm eingeflüstert, Richard sei zurück. Die Stimmen hatten ihm gesagt, sollte er den Wunsch haben, seinen rechtmäßigen Platz einzunehmen, müsse er ihn töten.

»Und wo ist meine liebende Gemahlin? Wohin hat sie sich verdrückt?«

Die Stimmen hatten ihm erzählt, sie sei in der Sliph, doch die weigerte sich, ihm zu verraten, wohin sie gereist war.

Cara spuckte ihn abermals an. »Ich bin eine Mord-Sith. Ihr seid zu dämlich, um Euch auch nur vorstellen zu können, was man mir damals angetan hat. Ihr könntet dem bescheidensten Ausbilder einer Mord-Sith nicht das Wasser reichen. Mit Euren jämmerlichen Folterversuchen bekommt Ihr nichts aus mir heraus.«

»Oh, Cara, Ihr habt noch keines meiner Talente richtig kennengelernt.«

»Macht mit mir, was immer Euch beliebt, Drefan, Lord Rahl aber – der echte Lord Rahl – wird Euch dafür in kleine Stücke schneiden.«

»Und wie, bitte, sollte er dazu in der Lage sein?« Er hob das Heft des Schwertes der Wahrheit aus seiner Scheide, damit sie die Goldbuchstaben sehen konnte, die das Wort WAHRHEIT buchstabierten. »Ich bin es, der hier jemanden in kleine Stücke schneiden wird. In winzig kleine Richard-Happen. Wo steckt er!«

Als sie ihn abermals anspuckte, konnte er dem Drang nicht widerstehen, ihr mit der geballten Faust auf die Platzwunde und die geschwollene Lippe zu dreschen. Wieder sprudelte Blut hervor.

Er drehte sich um und holte einen der mitgebrachten Gegenstände hervor: einen eisernen Topf. Er stellte ihn ihr auf den Bauch, verkehrt herum.

»Ich bin zu groß, um in diesem Topf gekocht zu werden, dämliches Schwein. Ihr werdet mich in Stücke schneiden müssen. Muß ich Euch eigentlich alles erklären?«

Es gefiel ihm, wie sie versuchte, ihn gegen sich aufzubringen, damit er die Beherrschung verlor. Sie wollte, daß er sie tötete. Das würde er auch, aber zuerst würde sie ihm alles verraten.

»Euch kochen? Aber nein, Cara. Da habt Ihr eine falsche Vorstellung von mir. Eine völlig falsche Vorstellung. Ihr haltet mich für irgendeinen wahnsinnigen Mörder. Ein Mörder? Nein, nicht ich. Ich bin die Hand der Gerechtigkeit. Ich bin die rechte Hand der Barmherzigkeit. Gekommen, um denen ewige Tugend zu bringen, die sie nicht kennen.

Dieser Topf dient nicht dazu, Euch zu kochen.

Darin sollen die Ratten gekocht werden.«

Er beobachtete sie. Er sah, wie ihre blauen Augen in seine Richtung zuckten. Genau auf diese Reaktion hatte er spekuliert.

»Ratten. Ich hoffe, Ihr seid nicht so dämlich zu glauben, ich fürchte mich vor Ratten, nur weil ich eine Frau bin. Einer Frau wie mir seid Ihr noch nie begegnet. Ich habe mir früher Ratten als Haustiere gehalten.«

»Ach ja? Ihr lügt so erbärmlich. Mein liebes, liebendes, leidenschaftliches Weib hat mir erzählt, wie sehr Ihr Euch vor Ratten fürchtet.«

Sie antwortete nicht. Sie hatte Angst, ihre Angst zu zeigen. Aber er konnte sie ihr an den Augen ablesen.

»Ich habe hier einen Sack voller Ratten. Voller dicker, fetter Ratten.«

»Macht endlich weiter mit der Vergewaltigung. Ich fange an, mich zu langweilen.«

»Wie gesagt, ich nehme keine Frauen mit Gewalt. Die Frauen wollen, daß ich es mit ihnen treibe. Sie bitten mich darum. Sie betteln darum.« Er zog seine Rüschenmanschetten herunter. »Nein, Cara, für Euch habe ich mir ganz etwas anderes ausgedacht. Ich möchte, daß Ihr mir verratet, wo ich meinen geliebten Bruder finden kann.«

Sie wandte das Gesicht ab. »Niemals. Fahrt endlich mit Eurer Folter fort, sonst schlafe ich womöglich ein und verpasse etwas.«

»Seht Ihr? Habe ich es Euch nicht gesagt? Die Frauen bitten mich stets darum.«

Er drückte ihr den eisernen Topf auf den Bauch und wickelte ihr eine Kette um den Rumpf, die den Topf festhalten sollte. Dann bohrte er prüfend einen Finger unter den Rand, um sich zu vergewissern, ob er fest genug saß.

Daraufhin lockerte er den Knoten in der Kette, damit er die Ratten unter den Topf bugsieren konnte. Cara zeigte keinerlei Reaktion, als er die erste unter den Topf schob.

Er packte die zweite Ratte im Nacken und hielt sie ihr vors Gesicht, damit sie sah, wie das Tier quiekte und zappelte. »Seht Ihr, Cara? Wie ich es Euch versprochen habe. Ratten, fette Ratten.«

Schweiß trat ihr auf die Stirn. »Eigentlich ganz nett. Fühlt sich flauschig an auf dem Bauch. Vielleicht schlafe ich sogar ein.«

Er stopfte die zweite und schließlich eine dritte unter den Topf. Für mehr war kein Platz. Er spannte die Kette und zurrte den Gliederknoten fester.

»Flauschig«, äffte er sie nach. »Ich glaube eher, sie werden dafür sorgen, daß Ihr hellwach bleibt, Cara. Hellwach und geradezu erpicht darauf zu reden, erpicht darauf, Richard zu verraten. Huren kennen keine Ehre. Ihr werdet ihn verraten.«

»Berdine wird gleich hier sein. Sie wird Euch bei lebendigem Leibe häuten.«

Er zog eine Braue hoch. »Ihr habt Berdine doch abgelöst. Ich habe Euch beobachtet. Ich habe Euch hierhergebracht, gleich nachdem sie gegangen ist. Es wird eine Weile dauern, bis sie wiederkommt, aber dann wird ihr die gleiche Behandlung zuteil werden wie Euch.«

Mit Hilfe einer Feuerzange fischte er ein großes glühendes Stück Kohle aus der Pfanne über dem Bündel Kerzen. Er ließ das rotglühende Kohlestück in den Ring fallen, der den Fuß des Eisentopfes bildete.

»Seht Ihr, Cara, die glühenden Kohlen werden diesen Topf erhitzen – extrem erhitzen.« Er sah ihr in die Augen. »Den Ratten wird das nicht gefallen. Sie werden herauswollen.«

Ihr Atem ging schneller. Der Schweiß lief ihr übers Gesicht. Wo blieben ihre kecken Worte jetzt? Jetzt war sie still.

»Und was glaubt Ihr wohl, wie die Ratten sich befreien werden, Cara? Sobald ihnen zu heiß wird? Sobald der Eisentopf beginnt, sie zu versengen? Und sie sich ihre zarten Näschen verbrennen?«

»Schlitzt mir einfach die Kehle auf und tötet mich, Bastard.«

»Sobald es den Ratten dort drunter heiß genug wird, werden sie in Panik geraten. Sie werden sich verzweifelt befreien wollen. Ratet mal, wie sie das versuchen werden, Cara.«

Diesmal hatte sie keine hochmütige Antwort parat, um die Stille zu füllen.

Er zückte sein Messer und tippte mit dem Griff auf den Topf aus Eisen. »Wie geht es meinen kleinen Rattenfreunden da drinnen?«

Cara zuckte zusammen. Er grinste, als sie ihre Augen auf ihn richtete und ihn beobachtete. Er konnte die Angst in diesen Augen sehen. Echte Angst. Er schmiß ein halbes Dutzend weiterer glühender Kohlen auf den Eisentopf.

»Wo steckt Richard?«

Sie hatte nichts zu sagen. Er schichtete noch mehr Kohlen auf – zu einem hübschen, runden Haufen. Mehr faßte der Fuß des Topfs nicht.

Er beugte sich vor und sah ihr in die Augen. Ihre Haut war kreideweiß. Schweiß glänzte auf ihrem Gesicht, auf ihren Brüsten.

»Wo habt Ihr Huren Richard versteckt?«

»Ihr seid wahnsinnig, Drefan. Nicht, daß es mir gefällt, aber wenn ich auf diese Weise sterben soll, dann werde ich eben sterben. Aber ich werde Lord Rahl niemals verraten.«

»Ich bin Lord Rahl! Sobald ich mir meinen Bruder vom Hals geschafft habe, wird es niemanden mehr geben, der mir meine Herrschaft streitig macht! Ich bin der Sohn Darken Rahls und rechtmäßiger Herrscher D'Haras.«

Sie wandte ihr Gesicht ab. Er sah, wie sie schluckte. Ihre Füße zitterten. Ab und an geriet ihr gleichmäßiger Atem ins Stocken.

Er lachte stillvergnügt in sich hinein. »Ich werde Euch noch einmal fragen, wenn die Ratten anfangen, sich ihren Weg durch Euch hindurchzufressen, um sich aus ihrem glühend heißen, eisernen Gefängnis zu befreien, wenn ihre scharfen kleinen Krallen beginnen, sich in Euren Bauch zu graben und sich beim Versuch, nach draußen zu gelangen, durch Eure Eingeweide nagen.«

Cara zuckte am ganzen Körper. Dann wieder. Sie riß die Augen immer weiter auf, während sie an die Decke starrte und zu verhindern suchte, daß das qualvolle Stöhnen aus ihrer Kehle wich. Er riskierte einen Blick nach unten und sah, wie ein Tropfen Blut unter dem Topfrand hervorquoll und an ihrer Flanke hinablief.

»Tja, sieht so aus, als wollten sie jetzt schon nach draußen. Seid Ihr bereit zu sprechen?«

Sie spie ihn an, sog dann scharf die Luft ein. Ihre großen blauen Augen waren starr auf die Decke gerichtet. Mittlerweile zitterte sie am ganzen Körper.

Ihr ganzer Körper versteifte sich. Jeder einzelne Muskel geriet unter Spannung. Ihr Atem wurde keuchend. Tränen füllten ihre Augenwinkel, um ihr dann seitlich übers Gesicht zu rinnen.

Sie spürte jede kleine Einzelheit dessen, was die Ratten mit ihr machten – jeden wilden Biß, jedes verzweifelte Kratzen, jedes Reißen ihrer Krallen.

Cara stieß einen kurzen, spitzen Schrei aus. Scharf und schrill, wie abgeschnitten.

Es war die reine Wonne. Er wußte, dies war erst der Anfang. Selbst wenn sie reden sollte, hatte er nicht die geringste Absicht aufzuhören. Er sehnte sich danach, Schreie zu hören. Ehrliche, aus dem tiefsten Inneren kommende Schreie.

Cara tat ihm den Gefallen und schrie zum ersten Mal.

Dank seiner einzigartigen Wahrnehmung erregte eine weitere Einzelheit seine Aufmerksamkeit. Seine Umsicht hatte sich erneut ausgezahlt. Lächelnd wandte er sich dem Brunnen der Sliph zu.

Atme.

Kahlan stieß die Sliph aus sich heraus, aber noch bevor sie den ersten Atemzug in sich hineinsaugen konnte, wußte sie, daß etwas nicht stimmte.

Ein durchdringender Schrei hallte durch das steinerne Rund. Kahlan glaubte, der Schrei würde ihr das Trommelfell zerreißen.

Als sie aus der Sliph herausschoß und noch bevor sie sich zur Verteidigung wappnen konnte, griffen große, kräftige Hände nach ihr und packten zu. Verzweifelt bemühte sie sich, die Orientierung wiederzufinden, irgendeinen Sinn in dem zu sehen, was geschah, während Licht und Geräusche von allen Seiten auf sie einstürzten.

Die Hände entrissen ihr das Buch. Ein Arm legte sich ihr um den Hals, eine große Hand hielt ihren Arm gepackt. Sie spürte, wie ihr Handgelenk mit einem Strick umwickelt wurde.

Ein Alptraum wurde vor ihren Augen Wirklichkeit, als sie, um sich tretend, sich windend und darum bemüht zu fliehen, aus dem Brunnen herausgezerrt wurde. Ihr Körper erschlaffte, als ein Faustschlag in den Unterleib ihr die Luft aus den Lungen preßte. Sie schlug mit den Knien auf den Steinfußboden. Als man ihr die Arme auf den Rücken drehte, kam es ihr vor, als würden sie aus den Gelenken gerissen.

Sie kämpfte, wollte auf ihre Konfessorenkraft zurückgreifen – doch als ihr das nicht gelang, fiel ihr ein, daß die Seelen sie für sie unerreichbar weggeschlossen hatten, damit sie Drefan heiraten konnte. Sie war ohne Schutz. Es war Drefan, der über sie herfiel.

Cara war ebenfalls anwesend. Sie lag auf dem Fußboden, die Handgelenke über dem Kopf gefesselt, der Strick an einem Eisen in der Wand befestigt. Ihre Knöchel, auf die gleiche Weise festgebunden, streckten sich zur gegenüberliegenden Wand. Auf ihrem Leib war mit einer Kette ein eiserner Topf angebracht. Der Gestank von glühenden Kohlen und verbranntem Fleisch stieg Kahlan in die Nase und raubte ihr den Atem.

Drefan stemmte ihr ein Knie auf den Arm, während er den Strick um ihre Handgelenke knotete. Kahlan versuchte ihm ins Bein zu beißen. Er schlug ihr mit dem Handrücken so hart ins Gesicht, daß ihr Blickfeld zu einem winzigen Punkt schrumpfte. Sie kämpfte darum, bei Bewußtsein zu bleiben. Wenn sie ohnmächtig wurde, war sie verloren.

Die Arme auf dem Rücken gefesselt, unfähig, ihren Sturz zu bremsen, schlug sie mit dem Gesicht voran auf den Steinfußboden. Drefan warf sich auf ihren Rücken, setzte sich auf sie, drückte sie nieder und schnürte ihr die Beine zusammen. Kahlan versuchte verzweifelt, trotz des Gewichts auf ihr Luft zu holen. Blut schoß ihr aus der Nase. Der Strick um ihre Handgelenke saß so stramm, daß ihre Finger bereits zu kribbeln begannen.

Cara schrie. Kahlan hatte noch nie einen so durchdringenden Schrei gehört. Er jagte ihr eiskalte, stechende Nadeln in den Kopf und ließ ihr Gesicht schmerzen.

Unter dem Rand des Eisentopfes lief Blut hervor. Cara bebte und schlug um sich. Sie spannte ihren Körper und schrie abermals.

Drefan riß Kahlan an den Haaren hoch. »Wo steckt Richard?«

»Richard? Richard ist tot.«

Kahlan ächzte, als er sie in die Nieren schlug. Sie bekam keine Luft. Drefan richtete seine Aufmerksamkeit auf Cara.

»Seid Ihr endlich bereit zu sprechen? Wo habt Ihr Richard versteckt?«

Caras Antwort bestand aus einem einzigen, markerschütternden Schrei. Als er endete, japste sie vor Schmerzen.

»Warum habt Ihr ihm davon erzählt?« winselte Cara. »Warum habt Ihr ihm von den ... Ratten erzählt? Gütige Seelen, warum habt Ihr ihm von den Ratten erzählt?«

Der Schreck ließ ihr den Atem stocken.

Blut, lebhaft leuchtend auf der weißen Haut, rann in kleinen Rinnsalen unter dem Topfrand hervor an Caras Seite herab. Rauch stieg kräuselnd von den heißen Kohlen darüber auf. Und dann sah Kahlan die blutverschmierte Kralle, die sich zuckend unter dem Rand des Topfes auf Caras Bauch hervorarbeitete. Plötzlich begriff Kahlan und mußte ihre gesamte Willenskraft aufbieten, um sich nicht zu übergeben.

Cara kreischte hysterisch, zerrte an den blutigen Stricken, die sie hielten.

Völlig außer sich robbte Kahlan zur Kette vor und wollte versuchen, sie mit den Zähnen zu lösen und den Topf von Cara herunterzuzerren. Drefan riß sie an den Haaren hoch.

»Deine Zeit kommt noch, Weib.«

Er stieß sie zurück. Kahlan schlug an die Mauer, glitt herunter und fiel auf einen harten, spitzen Gegenstand. Der Schmerz trieb ihr brennende Tränen in die Augen. Es war Nadines Beutel mit den Horngefäßen. Sie ruckte und drehte sich, bis es ihr gelang, seitlich vom Beutel herunterzurutschen und wieder zu Atem zu kommen.

Drefan bedachte sie mit seinem Darken-Rahl-Blick. »Wenn du mir verrätst, wo Richard steckt, lasse ich Cara laufen.«

»Sagt es ihm nicht!« kreischte die Mord-Sith. »Verratet es ihm nicht!«

»Das könnte ich gar nicht, selbst wenn ich wollte«, rief Kahlan zu Cara hinüber. »Ich habe keine Ahnung, wo Ihr ihn versteckt haltet.«

Drefan hob das Buch auf, das Kahlan mitgebracht hatte. »Was ist das?«

Kahlans Blick heftete sich auf das finstere schwarze Buch. Sie brauchte es unbedingt, sonst würde Richard sterben.

»Nun, ganz egal, Ihr werdet es nicht mehr brauchen.«

»Nein!« schrie Kahlan, als sie sah, was Drefan mit dem Buch vorhatte. »Bitte!«

Er drehte sich zu ihr herum und hielt das Buch über den Rand des Brunnens der Sliph. »Sag mir, wo Richard ist.« Lächelnd zog er eine Braue hoch. »Nein?«

Er ließ das Buch in den Brunnen fallen. Kahlans Hoffnung versank zusammen mit dem Buch. Die Sliph, die sonst so gerne zusah, was die Menschen in ihrem Raum trieben, war nirgendwo zu sehen. Wahrscheinlich hatten die Schreie sie vertrieben.

»Drefan, laß Cara gehen, bitte. Du hast mich. Mach mit mir, was du willst, aber bitte laß sie gehen.«

Drefan lächelte das boshafteste Lächeln, das Kahlan je gesehen hatte. Es war dasselbe wie bei Darken Rahl. »Oh, sei ganz unbesorgt, ich habe durchaus die Absicht, mit dir zu machen, was immer mir beliebt. Wenn es soweit ist.«

Er wandte sich wieder Cara zu. »Was machen die Ratten, Cara? Seid Ihr schon bereit zu reden?«

Die Angesprochene verfluchte ihn zwischen zusammengebissenen Zähnen hindurch.

Drefan griff in einen Sack und zog, sie an den Hautfalten ihres Genicks haltend, eine Ratte hervor. Er fuchtelte ihr damit vor dem Gesicht herum, während sie versuchte, den Kopf fortzudrehen. Er hielt sie ihr ganz nah vors Gesicht. Quiekend und zappelnd kratzte und scharrte sie mit ihren Krallen und wollte sich aus Drefans Griff befreien. Auf Caras Wange, Kinn und Lippen blieben rote Striemen zurück.

»Bitte«, jammerte Cara. »Bitte, nehmt sie fort!«

»Wo steckt Richard?«

Caras Körper wand sich in heftigen Zuckungen. »Mama!« kreischte sie. »Hilf mir! Mama! Nimm sie runter! *Mamaaaa!*«

Cara hockte alleine in einem Käfig voller Ratten, in den Klauen des Entsetzens und der Schmerzen. Sie war wieder das hilflose Kind, das um den Trost und den Schutz ihrer Mutter bettelte, das weinend nach ihrer Mama schrie.

Kahlan schluchzte unter Tränen. Das war ihre Schuld. Sie hatte Drefan erzählt, daß Cara sich vor Ratten fürchtete.

»Verzeiht mir! Das konnte ich doch nicht ahnen!«

Cara riß an ihren Stricken: ein kleines Mädchen, das ihre Mutter verzweifelt anfleht, die Ratten zu entfernen.

Kahlan mühte sich ab, eine Hand freizubekommen. Wenn es ihr doch nur gelänge, eine Hand aus den Fesseln zu befreien. Aber sie saßen so fest. Sie riß und zerrte. Ihre Finger kribbelten. Der derbe Strick schnitt in ihre Handgelenke.

Kahlan drückte die Handgelenke gegen Nadines Beutel und versuchte, irgendeinen scharfen Gegenstand zu erfühlen, um die Stricke durchzuschneiden. Der Beutel war aus Tuch, der Griff aus glattem Holz.

Der Beutel. Kahlan beugte sich zur Seite und tastete nach dem Knopf, mit dem der Beutel verschlossen wurde. Sie fand ihn. Sie mühte sich ab, den Knopf mit dem Daumennagel zu lösen, aber ihre Finger waren gefühllos, und so wie ihre Arme verdreht waren, fand sie mit den Fingern keinen rechten Ansatzpunkt. Also versuchte sie, den Daumennagel unter den Knopf zu bohren, ihn seitlich wegzukippen und abzureißen. Er war jedoch mit einem groben Faden angenäht. Endlich glitt der Knopf durchs Loch.

Kahlan durchwühlte die Gegenstände im Beutel und versuchte, sie so zu halten, daß sie sie sehen konnte. Bei jedem schrillen Schrei von Cara zuckte sie zusammen. Jedesmal, wenn Cara ihre Mutter schreiend anflehte, sie vor den Ratten zu retten, mußte Kahlan sich zusammenreißen, um nicht selbst loszuheulen.

Cara war ihre Schwester des Strafers. Kahlan mußte irgend etwas unternehmen. Sie war ihre einzige Hoffnung. Sie verrenkte sich den Hals, um die Markierungen auf den Hornbehältern zu erkennen. Den Gesuchten konnte sie einfach nicht ausfindig machen.

Sie befingerte die in das Horn geritzten Symbole. Sie ertastete einen Behälter, den sie für den richtigen hielt, und ihre Hoffnung bekam wieder Aufwind, nur um gleich darauf wieder enttäuscht zu werden, als sie fühlte, daß es sich um drei Kreise handelte. Sobald sie entschieden hatte, ein Horn sei nicht das gesuchte, schleuderte sie es zur Seite.

Sie wühlte im Beutel und entdeckte ein anderes. Blind ertastete sie die Kratzer mit den Fingern. Sie verliefen im Kreis. Sie ließ die Finger am Horn entlanggleiten und entdeckte einen zweiten Kreis. Zwischen beiden ertastete sie eine dicke, gerade Linie.

Kahlan hielt das Horn zwischen den Fingerspitzen und verbog den Kopf, um sich zu vergewissern, ob sie das richtige erwischt hatte. Cara schrie, und Kahlan ließ das Horn fallen. Sie rutschte ein Stück zur Seite, damit sie es auf dem Boden liegen sehen konnte.

In die Patina des Horns waren zwei Kreise geritzt. Durch beide Kreise hindurch lief eine waagerechte Linie. Es war das richtige: Hundspfeffer.

Nadine hatte sie gewarnt, den hölzernen Stöpsel herauszuziehen, hatte sie davor gewarnt, das Pulver ins Gesicht oder in die Augen zu bekommen. Es werde einen Menschen für eine Weile handlungsunfähig machen, hatte sie ihr erklärt. Hilflos.

Kahlan bekam das Horn wieder mit den Fingern zu fassen. Sie ruckelte an dem hölzernen Stöpsel, um ihn zu lockern. Er saß sehr fest, damit die gefährliche Substanz nicht verlorenging. Sie wollte ihn nicht ganz herausziehen, mußte aber sicher sein, ihn jederzeit öffnen zu können.

Solange ihr die Hände auf den Rücken gebunden waren, konnte sie mit ihnen nicht werfen. Verzweifelt überlegte sie, was sie tun sollte. Irgend etwas mußte sie tun. Unternahm sie nichts, wäre Cara in Kürze tot. Und dann würde Drefan über seine geliebte Gattin herfallen.

Cara winselte vor Schmerzen.

»Bitte, Mama, nimm doch die Ratten von Cara runter. Bitte, Mama, bitte. Hilf mir, so hilf mir doch bitte.«

Die flehenden, entsetzten Schreie zerrissen Kahlan das Herz. Sie durfte nicht länger warten. Sie mußte sich eben überlegen, was sie tun sollte. Sie mußte handeln.

»Drefan!«

Sein Kopf fuhr herum. »Willst du mir jetzt endlich verraten, wo Richard steckt?«

Kahlan fiel eine Bemerkung Nathans ein. *Wenn du Richard retten willst, mußt du Richards Bruder etwas anbieten, was er wirklich will.* Vielleicht konnte sie Cara damit retten.

»Richard? Was habe ich mit Richard zu schaffen? Du weißt doch ganz genau, daß ich dich will!«

Er lächelte ein wissendes, zufriedenes Lächeln. »Bald, mein Liebling. Noch ein kurzes Weilchen. Du wirst es abwarten können.«

Er wandte sich wieder Cara zu.

»Nein, Drefan! Ich kann nicht länger warten. Ich brauche dich jetzt. Ich will dich jetzt. Ich halte es nicht länger aus. Ich kann mir nichts mehr vormachen. Ich brauche dich.«

»Ich sagte –«

»Genau wie deine Mutter.« Bei ihren Worten erstarrte er. »Ich brauche dich, wie deine Hure von einer Mutter deinen Vater gebraucht hat.«

Seine Miene verfinsterte sich. Wie ein gereizter Bulle drehte er sich zu ihr herum, die stechenden Augen auf sie geheftet. »Was soll das heißen?«

»Du weißt sehr gut, was das heißt. Ich brauche das: daß man mich nimmt, genau wie dein Vater deine Mutter genommen hat. Ich will, daß du mich genauso nimmst. Nur du kannst mich befriedigen. Mach es. Mach es jetzt. Bitte.«

Er erhob sich, riesenhaft und beeindruckend. Seine Muskeln

spannten und entspannten sich. Er zog die Brauen herunter und funkelte sie grimmig wütend mit seinem Rahl-Blick an.

»Wußte ich's doch«, hauchte er. »Ich wußte es. Am Ende würdest du deinen dreckigen Perversionen nachgeben.«

Er zögerte, drehte sich zu Cara um.

»Ja, ganz recht, Drefan. Du hast immer recht. Du bist klüger als ich. Du hattest die ganze Zeit recht. Ich kann dich nicht länger hinters Licht führen. Gib mir, was ich will. Gib mir, was ich brauche. Bitte Drefan, ich flehe dich an. Ich brauche dich.«

Der Ausdruck auf seinem Gesicht war beängstigend. Der schiere Wahnsinn. Hätte sie im Gestein versinken können, sie hätte es getan.

Drefan ließ das Messer langsam aus dem Gürtel gleiten, während er sich mit der Zunge die Lippen benetzte. Er kam auf sie zu.

Sie hätte sich nicht träumen lassen, wie wirkungsvoll ihre Worte gewesen waren. Von plötzlicher Panik ergriffen, ruckelte Kahlan an dem Stöpsel. Drefans Gesicht, seine ganze Körperhaltung, veränderte sich. Er verwandelte sich in ein wutschäumendes Ungeheuer, das im Begriff stand, über sie herzufallen. Auf bestialische Weise kniff er die Augen zusammen vor primitivem Ekel und vor Haß auf sie.

Kahlan unterdrückte das plötzliche Entsetzen, das ihr in die Kehle stieg. Gütige Seelen, was hatte sie bloß angerichtet? Sie scharrte mit den Füßen über den Boden und drückte sich rücklings zurück. Doch sie kauerte bereits an der Wand.

Wie sollte sie das Pulver nur in sein Gesicht schleudern?

Gütige Seelen, was mache ich bloß?

Kahlan zerrte mit aller Kraft an dem Stöpsel. Er löste sich mit einem leisen Ploppen. Drefan hockte sich neben ihr auf ein Knie.

»Sag mir, wie sehr du willst, daß ich dich befriedige.«

»Ja! Ich will dich. Jetzt. Gib mir die Freuden, die nur du mir geben kannst.«

Er hob das Messer und beugte sich über sie.

Kahlan warf sich ihm entgegen, verdrehte den Körper, wälzte sich so schwungvoll wie möglich herum und schleuderte ihm das ganze Horn mit Pulver ins Gesicht. Dann blieb sie mit dem Gesicht auf den Steinen liegen.

In dieser Haltung konnte sie nichts erkennen. Sie wußte nicht, ob sie ihn verfehlt hatte, ob das ölhaltige Pulver verschüttet worden war, ob sie das Horn in die richtige Richtung gedreht hatte, ob er nahe genug gewesen war. Sie hielt den Atem an und machte sich innerlich auf den Stoß des Messers gefaßt, stellte sich vor, wie er kam, wußte, daß er kommen würde. Fast spürte sie, wie die scharfe Klinge in sie drang. Sie kämpfte gegen das panikartige Gefühl an, nicht zu wissen, wo genau er sie treffen würde.

Drefan taumelte zurück. Sie reckte den Kopf herum und sah, wie er sich krümmte, nach Luft schnappte und schließlich auf den Rücken stürzte.

Kahlan warf sich herum und begann, auf Cara zuzurutschen. Sie wollte einen Bogen um Drefan machen, hatte aber nicht viel Platz zum Manövrieren. Seine blind tastende Hand erwischte sie am Knöchel. Sie trat nach ihm aus.

Seine Finger schlossen sich noch fester um ihren Knöchel. Mit seinem kraftvollen Arm zog er sie heran. Nach Luft japsend, schlug er mit seiner anderen Hand wild um sich, um seine Umgebung zu ertasten. Er war blind.

Kahlan sah gelbes Pulver auf seiner Wange und an seinem Hals. Sie hatte es ihm nicht, wie erhofft, in die Augen schleudern können. Sie hatte nicht unmittelbar seinen Mund oder seine Nase getroffen. Bloß seitlich ins Gesicht. Das meiste hatte ihn verfehlt. Sie hatte keine Ahnung, wie lange es ihn behindern würde, lange vermutlich aber nicht.

Gütige Seelen, macht, daß es reicht.

Das Horn lag hinter ihm. Sie kam nicht dran.

Er riß an ihrem Bein. Sie machte sich sein Gezerre zunutze und trat mit voller Wucht, so fest sie konnte, nach seinem Gesicht. Sie erwischte ihn am Ohr und riß es ihm halb vom Kopf. Brüllend ließ er ihren Knöchel los.

Verzweifelt versuchte Kahlan seinen tastenden Fingern zu entkommen. Es gelang ihr, aus seiner Reichweite zu fliehen. Sie stieß gegen Cara, setzte sich auf und schob sich auf die Frau zu.

»Haltet durch, Cara. Bitte, haltet durch. Ich bin da. Ich werde sie von Euch runterholen. Ich schwöre, ich hole sie von Euch runter.«

»Mama, bitte«, winselte Cara. »Es tut so weh ... So weh. Es tut so weh.«

Kahlan zog die Füße unter ihren Körper, um sich weit genug aufrichten zu können. Sie verdrehte den Hals, blickte über die Schulter und versuchte zu erkennen, was sie gerade tat. Sie bekam die Kette zu fassen. Dabei verbrannte sie sich die Finger und zuckte zurück. Sie zwang sich, die Kette ein zweites Mal anzufassen. Zitternd, sich windend, zerrend, riß sie an dem eisernen Knoten.

Mit ihren verbrannten Fingern spürte sie, wie ein Glied verrutschte und die Kette sich allmählich löste. Sie riskierte einen schnellen Blick. Drefan rang immer noch um Atem, hatte aber seine Beine ausgestreckt. Die Arme hatte er seitlich an den Körper gelegt. Was hatte er nur vor?

Kahlan spürte, wie ein Kettenglied nachgab. Sie ruckelte die Kette hin und her, um den Knoten zu lockern, um ihm mehr Raum zu geben, damit er sich lösen konnte. Sie zog daran, weigerte sich loszulassen, obwohl das heiße Metall ihr die Finger verschmorte.

Drefans Atem ging wieder gleichmäßiger. Er lag vollkommen still da. Was tat er nur?

Kahlan stieß einen Freudenschrei aus, als die Kette rasselnd am Topf heruntergliitt. Den Rücken Cara zugewandt, hakte Kahlan ihre Finger unter den Rand des brühend heißen Topfes, zerrte ihn hin und her und schleuderte ihn von Cara herunter.

Blutverschmierte Ratten purzelten übereinander, fielen zappelnd zu Boden und rannten sofort davon.

Kahlan weinte fast vor Freude. »Ich habe es geschafft, Cara. Ich habe sie runtergeholt.«

Cara wälzte den Kopf von einer Seite auf die andere. Ihre Augen waren verdreht. Sie stieß ein unverständliches Gemurmel hervor. Als Kahlan über ihre Schulter schaute und Cara ansah, mußte sie den Blick abwenden, sonst hätte sie sich übergeben.

Sie rutschte hoch zu Caras Händen. Unter Aufbietung aller Kräfte zerrte sie an einem der Knoten, doch die hatten sich durch Caras Gezerre unfaßbar fest zusammengezogen. Kahlan konnte sie kein Stück bewegen. Sie konnte sie nicht lösen. Sie mußte sie auseinanderschneiden.

Drefans Messer lag neben ihm auf dem Fußboden. Er lag da, vollkommen reglos. Sie mußte sich beeilen. Sie mußte das Messer holen und Caras Fesseln durchtrennen. Und auch ihre eigenen. Bevor er wieder zu sich kam.

Kahlan stemmte die Fersen in den Boden und schob sich auf das Messer zu. Sie drehte sich um und tastete mit den Fingern danach.

Drefan richtete sich auf und packte sie. Er hielt sie an der Hüfte fest und hob sie in die Höhe, als hätte sie kein Gewicht. Dabei fuchtelte er ihr mit dem Messer vor dem Gesicht herum.

»Widerliches Zeug, gemahlener Hundspfeffer. Zum Glück weiß ich, wie ich meine Auras benutzen muß, um damit fertig zu werden. Und nun, meine Hure von einer Gemahlin, wird es Zeit, daß du für deine Perversionen bezahlst.«

31. Kapitel

Richard wankte auf den Raum der Sliph zu. Nicht weit entfernt in einer Kammer, wo Cara und Berdine ihn untergebracht hatten, hatte er die Schreie gehört. Er hatte nicht die geringste Vorstellung, wie lange er bewußtlos gewesen war, keine Vorstellung, wie lange es her war, daß sie ihn dort zurückgelassen hatten, doch die Schreie hatten ihn aus dem Dämmerzustand gerissen.

Jemand brauchte Hilfe. Und den letzten Schrei hatte er wiedererkannt – Kahlan.

Heftige, pochende Kopfschmerzen peinigten ihn. Alles tat ihm weh. Er hatte nicht geglaubt, stehen zu können, doch es gelang ihm. Er hatte nicht geglaubt, gehen zu können, aber auch das schaffte er. Es blieb ihm auch gar nichts anderes übrig.

Er war barfuß und ohne Hemd. Er hatte nur seine Hosen an. Ihm war durchaus bewußt, daß es in den unteren Gefilden der Burg kühl war, trotzdem bedeckte eine Schweißschicht seine Haut, und er bekam vor Hitze kaum Luft.

Unter Aufbietung seiner ganzen Willenskraft zwang er sich weiterzugehen.

Neben der Tür zum Raum der Sliph stützte er sich mit einer Hand ab, richtete sich auf und trat ein.

Drefan hob den Kopf. Er hatte den Arm um Kahlans Hüfte geschlungen. In seiner anderen Hand hielt er ein Messer. Ein Stück seitlich lag Cara gefesselt auf dem Boden. Ihr Bauch war zerfetzt. Sie lebte noch, wand sich aber unter qualvollen Schmerzen.

Richard konnte sich keinen Reim darauf machen.

»Was im Namen alles Guten geht hier vor, Drefan?«

»Richard«, meinte er voller Spott, »genau der Mann, auf den ich warte.«

»Gut, jetzt bin ich hier. Laß Kahlan los.«

»Oh, das werde ich, geliebter Bruder. Schon bald. Denn eigentlich will ich dich.«

»Wieso?«

Drefan zog erstaunt die Brauen hoch. »Damit ich wieder als Lord Rahl eingesetzt werden kann. Das ist die Stellung, die mir von Rechts wegen zusteht. Das haben die Stimmen mir gesagt. Mein Vater hat es mir gesagt. Ich werde Lord Rahl sein. Dazu bin ich geboren.«

Die Pest war in Richards Geist und Körper ein weit entferntes Dröhnen, das alles hier jedoch schien auch nichts weiter als ein Traum zu sein. »Wirf das Messer weg, Drefan, und gib auf. Es ist vorbei. Laß Kahlan los.«

Drefan lachte. Er warf den Kopf in den Nacken und lachte grölend. Als sein Gelächter verstummte, kniff er die Augen zusammen und verkörperte eine furchteinflößende Entschlossenheit.

»Sie will mich. Sie bettelt darum. Du weißt, das ist die Wahrheit, mein geliebter Bruder. Du hast sie selbst erlebt. Sie ist eine Hure. Genau wie all die anderen. Genau wie Nadine. Genau wie meine Mutter. Sie muß sterben wie alle anderen auch.«

Richard sah Kahlan in die Augen. Was ging hier vor? Gütige Seelen, wie sollte er sie aus Drefans Armen befreien?

»Du täuschst dich, Drefan. Deine Mutter hat dich geliebt. Sie hat dich an einen Ort gebracht, wo du vor Darken Rahl sicher warst. Sie hat dich geliebt. Bitte, laß Kahlan los. Ich flehe dich an.«

»Sie gehört mir! Sie ist meine Frau! Ich mache mit ihr, was ich will!«

Drefan rammte Kahlan das Messer unten in den Rücken. Richard fuhr erschrocken zusammen, als er hörte, wie es knirschend auf Knochen traf. Kahlan ächzte unter der Wucht des Stoßes und riß entsetzt die Augen auf. Drefan ließ sie los. Sie fiel auf die Knie und sank zur Seite.

Richard versuchte mit aller Kraft, sich einen Reim auf das Geschehen hier zu machen. Er war unfähig zu entscheiden, ob dies Wirklichkeit war oder ein böser Traum. In letzter Zeit hatte er so viele Träume gehabt, so viele Alpträume. Das hier schien zu sein wie sie, und doch war es anders. Er wußte nicht einmal mehr, ob er noch lebte. Der Raum verschwamm vor seinen Augen.

Drefan zog das Schwert der Wahrheit blank. Das Klirren des Stahls, das Richard so gut kannte, hallte durch den Raum, ein Glockenschlag, der ihn aus dem Schlaf in einen Alptraum zu versetzen schien. Richard sah, wie der Zorn des Schwertes, seine Magie, sich Drefans Blick bemächtigte.

»Es geht mir gut, Richard«, stieß Kahlan, ihn von unten anstarrend, keuchend hervor. »Du bist unbewaffnet. Verschwinde von hier. Fliehe. Ich liebe dich. Bitte, tu es für mich. *Lauf weg.*«

Der Zorn in Drefans Augen war ein Nichts verglichen mit dem Zorn, der Richards Herz durchtoste.

»Laß das Schwert fallen, Drefan. Auf der Stelle. Oder ich werde dich töten.«

Drefan ließ das Schwert kreisen. »Wie denn? Mit deinen bloßen Händen?«

Richard erinnerte sich lebhaft an Zedds Worte, als er ihm damals das Schwert der Wahrheit übergeben hatte: das Schwert sei lediglich ein Werkzeug, die Waffe sei der Sucher selbst. Ein wahrer Sucher brauche kein Schwert.

Richard machte einen Schritt nach vorn. »Und mit dem Haß in meinem Herzen.«

»Es wird mir ein Vergnügen sein, dich zu töten, Richard. Auch wenn du unbewaffnet bist.«

»Ich selbst bin die Waffe.«

Richard rannte. Die Entfernung zwischen den beiden verringerte sich mit alarmierender Geschwindigkeit. Kahlan schrie, er solle fliehen. Er hörte sie kaum. Richard war zum Äußersten entschlossen.

Drefan riß das Schwert hoch über den Kopf, holte Luft und bereitete sich vor, Richard zu zerteilen.

Das war die Blöße. Richard wußte, ein Stoß war schneller als ein Schnitt.

Eine eiserne Entschlossenheit packte ihn.

Mit einem wütenden Aufschrei begann Drefan das Schwert zu senken.

Richard fiel auf sein linkes Knie, durchbrach die Blöße und benutzte den Vorwärtsschwung sowie eine Drehung seines Oberkörpers, um seinem Stoß zusätzliche Wucht zu verleihen. Die Finger starr nach vorn gestreckt, stieß er seinen Arm mit aller Kraft vorwärts.

Richard stieß blitzschnell zu, bevor das Schwert ihn berühren konnte, und bohrte seine Hand in Drefans weichen Leib. Einen Wimpernschlag darauf hatte er Drefans Wirbelsäule gepackt und riß sie nach vorne heraus, wobei er sie zersplitterte.

Drefan kippte nach hinten, schlug krachend gegen den Brunnen der Sliph und brach in einer schnell größer werdenden, dunkelroten Blutlache zusammen.

Richard beugte sich über Kahlan und nahm ihr Gesicht in die linke Hand. Es sollte nicht mit Drefans Blut in Berührung kommen. Sie stöhnte vor Schmerzen. Aus den Augenwinkeln sah Richard, wie Drefans Arm sich bewegte.

»Ich kann meine Beine nicht spüren, Richard. Ich spüre meine Beine nicht. Gütige Seelen, was hat er bloß mit mir gemacht?« Ihre Stimme bebte vor panischer Angst. »Ich kann sie nicht bewegen.«

Richard wurde bereits eins mit seinem Verlangen. Als Preis für seine Rückkehr aus dem Tempel der Winde hatte er vergessen müssen, wie er seine Kraft benutzen konnte, doch er hatte sie früher schon benutzt. Er hatte bereits Menschen geheilt. Er war ein Zauberer.

Er achtete weder auf das Schwindelgefühl in seinem Kopf noch auf die Übelkeit in seinem Magen. Davon durfte er sich nicht aufhalten lassen.

Von Nathan hatte Richard gelernt, daß die Kraft durch das Verlangen oder den Zorn auf den Plan gerufen wurde, vorausgesetzt, Verlangen und Zorn waren groß genug. Nie hatte er größeres Verlangen oder einen größeren Zorn verspürt als in diesem Augenblick.

»Richard, Richard, ich liebe dich. Du sollst wissen, falls wir, falls wir …«

»Still«, beruhigte er sie mit sanfter Stimme. Ihr Gesicht war zerschunden und blutverschmiert. Zu sehen, wie sie litt, wie sie sich ängstigte, tat ihm in der Seele weh. »Ich werde dich heilen. Lieg still, dann mache ich dich wieder gesund.«

»Ich hatte das Buch schon in den Händen, und dann habe ich es wieder verloren. Oh, Richard, es tut mir so leid. Ich hatte es, aber jetzt ist es verschwunden.«

Der Mut verließ ihn, als er begriff, was sie da sagte: Er würde sterben. Es war unausweichlich. Er war verloren.

»Bitte Richard, du mußt Cara heilen.«

»Nein. Ich glaube, ich habe nicht die Kraft, euch beide zu heilen.« Um einen Menschen zu heilen, mußte er die Schmerzen des Verwundeten auf sich nehmen. Drefan zu töten hatte ihn fast seine ganze Kraft gekostet. »Ich muß dich heilen.«

Kahlan schüttelte den Kopf. »Bitte, Richard, tu, was ich sage, wenn du mich liebst. Heile Cara. Was er mit ihr angestellt hat, ist meine Schuld. Meine Schuld.« Eine Träne lief ihr über die Wange. »Ich habe das Buch verloren. Ich kann dich nicht retten. Heile Cara.« Sie unterdrückte ein Schluchzen. »Dann werden wir bald auf ewig zusammensein.«

Er verstand. Sie würden beide sterben. Sie würden in der Welt der Seelen zusammensein. Sie wollte ohne ihn nicht weiterleben.

Richard gab ihr einen Kuß auf die Stirn. »Halte durch. Gib nicht auf. Bitte, Kahlan, ich liebe dich. Gib nicht auf.«

Richard drehte sich zu Cara um. Seine Übelkeit war mittlerweile so groß, daß ihr Anblick kaum noch eine Wirkung auf ihn hatte. Aber ihr Leiden setzte ihm so sehr zu, daß er sich krümmte.

Er legte seine Hände auf Caras blutverschmierten, aufgerissenen Bauch.

»Ich bin da, Cara. Haltet durch. Haltet mir zuliebe durch, damit ich Euch heilen kann.«

Sie warf murmelnd den Kopf von einer Seite auf die andere und schien seine Worte nicht zu hören.

Richard schloß die Augen und öffnete sein Herz, sein Verlangen, seine Seele. Er gab sich ganz dem Strom seines Mitgefühls hin. Er hatte nur den Wunsch, Cara wieder gesund zu machen. Sie hatte sich mit Leib und Seele für sie beide aufgeopfert. Er wußte nicht, ob er noch über genügend Kraft verfügte, aber er gab sich dem Versuch vollkommen hin.

In die strudelnden Tiefen ihrer Qual stieg er hinab. Er spürte alles, was sie spürte, teilte ihr Leid. Mit zusammengebissenen Zähnen und angehaltenem Atem nahm er ihre Schmerzen auf sich, weiter und weiter, schonungslos gegen sich selbst.

Er schüttelte sich vor Qualen, und sein Verstand schrie gepeinigt auf. Er nahm alles auf sich und verlangte nach mehr. Er wollte alles. Er forderte es.

Die Welt verwandelte sich in einen einzigen fließenden, gewundenen Strom aus Schmerzen. Von diesem Strom wurde er fortgerissen. Ihre sengende Glut verschlang alles Sein.

Zeit verlor jegliche Bedeutung. Was blieb, war Schmerz.

Als er spürte, daß er alles in sich aufgesogen hatte, ließ er sein Mitgefühl herausströmen, seine Kraft: seine Heilkraft, sein heilendes Wesen.

Er wußte nicht, wie er die Kraft lenken sollte, er ließ sie einfach in sie hineinströmen. Es war, als würde sein ganzes Selbst von ihrem Verlangen aufgesogen. Sie war verbrannte, ausgedörrte Erde, die den lebensspendenden Regen gierig in sich aufnahm.

Als er schließlich die Augen öffnete und den Kopf hob, lagen seine Arme auf der glatten weichen Haut ihres Bauches. Sie schien sich dessen noch nicht recht bewußt zu sein, dennoch war sie wieder genesen.

Richard drehte sich um. Kahlan lag auf der Seite, ihr Atem ging in kurzen, heftigen Stößen. Ihr Gesicht war aschfahl und von Schweiß und Blut verschmiert, die Augen halb geschlossen.

»Richard«, hauchte sie, als er sich über sie beugte, »mach mir die Hände los. Ich will in deinen Armen liegen, wenn ich ...«

Wenn sie starb. Das hatte sie sagen wollen.

Hastig hob Richard ein ganz in der Nähe liegendes Messer vom Boden auf und durchtrennte ihre Stricke. Der Zorn war wieder da, jetzt jedoch nur noch als fernes Glühen. Er konnte den Raum kaum mehr erkennen. Sie kaum mehr hören. Sie kaum sehen.

Als sie die Hände endlich frei hatte, schlang sie einen Arm um seinen Hals und zog ihn zu sich. Richard hatte Mühe zu verhindern, daß er auf sie fiel.

»Richard, Richard, Richard«, flüsterte sie. »Ich liebe dich.«

Richard wollte sie gerade umarmen, als er die immer größer werdende Blutlache unter ihr entdeckte.

Sein Zorn flammte von neuem auf. Sein Verlangen flammte erneut auf.

Er nahm sie in die Arme und flehte die Seelen an, sie zu verschonen.

»Bitte gebt mir die Kraft, meine Liebste zu heilen«, flüsterte er mit tränenerstickter Stimme. »Ich habe alles getan, was man von mir verlangt hat. Ich habe alles aufgegeben. Bitte, es darf nicht sein, daß ich auch noch meine Liebste verliere. Ich liege im Sterben. Laßt mir genügend Zeit. Helft mir.«

Mehr wollte er nicht, mehr verlangte er nicht, als er sie jetzt in den Armen hielt. Sie sollte überleben. Er wollte, daß es ihr wieder gutging und sie wieder gesund wurde.

Sie fest an sich drückend, überließ er sich ein weiteres Mal dem reißenden Strom. Er nahm die Schmerzen vorbehaltlos auf sich, hieß sie willkommen, lockte sie mit aller Kraft an.

Gleichzeitig ließ er seine Liebe fließen, seine Wärme, sein Mitgefühl.

Kahlan stöhnte.

Richard sah, daß seine Arme glühten, als teile eine Seele seinen Körper mit ihm. Vielleicht war er bereits zu einer Seele geworden, doch das alles kümmerte ihn nicht. Ihn kümmerte nur, ob er sie heilen würde – und nicht, was ihn das kosten mochte. Er war bereit, jeden Preis zu zahlen.

Kahlan stöhnte, als sie spürte, wie die Kraft in ihren Körper zurückströmte. Ihre Beine fingen an zu kribbeln. Zum ersten Mal, seit Drefan auf sie eingestochen hatte, spürte sie wieder etwas.

Richard schien sie mit einem Glühen zu umgeben, während er sie in seinen wärmenden, liebevollen Armen hielt.

Verglichen damit war die Wonne der Sliph eine Folter. Es überstieg alles, was sie in ihrem Leben je gefühlt hatte. Sie spürte, wie seine wärmende, heilende Magie durch jede Faser ihres Körpers strömte.

Ihr schien, als würde sie neu geboren. Leben und Lebendigkeit stiegen in ihr hoch. Tränen des Glücks lösten sich aus ihren Augen, während sie, vollkommen überwältigt von der Magie, in seinen Armen lag.

Als er sie endlich freigab, konnte sie sich ohne Schmerzen bewegen, auch die Beine wieder. Sie fühlte sich gesund. Sie war geheilt.

Richard wischte ihr das Blut von den Lippen und sah ihr in die Augen.

Kahlan kniete mit ihm auf dem Boden und küßte ihn, wobei sie ihre gemeinsamen, salzigen Tränen schmeckte.

Sie löste sich von ihm, nahm ihn bei den Armen, und es war, als sähe sie ihn in einem völlig neuen Licht. Soeben hatte sie etwas mit ihm geteilt, das jenseits aller Worte, jenseits jeder Möglichkeit des Verstehens lag.

Kahlan erhob sich und reichte ihm die Hand, um ihm aufzuhelfen. Richard wollte danach greifen.

Dann fiel er vornüber auf sein Gesicht.

»Richard!« Sie ließ sich zu Boden fallen und wälzte ihn auf den Rücken. Er atmete kaum noch. »Richard, bitte. Verlaß mich nicht. Bitte verlaß mich nicht!«

Sie packte ihn bei den Schultern. Er glühte vor Fieber. Seine Augen waren geschlossen. Jeder flache Atemzug bereitete ihm große Mühe.

»Es tut mir so leid, Richard. Ich habe das Buch wieder verloren. Bitte, Richard. Ich liebe dich. Stirb nicht und laß mich nicht allein.«

»Hier«, war eine Stimme zu vernehmen, die durch den Raum hallte.

Kahlan hob den Kopf. Die Stimme hatte etwas Unwirkliches. Sie verstand nicht. Dann fiel es ihr wie Schuppen von den Augen.

Kahlan wirbelte herum und sah das quecksilbrige Gesicht der Sliph, das auf sie herabblickte. Ein flüssiger Silberarm hielt ihr das schwarze Buch hin.

»Mein Herr und Meister benötigt dies«, sagte die Sliph. »Nimm es.«

Kahlan riß das Buch an sich. »Danke! Danke, Sliph!«

Sie sank nieder, um den Zauberersand zu holen, den Richard in den Ledertaschen bei sich trug, doch er hatte seinen Übergürtel nicht angelegt.

Sie lief hinüber zu Cara, die noch immer mit Stricken gefesselt war. Cara wälzte vor sich hinmurmelnd den Kopf von einer Seite zur anderen, als hätte sie nicht mitbekommen, daß Richard sie geheilt hatte. Noch immer war sie im Kerker ihres eigenen Grauens gefangen.

Zedd hatte Kahlan erklärt, die Gabe könne Krankheiten des Geistes nicht heilen.

»Cara! Cara, wo hattet Ihr Richard untergebracht? Wo sind seine Sachen?«

Die Mord-Sith zeigte keinerlei Reaktion. Kahlan schnappte sich das Messer vom Fußboden und durchtrennte die Stricke. Cara blieb einfach reglos liegen.

Kahlan nahm ihr Gesicht in die Hände und zwang sie, ihr in die Augen zu sehen. »Es ist alles wieder in Ordnung, Cara. Die Ratten sind fort. Sie sind verschwunden. Ihr seid in Sicherheit. Richard hat Euch geheilt. Alles wieder in Ordnung.«

»Ratten«, murmelte Cara. »Nehmt sie von mir runter, bitte, bitte ...«

Kahlan nahm sie in die Arme. »Sie sind fort, Cara. Ich bin Eure Schwester des Strafers. Ich brauche Euch. Bitte, Cara, kommt wieder zu Euch.«

Die andere brachte nur ein unverständliches Gestammel hervor.

»Cara«, schluchzte Kahlan, »Richard stirbt, wenn Ihr mir nicht helft. Die Burg hat Tausende von Räumen. Ich muß wissen, wo Ihr ihn untergebracht hattet. Bitte, Cara, Richard hat Euch geholfen. Er ist jetzt auf Eure Hilfe angewiesen – sonst stirbt er. Wir haben keine Zeit. Richard braucht Euch.«

Caras Augen fanden ihr Ziel, so als erwachte sie aus dem Schlaf. »Richard?«

Kahlan wischte sich die Tränen aus dem Gesicht. »Ja, Richard. So beeilt Euch doch. Ich brauche den Gürtel, den Richard sonst immer trägt. Ich brauche ihn, oder er stirbt.«

Cara nahm ihre Hände herunter und rieb sich die Handgelenke, die an den ehemals wunden Stellen jetzt unversehrt waren. Sie befühlte ihren Bauch. Sogar die alten Narben waren verschwunden.

»Ich bin geheilt«, wunderte sie sich leise. »Lord Rahl hat mich geheilt.«

»Ja! Cara, bitte. Richard liegt im Sterben. Das Buch habe ich, aber ich brauche die Dinge, die er in seinem Gürtel bei sich trägt.«

Unvermittelt setzte Cara sich auf und zog ihren roten Lederanzug über ihre Brust. Sie schloß zwei der Knöpfe, damit er hielt.

»Seinen Gürtel! Ja. Ihr bleibt hier bei Lord Rahl. Ich werde ihn holen.«

»Beeilt Euch!«

Cara erhob sich, noch ein wenig schwankend, fand dann ihr Gleichgewicht wieder und verließ eilig den Raum. Kahlan drückte das tiefschwarze Buch an ihren Körper. Sie beugte sich über Richard. Sein Atem ging sehr schwach. Sie wußte, jeder dieser Atemzüge konnte sein letzter sein. Er hatte ihnen, Kahlan und Cara, seine ganzen Kräfte überlassen.

»Gütige Seelen, helft ihm. Laßt ihm nur noch ein bißchen Zeit. Bitte. Er hat so viel durchgemacht. Bitte, schenkt ihm ein wenig Zeit, bis ich dieses widerwärtige Buch vernichten kann.«

Kahlan beugte sich über ihn und gab ihm einen Kuß auf die Lippen. »Halte durch, Richard. Halte für mich durch, bitte. Falls du mich hören kannst: Ich habe das Buch. Ich weiß jetzt, wie man es vernichten kann. Bitte, halte einfach durch.«

Auf einer sauberen Stelle etwas näher bei der Tür kniete Kahlan nieder und schlug das Buch auf der dritten Seite auf, um bereit zu sein, sobald Cara zurückkehrte.

Sie starrte in das Traumbild einer völlig öden Landschaft. Da war zu Dünen aufgewehter Sand, der sich bis in die Ferne des von dem Buch ausgehenden Trugbildes erstreckte. Kahlan versenkte ihren Blick in diese Ödnis und sah Runen im Sand – zu geometrischen Mustern angeordnete Linien.

Ihr Blick wurde von dem wirbelnden und kreisenden Linienmuster aufgesogen. Dort, in den Runen, war ein Licht. Es leuchtete flackernd in allen Farben daraus hervor und schien sie zu sich zu rufen.

»Mutter Konfessor!« gellte Cara und rüttelte Kahlan an den Schultern. »Habt Ihr mich nicht gehört! Ich habe den Gürtel von Lord Rahl!«

Kahlan schüttelte blinzelnd den Kopf, versuchte ihre Gedanken wieder zu ordnen. Sie riß den Gürtel an sich und löste den Knochenstift, mit der die Lasche der Tasche befestigt war, in der Richard den Zauberersand aufbewahrte. Drinnen fand sie den Lederbeutel mit weißem Sand.

Mit Cara im Rücken, die ihr die Hand auf die Schulter gelegt hatte, warf Kahlan eine Prise weißen Sand in das Buch.

Die Farbe schien zu brodeln und zu kreisen, sich zu überschlagen und in sich zu verschlingen. Kahlan riß den Blick los, suchte ein weiteres Mal in der Tasche und zog den anderen Lederbeutel hervor, in dem sich der schwarze Zauberersand befand. Vorsichtig zog sie das obere Ende mit zwei Fingern auseinander. Sie sah den tiefschwarzen Sand in seinem Innern.

Besorgt hielt Kahlan inne. Da war noch etwas, irgend etwas regte sich ganz hinten in ihrem Verstand.

Die Worte. Nathan hatte gesagt, man müsse die Worte sprechen, die drei Grußformeln, bevor man den schwarzen Sand benutzte. Drei Worte. Bloß, wie lauteten sie?

Sie fielen ihr nicht ein. In Gedanken rannte sie hinter ihnen her, aber immer wieder verschwanden sie hinter einer dunklen Ecke, und sobald sie um dieselbe Ecke bog, waren sie abermals bereits davon. Ihre Gedanken steckten in einem Sumpf aus Angst fest, in dem man nur mühselig stapfend vorwärtskam. Verzweifelt zermarterte sie sich das Hirn, aber die Worte wollten ihr nicht einfallen.

Richard hatte sie sich in die Handfläche geschrieben. Kahlan drehte sich um, wollte sie ihm aus der Hand lesen und erstarrte.

Drefan, der dort, wo er zusammengebrochen war, am Brunnen der Sliph lehnte, hatte das Schwert, indem er sich an einen letzten Lebensnerv klammerte, zum Schlag erhoben. Richard lag in Reichweite unmittelbar vor ihm auf dem Boden. Drefan würde ihn töten.

»Nein!« kreischte Kahlan.

Doch das Schwert senkte sich bereits herab. Ein mattes, irres Lachen wehte durch die Luft.

Kahlan reckte die geballte Faust nach vorn und rief den blauen

Blitz herbei, um Richard zu beschützen. Nichts geschah. Man hatte ihr den Zugriff auf ihre Kraft unmöglich gemacht.

Cara hatte sich bereits in Bewegung gesetzt, um sich auf Drefan zu werfen, doch sie war zu weit entfernt. Sie würde es nicht schaffen. Das Schwert hatte halb sein Ziel erreicht.

Ein silbriger Arm senkte sich von oben herab, packte Drefans Arm und hielt ihn fest. Kahlan hielt den Atem an.

Ein weiterer flüssiger Silberarm wand sich um Drefans Kopf. *»Atme«*, gurrte die Sliph mit einer Stimme, die die Befriedigung bestialischer Lust verhieß, mit einer Stimme, die reine Wonne versprach. *»Ich möchte, daß du mich zufriedenstellst. Atme.«*

Drefans Brust hob sich, als er die Sliph einatmete.

Er wurde ganz ruhig, hielt die Sliph in seinen Lungen fest. Dann ließ die Sliph ihn los, und er fiel zur Seite um. Er atmete aus und stieß die Sliph, die er eingeatmet hatte, wieder aus.

Sie lief ihm aus Mund und Nase, jedoch nicht silbern, sondern rot.

Kahlan spürte, wie etwas in ihrem Innern auseinanderging, das tiefgreifende Gefühl, daß sich etwas löste, und urplötzlich war sie wieder eins mit ihrer Kraft: Dieses köstliche Gefühl in ihrem Innern entlockte ihr ein euphorisches Stöhnen.

Drefan war tot. *Bis daß der Tod euch scheidet.* So hatten die Worte gelautet.

Ihr Eid war erfüllt. Die Winde hatten ihr die Kraft zurückgegeben.

Kahlan wurde aus ihrer Benommenheit gerissen, als sie Richard nach Luft schnappen hörte. Erneut von Panik ergriffen, eilte sie zu ihm hinüber und ergriff seine rechte Hand, auf die Richard die Nachricht gekritzelt hatte. Sie bog seine Finger auseinander.

Die Worte waren verschwunden. Drefans Blut hatte die Schrift verwischt, als Richard ihn zurückgehalten hatte.

Kahlan schrie vor Wut und Verzweiflung. Sie kroch zurück zu dem aufgeschlagenen Buch. Sie konnte sich einfach nicht an die

Worte erinnern. Verzweifelt zermarterte sie sich den Verstand. Sosehr sie sich auch abmühte, die Worte wollten ihr nicht einfallen.

Was sollte sie nur tun?

Vielleicht sollte sie trotzdem einfach ein schwarzes Sandkorn hinzufügen.

Nein, sie war nicht so unklug, den Rat eines Zauberers wie Nathan zu mißachten.

Sie preßte sich die Handballen an die Schläfen, als wollte sie die Worte herauspressen. Cara kniete nieder und packte sie bei den Schultern.

»Was ist, Mutter Konfessor? Ihr müßt Euch beeilen. Lord Rahl atmet kaum noch. So beeilt Euch doch!«

Die Tränen liefen ihr übers Gesicht. »Ich weiß die Worte nicht mehr. Ach, Cara, ich kann mich einfach nicht erinnern. Nathan hat sie mir gesagt, aber ich kann mich nicht mehr an sie erinnern.«

Kahlan schleppte sich auf allen vieren wieder hinüber zu Richard. Sie streichelte ihm das Gesicht.

»Bitte, Richard. Wach doch auf. Ich muß sie wissen. Bitte, Richard, wie lauten sie? Die drei Worte?«

Ächzend vor Anstrengung versuchte er, Luft zu holen. Er würde nicht mehr aufwachen. Er würde nicht überleben.

Kahlan eilte zum Buch zurück. Sie schnappte sich den Lederbeutel mit dem schwarzen Sand. Sie würde es ohne die Worte wagen müssen. Vielleicht würde es auch so gelingen. Es mußte!

Sie konnte sich nicht überwinden, die Hände zu bewegen. So unklug war sie nicht. Es würde nur gelingen, wenn sie die Worte sprach. Sonst nicht, soviel war ihr klar. Sie war mit Zauberern und Magie aufgewachsen und war nicht so überheblich, Nathans Anweisungen in den Wind zu schlagen. Ohne die Worte würde es nicht klappen.

Sie ließ sich mit einem Aufschrei nach vorne fallen und trommelte mit den Fäusten auf den Boden. »Ich kann mich nicht an die Worte erinnern. Ich kann es nicht!«

Cara legte einen Arm um sie, zwang sie, sich aufzurichten, und nahm sie behutsam in den Arm. »Beruhigt Euch doch. Tief durchatmen. Gut. Jetzt ausatmen. Und noch einmal. Jetzt stellt Euch diesen Nathan in Gedanken vor. Stellt ihn Euch vor, wie er die Worte zu Euch spricht und wie glücklich Ihr wart, daß Ihr Richard das Leben retten könnt.«

Kahlan versuchte es. Sie gab sich solche Mühe, daß sie hätte schreien mögen.

»Ich kann mich nicht an sie erinnern«, weinte sie. »Richard wird sterben, weil mir drei blöde Worte nicht einfallen. Ich kann mich einfach nicht an die drei Grußformeln erinnern.«

»Die drei Grußformeln?« fragte Cara erstaunt. »Meint Ihr vielleicht Reechani, Sentrosi, Vasi? Diese drei Grußformeln?«

Kahlan starrte sie fassungslos an. »Das sind sie. Die drei Grußformeln. Reechani, Sentrosi, Vasi.

Reechani! Sentrosi! Vasi! Ich erinnere mich! Danke, Cara, jetzt erinnere ich mich wieder!«

Mit Daumen und Zeigefinger fischte Kahlan ein einzelnes Korn des schwarzen Sandes heraus.

»Reechani, Sentrosi, Vasi«, wiederholte sie zur Sicherheit noch einmal.

Dann warf sie das schwarze Sandkorn ins Buch.

Die beiden hielten den Atem an.

Im Raum setzte ein Summen ein, das allmählich immer lauter wurde. Die Luft schien zu tanzen und zu vibrieren. Ein wirbelndes, sich überschlagendes, pulsierendes, an- und abschwellendes Licht in allen Farben leuchtete flackernd auf. Mit dem Summen wurde es immer heller, bis Kahlan schließlich die Augen abwenden mußte.

Lichtstrahlen schwenkten über die steinernen Wände hinweg. Cara hielt sich die Hand vors Gesicht. Kahlan folgte ihrem Beispiel. Das Licht war so grell, daß es nicht reichte, sich einfach abzuwenden.

Und dann setzte eine Dunkelheit ein wie die tiefe Schwärze des

Steins der Nacht oder des Bucheinbandes und sog Licht und Farben zurück ins Buch. Sie entzog dem Raum alles Licht, bis er schließlich in Dunkelheit versank.

Aus der Tiefe dieser völligen Finsternis drang ein so entsetzliches Stöhnen, daß Kahlan froh war, nicht erkennen zu können, woher es stammte. Die Klagelaute der Seelen füllten den Raum, breiteten sich in blinder, irrer Raserei aus, sirrten durch die Luft – verloren, wie von Sinnen, wild.

Der Klang eines fernen Lachens, das Kahlan nur zu gut kannte, verhallte zu einem Klagelaut, der bis in die Ewigkeit zu reichen schien.

Als der Schein der Kerzen wieder aufleuchtete, war das Buch verschwunden, und nur ein Aschefleck verriet, wo es gelegen hatte.

Kahlan und Cara liefen hinüber zu Richard. Er schlug die Augen auf. Zwar sah er noch nicht gesund aus, wirkte aber munterer. Sein Atem ging kräftiger und gleichmäßig.

»Was ist passiert?« fragte er. »Ich bekomme wieder Luft. Mein Kopf dröhnt nicht mehr.«

»Die Mutter Konfessor hat Euch gerettet«, verkündete Cara. »Wie ich Euch schon oft erklärt habe, Frauen sind stärker als Männer.«

»Cara«, fragte Kahlan leise, »woher kanntet Ihr die drei Grußformeln?«

Cara zuckte die Achseln. »Der Legat Rishi kannte die Worte, genau wie die Nachricht von den Winden. Als Ihr von den drei ›Grußformeln‹ spracht, sind sie mir, genau wie die anderen Nachrichten von den Winden, einfach über seine Magie zugefallen.«

Erleichtert legte Kahlan ihre Stirn in stummer Dankbarkeit an Caras Schulter. Die Mord-Sith streichelte der Mutter Konfessor mit demselben stummen Mitgefühl den Rücken.

Richard blinzelte, kniff die Augen zusammen und wollte den Kopf wieder klar bekommen. Als er sich aufrichtete, beugte sich Kahlan zu ihm und wollte ihn in den Arm nehmen, aber Cara hielt sie zurück.

»Bitte, Mutter Konfessor, darf ich zuerst? Ich fürchte, wenn Ihr erst einmal anfangt, bekomme ich wahrscheinlich keine Gelegenheit mehr dazu.«

Kahlan mußte schmunzeln. »Da habt Ihr nicht ganz unrecht. Nur zu.«

Während Cara die Arme um Richard schlang und leise, persönliche, von Herzen kommende Worte in sein Ohr flüsterte, stand Kahlan auf und wandte sich an die Sliph.

»Ich kann dir nicht genug danken, Sliph. Du hast Richard gerettet. Du bist eine echte Freundin, und ich werde dich mein Leben lang in Ehren halten.«

Das silbrige Gesicht verzog sich zu einem zufriedenen Lächeln. Sie blickte hinunter auf Drefans leblosen Körper.

»Er besaß keine Magie, aber er benutzte seine Begabung dazu, die Blutung zu stoppen, damit er lange genug weiterleben konnte, um den Herrn und Meister umzubringen. Es bedeutet den Tod, wenn man mich einatmet, ohne Magie zu besitzen. Ich bin froh, daß ich ihn auf eine Reise mitnehmen konnte, eine Reise in die Welt der Toten.«

Richard erhob sich auf wackeligen Beinen und schlang Kahlan einen Arm um die Hüften. »Ich möchte mich ebenfalls bei dir bedanken, Sliph. Ich habe keine Ahnung, was ich jemals für dich werde tun können, aber wenn es in meiner Macht steht, brauchst du es nur zu sagen.«

Die Sliph lächelte. »Ich danke Euch, mein Herr und Meister. Es würde mich sehr freuen, wenn du wieder mit mir reisen würdest. Es wird dir gefallen.«

Richards Augen hatten jetzt wieder ihren alten Glanz. »Ja, wir wollen reisen. Ich werde mich vorher etwas ausruhen müssen, bis ich mich ganz erholt habe und wieder bei Kräften bin, aber dann werden wir reisen, das verspreche ich.«

Kahlan ergriff Caras Hand. »Geht es Euch gut? Ich meine, ist wirklich alles in Ordnung … in jeder Hinsicht?«

Cara nickte, einen gehetzten Blick in den Augen. »Die Geister der Vergangenheit verfolgen mich noch immer, aber es geht mir gut. Danke, Schwester, daß Ihr mir geholfen habt. Es geschieht nicht oft, daß eine Mord-Sith auf die Hilfe eines anderen vertrauen kann, aber bei Richard als Lord Rahl und Euch als Mutter Konfessor scheint alles möglich.«

Cara blickte hinüber zu Richard. »Als Ihr die Mutter Konfessor geheilt habt, sah es aus, als würdet Ihr glühen, als hätte Euch dabei eine Seele zur Seite gestanden.«

»Ich denke, die Guten Seelen haben mir geholfen. Davon bin ich fest überzeugt.«

»Ich habe die Seele wiedererkannt. Es war Raina.«

Richard nickte. »Ich hatte auch das Gefühl, es sei Raina gewesen. Als ich in der Welt der Seelen war, erzählte Denna mir, Raina habe ihren Frieden gefunden und wisse, daß wir sie lieben.«

»Ich glaube, wir sollten gehen und Berdine erzählen, was passiert ist«, schlug Cara vor.

Richard legte ihr seinen anderen Arm um die Hüfte, und alle machten sich auf in Richtung Tür.

»Ja, das denke ich auch.«

32. Kapitel

Mehrere Tage darauf – Richard hatte sich fast wieder vollständig erholt – ritt Tristan Bashkars Onkel, König Jorin Bashkar, König von Jara, an der Spitze seiner Kompanie aus königlichen Lanzenträgern in Aydindril ein. Auf der Spitze einer jeden der einhundert Lanzen steckte ein Schädel.

Von einem Fenster aus verfolgte Kahlan, wie die Lanzen unter den wachsamen Blicken der d'Haranischen Soldaten in einer pfeilgeraden Doppelreihe parallel zum Eingang des Palastes der Konfessoren aufgepflanzt wurden. Staatsflaggen flatterten an Stangen, die vom ersten Paar sich gegenüberstehender jaranischer Soldaten gehalten wurden. Jorin Bashkar, gefolgt von seinem Sternendeuter Jevas Kadar, wartete ab, bis sich die Lanzenträger mit ihren in der Sonne blitzenden Uniformen perfekt ausgerichtet hatten, dann marschierte er entschlossenen Schritts in königlicher Manier zwischen den Schädelreihen hindurch auf den Eingang zu.

Kahlan schaute aus dem Fenster und berührte sachte Caras Arm. »Geht und holt Richard. Sagt ihm, er möge mich im Ratssaal treffen.«

Cara war schon an der Tür, bevor Kahlan sich auf den Weg machen konnte.

Unter den Bildern von Magda Searus, der ersten Mutter Konfessor, und ihrem Zauberer Merritt, die man unter die weite Kuppel des Ratssaals gemalt hatte, thronte Kahlan Amnell, Mutter Konfessor, auf dem Obersten Sitz und erwartete ihren Zauberer.

Ihr ging das Herz auf, als sie ihn schwungvoll den Saal betreten sah, mit seinem wehenden goldenen Umhang, im goldbesetzten Anzug eines Kriegszauberers, mit dem rubinroten Amulett auf seiner Brust, das im Sonnenlicht, durch das er schritt, aufblinkte, und seinen polierten und glänzenden Armbändern aus Silber. Das Licht fing sich im Schwert der Wahrheit an seiner Hüfte und erstrahlte wie ein Sonnenaufgang, dessen Lichtstrahlen gleißend über den polierten Marmorboden fielen.

»Guten Morgen, meine Königin«, rief er munter. Seine Stimme hallte durch den riesigen Saal. »Wie geht es Euch an Eurem letzten Tag in Freiheit?«

Im Ratssaal lachte Kahlan nur selten. Es war ihr immer ungehörig erschienen. Jetzt lachte sie, und das fröhliche Geräusch hallte durch den höhlenähnlichen Saal und entlockte den Wachen ein Lächeln.

»Es geht mir gut, Lord Rahl«, antwortete sie, während er das Podium erklomm.

In seinem Schatten folgten Cara und Berdine, zusammen mit Ulic und Egan, die die Positionen jeweils an ihrer Seite einnahmen.

»Was ist denn los?« fragte er, jetzt ernster geworden. »Ich hörte, soeben sei ein König mit einhundert Schädeln auf Lanzen eingeritten?«

»Der König von Jara. Erinnerst du dich noch? Du hast ihm Tristans Kopf geschickt und seine Kapitulation verlangt.«

»Ach, dieser König.« Richard ließ sich in den Sessel neben ihr gleiten. »Um wessen Köpfe handelt es sich?«

»Ich denke, das werden wir in Kürze erfahren.«

Die Wachen zogen die Doppeltür auf. Ein Lichtstrahl fiel durch die Türöffnung und rahmte, einem Schattenriß gleich, die beiden näher kommenden Gestalten ein.

Vor dem Podium schlug der König sein violettes, mit weißem Fuchspelz abgesetztes Gewand auf und ließ sich zu einer tiefen Verbeugung auf ein Knie fallen. Der Sternendeuter hinter ihm ließ sich bei seiner Verbeugung auf beide Knie fallen.

»Erhebt Euch, meine Kinder«, erwiderte Kahlan die Verbeugung in aller Form.

»Mutter Konfessor«, sagte König Jorin, »es tut gut, Euch wiederzusehen.«

Kahlan war immer schon der Ansicht gewesen, daß ihm seine schlanke Erscheinung, sein ergrauendes, sauber gestutztes Haar, das so geschnitten war, daß es nach hinten zu wehen schien, als stünde er im Wind, seine elegante Scheide mitsamt Schwert, seine Ordensbänder, seine Schärpe, sein blauer, goldbestickter Mantel und seine juwelenbesetzten Anstecknadeln das Aussehen eines äußerst prächtigen Königs verliehen.

»Euch auch, König Jorin.« Kahlan hob eine Hand und stellte vor: »Dies ist Lord Rahl, Herrscher des d'Haranischen Reiches und mein zukünftiger Gatte.«

Der König zog eine Braue hoch. »Wie ich bereits erzählen hörte. Meinen Glückwunsch.«

Richard beugte sich vor. »Ich habe Euch eine Nachricht zukommen lassen. Wie lautet Eure Antwort?«

Kahlan fand, daß ihr noch einiges an Arbeit bevorstand, wenn sie Richard die angemessene diplomatische Etikette beibringen wollte.

Der König lachte schallend. »Es ist mir eine Freude, Teil eines Reiches zu werden, das von einem Mann geführt wird, der mich nicht mit seinen geschwollenen Reden zu Tode langweilt.« Er deutete mit dem Daumen auf den Sternendeuter hinter sich. »Wie so mancher andere.«

»Soll das heißen, Ihr kapituliert?« hakte Richard nach.

»Das soll es allerdings, Lord Rahl. Mutter Konfessor.«

»Eine große Delegation der Imperialen Ordnung kam nach Sandilar und forderte uns auf, uns ihnen anzuschließen. Wir hatten auf ein Zeichen gewartet, wie es uns Javas Kedar geraten hatte. Tristan wollte die Angelegenheit selbst in die Hand nehmen und hat versucht, einen günstigen Handel mit der Imperialen Ordnung abzuschließen.

Als die Pest kam, glaubten wir, sie sei ein Beweis für die Macht der Imperialen Ordnung, und ich muß gestehen, wir bekamen es mit der Angst. Doch als Ihr dann die Pest aus dem Land vertrieben hattet, war das für mich Zeichen genug. Javas hier wird zweifellos in Kürze das entsprechende Himmelszeichen entdecken, das mich in meinem Entschluß bestärkt. Wenn nicht, gibt es auch noch andere Sterndeuter.«

Javas Kedar errötete und verneigte sich. »Wie ich bereits erwähnte, Eure Hoheit, ist es für mich als Sterndeuter ein leichtes, Eure Entscheidung zu bestätigen.«

Der König warf einen finsteren Blick über die Schulter. »Gut!«

»Und die Schädel?« wollte Richard wissen.

»Die Delegation der Imperialen Ordnung. Ich habe ihre Köpfe mitgebracht, um Euch davon zu überzeugen, daß ich es ehrlich meine. Ihr solltet sehen, daß ich diesen Entschluß aus tiefster Überzeugung fälle. Ich fand, es sei eine passende Antwort für einen Herrscher, der ein Land mit einer Pestepidemie überzieht, die unterschiedslos alle tötet. Dadurch gibt er sein wahres Wesen zu erkennen und straft alles Lügen, was er sonst noch über sich verbreiten läßt.«

Richard verneigte sich vor dem König. »Ich danke Euch, König Jorin.«

»Wer hat die Enthauptung meines Neffen Tristan angeordnet?«

»Das war ich«, sagte Richard. »Ich stand zusammen mit der Mutter Konfessor auf dem Balkon, als er vor meinen Augen auf ein mit Werg ausgestopftes Nachthemd einstach, das wir als Lockvogel dort hingelegt hatten. Er befand sich in dem Glauben, die Mutter Konfessor zu töten.«

Der König zuckte die Achseln. »Gerechtigkeit gilt für alle gleich, unabhängig von ihrem Stand. Ich bin Euch deswegen nicht gram. Tristan hat unserem Volk ohnehin keine guten Dienste erwiesen. Ich sehe dem Tag bereits mit Freuden entgegen, an dem wir uns von der Bedrohung durch die Imperiale Ordnung befreit haben.«

»Wie wir auch«, gab Richard zurück. »Dank Eurer Hilfe sind wir diesem Tag ein gutes Stück näher gekommen.«

Als der König ging, um die Unterzeichnung der Dokumente zu beaufsichtigen und logistische Dinge mit den d'Haranischen Befehlshabern abzusprechen, erhoben sich Richard und Kahlan und wollten gehen. Doch einer der Posten hielt sie zurück.

»Was gibt's?« fragte Kahlan.

»Drei Männer bitten darum, Lord Rahl sprechen zu dürfen.«

»Drei Männer? Wer sind sie?«

»Sie haben ihre Namen nicht genannt, Mutter Konfessor, aber sie sagen, sie seien Raug'Moss.«

Richard setzte sich wieder. »Schicke sie herein.«

Kahlan suchte unter dem Tisch seine Hand und drückte sie beruhigend, als die drei Gestalten in flachsenen Gewändern mit weiten, über die Köpfe gezogenen Kapuzen und vor dem Körper gefalteten Händen vor das Podest schritten und dort stehenblieben.

»Ich bin Lord Rahl«, erklärte Richard.

»Ja«, meinte der vorderste, »wir spüren die Bande.« Er deutete neben sich. »Dies ist Bruder Kerloff, und das Bruder Houck.« Er schob seine Kapuze zurück, und man sah ein von tiefen Falten zerfurchtes Gesicht sowie einen sich lichtenden grauen Haarschopf. »Ich bin Marsden Taboor.«

Richard musterte die drei Männer aufmerksam. »Willkommen in Aydindril. Wie ich höre, wollt Ihr mich sprechen. Was kann ich für Euch tun?«

»Wir sind auf der Suche nach Drefan Rahl«, erwiderte Marsden Taboor.

Richard fuhr mit dem Daumen an der Tischkante entlang, wobei er die drei Männer nicht aus den Augen ließ. »Tut mir leid, aber Euer Hohepriester ist tot.«

Die beiden Männer im Hintergrund wechselten einen Blick.

Marsden Taboors Miene verfinsterte sich. »Unser Hohepriester? Der Hohepriester der Raug'Moss bin ich, und das schon seit der Zeit vor Drefans Geburt.«

Richard runzelte die Stirn. »Drefan erzählte uns, er sei der Hohepriester.«

Marsden Taboor fuhr sich nach Worten suchend mit der Hand über die Schläfe.

»Lord Rahl, ich fürchte, Euer Bruder ist ... einer Selbsttäuschung erlegen. Wenn er Euch tatsächlich erzählt hat, er sei der Hohepriester der Raug'Moss, dann hat er Euch aus Gründen getäuscht, die vorzustellen mir angst macht.

Seine Mutter ließ ihn bei uns zurück, als er noch ein kleiner Junge war. Wir zogen ihn auf, denn wir wußten, was sein Vater mit ihm machen würde, sollte er dahinterkommen, daß er einen Sohn ohne die Gabe hat. Drefan konnte recht gefährlich werden. Nachdem wir das erkannt hatten, hielten wir ihn innerhalb unserer Gemeinschaft unter Verschluß, um zu verhindern, daß er jemanden verletzte.

Er hatte eine Begabung für das Heilen, und wir hofften, er würde noch Frieden mit sich finden. Über das Heilen, so hofften wir weiter, würde er seinen Wert aus eigenem Recht beweisen.

Vor einer Weile verschwand er dann. Mehrere unserer Heiler wurden tot aufgefunden. Sie waren auf eine höchst unangenehme Art ums Leben gekommen: Jemand hatte sie zu Tode gefoltert. Seitdem sind wir auf der Suche nach Drefan. Wir waren an verschiedenen Orten, wo er in Erscheinung getreten war, und entdeckten dort Frauen, die auf ähnliche Weise massakriert worden waren.

Drefan hatte Frauen gegenüber eine recht abstoßende Einstellung. Schon sein Vater neigte Frauen gegenüber nicht gerade zur Freundlichkeit. Es ist ihm zwar gelungen, seinem Vater körperlich zu entkommen, geistig jedoch nicht.

Ich hoffe, er hat hier niemandem Schaden zugefügt.«

Richard schwieg eine Weile, bevor er sich dazu äußerte.

»Wir hatten eine Pestepidemie. Eine fürchterliche Epidemie. Tausende von Menschen haben den Tod erlitten. Drefan hat, die noblen Ideale der Raug'Moss ehrend, selbstlos alles getan, um den Erkrankten zu helfen. Er hat sein Wissen weitergegeben und auf diese

Weise möglicherweise verhindert, daß noch mehr Menschen starben.

Mein Bruder hat auf seine Art zur Eindämmung der Seuche beigetragen und ist dabei ums Leben gekommen.«

Marsden Taboor faltete die Hände wieder vor dem Körper und musterte Richard eingehend. »So jedenfalls möchtet Ihr ihn in Erinnerung behalten?«

»Er war mein Bruder. Ich habe es teilweise ihm zu verdanken, daß ich die Kraft der Vergebung kennengelernt habe.«

Unter dem Tisch drückte Kahlan Richards Hand.

»Danke, daß Ihr mich empfangen habt, Lord Rahl.« Marsden Taboor verbeugte sich. »In Eurem Licht gedeihen wir.«

»Danke«, antwortete Richard leise.

Die drei Heiler wollten schon gehen, als Marsden Taboor sich noch einmal umdrehte. »Ich kannte Euren Vater. Ihr kommt nicht nach ihm. Drefan schon. Nicht viele Menschen werden das Dahinscheiden Eures Vaters oder Bruders betrauern.

Ich sehe es Euch an den Augen an, Lord Rahl. Ihr seid ein Heiler, ein wahrer Heiler, nicht bloß ein Krieger. Ein Zauberer muß als Heiler im Gleichgewicht sein, sonst ist er verloren. D'Hara ist damit gut gedient, endlich, nach so langer Zeit. Ruft uns, wann immer Ihr uns braucht.«

Als die Türen sich schlossen, seufzte Ulic: »Lord Rahl, da sind noch weitere Abgesandte, die Euch zu sprechen wünschen.«

»Vorausgesetzt, Ihr fühlt Euch kräftig genug«, fügte Cara hinzu.

»Irgend jemand will uns immer sprechen.« Richard erhob sich und reichte Kahlan die Hand. »Diese Leute kann General Kerson empfangen. Haben wir nicht etwas viel Wichtigeres zu tun?«

»Bist du sicher, daß du dich kräftig genug fühlst?« schmunzelte Kahlan.

»Ich habe mich nie besser gefühlt. Du hast es dir doch nicht etwa anders überlegt, oder?«

Lächelnd ergriff Kahlan seine Hand und erhob sich. »Auf gar

keinen Fall. Worauf warten wir noch, wenn Lord Rahl sich gänzlich erholt hat? Ich bin bereit.«

»Wird auch langsam Zeit«, murmelte Berdine.

Während sie auf Richards Rückkehr warteten, legte Kahlan beruhigend eine Hand auf Caras Rücken. »Sie würde uns niemals anlügen. Wenn die Sliph sagt, Ihr könnt reisen, dann könnt Ihr reisen.«

Die Sliph hatte Cara, Berdine, Ulic und Egan einer Prüfung unterzogen, denn alle waren der Ansicht, sie sollten Richard und Kahlan zum Schutz begleiten.

Lediglich Cara hatte die Prüfung der Sliph bestanden. Richard vermutete, daß es an der Verbindung lag, die Cara mit dem Führer der Andolier, dem Legaten Rishi, gehabt hatte, der offenkundig ein Element beider Seiten der Magie besaß. Die Vorstellung, irgend etwas mit Magie zu schaffen zu haben, behagte Cara überhaupt nicht, die Sliph war ohnehin schon Magie genug, um sie bedenklich zu stimmen.

Kahlan beugte sich zu ihr vor und flüsterte ihr ins Ohr: »Ihr habt hier in diesem Raum schon schwerere Prüfungen bestanden. Ich bin eine Schwester des Strafers. Ich werde Euch die ganze Zeit über die Hand halten.«

Cara sah erst Kahlan an, dann die Sliph.

»Du mußt es tun, Cara«, flehte Berdine sie an. »Du wirst die einzige Mord-Sith bei der Hochzeit unseres Lord Rahl und der Mutter Konfessor sein.«

Caras Stirn bebte, da sie sich an Berdine wandte. »Lord Rahl hat dich geheilt.« Berdine nickte. »Hast du seitdem ... bestimmte Bande zu ihm gespürt?«

Berdine schmunzelte. »Ja. Deswegen möchte ich, daß du mitgehst. Ich komme schon zurecht. Ich weiß, Raina würde das auch wollen.« Sie versetzte Ulic einen leichten Klaps auf den Bauch. »Außerdem muß jemand hierbleiben und dafür sorgen, daß Ulic und Egan nicht aus der Reihe tanzen.«

Die beiden Gemeinten verdrehten die Augen.

Cara legte Kahlan eine Hand auf den Arm und sagte: »Seit Lord Rahl Euch geheilt hat, habt Ihr es da ... auch gespürt?«

Kahlan mußte schmunzeln. »Ich habe es schon gespürt, bevor er mich geheilt hatte. Das nennt man Liebe, Cara. Wenn man eine aufrichtige Zuneigung für jemanden empfindet, nicht etwa, weil man über die Bande mit ihm verbunden ist, sondern weil man ein Gefühl im Herzen mit ihm teilt. Bei Eurer Heilung habt Ihr die Liebe gespürt, die er für Euch empfindet.«

»Aber gewußt habe ich es schon vorher.«

Kahlan zuckte die Achseln. »Vielleicht war das nur eine lebendigere Art, es zu fühlen.«

Cara nahm ihren Strafer und rollte ihn zwischen den Fingern. »Vielleicht ist er ein Bruder des Strafers.«

Kahlan schmunzelte. »Ich glaube, nach allem, was wir zusammen durchgemacht haben, stehen wir uns ebenso nah wie eine Familie.«

Richard kam herein. »Ich bin bereit. Sollen wir aufbrechen?«

Das Schwert der Wahrheit konnte Richard in der Sliph nicht mitnehmen. Dessen Magie war mit der Erhaltung des Lebens während der Reise nicht vereinbar. Er war hinaufgegangen, um sein Schwert in der Enklave des Obersten Zauberers zurückzulassen, wo es sich in Sicherheit befand und wo niemand – nur er selbst – herankommen würde. Außer Zedd, natürlich. Doch Zedd lebte nicht mehr. Zumindest glaubte Kahlan, daß er nicht mehr lebte. Richard dagegen weigerte sich standhaft, an seinen Tod zu glauben.

Er rieb sich die Hände. »Was ist, Cara? Kommt Ihr nun mit oder nicht? Ich hätte Euch wirklich sehr gerne dabei. Es würde uns sehr viel bedeuten.«

Cara lächelte. »Ich habe ohnehin keine andere Wahl. Ihr seid nicht in der Lage, Euch selbst zu beschützen. Ohne eine Mord-Sith seid Ihr hilflos.«

Richard wandte sich dem silbernen Gesicht zu, das sie beobachtete. »Ich weiß, ich habe dich früher schon einmal schlafen gelegt, Sliph, aber du hast nicht weitergeschlafen. Warum nicht?«

»Du hast mich nicht in den Tiefschlaf geschickt, aus dem mich nur jemand wie du herbeirufen kann. Du hast mich zur Ruhe gelegt. Wenn du mich nur zur Ruhe legst, können andere mich rufen.«

»Aber wir dürfen nicht zulassen, daß diese anderen dich benutzen. Kannst du dich ihnen nicht verweigern? Oder einfach fortbleiben, wenn sie dich rufen? Wir können nicht zulassen, daß du Jagangs Zauberer und ähnliche Leute überall in des Schöpfers weiter Welt verteilst, wo sie nichts als Schaden anrichten.«

Sie sah ihn nachdenklich an. »Die, die mich zur Sliph gemacht haben, haben mich so erschaffen, wie ich bin. Ich muß mit denen reisen, die mich darum bitten, vorausgesetzt, sie sind im Besitz des erforderlichen Preises an Kraft.« Sie bewegte sich auf den Brunnenrand zu und kam näher. »Doch als ich schlief, hattest nur du, mein Herr und Meister, die Macht, mich herbeizurufen, andere jedoch konnten mich nicht benutzen.«

»Aber ich habe bereits früher einmal versucht, dich wieder schlafen zu legen, und es hat nicht geklappt.«

Das Lächeln der Sliph kehrte zurück. »Du hattest damals nicht das Silber, das man braucht.«

»Das Silber?«

Die Sliph reckte sich und berührte seine Armbänder. »Dieses Silber.«

»Soll das heißen, als ich damals meine Handgelenke übereinandergelegt habe, um dich schlafen zu legen, ging es deshalb nicht, weil ich diese Armbänder nicht trug? Und wenn ich dich jetzt schlafen lege, wird es funktionieren?«

»So ist es, mein Herr und Meister.«

Richard überlegte einen Augenblick. »Tut es dir – weh, wenn jemand dich schlafen legt?«

»Nein. Wenn ich schlafe, ist das für mich die reine Wonne, denn dann vereine ich mich mit dem Rest meiner Seele.«

Richard zog ein erstauntes Gesicht. »Du begibst dich zum Schlafen in die Welt der Seelen?«

»Ja, mein Herr und Meister. Ich darf niemandem erzählen, wie es kommt, daß er mich schlafen legen kann, aber du bist mein Herr und Meister, und da du es selbst wissen willst, wirst du nicht böse sein, wenn ich es dir verrate.«

Richard seufzte erleichtert. »Danke, Sliph. Du hast uns erklärt, wie wir verhindern können, daß die falschen Leute dich benutzen. Es freut mich zu wissen, daß es dir gefällt, schlafen zu gehen.«

Richard drückte Berdine an sich. »Kümmert Euch um alles, bis wir wieder zurück sind.«

»Dann trage ich also die alleinige Verantwortung?« fragte Berdine.

Richard runzelte argwöhnisch die Stirn. »Ihr alle drei tragt die Verantwortung.«

»Habt Ihr das auch ganz bestimmt gehört, Herrin Berdine?« fragte Ulic. »Ihr sollt später nicht behaupten, Ihr hättet von einem solchen Befehl nichts gehört.«

Berdine schnitt ihm eine Grimasse, während Richard Kahlan auf den Brunnenrand hinaufhalf. »Ich habe es gehört. Wir alle drei sollen uns um alles kümmern.«

Kahlan zog das Knochenmesser an ihrem Arm und den Rucksack auf ihrem Rücken zurecht. Sie reichte Cara die Hand.

»Und jetzt, Sliph«, meinte Richard mit einem breiten Grinsen, »möchten wir reisen.«

33. Kapitel

Atme.

Kahlan ließ das seidige Gefühl der Wonne los und sog die Luft ein und damit die Welt.

Als sie alle zusammen auf dem Mauerrand der Sliph saßen, gab Kahlan Cara einen Klaps auf den Rücken.

»Ihr müßt atmen, Cara. Kommt schon, laßt es heraus. Laßt die Sliph heraus und atmet.«

Schließlich beugte sich Cara vor, stieß die Sliph aus ihren Lungen und atmete widerstrebend ein. Kahlan erinnerte sich, wie schwer es ihr beim ersten Mal gefallen war, nicht nur die Sliph einzuatmen, sondern später auch wieder Luft zu holen. Cara hatte sich während der gesamten Reise an Richards und Kahlans Händen festgehalten.

Cara sah auf und grinste wie ein Honigkuchenpferd. »Das war – wundervoll.«

Richard half den beiden hinunter. Kahlan zog das Knochenmesser an ihrem Arm und den kleinen Rucksack auf ihrem Rücken zurecht. Es war ein gutes Gefühl, endlich wieder Reisekleidung zu tragen. Cara fand allerdings, daß Kahlan in Hosen seltsam aussah.

»Dies ist der Ort, an den ihr reisen wolltet«, erklärte die Sliph. »Der Jocopo-Schatz.«

Richard sah sich in der Höhle um und mußte sich ducken, weil die Decke so niedrig war. »Ich sehe keinen Schatz.«

»Er befindet sich im Raum nebenan«, erklärte ihm Kahlan. »Wir werden offenbar erwartet. Man hat eine Fackel brennen lassen.«

»Bist du bereit zu schlafen?« fragte Richard die Sliph.

»Ja, mein Herr und Meister. Ich freue mich darauf, mich mit meiner Seele zu vereinen.«

Die Vorstellung, was die Sliph in Wirklichkeit war und wozu die Zauberer sie gemacht hatten, ließ Kahlan schaudern.

»Wird es dich – unglücklich machen, wenn ich dich wieder aufwecken muß?«

»Nein, mein Herr und Meister. Ich bin stets bereit, Freude zu spenden.«

Richard nickte. »Danke für deine Hilfe. Wir stehen alle in deiner Schuld. Schlaf ... gut.«

Die Sliph lächelte Richard an, während dieser die Handgelenke aneinanderlegte, die Augen schloß und die Magie herbeirief.

Das glänzende silberne Gesicht, in dem sich das flackernde Licht der Fackel widerspiegelte, zerfloß und verschmolz wieder mit dem Becken voller Quecksilber. Richards Hände begannen zu leuchten. Seine silbernen Armbänder erstrahlten mit einer solchen Helligkeit, daß Kahlan deren Rückseite durch Haut und Knochen hindurch sehen konnte. Durch ihre Berührung wurden sie zu einer endlosen Doppelschlaufe: dem Unendlichkeitssymbol.

Das Leuchten übertrug sich auf das Becken glitzernden Silbers, während die Sliph in ihrem Brunnen versank, erst langsam und schließlich mit wachsender Geschwindigkeit, bis sie in der fernen Tiefe unten verschwunden war.

Richard nahm die Grasfackel, dann verließen die drei den Raum durch einen breiten, niedrigen Gang und folgten dem verschlungenen, immer wieder die Richtung wechselnden Weg durch das bräunliche Gestein, bis sie schließlich einen ausgedehnten Raum erreichten.

Kahlan erfaßte den Raum mit einer ausholenden Geste. »Der Jocopo-Schatz.«

Richard hielt die Fackel in die Höhe. Der Schein der Fackel wurde in Gestalt tausender goldener Lichtpunkte aus dem mit Gold in jeder Form angefüllten Raum zurückgeworfen, angefangen bei Nuggets und groben Barren bis hin zu goldenen Statuen.

»Unschwer zu erkennen, warum das hier der Jocopo-Schatz genannt wird«, meinte Richard. Er deutete auf die Regale. »Scheint etwas zu fehlen.«

Kahlan sah, was er meinte. »Als ich das erste Mal hier war, waren die Regale zum Bersten voll mit Pergamentrollen.« Sie schnupperte. »Es fehlt auch noch etwas anderes. Hier hat es vorher fürchterlich gestunken. Der Gestank ist verschwunden.«

Sie erinnerte sich, wie ihr wegen des üblen Gestanks die Luft weggeblieben war, sie gehustet hatte und ihr schwindelig geworden war. Auf dem Höhlenboden schwelte ein Aschehaufen.

Kahlan wischte mit der Stiefelspitze durch die Asche. »Was hier wohl passiert sein mag?«

Die Flamme der Fackel zuckte und flatterte, während sie dem verschlungenen Tunnel hinauf in eine goldene Morgendämmerung folgten. Dünne Schichten violetter Wolken lagen vor dem Sonnenaufgang. Ein leuchtender Goldrand, noch überwältigender als der Jocopo-Schatz, rahmte die Wolken ein.

Vor ihnen erstreckte sich üppiges grünes Grasland, das frisch und sauber duftete.

»Sieht aus wie die Ebenen von Azrith im Frühling«, sagte Cara, »bevor die große Hitze des Sommers sie in eine verbrannte Ödnis verwandelt.«

Breite Streifen mit Wildblumen zu ihren Füßen führten in die ungefähre Richtung der Schlammenschen. Kahlan ergriff Richards Hand. Es war ein wundervoller Tag, um zu heiraten.

Lange bevor sie das Dorf der Schlammenschen erreichten, hörten sie den Klang der Trommeln, der hinaus auf die Ebene wehte. Die Morgenluft war erfüllt von Gelächter und Gesang.

»Klingt, als hielten die Schlammenschen ein Festessen ab«, meinte Richard. »Was meinst du, hat das zu bedeuten?«

Seine Stimme klang bedrückt. Sie spürte es ebenfalls. Festessen wurden gewöhnlich nur abgehalten, wenn man in Vorbereitung auf eine Versammlung die Ahnenseelen herbeirief.

Chandalen kam ihnen unweit des Dorfes entgegen. Er trug das Kojotenfell eines Ältesten. Das Haar hatte er mit klebrigem Schlamm geglättet. Seine Brust war nackt, und er hatte seine formelle Kleidung aus Wildlederhosen und sein bestes Messer angelegt. In der Hand hielt er seinen besten Speer.

Mit grimmiger Miene trat Chandalen entschlossen vor und verpaßte Kahlan eine Ohrfeige.

»Kraft dem Konfessor Kahlan.«

Richard hielt Cara am Handgelenk zurück. »Immer mit der Ruhe«, flüsterte er. »Wir haben Euch doch davon erzählt. Auf diese Weise begrüßt man sich hier.«

Kahlan erwiderte den Schlag ins Gesicht, ein Zeichen des Respekts vor der Stärke eines Menschen. »Kraft dem Chandalen und dem Volk der Schlammenschen. Es ist gut, wieder zu Hause zu sein.« Sie befühlte das Kojotenfell. »Du bist jetzt ein Ältester?«

Er nickte. »Der Älteste Breginderin ist am Fieber gestorben. Daraufhin hat man mich zum Ältesten ernannt.«

Kahlan lächelte. »Das war eine kluge Entscheidung.«

Chandalen blieb vor Richard stehen und schätzte ihn einen Augenblick ab. Die beiden Männer waren früher einmal Widersacher gewesen. Schließlich schlug Chandalen Richard ins Gesicht – fester, als er Kahlan geschlagen hatte.

»Kraft dem Richard mit dem Zorn. Es tut gut, dich wiederzusehen. Ich bin froh, daß du die Mutter Konfessor heiraten wirst, damit sie nicht Chandalen wählt.«

Richard erwiderte den Schlag mit gleicher Heftigkeit. »Kraft dem Chandalen. Dir gebührt mein Dank, weil du Kahlan auf eurer gemeinsamen Reise beschützt hast.« Er deutete auf Cara. »Das ist Cara, unsere Freundin und Beschützerin.«

Chandalen war der Beschützer seines Volkes, und der Begriff hatte eine besondere Bedeutung für ihn. Das Kinn vorgereckt, sah er ihr in die Augen. Die Ohrfeige für sie fiel noch fester als die für Richard oder Kahlan aus.

»Kraft der Beschützerin Cara.«

Es war ein Glück, daß Cara nicht ihre gepanzerten Handschuhe trug. So fest, wie sie ihn schlug, hätte sie ihm das Kinn gebrochen. Mit strahlendem Gesicht rückte Chandalen seinen Hals wieder zurecht.

»Kraft dem Chandalen«, grüßte sie ihn und setzte dann, an Richard gewandt, hinzu: »Der Brauch gefällt mir.«

Cara streckte die Hand aus und fuhr mit einem Finger über Chandalens Narben. »Sehr schön. Diese hier ist prächtig. Die Schmerzen waren sicherlich immens exquisit.«

Chandalen sah Kahlan fragend an und wollte in seiner Sprache wissen: *»Was bedeutet das letzte Wort?«*

»Es bedeutet, daß die Schmerzen sehr groß gewesen sein müssen«, erklärte ihm Kahlan. Sie hatte Chandalen in ihrer Sprache unterrichtet, und er hatte sich als sehr gelehrig erwiesen, trotzdem kannte er noch nicht alle Wörter.

Chandalen strahlte vor Stolz. »Ja. Das war sehr schmerzhaft. Ich habe geweint und nach meiner Mutter gerufen.«

Cara sah Kahlan erstaunt an. »Der gefällt mir.«

Chandalen musterte Cara von Kopf bis Fuß, erfaßte mit einem Blick ihre rote Lederkleidung und ihre Körperformen.

»Du hast schöne Brüste.«

Im Nu hatte sie ihren Strafer in der Hand.

Kahlan legte ihr besänftigend die Hand auf den Arm. »Bei den Schlammenschen gelten andere Sitten«, erklärte sie leise. »Für sie bedeutet das, daß Ihr ausseht wie eine gesunde, kräftige Frau, die prächtige Kinder bekommen und großziehen kann. Ein ganz und gar anständiges Kompliment.« Sie beugte sich noch näher und senkte die Stimme, damit Chandalen sie nicht hören konnte. »Ihr dürft ihm aber auf keinen Fall erzählen, daß Ihr ihn ohne den Schlamm in seinen Haaren sehen wollt, denn damit fordert Ihr ihn auf, Euch diese Kinder zu schenken.«

Cara hörte sich das alles an und überlegte sich Kahlans Worte mit

Bedacht. Schließlich drehte sie sich um, beugte sich ein wenig vor und öffnete ihre rote Lederkleidung ein wenig, so daß man eine häßliche Narbe sehen konnte.

»Diese hier war auch sehr schmerzhaft, genau wie deine.« Chandalen gab ein kennerhaftes Brummen von sich. »Ich hatte noch mehr auf meinem Bauch, aber Lord Rahl hat dafür gesorgt, daß sie nicht mehr zu sehen sind. Eigentlich schade, sie waren ziemlich bemerkenswert.«

Richard und Kahlan gingen hinter Chandalen, der Cara seine Waffen zeigte und mit ihr über die schlimmste Stelle diskutierte, an der man verwundet werden konnte. Seine Kenntnisse schienen sie zu beeindrucken.

»Chandalen«, fragte Kahlan, »was ist eigentlich bei euch los? Wieso hat man ein Festessen angesetzt?«

Er sah sie über seine Schulter hinweg an, als sei sie nicht recht bei Verstand.

»Es ist ein Hochzeitsessen. Für eure Hochzeit.«

Kahlan und Richard wechselten einen Blick. »Aber woher wußtest du, daß wir kommen, um zu heiraten?«

Chandalen zuckte die Achseln. »Der Vogelmann hat es mir erzählt.«

Bei ihrer Ankunft im Dorf wurden sie von einer Flut von Menschen umringt. Kinder drängten sich zu ihnen vor und berührten die ›Umherziehenden Schlammenschen‹, wie sie Richard und Kahlan nannten. Menschen, die sie kannten, kamen, um sie zur Begrüßung sachte zu ohrfeigen.

Savidlin erschien und gab Richard einen Klaps auf den Rücken, und seine Frau Weselan herzte und küßte sie beide. Ihr Sohn Siddin schlang die Arme um Kahlans Bein und überschüttete sie mit einem Wortschwall in seiner Sprache. Es tat gut, ihm wieder das Haar zu zerzausen. Richard und Cara verstanden nichts von alledem. Außer Chandalen sprach niemand ihre Sprache.

»Wir sind gekommen, um getraut zu werden«, erklärte Kahlan Weselan. *»Ich habe das wundervolle Kleid mitgebracht, daß du für mich genäht hast. Hoffentlich erinnerst du dich noch, daß ich dich gebeten habe, meine Trauzeugin zu sein.«*

Weselan strahlte. *»Ich erinnere mich noch.«*

Kahlan erblickte einen Mann mit langem silbergrauem Haar, der sich ihnen, bekleidet mit Wildlederhosen und ebensolchem Hemd, näherte. Sie beugte sich zu Cara hinüber. »Das ist ihr Anführer.«

Der Vogelmann begrüßte sie mit sachten Ohrfeigen, wie es Brauch war.

Er schloß Kahlan väterlich in die Arme. *»Das Fieber ist vorbei. Unsere Ahnenseelen haben dir offenbar geholfen.«* Kahlan nickte. *»Ich freue mich, daß du zu Hause bist. Es wird gut sein, dich und Richard mit dem Zorn zu vermählen. Es ist alles vorbereitet.«*

»Was hat er gesagt?« wollte Richard wissen.

»Für unsere Hochzeit ist alles vorbereitet.«

Richards Blick verfinsterte sich. »Es macht mich nervös, wenn Menschen Dinge wissen, von denen wir ihnen nichts erzählt haben.«

»Richard mit dem Zorn ist verstimmt? Er ist mit unseren Vorbereitungen nicht zufrieden?«

»Nein, das ist es nicht«, widersprach Kahlan. *»Alles ist wunderbar. Nur verstehen wir nicht, wie ihr wissen konntet, daß wir herkommen würden, um getraut zu werden. Wir sind ein wenig verwirrt. Wir wissen es selbst erst seit ein paar Tagen.«*

Der Vogelmann deutete unter das schattige Grasdach einer der wandlosen Pfahlbauten. *»Der Mann dort drüben hat es uns erzählt.«*

»Tatsächlich«, erwiderte Richard mit wachsender Skepsis, nachdem Kahlan für ihn übersetzt hatte. »Ich denke, es wird Zeit, daß wir uns den Kerl ansehen, der mehr über uns weiß als wir selbst.«

Beim Umdrehen bemerkte Kahlan zufällig, wie sich der Vogelmann die Wange kratzte, um ein Schmunzeln zu verbergen.

Sie hatten Mühe, sich den Weg durch das dichte Gedränge zu bahnen. Das gesamte Dorf war auf den Beinen und feierte. Musiker und Tänzer verzauberten Kinder und Erwachsene gleichermaßen. Menschen blieben stehen, um mit Richard und Kahlan kurz ein paar Worte zu wechseln. Die Jugendlichen, vor allem die jungen Mädchen, die früher stets übertrieben schüchtern gewesen waren, gratulierten ihnen jetzt unerschrocken in aller Öffentlichkeit. Es war der festlichste Anlaß, den Kahlan je erlebt hatte.

Angelockt von den unterschiedlichen Düften, drängten sich Menschen vor den verschiedenen Pfahlbauten, wo Gerichte zubereitet wurden, und kosteten von den Speisen. Eine Gruppe junger Frauen ging mit Schalen und Platten herum und verteilte Köstlichkeiten.

An einem der Kochfeuer sah Kahlan spezielle Frauen ein einzigartiges Gericht zubereiten, das nur bei Versammlungen gereicht wurde. Dort kam niemand zusammen, um zu probieren. Das Gericht wurde, einem strengen Protokoll folgend, nur von diesen Frauen gereicht, und nur auf Einladung.

Cara gefiel es nicht, wie dicht die Menschen ihre Schützlinge umdrängten, sie tat jedoch ihr Bestes, um verständnisvoll und dabei gleichzeitig wachsam und bereit zu bleiben, um reagieren zu können. Sie hatte ihren Strafer nicht in der Hand. Kahlan wußte jedoch, daß er nie weiter als eine kurze Handbewegung entfernt war.

Die jungen Frauen trugen Servierteller mit traditionellen Speisen zu und aus dem Pfahlbau, zu dem der Vogelmann sie geschickt hatte. Richard schob sich, Kahlan bei der Hand haltend, durch die Menschenmenge rings um die Plattform.

Endlich waren sie bis zum Rand der Menschenmenge vor der Plattform vorgedrungen. Richard und Kahlan erstarrten vor Schreck.

»Zedd –« sagte Richard tonlos.

Dort lag, bequem hingestreckt in seinem prunkvollen violetten und schwarzen Gewand, dessen stattliche Wirkung ein wenig durch das krause Haar geschmälert wurde, das ihm in typischem Chaos vom Kopf abstand – Richards Großvater. Der knochendürre alte Zauberer sah von der Plattform auf, als junge Frauen ihm einen Servierteller mit Speisen zum Probieren reichten. Eine gedrungene Frau in dunklem Kleid und Umhang hockte mit untergeschlagenen Beinen neben ihm.

»Zedd!« Richard sprang auf die Plattform.

Zedd winkte ihm lächelnd zu. »Da bist du ja, mein Junge.«

»Du lebst! Ich wußte, daß du lebst!«

»Na ja, natürlich bin ich –«

Weiter kam er nicht, da Richard ihn vom Boden hob und so fest in die Arme schloß, daß ihm die Luft mit einem deutlichen Ächzen wegblieb.

Zedd trommelte Richard auf die Schultern. »Richard!« quiekte er. »Verdammt, Richard. Du wirst mich noch zerdrücken. Laß los!«

Richard setzte ihn ab und sah, wie nun Kahlan herbeieilte und ihn umarmte. »Richard hat immer wieder behauptet, daß du noch lebst, aber ich habe ihm nicht geglaubt!«

Die Frau erhob sich. »Schön, dich zu sehen, Richard.«

»Ann? Du lebst auch noch?«

Sie strahlte. »Deinem närrischen Großvater habe ich das allerdings nicht zu verdanken.« Ihre wissenden Augen wanderten hinüber zu Kahlan. »Und das kann niemand anderes sein als die Mutter Konfessor persönlich.«

Richard umarmte sie, bevor sie offiziell vorgestellt wurde. Zedd nahm einen Bissen Reiskuchen, während er das Schauspiel verfolgte.

Richard holte Cara nach vorn. Sie sprach, bevor er Gelegenheit dazu hatte. »Ich bin Lord Rahls Leibwächterin.«

Richard sah ihr in die Augen. »Das ist Cara, und sie ist mehr als eine Leibwächterin. Sie ist unsere Freundin. Cara, das sind mein Großvater Zedd und Annalina Aldurren, die Prälatin der Schwestern des Lichts.«

»Die ehemalige Prälatin«, verbesserte Ann. »Freut mich, eine Freundin von Richard kennenzulernen.«

Wieder an Zedd gewandt, sagte Richard: »Ich kann nicht glauben, daß du hier bist. Eine schönere Überraschung hätte man uns nicht machen können. Nur, woher wußtest du, daß wir hierherkommen würden, um uns trauen zu lassen?«

Zedd sprach mit vollem Mund. »Hab's gelesen. Habe alles darüber gelesen.«

»Gelesen? Wo denn?«

»Im Jocopo-Schatz.«

Kahlan beugte sich zu ihnen. »Auf dem Gold befinden sich Schriftzeichen?«

Zedd fuchtelte mit dem Kuchen. »Nein, nein, nicht auf dem Gold – auf dem Jocopo-Schatz. Die Prophezeiungen. All die Schriftrollen. Sie bilden den Jocopo-Schatz. Wir haben sie verbrannt, um zu verhindern, daß sie der Imperialen Ordnung in die Hände fallen. Bevor ich sie zerstörte, habe ich einige gelesen. Dort habe ich auch die Prophezeiung gefunden, daß ihr beide heiraten werdet. Ann hat dann den Tag ausgerechnet. Sie kennt sich recht gut mit Prophezeiungen aus.«

»Na ja, es war keine schwierige Prophezeiung«, meinte Ann. »Keine von ihnen war schwierig. Deswegen wäre es so gefährlich gewesen, hätte Jagang sie erbeutet. Fast wäre es ihm sogar gelungen.«

»Dann seid ihr zwei also hergekommen, um die Prophezeiungen zu vernichten?« fragte Richard.

»So ist es.« Zedd warf aufgebracht die Hände in die Höhe. »Aber was haben wir Schlimmes dabei durchgemacht.«

»Ja, es war einfach schlimm«, bestätigte Ann.

Zedd drohte Richard mit seinem astdürren Zeigefinger. »Während du dich in Aydindril vergnügt hast, hatten wir richtigen Ärger.«

»Ärger? Was denn für Ärger?«

»Fürchterlichen Ärger«, meinte Ann.

»Genau«, pflichtete Zedd ihr bei. »Wir wurden gefangengenommen und unter den abscheulichsten Bedingungen festgehalten. Es war entsetzlich. Einfach entsetzlich. Wir konnten nur mit knapper Not entkommen.«

»Wer hat euch denn gefangengenommen?«

»Die Nangtong.«

Kahlan räusperte sich. »Die Nangtong? Warum sollten die Nangtong euch denn gefangennehmen?«

Zedd zupfte sein Gewand zurecht. »Sie hatten die Absicht, uns zu opfern. Wir wären fast zu Menschenopfern geworden. Die ganze Zeit über haben wir in Lebensgefahr geschwebt.«

Kahlan kniff die Augen zusammen und blickte ihn voller Skepsis an. »Die Nangtong erdreisten sich, ihre verbotenen Rituale auszuüben?«

»Es hatte irgend etwas mit roten Monden zu tun«, versuchte Zedd als Erklärung vorzubringen. »Sie haben das Schlimmste befürchtet und nur versucht, sich zu schützen.«

Kahlan neigte den Kopf zur Seite. »Ich werde ihnen trotzdem einen Besuch abstatten und mich darum kümmern.«

»Du hättest getötet werden können«, meinte Richard.

»Unsinn. Ein Zauberer und eine Magierin sind allemal gerissener als eine herumwandernde Bande von Nangtong. Nicht wahr, Ann?«

Ann sah ihn kurz an. »Na ja, wir –«

»Also, wie Ann sagt, ganz so einfach war es nicht.« Zedd wandte sich von ihr ab. »Aber es war einfach grauenhaft, das kann ich euch versichern. Anschließend hat man uns dann als Sklaven verkauft.«

Richard zog erstaunt die Brauen hoch. »Als Sklaven!«

»So ist es. An die Si Doak. Bei denen wurden wir zur Sklavenarbeit gezwungen. Doch aus irgendeinem Grund fanden die Si Doak keinen rechten Gefallen an uns – es hatte irgendwas mit Anns Schludrigkeit zu tun –, also beschloß man, uns an die Kannibalen weiterzuverkaufen.«

Richard fiel die Kinnlade herunter. »An Kannibalen?«

Zedd feixte. »Glücklicherweise stellte sich heraus, daß die Schlammenschen die Kannibalen waren. Chandalen war es, an den sie herantraten. Er kannte mich natürlich von einem früheren Zusammentreffen, daher ging er darauf ein und kaufte uns aus unserer Leibeigenschaft bei den Si Doak frei.«

»Und wieso konntet ihr nicht von den Si Doak fliehen?« wollte Kahlan wissen. »Du bist schließlich Zauberer. Und Ann Magierin.«

Zedd zeigte auf seine nackten Handgelenke. »Sie haben uns magische Armbänder angelegt. Uns waren die Hände gebunden.« Er sah auf. »Ziemlich fest sogar. Es war schrecklich. Wir waren hilflose Sklaven, denen die Peitsche drohte.«

»Das klingt ja fürchterlich«, sagte Richard. »Und wie habt Ihr die Armbänder dann wieder herunterbekommen?«

Zedd warf die Arme in die Höhe. »Gar nicht.«

Richard legte ihm eine Hand auf die Stirn und hielt Zedds andere in die Höhe. »Also, jetzt sind sie nicht mehr dran.«

Zedd kratzte sich am Kinn. »Ja, jetzt sind sie nicht mehr dran. Die Bänder wurden durch Magie gehalten. Ich – wir – waren klug genug, unsere Magie nicht einzusetzen. Das hätte sie nur noch fester angezogen. Wir mußten einfach, ohne unsere Magie zu benutzen, abwarten, bis sie ihre Kraft verloren hatten. Nachdem wir die Si Doak verlassen hatten und die Schriftrollen verbrannten, haben sie sich von selbst gelöst und sind abgefallen.«

»Und das war die ganze Zeit über euer Plan gewesen?«

Ann nickte. »Vertraue dem Schöpfer, auf daß er seinen Plan zu erkennen gebe.«

Zedd drohte Richard mit erhobenem Finger. »Magie ist gefährlich, Richard. Eines Tages wirst du noch lernen, daß der schwierigste Teil des Daseins als Zauberer darin besteht, zu wissen, wann man Magie nicht einsetzt. Dies war ein solcher Fall.

Wir mußten den Jocopo-Schatz finden. Inmitten all dieser unguten Strömungen war mir klar, daß unsere Chance am größten wäre, wenn wir es ohne Magie versuchen würden.« Er verschränkte die Arme. »Und die Wirklichkeit hat schließlich meine Ansicht bewiesen.«

Chandalen trat vor. »Viele Soldaten marschierten auf uns zu.« Er zeigte nach Südosten. »Ein großer Spähtrupp wollte die Dinge holen, die Zedd verbrannt hatte. Während er und Ann sie verbrannten, haben meine Männer und ich gegen die Feinde gekämpft.

Westlich von hier wurde eine gewaltige Schlacht gegen die Hauptstreitmacht des Feindes geschlagen. Die Armee der Imperialen Ordnung wurde aufgerieben.

Ich ging und sprach mit einem Mann namens Reibisch, und er sagte, ein gewisser Nathan habe ihn geschickt, um unsere Feinde zu vernichten.«

Richard schüttelte ungläubig den Kopf. »Das ist alles sehr verwirrend.«

Zedd machte eine wegwerfende Handbewegung. »Ach, eines Tages wirst du es schon noch begreifen, Richard. Das Dasein als Zauberer ist sehr kompliziert. Solltest du dich eines Tages dazu durchringen, mit deiner Gabe etwas anderes anzufangen, als mit deiner Zukünftigen herumzusitzen, während ich meinen Hals riskiere, wirst du es schon verstehen. Übrigens, was hast du eigentlich getrieben, derweil all diese wichtigen Dinge geschehen sind?«

»Was ich getrieben habe?« Er überlegte noch, wo er ansetzen sollte, als Kahlan ihm lächelnd eine Hand auf die Schulter legte. »Ah, richtig, ich bin jetzt Lord Rahl – mit allem, was dazugehört.«

Zedd ließ sich ächzend auf die Plattform fallen. »Lord Rahl, tatsächlich?« Er nahm sich eine geröstete Paprika. »Der Papierkram ist sicher sehr strapaziös.«

Richard kratzte sich am Kopf, während Ann sich wieder setzte. »Kannst du mir eine Frage beantworten? Wieso sind die Bücher in der Enklave des Obersten Zauberers zu schwankenden Säulen aufgetürmt?«

»Das ist eine Vorsichtsmaßnahme. Ich merke mir, wie sie gestapelt sind, damit ich sofort sehe, ob sie jemand angefaßt hat.« Zedd riß seine haselnußbraunen Augen auf. »Was? Verdammt, Richard, was hattest du dort zu suchen? Der Ort steckt voller Gefahren! Wie bist du überhaupt reingekommen?« Zedd zeigte auf Richards Brust. »Das Amulett! Es stammt von dort. Wie bist du dort reingekommen? Verdammt, Richard! Wo ist überhaupt das Schwert der Wahrheit? Ich habe dir das Schwert anvertraut! Du warst doch nicht etwa so töricht, es einem anderen zu überlassen?«

»Tja, äh ... ich konnte damit nicht in der Sliph reisen, also mußte ich es in der Enklave des Obersten Zauberers zurücklassen, damit es nicht in falsche Hände fällt.«

»In der Sliph? Was ist eine Sliph? Richard, du bist der Sucher. Du brauchst dein Schwert – es ist deine Waffe. Du kannst es nicht einfach irgendwo herumliegen lassen.«

»Als du es mir gabst, meintest du, das Schwert sei nur ein Werkzeug, und die eigentliche Waffe sei der Sucher selbst.«

»Richtig. Aber ich hatte nicht damit gerechnet, daß du mir zuhörst.« Zedd sah ihn mißtrauisch an. »Ich hoffe doch, du hast mit den Büchern keinen Unsinn angestellt. Du weißt nicht genug, um sie lesen zu dürfen.«

»Ich habe nur eins gelesen. *Tagenricht ost fuer Mosst Verlaschendreck nich Greschlechten.«*

»Das ist Hoch-D'Haran.« Zedd tat die Angelegenheit mit einer Handbewegung ab. »Kein Mensch spricht heutzutage noch Hoch-D'Haran. Wenigstens kann dich ein Buch, das du nicht lesen kannst, nicht in Schwierigkeiten bringen.« Er drohte Richard mit dem Finger. »Du hast mir immer noch nicht verraten, wie du dort reingekommen bist!«

»Es war gar nicht so schwer.« Die Fröhlichkeit schwand aus seinem Gesicht. »Jedenfalls erheblich einfacher, als in den Tempel der Winde zu gelangen.«

Zedd und Ann sprangen auf.

»In den Tempel der Winde!« entfuhr es ihnen wie aus einem Mund.

»Der Tempel der Winde – Untersuchung und Verhandlung – so lautete der Titel des Buches. Ich mußte Hoch-D'Haran lernen.« Richard legte Kahlan den Arm um die Schultern. »Jagang schickte Schwester Amelia dorthin. Sie gelangte durch den sogenannten Saal der Verräter hinein. Dazu hat sie den Hüter verraten.

Sie kam mit einer bösen Magie zurück und löste eine Pestepidemie aus. Durch sie kamen Tausende von Menschen um. Auf Anweisung Jagangs infizierte sie als erstes Kinder. Wir mußten hilflos zusehen, wie Menschen starben.

Es gab keinen anderen Weg. Ich mußte dorthin, um die Pest aufzuhalten, sonst wäre sie zu einem Feuersturm geworden, der fast alle dahingerafft hätte.«

Eine der Frauen, die das spezielle Fleischgericht zubereiteten, näherte sich, ein Tablett mit säuberlich geordneten Fleischstreifen in der Hand. Zuerst bot sie Chandalen das Tablett an, er war jetzt ein Ältester. Chandalen biß herzhaft hinein, während er zu Richard hochschaute.

Richard wußte, woher das Fleisch stammte. Er nahm sich ein großes Stück.

Kahlan hatte sich in der Vergangenheit stets geweigert, dieses Gericht zu essen. Diesmal nahm sie ein Stück, als man es ihr anbot. Chandalen beobachtete sie, als sie herzhaft hineinbiß.

Zedd nahm ein Stück, dann hielt man Ann das Tablett hin. Kahlan wollte bereits eine Bemerkung machen, doch Zedd warf ihr einen scharfen Blick zu.

Schweigend aßen sie eine Weile, bis Richard schließlich fragte: »Wer ist es?«

»Der Befehlshaber jenes Trupps der Imperialen Ordnung, der herkam und uns angriff, um den Jocopo-Schatz zu erobern.«

Ann hob langsam den Kopf. »Soll das etwa heißen …?«

»Wir befinden uns in einem Kampf, in dem es um unser Überleben geht«, erläuterte Richard. »Verlieren wir, sterben wir alle, und dieser Kerl, der die Pest unter Kindern ausgelöst hat, wird über die Überlebenden herrschen. Alle Magie wird vernichtet werden. Wer überlebt, wird zu seinem Sklaven. Die Schlammenschen haben diesen Brauch, um die Herzen ihrer Feinde zu erkennen und so ihre Familien beschützen zu können.«

Richard sah sie durchdringend an. »Iß es, damit auch du deine Feinde besser kennenlernst.«

Es war nicht Richard, sondern Lord Rahl, der gesprochen hatte.

Ann sah ihm einen Moment lang in die Augen, dann begann sie zu kauen. Sie verspeisten alle einen Streifen des Fleisches ihres Feindes, um ihn besser zu verstehen.

»Schwester Amelia«, sagte Ann schließlich tonlos. »Wenn sie tatsächlich im Tempel der Winde war ... dann ist sie mehr als gefährlich.«

»Sie ist tot«, sagte Kahlan, der die Erinnerung an das alles immer noch zu schaffen machte. Als Ann sie fragend ansah, fügte sie hinzu: »Ja, ich bin ganz sicher. Ich habe ihr eigenhändig ein Schwert durchs Herz gestoßen. Sie hatte einen Dacra in Nathans Bein. Sie wollte ihn umbringen.«

»Nathan!« rief Ann. »Wir müssen aufbrechen und ihn suchen. Wo ist das passiert? Wo steckt er?«

Zedd sah Ann mit finsterer Miene an. »Wir?«

»Es war in Taniumura, in der Alten Welt, nachdem Richard aus dem Tempel der Winde zurückgekehrt war. Nathan hat mir geholfen, Richard das Leben zu retten, indem er mir die drei Grußformeln verriet.«

Zedd und Ann rissen die Augen auf. Sie wirkten, als hätte es ihnen den Atem verschlagen. Schließlich blickten sie sich an.

»Die drei Grußformeln«, sagte Ann vorsichtig. »Er hat Euch gegenüber tatsächlich *die* drei Grußformeln erwähnt. Aber verraten hat er sie Euch doch nicht, oder?«

Kahlan nickte. »Reechan –«

Zedd und Ann warfen die Hände in die Luft. *»Nein!«* riefen sie wie aus einem Munde.

»Hat Nathan Euch nicht erklärt, daß niemand ohne die Gabe die drei Grußformeln laut aussprechen darf?« Ann war rot im Gesicht. »Hat Euch dieser verrückte alte Narr das nicht gesagt?«

Kahlan erwiderte ihren finsteren Blick. »Nathan ist kein verrückter alter Narr. Er hat mir geholfen, Richard das Leben zu retten. Ohne die drei Grußformeln wäre er gestorben, nachdem er vom Tempel der Winde zurückkehrte. Ich schulde Nathan eine Menge. Ja, ein jeder von uns.«

»Und ich bin ihm vor allem einen Halsring schuldig«, murmelte Ann. »Bevor er noch wer weiß was für eine Katastrophe auslöst. Zedd, wir müssen ihn finden. Und zwar bald.« Sie senkte die Stimme und fuhr fort: »Und wir sollten in … in dieser Angelegenheit etwas unternehmen.«

Zedd richtete den Blick auf Kahlan. »Du hast sie leise aufgesagt? Doch nicht etwa laut ausgesprochen? Sag, daß du sie nicht laut ausgesprochen hast!«

»Ich hatte keine andere Wahl. Cara hat sich an sie erinnert und sie mir mitgeteilt. Dann habe ich sie ein paarmal laut gesprochen.«

Zedd zuckte erschrocken zusammen. »Mehr als einmal?«

»Zedd«, murmelte Ann, »was machen wir jetzt bloß?«

»Wieso?« wollte Richard wissen. »Worin besteht das Problem?«

»Nichts, worüber du dir den Kopf zerbrechen müßtest. Sprich sie einfach nicht mehr laut aus. Das sollte keiner von euch tun.«

»Zedd«, tuschelte Ann kaum hörbar, »wenn sie den … wie heißt er gleich, befreit hat?«

Zedd brachte sie mit einer Handbewegung zum Schweigen.

»Was hätte ich denn tun sollen?« verteidigte sich Kahlan. »Richard hatte die Magie aus dem Buch in sich aufgenommen, das Schwester Amelia aus dem Tempel der Winde mitgebracht hatte. Er hatte die Pest. Er hatte nur noch wenige Atemzüge zu leben. Wäre es euch lieber gewesen, ich hätte ihn statt dessen sterben lassen?«

»Natürlich nicht, meine Liebe. Du hast genau das Richtige getan.« Zedd zog eine Braue hoch und beugte sich zu Ann hinüber. »Wir werden später darüber reden.«

Ann faltete die Hände. »Natürlich. Du hast das einzig Richtige getan. Wir sind dir alle dankbar, Kahlan. Du hast deine Sache gut gemacht.«

Zedd wirkte mit jedem Augenblick ernster. »Verdammt, Richard, der Tempel der Winde steht in der Unterwelt. Wie bist du dort reingekommen?«

Richard ließ den Blick über die Festlichkeiten hinwegwandern. »Wir werden euch die Geschichte wohl erzählen müssen. Wenigstens teilweise. Aber heute werden Kahlan und ich heiraten.« Richard lächelte. Kahlan fand, es wirkte ein wenig aufgesetzt. »Die Geschichte ist ganz schön verstrickt. Ich würde euch lieber ein andermal davon erzählen. Im Augenblick kann ich es einfach nicht ...«

Zedd fuhr sich mit dem Daumen über sein glattrasiertes Kinn. »Natürlich, Richard. Ich verstehe. Du hast ganz recht. Ein andermal. Aber der Tempel der Winde ...« Unfähig, seine Neugier zu zügeln, hob er einen Finger und fragte: »Was hast du im Tempel der Winde zurücklassen müssen, um wiederkommen zu können, Richard?«

Richard und sein Großvater sahen sich lange in die Augen. »Wissen.«

»Und was hast du mitgenommen?«

»Verstehen.«

Zedd legte seinen Arm schützend um Richard und Kahlan. »Das ist gut, Richard. Das ist gut. Gut für euch beide. Ihr habt euch diesen Tag verdient. Lassen wir die anderen Dinge erst einmal außen vor, und feiern wir das freudige Ereignis eurer Hochzeit.«

34. Kapitel

Den ganzen Tag lang genossen sie die Gesellschaft ihrer Freunde und Lieben. Man unterhielt sich, lachte und feierte gemeinsam mit den Schlammenschen. Kahlan war sehr darum bemüht, sich nicht anmerken zu lassen, wie ihr tief ausgeschnittenes Hochzeitskleid ihre Brüste zur Geltung brachte. Das war nicht einfach, denn immer wieder kamen Menschen zu ihr und erklärten, welch schöne Brüste sie habe. Richard wollte wissen, was die Menschen ständig zu ihr sagten. Sie hielt es für das beste zu lügen und erklärte ihm, sie machten ihr Komplimente wegen ihres Kleides.

Als die Sonne den Himmel golden färbte, war es endlich soweit.

Kahlan faßte Richards Hand, als sei sie das einzige, was sie noch mit beiden Beinen auf dem Boden hielt. Richard hatte Mühe, den Blick von ihr in ihrem blauen Hochzeitskleid abzuwenden. Jedesmal, wenn er sie ansah, konnte er nicht anders und mußte lächeln.

Kahlans Herz füllte sich mit Freude, als sie sah, wie sehr ihm das Kleid gefiel, das Weselan für sie genäht hatte. Sie hatte so lange davon geträumt, es zu tragen. So oft hatte sie diesen Tag von ganzem Herzen herbeigesehnt. So oft hatte sie befürchtet, er würde nie kommen. Zu viele Male war etwas dazwischengekommen und hatte diesen Augenblick wieder hinausgezögert. Jetzt endlich war es soweit.

Richard sprach die Worte der Schlammenschen nach, ohne zu wissen, daß er lauthals verkündete, wie sehr ihm ihre Brüste gefielen. Er war in dem Glauben, er erklärte ihr, wie hübsch ihr Kleid aussah. Alles schmunzelte zufrieden, als er die Worte in ihrer Sprache aufsagte, und man war hocherfreut, daß er mit ihnen einer Meinung war. Kahlan spürte, wie sie zunehmend errötete.

Richard sah in seiner schwarz-goldenen Uniform des Kriegszauberers prächtig aus. Jedesmal, wenn Kahlan ihn betrachtete, überkam sie ein Lächeln. Sie heiratete Richard. Endlich. Unter dem blauen Kleid zitterten ihr die Knie.

Cara, die hinter ihnen stand, legte ihr beruhigend eine Hand auf die Schulter. Weselan, die neben Kahlan wartete, strahlte vor Stolz. Savidlin hatte sich auf Richards andere Seite gestellt und strahlte mindestens ebenso. Zedd und Ann warteten im Hintergrund. Der Zauberer war gerade damit beschäftigt, irgend etwas zu essen.

Insgeheim betete Kahlan zu den Guten Seelen, daß diesmal nichts schiefgehen, daß es diesmal endlich passieren möge. Noch immer sorgte sie sich, all das könne ihr abermals genommen werden.

Der Vogelmann richtete sich vor ihnen zu seiner vollen Größe auf und faltete die Hände. Hinter ihm hatte sich das gesamte Volk der Schlammenschen versammelt, um die Gelübde zu hören.

Als alle verstummt waren, hob der Vogelmann an, und Kahlans Befürchtungen begannen dahinzuschmelzen und machten freudiger Erwartung Platz. Während der Vogelmann seine Ansprache hielt, übersetzte Chandalen für Richard und die anderen, die der Sprache der Schlammenschen nicht mächtig waren.

»Diese beiden Menschen wurden nicht als Schlammenschen geboren, doch sie haben bewiesen, daß sie zu uns gehören: durch ihre Stärke und in ihrem Herzen. Sie sind uns verpflichtet und wir ihnen. Sie sind unsere Freunde und unsere Beschützer gewesen. Ihr Wunsch, als Schlammenschen getraut zu werden, beweist ihr gutes Herz.

Als Mitglieder unseres Volkes haben diese zwei nicht nur beschlossen, sich vor den Bewohnern dieser Welt trauen zu lassen, sondern auch vor denen der folgenden. Indem sie dies tun, rufen sie unsere Ahnenseelen auf, an diesem Tag bei uns zu weilen und diese Verbindung mit einem Lächeln gutzuheißen. Wir heißen unsere Ah-

nenseelen in unseren Herzen willkommen und fordern sie auf, unsere Freude mit uns zu teilen.«

Richard faßte ihre Hand fester, und Kahlan war gewiß, daß er dasselbe dachte wie sie: Es wurde wahr, endlich. Und es war so, wie sie beide es sich stets ertäumt hatten – nur noch viel schöner.

»Ihr seid beide Schlammenschen und werdet nicht nur durch eure Worte vor eurem Volk miteinander vermählt, sondern auch in euren Herzen. Das sind einfache Worte, doch in einfachen Dingen liegt eine große Kraft.«

Er blickte Richard in die Augen.

»Richard, willst du diese Frau zu deinem Weib nehmen, und willst du sie in jeder Hinsicht und für alle Zeiten lieben und ehren?«

»Ich will«, antwortete er mit klar vernehmlicher Stimme, die über die gesamte versammelte Menschenmenge trug.

Dann blickte der Vogelmann Kahlan in die Augen, und sie hatte das Gefühl, er spreche nicht nur als Stellvertreter seines Volkes, sondern auch im Namen der Seelen. Fast hörte sie aus seinen Worten das Echo ihrer Stimmen heraus.

»Kahlan, willst du diesen Mann zu deinem Gatten nehmen, und willst du ihn in jeder Hinsicht und für alle Zeiten lieben und ehren?«

»Ich will«, antwortete sie mit einer Klarheit, die Richards in nichts nachstand.

»So seid ihr nun vor eurem Volk und vor den Seelen für alle Zeiten Mann und Frau.«

Die versammelte Menschenmenge verharrte vollkommen still, bis Richard sie in die Arme nahm und küßte. Dann brach unbeschreiblicher Jubel los.

Kahlan hörte ihn kaum.

Sie fühlte sich wie im Traum. In einem Taum, den sie so oft geträumt hatte, bis er schließlich Wirklichkeit geworden war.

In Richards Armen zu liegen. Ihn zu besitzen. Seine Frau zu sein, und er ihr Mann. Für immer.

Und dann wollten alle sie umarmen. Zedd und Ann. Der Vogelmann und die Ältesten. Weselan und die anderen Ehefrauen.

Cara hatte Tränen in den Augen, als sie Kahlan in die Arme schloß. »Danke, daß Ihr beide bei der Hochzeit einen Strafer getragen habt. Hally, Raina und Denna, sie alle sehen deswegen zu. Danke, daß Ihr auf diese Weise das Opfer der Mord-Sith geehrt habt.«

Jeder aus dem Dorf drängte nach vorn, um das neue Paar zu beglückwünschen. Kahlan hatte Angst, erdrückt zu werden. Die Menschen brachten Speisen und Blumen und aufrichtige, einfache Geschenke aller Art.

Schließlich fanden die Feierlichkeiten vor der Hochzeitsplattform ihre Fortsetzung. Kahlan versuchte, mit jedem gleichzeitig zu sprechen, als sich plötzlich – Richard erkundigte sich gerade bei einem von Chandalens Jägern nach der Schlacht, deren Zeugen sie geworden waren – sein goldenes Cape blähte.

Es war vollkommen windstill.

Richard richtete sich auf. Sein Raubvogelblick wanderte über die Köpfe der Menschen hinweg, die sich vor der Hochzeitsplattform versammelt hatten. Instinktiv griff er nach seinem Schwert. Es war nicht da.

Die Menschen im Hintergrund verstummten. Zedd und Ann stellten sich neben Richard und Kahlan. Den Strafer in der Faust, wollte Cara sich zwischen ihnen hindurch nach vorn drängen. Richard schob sie sanft zurück.

Das gesamte Dorf verstummte, als die Menge sich für die beiden nahenden Gestalten teilte.

Während die beiden einsamen Gestalten, eine groß, die andere klein, näher kamen, erkannte Kahlan, daß es sich um Shota und ihren Begleiter Samuel handelte.

Blendend aussehend wie immer, erklomm die Hexe entschlossenen Schritts die Plattform, ohne auch nur einen einzigen Moment lang ihre mandelförmigen Augen von Kahlan zu lassen.

Shota ergriff Kahlans Hand und gab ihr einen Kuß auf die Wange. »Ich bin gekommen, um Euch zu beglückwünschen, Mutter Konfessor, sowohl für Eure Leistung als auch zu Eurer Hochzeit.«

Alle Vorsicht in den Wind schlagend, schloß Kahlan sie in die Arme. »Danke, daß Ihr gekommen seid, Shota.«

Lächelnd blickte die Hexe Richard in die Augen, während sie ihm mit einem rotlackierten Fingernagel über das Kinn strich. »Hart erkämpft, Richard. Hart erkämpft. Und wohlverdient.«

Kahlan wandte sich der schweigenden Versammlung zu. Sie wußte, die Schlammenschen fürchteten die Hexe so sehr, daß sie es sogar vermieden, ihren Namen auszusprechen. Kahlan hatte Verständnis dafür. Ihr war es früher beinahe ebenso ergangen.

»Shota ist gekommen, um uns ihre besten Glückwünsche zur Hochzeit zu überbringen. Auch hat sie uns in unserem Kampf unterstützt. Sie ist eine Freundin, und ich hoffe, ihr werdet sie zu eurem Fest willkommen heißen, denn das hat sie verdient. Außerdem entspricht es meinem Wunsch.«

Kahlan wandte sich zu ihr um. »Ich habe ihnen erklärt –«

Shota hob lächelnd eine Hand. »Ich weiß, was Ihr ihnen erklärt habt, Mutter Konfessor.«

Der Vogelmann trat vor. *»Willkommen in unserem Zuhause, Shota.«*

»Danke, Vogelmann. Mein Wort darauf, daß ich an diesem Tag kein Unheil über euch bringen werde.«

Shota sah zu Zedd hinüber. »Waffenstillstand für einen Tag?«

Zedd lächelte verschmitzt. »Waffenstillstand.«

Samuel hob seinen langen Arm und angelte nach der geschnitzten Knochenpfeife des Vogelmannes, die dieser um den Hals trug.

»Meins! Gib her!«

Shota verpaßte ihm eine Kopfnuß. »Reiß dich zusammen, Samuel!«

Der Vogelmann schmunzelte. Er zog den Riemen mit der Pfeife über den Kopf und hielt ihn Samuel hin.

»Ein Geschenk für einen Freund der Schlammenschen.«

Behutsam ergriff Samuel die Pfeife. Ein Grinsen teilte sein Gesicht, bis man seine üblen, spitzen Zähne sah.

»Vielen Dank, Vogelmann«, sagte Shota.

Samuel blies in die lautlose Pfeife. Er schien zu seinem größten Gefallen den Ton hören zu können. Verhaltenes Gelächter ging durch die Menge, und die Gespräche wurden fortgesetzt. Zu Kahlans Erleichterung tauchten als Reaktion auf die lautlose Pfeife keine Geier auf. Glücklicherweise wußte Samuel nicht, wie man die einzelnen Vögel rief. Grinsend hängte er sich sein Geschenk um den Hals. Dann nahm er Shota wieder bei der Hand.

Die musterte Richard und Kahlan aus ihren alles in Bann ziehenden Augen. In diesem Moment vergaßen sie alle anderen. Bei diesem Blick waren die drei so gut wie alleine.

»Glaubt nicht, keiner von Euch, ich hätte, weil ich Euch gratuliere, vergessen, was ich Euch versprochen habe.«

Kahlan schluckte. »Shota –«

Die Augen der Hexe waren gleichzeitig wunderschön und furchteinflößend, als sie sie mit erhobenem Finger zum Schweigen brachte.

»Ihr habt Euch beide diese wunderbare Hochzeit verdient. Ich freue mich für Euch beide. Ich werde Eure Gelübde in Ehren halten und Euch, aus Respekt für das, was Ihr für mich getan habt, auf jede Weise unterstützen – vorausgesetzt, Ihr vergeßt meine Warnung nicht. Ich werde nicht zulassen, daß ein aus dieser Vereinigung hervorgegangenes männliches Kind überlebt. Ich rate Euch, in diesem Punkt nicht an meinen Worten zu zweifeln.«

Richards Blick wurde hitziger. »Ich lasse nicht zu, daß jemand uns droht, Shota –«

Wieder hob sie den Finger, diesmal, um Richard zu beschwichtigen.

»Das war keine Drohung. Sondern ein Versprechen. Ich tue dies nicht aus Feindseligkeit einem von Euch beiden gegenüber, sondern aus Sorge um alle die anderen Menschen dieser Welt. Uns allen steht ein langer Kampf bevor. Ich werde nicht zulassen, daß irgend etwas, das Ihr in diese Welt setzt, unsere Siegeschance schmälert. Jagang ist schon Kummer genug.«

Aus irgendeinem Grund versagte Kahlan die Stimme. Richard schienen ebenfalls die Worte zu fehlen. Kahlan glaubte Shota. Böswilligkeit war nicht der Grund für ihr Handeln.

Die Hexe nahm Kahlans Hand und legte etwas hinein. »Dies ist mein Geschenk an Euch beide. Ich tue dies aus Liebe zu Euch und zu allen anderen.« Sie lächelte ein eigenartiges Lächeln. »Seltsame Worte aus dem Mund einer Hexe, nicht wahr?«

»Nein, Shota«, erwiderte Kahlan. »Ich weiß nicht, ob ich Euch glauben soll, was Ihr uns über einen etwaigen Sohn erzählt, aber ich weiß, daß Ihr es nicht aus Haß sagt.«

»Gut. Tragt dieses Geschenk stets bei Euch, dann wird alles gut werden. Merkt Euch meine Worte gut – nehmt es niemals ab, wenn Ihr zusammen seid, dann werdet Ihr stets glücklich sein. Mißachtet Ihr meine Bitte, bekommt Ihr die Folgen meines Versprechens zu spüren.« Sie sah Richard in die Augen. »Besser, Ihr bekämpft den Hüter als mich.«

Kahlan öffnete die Hand und fand eine zierliche Halskette vor. An der goldenen Kette hing ein kleiner, dunkler Stein.

»Warum? Was ist das?«

Shota legte Kahlan einen Finger unter das Kinn und sah ihr in die Augen. »Solange Ihr den Stein tragt, werdet Ihr keine Kinder bekommen.«

Richards Stimme klang seltsam sanft. »Aber wenn wir –«

Shota brachte ihn abermals mit erhobenem Finger zum Schweigen. »Ihr beide liebt Euch. Erfreut Euch an dieser Liebe und aneinander. Ihr habt hart darum gekämpft, zusammenzusein. Genießt Euer Zusammensein und Eure Liebe. Jetzt habt Ihr beide einander, so wie Ihr es Euch immer gewünscht habt. Gebt das nicht sinnlos auf.«

Richard und Kahlan nickten. Aus irgendeinem Grund verspürte

Kahlan keinen Zorn. Sie spürte lediglich Erleichterung darüber, daß Shota ihre Hochzeit nicht vereiteln würde. Es war fast wie in einem Traum, wie der förmliche Vertragsabschluß über einen unbekannten, entlegenen Landstrich, auf den zwei Länder Anspruch erhoben, wie die Übereinkünfte im Ratssaal, bei denen sie so häufig den Vorsitz gehabt hatte. Gefühle schienen nicht beteiligt. Es war schlicht eine Abmachung.

Shota machte kehrt und wollte gehen.

»Shota«, rief Richard ihr hinterher. Sie drehte sich um. »Wollt Ihr nicht bleiben? Ihr habt einen weiten Weg hinter Euch.«

»Richtig«, meinte Kahlan. »Wir wären wirklich sehr erfreut, wenn Ihr bleiben würdet.«

Ihr Hexenlächeln lächelnd, verfolgte Shota aufmerksam, wie Kahlan das Kettchen um ihren Hals befestigte.

»Eure Frage ist mir Freude genug, aber die Reise ist lang, und wir müssen aufbrechen.«

Kahlan sprang die Stufen hinunter und besorgte sich einen Stapel Tavafladen. Sie wickelte das Brot in ein Tischtuch. Am Fuß der Stufen hatte sie Shota eingeholt.

»Nehmt das mit für unterwegs, als Dank dafür, daß Ihr gekommen seid, und für das Geschenk.«

Shota gab ihr einen Kuß auf die Wange, dann nahm sie das Bündel. Samuel versuchte nicht, danach zu greifen. Plötzlich war auch Richard da, neben Kahlan. Shota setzte ein dünnes Lächeln auf und gab auch ihm einen Kuß auf die Wange. Ihr Blick hatte etwas seltsam Versonnenes.

»Ich danke Euch, Euch beiden.«

Und dann war sie verschwunden. Einfach verschwunden.

Zedd und Ann standen noch immer oben auf der Plattform, zusammen mit Cara und den übrigen. An Richard und Kahlan gewandt, fragte Zedd: »Was ist mit Shota passiert? Erst schließen wir einen Waffenstillstand, und dann verschwindet sie einfach ohne ein Wort?«

Kahlan runzelte die Stirn. »Mit uns hat sie gesprochen.«

Zedd sah sich um. »Wann denn? Sie war fort, bevor sie Gelegenheit hatte, etwas zu sagen.«

»Ich wollte auch mit ihr sprechen«, meinte Ann.

Kahlan sah zu Richard hoch. Der wiederum blickte Zedd an. »Sie hat uns gratuliert. Vielleicht wollte sie einfach nicht, daß du mitbekommst, wie sie ein paar freundliche Dinge sagt.«

Zedd stieß einen Lacher aus. »Das wird es sein.«

Kahlan befingerte den dunklen Stein an ihrer Halskette. Sie legte Richard einen Arm um die Hüfte und zog ihn zu sich.

»Was meinst du?« fragte sie leise.

Richard starrte in die Richtung, in die Shota verschwunden war.

»Fürs erste hat sie recht, wir sind zusammen. Genau das haben wir immer gewollt. Ich denke, wir sollten erst einmal froh sein, daß unser Traum endlich wahr geworden ist. Ich bin den ganzen Ärger leid, außerdem ist da immer noch Jagang, um den wir uns kümmern müssen. Im Augenblick möchte ich einfach bei dir sein und dich lieben.«

Kahlan lehnte ihren Kopf an seine Brust. »Ich denke, du hast recht. Wollen wir die Dinge nicht komplizierter machen, als sie sind.«

»Wir können uns ein andermal den Kopf darüber zerbrechen.« Er lächelte sie an. »Stimmt's?«

Kahlan vergaß Shota und die Zukunft und erwiderte sein Lächeln. »Stimmt.«

Die Feierlichkeiten setzten sich bis weit nach Einbruch der Dämmerung fort. Kahlan ahnte, daß sie wahrscheinlich die ganze Nacht andauern würden. Sie flüsterte Richard zu, sie wäre froh, wenn sie nicht bis zum Schluß dabeisein müßten. Richard gab ihr einen Kuß auf die Wange, dann erkundigte er sich beim Vogelmann, ob es nicht vielleicht möglich wäre, sie zu entschuldigen. Sie wollten das Haus der Seelen aufsuchen, das für beide eine besondere Bedeutung hatte.

Der Vogelmann lächelte. »Es war ein langer Tag. Schlaft gut.«

Richard und Kahlan bedankten sich bei allen, dann endlich waren sie in der Stille des Hauses der Seelen, im weichen Schein des niedrigen Feuers, das dort stets brannte, allein.

Als sie sich in die Augen blickten, waren Worte völlig unzureichend.

Stolz und aufrecht beobachtete Berdine, wie die Doppeltür aufgestoßen wurde. Einer Stichflamme gleich stürmten sie in den Palast der Konfessoren – ein Dutzend Mord-Sith in roter Lederkleidung.

Soldaten wichen hastig kreuz und quer über den blankpolierten Marmorboden zurück und bemühten sich, den Anschein zu erwecken, sie seien nicht in Eile. Rasch bezogen sie in sicherer Entfernung erneut Posten. Eine Mord-Sith nahm von der Existenz d'Haranischer Soldaten kaum Notiz – es sei denn, sie standen im Weg.

Die Gruppe blieb stehen. Stille senkte sich über die Eingangshalle.

»Berdine, schön, dich zu sehen.«

Berdine ließ ein dünnes Lächeln über ihre Lippen spielen. »Willkommen, Rikka. Aber was tust du hier? Lord Rahl hat dich doch im Palast des Volkes zurückgelassen, damit du auf seine Rückkehr wartest.«

Rikkas Augen suchten das Gelände ab, bevor ihr fester Blick auf Berdine zur Ruhe kam. »Wir haben gehört, er hält sich jetzt hier auf. Also haben wir beschlossen, in seiner Nähe zu sein, um ihn beschützen zu können. Die anderen haben wir im Palast gelassen, für den Fall, daß er unerwartet heimkehrt. Wir werden ihn zurückbegleiten, wenn er nach Hause reitet.«

Berdine zuckte die Achseln. »Er betrachtet das hier jetzt gewissermaßen als sein Zuhause.«

»Wie auch immer. Jedenfalls sind wir jetzt hier. Wo steckt er, damit wir uns ankündigen und ihn beschützen können?«

»Er ist abgereist, um zu heiraten. Ein gutes Stück in Richtung Süden.«

Rikkas Miene verfinsterte sich. »Wieso begleitest du ihn nicht?«

»Er hat mir befohlen hierzubleiben und mich in seiner Abwesenheit um alles zu kümmern. Cara ist bei ihm.«

»Cara. Gut. Sie wird nicht zulassen, daß ihm etwas zustößt.« Rikka überlegte einen Augenblick, wobei ihre Miene sich zusehends wieder verfinsterte. »Lord Rahl heiratet?«

Berdine nickte. »Er ist verliebt.«

Die anderen Frauen sahen sich an, während Rikka die Fäuste in die Hüften stemmte. »Verliebt. Ein verliebter Lord Rahl. Irgendwie kann ich mir das nicht recht vorstellen. Was ist mit den anderen?«

»Hally wurde vor einiger Zeit getötet. Im Kampf, als sie Lord Rahl beschützte.«

»Ein ehrenvoller Tod. Was ist mit Raina?«

Berdine schluckte und zwang sich zu einem angemessenen Tonfall. »Raina starb kurze Zeit später. Durch Feindeinwirkung.«

Rikka sah Berdine prüfend in die Augen. »Das tut mir leid, Berdine.«

Berdine nickte. »Lord Rahl hat um sie getrauert, genau wie um Hally.«

Stille senkte sich über die Eingangshalle, während die anderen Mord-Sith sich ungläubige Blicke zuwarfen.

»Dieser Mann wird noch Ärger machen«, murmelte Rikka.

Berdine schmunzelte. »Ich glaube, dasselbe würde er auch von dir behaupten.«

Kahlan reagierte auf das hartnäckige Klopfen mit einem unwilligen Murren. Es hatte nicht den Anschein, als würde es aufhören, wenn man es überhörte. Sie gab Richard einen Kuß und wickelte sich eine Decke um den Körper.

»Rühre dich nicht von der Stelle, Lord Rahl. Ich werde sie abwimmeln.«

Barfuß durchquerte sie den schummrigen, fensterlosen Raum. Blinzelnd blickte sie in die plötzliche Helligkeit, nachdem sie die Tür geöffnet hatte.

»Zedd, was gibt's?«

Er war gerade damit beschäftigt, ein Stück Tavabrot zu verdrücken. In seiner anderen Hand hatte er einen ganzen Teller davon. Er hielt ihr das Tablett hin.

»Ich dachte, ihr wärt vielleicht hungrig.«

»Ja, danke. Sehr aufmerksam.«

Er nahm einen Bissen Tavabrot, während sein Blick über ihr Haar wanderte. Mit einem eingerollten Fladen deutete er darauf.

»Diese Zotteln wirst du nie wieder rauskriegen, meine Liebe.«

»Danke für deinen modischen Rat.«

Sie wollte die Tür schließen. Er stemmte seine Hand dagegen.

»Die Ältesten fangen an, sich Sorgen zu machen. Sie würden gerne wissen, wann sie ihr Seelenhaus zurückhaben können.«

»Richte ihnen aus, ich sage ihnen Bescheid, sobald ich hier fertig bin.«

Cara, die ihre finsterste Mord-Sith-Miene aufgesetzt hatte, nahte von hinten. »Ich werde dafür sorgen, daß er Euch nicht noch einmal behelligt, Mutter Konfessor.«

»Danke, Cara.«

Kahlan schloß die Tür vor seinem feixenden Gesicht.

Rasch lief sie durch den Raum zurück zu Richard. Sie stellte den Servierteller auf die Seite, legte sich hin und nahm Richard mit unter die Decke.

»Die ärgerliche Verwandtschaft«, erläuterte sie.

»Hab ich gehört. Tavabrot und zerzaustes Haar.«

»Also, wo waren wir stehengeblieben?«

Er küßte sie, und dann fiel es ihr wieder ein: Er hatte ihr gerade zeigen wollen, was es mit Magie auf sich hatte.

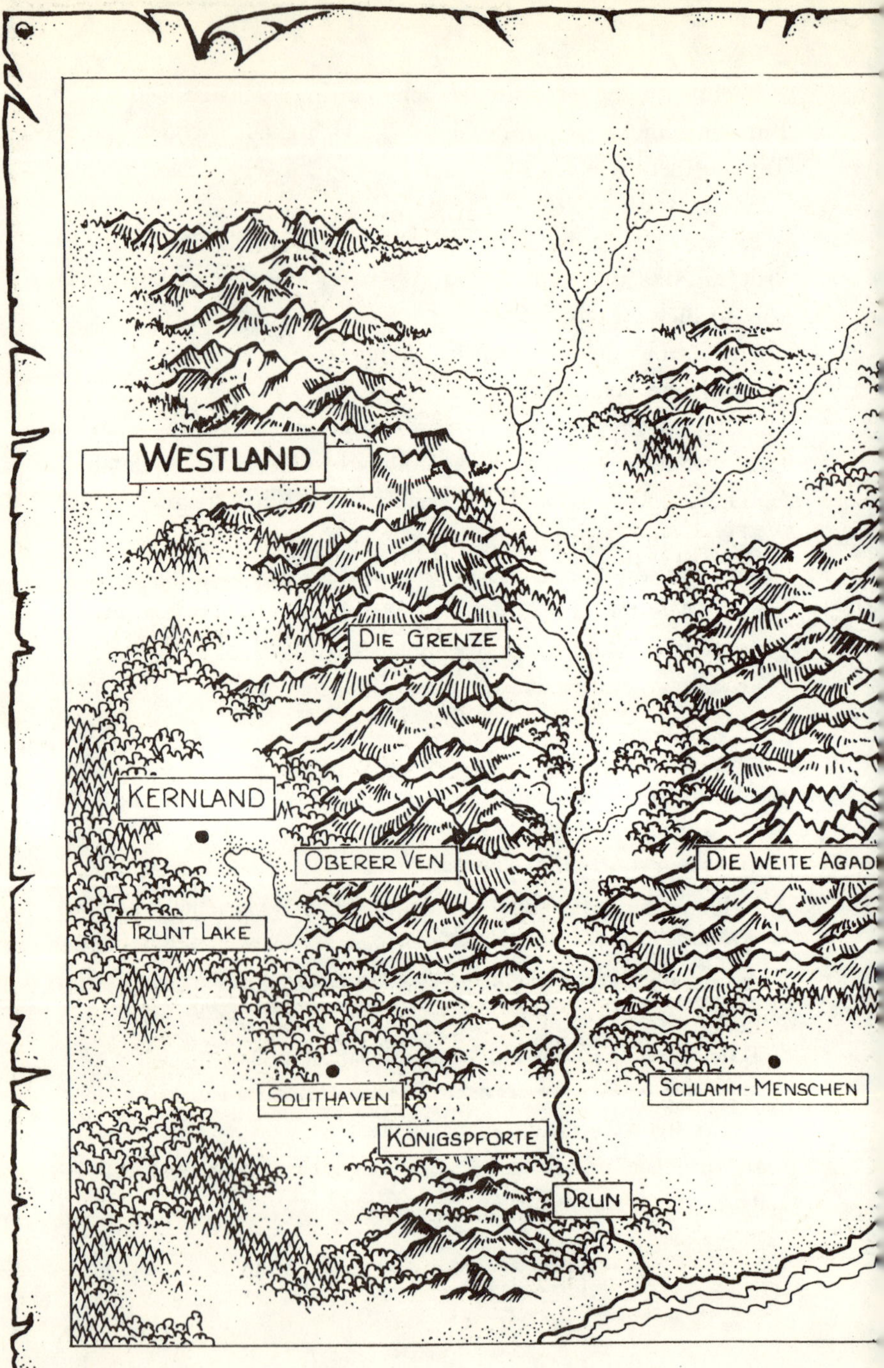
WESTLAND
DIE GRENZE
KERNLAND
OBERER VEN
DIE WEITE AGAD
TRUNT LAKE
SOUTHAVEN
SCHLAMM-MENSCHEN
KÖNIGSPFORTE
DRUN

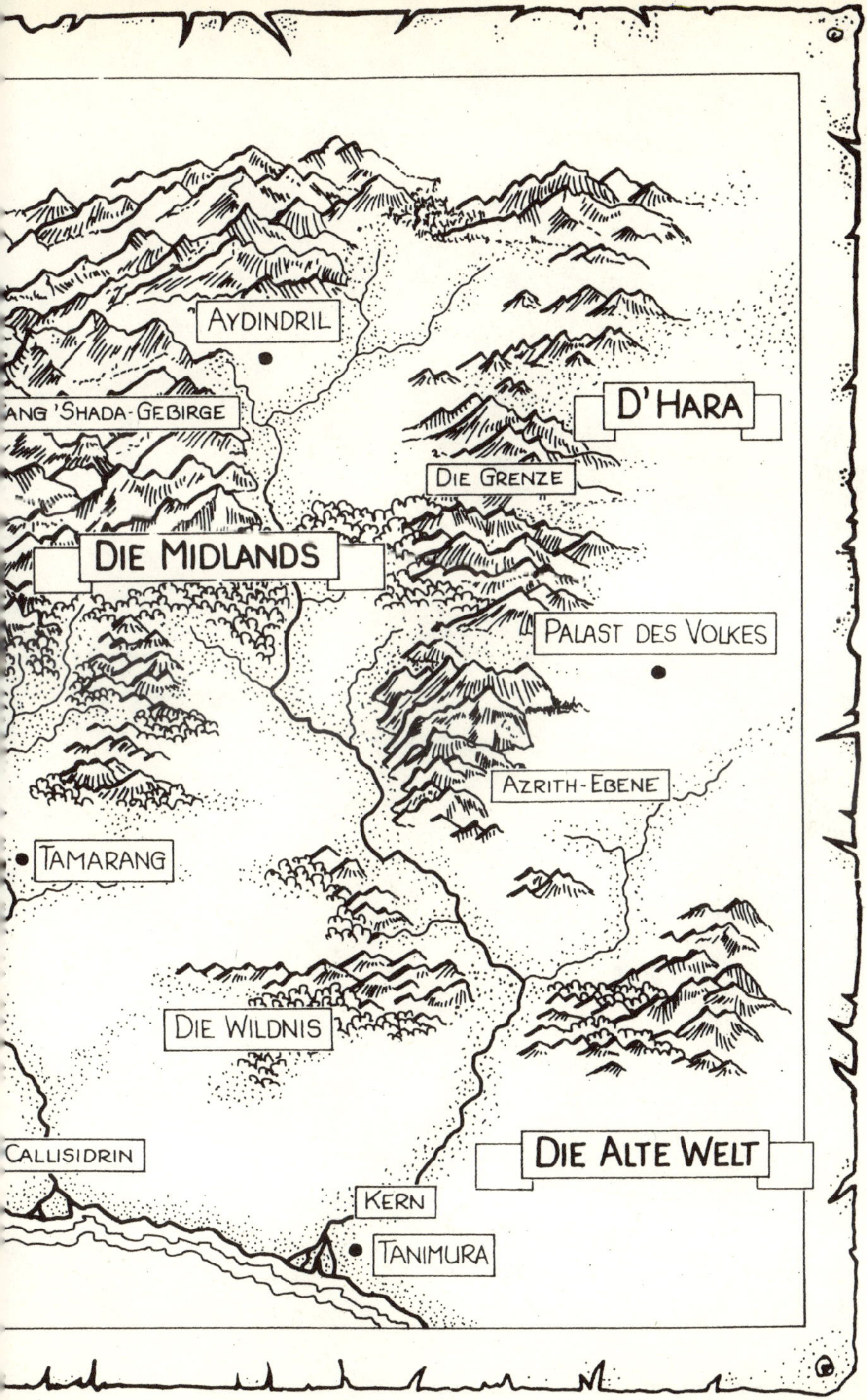
AYDINDRIL
ANG 'SHADA-GEBIRGE
D'HARA
DIE GRENZE
DIE MIDLANDS
PALAST DES VOLKES
AZRITH-EBENE
TAMARANG
DIE WILDNIS
CALLISIDRIN
DIE ALTE WELT
KERN
TANIMURA